Het vlindereiland

Corina Bomann bij Boekerij:

Het vlindereiland
De maneschijnsonate
De jasmijnzussen
De stormroos
Een wonderlijke winterreis
Het klaprozenjaar
Winterbloesem
De rozentuin

De vrouwen van de Leeuwenhof
Agneta's erfenis
Mathilda's geheim
Solveigs belofte

De kleuren van schoonheid
Sophia's hoop
Sophia's wens
Sophia's triomf

boekerij.nl

CORINA
BOMANN

Het vlindereiland

Het begint allemaal met
een mysterieuze brief...

BOEKERIJ

Eerste druk 2013
Twaalfde druk 2022

ISBN 978-90-225-9502-2
ISBN 978-94-6023-555-9 (e-book)
NUR 302

Oorspronkelijke titel: *Die Schmetterlingsinsel*
Oorspronkelijke uitgever: Ullstein
Vertaling: Lilian Caris
Omslagontwerp en -beeld: © Johannes Wiebel | punchdesign, München using images from Shutterstock.com
Omslagbeeld: Shutterstock © Kulish Viktoriia; leungchopan
Zetwerk: CeevanWee, Amsterdam

15 februari 1888

Lieve Grace,

Ik weet niet of je me inmiddels hebt vergeven. Ik neem aan van niet. Maar ik kan niet anders en schrijf je toch.
Voor mijn geestesoog zit je nu bij het raam van je kamer, je kijkt naar buiten het in nevel gehulde park in en worstelt ermee hoe alles gelopen is. Terecht, en ik kan je alleen maar zeggen dat het me bijzonder spijt.
Alles is hier anders sinds je weg bent. Ik mis je zo! En papa ook, denk ik, al zal hij het niet toegeven. Hij verdwijnt urenlang in zijn werkkamer en wil niemand spreken. Moeder maakt zich al zorgen dat hij verwilderd raakt. (Je weet hoe ze kan overdrijven!) Zelf is ze druk in de weer en organiseert ze een feest, om papa op te vrolijken. In werkelijkheid wil ze alleen maar weten in hoeverre het schandaal invloed heeft gehad.
Waarschijnlijk lach je nu bitter, als je deze brief tenminste leest en hem niet meteen in de open haard deponeert. Ik hoop met heel mijn hart dat je me een kans geeft, want ik heb nieuws dat je misschien hoop biedt.
Kort na je vertrek dook hij op voor mijn raam en vertelde me dat hij spoedig naar je toe zal komen. Hij heeft me iets gegeven wat ik voor je moet bewaren omdat hij nu geen vast adres meer heeft. Hij zal je vast net als de prins in sprookjes uit de torenkamer bevrijden, en dan zullen jullie samen het geluk vinden.
Lieve zus, ik beloof je dat ik er altijd zal zijn voor jou en de jouwen. Dat ben ik jullie allen verschuldigd.

Met innige liefde,

Victoria

Proloog

TREMAYNE HOUSE
1945

De jonge vrouw verscheen op een regenachtige oktobermiddag voor het oude landhuis. Het park was in nevel gehuld, waardoor de treurwilgen, waarvan de takken regentranen vergoten, er nog troosteloozer uitzagen. Vergane herfstbladeren omzoomden de ooit zo verzorgde paden en hingen als pluizen in het gras, dat al in geen eeuwigheid meer was gemaaid.

Gespannen, haar vermagerde spiegelbeeld negerend, spiedde de onbekende door het gebarsten ruitje van de voordeur. Ze had nu al twee keer aangebeld, maar er verscheen niemand. De mensen in het huis waren toch duidelijk te horen. Blijkbaar weerhield de drukke bedrijvigheid hen ervan naar de deur te lopen.

Nadat ze voor de derde keer op de bel had gedrukt wilde ze al omkeren en weggaan. Toen weerklonken er voetstappen, en even later kwam er een vrouw in dienstmeisjesuniform opdagen, met een naamplaatje waarop LINDA stond. Streng nam ze de nieuwkomer op, die de aanblik bood van talloze vrouwen die door de oorlog in nood waren geraakt. Vervilt zwart haar, bleke wangen. Blauwe kringen onder de ogen die van honger en ontberingen getuigden. De plompe werkschoenen, een paar maten te groot, gaapten aan de zijkanten. Onder de vuile kleren en de regenjas vol gaten bolde een buikje op.

'Het spijt me, maar we zitten meer dan vol,' mompelde Linda koeltjes.

De bleke gedaante stak haar daarop een groezelige envelop vol vegen toe. 'Geeft u dat alstublieft aan de vrouw des huizes.' Haar woorden klonken onbeholpen, omdat ze niet gewend was Engels te spreken. Toch lag er een beslistheid in die niet paste bij iemand die erin had berust op straat te moeten leven. Linda keek de vrouw, die wat eigenaardig overkwam, onderzoekend aan, maar omdat ze haar verzoek niet terugnam en de blik van het dienstmeisje bijna koppig beantwoordde, nam ze de envelop aan.

'Een ogenblik alstublieft.'

Het werden vele ogenblikken, maar de vrouw bleef voor de deur staan alsof ze in steen was veranderd. Ze ging niet van het ene been op het andere staan en ging ook niet zitten, hoewel de lage stenen balustrade daar gelegenheid toe bood. Ze streek alleen zachtjes over haar buik, die haar waardevolste schat bevatte. Het kind dat in haar groeide, was elke moeite, elke vernedering waard.

In plaats van het dienstmeisje verschenen twee vrouwen, de ene rond de vijftig en donkerblond, de andere ongeveer van haar eigen leeftijd, met rossig haar. Hoewel de oorlog ook van hen offers had geëist, leek het hun in verhouding goed te gaan, zoals hun gezonde kleur en ronde gelaatstrekken bewezen.

'Bent u Beatrice? Beatrice Jungblut?'

De jonge vrouw knikte. 'Ja, de dochter van Helena. U bent de Stanwicks, nietwaar?'

'Ik ben Deidre Stanwick, dit is mijn dochter Emmely Woodhouse,' antwoordde de oudste van de twee vrouwen, die het evenbeeld van haar dochter was.

Beatrice knikte hun bedrukt toe, want ze merkte dat ze niet welkom was. Maar er restte haar geen andere mogelijkheid. Haar eigen leven interesseerde haar niet, dat was intussen al zo vaak in gevaar geweest dat de dood zijn afschrikkende werking had verloren. Maar het kind moest toch de mogelijkheid hebben de zon te zien en van het leven te genieten, nu het sinds een paar maanden eindelijk vrede was.

Nadat ze elkaar veelbetekenend hadden aangekeken vroeg de oudste: 'Waar is Helena?'

'Ze is omgekomen bij een aanval, samen met mijn man,' antwoordde de vrouw.

'En jij?' vroeg Emmely ontzet.

'Ik kon me verstoppen.' Ze legde beschermend haar handen op haar buik. 'Mijn moeder zei tegen mij dat ik me, als haar iets zou overkomen, tot u moest wenden.'

Weer keken de twee elkaar aan, toen vroeg Deidre: 'Heb je papieren om je identiteit te bewijzen?'

Beatrice schudde haar hoofd. 'Die zijn verbrand toen de laagvlieger ons beschoot.'

Dat was het dan, dacht ze. Nu sturen ze me weg. Waarom zouden ze me geloven? Het is allemaal zinloos, en het papier in mijn hand was niet meer dan een loze belofte die al lang vergeten is.

'Goed, kom eerst maar eens binnen, dan zullen we praten.'

De geur van carbol en dood kwam de zwangere vrouw tegemoet toen ze de twee vrouwen des huizes door een lange gang volgde. Zwerende wonden leken het hier af te leggen tegen een gebrek aan medicijnen en desinfecterende middelen.

'We hebben sinds ruim drie jaar een lazaret in huis,' vertelde Emmely, die het zwijgen blijkbaar onaangenaam vond. 'De vertrekken barsten uit hun voegen. Neem het Linda alsjeblieft niet kwalijk dat ze je wilde wegsturen. We worden momenteel overspoeld door verhongerde, uit de oorlog terugkerende mensen.'

Beatrice keek bedeesd naar haar vuile schoenen. 'Dat spijt me.'

'We redden het wel,' zei Emmely goedmoedig, waarbij ze even haar arm om Beatrice' schouder legde. 'Je bent hier op de juiste plaats.'

Bij deze woorden begon het Beatrice te duizelen. Bestond er eigenlijk wel een juiste plaats voor haar en haar kind? Wat zij haar vaderland had genoemd, was net in bloed en puin verzonken.

De keuken was echt groot maar bood nauwelijks bewegingsruimte, want op elke vrije centimeter stonden kisten, kasten en andere meubels. Als het enigszins mogelijk was zonder direct gevaar op te leveren, stonden ze op elkaar gestapeld. Middenin bevonden zich het fornuis en een tafel met vier stoelen.

'Vreselijke toestand, maar daar wen je aan,' zuchtte Deidre terwijl ze drie kopjes van een plank pakte. 'Vroeger had ik hier bedienden voor, maar de oorlog ontneemt je niet alleen je vrijheid, maar ook alle privileges. Nu eten we samen met onze dienstbodes, die eigenlijk helemaal niet meer voor ons werken, aan dezelfde tafel.'

Beatrice herinnerde zich slechts vaag dat haar familie ook een dienstmeisje had gehad. De beelden van het huis, haar kamer en de kleren die ze ooit had gedragen, waren zo vertroebeld door het leed dat ze had ondervonden dat ze nauwelijks meer wist hoe haar leven was geweest voor de waanzin begon.

'Hoe zit het met de vrouw die opendeed?' vroeg Beatrice terwijl ze zich langzaam op de aangeboden stoel neer liet zakken.

'Linda is mijn dienstmeisje, maar ze draagt haar uniform alleen nog voor de vorm, want ze is nodig in het lazaret. Mijn dochter en ik helpen eveneens waar we kunnen.' Deidres blik gleed naar haar buik.

'Ik kan ook meehelpen,' bood Beatrice aan, maar haar tante schudde haar hoofd.

'In het gunstigste geval kun je in de keuken helpen, maar niet met de zieken. Je zou gevaar lopen je kind te verliezen als je met bepaalde ziektekiemen besmet raakt.'

De onnodig felle toon deed Beatrice terugdeinzen en bracht haar weer aan het twijfelen. Dat ze je toestaan samen met hen in een met troep volgestouwde keuken te zitten wil nog niet zeggen dat je al bij de familie hoort.

Toen Deidre haar zin wilde afmaken, begon de ketel op het fornuis achter haar schril te fluiten. Ze stond op en maakte een pot thee. Het geurige aroma had een kalmerende uitwerking op Beatrice. Ze had het altijd heel aangenaam gevonden; ook in het vluchtelingenkamp waar ze na het oversteken van de Oder terecht was gekomen, had het haar een huiselijk gevoel gegeven. Daardoor had ze zich af en toe, voor even, thuis gewaand, in de rozentuin van haar grootmoeder Grace, de kleine broeikas waarin ze exotische bloemen probeerde te kweken. En waarin ze soms urenlang zat en afwezig naar een frangipanestruik keek, met een papiertje in haar hand waarvan Beatrice' moeder altijd had beweerd dat het een horoscoop was.

'Het is armzalige *assam*, maar we hebben helaas niets anders.' Deidre haalde haar uit haar gedachten toen ze het theekopje voor haar neerzette. Door de kleurstof in de thee waren de fijne scheurtjes in het porselein zichtbaar geworden, die als donkere adertjes over de binnenkant van het kopje liepen.

ASSAM, DARJEELING, CEYLON. Ineens zag ze weer de keurige opschriften op de blikjes in grootmoeders keuken voor zich. Liefdevol had Grace de letters op het papier opgebracht, ze met een klein vignet versierd dat gestileerde theebladeren en bloesems voorstelde. Inmiddels waren die natuurlijk net als het kapiteinshuis aan de Oostzee, de tuin en de broeikas in de puinhopen verloren gegaan.

Zwijgend zaten de vrouwen aan de thee, ieder in haar eigen gedachten verzonken. Deidre leek verloren in de verte te kijken, alsof ze iets zocht, Emmely staarde naar Beatrice, die deed alsof ze het niet merkte, terwijl voor haar geestesoog het gezicht van haar grootmoeder verscheen.

Vreemd dat ik nu aan haar moet denken, en niet aan moeder, dacht ze terwijl ze in haar hoofd de fijne lijntjes op het gezicht volgde, haar blik over het dieprode haar liet gaan, dat haar Schotse erfdeel was, en de bleke huid zag die de neiging had zomersproeten te krijgen. Wat was ze als kind jaloers geweest op haar stralende roodharige grootmoeder! Haar moeder Helena en zijzelf waren eerder donkere types, met zwart haar en eigenaardig gevormde ogen, die grootmoeder als een erfenis van de familie van haar man had bestempeld. Helaas was haar grootvader, de kapitein, al voor haar geboorte gestorven.

'Vandaag blijf je in elk geval hier,' besliste Deidre toen ze uit haar verre gedachten was teruggekeerd. 'Je slaapt in mijn dochters kamer, Emmely slaapt vannacht bij mij.'

'Maar...' begon Emmely, die blijkbaar liever haar kamer met de nieuwkomer had willen delen.

'Spreek me niet tegen, onze gast krijgt een kamer voor zich alleen.' Deidres scherpe blik maakte een einde aan de discussie. 'Ga naar boven en laat Beatrice de kamer zien. Daarna maak je alles klaar. Ik ga intussen weer naar het lazaret.'

Ze stond op en liep haastig met stijve passen naar buiten. De twee jonge vrouwen keken elkaar schuchter aan.

'Het spijt me wat er met je moeder en je man is gebeurd,' zei Emmely ten slotte en ze legde haar hand zacht op de met vuile korsten bedekte vingers van de vrouw tegenover haar. 'Het is altijd zwaar om mensen van wie je houdt te verliezen.'

'Heb jij ook iemand verloren tijdens de oorlog?' vroeg Beatrice, hoewel Emmely een heel gezonde en tevreden indruk maakte. Maar nu verstarde haar glimlach.

'Ja,' antwoordde Emmely terwijl ze gespannen in haar theekopje tuurde. 'Mijn kind.'

'Is het bij een aanval om het leven gekomen?'

Beatrice had gehoord dat Londen was gebombardeerd.

Emmely schudde echter haar hoofd. 'Een miskraam in de vijfde maand. Mijn man was net opgeroepen voor het front. Ik weet niet eens of hij nog leeft. Waarschijnlijk denkt hij dat ons kind al kan lopen.'

En dan probeert ze mij te troosten, bedacht Beatrice verwonderd. Het kruis op haar schouders is net zo zwaar.

'Maar laten we daar een andere keer verder over praten.' Emmely stond op en drong de herinnering met een bittere glimlach naar de achtergrond. 'Kom, ik zal je de kamer laten zien. Hij is heel mooi en zou beslist groot genoeg zijn voor ons tweeën, maar als moeder wil dat ik vannacht bij haar kom liggen snurken...'

Emmely leidde haar door een labyrint van gangen, voorbij de vroegere balzaal, vol met rijen bedden en op de vloer liggende matrassen, en vervolgens een trap op. Ook in de gangen boven stonden meubels en kisten opgestapeld die uit andere ruimten hadden moeten wijken. Toen ze met een arm langs een van de kisten schampte, klonk er een helder getinkel als van glas of kristal. Waarschijnlijk wachtten al die ingepakte en weggezette spullen net als de mensen op het weerkeren van de rust.

'We zijn er.' Emmely opende een brede, openslaande deur. De kamer erachter was warm en zag er nog een beetje ordelijk uit. De bloempatronen op het tapijt waren verbleekt, maar je kon nog altijd zien wat een mooie ruimte dit eens moest zijn geweest. Onder de hoge ramen, waarvoor licht vergeelde gordijnen hingen, stonden omgekeerde schilderijen, met lijsten die goud glansden in het licht.

Beatrice was onder de indruk van de slaapplaats. Zo'n zwaar, breed bed, dat een groot deel van de ruimte innam, had ze nog nooit gezien. Over de leuningen van twee stoelen hingen de kleren die Emmely het vaakst droeg; de klerenkast, waarvan de deuren op een kier stonden, was gevuld met andere spullen.

'Als je wilt, krijg je een jurk van mij,' bood Emmely aan. 'Wat je nu aanhebt is zelfs met verstelwerk niet meer op te lappen.'

'Dank je, ik...'

'Kom hier!' Emmely ging bij een van de ladekasten staan en trok een la open. Daar lagen diverse kledingstukken in, van ondergoed en blouses en rokken tot truien en sjaals. 'Wat wil je hebben?'

'Ik...'

'Schroom niet!'

'Maar ik weet toch niet eens of ik mag blijven. Je moeder...'

'Ach, mam zal wel inbinden, dat kan ik je verzekeren.' Emmely viste een lichtroze blouse met een matrozenkraag en fijn borduursel uit de la. 'Ik geloof dat deze je beter zal staan dan mij. Ik weet toch al niet waarom ik hem wilde hebben, kijk maar eens naar mijn haar. Rood en roze, dat vloekt immers.'

Voor Beatrice bezwaar kon maken, hield Emmely het kledingstuk al voor haar borst. 'Ik wist het wel! Jou staat die kleur veel beter, met je donkere haar en gouden huid.'

'Maar mijn buik!' wierp Beatrice tegen. 'Hij zal me over een paar weken al niet meer passen.'

'Tegen die tijd heb ik een trui voor je gebreid. Bovendien ben je toch al tengerder dan ik, bij jou vergeleken lijk ik wel een olifant!'

De twee vrouwen keken elkaar aan en barstten in lachen uit.

Emmely verliet de kamer niet voordat Beatrice nog een rok en een gebreid vest, en ook ondergoed en sokken, had uitgezocht.

'Nieuwe schoenen scharrel ik ook nog wel op, we zamelen net spullen in voor een liefdadigheidsactie; als er een passend paar bij zit, laat ik het voor je opzijzetten.'

Getroffen door de haar betoonde vriendelijkheid liet Beatrice zich op het bed zakken. De zachte matras gaf licht mee onder haar gewicht en aan het laken ontsnapte de geur van lavendelzeep. Ze ging languit liggen en had voor het eerst het gevoel dat ze veilig was, ook al was het niet duidelijk hoe lang ze kon blijven.

Voor Emmely met het waswater terug was, waren haar ogen al dichtgevallen, zodat ze haar komst niet eens meer opmerkte.

's Nachts schrok Beatrice echter gekweld op uit een verschrikkelijke droom. Ze had weer voor zich gezien hoe haar moeder en haar man van haar gescheiden werden, hoe ze in het vreselijke gedrang bijna onder de voet gelopen werd en vervolgens door onbekende handen overeind werd geholpen en in de struiken getrokken terwijl boven hen de laagvliegers ronkten. Hulpeloos had ze moeten toezien hoe de projectielen op de vluchtelingenstroom neerkwamen, hoe haar moeder en haar man, die vanwege zijn astma niet voor het front was opgeroepen, in een berg lijken verdwenen.

In de veronderstelling dat ze zich nog steeds in het Amerikaanse vluchtelingenkamp bevond kwam ze overeind, maar toen voelde ze de warmte en zag ze het gloeien van de haard. Achter de hoge ramen was alles rustig. Een bijna volle maan deed zijn best door de sluier van wolken heen te breken, die nevel en regen aankondigden.

Op de overloop klonken zachte voetstappen. Een deur klapte dicht. Even later drongen gedempte stemmen door de muur. Wat er gezegd werd, kon Beatrice niet verstaan, maar innerlijke onrust dreef haar ertoe wat dichter naar de muur te schuiven en haar oor tegen het verbleekte behang te leggen, dat een eigenaardige geur verspreidde.

'Hoe kunnen we dan weten dat zij het werkelijk is? Ze kan de brief gevonden hebben.' Deidre klonk boos. Had ze een besluit genomen? Maar waar moest Beatrice dan naartoe? Hier in Engeland kende ze niemand.

'Ik geloof niet dat ze de brief zomaar gevonden heeft,' verdedigde de jongste vrouw haar. 'Er zat geen geld in, denk je dat een landloopster zich daarvoor interesseert?'

'Er wordt haar nog altijd hulp beloofd.'

'Maar ze moet er ook rekening mee houden dat we de persoon in kwestie kennen!' wierp Emmely weer tegen. 'Heb je haar haar gezien? En haar gezicht?'

'Er zijn veel meisjes met zwart haar, misschien maakt ze daar gebruik van.'

'Moeder!' klonk het verwijtend van Emmely's kant. 'Heb je niet goed gekeken? Je kunt het zien. Ook al is ze de kleindochter, je ziet het meteen.'

Terwijl ze de dorst negeerde die haar tong aan haar gehemelte deed kleven, vroeg Beatrice zich af wat je volgens Emmely dan meteen kon zien. Ineens begon haar hart koortsachtig te bonzen, waardoor de stemmen nog onduidelijker werden. Ze voelde dat de twee vrouwen iets over haar wisten waar zij geen idee van had. Wat was dat?

Er viel een lange pauze, waarna Deidre zei: 'Je weet dat onze voorraden gerantsoeneerd zijn.'

'Je weet wat oma Victoria altijd heeft gezegd,' wierp haar dochter tegen.

'Ja, dat...' Er leek iets in haar keel te blijven steken, iets wat eruit wilde, maar dat niet mocht. 'Allemaal onzin!'

'Toch heb je haar op haar sterfbed beloofd dat je je aan haar opdracht zou houden en de nakomelingen van Grace in nood zou helpen, zoals zij het destijds aan haar zus heeft beloofd,' was haar dochters weerwoord.

'Misschien had ze dat beter niet kunnen doen...' Deidre verstomde verbitterd, waarna er voetstappen in de ruimte weerklonken. 'Goed dan, ze blijft tot het kind er is. Dan zien we wel verder. We voldoen ook aan onze plicht als we voor haar en haar kind een veilig onderkomen zoeken. In de chaos hier kunnen ze onmogelijk langer blijven.'

'Maar de chaos zal ooit verdwijnen...'

Deidre leek iets gedaan te hebben waardoor haar dochter ineens zweeg.

Zouden ze in de gaten hebben dat ik luister? vroeg Beatrice zich angstig af. Nee, dat was onmogelijk, want ze haalde maar oppervlakkig adem en leunde als een door de wind omgewaaid standbeeld tegen de muur.

'We houden haar hier, we laten het kind komen, dan zien we verder. Zoals je hebt gemerkt, zijn al onze plannen in de war gestuurd, daarom moeten we juist nu geen nieuwe maken.'

Daarop werd het rustig. Beide vrouwen waren blijkbaar naar bed gegaan zonder elkaar goedenacht te wensen, wat hun onenigheid had kunnen oplossen.

Nu de spanning van haar afviel, merkte Beatrice weer dat haar keel brandde. Water. Ik moet beslist wat water drinken.

Met opeengeklemde kaken maakte ze zich los van de muur. Haar rug deed zeer van de ongemakkelijke houding, en haar sinds een maand voortdurend gezwollen gewrichten waren stijf. Als ze niet zo'n dringende behoefte aan water had gehad, was ze nu weer gaan liggen tot ze weer in slaap viel. Maar om tot rust te komen moest ze eerst iets drinken.

Op de gang tastte ze naar de lichtschakelaar, de lamp ging echter niet aan. Was de stroom uitgevallen, of was die alleen maar uitgezet? Beatrice herinnerde zich de grote stoppenkast in de keuken, waar af en toe stoppen uitgedraaid werden om de stroom te blokkeren.

De vage vlekken maanlicht hielpen haar evenwel goed bij het oriënteren. De gang door, de trap af, dan door de tweede deur naar rechts. Weer een gang door, de geur van thee achterna.

De treden kraakten ondanks haar geringe gewicht zachtjes onder haar voeten terwijl ze zo oppervlakkig mogelijk ademhalend naar beneden liep. Bij de onderste trede moest ze een keer blijven staan, want de dorst maakte haar fysiek onwel, waardoor ze begon te wankelen. Lichtjes die er helemaal niet waren, flikkerden plotseling voor haar ogen. Zelfs als ze haar ogen sloot verdwenen ze niet.

Met bonkend hart klemde ze haar hand om de trapleuning. Vanuit haar ooghoek zag ze iets bewegen. Een silhouet voor het diffuse licht dat door de glazen deuren van de balzaal viel. 'Alles in orde, mevrouw?'

In een reflex wilde Beatrice ja zeggen, maar daar was ze niet toe in staat. De woorden wilden er niet uit komen.

'Ik ben dokter Sayers,' vervolgde de man, die haar gezichtsveld binnenschoof. 'Ik zal u helpen.'

Toen begaven haar knieën het en werd alles donker.

Eerste boek

Het geheim

1

BERLIJN, APRIL 2008

Diana Wagenbach werd wakker toen roodachtig ochtendlicht over haar gezicht streek. Met een zucht opende ze haar ogen en ze probeerde zich te oriënteren. De enorme linde in de tuin wierp zijn schaduw over de hoge ruiten van de serre, die aan de woonkamer grensde. Lichtvlekken lagen verspreid over het donkerrode tapijt, dat het oude parket voor krassen behoedde. Er hing een eigenaardige geur in de lucht. Had iemand alcohol gemorst?

Het duurde even voor Diana weer wist hoe ze op de witte leren bank was beland. De kleren van de vorige avond plakten aan haar lijf, haar zwarte haar kleefde nat van het zweet op haar voorhoofd en wangen en haar lippen waren gortdroog.

'O mijn god,' kreunde ze terwijl ze overeind kwam. Haar armen en benen voelden aan alsof ze de afgelopen nacht met verhuisdozen had gesjouwd. En haar rug deed pijn door de vreemde houding waarin ze had gelegen.

Toen ze tegen de rugleuning zakte, werd ze door de bliksem getroffen. De woonkamer zag eruit als een slagveld, niet als gevolg van een woest feest, maar omdat zij buiten zichzelf was geraakt. Geschrokken wreef ze over haar ogen en wangen.

Eigenlijk was Diana een rustig type, eerder wat al te geduldig, vonden haar vrienden. Gisteren had ze haar echtgenoot Philipp met die vrouw gezien. Het hoorde bij zijn werk om ook buiten kantooruren zakelijke besprekingen te voeren. Maar daar hoorde niet bij dat hij zijn vrouwelijke gesprekspartner hartstochtelijk kuste en tegelijk begerig haar borsten streelde.

Was ik maar gewoon thuisgebleven, dacht Diana terwijl ze rechtop ging zitten en de bloeduitstortingen op haar armen bekeek. Maar nee, ik moest zo nodig naar ons favoriete restaurant gaan, omdat ik vond dat ik na een dag hard werken wel iets bijzonders had verdiend.

Terwijl ze van de bank opstond en probeerde haar vermoeide ledematen in beweging te brengen, liet ze de afgelopen avond de revue passeren.

Natuurlijk had ze niet de moed gehad nog ter plaatse de confrontatie met Philipp aan te gaan. Ze was zonder dat hij iets gemerkt had naar huis gelopen, had woedend de deur achter zich dichtgeslagen en was huilend op de bank neergevallen. Hoe kon hij haar dat aandoen!

Na een korte huilbui had ze door het huis heen en weer gelopen, gekweld door talloze vragen. Waren er eerder aanwijzingen geweest? Had ze iets kunnen vermoeden? Was het allemaal gewoon een vergissing en was het maar een heel onschuldige kus geweest?

Nee, die kus was allesbehalve onschuldig geweest. En als ze eerlijk was, maakte het schip van haar huwelijk al een hele tijd slagzij en wachtte het alleen maar op een windvlaag die het zou doen omslaan.

Duizend verwensingen waren in haar hoofd opgekomen. Verwijten, dreigementen, beledigingen, eisen. Toen Philipp daarna voor haar stond, met zijn sleutels rinkelend in zijn hand, waren haar voornemens om een scène te maken verdwenen. In plaats daarvan had ze hem alleen maar aangekeken en doodgemoedereerd gevraagd wie die vrouw was die hij zo hartstochtelijk had omhelsd.

'Schat, ik... zij...'

Aan zijn plechtige verzekering dat ze alleen maar een kennis was, had ze geen geloof gehecht. Het was een van Diana's gaven leugens te herkennen. Als kind al had ze het altijd geweten als iemand tegen haar loog. Soms had ze zelfs haar oudtante Emmely erop betrapt dat ze iets voor haar verzweeg.

'Verdwijn uit mijn ogen!' Dat was het enige wat ze kon uitbrengen. Verdwijn. Vervolgens had ze zich omgedraaid en was ze de serre in gelopen. Terwijl ze door haar spiegelbeeld heen naar de maanverlichte tuin keek, was achter haar de deur in het slot gevallen.

Dat zou het moment zijn geweest om naar bed te gaan en haar verdriet op haar kussen uit te huilen. Maar Diana had een andere reactie gehad.

Achteraf vond ze het zelf choquerend. Tot dan toe was ze nog nooit zo uit haar vel gesprongen. Het was met een vaas begonnen, die ze met een woedende kreet tegen de muur smeet. Toen waren de stoelen uit de eethoek gevolgd. Met al haar kracht had ze ze door de kamer geslingerd en daarbij zowel de glazen salontafel als de vitrine met Philipps prijzen aan gruzelementen geslagen. Een fles singlemaltwhisky had er ook aan moeten geloven. De goudbruine inhoud was nu ingedroogd in het tapijt.

Misschien had ik die beter kunnen opdrinken, dacht Diana sarcastisch. Dan had ik de verzekering niet hoeven uit te leggen wat er gebeurd is.

De scherven fonkelden haar boos tegemoet en knarsten onder haar schoenen toen ze door de kamer liep. Een bad zou haar weer wat tot bedaren brengen en haar de gelegenheid bieden haar gevoelens te ordenen.

Nadat ze zich had uitgekleed, bekeek ze zichzelf in de spiegel en ze vond dat eigenlijk lachwekkend. Was het in haar geval nodig zich af te vragen wat die ander had wat zij niet had?

Dat ze zesendertig was, kon je niet aan haar afzien; wie haar niet kende, schatte haar eind twintig. Grijze haren, waarmee je volgens de reclames al vanaf je vijfendertigste rekening moest houden, waren tot nog toe uitgebleven. Onberispelijk zwart hing haar haar tot op haar schouders, die net als haar armen de zomerse gouden tint hadden waar haar employees en vriendinnen altijd zo jaloers op waren. De rest van haar dan wel niet getrainde, maar toch slanke lichaam was lichter, snakte gewoonweg naar het strand om zich wat kleur betreft aan haar armen en schouders aan te passen.

Vakantie, dacht ze met een zucht toen ze de douchecabine in

stapte. Misschien moet ik maar op reis gaan om de hele toestand te vergeten.

Onder de lauwwarme stralen van de douche kwam ze weer bij haar positieven, maar op dat moment keerde ook het brandende nerveuze gevoel in haar maag terug. Het water mocht dan wel de sporen van de afgelopen nacht van haar huid en uit haar haar spoelen, maar het kon wat er gebeurd was niet terugdraaien.

In eerste instantie negeerde Diana het gerinkel van de telefoon. Waarschijnlijk was het Philipp die met een onnozel excuus kwam. Of in het ergste geval zou vragen hoe het met haar ging. Omdat ze haar mobiel had uitgezet, had hij geen andere mogelijkheid om haar te bereiken.

Toen het gerinkel niet ophield en haar te binnen schoot dat het Eva Menzel, haar partner op het advocatenkantoor kon zijn die belde, liep ze met een pluizige blauwe handdoek omgeslagen de badkamer uit naar de gang, waar ze opnam. Als het Eva is, kan ik ook meteen tegen haar zeggen dat ik vandaag niet naar kantoor kom. 'Wagenbach.'

'Mrs Wagenbach?' informeerde een stem die haar naam uitsprak als 'Wegenbag.'

Diana hapte verrast naar adem. 'Mr Green?'

De butler van haar tante gaf in slecht Duits een bevestigend antwoord, waarop Diana op Engels overging.

'Goed om u te horen, Mr Green, is alles in orde?'

Hoe lang geleden was het dat ze haar tante had gesproken? Of de butler, die als een soort tussenpersoon dienstdeed en de hoorn voor tante Emmely vasthield omdat haar armen niet goed meer functioneerden sinds ze door een beroerte was getroffen.

'Ik vrees dat ik geen al te best nieuws voor u heb.'

Diana had het gevoel dat ze een stomp in haar maag kreeg. 'Houd me niet zo in spanning, Mr Green, zegt u alstublieft wat er aan de hand is.'

De butler aarzelde nog even voor hij het onontkoombare durfde uit te spreken. 'Uw tante heeft twee dagen geleden helaas weer een beroerte gehad. Ze ligt in het St. James Hospital in Londen, maar de doktoren weten niet hoe lang ze het nog volhoudt.'

Diana sloeg haar hand voor haar mond en kneep haar ogen dicht, alsof ze op die manier het slechte nieuws kon buitensluiten. Maar nu zat het al in haar hoofd. Ze zag een oudere vrouw voor zich met rossig haar dat langzaamaan sneeuwwit werd. Een goedmoedig glimlachje rond haar gegroefde mond. Hoe oud was tante Emmely? Zes- of zevenentachtig? Diana's grootmoeder, een nicht van Emmely, die ongeveer in dezelfde tijd was geboren, was al jaren geleden overleden.

'Mrs Wagenbach?' Als een windvlaag verjoeg de stem van Mr Green de flarden van haar gedachten.

'Ja, ik ben er nog. Ik ben alleen... geschokt. Hoe heeft dat kunnen gebeuren?'

'Uw tante heeft een gezegende leeftijd, Mrs Wagenbach, en het leven is haar niet altijd welgezind geweest, voor zover ik dat kan beoordelen. Mijn moeder zei altijd dat mensen net speelgoed zijn, dat het vroeg of laat begeeft.' Hij pauzeerde even, alsof hij zich zijn moeder voor de geest haalde. 'U moet komen. Madam heeft me opgedragen u te laten komen nu ze nog enigszins aanspreekbaar is.'

'U hebt dus met haar gesproken?' Een klein, absurd sprankje hoop welde in haar op. Misschien kunnen de artsen haar weer oplappen. Werd er niet altijd beweerd dat pas de derde beroerte dodelijk is?

'Ja, maar ze is erg zwak. Als u haar wens in vervulling zou willen laten gaan, moet u zo mogelijk vandaag nog een vlucht boeken. Als u daartoe besluit, haal ik u persoonlijk af van het vliegveld.'

'Ja, ik... kom. Ik... moet alleen even uitzoeken wanneer het eerstvolgende toestel gaat en of er nog plaats is.'

'Goed,' antwoordde de butler. 'Wilt u zo vriendelijk zijn me even per e-mail te laten weten wanneer u precies aankomt? Ik zou u niet graag in de regen laten staan.'

'Dat is heel aardig van u, Mr Green, ik zal u mijn vluchtnummer mailen zodra ik het heb.'

Weer een korte pauze. Een klik in de ether. Was de verbinding verbroken?

'Het spijt me vreselijk, Mrs Wagenbach. Ik zal voorbereidingen treffen om uw verblijf hier zo prettig mogelijk te maken.'

'Dat stel ik zeer op prijs, Mr Green. Hartelijk dank en tot straks.'

Toen ze had opgehangen, moest ze eerst even gaan zitten. Natuurlijk niet midden in de schervenchaos, ze koos voor de keuken. Bij Emmely had ze ook altijd in de keuken gezeten als haar moeder Johanna en zij bij haar op bezoek waren.

Haar moeder had een heel bijzondere relatie met Emmely gehad; Johanna was door haar opgevoed nadat haar eigen moeder in de woelige tijden aan het einde van de oorlog bij haar geboorte was gestorven. Ze kende Beatrice alleen van een verbleekte foto die vlak voor Johanna's geboorte was gemaakt. Diana had nooit begrepen waarom Emmely, die kinderloos was gebleven, haar moeder niet had geadopteerd.

Het slaan van de klok in de woonkamer, die Philipp uit Tsjechië had meegebracht en waar ze altijd een hekel aan had gehad maar die ze omwille van hem had getolereerd, herinnerde haar eraan dat de tijd doortikte en dat vliegtuigen niet wachtten.

Hoewel ze pijn in haar buik had van bezorgdheid en over haar hele lichaam trilde van nervositeit, lukte het haar zich in vijf minuten aan te kleden. Ze koos praktische kleding uit: een spijkerbroek, een blouse met korte mouwen, een dunne donkerrode gebreide trui voor het geval dat het minder aangenaam weer was. Haar zwarte haar bond ze samen tot een vlecht, van make-up zag ze deze keer maar af. Doordat ze vaak zakenreizen had gemaakt, was ze in staat in een mum van tijd haar bagage in te pakken. Veel nam ze toch niet mee: een extra blouse, een shirt, haar tandenborstel, haar laptop, notitieboekje en natuurlijk opladers. In de buurt van Tremayne House was een dorpje waar alles verkrijgbaar was wat toeristen in die streek nodig hadden. Als ze haar portemonnee en haar papieren maar bij zich had, zou ze alles wat verder van belang was daar kunnen kopen.

Bij de deur keek ze nog even om naar de chaos. De glasscherven schitterden als diamanten in het zonlicht. Die moet Philipp maar opruimen, dacht ze, en ze had er heimelijk plezier in dat ze geen boodschap achterliet, zoals anders wanneer ze plotseling weg moest.

Buiten stapte ze in haar rode Mini, die haar in het drukke stadsverkeer van Berlijn al zo vaak goede diensten had bewezen, en even later zat ze op de ringweg naar Tegel.

Ongeveer op datzelfde moment begaf Mr Green zich naar een boekenkast die in de werkkamer van zijn vroegere meneer stond. Zijn mevrouw had hem strikte instructies gegeven voor als ze zou overlijden. Hij moest ervoor zorgen dat Diana het vond. Het geheim.

Zelf was hij niet op de hoogte. In al die jaren van zijn dienstbetrekking in Tremayne House had hij het afgeleerd nieuwsgierig te zijn, hoewel hij moest toegeven dat hij al op de eerste dag hier had aangevoeld dat het huis iets verborgen hield. Dat gevoel was hij altijd blijven houden. En misschien zou hij nu, een paar jaar voor zijn pensioen, nog getuige zijn van een adembenemende onthulling.

Mrs Woodhouse had hem een jaar geleden ingewijd in de puzzel van aanwijzingen. Destijds geloofde ze al dat de engel des doods voor de deur stond. Maar God had haar tijd gegund, genoeg tijd, om het spoor uit te zetten. Hier een foto, daar een brief in een boek dat natuurlijk toevallig in de buurt van de betrokkene moest opduiken. Het zal haar helpen de tijd na mijn overlijden door te komen, had Madam gedacht. Hoewel Diana zich jarenlang niet had laten zien, had Mrs Woodhouse nooit getwijfeld aan de liefde en loyaliteit van het meisje, dat in haar hart de lege plek van een kleindochter had ingenomen.

Staand voor de boekenkast zocht Mr Green naar een bepaalde titel. Sinds de dood van zijn oude mevrouw Deidre, de moeder van Emmely Woodhouse, was de volgorde van de boeken niet veranderd. Zelfs in de oorlog, die ook hier alles op zijn kop had gezet, was niet één boek van plaats veranderd.

Ah, daar stond het! Groene band, vergane gouden opdruk. Een boek dat toevallig op die plaats leek te staan. Maar als je de rangschikking kende, sprong het duidelijk in het oog. Voor het geval dat de gast te bedroefd zou zijn om helder te kunnen denken, trok hij het wat naar voren, nog geen vingerdikte. Het schuiven klonk als de zucht van verlichting van een stervende die eindelijk het tijdelijke met het eeuwige mag verwisselen.

Mr Green haalde zijn hand weg en bekeek tevreden het resultaat. Wanneer het licht 's middags door de hoge ramen viel, zelfs als het maar zwak was, zou je het boek niet over het hoofd kunnen zien.

2

Zijn aankondiging dat hij haar niet in de regen zou laten staan, had Mr Green waarschijnlijk letterlijk bedoeld, want toen het toestel uit Berlijn op Heathrow landde, verdween Londen onder dikke regenwolken, die de dag in avond veranderden. Motregen ging over in onweer, dikke regendruppels kletterden neer op de luchthaven en tegen de ruiten van de bus die de passagiers naar de aankomsthal bracht.

Nadat ze haar koffer van de bagageband had gepakt, liep Diana snel naar de uitgang, waar ze Mr Green hoopte aan te treffen. Hij had in zijn antwoord op haar mail laten weten stipt op tijd te zullen zijn, maar de drukte tijdens de spits kon tegenwoordig zelfs de meest consciëntieuze butler parten spelen.

In de wirwar van mensen zag ze hem aanvankelijk niet, maar uiteindelijk ontdekte ze hem bij de deuren. Ze kregen elkaar op hetzelfde moment in het oog, en zijn hand schoot wenkend omhoog.

Diana versnelde haar pas, verontschuldigde zich toen ze per ongeluk tegen een man met een wagentje aan liep en slalomde door een groep Japanners heen die opgewekt hun camera's op een aangiftebalie neerlegden.

Naarmate ze dichter bij hem in de buurt kwam, viel het haar steeds meer op dat Mr Green sinds ze hem vijf jaar geleden voor het laatst had gezien niet echt veranderd was. Inmiddels was hij eind vijftig, maar zijn perfect geknipte haar was met maar een paar zilveren draden doorweven en zijn rijzige gestalte vertoonde geen grammetje vet te veel. De loden mantel die hij over zijn pak droeg was van zo'n onberispelijke snit dat je hem makkelijk voor een rijke zakenman zou kunnen aanzien.

Zo is tante Emmely, dacht Diana weemoedig. Perfectie in alles. In Mr Green, die nu al bijna dertig jaar bij haar in dienst was, had ze de volmaakte butler gevonden.

'Van harte welkom in Londen, het doet me plezier u weer te zien, Mrs Wagenbach.'

Zijn handdruk was net zo warm en hartelijk als zijn glimlach. Onwillekeurig vroeg Diana zich af of hij misschien weer een vriendin had; de laatste was er een paar jaar geleden met een zeeman vandoor gegaan.

'Ik ben ook blij u weer te zien, Mr Green,' antwoordde Diana welgemeend, want er ging iets rustgevends van de butler uit. Ze leeft nog, fluisterde een stem in haar achterhoofd. Je bent nog niet te laat. 'Bent u goed door het verkeer heen gekomen?'

'Heel goed, Madam,' antwoordde hij beleefd terwijl hij de gigantische paraplu onder zijn arm klemde. 'Ik had het geluk een parkeerplaats wat meer vooraan te vinden, zodat we daar misschien nog enigszins droog aankomen.'

Er gleed een glimlachje over Diana's gezicht. Het had geen zin te proberen met Mr Green te praten als je net was aangekomen. Pas na een paar dagen liet de plichtsgetrouwe butler zich ertoe verleiden ook eens wat persoonlijke woorden te wisselen.

Buiten werden ze begroet door kletterende regen, die enkele passagiers ertoe bracht het ondanks hun zware bagage op een lopen te zetten alsof ze voor hun leven moesten rennen. Zonder zich daar iets van aan te trekken opende Mr Green de paraplu en hield die boven Diana.

'Zullen we, Madam?'

Het kostte Diana moeite de man met zijn ruim twintig centimeter langere benen bij te houden en tegelijkertijd de plassen die razendsnel ontstonden te vermijden.

Ze stopten uiteindelijk bij een grote zwarte sedan, een Bentley Brooklands uit 1998. Ondanks de tien jaar die hij er al op had zitten, zag de wagen er uiterst verzorgd uit. Waarschijnlijk had Emmely zich er maar af en toe in laten vervoeren. Dat Mr Green deze auto voor privéritten gebruikte, betwijfelde Diana. Daarvoor was hij veel te correct.

De butler nam met een glimlach haar tas van haar over en opende het portier. Terwijl ze instapte, tilde hij haar bagage in de kofferbak.

'Ik neem aan dat u meteen naar het ziekenhuis wilt gaan,' zei hij nadat hij soepel op de bestuurdersstoel van de Bentley was gegleden. Er glinsterden een paar regendruppels op zijn schouders en in zijn haar toen hij zich naar haar omdraaide.

'Ja, graag,' antwoordde Diana. 'Bent u al wat meer te weten gekomen?'

'Helaas niet, want ik ben geen familie. De dienstdoend arts, die mij voor haar zoon hield, heeft in elk geval tegen me gezegd dat hij vermoedde dat het een beroerte was, waardoor niet alleen haar armen voorgoed verlamd zijn, maar ook haar benen. Als het mij niet was opgevallen dat ze niet uit haar stoel kon opstaan, was ze waarschijnlijk 's nachts overleden.'

'Dat was zoals altijd weer heel attent van u,' zei Diana, die niets anders kon bedenken. Wat kon je daarop ook zeggen?

Nadat ze haar gordel had omgedaan, startte Mr Green de motor en zette hij de ruitenwissers aan, en even later voegden ze zich bij het bruisende Londense stadsverkeer.

Het St. James Hospital straalde een steriele kilte uit, die bezoekers onwillekeurig een knoop in de maag bezorgde zodra ze de deur door liepen. Diana had zich altijd afgevraagd waarom een plaats waar mensenlevens begonnen, gered werden of eindigden zo onaangenaam, zo akelig moest zijn.

De vriendelijke verpleegster bij de receptie, die hun verzocht zich bij de afdeling intensive care te melden, veranderde daar niets aan. Het naar desinfecterende middelen ruikende gebouw wekte de indruk de kracht uit iedere aanwezige levende ziel te willen zuigen.

Maar al te graag had ze Mr Green verzocht met haar mee te gaan, doch de butler had een half uur geleden afscheid van haar genomen om nog even een boodschap te doen. Hij had nu toch zijn gast afgeleverd, en bovendien had hij Diana verzekerd: 'Als ik weer terug ben, wacht ik beneden in de foyer op u.'

Diana had hem laten gaan en liep nu tussen gehaaste verpleegkundigen in verschillend gekleurde uniformen op de grote glazen openslaande deuren met het opschrift EMERGENCY ROOM af. Voor Diana die had bereikt, zwaaiden de deuren open en verscheen er een bed met aan het voeteneinde een verplaatsbaar beademingstoestel, dat door twee verpleegkundigen de gang op werd geduwd. De patiënt, een man met wit haar, was bijna onzichtbaar tussen de kussens en dekens. Diana groette de verpleegkundigen, maar ze sloegen geen acht op haar en praatten door over de voetbalwedstrijd van het afgelopen weekend. Bij de aanblik van de open deur en de lege gang overwoog Diana gewoon naar binnen te glippen, maar iets weerhield haar. Achter die deur ligt ze, dacht ze met bonzend hart, en ze voelde haar maag samentrekken terwijl haar blik over de betegelde muren gleed, die op regelmatige afstand werden onderbroken door deuren en verpleegstersposten. Zal ze me wel herkennen?

'Kan ik u helpen?'

Verschrikt draaide Diana zich om. In gedachten verzonken, had ze niet gemerkt dat er achter haar een arts was verschenen. De ongeveer veertigjarige medicus zag eruit als een Pakistaan, maar sprak accentloos Engels. Op zijn witte jas zat een naamplaatjc waaruit bleek dat hij dokter Hunter was.

'Ja, pardon, ik ben Diana Wagenbach, ik zoek Emmely Woodhouse, zij moet hier gisteren zijn binnengebracht.'

'Bent u familie?' vroeg de arts, waarop Diana knikte.

'Komt u maar mee.'

De medicus bracht haar naar de verpleegsterspost en gaf een vrouw in roze uniform opdracht Diana naar kamer negen te brengen.

De verpleegster knikte, legde haar klembord weg en kwam toen naar haar toe, terwijl de arts haastig de gang in liep.

'Bent u haar kleindochter?' vroeg ze, waarop Diana gemakshalve knikte. Ze wist niet of ze wel als familie gold en of de verpleegster de gecompliceerde familieverhoudingen zou begrijpen.

'Goed, komt u maar mee.'

Langs deuren waarachter het gepiep van monitoren te horen was, liepen ze naar het achterste deel van de gang, waarin ook de arts was verdwenen. Ze bleven staan voor een kamer met een dichte deur. De verpleegster opende een kastje naast het archief voor de patiëntendossiers. Voor Diana daar een blik op kon werpen, drukte ze Diana een lichtblauw bundeltje in de hand.

'Trekt u dat alstublieft aan. Uw oma moet tegen bacteriën beschermd worden. Naast de beroerte heeft ze ook longontsteking gekregen.'

'Zo snel al?' vroeg Diana, die meteen aan horrorverhalen over ziekenhuisbacteriën moest denken.

'Waarschijnlijk een verwaarloosde griep. Toen ze werd binnengebracht, vertoonde ze al duidelijke symptomen. Als ze geen beroerte had gekregen, was de longontsteking vermoedelijk niet ontdekt.' De verpleegster klonk ontstemd. Dat zou jij ook zijn als iemand je in bedekte termen verweet dat je je werk niet goed deed, dacht Diana.

'Als u alles hebt aangetrokken, moet u uw handen desinfecteren. Als u tussendoor de kamer verlaat, moet u bij terugkomst de hele procedure herhalen.'

Dat was Diana niet van plan.

'U mag een half uur blijven, maar beslist niet langer,' zei de verpleegster terwijl Diana probeerde de dunne blauwe overjas op haar rug dicht te maken, wat helemaal niet zo makkelijk bleek. 'En wilt u alstublieft zachtjes praten, en ervoor zorgen dat ze zich niet opwindt?'

Natuurlijk ga ik met tromgeroffel en trompetgeschal een ziekenkamer in! Diana onderdrukte haar ergernis, bedankte de verpleegster voor het mutsje dat deze haar aanreikte en verzekerde haar dat ze zich aan de instructies zou houden. Toen ze het mutsje over haar

haar en het mondkapje voor haar mond had gedaan, mocht ze eindelijk naar binnen.

Hoewel ze zich mentaal al gewapend had en ook ervaring had met het uiterlijk van ernstig zieken – haar moeder was negen jaar eerder aan kanker overleden – schrok ze van de aanblik van Emmely.

Haar rossige haar was verbleekt als wol die te lang in de zon heeft gelegen. Haar rimpelige gezicht was ingevallen, er zaten donkere kringen rond haar ogen. Ze ademde reutelend met licht geopende mond. Haar nu totaal verlamde armen waren met banden vastgemaakt, zodat ze niet tussen de bedhekjes konden komen. Diana constateerde geschrokken dat Emmely sterk vermagerd was. Blijkbaar had niet alleen de beroerte haar gezondheid ondermijnd.

Vechtend tegen de tranen, die een dikke brok in haar keel vormden, liep ze zachtjes naar het bed, dat omgeven werd door een flink aantal apparaten die in een bepaald ritme zachtjes stonden te piepen.

'Tante Emmely?' vroeg Diana zachtjes terwijl ze zich over het gezicht van de zieke boog. Geen reactie. Kon ze eigenlijk nog wel iets horen? De verpleegster was inmiddels weg, haar kon ze het niet meer vragen.

'Tante Emmely?' herhaalde Diana nu iets luider, waarbij ze zich enorm moest inhouden om niet te gaan huilen.

'Diana?'

Hoewel ze erg zacht praatte, was Emmely goed te verstaan. Heel langzaam draaide ze haar hoofd naar de kant waar ze haar naam had horen uitspreken en opende haar ogen.

'Ja, ik ben hier, tante.' Diana wilde al een hand vastpakken, maar toen haar te binnen schoot dat ze dat toch niet kon voelen, streelde ze licht over haar haar en merkte op dat haar voorhoofd gloeide.

'Wat fijn dat ik je nog één keer mag zien,' fluisterde Emmely terwijl ze Diana indringend aankeek. 'Je bent de afgelopen jaren nog knapper geworden, bijna net zo knap als je grootmoeder Beatrice. Zij was ook heel mooi toen ze een beetje over alle ellende heen was.'

Diana onderdrukte een snik, maar kon niet verhinderen dat er een traan over haar wang gleed en op de beddensprei drupte. 'U bent ook heel mooi, tante.'

'Bij uitzondering zal ik je deze keer geloven,' antwoordde Emmely, waarbij even de flitsende humor waarmee ze zich zo geliefd had weten te maken om de hoek kwam kijken. 'Maar waarom huil je dan? Zie ik er echt zo slecht uit?'

Diana schudde haar hoofd. 'Nee, het is alleen...'

'Omdat mijn einde nadert?'

Er gleed een glimlach over haar gezicht. 'Ach, kindje, voor iedereen komt vroeg of laat het afscheid. Ik heb een lang leven gehad, niet altijd gelukkig, zoals je weet, maar het was lang, en ik heb de kans gekregen iets van de schuld die op onze tak van de familie rust in te lossen.'

Schuld? Diana trok verbaasd haar wenkbrauwen op. Welke schuld zou deze vriendelijke en liefdevolle vrouw op zich hebben geladen? Of haar familie?

'Misschien leer ik aan de overzijde eindelijk Grace kennen, de vrouw die in zekere zin ook mijn leven heeft bepaald, ook al heb ik haar niet persoonlijk gekend,' vervolgde Emmely terwijl er zweetdruppeltjes op haar voorhoofd verschenen.

Het liefst had Diana gezegd dat ze beter kon gaan rusten en dat ze haar krachten moest sparen, maar vroeger had Emmely zich ook nooit de mond laten snoeren. Dat was beslist niet veranderd.

'Ik zal haar vertellen dat haar liefde nog steeds vrucht afwerpt en dat ik alles heb gedaan om vergeving voor Victoria te vinden. De doden weten welke schuld de mensen op zich hebben geladen...'

Emmely kreeg een hoestbui, waardoor de apparaten gealarmeerd begonnen te piepen. Geschrokken deinsde Diana achteruit en ze wilde al de verpleegster gaan roepen, maar toen hield het hoesten weer op.

Kreunend zakte Emmely terug in de kussens. 'Onze familie wordt overschaduwd door een geheim. Een geheim dat Grace niet kende...' Toen ze haar ogen weer opendeed, had ze een afwezige blik, alsof ze in de verte de al voor de oorlog gestorvene kon zien. 'Mijn grootmoeder had om die reden een vreselijk slecht geweten.'

Ze haalde hortend en stotend adem, alsof het spreken vreselijk inspannend was.

Het liefst had Diana willen zeggen dat ze eerst maar eens moest uitrusten en het haar later moest vertellen. Maar Emmely zou zich er niet van laten weerhouden te doen wat zij nu eenmaal wilde.

'Ik kan je helaas niet vertellen waarom het precies ging. Ik heb altijd het vermoeden gehad dat mijn moeder meer wist, maar ze heeft me nooit ingewijd. Het enige wat mam me op haar sterfbed heeft gezegd, was dat grootmoeder Victoria's geheim pas mocht worden onthuld als er nog maar één van ons over is. Jij bent de laatste telg van onze familie, want helaas heb ik nooit kinderen gekregen. Nu is de tijd gekomen.'

Diana voelde haar maag ineenkrimpen. Het klopte, zij was de laatste. Het nageslacht van de Tremaynes was beperkt gebleven en had geheel en al uit vrouwen bestaan, zodat de oorspronkelijke naam allang uit de annalen was verdwenen.

'In de vroegere werkkamer bevindt zich in de middelste kast een geheim vakje. De sleutel was al in mijn moeders tijd verdwenen, maar het zal geen moeite kosten er een te laten maken. Pak wat erin ligt en maak er het beste van. Verbind de losse draden van de geschiedenis.'

Op de gang waren naderende voetstappen te horen. Blijkbaar was de tijd om en kwam de verpleegster haar nu daaraan herinneren.

Emmely staarde Diana met wijd open ogen aan. Uit haar linkerooghoek rolde een traan. Een hartentraan, zo had haar moeder die altijd genoemd. 'Beloof me dat je het allemaal zult uitzoeken en dat je de losse draden met elkaar verbindt. Grace en Victoria...'

'Mevrouw Wagenbach?'

De verpleegster stond bij de deur, onverbiddelijk als een cipier.

'Het half uur is bijna voorbij. Neemt u alstublieft afscheid, we willen uw grootmoeder zo meteen in een andere houding leggen.'

Diana knikte en wachtte tot de vrouw weer verdwenen was. Toen boog ze zich opnieuw over Emmely heen en gaf haar een kus op haar voorhoofd. 'Ik beloof dat ik alle draden met elkaar zal verbinden.'

Nu glimlachte haar tante gerustgesteld naar haar. 'Je bent echt een lieve meid en je verdient alle geluk van de wereld. Als je ons geheim ontraadselt, zul je zelf vrede vinden, daar ben ik zeker van.'

Slaperig zonk Emmely terug in de kussens.

'Ik kom morgen weer,' beloofde Diana en ze streelde nog eenmaal over haar haar. Of haar tante gehoord had wat ze zei wist ze niet, want toen ze wegliep van het bed was Emmely al weer in slaap.

Mr Green wachtte zoals beloofd in de hal. Haastig veegde Diana de tranen van haar gezicht, die ze onderweg had laten stromen. Haar wangen gloeiden verraderlijk, maar dat was minder erg dan in aanwezigheid van iemand anders te huilen alsof ze een klein kind was.

'Ah, Mrs Wagenbach!' Mr Green sloeg de krant waarmee hij de tijd had verdreven dicht en stond op. 'Mag ik vragen hoe het met Madam gaat?'

'Ik heb met haar gepraat,' zei Diana terwijl ze zich vermande. 'Maar het gaat erg slecht met haar. De verpleegster dacht dat ze er ook nog een longontsteking bij heeft gekregen, die ze al dagen onder de leden had.'

'Dat spijt me. Als uw tante al ziek was, dan heeft ze daar niets van laten blijken.' Mr Green maakte een spijtige indruk, hoewel hij als butler alleen de taak had de huishouding te bestieren en het persoonlijke wel en wee van zijn mevrouw hem niet aanging zolang zij er zelf niets over zei of hij niet in de gaten had dat ze er slecht aan toe was. Emmely was altijd een meesteres in verheimelijken geweest.

'Ja, zo is ze.' Diana's korte lachje klonk eerder als een snik.

'Zoals u kunt constateren, laat Engeland zich vandaag wat de luchtvochtigheid betreft van zijn beste kant zien,' merkte Mr Green ironisch op toen hij de paraplu behendig uit de standaard trok. De regen was wel wat minder geworden, maar de zon was nergens te bekennen. 'Wilt u onderweg nog iets eten, Madam?'

'Nee, dank u, het zou fijn zijn als we nu meteen naar huis konden gaan.'

Naar huis. Pas toen ze door de deur van het ziekenhuis naar buiten liep, bedacht ze hoe vanzelfsprekend ze die uitdrukking in verband met Tremayne House gebruikte. Alsof haar leven in Berlijn niet bestond.

3

Terwijl de drukke snelwegen langzaamaan overgingen in landwegen die omzoomd werden door wilderozenstruiken en lanen met bomen, kwamen onder het sonore gebrom van de motor bij Diana beelden van vroeger naar boven.

Ze zag Emmely, begin vijftig, zich over haar kinderbedje buigen en haar liefdevol over haar haar strelen. En ze zag haar een paar jaar later bedrijvig rondlopen terwijl zijzelf aan de keukentafel zat te tekenen. Alle vakanties bracht Diana door in Tremayne House, omdat haar moeder, die op haar achttiende naar Duitsland was gegaan, altijd weer door haar geboorteplaats werd aangetrokken.

Daarna verscheen het beeld van de ruim zestigjarige Emmely, die chic gekleed bij Diana's confirmatie in de kerk zat terwijl de andere gasten nieuwsgierig en bewonderend naar haar keken. Toen ze achter in de zeventig was kwam ze voor de tweede keer naar Berlijn, om Diana te feliciteren met het behalen van haar diploma. Destijds kon je nog niet aan haar zien dat haar krachten gaandeweg werden aangetast.

Bij Diana's laatste bezoek had een beroerte al sporen nagelaten, maar toch had ze toen nog niet de moed verloren. Vol trots had Diana haar in die tijd laten weten dat ze samen met haar studiegenote Eva een eigen advocatenkantoor zou beginnen. Nadat haar vader bij een auto-ongeluk om het leven was gekomen en haar moeder aan kanker was overleden, was het Emmely geweest die Diana had opgevangen. Toen het verdriet haar te veel dreigde te worden, had Emmely haar op Tremayne House uitgenodigd, waar Diana een hele zomer lang tijd voor zichzelf had gehad.

Daarna was Philipp in haar leven gekomen, en in de daaropvolgende jaren waren hij en het kantoor de reden geweest dat ze nog maar zelden contact met Emmely opnam en zich niet meer liet zien, wat Diana nu diep betreurde. Zij stond altijd voor me klaar, dacht ze, en ik heb haar in de steek gelaten.

Verdriet vermengde zich met de wrok jegens Philipp. Misschien zou ik zonder hem hier vaker zijn geweest...

Diana wist echter maar al te goed dat zij als Philipp er niet was geweest, wel een andere man tegen zou zijn gekomen. Een betere misschien, maar waarschijnlijk zou ze zich ook meer om hem hebben bekommerd dan om haar tante in Engeland.

'We zijn er bijna, Madam,' kondigde Mr Green aan, alsof hij zich ervan wilde verzekeren dat ze de aanblik van het landgoed niet zou missen.

Vanaf de lage heuvel die ze nu naderden, kon je het hele complex overzien, dat bestond uit het riante landhuis van twee verdiepingen, een bijgebouw en stallen.

Het vlak bij de Theems gebouwde landgoed zou ooit aan een beruchte edelman hebben toebehoord, die betrokken was bij een samenzwering tegen Elizabeth I. In de buurt ervan had naar men beweert Sir Francis Walsingham gewoond, het beruchte hoofd van Elizabeths geheime dienst. In de zeventiende eeuw had de familie Tremayne het landgoed gekregen van Charles II, de koning ten tijde van de Restauratie. Sindsdien hadden nazaten van de familie het huis weten te behouden en het was hun ook gelukt ervoor te zorgen dat het geen museum werd.

Tremayne House leek die sombere namiddag op een natte hond die berouwvol aan de voeten van zijn baasje gaat liggen en hem met grote ogen smekend aankijkt. Van alle erkers, het dak en de dakgoten kwamen dikke waterstralen naar beneden, de afvoer naast de trap deed vergeefs zijn best de vloed te verwerken.

Nadat Mr Green de Bentley tot stilstand had gebracht op het ronde plein, dat met een fontein was opgesierd, pakte hij de paraplu, die hij achter zijn stoel had gelegd.

'Wacht, Madam, ik breng u naar de deur.'

Voor ze kon zeggen dat ze dat kleine stukje naar de deur wel zou redden zonder als een suikerklontje te smelten, stond Mr Green al naast haar en opende het portier. Aan zijn schouder hing haar tas, die Diana al bijna weer was vergeten.

In de hal zag Diana even voor zich hoe die er vroeger uit moest hebben gezien, in de tijd van Grace en Victoria. Rond dit uur was er ongetwijfeld een leger van dienstmeisjes in de weer geweest om alle wensen van hun meneer en mevrouw te vervullen. Zo nu en dan zal de butler erop hebben toegezien dat alles goed verliep en naar de wensen van zijn meneer hebben gevraagd, terwijl in de keuken het gekletter van pannen en vaatwerk te horen was.

Het leek alsof de muren iets van de vroegere bedrijvigheid hadden opgezogen en vastgelegd. Waarom zou dit anders juist nu bij haar opkomen?

'Ik heb uw kamer reeds in gereedheid gebracht,' verkondigde Mr Green, die de paraplu geruisloos in de metalen standaard naast de deur had gezet. 'Als u mij wilt volgen, alstublieft.'

Diana wilde nog tegenwerpen dat ze haar tas ook zelf naar boven kon dragen, maar Mr Green stond al bij de trap. Misschien moet ik er gewoon maar in berusten dat ik zo verzorgd word, dacht ze toen ze de marmeren treden op liep, die met fijne adertjes doorregen waren maar nog niets van hun stevigheid hadden verloren. Het was weer eens wat anders na al die maanden door Philipp verwaarloosd te zijn.

De vertrouwde stucornamenten, die schilderijen met portretten en taferelen uit langvervlogen tijden omgaven, het gekraak van de vloerplanken op de tweede verdieping en de geur van oud behang brachten haar meteen terug naar haar jeugd, toen de problemen van de volwassenen haar nog niet bezighielden. Liefdevol streek ze over de dik vergulde lijst van een tafereel uit het plaatselijke park. Onder de zware treurwilgen die om het meertje heen stonden, zaten twee kleine meisjes met hun moeder op een kleed te picknicken.

Gezien de tijd waarin het schilderij was gemaakt, in 1878, moesten de kinderen Grace en Victoria zijn, de laatsten die vanaf hun geboorte de naam Tremayne droegen. De jongste van hen, Emmely's grootmoeder Victoria, zat voor een kleine schildersezel, terwijl de oudste een bloemenkrans vlocht. Hun moeder zat in een met kant en zijden bloemen getooide lichtgroene japon als een koningin op een troon tussen hen in te pronken.

Diana was altijd dol geweest op het schilderij, dat dankzij de realistische uitvoering het effect had van een doorkijkje naar een verre tijd. En ook nu had ze graag nog wat langer naar de meisjes en hun moeder willen kijken. Maar Mr Green stond al bij de deur te wachten.

Diana rook meteen dat haar kamer was opgeknapt. De geur van de moderne tijd vermengde zich als een ongenode gast met de muffe lucht van vergane glorie. Gelukkig waren de reparaties uiterst onopvallend uitgevoerd. Het verbleekte bloemenbehang, dat verder nog in zeer goede staat verkeerde, was met een doorzichtige vernis bestreken, die het zeker nog voor lange tijd zou conserveren. Een van de bedstijlen was vernieuwd, wat je echter niet kon zien aan een kleurverschil in de roodbruine verf, maar aan de structuur van het hout – in de nieuwe bedstijl ontbraken simpelweg de gaatjes van houtwormen. Een welkome vernieuwing was het zachte tapijt, waarvan het bloemenpatroon uitnodigde er met blote voeten overheen te lopen. Wat kleur betreft paste het volmaakt bij de meubels, maar het was veel te schoon om in een andere tijd thuis te horen.

Bijna eerbiedig liep Diana naar de schouw. Het vuur dat er brandde nam de vochtigheid weg en verzachtte de kou van de regenachtige dag die door de oude ramen heen drong. Als kind had ze hier graag gezeten, naar het dansen van de vlammen gekeken en geprobeerd de vonken te tellen die opstoven als er een houtblok uit elkaar viel.

'Als u wilt, breng ik de thee boven,' sloop de stem van de butler zachtjes haar gemijmer binnen.

Diana schudde haar hoofd. Na alle gebeurtenissen van die dag stond haar hoofd er niet naar alleen in deze kamer te zitten, waar de geesten van de Tremaynes fluisterend gesprekken zouden voeren zodra de butler weg was.

‘Ik pak alleen vlug mijn spullen uit en kom dan naar beneden naar de keuken. Ik neem aan dat mijn tante geen kokkin meer in dienst heeft.’

‘Nee, dat werk heb ik al jaren geleden overgenomen.’ Er gleed een glimlachje over het gezicht van de butler, te snel om het te kunnen duiden. Vond hij het pijnlijk om dat toe te geven? Verbaasde het hem dat een verfijnde mevrouw als Emmely Woodhouse tevreden was met zijn kookkunst?

‘Als u wilt, zal ik u met alle plezier helpen,’ bood Diana aan. ‘U hebt vandaag tenslotte een gast.’

‘En omdat u dat bent, heb ik geen hulp nodig,’ repliceerde de butler hoffelijk. ‘Ik heb Mrs Woodhouse beloofd het u zo comfortabel mogelijk te maken, en daar zal ik me aan houden.’

Na het uitpakken van haar bagage, dat maar een paar minuten had gekost, besloot Diana haar herinneringen aan het huis met een kleine rondgang op te frissen. Eerst wierp ze nog een korte blik op haar Blackberry, waarop e-mails stonden van Eva en een opdrachtgever die zij vertegenwoordigde. Ze las de berichten even door, maar stelde het beantwoorden uit tot later. Eva was sinds het telefoontje van vanmorgen op de hoogte. Dat Philipp niets van zich liet horen vond ze een beetje teleurstellend, maar het verbaasde haar eigenlijk ook niet. Waarschijnlijk had hij nog niet eens gemerkt dat ze was verdwenen.

Ze verdrong de weer in haar opkomende ergernis en stapte de gang op, die net als vroeger een betoverende uitwerking op haar had. Het gekraak van de vloerplanken onder haar voeten, dat haar in minder oude huizen zou hebben gestoord, klonk nu als de stemmen van oude vrienden, die haar uitnodigden hen op te zoeken.

Op de bovenste etage bevond zich naast haar kamer en een identiek ingerichte logeerkamer nog een kleine bibliotheek, waar Diana zich in de vakanties bij regenachtig weer meestal met een oude kandelaar had teruggetrokken, hoewel er ook elektriciteit was. Emmely’s vermaningen dat ze bij dat slechte licht haar ogen bedierf had ze genegeerd, want niets was sfeervoller dan bij kaarslicht door een oud, doorgaans geïllustreerd boek te bladeren en zich in een andere tijd te wanen.

Emmely's slaapkamer was naar beneden verhuisd toen ze vanwege haar ziekte een rolstoel nodig had. Mr Green had Diana destijds een uitvoerige brief geschreven waarin hij had uitgelegd welke maatregelen er werden getroffen om het leven voor haar tante zo aangenaam mogelijk te maken.

Ineens hoorde ze heel zachtjes Emmely's stem.

In de vroegere werkkamer bevindt zich in de middelste kast een geheim vakje...

Het was alsof er een ijzige ademtocht langs haar nek streek en Diana huiverde even voor haar blik weer naar het schilderij met de roodharige meisjes en hun majesteitelijke moeder werd getrokken.

Het geheim. Zou dat echt bestaan?

Tante Emmely mocht dan ziek en zwak zijn, Diana had de indruk dat haar verstand volkomen helder was. Een verwarde geest droeg zijn bezoeker niet op de familiegeschiedenis te bestuderen en op zoek te gaan naar een geheim.

Beneden aangekomen stelde ze de speurtocht in de oude werkkamer uit en begaf zich, aangelokt door de heerlijke geur van thee, naar de keuken. Toen ze binnenkwam was Mr Green net bezig met een zilveren mes een taart aan te snijden die hij zojuist uit de oven had gehaald.

Die man beschikt blijkbaar over veel talenten, dacht Diana glimlachend. Jammer dat hij twintig jaar ouder is dan ik, anders had ik misschien mijn geluk met hem beproefd.

Omdat hij in zijn werk opging had de butler niet in de gaten dat Diana hem in de deuropening stond te observeren. Pas toen hij overeind kwam om de taart op de schaal te rangschikken, zag hij haar.

'Ah, Mrs Wagenbach,' zei hij zonder zijn bezigheden te onderbreken. 'Ik heb de thee net klaar.'

'Herinnert u zich nog de tijd dat u me "Miss Diana" noemde?' vroeg ze terwijl ze op een van de stevige keukenstoelen ging zitten. Hoewel de meubelstukken relatief nieuw waren, hadden ze toch de charme van de vroege negentiende eeuw, toen Tremayne House zijn gouden eeuw beleefde.

De butler lachte. 'Toen wilde u voortdurend weten waarom ze me niet James noemden, net als de butler in de televisieserie.'

'U hebt van uw voornaam altijd een groot geheim gemaakt.'

'Dat doe ik nog steeds. U moet het aan uw tante vragen als u hem te weten wilt komen.' Met soepele bewegingen, die jarenlange ervaring verrieden, serveerde hij haar thee en een stuk taart.

'Waarom eigenlijk?' vroeg Diana terwijl ze het heerlijke aroma opsnoof, die de knoop die ze sinds het bezoek aan het ziekenhuis in haar maag voelde een beetje losser maakte.

'Ieder mens heeft behoefte aan een geheim, nietwaar? Dat van mij is mijn voornaam, die alleen mijn mevrouw en mijn geliefde kennen. En natuurlijk de mensen van het bevolkingsregister.'

Het leek Diana te gemakkelijk om op de geliefde in te gaan, waar hij meestal ook een geheim van maakte. 'Weet u iets van het geheim van de Tremaynes, Mr Green?' vroeg ze dus maar, nadat ze een slok van de thee had genomen, die ze meteen als ceylon had herkend.

Dat de butler een fractie van een seconde verstarde, beschouwde ze als een goed teken.

'Het huis kent beslist veel geheimen,' antwoordde hij ontwijkend. 'Ik draag alleen maar zorg voor de buitenkant. Wie weet wat zich tussen de muren bevindt?'

'Mijn tante had het over een geheim toen ik bij haar was,' ging Diana verder, want Emmely had niet tegen haar gezegd dat ze het er met niemand over mocht hebben. 'Ze heeft me opdracht gegeven in de vroegere werkkamer te gaan kijken. Eerlijk gezegd vond ik die als kind al griezelig, het is net alsof alle mannen van de familie van bovenaf naar je kijken en zich erover verbazen dat een vrouw het waagt daar te verschijnen.'

Ditmaal bewaarde Mr Green zijn pokerface. 'Er werken al vrouwen in die kamer sinds Mistress Victoria. Voor zover ik weet, heeft geen van hun nakomelingen een aangetrouwde man ook maar één stap in die kamer laten zetten. Ook Madam niet.'

'Maar tante Emmely's man is in de oorlog gesneuveld.' Dat ze daarna niet opnieuw getrouwd was, had Diana altijd verbaasd, maar waarschijnlijk bestond er zo nu en dan toch nog liefde die de dood overstijgt en niet simpelweg als bladeren op de herfstwind verwaait.

'Zelfs als er daarna nog een man in haar leven was geweest, zou die niet in de werkkamer zijn toegelaten,' antwoordde Mr Green, duidelijk een beetje trots dat *hij* daar zonder meer in en uit kon lopen. 'Na die tijd in het buitenland moet er iets met de familie zijn gebeurd waardoor de mannenheerschappij in een matriarchaat veranderde.'

'Misschien de omstandigheid dat er alleen nog maar meisjes werden geboren?' merkte Diana licht ironisch op en ze nam een hap van de taart, die een waar vuurwerk van smaken in haar mond liet exploderen.

'Vast en zeker.' Een besmuikt lachje gleed over het gezicht van Mr Green terwijl hij zijn handschoenen afstroopte. Hij weet iets, dacht Diana al kauwend. Hij weet beslist iets, maar waarschijnlijk heeft Emmely hem verboden er met mij over te praten.

'Komt u toch bij me zitten, Mr Green,' zei ze toen de butler aanstalten maakte weer aan het werk te gaan. 'Het is over vijven, u hebt me rondgereden, het huis op orde gebracht en alles gedaan om het voor mij comfortabel te maken. Ik denk dat u wel een pauze verdient.'

Even vlamde er in Mr Greens ogen iets van verzet op, maar toen vermande hij zich en nam plaats op een keukenstoel.

Na de thee, toen de schemering de sombere namiddag begon te verdrijven, verzamelde Diana al haar moed en liep over de zwart-witte tegels van de gang naar de brede openslaande deur, waarachter de bezoeker een grotere ruimte zou verwachten dan de eerder bescheiden afmetingen van de werkkamer van de familie Tremayne.

Hoewel de lampen die aan de wanden hingen inmiddels allemaal elektrisch waren, hadden ze nog het uiterlijk van de vroegere gaslampen, wat Diana het gevoel gaf echt terug te gaan in de tijd. Als kind was ze een beetje bang voor dit vertrek geweest en was ze er alleen naartoe gegaan als ze tante Emmely nergens anders kon vinden. Meestal had haar tante dan aan het bureau zitten schrijven.

Voor de deur hield ze in, ze legde haar handen op beide deurklinken en voelde de ornamenten op het koude metaal. Daarna drukte ze ze open, en meteen bevond ze zich in het Tremayne House van het einde van de negentiende eeuw. Achter het voor die tijd typerende zware mahonie bureau stond een bijpassende stoel, waarvan de leren bekleding met grote krammen op het hout was bevestigd. De groene kap van de gewelfde lamp was net zo stofvrij als de dikke, aan de randen enigszins bekraste glasplaat die het kostbare inlegwerk tegen slijtage en vlekken moest beschermen.

In de veronderstelling dat de zilveren inktpot al lang uitgedroogd was, klapte Diana het deksel open. De glanzende oppervlakte van zwarte inkt verraste haar. Er gleed een glimlach over haar gezicht. Zoals altijd had Mr Green aan alles gedacht. Ook het schrijfblok, dat uit de tegenwoordige tijd het verleden leek te zijn in geslopen, had ze vermoedelijk aan zijn zorgzaamheid te danken. Waarschijnlijk hield hij er rekening mee dat ze notities wilde maken.

Toen ze zich omdraaide naar de middelste boekenkast, begon er iets in haar buik te kriebelen. Het geheim, dacht ze.

Wil ik het allemaal wel weten?

Ja, dat wilde ze. Als klein kind had het haar al gestoord dat er zich achter de dood van haar grootmoeder een muur leek te bevinden die het verdere verleden verborgen hield. Natuurlijk kende ze de namen van haar voorouders, letters op vergeeld papier, aangevuld met droge geboorte- en sterfdata, die niets openbaarden over het leven van de persoon in kwestie.

Nu heb ik eindelijk de kans iets over onze familie te weten te komen. En Emmely schadeloos te stellen voor de verloren jaren.

Voorzichtig trok Diana het ene boek na het andere uit de kast en legde ze op het bureau, waarbij ze erop lette dat ze niet te dicht bij de inktpot terechtkwamen.

Nadat ze achter de eerste kastplanken, die ze voor het midden had aangezien, niet had gevonden wat ze zocht, ontdekte ze bij de volgende een klein deurtje, waarvan het bestaan alleen werd verraden door een sleutelgat en een donkere gleuf.

Dankzij de boeken, die het tegen het licht hadden beschermd, waren de kleuren van het paisleypatroon nog net zo helder als op de dag dat de muur was behangen. Even schoot het Diana te binnen dat dit patroon destijds de nieuwste mode moest zijn geweest, want niemand minder dan koningin Victoria had het uit India geïmporteerd. Toen streek ze met haar vinger over de gleuf en probeerde met een veiligheidsspeld, die ze altijd wel aan een of ander kledingstuk had zitten het deurtje open te krijgen.

Zoals Emmely al had gezegd, zat het vakje op slot. De fijne krasjes aan de rand gaven aan dat iemand had geprobeerd het open te maken, maar dit muurkluisje was uitstekend kwaliteitswerk en zou zijn geheim waarschijnlijk zelfs niet prijsgeven als het huis ooit onder de slopershamer kwam.

Diana vroeg zich af waarom niemand had geprobeerd een nieuwe sleutel te laten maken. De krassen moesten afkomstig zijn van dieven die geprobeerd hadden de inhoud van de kluis te bemachtigen, omdat ze vermoedelijk dachten dat daarin de familiejuwelen werden bewaard.

Toen ze zich met een zucht omdraaide, in haar hoofd al bezig met een mogelijke sleutelservice, viel haar oog op een boek dat vergeleken bij de andere een beetje uitstak, als een soldaat die vergeten was in het gelid te gaan staan. Dat kon haast geen toeval zijn bij de opvallende, uiterst nauwkeurige ordelijkheid. Was dat opzettelijk gedaan? Had Emmely hier een aanwijzing achtergelaten? Maar hoe had ze dat zelf kunnen doen, met haar verlamde armen? Was Mr Green toch ingewijd?

Met bonzend hart trok ze het groene gebonden boek met de vergane gouden opdruk tevoorschijn. *David Copperfield* van Charles Dickens. Een uitgave uit 1869. Toen ze het opensloeg, drong niet alleen een muffe geur haar neus binnen, maar viel er ook iets uit wat blijkbaar pas kort geleden tussen de bladzijden was verstopt – anders was het toch niet zo gemakkelijk uit het boek gevallen, dat in zeer goede staat verkeerde. Het papiertje dat op het tapijt viel, was niet nieuw.

Toen Diana het opraapte, constateerde ze dat het ging om een telegram dat dateerde van 15 oktober 1886. Ze vouwde het open en terwijl ze las, veranderde de kamer om haar heen en bracht haar als stille waarnemer terug in de tijd van haar voorouders...

Zuchtend keek Henry Tremayne uit het raam, waarin zijn spiegelbeeld door regendruppels werd vervormd. Al dagenlang kwam het met bakken uit de hemel, en het einde van de zondvloed was nog niet in zicht. De regendruppels veroorzaakten bellen in de plassen op de weg, wat volgens een oud spreekwoord nog meer regen aankondigde.

Het weer paste heel goed bij zijn stemming. Enkele dagen geleden had hij moeten concluderen dat hij slechts één van de familiebezittingen zou kunnen behouden. De beslissing zou hem eigenlijk niet zwaar moeten vallen, want hij was toch al nooit echt gesteld geweest op het Schotse kasteel. In het gunstigste geval waren ze er na hun huwelijk twee of drie keer geweest. Zijn enige band ermee bestond uit de brieven van de beheerder, die maandelijks binnenkwamen en waarin verslag werd uitgebracht over de staat waarin het bezit verkeerde.

Maar het lag zijn vrouw na aan het hart en omdat hij van haar hield en haar niet van streek wilde maken, kon hij niet lichtvaardig aankondigen dat ze het kasteel vanwege hun financiële nood moesten opofferen. Afstand doen van het voorvaderlijk landgoed van zijn familie, van Tremayne House, was echter helemaal onmogelijk en daardoor bevond hij zich in een patstelling, die hem elke dag dat hij de beslissing voor zich uit schoof erger kwelde.

Hij werd uit zijn overpeinzingen gehaald doordat er werd aangeklopt. ‘Binnen!’ riep hij, hij rechtte zijn rug en wendde zich af van het raam.

De butler, een lange magere man van midden vijftig, kwam binnen, met in zijn in handschoenen gestoken handen een zilveren dienblad waarop een envelop lag. ‘Dit telegram is zojuist voor u bezorgd, Sir.’

Nog een schuldeiser, dacht Henry verontrust terwijl hij de envelop oppakte en de butler beduidde te wachten voor het geval dat een onmiddellijk antwoord vereist was.

Hij onderdrukte het trillen van zijn handen, pakte zijn zilveren briefopener en ritste de envelop open. Het telegram was maar een klein blaadje, dubbelgevouwen om te voorkomen dat er door de envelop heen gelezen zou worden. De getypte letters deden Henry verstarren. Het telegram had een lange weg achter de rug. Colombo, Ceylon, stond in de rechterbovenhoek.

'Mijn broer is verongelukt,' zei hij halfluid, zijn stem rauw van ontzetting. 'Ze schrijven dat hij van de Adam's Peak is gevallen.'

Hoewel hij gewoonlijk in het openbaar geen emoties liet blijken, sloeg hij zijn hand voor zijn mond terwijl hij verder las.

Hij kon het niet bevatten. Richard was dood. Zo ver van het vaderland was hij door het noodlot getroffen.

'Moet ik een antwoord sturen, Sir?' vroeg de butler met een onbewogen uitdrukking op zijn gezicht. Het was zijn plicht geen emotie te tonen, hoewel hij Master Richard kende en net zo geschrokken was van het bericht.

Henry stormde zonder te antwoorden langs hem heen de werkkamer uit en verdween in de gang. Opeens deed het er niet meer toe welk familiebezit verkocht moest worden...

Een klopje op de deur verdreef Henry Tremayne weer uit Diana's gedachten; de scène loste op. 'Ja?' vroeg ze terwijl ze het telegram naast het boek op het bureau legde.

'Mijn excuses dat ik u stoor, Madam, ik wilde slechts vragen wanneer u de avondmaaltijd wilt gebruiken.'

'Als het klaar is,' antwoordde Diana een beetje in de war. Ze was niet gewend dat iemand haar een dergelijke vraag stelde. 'Ik heb geen idee, wanneer kunt u het klaar hebben?'

'Komt zeven uur u goed uit?'

'Ja, natuurlijk.'

Er speelde een glimlachje op Mr Greens gezicht toen hij de werkkamer weer verliet.

Waarschijnlijk verbaast hij zich over mijn onzekerheid, dacht Diana terwijl ze het telegram weer oppakte.

4

De volgende middag stond Mr Green erop Diana weer naar het ziekenhuis te brengen. Haar voorstel de bus te nemen wees hij beslist van de hand. 'Wat moet ik dan de hele middag? Bovendien moet ik nog een boodschap doen.'

Diana merkte dat dat niet klopte. Mr Green wilde het haar alleen maar gemakkelijk maken. Ze had het niet erg gevonden om de bus te nemen, ze was immers het openbaar vervoer in Berlijn gewend.

Nadat hij haar voor de hoofdingang had afgezet stoof hij weg, waarheen dan ook. Net als de vorige dag liep Diana naar de intensive care. Het lichte, vergeelde papiertje in haar broekzak voelde aan als een steen en leek bij elke stap die haar dichter bij Emmely's kamer bracht zwaarder te worden. De hele nacht had Diana liggen gissen welke gevolgen het telegram kon hebben gehad. Van het bestaan van Henry Tremaynes broer had ze niet geweten, net zomin als van diens tragische dood. Was daarmee alles begonnen?

Al toen ze bij de verpleegsterspost stond te wachten, overviel haar een eigenaardig gevoel. De arts die naar haar toe kwam was niet dokter Hunter, maar een slanke, blonde man van eind dertig met een gladgepolijste stethoscoop over zijn chirurgenkleding.

'U bent toch de kleindochter?'

Blijkbaar had de verpleegster, die er ook vandaag was, hem gezegd dat ze zou komen.

'Ik ben dokter Blake,' stelde hij zich voor toen ze knikte, en hij gaf haar een hand. 'Helaas gaat het niet zo goed met uw grootmoeder. Haar toestand is in zoverre verslechterd dat we ons genoodzaakt zagen haar kunstmatig te beademen. Haar bloedsomloop is erg instabiel, maar we doen alles wat in ons vermogen ligt.'

Diana knikte geschokt. Ze had niet op verbetering gerekend, maar dat er zo snel verslechtering zou intreden, had ze niet verwacht.

'U kunt natuurlijk gewoon naar haar toe. Maar u moet weten dat ze u niet kan horen, omdat we haar onder narcose houden zodat ze beter kan herstellen.'

Verdoofd bedankte Diana hem; op een of andere manier kwam ze in de beschermende kleding bij Emmely's deur terecht. Toen ze voor de piepende apparaten stond werd haar geest weer helder. Emmely's gezicht was nauwelijks zichtbaar onder de slangen voor lucht en kunstmatige voeding, haar ogen lagen diep in hun kassen en haar borst rees en daalde mechanisch op de puls van de beademingsmachine. Het greep haar zo vreselijk aan dat ze alleen nog maar kon huilen. Een hevige kramp schoot door haar borst; zelfs bij de ontdekking van Philipps ontrouw had ze niet zo'n pijn ervaren.

Ze zakte neer op het krukje naast het bed en zat een tijdje stil te huilen. Gelukkig liet zich niemand zien die kon vragen wat er aan de hand was of hulp aanbood. Niemand kon haar nu helpen.

Toen na een kwartier de tranenvloed minder werd, ging ze naast het bed staan en streelde Emmely over haar haar. Ze snikte nog steeds af en toe, maar ineens leek het alsof haar tante naast haar stond en troostend haar hand op haar arm legde.

Ach kindje, voor iedereen komt vroeg of laat het afscheid... Weer zag ze voor zich hoe Emmely's ogen glansden van hoop toen ze het erover had dat ze misschien haar grootouders aan gene zijde zou weerzien. En ze dacht aan de berichten over comateuze patiënten die meenden de stemmen van hun naasten te hebben gehoord terwijl ze daar zo onbeweeglijk lagen.

'Ik heb het telegram gevonden,' zei ze zachtjes toen ze haar schroom om tegen een bewusteloze te praten had overwonnen. 'Ik weet niet zeker of ú het in het boek van Dickens hebt gelegd, maar in dat geval wil ik u bedanken.' Diana vond het wel wat verwarrend, maar ze was ervan overtuigd dat het blaadje papier, dat ze Emmely nu helaas niet kon laten zien, deel uitmaakte van het geheim.

'En ik heb ook het geheime deurtje gevonden. Op slot, zoals u al zei. Maar ik zal vandaag nog de sleutelservice bellen. Ik beloof u dat ik het zal vinden.'

Toen ze voetstappen hoorde, keek ze betrapt op. Een verpleegster in volledige beschermende uitrusting keek om de hoek. Had die gehoord wat ze zei en zou ze nu denken dat ze gestoord was? Zo ja, dan liet ze niets merken.

'U weet toch dat u hier maar een half uur mag blijven?' vroeg ze, waarop Diana knikte.

'Ja, ik wilde al bijna weggaan.'

De toevoeging dat ze morgen weer zou komen, hield ze deze keer voor zich. Ze wilde de goden niet verzoeken en al helemaal niet weer bij de balie door een dokter worden opgewacht.

Ze nam afscheid van Emmely door haar met het mondkapje op een kus op haar voorhoofd te geven, daarna liep ze de ziekenkamer uit en scheurde de beschermende kleding van zich af.

Nog voor ze in de foyer was aangekomen, begon haar mobiel te zoemen. Eigenlijk had ze hem moeten uitzetten, maar haar plichtsgevoel ten aanzien van haar kantoor had haar daarvan weerhouden. Terwijl ze hem uit haar tas viste om het binnengekomen bericht te lezen, vroeg ze zich af hoe lang ze eigenlijk in Engeland wilde blijven. Tegen Eva had ze gezegd dat ze maar twee, drie dagen weg zou zijn, maar Emmely's toestand, het speurwerk en het feit dat er iemand moest zijn als het ergste gebeurde, brachten haar zo langzamerhand aan het twijfelen over een spoedige terugkeer naar Berlijn.

Zou ze zich zo'n lange afwezigheid kunnen permitteren? Natuurlijk, haar team was uiterst betrouwbaar en Eva was een bijzonder goede advocaat, maar af en toe wilden opdrachtgevers haar persoonlijk spreken...

Ze wierp een haastige blik op haar mobiel en zag een bericht van Philipp.

Heb je thuis niet aangetroffen. Neem alsjeblieft contact op en laat weten waar je zit. We moeten praten. Philipp

Praten, dacht Diana verbitterd terwijl ze het bericht zonder te aarzelen wiste. Waarover dan? Over jouw bedrog? Dat het je spijt? Nee, m'n beste, blijf jij nog maar een tijdje sudderen.

Het bericht van Philipp hielp haar in elk geval een besluit te nemen. Als ze weer in Tremayne House was, zou ze Eva een e-mail sturen dat ze de eerste twee weken maar niet op haar moest rekenen en alles wat belangrijk was per mail moest doorsturen.

Net als de vorige dag wachtte Mr Green haar weer in de foyer van het ziekenhuis op. Hij zat met een oudere man te praten, met een klein pakje onder zijn arm.

Terwijl ze even naar hem zwaaide voor ze de glazen deur door stapte, vroeg Diana zich af waarom hij dat niet in de auto had gelaten.

'Hoe gaat het met Mrs Woodhouse?' vroeg hij nadat hij afscheid van zijn gesprekspartner had genomen.

'Slechter. Ze wordt kunstmatig beademd.' Meer wist Diana niet uit te brengen. Mr Green knikte begrijpend.

'Dat spijt me. Ik heb hier iets voor u.'

Diana keek hem verrast aan en slikte. 'Hebt u iets voor me gekocht?'

'Nee, ik heb alleen in opdracht van uw tante iets opgehaald. Het jaarlijkse pakje.'

Toen was het gedaan met Diana's zelfbeheersing. De tranen stroomden over haar gezicht. Hoewel het de laatste weken al niet goed met haar ging, had Emmely toch nog gedacht aan zoiets onbelangrijks als het pakje dat ze haar eens per jaar stuurde zonder dat daar een echte aanleiding voor was. Het *care*-pakje had Diana het altijd schertsend genoemd; haar moeder had er al telkens een gekregen nadat ze zich in Duitsland had gevestigd.

'Nou, nou, Miss Diana, houd u flink. Uw tante is een vechter, ze zal het niet snel opgeven.'

Mr Green haalde een schone zakdoek uit zijn jas en leek toen pas te beseffen dat hij haar weer had aangesproken als vroeger in haar kindertijd. Op slag werd hij knalrood.

'Dank u, Mr Green,' antwoordde Diana nadat ze haar neus had gesnoten. 'En wilt u me "Miss Diana" blijven noemen, alstublieft? Want ik denk dat ik niet lang meer Mrs Wagenbach zal heten.'

Verward keek de butler haar aan, waarna hij haar naar de auto bracht.

'Mijn man en ik gaan waarschijnlijk scheiden,' legde ze Mr Green uit toen ze een eindje buiten Londen waren.

Aanvankelijk was de butler sprakeloos na die openbaring, die hem als bediende niets aanging. Toen schraapte hij zijn keel en antwoordde: 'Daar moet u goed over nadenken. Tegenwoordig beëindigen de mensen relaties maar al te gemakkelijk.'

Vroeger, in de tijd van Emmely of Deidre, zou een butler om zo'n uitspraak zijn berispt. Maar Diana vond dat hij gelijk had. De mensen beëindigden goede, langdurige relaties al snel – voor een kortstondige affaire bijvoorbeeld.

'Hij heeft me bedrogen,' voegde ze eraan toe, wat in vroeger tijden eveneens ongehoord zou zijn geweest.

'O, dan ligt het natuurlijk heel anders.'

Klonk er een vleugje woede door in wat hij zei?

Mr Green vervolgde: 'Ik begrijp mannen vaak niet. Waarom storten ze zich in affaires en denken ze dat hun vrouw er niets van zal merken? Vroeger was dat al niet het geval. Vrouwen hebben daar een zintuig voor.'

'En ze zijn intussen niet meer bereid hun verdriet daarover te verbergen,' voegde Diana eraan toe.

'Zo is dat! Toch gaan mannen ervan uit dat ze ermee wegkomen. En ze nemen alle verwijten en ergernis op de koop toe, alleen maar om voor een paar ogenblikken een andere huid te voelen.'

Iemand die zo wijs sprak, zou eigenlijk de gelukkigste relatie van de wereld moeten hebben. Diana wist echter maar al te goed dat dat niet het geval was. Begon het hem soms nu ineens te dagen?

'Mag ik u een persoonlijke vraag stellen, Mr Green?'

Diana zag dat zijn wenkbrauwen omhoogschoten. Blijkbaar vermoedde hij al wat er ging komen.

'Nu, vooruit dan maar. Afgezien van mijn voornaam heb ik geen geheimen.'

'Bent u ooit getrouwd geweest?'

Mr Green aarzelde even. 'Nee.'

'Hebt u ook niet op het punt gestaan te trouwen?'

'Dat wel een paar keer. Er waren telkens weer vrouwen met wie ik dacht dat het iets zou kunnen worden.'

'Wat heeft u weerhouden?'

'Tja, wat weerhoudt iemand ervan de definitieve stap te zetten? De ene keer hielden we niet genoeg van elkaar, de andere keer juist weer te veel. Weer een andere keer kwam er iets tussen, door eigen stommiteit.'

Diana vroeg zich af hoe het met zijn dienstbetrekking zat. Of het eigenlijk nog altijd zo was dat een butler aan de familie die hij dient toebehoort en door te trouwen uit het huishouden wegvalt.

'Maar ik weet zeker dat ik ooit een vrouw vind die de moeite waard is. Momenteel hebben we echter andere zorgen, nietwaar?'

Diana knikte. Haar nieuwsgierigheid was niet bevredigd, maar ze voelde dat hij niet meer zou prijsgeven.

In Tremayne House aangekomen trok Diana zich meteen met het nog ongeopende pakje terug in de woonkamer, die ze de vorige avond als een soort hoofdkwartier had ingericht. Ze was altijd al gesteld geweest op de enorme koloniale leren bank, waaraan dankzij nauwgezette verzorging niet viel af te zien dat hij rond de eeuwwisseling was aangeschaft. Haar laptop had ze op de lage, massieve houten tafel neergezet, waar anders altijd een fruitschaal op stond. Het schrijfblok had ze uit de werkkamer meegenomen, maar de inktpot had ze daar gelaten, want ze wilde geen vlekken maken op het tapijt – wat ongetwijfeld kon gebeuren als je met pen en inkt schreef.

Over het vermoedelijke geheim stond er nog niets op het blok, maar ze had wel een lijst gemaakt met de dingen die ze vandaag wilde afhandelen. Al jaren hield ze zich aan dat systeem, waardoor haar leven aardig ordelijk was geworden. De lijst, met het telefoontje naar de sleutelservice bovenaan, was ook nu zo'n beetje Diana's houvast terwijl ze op de bank ging zitten en het telegram tevoorschijn haalde, dat ze ter bescherming in een envelop had gestopt.

Gisteren had ze al geprobeerd Richard Tremayne te googelen, maar ze kreeg alleen verkeerde hits. Zijn geest was nog niet op internet verschenen. Een bezoek aan het plaatselijke archief stond daarom ook op de lijst.

Nu pakte Diana de telefoon, die afgezien van het elektrische fornuis het modernste apparaat in het hele huis was. Een televisietoestel had ze bij haar rondgang door gedeeltelijk kale vertrekken niet kunnen ontdekken.

Wat de sleutelservice betreft gaf de inlichtingendienst haar drie telefoonnummers. Een van de bedrijven was wegens vakantie gesloten, het tweede was voortdurend in gesprek. Dat betekende weliswaar dat de zaak kwaliteit leverde, maar Diana wilde niet zo lang wachten. Bij het derde nummer kreeg ze een vriendelijke oudere man aan de lijn, die vertelde dat hij binnenkort met pensioen ging. Maar omdat het Tremayne House betrof, zou hij al de volgende middag het bewuste slot komen bekijken. Ze had nog maar net opgehangen toen ze Mr Green bij de deur zag staan. Hoe lang hij daar al had gestaan en geduldig het einde van het telefoongesprek had afgewacht, wist ze niet. Ergens vandaan kwam een heerlijke geur aanwaaien.

'Het middageten is tegen één uur klaar, schikt u dat, Miss Diana?' vroeg hij.

'Dat hangt ervan af wat het is,' zei ze schertsend, hoewel ze zich helemaal wee in haar buik voelde.

'Een Engelse specialiteit. Laat u zich maar eens verrassen!' weergalmde zijn stem door de gang, waarin hij al verdwenen was.

Diana wist niet zeker of ze nog wel van verrassingen hield. Haar blik gleed over het zorgvuldig dichtgebonden pakje, waaraan ze geen aanwijzingen kon aflezen over de inhoud of de plaats waar het gekocht was. Op het bruine pakpapier stond geen stempel van de winkel zoals tegenwoordig gebruikelijk was en er zat heel gewoon koord omheen dat je zo overal kon kopen. Vooruit, ik zal me eens laten verrassen, dacht ze terwijl ze de strik lostrok.

Meteen bij het openmaken voelde ze iets ongelofelijk zachts aan haar vingertoppen. Verbaasd hapte ze naar adem toen ze zag wat het was. Een oranjekleurige zijden doek, waarop een prachtig rood-met-gouden motief was geborduurd. Het bijzondere eraan was dat hij al behoorlijk oud moest zijn. De randen waren licht versleten en het borduursel leek op dat van oude gewaden die je in musea kon bewonderen. Hoewel Diana geen expert was op het gebied van de geschiedenis van de mode, meende ze toch ergens te hebben gelezen dat doeken met echt Indiaas paisleyborduursel heel kostbaar waren. Om die reden waren ze in een plaatsje in Schotland met de naam Paisley begonnen het patroon na te maken.

Tante Emmely's care-pakjes waren befaamd om de gulheid van de geefster, maar zoiets moois had er nog nooit in gezeten. Was de doek afkomstig uit haar eigen garderobe? Maar waarom moest Mr Green hem dan ergens afhalen? Was hij gerepareerd?

Zo ja, dan had de kleermaker zijn werk niet al te best gedaan...

Opeens schoot haar het patroon op het behang achter de boekenkast weer te binnen. Was dat ook een van Emmely's aanwijzingen?

Ze zag ervan af Mr Green ermee te confronteren en hem te vragen of Emmely hem had ingewijd. Hij zou waarschijnlijk alleen maar glimlachen en een raadselachtig antwoord geven. Nee, ik kom er zelf wel achter, zei ze tegen zichzelf terwijl ze in gedachten verzonken de doek door haar vingers liet glijden en over het borduursel streek.

5

De door Mr Green aangekondigde Engelse specialiteit bestond uit mals lamsgebraad, aardappelen en een saus met een vleugje munt, die voortreffelijk smaakte. Eigenlijk had Diana niet veel trek gehad, maar de kookkunst van Mr Green had haar ertoe gebracht zo veel te eten dat ze het gevoel had dat ze zich door het huis kon rollen.

's Middags werd er aangebeld. Een schel geluid dat niet bij het gebouw paste, maar in alle hoeken en gaten te horen was.

Omdat Mr Green boodschappen was gaan halen, moest Diana zelf opendoen. Ze maakte zich los van haar laptop, stond op van de comfortabele leren bank en liep haastig door de doolhof van gangen naar de hal.

De bezoeker leek aan wachten gewend te zijn. Toen ze bij de glazen deur kwam stond hij er nog altijd, met het hoofd geduldig gebogen, zijn hoed in de hand. Achter het melkglas met jugendstilmotieven bleef zijn voorkomen nog verborgen, maar toen Diana de dubbele deur opende zag ze een ongeveer tachtigjarige heer met dik grijs haar in een zwarte regenjas staan.

'Dokter Sayers?' barstte ze uit.

De man, die zijn ogen opensloeg alsof hij een geestverschijning zag, knikte. Pas na een ogenblik van verbazing leek het tot hem door te dringen wie ze was.

'U bent de kleindochter van Beatrice, nietwaar?'

'Ja, dat ben ik.' Diana glimlachte. Hoe lang had ze die man al niet meer gezien? In haar jeugd had hij vaak een bezoek gebracht aan

Tremayne House; doordat hij er als arts in dienst was geweest, had hij vriendschappelijke betrekkingen met Emmely's familie aangeknoopt. Sinds Diana steeds minder vaak kwam omdat ze haar eigen leven begon te leiden, had ze hem niet meer gezien. Af en toe had tante Emmely het over hem gehad, maar zijn beeld was voor haar steeds meer vervaagd. Nu zag ze zijn vroegere gelaatstrekken weer voor zich.

'Mijn hemel, wanneer heb ik u voor het laatst gezien?' Een lachje verzachtte zijn strenge gezicht. 'Toen u veertien was? Dat moet meer dan twintig jaar geleden zijn.'

'Dat is heel goed mogelijk. Maar u bent niets veranderd, dokter.'

Dokter Sayers lachte een beetje spottend. Het ijs was gebroken en hij gaf haar een tikje op de arm.

'U moet een oude man niet vleien, dan komt hij misschien op verkeerde gedachten!'

'U komt toch voor tante Emmely?'

'Ja, ik heb al een paar dagen niets van haar gehoord. Gaat het goed met haar? Dat haar achternichtje er is, zal haar zeker plezier doen, u was voor haar altijd een soort kleindochter.'

Diana sloeg bedroefd haar ogen neer. Blijkbaar wist hij het nog niet. 'Komt u eerst maar eens binnen, dokter Sayers, en dan zal ik u alles vertellen.'

Vol bange vermoedens volgde de dokter haar naar de keuken, waar de middagzon die net door de wolken heen brak naar binnen scheen. Hoewel Mr Green zijn werk zeer gewetensvol deed, dansten kleine stofdeeltjes in de zonnestralen. Oude huizen zijn van zichzelf stoffig, had haar moeder altijd gezegd. En dit was daar het levende bewijs van.

'Gaat u alstublieft zitten, en verontschuldigt u mij dat ik u meetroon naar de keuken. In de woonkamer heb ik nogal wat wanorde aangericht. Paperassen.'

De arts knikte begrijpend terwijl hij op de keukenstoel plaatsnam. 'Ja, de autoriteiten laten niemand met rust. Emmely is er vast blij mee dat je haar daarmee helpt.'

Diana slikte de brok in haar keel weg. Eens zal ik het toch moeten zeggen. 'Tante Emmely ligt in het ziekenhuis. Sinds eergisteren, heeft Mr Green me verteld. Ze heeft weer een beroerte gehad.'

'O mijn god!' Dokter Sayers stak geschrokken zijn handen in de lucht. 'In welk ziekenhuis?'

'In het St. James. Omdat ze ook een longontsteking heeft, wordt ze nu kunstmatig beademd en is ze niet aanspreekbaar. Ik ben vanmorgen bij haar geweest.'

Dokter Sayers had even nodig om zich weer te herstellen. 'Wat vreselijk. Het spijt me, Miss Diana.'

'Dank u, dokter.' Diana haalde diep adem terwijl ze bedrukt naar haar handen staarde. Omdat Mr Green niet was weggegaan zonder een pot thee warm te houden, stond ze uiteindelijk op en schonk ze voor dokter Sayers en zichzelf een kopje in. Het aroma kon deze keer haar bedruktheid niet wegnemen, maar in aanwezigheid van de gast vermande ze zich.

'Het is jammer dat ik niet meer als huisarts werkzaam ben. Toen ik dat nog wel was, had ik het recht elk ziekenhuis binnen te lopen. Ik zou het oude meisje hebben gezegd dat ze nog niet tot stof mag vergaan. Met wie moet ik anders elke woensdagmiddag zitten kletsen en mopperen?'

Over zijn gezicht gleed een verbitterd lachje.

Diana vroeg zich onwillekeurig af of hij geprobeerd had intiemer met haar tante om te gaan. Hoewel ze weduwe was geworden, was Emmely jong genoeg geweest om zich een minnaar te veroorloven.

'Ik kan me uw grootmoeder nog goed herinneren, Miss Diana,' zei de dokter. Hij nam een slok en sloot genietend zijn ogen. 'Wat een heerlijke thee! Bestaat er een kans dat Mr Green me zijn leverancier verraadt?'

'Dat moet u hemzelf vragen.'

Dokter Sayers liet een vertwijfeld geluid horen. 'Ik betwijfel of hij dat doet, die ouwe binnenvetter. Het klinkt vast raar dat ik dat zo zeg, terwijl ik toch zo'n dertig jaar ouder ben dan hij.' Hij lachte en nam toen nog een slokje.

'Ach ja, uw grootmoeder,' begon de dokter weer nadat hij zijn kopje had neergezet. 'Dat was toch zo'n knappe meid! Ik heb haar ontmoet in de nacht dat ze aankwam.'

Een miniem deel van de familiegeschiedenis was Diana bekend. Haar betovergrootmoeder Grace en haar echtgenoot hadden aan het einde van de negentiende eeuw in Oost-Pruisen, in het deel dat nu bij Polen hoorde, een huis aan de Oostzee gebouwd. Bij hun vlucht in 1945 waren Beatrice' echtgenoot en haar moeder Helena, de dochter van Grace, omgekomen. Diana's grootmoeder had op de een of andere manier naar Engeland weten te komen, zwanger en half verhongerd. Emmely's moeder had haar opgenomen toen het landhuis nog dienstdeed als lazaret.

'Hoewel ze vanwege haar toestand niet veel in het lazaret kon helpen, heeft ze toch haar best gedaan ons bij te staan. Ook al zag Deidre dat niet graag.'

Hij leek nu weer in de oude tijd te verblijven, toen hij een jonge man was en waarschijnlijk zeer in trek bij de meisjes.

'Ze moest zichzelf ontzien vanwege haar toestand, neem ik aan.'

'Dat allereerst, maar daarbij leek Deidre haar niet te vertrouwen. Per slot van rekening kon ze haar afkomst niet bewijzen, er was alleen een brief.'

Diana spitste haar oren. 'Een brief?'

'Ja, die had ze bij zich. Een brief die haar moeder haar zou hebben meegegeven. Ik heb hem zelf niet gezien, maar ik heb Deidre en Emmely erover horen praten. Het was blijkbaar de enige strohalm waaraan Beatrice zich kon vastklampen. Anders had Deidre haar vast weggestuurd.'

'En Emmely?'

'O, die was vanaf het begin dol op Beatrice, ze zag in haar een soort oudere zus.'

De mannenheerschappij veranderde in een matriarchaat. De woorden van Mr Green kwamen weer bij haar naar boven.

'In elk geval waren Emmely en Beatrice van meet af aan onafscheidelijk, wat in eerste instantie eerder van Emmely uitging, die het in haar hoofd had gezet dat ze iets goed te maken had aan de verloren ziel. Beatrice was erg teruggetrokken, waarschijnlijk had ze last van de herinneringen aan de vlucht. Pas na een paar maanden werd ze wat toegankelijker. Wat ze had meegemaakt vertrouwde ze niemand toe, maar het verleende haar een kracht die haar hele verschijning nog mooier en stralender maakte.'

In de ogen van de dokter verscheen een extatische glans, die kort daarop door een schaduw werd verdreven. 'De dood van Beatrice bij de geboorte van haar dochter Johanna was voor ons allemaal een grote schok. Ze was wat ziekelijk, maar dat schreven we toe aan de ontberingen van de vlucht en haar zwangerschap. Ook al hadden we het hier redelijk goed, het was niet genoeg om vet te kweken.'

Diana sloeg haar armen om haar schouders. Het verhaal van de dood van haar grootmoeder was bij haar thuis nooit een belangrijk onderwerp geweest. Emmely had het er nooit over gehad, en Emmely's moeder had ze niet gekend. Diana had er niet op gerekend dat ze het nu te horen zou krijgen. 'Tijdens het persen ontstond er ineens een onverwacht sterke bloeding. De vroedvrouw en ik waren radeloos. We vermoedden een scheur in het weefsel en hoopten de bloeding met een operatie te kunnen stoppen. Nadat het kind was geboren, heb ik nog een uur geprobeerd haar leven te redden, maar het was tevergeefs. Het bloedverlies was te groot.' Sayers' schouders, die gespannen waren geweest alsof hij nog steeds in de operatiekamer stond, zakten naar beneden. 'Toen ik sectie verrichtte, zag ik dat ze een granaatsplinter in haar lichaam had. Ik heb geen idee waarom ze daar niets van gemerkt heeft. Het is mogelijk dat hij niet is opgemerkt en door haar lichaam is gaan zwerven tot hij de buikslagader bereikte.'

'Dus kwam haar dood alleen maar wat later,' merkte Diana bedrukt op, terwijl haar duidelijk werd hoe dicht bij uitsterven haar familie was geweest.

'Ja, dat klopt. Ze had nog tijdens de zwangerschap kunnen overlijden. Maar God of wie dan ook wilde blijkbaar dat het kind geboren werd. De latere gebeurtenissen in aanmerking genomen zou je zelfs kunnen zeggen dat het lot ten minste één keer genade heeft gehad met de nakomelingen van de Tremaynes. Emmely werd het na haar miskraam niet vergund nog een kind te krijgen.'

De stilte die op zijn woorden volgde, was als een echo uit een verre tijd. De beelden uit het verleden drongen zich op en omsingelden hen als soldaten, die Diana en ook de dokter geen andere keus lieten dan zich over te geven.

'Bestaat haar graf eigenlijk nog? Ik bedoel, dat van uw grootmoeder Beatrice?' Sayers' stem verbrak het zwijgen als een hamer die een ruit verbrijzelt. 'Ik ben al lang niet meer op het kerkhof geweest. Nu mijn eigen einde nadert, mijd ik dat als de pest, omdat ik bang ben dat het me niet meer zal laten gaan.'

Terwijl het verleden zich in de schaduwen van het huis terugtrok, haalde Diana een beetje verward haar schouders op; het gescherts van de dokter ging langs haar heen.

Van het graf van haar grootmoeder had ze slechts een vaag beeld uit haar jeugd. Een vaag beeld met vleugels, want tante Emmely had het graf door een marmeren engel laten bewaken. 'Ik ben er nog niet aan toegekomen er te gaan kijken. Tante Emmely liet het verzorgen door een hovenier.'

'Misschien moet u uw grootmoeder maar eens een bezoekje brengen. In tegenstelling tot mij hebt u de dood nog niet te vrezen. Het zou Beatrice vast interesseren wat voor vrouw haar kleindochter is geworden. U bent haar evenbeeld, als ik dat zo mag zeggen.'

Opeens had Diana last van een slecht geweten. Klopte het dat de doden alles zagen? Zo ja, dan was zowel haar moeder als haar grootmoeder beslist ontsteld over wat Philipp haar had aangedaan – en over haar reactie daarop natuurlijk. Vóór haar had vast geen enkele vrouw in de familie het interieur van de woonkamer aan stukken geslagen.

'Ik ga erheen zodra ik de papierwinkel heb afgehandeld.'

Sayers keek haar aan alsof hij wilde zien of ze dat serieus meende. Toen knikte hij en zocht in de binnenzak van zijn jasje. 'Hier is mijn kaartje, voor het geval dat er iets gebeurt of dat Emmely weer in staat is bezoek te ontvangen. U kunt me altijd bellen, ook als u eens uw hart wilt luchten of hulp nodig hebt met betrekking tot het huis.'

Nadat Diana hem had bedankt leunde hij achterover, keek toen naar het plafond en glimlachte alsof hij daar iets vertrouwds ontdekte. 'Ja, dit huis! Het is bijna een soort thuis voor mij. Nog altijd zie ik de gezellige wanorde voor me die hier heerste toen ik jong was. Het werk in het lazaret was soms verschrikkelijk, het ruimtegebrek onverdraaglijk en de honger vreselijk, maar die periode zou ik niet uit mijn biografie willen schrappen. Ondanks alle ellende was het ook een mooie tijd.'

Nadat ze nog een tijdje over minder beladen onderwerpen hadden gepraat, nam dokter Sayers afscheid met de belofte dat hij de volgende week weer zou langskomen om te zien of alles in orde was. Diana besefte wat de eigenlijke reden daarachter was – hij wilde de woensdagmiddag niet in zijn eentje doorbrengen – maar de aanwezigheid van de dokter had ze niet onaangenaam gevonden, ook al waren daardoor herinneringen die ze verdrongen had weer opgerakeld.

Terug in de woonkamer plofte ze neer op de bank. Ineens voelde ze zich doodmoe. Door het verhaal van dokter Sayers waren er zulke realistische beelden naar boven gekomen dat het leek of haar grootmoeder pas gisteren was gestorven. De mooie Beatrice, die ze alleen van een foto kende en met wie ze nooit een band had kunnen opbouwen. Op een of andere manier smolt haar beeltenis nu samen met die van Emmely, die ook op de drempel van de dood stond.

Misschien moet ik het graf maar meteen opzoeken en nagaan of het in orde is, nu Emmely het niet meer kan doen. Bovendien, fluisterde een stemmetje in haar achterhoofd, moet je bekijken waar Emmely een plekje kan krijgen als het zover is.

Met een trui over haar blouse tegen de kou stapte ze even later naar het dorpskerkhof, dat op slechts zo'n tien minuten lopen lag. Het knarsen van de kiezels onder haar schoenen had iets hypnotiserends. Toen ze halverwege was lukte het de zon eindelijk weer door het wolkendek heen te breken. Ineens zag alles er anders uit; de regendruppels op de bramenstruiken en het gras hielden een wedstrijdje en glinsterden om het hardst, de vogels begonnen luider te zingen en ergens kondigde de roep van een koekoek de naderende zomer aan. Haar hoofd werd helder, waardoor ze wat ze gehoord had een plaatsje in haar herinneringen kon geven en van zich af kon zetten.

Dat juist nu de zon doorbreekt, dacht Diana. Is dat misschien een teken? Hoewel ze niet in zulke dingen geloofde, vervulde het onverwachte licht haar hart plotseling met blijdschap toen ze het ommuurde kerkhof zag. Hoewel het werd omgeven door linden en kastanjes, leek het er altijd wat meer te waaien dan elders. Tussen ijzeren grafkruisen bevond zich een kleine kapel, het familiegraf van de Tremaynes. Over de reden waarom haar grootmoeder niet daar was begraven, had Diana nooit nagedacht. Maar nu drong die vraag zich min of meer aan haar op. Was er in de kapel geen plaats meer geweest? Had Deidre verhinderd dat ze daar kwam te liggen? Of had Beatrice het zelf zo gewild?

Naar het graf van haar grootmoeder hoefde ze niet lang te zoeken. Al van verre werd ze begroet door de engel, die beschermend een krans boven de met klimop overwoekerde grafzerk hield.

Vroeger was de kapel waarschijnlijk het middelpunt van het kerkhof geweest, maar de tijd en de voortdurende uitbreiding van het grondgebied hadden ervoor gezorgd dat het middelpunt ruim vijftig meter was verschoven. De engel, die door zijn vleugels hoog boven de kapel uitstak, vormde nu het lichtende centrum van het kerkhof.

Of het opzettelijk zo was dat de schaduw van de krans bij zonlicht de geboorte- en sterfdatum omlijstte, viel niet te zeggen, maar het gaf een mooi effect, dat Diana deed glimlachen.

'Dag, grootmoeder,' zei ze zachtjes terwijl ze neerhurkte en met haar vinger over de ingegraveerde letters en getallen streek.

BEATRICE FELDMANN
GEB. JUNGBLUT
1918-1945

Wie het ook was die zich om het graf bekommerde, de persoon in kwestie vervulde zijn taak uitstekend.

Eigenlijk had Diana het altijd onzinnig gevonden de doden toe te spreken, want als kind was ze er al van overtuigd geweest dat reïncarnatie niet bestond. Maar nu voelde ze een dringende behoefte de vrouw wier nalatenschap alleen bestond uit een foto en het DNA dat in haar genen was opgeslagen, te vertellen wat er was gebeurd in de jaren nadat ze voor het laatst aan haar graf had gestaan. Ze begon bij haar studie, hoe ze Philipp had leren kennen en haar praktijk had opgebouwd. Ze eindigde ermee dat Philipp haar had bedrogen, dat Emmely op sterven lag en dat ze het gevoel had dat haar wereld instortte.

Toen ze opkeek naar de krans, die de engel nu ook boven haar hoofd hield, merkte ze dat er iets raars was aan de bladeren. Ze had al heel wat laurierkransen gezien, sommige realistisch, andere gestileerd, maar nog nooit een met zulke bladeren! Het was geen laurier. Met een eigenaardig kriebelend gevoel in haar buik stond Diana op en bekeek de krans eens beter. Het was het merkwaardigste beeldhouwwerk dat ze ooit had gezien. De bladeren waren zeer gedetailleerd, alsof er voor het vervaardigen heel precieze aanwijzingen waren gegeven. Zuchtend streelde Diana over het marmer, dat zo glad was dat er niet eens algen op groeiden. Ach, Emmely als ik het je eens vragen kon.

Toen schoot haar ineens te binnen dat ze bladeren als deze al eens eerder had gezien. Ze kon zich niet herinneren waar precies, maar ze kwamen haar heel bekend voor. Het gekriebel in haar buik werd sterker en er kwam zo'n sterke drang om haar geheugen op te frissen in haar op dat ze zich direct omdraaide en naar de poort rende, waar ze bijna twee oude dametjes omverliep die bewapend met gieters en harken op weg waren naar de graven van hun familieleden. Het misprijzende hoofdschudden ontging haar, want ze stormde de landweg al op.

Sport was nooit haar sterke punt geweest, daar werd ze zich weer van bewust toen ze zich hijgend de bordestrap van Tremayne House op sleepte. Mr Green was inmiddels teruggekomen en had de Bentley in de garage gezet – maar de deuren ervan opengelaten voor het geval dat die nog nodig was.

Nadat ze even de tijd had genomen om op adem te komen, rende ze pijlsnel de keuken in en maakte Mr Green zo aan het schrikken dat hij bijna de theepot liet vallen. 'Miss Diana, is er iets gebeurd?'

Diana hoorde hem niet. Bij de keukenkast aangekomen trok ze de twee kleine laden open, en daarna een van de deurtjes.

Hebbes! Met een triomfantelijk 'Ha!' haalde ze een pakje tevoorschijn. Toen pas merkte ze dat Mr Green naar haar stond te kijken alsof ze haar verstand had verloren.

'Neemt u me niet kwalijk alstublieft, Mr Green,' zei Diana bedeesd terwijl ze het pakje tegen zich aan drukte alsof het iets uiterst kostbaars betrof. 'Ik wilde u niet aan het schrikken maken. Ik wilde alleen maar zekerheid hebben.'

De butler trok zijn wenkbrauwen op. 'Zekerheid? Dat we nog genoeg thee hebben?'

Diana lachte. 'Nee, Mr Green. Maar het ziet ernaar uit dat tante Emmely zich iets eigenaardigs met mijn grootmoeders graf heeft gepermitteerd.'

'Wat bedoelt u?' vroeg de butler fronsend.

Diana bracht verslag uit van het gesprek met dokter Sayers, die haar op het idee had gebracht het graf van haar grootmoeder te bezoeken.

'Waarschijnlijk kwam het doordat ik er al lang niet meer ben geweest en nu een onbevangen oog had voor de details,' voegde ze eraan toe, waarna ze het pakje dat ze uit de kast had gepakt omdraaide en het omhooghield alsof het de meest sensationele ontdekking van het jaar was. 'De krans die de engel boven het graf houdt en waarvan de schaduw de geboorte- en sterfdatum van mijn grootmoeder omlijst, bestaat uit theebladeren.'

'Een krans van theebladeren,' mompelde Mr Green toen ze even later met thee en taart aan de keukentafel zaten. 'Weet u dat zeker?'

'Heel zeker,' hield Diana vol nadat ze een hap taart met een slok thee had weggespoeld. 'De bladeren zijn een haarfijne kopie van de bladeren op deze verpakking. Natuurlijk wat kunstzinniger, maar ik weet zeker dat de krans van de grafengel niet uit laurierblad bestaat.'

Mr Green keek peinzend naar het tafelblad, dat vol kerven van uitgeschoten messen zat. 'Waarom zou Madam zoiets doen?'

'Dat moet u niet aan mij vragen,' antwoordde Diana. 'In elk geval is het heel eigenaardig.'

'Misschien had uw grootmoeder een voorliefde voor thee. Of had het een mysterieuze betekenis. Waarzeggers lezen niet voor niets theebladeren.'

Diana schudde haar hoofd. Die verklaringen vond ze niet bevredigend. Emmely was niet bijgelovig. Ze zou alleen maar gelachen hebben bij de gedachte dat iemand haar theedrab zou lezen. Dat Diana's grootmoeder van thee hield was al geloofwaardiger, ze stamde immers uit een zeevaardersfamilie. Maar was zo'n voorliefde genoeg om haar graf met theebladeren te tooien?

'Hebt u er bezwaar tegen als ik het pakje meeneem en bij mijn andere vondsten leg?' vroeg ze.

Mr Green keek verrast op van zijn theekopje. 'Natuurlijk niet, we hebben er nog genoeg van in huis. Bovendien bent u nu de vrouw des huizes, in elk geval tot Madam terugkomt.'

Dat de butler zijn mevrouw nog niet had opgegeven, ontroerde Diana en ze schaamde zich er bijna voor dat haar hart haar zei dat Emmely's laatste dagen waren aangebroken.

Na het thee-uurtje keerde ze terug naar de woonkamer, waar ze het kruidig geurende pakje thee bij de doek en het telegram legde. Ik zal nog een kist nodig hebben als het zo doorgaat, bedacht ze.

Tot de avond werkte ze voor haar advocatenpraktijk, beantwoordde e-mails en negeerde een nieuw bericht – ditmaal per mail – van Philipp. Wat kon hij anders willen dan een gesprek om zich te rechtvaardigen? En waarover wilde hij praten? Haar vertoornde hart wilde dat helemaal niet weten.

Toen ze zich moe op de bank nestelde, schoot de gedachte door haar heen dat de zoektocht naar de familiegeschiedenis op een spel leek dat ze als kind met Emmely had gespeeld. Snipperjacht, heette het in Duitsland, en haar tante was er een meesteres in geweest fragmenten van een boodschap te verstoppen. Alleen jammer dat ze in het ziekenhuis lag en haar nu geen aanwijzingen kon geven.

6

’s Nachts, onder de zware, wat muf ruikende dekens op het oude bed, keerde Diana in een droom terug naar het kerkhof. Ditmaal was het in ochtendnevel gehuld, waarin ze geheimzinnige stemmen meende te horen. Toen ze langs haar lichaam omlaag keek, zag ze dat ze slechts een nachtjapon aanhad. Haar blote voeten lieten lichte afdrukken achter op het pad; haar losse haar, dat langer was dan anders, wapperde als een sluier achter haar aan.

Sinds ze er was geweest leek er behalve het vreemde gefluister, waarvan ze de herkomst door de dichte roze nevel niet kon achterhalen, niets veranderd te zijn. Nog altijd hield de engel de krans boven het graf. Omdat de zon door de nevel was opgeslokt, viel er geen schaduw op de geboorte- en sterfdatum van Beatrice, maar ook zonder dat was de aanblik imposant.

Ineens voelde Diana een lichte aanraking op haar wang. Terwijl ze achteruitdeinsde merkte ze dat er een vlinder uit de nevel was opgedoken, een klein, exotisch ogend insect dat langs haar heen vloog naar de engel, om ten slotte op de krans neer te strijken.

Onder de aanraking van de vlinder kwamen de bladeren tot leven, ze werden groen en glanzend, waarna de arm die de krans vasthield kleur kreeg. Zo ging het verder, tot Diana uiteindelijk in plaats van een engel een vrouw met vlammend rood haar voor zich zag, die in een witte lijkwade was gehuld. Tranen stroomden over haar wangen, tranen goud als thee, toen ze plotseling naar haar opkeek en smeekte: ‘Breng hem bij me terug.’

Die onuitsprekelijk droevige woorden deden haar opschrikken. Verward keek Diana om zich heen en besefte toen dat ze rechtop in bed zat en alle dekens van zich af had getrappeld.

Naar adem snakkend liet ze zich op de matras terugzakken. Het was maar een droom, hield ze zichzelf voor, maar bij de gedachte dat haar betovergrootmoeder persoonlijk naar haar toe was gekomen om haar smeekbede over te brengen, liepen haar de rillingen over de rug.

Niet in staat weer in te slapen staarde ze naar het plafond en dacht ze opgewonden na over wat voor soort vlinder het eigenlijk was en hoe hij in het koude Engeland terecht was gekomen. Per boot? Via de lucht? Meegebracht door een vliegtuig, waarvan het personeel hem bij het schoonmaken over het hoofd had gezien?

Pas tegen de ochtend vielen haar ogen weer dicht en gleed ze weg in een droomloze slaap tot haar mobiel haar wekte. Alsof Diana had vermoed dat het een onrustige nacht zou worden, had ze de wekfunctie geactiveerd, want ze wilde 's morgens al naar Emmely, om daarna tijd te hebben voor de sleutelservice, die het over de middag had gehad.

Na een verfrissende koude douche – het warme water had om een of andere reden niet door de leidingen willen komen – en thee met geroosterd brood met marmelade in de keuken ging ze naar de woonkamer, waar ze even met de gedachte speelde Emmely over haar ontdekking te vertellen. Maar toen schoot haar te binnen dat haar tante vast nog niet uit haar kunstmatig coma zou zijn gehaald.

Diana had net haar handtas om haar schouder gehangen toen de huistelefoon rinkelde. Net als Mr Green, die in de deuropening stond, verstarde ze.

Ze wist niet waarom, maar opeens bekroop haar een onbehaaglijk gevoel. Wie kon dat zijn?

'Het is vast een van Madams kennissen,' zei Mr Green geruststellend, maar zijn stem klonk onzeker.

'Ik neem wel op,' besloot Diana en ze was al bij de telefoon nadat hij voor de derde keer was overgegaan.

'Hallo, met het huis van Mrs Woodhouse,' zei ze voor het geval dat het toch een kennis van Emmely was. Misschien dokter Sayers, die wilde vragen hoe het met haar ging.

'St. James Hospital, dokter Hunter.' De Pakistaan, stelde Diana vast. 'Spreek ik met de kleindochter van Mrs Woodhouse?'

'Ja, met Diana Wagenbach,' antwoordde ze terwijl ze ergens onder haar navel een kramp voelde.

'Het spijt me erg, Miss Wagenbach,' vervolgde hij na een korte pauze. 'Uw grootmoeder is een uur geleden gestorven. We hebben alles gedaan wat in ons vermogen lag, maar zonder resultaat.'

Diana liet de hoorn zakken. Haar arm had ineens niet meer de kracht hem op te houden. 'Hallo?' hoorde ze vragen vanuit de hoorn. 'Is alles in orde met u?'

Na een kort ogenblik, waarin ze in het niets had gestaard, legde ze de hoorn weer neer, waarna ze als verdoofd de hal in liep.

Mr Greens gezicht versomberde. 'Alles in orde, Miss Diana?'

Diana schudde haar hoofd terwijl haar ogen zich met tranen vulden. 'Ze is een uur geleden overleden.'

Van wat daarna volgde herinnerde Diana zich later alleen maar dat Mr Green haar naar de bank in de woonkamer loodste. Op zijn vraag of hij iets voor haar kon doen, had ze haar hoofd geschud. Toch kwam hij even later aanzetten met een pakje zakdoekjes en bracht hij haar een kopje thee alvorens zich discreet in de keuken terug te trekken.

Nadat ze een tijdje naar de schouw had zitten staren, waarop de beeltenissen van al lang geleden gestorven mensen stonden, verdween de schok van het nieuws en gaf Diana zich over aan haar verdriet.

Als verdoofd stond Mr Green voor het keukenraam, waar hij uitzicht had op de moestuin en een deel van het park, dat na de oorlog nooit meer in zijn oude glorie was hersteld.

Hoewel hij geen sentimentele man was, stroomden de tranen over zijn wangen. Stille tranen, want hij stond zichzelf niet toe hardop te huilen. Tenslotte was hij hier in dienst.

De dood van zijn mevrouw deed hem verdriet. Ze was een goede werkgeefster geweest. En het baarde hem zorgen dat de verantwoordelijkheid om Miss Diana het geheim te laten ontsluieren nu alleen bij hem lag. Hij zou niets meer kunnen navragen en moest zich verlaten op de aanwijzingen die Mrs Woodhouse hem eerder had gegeven.

Doelgericht liep hij naar de ladekast naast de deur en haalde het dikke boek tevoorschijn, dat al lang niet meer was gebruikt. De envelop die erin zat verdween in de zak van zijn colbertje. Madam had hem nooit gezegd wat er in de brief stond, maar blijkbaar was hij heel belangrijk. Haar instructie luidde dat hij die haar achternicht op discrete wijze moest toespelen, alsof ze hem toevallig vond. De veronderstelling dat Madam zich nog wel een tijdje onder hen zou bevinden, had hem er tot dusver van weerhouden iets te verzinnen. Maar misschien zou hij onderweg op een idee komen. Miss Diana zou natuurlijk naar het ziekenhuis willen gaan nadat ze de begrafenisondernemer op de hoogte had gebracht.

Met het telefoonboek in zijn handen haastte hij zich de trap naar de woonkamer op.

Diana was Mr Green dankbaar toen hij met het telefoonboek kwam aanzetten, dat hij op de bladzijde met de regionale begrafenisondernemers had opengeslagen.

Ineens kwam de herinnering aan de begrafenis van haar moeder weer naar boven, de berg formaliteiten die afgehandeld hadden moeten worden. Gelukkig had ze hier hulp van Mr Green, waardoor ze zich wat minder belast voelde.

'Norton & Fenwick heeft een zeer goede naam hier in de streek, de medewerkers zijn netjes en discreet, en ze kopen geen goedkope Oost-Europese doodskisten,' verklaarde hij terwijl hij op een nogal onopvallende vermelding wees. De naam van het bedrijf was vrij klein aangegeven en was omkaderd met een eenvoudige zwarte lijn. Naast de met palmbladeren, protserige rozen, kruisen en kransen getooide vermeldingen verdween hij zo'n beetje in het niets.

'Zou dat tante Emmely's wens zijn geweest?'

‘Ze zou in elk geval een stijlvolle begrafenis hebben gewild, en ik weet zeker dat u dat van deze ondernemer kunt verwachten. Wilt u dat ik hem bel?’

‘Nee, dat doe ik onderweg wel. We kunnen nu misschien het best zo snel mogelijk vertrekken.’

‘Maar natuurlijk, Miss Diana.’

Terwijl Mr Green naar buiten ging liep Diana de trap op. Nu ze van de eerste schok bekomen was, overviel haar een soort absurde hoop dat de arts zich had vergist. Dat er misschien een wonder was gebeurd en Emmely toch weer was bijgekomen.

Maar in haar kamer haalde de werkelijkheid haar weer in en rustte als een zware last op haar schouders.

Omdat ze verder geen zwarte kleding bij zich had, knoopte ze resoluut haar zwarte jasje dicht en greep ze haar handtas. Op weg naar beneden gleed haar blik weer over het schilderij met het tafereel aan het meer. Even meende ze in het kindergezicht van Victoria het gezicht van haar tante te zien. Zich met moeite beheersend stapte ze in de Bentley, die met ronkende motor over het grind wegreed.

Terwijl het rustgevende gebrom van de motor haar als een beschermende deken omhulde, overlegde Diana telefonisch met een wat oudere dame, die haar zeer voorkomend behandelde en beloofde de lijkwagen zo snel mogelijk naar het ziekenhuis te sturen.

‘U had gelijk, Mr Green, die onderneming lijkt me echt heel competent.’

‘Het doet me plezier dat ik kon helpen.’

‘Ze zijn over een half uur bij de kliniek.’ Diana zuchtte. ‘Om eerlijk te zijn weet ik helemaal niet of ik er klaar voor ben om haar te zien.’

‘Ze zal niet erg veranderd zijn,’ antwoordde Mr Green. ‘Ik vreesde ook dat de dood mijn moeder sterk zou hebben veranderd. Maar het was niet zo erg. Ze zag eruit alsof ze sliep. Mogelijk heeft de kliniek Mrs Woodhouse ook al naar de kelder gebracht om haar klaar te maken voor de begrafenisondernemer. ‘

Mr Green zweeg toen hij besefte hoe pragmatisch dat klonk.

Diana was het echter niet eens opgevallen. Ze staarde naar het voorbijtrekkende landschap en zei toen ineens: 'U vindt me vast niet goed wijs, maar ik wil haar ondanks mijn angst graag nog een keer zien. Ik zie nu steeds voor me hoe ze aan al die slangen en snoeren lag. Ik zou haar graag slapend zien, alsof ze elk moment wakker kan worden en zich zal afvragen wat ik daar eigenlijk kom doen.'

'Dat klinkt me als allesbehalve niet goed wijs in de oren,' antwoordde de butler. Toen gaf hij gas, het bord met de maximumsnelheid dat hij net voorbij was gereden negerend.

Op de afdeling heerste gelukkig zo veel drukte dat niemand in de gelegenheid was Diana medelijdende blikken toe te werpen. De verpleegster bij de balie gaf haar te kennen dat ze even op een van de stoelen in de gang plaats moest nemen. Terwijl Diana als verdoofd naar een bed keek dat langs haar werd gereden, voelde ze zich vreemd rustig. Natuurlijk was ze overmand door verdriet, maar de angst was verdwenen,. Ze hoefde zich om Emmely geen zorgen meer te maken. Als er toch zoiets als een hemel bestond, bevond ze zich nu bij de haren en kon ze hun vertellen wat ze de afgelopen jaren had meegemaakt.

Dokter Hunter dook geheel onverwachts naast haar op en deed haar opschrikken.

'O, dokter, neemt u me niet kwalijk!' Diana sloeg haar hand tegen haar borst. 'Ik was helemaal in gedachten verzonken.'

'Dat kan niemand u kwalijk nemen.' De dokter stak haar zijn hand toe. 'Het spijt me vreselijk.'

Diana knikte, waarna ze opstond in de veronderstelling dat dokter Hunter het gesprek niet in de gang wilde voeren.

'Ze ligt in de rouwkamer. Omdat we wisten dat u hier bent, hebben we haar niet meteen naar de kelder gebracht. Ik neem aan dat de begrafenisondernemer op de hoogte is gesteld?'

'Ja.' Plotseling leek de vloer onder haar voeten te golven, net als bij een paniekaanval. Er is een arts bij je, zei ze vlug tegen zichzelf. Hij zal je wel opvangen als je flauwvalt.

‘Goed, zullen we dan maar? U wilt haar vast nog een keer zien, toch?’

Ze moest hebben geknikt, want dokter Hunter bracht haar naar een kamer aan het andere einde van de gang, waar ze nog nooit was geweest.

Ineens klopte haar hart in haar keel en ze had het liefst tegen de dokter gezegd dat ze zich had bedacht. Dat de beelden van Emmely die ze in haar hart droeg voldoende voor haar waren.

Maar toen ging de deur al open, en zag Diana haar.

Onder het laken leek Emmely’s lichaam breekbaar als dat van een oude porseleinen pop.

Bevrijd van de slangen en snoeren zag ze er inderdaad uit alsof ze sliep. Alleen de donkere kringen onder haar gesloten ogen getuigden van het lijden.

Haar haar, dat iemand haast liefdevol over het kussen had uitgespreid, leek een bruidssluier waar iemand koperen draden doorheen had geweven.

‘Ze is heel rustig gestorven,’ verklaarde dokter Hunter. ‘Ze is gewoon ingeslapen. Toen het alarm afging hebben we nog geprobeerd haar te reanimeren, maar ze heeft anders besloten.’

Was de dood echt een kwestie van besluiten? Had Emmely terug kunnen komen als ze dat had gewild? Of had ze gemeend eindelijk heen te kunnen gaan, omdat ze haar achternicht nu over het bestaan van het familiegeheim had verteld?

Diana sloeg haar hand voor haar mond terwijl de tranen over haar wangen stroomden. Ondanks het brandende gevoel in haar borst was ze niet in staat hardop te huilen. Ze moest er voortdurend aan denken dat Emmely het alleen maar zo lang had uitgehouden omdat ze haar de opdracht had willen geven het familiegeheim te ontsluieren.

Daardoor ging de uitleg van de arts over de doodsoorzaak ook langs haar heen. Pas toen hij meelevend zijn hand op haar arm legde, kwam ze weer tot zichzelf.

‘Ik laat u even alleen. U kunt weggaan wanneer u maar wilt. Als de mensen van de begrafenisonderneming komen, stuur ik ze naar binnen.’

Diana bedankte hem met een hoofdknik en hoorde de deur toen dichtvallen.

Nadat ze een tijdje naast het bed had gestaan, trok ze een stoel bij en ging zitten. 'Ik heb de eerste aanwijzingen gevonden,' fluisterde ze terwijl ze over Emmely's haar streelde en daarbij voelde hoe koud ze was. 'Maar hoe moet ik nu alles in elkaar passen? Ik wou zo graag dat u er nog was om me te helpen.'

Diana zweeg. Ze wachtte op een antwoord waarvan ze wist dat het niet zou komen. Op een gegeven moment werd er geklopt en liepen twee mannen in zwart pak de kamer in. Diana groette hen kort, waarna ze nog een laatste blik op Emmely wierp en zich terugtrok. Ik zal mijn belofte nakomen, dacht ze terwijl ze zacht huilend tegen de muur van de gang leunde.

Zoals afgesproken verscheen 's middags de slotenmaker. Toen hij aanbelde, werd Diana uit haar slaap gewekt.

Nadat ze volkomen uitgeput thuis was gekomen, was ze even op de bank gaan liggen, maar haar lijf voelde nu nog steeds loodzwaar aan. De gedachte simpelweg niet open te doen verwierp ze meteen en ze liep snel naar de voordeur. Ik heb het tante Emmely beloofd.

De slotenmaker, een man met wit haar in een blauwe overall die de zestig al ruimschoots was gepasseerd, rechtte zijn rug toen ze opendeed en keek haar verbaasd aan. 'Alles in orde, Miss? Moet ik misschien later terugkomen?'

Hij zag natuurlijk dat ze had gehuild. 'Het gaat wel weer,' zei Diana terwijl ze een traan wegpinkte die uit haar linkerooghoek rolde. 'Ik heb vandaag bericht gekregen dat mijn tante overleden is.'

'Ach, dat spijt me. Mrs Woodhouse liet af en toe sleutels bij mij maken, en ze was een heel charmante dame.'

'Dank u, het doet me goed dat te horen,' antwoordde Diana terwijl ze met haar brandende ogen knipperde – het daglicht leek wat al te schel.

'Weet u zeker dat ik niet toch beter een andere keer kan komen?'

'Nee, komt u maar binnen, Mr Talbott.'

Terwijl ze opzijstapte om de slotenmaker binnen te laten, zag ze nog net hoe Mr Green met een verbeten gezicht een kruiwagen vol snoeiafval voor zich uit duwde.

Ieder mens heeft zo zijn eigen manier om rouw te verwerken, dacht Diana, en ze wenste heimelijk dat zij zich ook op een of andere manier lichamelijk kon afreageren. Misschien moet ik eens een eind gaan wandelen. Of fietsen.

Met de vanzelfsprekendheid die mensen aan de dag leggen als ze ergens vaker zijn geweest, volgde Mr Talbott haar door de gang zonder aandacht aan de omgeving te schenken. 'Ik wist niet dat u wel vaker iets voor mijn tante hebt gedaan,' zei Diana, die zich op een of andere manier verplicht voelde een gesprek met hem te beginnen. Het was net als bij de kapper. Ook als je geen zin had om met een volkomen onbekende te praten, begon je toch over het weer, alleen maar om niet dat mismoedige gezicht in de spiegel te hoeven zien.

'Ja, Mrs Woodhouse was niet bepaald een praatlustig type. Maar ze was een bijzonder sympathieke vrouw. Zolang alles naar wens verliep, liet ze je je gang gaan. Alleen jammer dat ze niet weer een man heeft gevonden. Er zijn zeker wel de nodige gegadigden geweest, dat zeggen ze tenminste in het dorp.'

Diana vroeg zich af of tante Emmely in het dorp echt een gespreksonderwerp was geweest. Als kind had ze daar nooit iets van gemerkt, want ze had het vertrouwde park maar zelden verlaten en nauwelijks contact met de dorpskinderen gehad.

Toen ze bij de werkkamer waren gekomen, zag Diana ervan af door te vragen. De slotenmaker leek ook niet erg onder de indruk van wat zich achter de openslaande deur bevond. Maar het geheime vakje achter de kast ontlokte hem een kreet van verbazing.

'Wat zou Tremayne House zijn zonder geheime vakjes en gangen! Geen Engels landhuis is zonder zoiets gebouwd. Dat heb ik altijd tegen Mrs Woodhouse gezegd, maar ze wilde er niets over horen.'

Waren er echt geheime gangen? Of een kelder vol geheimen? Diana deed een stapje opzij en keek hoe de man de rand van het geheime deurtje aftastte alsof hij verwachtte dat er magische tekens tevoorschijn zouden komen. Nadat hij het vakje en het slot aan een grondige inspectie had onderworpen, pakte hij een soort plasticine uit zijn tas.

'Tegenwoordig zweren slotenmakers bij siliconenpistolen,' verklaarde hij intussen. 'Maar daar moet ik niks van hebben, omdat je daarmee soms het slot dichtplakt. Dan werk ik liever op de oude manier.'

Diana had daarop niets te zeggen, want ze had helemaal geen idee van slotenmakerswerk.

Ze liet Mr Talbott doen wat hij het beste achtte en knikte goedkeurend toen hij haar de afdruk van het slot liet zien.

'Kijkt u eens! Ik geloof dat het een van de mooiste sleutels wordt die ik ooit gemaakt heb! Geeft u me een paar dagen de tijd, dan kom ik hem langsbrengen.'

Diana ging daarmee akkoord en liet de slotenmaker uit. In plaats van terug te gaan naar de woonkamer liep ze weer naar de werkkamer van de Tremaynes. In aanwezigheid van de slotenmaker was er een merkwaardige kalmte over haar gekomen. Plechtig streelde ze met haar vingertoppen over het bureaublad, daarna ging ze op de stoel zitten, die licht kraakte. Nadat ze even naar het geheime vakje en de boeken eromheen had gekeken, draaide ze zich naar het raam.

Hoe prachtig moest de tuin vroeger zijn geweest! Mr Green deed er alles aan om hem netjes te houden, maar foto's van weelderige Engelse tuinen gaven een ander beeld. Toch was het een rustgevende aanblik. Langzamerhand begon Diana te begrijpen waarom haar voorouders deze kamer als werkkamer hadden uitgekozen. De kamer die haar als kind altijd kippenvel had bezorgd. Daar was na Emmely's dood verandering in gekomen, moest ze verwonderd constateren. Het was alsof het huis haar nu volledig als de nieuwe vrouw des huizes had geaccepteerd.

Omdat het verdriet om haar oudtante wat minder was geworden, besloot Diana resoluut haar 'centrale' naar deze ruimte te verplaatsen. Ze haalde haar laptop, de draadloze telefoon, de doek, het pakje thee en het oude telegram stuk voor stuk uit de woonkamer en installeerde zich in de werkkamer.

Toen ze daarmee klaar was schoot haar weer te binnen dat er eerst andere dingen moesten gebeuren. Ze moest contact opnemen met de dominee, de plaats van het graf bezichtigen en de ambtelijke formaliteiten afhandelen. Zuchtend streek ze over de zachte zijden doek en begon een checklist te maken.

7

De volgende twee dagen namen de voorbereidingen voor de begrafenis zo veel van Diana's tijd in beslag dat ze er niet aan toekwam zich met haar advocatenpraktijk bezig te houden, of verder onderzoek te doen naar het geheim.

Nadat ze de kist had uitgezocht, met de dominee had gesproken en de formaliteiten had afgehandeld, kocht ze in een kleine boetiek in de buurt van het ziekenhuis een klassiek zwart mantelpakje en een zwarte zijden blouse, evenals glanzende zwarte kousen en zwarte pumps. Nu hoefde ze zich alleen nog om het graf te bekommeren.

Mr Green was haar telkens een stap voor en had de sleutel van het familiegraf al paraat voor ze er ook maar om kon vragen.

'Wat zou ik toch zonder u moeten beginnen!' zei Diana, waarop de butler een lichte buiging maakte.

'Het is mijn plicht u bij te staan, Miss Diana, meer niet.'

'U bent gewoon te bescheiden, Mr Green,' antwoordde Diana, geamuseerd door het ouderwetse gebaar. 'Als ik zicht heb op mijn tantes vermogen, zal ik u loonsverhoging geven. En dan zult u me hopelijk uw voornaam verraden.'

Daarop reageerde Mr Green met een discreet lachje.

Deze keer reden ze naar het kerkhof, wat hun bewonderende blikken opleverde van diverse mensen die bij een graf bezig waren. Hoewel de tijden voorbij waren dat een dorp zich in de glans van zijn grondbezitter koesterde, gedroegen de mensen zich nog altijd eerbiedig wanneer ze een lid van de familie zagen. Vooral op een plaats als het kerkhof en na zulk nieuws als dat van Emmely's dood.

Terwijl ze hun ogen bijna letterlijk in haar rug voelde prikken, betrad Diana voor het eerst van haar leven het familiegraf van de Tremaynes, haar verre voorvaderen.

Ook hier had de hovenier van het kerkhof goed werk geleverd. Blijkbaar had hij een reservesleutel, want bij het openen van de houten deur kwam haar geen enorme stofwolk tegemoet en ze stapte ook niet in een hoop oude bladeren.

Aanvankelijk had ze zich afgevraagd hoe zo'n kleine ruimte plaats kon bieden aan al die doodskisten. Nu ze in de deuropening stond, zocht ze tevergeefs naar sarcofagen of urnen.

De oplossing van het raadsel werd zoals altijd aangedragen door Mr Green. Gewapend met een zaklamp scheen hij op een klein traliehek, waarachter het in eerste instantie alleen maar zwart leek te zijn.

'Het eigenlijke familiegraf ligt onder de grond. Met de smalle zilverkleurige sleutel maak je het hek open.'

Diana voelde zich erg vreemd toen ze de trap af liep om de kleine dodenstad te betreden. De ruimte herinnerde haar op de een of andere manier aan een oude Egyptische grafkamer die ze in een reportage van *National Geographic* had gezien. Natuurlijk was het niet nieuw voor haar dat rijke families dergelijke grafkelders lieten bouwen, maar ze had er nog nooit een vanbinnen gezien. En deze hier was bovendien de graftombe van haar voorouders. Als kind had ze zich wel eens afgevraagd hoe het zou zijn de bloedverwanten die haar waren voorgegaan te ontmoeten, met hen te gaan wandelen of hun vragen te stellen over de tijd waarin ze hadden geleefd.

Maar nu was ze niet nieuwsgierig, maar bedrukt. De ruimte met de op rekken gestapelde doodskisten liet haar maar al te duidelijk zien wat er op een dag van een mens werd.

'De sarcofagen zijn van de stamvader van de Tremaynes en zijn vrouw, toch?' vroeg Diana terwijl ze de naamplaten op de imposante stenen bouwsels bescheen.

'Ja, voor zover ik weet wel,' antwoordde de butler, die eerbiedig was blijven staan bij de trap, waar bleek daglicht overheen viel. 'De andere familieleden zijn een voor een op de rekken bijgezet. In veel grafkelders is het zelfs gebruikelijk de doden een eigen vak in een muur te geven.'

Diana begon links vooraan en werkte langzaam kloksgewijs de ronde ruimte af. Naam na naam nam ze in zich op en aan de hand van de data probeerde ze ze op een imaginaire stamboom met een brede kroon te rangschikken.

Uiteindelijk bleef ze bij een van de doodskisten staan. Het prachtige eikenhout was gepolijst en opgesierd met fraai inlegwerk, dat nauwelijks onder de tand des tijds had geleden. Toen Diana het stoffige messing plaatje schoonwreef las ze: HIER RUST IN GOD VICTORIA PRINCETON, GEBOREN TREMAYNE, 12 SEPTEMBER 1873-15 AUGUSTUS 1929.

De vermaarde Victoria, Emmely's grootmoeder. Diana's tante had nauwelijks over haar gesproken, wat niet zo verwonderlijk was, want toen Victoria stierf was Emmely pas negen geweest.

Als ze het systeem van de opstelling van de doodskisten goed had begrepen, had óf voor haar óf achter haar Victoria's zuster Grace moeten zijn bijgezet. Maar haar kist ontbrak, stelde Diana vast toen ze de andere kisten had beschenen. Daar waren die van Henry Tremayne, die van Claudia, zijn vrouw, die van Deidre en haar echtgenoot. Erg oud was geen van de Tremaynes geworden. Voor zover ze wist, gold dat ook voor haar eigen familie. Niemand had de zeventig gehaald. Emmely was de grote uitzondering.

Het ontbreken van Grace viel te verklaren doordat haar echtgenoot erop had gestaan haar bij zich te hebben. Hij was kapitein geweest en vermoedelijk in Oost-Pruisen begraven, dat was Diana althans van haar moeder te weten gekomen. En waarom lag Beatrice, die bij niemand meer hoorde maar toch een nazaat van de Tremaynes was, niet hier? Waarom was ze apart begraven, met een engel die een krans van theebladeren vasthield?

'Hebt u ooit vernomen waarom mijn grootmoeder buiten de grafkelder is begraven, Mr Green?'

'Nee, het spijt me,' antwoordde Mr Green, die nog steeds bij de deur stond. 'Dat behoorde tot de dingen waarover nooit werd gesproken. Maar misschien was het de wens van uw grootmoeder.'

Diana vroeg zich af of Beatrice, die bij de bevalling zo veel bloed had verloren, wel in staat was geweest nog een wens te uiten. Toen ze op sterven lag, maakte het voor haar vast niet uit waar ze zou worden begraven.

Of had Deidre, die nog altijd wantrouwig was, daar de hand in gehad?

Toen Diana zich op het lege vak onder Deidre wilde richten, gleed haar lichtstraal over een voorwerp onder de kist. 'Wat is dat?' mompelde ze verwonderd terwijl ze verder onder Deidres kist scheen. Het stuk papier was licht vergeeld en wat verkreukeld, en lag bedekt door een laag stof onder het voeteneinde, ongeveer een armlengte van haar af. Aanvankelijk dacht ze dat de hovenier zich zo van zijn boterhampapier had proberen te ontdoen, maar toen ze het tevoorschijn trok zag ze dat het om een envelop ging.

'Mr Green?'

Haar stem stierf onbeantwoord weg in de crypte. De butler was allang weer boven. 'Excuseert u mij, Miss Diana, hebt u me geroepen?' vroeg hij even later en hij rende snel de trap af. 'Ik heb alleen maar gekeken of de hovenier van het kerkhof er al is.'

Diana draaide zich om, met haar blik nog altijd op de brief in haar hand gericht. 'Dit heb ik onder de kist van Deidre gevonden. Een envelop.' Ze draaide de brief om. Hij was geadresseerd aan Grace Tremayne, maar er stond geen afzender op, en ook geen datum. Hoewel de envelop niet dichtgeplakt was, besloot Diana hem pas later open te maken. De grafkelder vond ze met de minuut onaangenamer worden, want ze had ineens het gevoel dat de blikken van haar voorouders op haar rustten.

'Hebt u gekeken wat erin zit?'

Op de een of andere manier leek Mr Green niet erg verrast.

'Nee, dat doe ik later.' Diana stak de envelop in haar tas. 'Ik geloof dat die plaats passend is voor mijn tante, denkt u ook niet? Onder haar moeder.'

'Ik weet zeker dat Mrs Woodhouse er tevreden mee zal zijn.'

Diana keek in de duisternis onder de kist, huiverde en trok zich weer terug. Misschien had grootmoeder echt niet hier willen liggen, maar liever in het vrije veld, waar ze naar de sterren kon kijken. Of naar de krans van theebladeren.

Boven werd ze inderdaad door de hovenier van het kerkhof opgewacht. Na een korte bespreking over de gang van zaken bij de teraardebestelling stuurde ze Mr Green weer naar huis. Zelf besloot ze te gaan lopen. Onderweg kwam ze enkele mensen tegen, die ze vriendelijk groette, maar ze oogstte slechts verwonderde blikken. Eenmaal greep ze nog in haar tas om de envelop tevoorschijn te halen, maar ze besloot hem te laten zitten. In plaats van hem open te maken dacht ze erover na wie hem onder de kist kon hebben verstopt. Misschien Emmely? Had iemand hem ontvreemd, een slecht geweten gekregen en niet geweten waar hij hem anders moest laten? Maar wie kon er zomaar in de grafkelder komen?

Weer in Tremayne House aangekomen liep ze direct naar de werkkamer en plofte neer op de stoel. Haar ledematen waren loodzwaar. De spanning van de afgelopen dagen liet zich gelden.

Eigenlijk had ze zich liever op de bank willen uitstrekken, maar de brief liet haar niet met rust. Wat stond erin? Zou het kunnen zijn dat hij al die jaren sinds Deidres begrafenis daar op haar had gewacht? Daar was hij stoffig genoeg voor geweest, en omdat hij in het donker had gelegen was het niet verwonderlijk dat er nauwelijks vochtplekken op zaten en dat hij niet erg vergeeld was. Wel zaten er veel vuile vingerafdrukken op en waren de randen beduimeld. Toen Diana hem omdraaide, meende ze zelfs een paar bloedspatten te zien.

Voorzichtig streek ze de envelop glad op de glasplaat. Waarschijnlijk was hij ooit een keer in elkaar gefrommeld en vervolgens met precisie gladgestreken, misschien zelfs in een boek gelegd om hem te persen. De fijne vouwen waren gebleven, ze zagen eruit als die in een gekreukt kledingstuk dat met een te lage temperatuur was gestreken.

In machineschrift was hij geadresseerd aan Grace Tremayne op Tremayne House. Diana's betovergrootmoeder. Was het de brief van een aanbidder? Er stond geen afzender op.

Met licht trillende handen haalde Diana er een blaadje uit. Dat leek niet minder vies, maar er zaten tenminste geen bloedsporen op. De uitgelopen inkt duidde erop dat de brief ooit een keer nat was geworden. Waar de vouwen zaten, zag het blaadje er broos uit, bijna alsof de dunne houtvezels bij de geringste aanraking uit elkaar zouden vallen.

Het was slechts een korte brief, maar onder het lezen van de weinige regels leunde Diana verbaasd achterover. Emmely's grootmoeder Victoria bood haar zus haar verontschuldigingen aan, had het over een schandaal en kondigde het bezoek van een man aan op wie Grace vermoedelijk verliefd was. Bovendien beloofde Victoria er altijd te zijn voor Grace' familie.

Wat was er gebeurd? En waarom waren Grace en Victoria niet op dezelfde plaats geweest? Diana draaide het blaadje om, maar vond geen aanwijzing voor de plaats van verzending. Alleen de datum: 15 februari 1888.

Nog geen anderhalf jaar eerder had Henry Tremayne het telegram gekregen met het bericht van de dood van zijn broer. En nu deze brief. Wat hadden die twee met elkaar te maken?

Spijtig keek Diana naar het geheime vakje. Bevond het antwoord zich daarin? Jammer dat de sleutel nog een tijdje op zich liet wachten. Het was nu pas donderdag, en de begrafenis zou zeer binnenkort plaatsvinden.

Nadat ze de brief nog eens had bekeken, schoot haar plotseling te binnen wat dokter Sayers haar had verteld. Dat Beatrice een brief bij zich had gehad, waarmee ze om hulp had gevraagd. Was dat deze brief? De oude toezegging om te helpen?

Uit de inhoud van het schrijven viel dat in elk geval op te maken.

Verward bleef Diana nog een tijdje zitten piekeren, maar antwoorden vond ze niet. Uiteindelijk zag ze in dat het beter was om naar bed te gaan. Nadat ze hem voorzichtig in de envelop had teruggestopt, legde ze de brief bij het telegram, de doek en het pakje thee, daarna deed ze het licht uit en ging naar boven.

8

Op de dag van de begrafenis sloot het weer zich aan bij de rouw om Emmely. Buiten was het volkomen grauw. Het elektrische licht dat door de ramen naar buiten sijpelde verspreidde slechts een mistroostige schemer.

'Hadden we niet de spiegels moeten bedekken?' vroeg Diana peinzend terwijl ze haar haar fatsoeneerde voor de kleine keukenspiegel, die de kokkin vroeger in staat had gesteld het personeel ook in de gaten te houden wanneer ze het de rug toekeerde. Diana droeg het slechts heel zelden zo strak opgebonden, maar het paste bij de gelegenheid en bij haar mantelpakje.

'Dat is een achterhaald gebruik,' antwoordde Mr Green afwijzend. 'Mrs Woodhouse zou dat onzin hebben gevonden.' Keurend bekeek hij Diana. 'U ziet er heel waardig uit, Miss Diana, uw tante zou zeker trots op u zijn.'

'Dank u, Mr Green,' antwoordde ze terwijl ze haar tranen probeerde terug te dringen. 'Maar u moet een beetje voorzichtig zijn met zulke complimenten, anders ga ik er nog uitzien als Alice Cooper.'

Mr Green schonk haar een brede glimlach. 'Het is goed om te merken dat u nog steeds gevoel voor humor hebt.'

'Ik denk dat wij Duitsers geen humor kennen.'

Er lichtte een schelmse schittering op in de donkere ogen van de butler. 'U bent geen echte Duitse, Miss Diana. Er zit zeker nog genoeg Brits bloed in uw aderen.'

'Dat stelt me gerust.'

Met Mr Green in haar kielzog verliet Diana even later het huis. De rouwplechtigheid voor haar tante zou in het dorpskerkje plaatsvinden. Diana hield er rekening mee dat veel mensen haar de laatste eer wilden bewijzen, dus wapende ze zich tijdig met zakdoekjes. Ze mocht dan wel een flink aandeel aan Britse genen bezitten, van de Britse zelfbeheersing stond ze mijlenver af.

Voor het dorpskerkje stond een lange rij heel verschillende voertuigen.

'Blijkbaar zijn ze allemaal gekomen, zowel genodigden als mensen die niet zijn uitgenodigd.' Mr. Green maakte een tevreden indruk. Al sinds gisteren was hij bezig geweest met de voorbereidingen voor de receptie na de rouwdienst. Het had hem beslist gekrenkt als hij al die taarten en cakes voor niets had gebakken.

Diana keek licht verontrust naar de drom in het zwart geklede mensen, van wie de meesten bloemen bij zich hadden. Er rustte een grote verantwoordelijkheid op haar schouders. Al die mensen, die haar tante blijkbaar hadden gemogen of op zijn minst gewaardeerd, verwachtten een passende rouwdienst. Als het aan haar lag zou haar tante die krijgen, maar soms zat het venijn in de details en Diana moest erkennen dat ze in gedachten telkens weer naar het geheim was afgedwaald. De afgelopen nacht had ze zelfs van Emmely gedroomd, die haar duidelijk had gemaakt dat ze op moest schieten. De aanwijzingen konden anders als sporen op het strand in de golven van de tijd verdwijnen. Nog meende ze het ijskoude zweet te voelen dat haar huid had bedekt toen ze wakker was geschrokken.

'Zullen we?' vroeg Mr Green en hij bood haar zijn arm. Diana haakte in en ze liepen langs de bezoekers naar het portaal. Voor het altaar stond de overledene opgebaard, in een gesloten kist, zoals op een wilsbeschikking had gestaan die Diana bij Emmely's papieren had gevonden.

'Ik wil niet dat men naar me kijkt wanneer ik me daar niet tegen kan verweren,' had ze in haar karakteristieke handschrift opgeschreven. Die tekst had een brede glimlach op Diana's gezicht getoverd.

Nu vroeg ze zich af of de mensen het vreemd zouden vinden.

Maar de gasten vormden zwijgend een stoet achter haar; een paar mannen maakten in het gangpad voor Emmely's kist een stille buiging.

Tot haar grote opluchting verliep de ceremonie precies zoals ze het zich had voorgesteld – en zoals Emmely het vast had gewild. De dominee liet in warme bewoordingen haar leven de revue passeren, roemde haar verdiensten tijdens de oorlog en ging ook in op haar huwelijk en het verlies van haar kind. Diana's verdere familie kwam – volgens haar eigen wens – maar kort ter sprake, waarna het vrouwenkoor van de kerk twee liederen ten gehore bracht.

Toen de kist naar buiten werd gedragen, slaagde Diana er tot haar verrassing in niet luid in tranen uit te barsten. Waardig en zachtjes snikkend als een Engelse lady volgde ze onder de blikken van de aanwezigen de kist naar de grafkelder, waar al kransen en boeketten waren neergelegd.

Nadat ze zich ervan had verzekerd dat Emmely haar plaats onder haar voorzaten had ingenomen, verliet Diana de crypte weer. 'Rust zacht, tante Emmely,' fluisterde ze toen ze de deur afsloot en de ketting met de sleutel om haar hals hing. Daarna bedankte ze de dragers, mannen uit het dorp die nauwelijks jonger waren dan Emmely zelf, maar die zich niet de kans hadden willen laten ontnemen de vrouwe van Tremayne House de laatste eer te bewijzen.

De bezoekers waren inmiddels bij de poort aangekomen, sommigen spraken zachtjes met dominee Thorpe, die Diana ook nog wilde bedanken.

Op weg naar de auto keek ze nog eens naar de engel, die met een onverschillige blik de krans boven het graf van Beatrice hield. Ze herinnerde zich haar vreemde droom en bekeek het gezicht eens beter. Het was geen vrouwengezicht dat ze zag. De gelaatstrekken waren duidelijk mannelijk. Mannelijk, en op een of andere manier... exotisch.

Diana hield haar hoofd scheef terwijl ze probeerde te bedenken welke nationaliteit de engel kon hebben. Kon een engel wel een nationaliteit hebben? Of had de beeldhouwer alleen maar zijn persoonlijke voorkeur vormgegeven? Misschien iemand die hij kende en die hij in het grafmonument wilde vereeuwigen?

Een hand aan haar elleboog haalde haar uit haar overpeinzingen. Zonder dat ze het had gemerkt, was Mr Green naast haar komen staan.

'Alles in orde, Miss Diana?' Zijn stem was nauwelijks meer dan een fluistering.

'Ja, dat denk ik wel. Ik heb alleen naar de engel gekeken. Zijn gezicht...'

Mr Green keek omhoog en kneep zijn ogen tot spleetjes. 'Het is een man,' constateerde hij toen. 'Ik neem aan een van de aartsengelen.'

'Vindt u ook niet dat hij iets exotisch heeft?'

'Dat is me niet zo opgevallen...' De butler haperde even, toen knikte hij. 'U hebt gelijk, hij heeft inderdaad geen puur Europese gelaatstrekken. Misschien een persoonlijke noot van de beeldhouwer.'

'Dat zou kunnen.' Er schoot Diana iets te binnen, maar ze kon de gedachte niet vasthouden.

'We moesten de anderen maar niet laten wachten.'

Vrijwel alle bezoekers volgden hen naar Tremayne House. Mr Green had hulpkrachten geregeld, vrouwen uit het dorp die zich bereid hadden verklaard het gebak te snijden en rond te brengen.

Nadat Diana enkele woorden tot de gasten had gericht en hen voor hun komst had bedankt, raakte het oude huis vervuld van een gedempt gemurmel, dat het ironisch genoeg een levendigheid verleende die het al jaren had moeten ontberen.

Diana was blij onder de vele onbekende gezichten, wier namen ze beslist niet allemaal kon onthouden, dat van dokter Sayers te ontwaren.

'Fijn dat u gekomen bent,' zei ze terwijl ze hem een hand gaf.

De dokter glimlachte treurig. 'Het is het minste wat ik voor mijn oude vriendin kan doen. Het is triest dat ze deze wereld heeft moeten verlaten, maar zo is het leven. Waarschijnlijk ben ik de volgende.'

Diana wilde dat niet tegenspreken, want wie was zij om te weten hoe lang iemand te leven had? In plaats daarvan kwam er iets anders bij haar op. 'U hebt vast wel gezien dat het graf van mijn grootmoeder nog in heel goede staat verkeert.'

'Ja zeker. En de aanblik heeft eerlijk gezegd mijn hart goedgedaan. Jammer dat ik er zo lang niet ben geweest, maar ik heb u al uitgelegd dat de dood op mannen van mijn leeftijd loert.'

Diana bleef nadenkend staan. Kan ik het hem wel vragen?

'Ik ben kort na uw bezoek naar het graf gegaan en toen zijn me een paar vreemde dingen opgevallen.'

De oude dokter keek haar begripvol aan. 'U hebt zich er vast over verbaasd dat ze niet in de grafkelder ligt.'

'Onder meer.'

'Nou, dat is een van de zaken die Miss Deidre met zich mee het graf in heeft genomen. Wij hebben ons daar destijds ook over verbaasd.'

'Had het er misschien mee te maken dat zij nog altijd dacht dat mijn grootmoeder een bedriegster was?'

'Nee, dat beslist niet. Ik denk dat de reden veel verder terug in het verleden ligt, maar niemand hier kent die. Het is in elk geval duidelijk dat er iets moet zijn voorgevallen tussen Deidres tante Grace en haar vader, wat ertoe heeft geleid dat hij Grace uit de erfelijke lijn van de Tremaynes heeft geschrapt.'

Diana trok haar wenkbrauwen op. Dat had ze niet geweten.

'Serieus?'

Dokter Sayers knikte. 'Na de dood van de oude Henry Tremayne nam Miss Victoria, de tweede dochter, het landgoed met het huis over; zij liet het later na aan haar dochter Deidre.'

'Misschien wilde Grace Tremayne House niet hebben. Mijn moeder heeft me ooit verteld dat ze waarschijnlijk rond 1888 is getrouwd. Ze had zelf een huis aan de Oostzee.'

'Zoals gezegd weet niemand het naadje van de kous. Deidre bejegende Beatrice in elk geval koel en afstandelijk, alsof zij persoonlijk schuldig was aan wat er destijds is voorgevallen. Beatrice zelf had helemaal nergens weet van. Ze bleef uit Deidres buurt, maar was vrijwel altijd samen met Emmely. Ze waren net zussen. Dat was niet zo vreemd, want ze scheelden niet veel in leeftijd. Haar dood heeft Emmely's hart gebroken en was er waarschijnlijk de oorzaak van dat je tante zich ook als jonge vrouw steeds meer terugtrok.'

De spijt in Sayers stem was duidelijk merkbaar en gaf nieuw voedsel aan Diana's vermoeden dat de dokter verliefd was geweest op Emmely.

Omdat ze het idee had heel dicht bij de oplossing van het raadsel rond de engel te zijn, vroeg ze door.

'En de engel? Stelt die een speciaal iemand voor?'

'Nee, dat denk ik niet. Emmely liet hem na de dood van haar moeder neerzetten; daarvoor stond alleen de grafzerk op het graf. Ik heb geen idee of ze de engel naar een bestaand persoon heeft laten vervaardigen. Het is echter mogelijk dat hij Beatrice' man voorstelt, die tijdens hun vlucht werd gedood. Dat zou toch prachtig zijn, vindt u niet? Dat een man in de dood nog waakt over zijn vrouw.' Ineens glinsterden er tranen in Sayers' ooghoeken. Pijnlijk getroffen veegde hij ze weg, terwijl zijn onderlip trilde.

'Dat is echt een heel mooie gedachte.'

Voor de dokter daar iets op kon zeggen, verscheen een van de vrouwen met een dienblad naast hen.

'Wilt u taart, mevrouw, meneer?'

Diana had niet echt behoefte om iets te eten, maar ze pakte net als dokter Sayers een schoteltje met een stukje taart, dat met zwart en wit glazuur versierd was.

'Nou ja, het is in elk geval een heel mooi gedenkteken voor uw grootmoeder, nietwaar?' hervatte dokter Sayers het gesprek. 'Als u ontdekt dat de engel inderdaad naar een bestaand voorbeeld is gemaakt, laat u het me dan weten. Want inmiddels interesseert dat me buitengewoon.'

'Dat zal ik doen,' antwoordde Diana. Ze nam een hapje van de taart, en merkte dat ze toch een beetje trek had.

Toen alle gasten waren vertrokken, stond Diana lange tijd voor het raam van de serre en zag hoe de grauwe dag langzaam in duisternis overging, zonder dat er ook maar één zonnestraal door het grijze wolkendek brak.

In de verte hoorde ze in de keuken het gekletter van de borden die Mr Green uit de afwasmachine haalde. De kloeke helpsters Idy, Sophie, Jennifer, Marcy en Joan waren al een tijdje geleden weggegaan. Toen Diana hun een vergoeding had willen aanbieden, hadden ze dat allemaal afgewezen.

'We mochten uw tante graag,' verklaarde de mollige Marcy, die haar bij het gesprek met dokter Sayers de taart had gebracht. 'Het is alleen jammer dat ze op het laatst niet vaak meer het huis uit kwam. Mijn moeder gaf er altijd hoog van op dat ze zich in de oorlog zo heeft ingezet voor de gewonden en getraumatiseerden.'

Dat leken de andere vrouwen net zo te zien, want ze namen hartelijk afscheid en boden Diana hun hulp aan, mocht ze die ooit nodig hebben. Maar ze betwijfelde of die aardige vrouwen haar nog eens konden helpen.

Toen Mr Green het licht in de serre aandeed, liep ze weg van het raam en draaide zich om.

'Ik wilde vanavond vrij nemen,' verkondigde de butler. 'In de keuken staat warme koffie en er is ook nog genoeg taart, voor het geval dat u nog lekkere trek krijgt.'

'Dank u wel, Mr Green.' Het viel Diana op dat hij zijn jas over zijn arm had. Wilde hij nog ergens heen? Op weg naar de oostelijke vleugel, waar hij woonde, zou hij het toch echt niet koud krijgen.

'Het was een zeer geslaagde rouwdienst, als ik dat mag zeggen. Mrs Woodhouse zou trots op u zijn geweest. En ik moet me wel heel erg vergissen als u nu geen naam hebt gemaakt onder de dorpsbewoners. In elk geval bent u de nieuwe vrouw des huizes.'

Diana glimlachte bitter. 'Daar zou ik nog maar niet zo zeker van zijn.'

Mr Green hield verbaasd zijn hoofd scheef. 'Wilt u de erfenis soms afwijzen? Voor zover ik weet, had Mrs Woodhouse geen andere bloedverwanten.'

'Op de receptie heb ik van dokter Sayers gehoord dat mijn betovergrootmoeder door haar vader is onterfd. Wat de reden was wist hij niet, maar het zou kunnen zijn dat er nog oude wilsbeschikkingen bestaan.'

'Daarover moet u zich maar niet het hoofd breken. Dokter Sayers zal u toch ook verteld hebben dat Mrs Woodhouse boven alles van uw moeder hield. En ook van u. Ik kan niet geloven dat ze zich door oude vetes heeft laten beïnvloeden. Anders zou ze u niet gevraagd hebben het familiegeheim tot op de bodem uit te zoeken.'

Hoewel Mr Green op dat punt gelijk had, was Diana nog steeds bedrukt. Wat zou de reden zijn geweest voor de onenigheid tussen vader en dochter? Weer dacht ze aan de brief die ze onder Deidres kist had gevonden. Waarom had die daar gelegen? Had Emmely hem daar neergelegd, zodat Diana hem zou vinden wanneer ze stierf?

'Ik ga nog een biertje drinken in de pub in het dorp, wilt u misschien mee?'

Diana keek de butler een beetje verward aan. 'Nee, dank u, Mr Green, ik ga maar eens naar bed.'

'Heel verstandig na de stress van de afgelopen dagen. Goedenacht, Miss Diana.'

'Goedenacht, Mr Green.'

Toen de butler was vertrokken liep Diana de trap op. Het schilderij met Grace en Victoria schonk ze deze keer slechts een vluchtige blik. In haar kamer kleedde ze zich uit en glipte ze in een naar lavendel geurende nachtjapon uit de kist aan het voeteneinde van het bed. Emmely had altijd nachtkleding in voorraad gehouden, ook toen logés steeds zeldzamer werden. Hoewel Diana vreselijk moe was, raasden de gedachten door haar hoofd; ze ging alle aanwijzingen nog eens na en zag ten slotte in dat alleen het openen van het geheime vakje duidelijkheid kon brengen.

Toen de slotenmaker de volgende ochtend verscheen, had Diana net weer een korte huilbui achter de rug. Zo een als mensen bij de geringste verwijzing naar de overledene overkomt wanneer zich eenmaal genoeg stil verdriet in hun binnenste heeft opgehoopt.

In een fotoalbum dat ze tevoorschijn had gehaald in de hoop een foto van haar grootvader te vinden, had ze een opname ontdekt waarop zijzelf als klein meisje met haar moeder en Emmely in het park te zien was. De foto oogde zo ongekunsteld dat ze opeens weer het gevoel had gehad daar te zijn. Ze meende de rozenstruiken te kunnen ruiken, evenals het gras, dat de toenmalige tuinman altijd netjes kortgemaaid hield, en vooral de geur van thee en viooltjes die altijd om tante Emmely heen hing, ook toen ze nog op een leeftijd was dat mannen belangstelling voor haar hadden.

Ineens was haar weer te binnen geschoten wat dokter Sayers tijdens de receptie over de engel had gezegd. En ook dat het mooi was als de man in de dood nog over zijn vrouw waakte. Dat was te veel voor haar geweest nu ze wat minder evenwichtig was.

De tranen hadden haar belet verder naar een foto van haar grootvader te zoeken. En nu ze naar de deur liep leek het haar nogal absurd. Waarom zou juist Emmely een foto hebben bewaard van Beatrice' echtgenoot?

'Mijn hemel, ik kom ook telkens op het verkeerde moment, geloof ik.' Mr Talbott bood haar zijn schone zakdoek aan, maar Diana schudde haar hoofd.

'Het gaat al weer. Hebt u de sleutel?'

'Natuurlijk.' De man hield een bruin papieren zakje omhoog dat met een glanzende bedrijfssticker was dichtgeplakt. 'U moet hem wel uitproberen voor u betaalt. Met zulke oude sloten weet je het nooit.'

'Ik heb alle vertrouwen in uw bekwaamheid. Dat had mijn tante toch ook, nietwaar?'

'Ze heeft me het hele huis door gesleept en elke sleutel zelf laten uitproberen. Daarna deed ze haar beklag als ze vond dat de kop er niet kunstig genoeg uitzag. Omdat ik uw smaak niet kende, heb ik me gehouden aan wat Mrs Woodhouse mooi vond.'

'Dan vind ik het ook mooi. Komt u binnen, dan haal ik het geld.'

Diana liep haastig terug en had bijna de eurobiljetten gepakt die achter in haar portemonnee zaten. Maar ze ontdekte haar vergissing nog bijtijds en gaf hem even later het vereiste bedrag in ponden in ruil voor het zakje. 'De sticker is door mijn kleinzoon gemaakt, die vond dat mijn werk op een passende manier moest worden gepresenteerd.'

'Dat is heel aardig van hem.'

'Pff, hij wil me alleen maar laten zien wat hij allemaal op de computer kan!' barstte Talbott uit. 'Toen ik zestien was, was ik meer in meisjes geïnteresseerd dan in een apparaat dat met één druk op de knop gekleurde plaatjes en stickers uitspuugt. Maar de jeugd is veranderd, de oude waarden worden stukje bij beetje vergeten.'

Waarschijnlijk zei hij dat bij elke gelegenheid tegen zijn kleinzoon, natuurlijk met hetzelfde gebaar waarmee hij nu zijn woorden kracht bij zette.

Er gleed een glimlach over Diana's gezicht toen ze zich voorstelde hoe de jongeman zijn ogen ten hemel sloeg en meteen daarna weer in de virtuele wereld verdween.

'Kijk, nu lacht u wel. Dus komt al dat verdriet toch niet door mij.'

'Natuurlijk niet, Mr Talbott. En als u uw zaak nog een tijdje openhoudt, kom ik weer bij u als ik een sleutel nodig heb.'

'Of als u uzelf buitensluit. Maar ik denk dat Mr Green dan persoonlijk aan de dakgoot zou gaan hangen om door een dakraampje naar binnen te glippen, alleen maar om u binnen te laten.'

Daarmee maakte hij Diana definitief aan het lachen. Gelach dat pijn deed in haar borst, maar toch, ze kon weer lachen.

Toen de slotenmaker weg was maakte Diana het zakje open, maar zo dat de sticker niet beschadigd werd. Er kwam een kleine, ouderwetse messing sleutel tevoorschijn, waarvan de kop echt heel mooi met een bloempje en ranken was versierd. Waarschijnlijk had dat de meeste tijd gekost, want de baard was in verhouding simpel.

Namen andere slotenmakers nog de moeite om een sleutel op zo'n manier vorm te geven? Of deed Mr Talbott het gewoon omdat hij dacht dat ze een tweede Emmely was?

Terwijl haar verdriet wat afzwakte, begon haar hart ineens in haar keel te kloppen. De sleutel in haar hand leek bezield door magie te pulseren. Het geheim van haar familie. Vandaag zou ze het ontdekken.

Diana haalde diep adem, toen draaide ze zich om en liep ze de gang in waar ze al een paar dagen niet meer doorheen was gegaan. Ditmaal werd ze niet begeleid door het schijnsel van lampen maar door licht dat door twee openstaande deuren viel. Mr Green was daar bezig geweest, vermoedelijk had hij de angstaanjagende jachttrofeeën afgestoft.

Voor de deur van de werkkamer bleef ze even staan, ze haalde nog eens diep adem en duwde hem open. Er was niets veranderd. Het stof dat in de tussentijd was neergedaald, was door Mr Green consciëntieus verwijderd.

Diana omsloot het sleuteltje zo strak dat ze de hele contourlijn meende te kunnen voelen. Emmely's nalatenschap. Wat zat er achter het deurtje verborgen? Het familiegeheim.

Toen het metaal warm was geworden, ging ze voor de kast staan en stak de sleutel in het slot. Een moment van spanning, even de adem inhouden, en toen draaide ze de sleutel om. De baard ondervond enige weerstand maar schoof die opzij en liet het slot met een zacht klikje openspringen.

Haar hand trilde een beetje en ze kreeg pijn in haar buik net als vlak voor een examen toen ze het deurtje opende. Terwijl de lucht van een oude muur even haar neus binnendrong, ontdekte Diana een langwerpig voorwerp.

Een juwelenkistje, ongeveer zo lang als haar onderarm en zo hoog als haar hand. Gemaakt van rozenhout en versierd met verstrengelde ranken. Op het eerste gezicht leek het een Iers motief, maar Diana wist maar al te goed dat dit doosje in een ver land was gemaakt.

De drang om eraan te ruiken was ineens zo sterk dat ze het kistje voor haar neus hield. Verbaasd constateerde ze dat het niet naar schimmel of bedompte muur rook. Eigenlijk kwam er, na al die jaren, een licht zoete geur vanaf die haar bekend voorkwam. Had iemand er kaneelpijpjes in bewaard?

Diana droeg het kistje naar de tafel, streelde ingetogen het deksel en haalde dat er toen af. Op het rode fluweel waarmee het kistje bekleed was, lagen vier voorwerpen.

Een hanger met een grote blauwe steen. Een verdroogd, langwerpig papiertje met eigenaardige tekens erop. Een fotografische plaat met een berg erop. En een klein boekje. Dat pakte Diana het eerst. Een vreemde spanning doortrok haar lichaam. Precies zo moest het aanvoelen als je de mogelijkheid kreeg door een raam naar het verleden te kijken. Als je de kans kreeg je eigen wortels te aanschouwen.

Aangedaan streelde Diana over het boekje terwijl ze alle indrukken gretig opzoog. Een reisgids uit 1887. Groene kartonnen band, blauw opschrift.

THE PASSENGERS GUIDE TO COLOMBO.

Tussen de bladzijden lag een gedroogde bloem. Frangipane, een van de mooiste bloesems van India. Dit exemplaar was wit met een bloedrood hartje.

De tekst op de beduimelde maar niet vergeelde bladzijden was hier en daar onderstreept, vermoedelijk plaatsen die de eigenaar had willen bezoeken.

Aandachtig bladerde Diana de bladzijden door, die met prachtige vignetten waren versierd en een uitgebreid overzicht van de bezienswaardigheden van de stad beloofden. Was dit boekje ooit van Henry Tremaynes broer geweest, die in Colombo was verongelukt? Ineens was het alsof er iemand achter haar kwam staan en zachtjes de geschiedenis van het voorwerp in haar oor fluisterde.

9

COLOMBO, 1887

'Kijk eens wat ik hier heb!' Victoria stak haar zus een klein, in grof groen karton gebonden boekje toe waarop in blauwe letters het opschrift THE PASSENGERS GUIDE TO COLOMBO stond gedrukt. Daarbij liet ze stralend haar hemelsblauwe ogen over de haven gaan, die ze vanuit hun kamer in het Grand Oriental goed konden overzien.

'Een reisgids?' vroeg Grace, Henry Tremaynes oudste dochter, verwonderd terwijl ze het boekje omdraaide. Een gestileerde bloemenrank sierde de verder sober gehouden band, die aan voor- en achterkant dezelfde opdruk had.

'Voor één roepie!' meldde Victoria trots terwijl ze de reisgids weer van Grace overnam en als een kostbaar kleinood tegen zich aan drukte.

'Papa laat je met Wilkes de stad in gaan en dan koop jij een reisgids!' Grace schudde verwijtend haar hoofd en leunde toen weer over de brede vensterbank om naar de bedrijvigheid in de haven te kijken.

'Die zullen we hier nog goed kunnen gebruiken!' verdedigde Victoria zich pruilend. 'We zijn toch in een vreemd land. Hoe wil je hier zonder hulp de weg vinden?'

Het liefst helemaal niet, had Grace er bijna uit geflapt, maar ze slikte de woorden op het laatste moment in. Hoewel ze het enthousiasme van haar zusje niet deelde, wilde ze haar plezier niet bederven. Het was al erg genoeg dat ze als een lading bagage hier in het hotel waren gedeponeerd!

Terwijl haar jongere zusje zich in haar lectuur verdiepte liet Grace zuchtend haar blik over de diepblauwe zee gaan, waarop behalve oosterse dhows en Chinese jonken moderne stoomschepen deinden alsof ze per abuis in een al sinds tijden vergeten verleden terecht waren gekomen.

De aanlegplaatsen wemelden om deze tijd van de mensen. Tussen zeelui van alle mogelijke nationaliteiten renden inlanders heen en weer, gekleed in eenvoudige witte broeken of in prachtige gele en rode gewaden. Velen van hen droegen een tulband, sommigen hadden een rode streep midden op hun voorhoofd.

Vooral twee vrouwen die juist de straat overstaken, vielen Grace op. Hun turquoise en knalroze sari's contrasteerden fraai met hun donkere huid en ravenzwarte haar. Natuurlijk trokken ze daarmee de aandacht van alle mannen, welke nationaliteit die ook hadden.

Grace moest toegeven dat alleen de aanblik van de haven al aantrekkelijker was dan alles wat ze in het trieste grauwe Londen te zien kregen. Maar in dat grijze, mistige oord had ze nu eenmaal haar vriendinnen. Waarschijnlijk zijn Eliza en Alyson net bezig hun japonnen voor het debutantenbal te passen, dacht Grace mistroostig. De datum, die nu al maanden in haar hoofd zat, naderde met rasse schreden. In plaats van zich net als haar vriendinnen op het bal en het daaropvolgende seizoen voor te bereiden bevond ze zich echter aan het andere einde van de wereld, in de verzengende hitte en omgeven door de stank van vis. Het debuut voor koningin Victoria was uitgesteld 'tot papa de plantage op gang heeft gebracht', zoals haar moeder het had verwoord.

Grace wist wel beter. Ook al werd er over de zaak gezwegen, je kon niet over het hoofd zien dat ze problemen hadden, die alleen door het overnemen van de plantage konden worden opgelost. Het oude familiebezit in Schotland vrat een gat in de kas van de huishouding van de Tremaynes en ook het voorvaderlijk landgoed bij Londen moest worden onderhouden.

Haar vader had haar oom Richard voor diens overlijden lang niet meer gesproken – net zoals de financiële misère werd verzwegen, werd ook hij verzwegen; het werd zelfs ontkend dat hij de succesvolste van de twee broers was geweest. De plantage hoefde niet op gang gebracht te worden, die liep al, dat had ze heimelijk gelezen in een brief die ze in de werkkamer van haar vader had gevonden. En de omstandigheden rond haar ooms dood...

'O, kijk eens!' krijste Victoria en ze klapte in haar handen alsof ze vier was in plaats van dertien. 'Hier zit een kaart! En daarop staat zelfs het gekkenhuis.'

'Gekkenhuis?' herhaalde Grace verbaasd.

'Een van de bezienswaardigheden die in de reisgids worden vermeld. Het gebouw moet volkomen nieuw en zeer de moeite waard zijn.' Victoria vouwde de plattegrond weer op en bladerde omstandig door het boekje tot ze de bijbehorende passage had gevonden, die ze citeerde: 'Het nieuwe krankzinnigengesticht, een liefdadigheidsinstelling die alleen door de regering wordt ondersteund, heeft de kolonie vroeger veel hoofdbrekens bezorgd. De bouwkosten van zeshonderdduizend roepie achtten velen onnodig, reden waarom de oorspronkelijke bouwplannen veranderd moesten worden. Er zijn vierhonderd inlandse krankzinnigen in het gebouw ondergebracht, dat daarmee het grootste gesticht is dat we aan gouverneur Sir James R. Longden te danken hebben.'

'Krankzinnigengestichten had je in heel Engeland kunnen bekijken,' merkte Grace laconiek op. 'Ik kan me niet herinneren dat je een paar maanden geleden belangstelling had voor zulke liefdadigheidsinstellingen.'

'Omdat mama bij het voorstel er een te bezoeken beslist een toeval zou hebben gekregen,' antwoordde haar zusje onverstoorbaar.

'Die krijgt ze nu ook.'

'Daarom vertel ik het jou en niet haar!' repliceerde Victoria slagvaardig.

'Je kunt beter kijken naar kerken of tempels. Daar zal mama je zeker naartoe laten gaan.'

'Kerken zijn saai, maar de tempels moeten hier echt mooi zijn.' Weer begon Victoria te bladeren. Na een tijdje ontdekte ze iets.

'Hier, kijk eens, dat vind jij vast ook interessant!' Ze hield het boek zo dicht onder de neus van haar zus dat Grace wel móést kijken.

'De kaneeltuinen,' las Victoria voor. 'Vlakbij ligt een museum, moeder hoeft dus niet bang te zijn dat het niet stichtelijk genoeg is.'

Grace wilde ook dit voorstel afwijzen, maar ze moest toegeven dat de kaneeltuinen haar belangstelling hadden gewekt. Ze hield van de specerij, die hun kokkin, Mrs Haynes, wel eens in zoete gerechten en gebak had gebruikt, en ze was dol op kaneelmelk.

Victoria leek te merken dat haar weerstand afbrokkelde, want ze vervolgde: 'In de kaneeltuinen kun je zien hoe de schors van de kaneelbomen wordt gehaald en vervolgens wordt gedroogd. Als we daar zijn, mogen we misschien wel wat meenemen. Je hebt op de boot vast je kaneelmelk gemist.'

'Ja, en hoe!' Grace deed verzaligd haar ogen dicht terwijl ze in haar herinnering de smaak in haar mond proefde. Helaas was Mrs Haynes in Engeland gebleven en moesten ze hier genoegen nemen met de kokkin van haar oom. Maar misschien had die ook ervaring met het gebruik van kaneel en zou ze zich laten overhalen het ongemak met dit nachtdrankje te verzoeten.

Als kind was ze er echt verzot op geweest en had ze alles over kaneel willen weten. Haar vader had haar vragen vriendelijk maar beslist afgewimpeld, haar moeder had gedaan alsof ze er geen verstand van had. Alleen de kokkin, bij wie Grace graag vertoefde hoewel dat verboden was, gaf iets van haar kennis prijs: kaneel komt uit India en Indonesië,' had ze telkens gezegd. 'De mensen die het verbouwen zijn zo zwart als de negers van Mr Plummer.'

Daarmee doelde ze op de Afrikaanse bedienden van de Earl of Waxford, die hen uit Amerika had meegebracht.

Grace had zich daarna gedurende talloze nachten het land proberen voor te stellen waarin zwarte mensen de kostbare kaneel verbouwden. Toen ze te horen kreeg dat ze naar Ceylon zouden verhuizen, was ze het hele verhaal allang vergeten, maar nu was het dankzij de reisgids van haar zusje weer tot leven gewekt, waardoor ineens de hitte en de verveling wat minder erg werden.

'Nou, gaan we dus naar de kaneeltuinen?' jengelde Victoria.

'Je weet niet eens hoe lang we nog hier in Colombo blijven,' was

Grace' reactie. 'De plantage van oom Richard ligt bij de Adam's Peak. Dat is hier ver vandaan.'

'Zoals het er nu naar uitziet, zullen we hier nog wortel schieten!' antwoordde Victoria en ze wees boos naar het gebouw van de havenmeester. 'Vader schijnt zich daar nogal thuis te voelen. Als we daarnet meteen met een riksja waren vertrokken, waren we nu al in de kaneeltuinen geweest. Nee, dan zouden we al weer terug zijn van het museum.'

'Doe niet zo mal,' wees Grace haar hoofdschuddend terecht. 'Als we de komende dagen nog hier blijven, zal ik het moeder persoonlijk vragen. Tegen de kaneeltuinen kan zelfs zij geen bezwaar maken, vermoed ik.'

'Lieve help, hoe lang gaat dit nog duren!' wendde intussen Claudia Tremayne in de kamer ernaast zich tot haar butler Wilkes. Ze keek verwijtend door het raam van het hotel naar het gebouw waarin haar echtgenoot al twee uur geleden was verdwenen. Omdat de havenmeester toch al hun papieren moest controleren, wilde Henry meteen van de gelegenheid gebruikmaken om Mr Cahill, de advocaat van zijn broer, te ontmoeten.

'Hij zal vast zo weer terug zijn, Madam,' antwoordde Martin Wilkes, die op zijn vijftigste nog altijd vrijgezel was en bijna net als de koffers bij de inventaris hoorde.

'Dat kunt u nu wel zeggen, Wilkes, maar u kent Mr Tremayne toch!' Claudia, die als ze opgewonden was altijd verviel in het Schotse accent van haar geboorteland, wierp een onderzoekende blik door de deur naar de kamer van haar dochters. Die twee bogen zich net over een dun boekje dat Victoria blijkbaar had gekocht toen ze onder begeleiding van Wilkes naar het Harbour Office was gegaan.

Een beetje weemoedig constateerde Claudia dat Grace eruitzag als een jongere versie van haar moeder, die ze zich ondanks haar vroege dood nog altijd goed kon herinneren. Claudia had Bella Avery altijd bewonderd om haar roodgouden haar, haar bleke teint en groene ogen.

Zijzelf leek meer op haar vader, grofgebouwd, tanig, met donker haar. Soms vroeg ze zich af waarom Henry Tremayne, de knappe zoon van een invloedrijk parlementslid, juist voor haar belangstelling had opgevat. Toen zij haar debuut maakte voor koningin Victoria, werd hij door zo veel mooie meisjes omringd dat zij met haar donkere haar onder hen niet opviel. En toch was hij op een dag bij haar vader verschenen en had toestemming gevraagd haar het hof te maken.

De oudste zoon van huize Tremayne zou de voorkeur van haar ouders hebben gehad, maar in die tijd vertoonde Richard al tekenen van rebellie tegen het feit dat hij de erfgenaam van de familie was. Later, toen hij naar Ceylon vertrok om zich aan het avontuur van de theeplantage te wijden, waren Claudia's ouders tevredengesteld, omdat Henry, met wie ze intussen was getrouwd, de erfgenaam van de Tremaynes werd, en de eigenaar van Tremayne House. Een huis dat zich gaandeweg als een vloek had ontpopt. Waarschijnlijk was een deel van de wrok die Henry tegen Richard koesterde gebaseerd op het feit dat hij het huis met alle verplichtingen van dien aan hem had overgelaten, want in tegenstelling tot zijn schoonouders had hij er nooit rekening mee gehouden dat hij het vaderlijk erfgoed zou overnemen.

En nu zag Henry zich zelfs genoodzaakt het erfgoed van zijn broer op Ceylon over te nemen omdat deze enkele maanden eerder onder onduidelijke omstandigheden om het leven was gekomen.

Zuchtend streek Claudia een paar kreukels uit haar blauwgroene tafzijden rok, die in de tropische hitte wel een broeikas leek.

Toen haar blik weer naar het raam ging, meende ze haar man te ontwaren. Was de bespreking nu eindelijk afgelopen?

Blijkbaar niet, want toen de gedaante zich omdraaide, zag ze dat het niet Henry was, maar vermoedelijk zijn gesprekspartner.

Hopelijk komt hij vlug, dacht ze, terwijl ze zich met een Chinese waaier die ze in Victoria's tasje had gevonden koelte toewuifde.

'De plantage omvat driehonderd morgen land in de omgeving van de Adam's Peak,' verklaarde John Cahill terwijl hij zijn lorgnet, dat hem zo langzamerhand hoofdpijn begon te bezorgen, van zijn neus haalde. Samen met Henry Tremayne, de nieuwe eigenaar van de Tremayne-theeplantage, nam hij de documenten door nadat met betrekking tot de inreisvisa alles was afgehandeld. 'Daarmee bent u een van de grootste plantagebezitters na de Stocktons en de Walbury's, wier bezittingen zich overigens over de andere kant van de berg uitstrekken.'

Henry leek gespannen. Geen wonder na de vermoeienissen van de reis en het afmattende gesprek in een van de kantoren van de havenmeester. Het was een benauwde ruimte, vervuld van de geuren die de wind vanuit de haven meevoerde. Als de wind uit het zuiden kwam, zo was hem verzekerd, zou het hier naar kaneel ruiken, maar nu stonk het naar vis, zeewier en brak water, vermengd met de aroma's van specerijen en fruitsoorten die op de nabije markt werden aangeboden.

Hadden we maar een goed gekoelde ruimte voor de bespreking, dacht Tremayne terwijl hij de neiging zich met de papieren in zijn hand koelte toe te wuiven onderdrukte.

'De opbrengst van de plantage is behoorlijk goed, zoals u uit de cijfers kunt opmaken, en de verwachting is dat de winst dit jaar zal verdubbelen. Het enige wat de plantage nodig heeft is een capabele landeigenaar, dan zullen de problemen wel verdwijnen.'

Mismoedig bekeek Henry het boek dat Cahill voor hem neerlegde. Ondanks de optimistische woorden van de advocaat had hij geen zin zich in de cijfers te verdiepen. Hij werd voortdurend heen en weer geslingerd tussen verdriet om zijn broer en regelrechte woede en haat. Op dit ogenblik stond het ene gevoel net op het punt weer in het andere om te slaan.

De dood van Richard Tremayne, Henry's vijf jaar oudere broer, had een chaos opgeleverd. Slecht bijgehouden boeken, uitstaande betalingen, ongeordende persoonlijke documenten. Blijkbaar was zijn broer steeds meer een boer geworden, die weliswaar goede velden had, maar niet in staat was ze te beheren.

Toch stemden de cijfers Henry wat vrolijker. Als Cahill het bij het rechte eind had wat de verdubbeling betreft, zou hij het familiebezit niet hoeven opgeven en zelfs het kasteel in Schotland kunnen behouden.

'Is de toedracht van de val van mijn broer al bekend?' vroeg Henry toen hij het boek weer dichtsloeg. Door die vraag was Cahill, die hem vast nog meer cijfers wilde laten zien, meteen van slag.

'Nee, Sir, jammer genoeg is het onderzoek nog gaande. En hoewel het Engelsen zijn die zich met de zaak bezighouden, gaat het tergend langzaam. Maar ik denk dat we van een ongeluk uit kunnen gaan. De Adam's Peak is wel geen gevaarlijke berg, maar er zijn ook risico's. Ik weet alleen niet waarom uw broer daar voortdurend met die natuurvorser moest rondklauteren.'

'Was die onderzoeker erbij?'

Cahill schudde zijn hoofd. 'Nee, niet op de bewuste avond. Merkwaardig genoeg was hij blijkbaar helemaal in zijn eentje op pad. De bedienden beweerden dat hij ergens kwaad over was. Ze namen aan dat hij zich op de berg een beetje wilde afreageren.'

'En dat zonder gezelschap?'

'Ja, Sir, voor zover we weten. Maar...'

Henry keek bedremmeld naar de neus van zijn schoenen. 'Het was toch geen zelfgekozen dood?'

'Nee, dat is uitgesloten. Ik kende uw broer. Ook al is zijn boekhouding wat avontuurlijk, hij was er de man niet naar dingen onafgehandeld achter te laten. Als hij van plan was geweest zichzelf van het leven te beroven, dan had hij op zijn minst van tevoren geprobeerd wat orde op zaken te stellen. Of een afscheidsbrief achtergelaten. Maar niets van dat alles.'

'En kan het moord zijn geweest?'

Cahill werd wit om de neus. 'Laten we hopen dat dat niet het geval is. U zult maandenlang bestookt worden door de autoriteiten als daar gerede verdenking voor blijkt te zijn.'

'Had mijn broer dan vijanden, voor zover u weet?'

'Nee, Sir, hij kon eigenlijk min of meer met iedereen goed overweg. Als er toch wel eens onenigheid was, werd die vreedzaam bijgelegd. Thee verbouwen is een vak voor gentlemen, en die schieten elkaar niet als Texaanse veebaronnen uit het zadel.'

Henry verzonk in gepeins. Zou zijn broer werkelijk het slachtoffer van een tragisch ongeluk geweest zijn? Misschien was het beter als hij er niet meer over nadacht of er zelfs geen verder onderzoek naar deed. In geen geval wilde hij problemen krijgen met de autoriteiten, het was ook zo al verwarrend genoeg.

'Wanneer kunnen we op de plantage intrekken, denkt u?' zo veranderde hij van gespreksonderwerp.

'Momenteel zijn werklui nog bezig het huis in orde te brengen. De afgelopen maanden heeft het wat te lijden gehad van verwaarlozing door uw broer. Maar ik spoor de mensen aan haast te maken en vertrouw erop dat ze over een paar dagen klaar zijn. U zult zien dat het de moeite waard is, Vannattuppūcci is heel bijzonder, om precies te zijn een paradijs, dat zult u nog wel merken!'

Bij de avondmaaltijd in een rustige nis in de eetzaal van het hotel bracht Henry zijn gezin verslag uit van wat John Cahill had verteld – in elk geval gaf hij alle informatie die geen onrust of verwarring zou kunnen veroorzaken. Dat stelde Claudia echter bepaald niet tevreden.

'Lieve help, hoe lang moeten we het hier dan nog uithouden?' Ze wierp een misprijzende blik op de andere gasten in de eetzaal, die geen notitie van haar namen. 'Je weet toch hoe ambachtslieden zijn: ze rekken hun werk voortdurend, om meer geld te kunnen vragen.'

'Mr Cahill heeft beloofd ze tot spoed aan te zetten.'

'Als ze echt haast gaan maken, wordt het alleen maar prutswerk.'

'Claudia, liefje.' Henry keek zijn echtgenote bijna smekend aan. Het werd er allemaal toch niet beter op als je klaagde?

Claudia leek dat ook in te zien, want ze liet ietwat beschaamd het hoofd hangen, waarop haar man haar hand vastpakte. 'Misschien moet je eens gaan rondkijken op de edelstenenmarkten in de stad. Er moeten hier prachtige exemplaren zijn, voor de helft van de prijs die ze er in Engeland voor vragen.'

'En bij welke gelegenheden zou ik die sieraden hier in deze woestenij moeten dragen?' vroeg Claudia, nog altijd een beetje wrevelig, want ze zag zichzelf al gevangenzitten tussen palmen en theestruiken.

'Mr Cahill had het over een druk sociaal leven in Nuwara Eliya. Daar moeten hotels zijn en villa's die door deels zeer hoogstaande Engelse families als vakantieverblijf worden gebruikt, en bovendien zijn er nog andere plantage-eigenaren die in hoog aanzien staan. Ik weet zeker dat jij met je sociale vaardigheden al vlug vrienden zult vinden – en bals kunt geven waar heel Ceylon het over zal hebben.'

Nu verscheen er weer een glimlach om Claudia's lippen. En hoewel Grace wist dat dit maar een schamele troost zou zijn voor het gemiste debutantenbal, verheugde ze zich eveneens op de eerstvolgende gelegenheid om weer te dansen.

10

BERLIJN, 2008

De terugkeer naar Berlijn leek Diana op de een of andere manier verkeerd. Alsof ze er niet meer hoorde. Al in het vliegtuig miste ze Tremayne House zo erg dat ze zich ertoe liet verleiden een e-mail naar Mr Green te sturen. Waarschijnlijk zal hem dat verbazen, dacht Diana terwijl ze de woorden op het toetsenbord tikte. Maar misschien wekt het bij hem het vertrouwen dat ik niet weer jaren zal laten verstrijken voor ik terugkom.

Ze was immers de vrouwe van Tremayne House. Bij het openen van Emmely's testament was gebleken dat haar tante Diana het perceel met opstal naliet. Als ze notaris Burton mocht geloven, was er niemand anders die aanspraak op de erfenis kon maken.

Aan het toekomstige onderhoud van het huis kon ze beter nog maar niet denken. Emmely had ook een wat grotere geldsom en wat waardepapieren aan haar vermaakt, maar uitsluitend daarmee was een dergelijke bezitting niet in stand te houden.

Bovendien was er ook nog het juwelenkistje uit het geheime vakje. Tijdens de hele vlucht waren er allerlei vragen door haar hoofd gegaan. In de oude brief van Victoria die ze onder Deidres kist had gevonden, was er sprake van 'iets' wat de omineuze man voor haar had achtergelaten tot hij naar haar toe kon komen. Het enige echt bijzondere voorwerp in het juwelenkistje was het palmblad geweest.

Had dat palmblad iets te maken met het slechte geweten waar Emmely het over had gehad?

In elk geval moest ze eerst eens uitzoeken wat er op het palmblad stond. Misschien was het een soort heimelijke liefdesbrief. In Berlijn kende ze iemand die deskundig was op het gebied van Aziatisch schrift.

Maar eerst had ze andere zorgen. Ze moest achter het familiegeheim zien te komen. En met Philipp praten. Het was haar gelukt hem werkelijk geen enkele keer te antwoorden, wat het niet bepaald makkelijker maakte hem nu onder ogen te komen.

Al toen ze de straat in reed overviel haar het eigenaardige gevoel dat haar man haar verwachtte. Zijn auto op de oprit bevestigde dat ze het bij het rechte eind had. Blijkbaar had hij vandaag eens geen zakendiner met zijn nieuwe vriendin. Had haar vlucht hem aan het denken gezet?

Ze zette haar Mini vlak achter zijn auto en wapende zich al bij het uitstappen tegen zijn verwijt dat ze niets van zich had laten horen. Hoewel hij het recht daarop met zijn misstap had verspeeld, klopte haar hart als dat van een kind dat te laat van het buitenspelen thuiskomt en zich daarover bij haar vader moet verantwoorden.

Toen ze de sleutel omdraaide, schoot haar iets te binnen wat haar hart nog sneller deed kloppen, maar niet van angst.

Wat doe je als je die twee in bed aantreft? Misschien heeft hij meteen dankbaar gebruikgemaakt van je afwezigheid...

Met de oren gespitst op gelach of andere verraderlijke geluiden deed ze benauwd de deur zo zachtjes mogelijk achter zich dicht en sloop ze de gang door.

Er kwam licht door de half openstaande deur van de woonkamer. De televisie stond aan, maar er waren geen andere geluiden te horen. Diana deed geen moeite meer zachtjes te doen toen ze bij de schuifdeur naar de woonkamer kwam. Daar zat hij doodgemoedereerd voor de televisie, net als anders. De chaos was opgeruimd, alleen de ontbrekende glasplaat getuigde nog van haar woedeuitbarsting. Zijn geliefde was niet bij hem, maar hij leek er ook niet op gebrand te zijn geweest zijn echtgenote te vinden, anders had de politie zich allang bij haar gemeld.

Pas toen Diana haar tas op de vloer neerzette, draaide hij zich om.

'Diana!' Hij sprong op uit zijn stoel en kwam naar haar toe. 'Waar ben je in 's hemelsnaam geweest?'

'In Engeland,' antwoordde ze koel terwijl ze zijn blik vermeed. Zijn hoekige gezicht met de kuiltjes in de wangen, zijn bruine ogen en zijn kortgeknipte krullen, het eerste waarop ze gevallen was, hadden haar er misschien toe kunnen brengen spijt te hebben van haar gedrag. Maar nee, zij was niet degene wie iets te verwijten viel!

'Bij je tante?' Philipp zette zijn handen op zijn heupen. 'En waarom heb je mij dat niet verteld? En me geen enkel bericht gestuurd?'

'Dat weet je best.' Ondanks haar voornemen rustig te blijven en een voorbeeld te nemen aan de bezonnenheid van Mr Green, merkte Diana dat ze weer klonk als een beledigd kind.

'Het was maar eenmalig.'

'O ja? En hoe lang duurt die eenmalige toestand nu al?'

'Diana...'

'Kun je nu niet eens één keer eerlijk zijn?' beet ze hem toe.

Philipp perste zijn lippen op elkaar. Niet van sprakeloosheid maar van woede.

'Hoe gaat het met je tante?' vroeg hij beheerst, alsof ze haar vorige woorden niet had uitgesproken.

Diana kneep haar ogen tot spleetjes, maar kon niet verhinderen dat er tranen opwelden. Hij hoeft het niet te weten, hield ze zichzelf voor. Hij heeft zich anders ook nooit om haar bekommerd.

'Ze is dood,' liet ze zich ontglippen.

Philipp keek geschokt, toen maakte hij aanstalten haar te omarmen. Ruw stootte Diana zijn armen weg. 'Raak me niet aan! Dat je me je medelijden wilt laten blijken verandert niets aan wat er is voorgevallen!'

Philipp snoof en schudde zijn hoofd. 'En hoe moet het nu verder met ons?'

'Met ons?' Diana barstte in smartelijk gelach uit. 'Wij moeten elkaar een tijdje uit de weg gaan, ik ga in de logeerkamer slapen.'

Daarop pakte ze haar tas weer op en liep naar boven.

Buiten adem van onderdrukte woede ging Diana achter haar bureau zitten. Mijn gevoel was juist, dacht ze terwijl ze haar laptop uitpakte. Ik had nog een tijdje in Tremayne House moeten blijven.

Maar ze moest zich nu met haar kantoor bezighouden. Ze had haar cliënten veel te lang laten wachten. Natuurlijk zouden ze begrip tonen als ze hun over de dood van haar familielid vertelde, maar ze kon niet eeuwig van het werk wegblijven.

Bovendien moest ze contact opnemen met de vriend uit haar studententijd voor het merkwaardige palmblad. Als er iemand was die wist wat het te betekenen had, was hij het wel.

'Volgende halte Dalem-Dorf' schetterde de vervormde stem door het lawaai van de U-Bahn heen. Diana stopte de reisgids voorzichtig in haar tas en controleerde nog eens of de envelop met het merkwaardige blad niet was beschadigd. Toen stond ze op.

Zoals altijd vond Diana de onverschilligheid die de meeste van haar medemensen aan de dag legden opmerkelijk. Of je nu in een eigenaardig boek zat te bladeren, groen haar had of er slonzig bij liep, dat stoorde niemand in Berlijn. In de U-Bahn, waar de mensen hun best deden naar wat dan ook te kijken om zelf niet bekeken te worden, al helemaal niet.

Even later gleed de gele trein de tunnel uit en schoof voor een rij wachtenden, voornamelijk studenten, maar ook een paar oudere mensen. Een golf van ongeduld kwam haar bij het uitstappen tegemoet. Gelukkig stond er bij deze deur niemand achter haar, zodat de jongeren meteen de trein binnen konden stormen. Toen het signaal klonk dat de deuren dichtgingen was ze al bij de lift, die net een nieuwe lading passagiers aanvoerde. Samen met een oudere heer met aktetas, blijkbaar een professor op weg om college te geven, ging ze naar boven.

In gedachten verzonken moest Diana een beetje glimlachen. Veel was er niet veranderd sinds ze zelf aan de Freie Universität had gestudeerd. Misschien was de kleding wat anders en waren de leerplannen achterhaald en gemoderniseerd, maar nog altijd wemelde het in Dalem van leergierigen en van figuren die jaren geleden hadden besloten de universiteit niet meer te verlaten.

In tegenstelling tot vroeger keerde ze het universiteitsgebouw de rug toe en begaf zich naar het grijze gebouw van glas en beton waarin het museum voor Oost-Aziatische kunst was ondergebracht.

Haar oude vriend had ze gelukkig 's ochtends weten te bereiken en ze had meteen een afspraak met hem kunnen maken. Een absoluut curiosum, benadrukte hij, want normaal gesproken was hij altijd volgeboekt.

De naar verhouding luide stemmen die haar bij het naar binnen gaan tegemoetkwamen, behoorden toe aan een groep studenten die zich net voor een rondleiding verzamelden en misprijzende blikken oogstten van de receptioniste.

Diana ging voor haar staan. 'Goedendag, ik heb een afspraak met doctor Fellner. Mijn naam is Diana Wagenbach.'

Met een blik alsof Diana haar een grove leugen had verteld, pakte de assistente de telefoon en meldde Diana's komst. De spreker aan de andere kant van de lijn bevestigde de afspraak, waarop de uitdrukking op het gezicht van de vrouw enigszins verzachtte.

'Een ogenblik alstublieft, hij komt er zo aan.'

Diana bedankte haar en ging op een bank zitten. Lang kon ze de verveeld ogende studenten niet observeren, want vijf minuten later kwam haar vriend al op haar aflopen. Michael Fellner was nog steeds lang en slank maar was de slungelachtigheid uit zijn studententijd ontgroeid. Hij droeg op een blauwe spijkerbroek een grijs jasje, met daaronder een lichtblauw overhemd zonder stropdas. Dat hij, de vroegere punker, er ooit zo bij zou lopen, had niemand toen kunnen denken, Diana nog het allerminst.

Glimlachend gaf hij haar een hand. 'Diana, leuk je te zien! We werken al jaren in dezelfde stad, maar we lopen elkaar nooit eens tegen het lijf.'

'Is nu misschien nooit?' repliceerde Diana en ze omhelsde hem, zoals ze vroeger altijd hadden gedaan als mensen uit hun groep elkaar tegenkwamen.

'Je ziet er goed uit! Je bent nauwelijks veranderd.'

'Ik ben toch degene die iets van jou wil, eigenlijk zou ik jou stroop om de mond moeten smeren,' lachte Diana.

Michael wreef over zijn mond. 'Maar ik hou helemaal niet van stroop. Bovendien hoeft niemand me opmerkzaam te maken op mijn beginnende buikje en de grijze haren bij mijn slapen, die zie ik elke ochtend zelf al in de spiegel.'

Diana schudde haar hoofd. Hij had helemaal geen beginnend buikje, noch grijs haar bij de slapen. Zijn haardos was wel wat dunner geworden, maar in zijn gezicht herkende ze nog steeds de jongen die vroeger met een veel te grote bril en een geblondeerde hanenkam had rondgelopen en haar alles over Oost-Aziatische kunstgeschiedenis wilde leren. Met die bril was het in orde gekomen, zijn haar was overal even lang en nu was ze hem zelfs dankbaar voor zijn kennis.

'Laten we naar mijn kamer gaan, dan kun je me je schat laten zien.'

Nadat ze de trap hadden beklommen en een paar gangen hadden doorkruist, stonden ze voor Michaels heilige der heiligen. De kamer vertoonde academische wanorde en bood een mooi uitzicht op het universiteitspark, waaruit de gebouwen oprezen als stapels bouwstenen die waren blijven liggen.

'Diana Bornemann,' zei hij toen hij zich op zijn stoel liet vallen.

Hoe lang was het geleden dat ze haar meisjesnaam had gehoord? Ineens leek de tijd een stuk terug te gaan. Ze was nog ongetrouwd, zat vlak voor haar examen en had allerlei ideeën en ambitieuze plannen. Voor haar zat de aanstaande Oost-Aziëwetenschapper, die nog wat hakkelend Japans en Chinees sprak en die zichzelf in zijn vrije tijd Indische talen leerde.

'Je bent getrouwd,' constateerde hij met een blik op haar ringvinger. 'Ik vroeg me aanvankelijk af wie die Diana Wagenbach toch kon zijn, maar toen herkende ik je stem. Weet je eigenlijk dat bijna iedereen uit onze groep ervan droomde je in zijn bed te krijgen?'

Diana deed alsof ze gechoqueerd was. Natuurlijk had ze de avances van de jongens opgemerkt – en hun dwaze stoeipartijen waarmee ze haar wilden laten zien wie de sterkste was. Michael had zich altijd op de achtergrond gehouden, maar zijn blikken waren niet mis te verstaan geweest.

'En ik dacht nog wel dat jullie alleen maar geïnteresseerd waren in discussies over misstanden in de maatschappij. Maar ik vind dat we onze tijd niet moeten verspillen aan geklets over onvervulde mannendromen.'

'Je hebt gelijk,' erkende Michael terwijl hij achteroverleunde en haar nauwkeurig opnam. 'Wat heeft je hierheen gebracht? Je klonk zo geheimzinnig.'

Diana greep in haar tas, haalde de B4-envelop tevoorschijn en legde het eigenaardige blad op tafel.

Michael hapte onwillekeurig naar adem. 'Dat bestaat niet!'

Diana wrong haar ijskoude handen. Zo moest iemand zich voelen wanneer hij rommel van de zolder voorlegt aan een kunstexpert en deze er een onvervalste, nog onbekende Da Vinci in herkent.

'Wat bestaat niet?' vroeg ze nieuwsgierig terwijl Michael het blad al haast eerbiedig naar zich toe trok, zijn bril een stukje op zijn neus naar beneden schoof en toen net als de meeste bijzienden over de rand tuurde omdat hij het zo beter kon zien.

Een hele tijd gaf Michael, die helemaal in het onderzoek opging, geen antwoord. Toen haalde hij diep adem, alsof hij voor wat hij nu wilde openbaren heel veel lucht nodig had.

'Zeg, heb je wel eens iets over de palmbladbibliotheken in India of Sri Lanka gehoord?'

Diana schudde haar hoofd. 'Op het gevaar af dat ik in jouw ogen onontwikkeld overkom, moet ik bekennen dat ik er nu voor het eerst over hoor.'

De siddering die door het lichaam van haar vriend ging, bewees dat ze echt iets geweldigs had gevonden. Maar wat had het met haar familiegeschiedenis te maken?

'In India en op Sri Lanka wordt al eeuwenlang op gedroogde palmbladeren geschreven, die tot deels zeer kunstzinnig gedecoreerde boeken worden ingebonden.'

Hij typte iets in op zijn computer en draaide het beeldscherm om, zodat Diana kon kijken.

De palmbladboeken waarover Michael het had, zagen er op het eerste gezicht uit als grote waaiers. De gravures op de band bestonden uit de spiraalvormige letters die ze ook op het blad had gezien en werden omlijst door fraaie patronen. Op sommige 'boekbanden' stond alleen het patroon.

'En jij denkt dat mijn blad een pagina uit een van die boeken is?'

Michael schudde zijn hoofd en schoof toen zijn bril weer naar boven. 'Nee, liefje, dit hier is iets heel anders. Normaal gesproken zou je zoiets helemaal niet in je bezit mogen hebben.'

'Hoezo? Is het dan verboden om het in te voeren? Dan kan ik ter verdediging zeggen dat het waarschijnlijk meer dan honderd jaar oud is.'

Michael ging op het bureau zitten. Achter zijn voorhoofd leken de gedachten razendsnel tekeer te gaan. Nadat hij zijn hoofd had geschud, alsof hij het allemaal niet kon geloven, verklaarde hij: 'Je hebt, daar ben ik van overtuigd, een blad uit de legendarische palmbladbibliotheek gevonden, een oeroud Indisch orakel. De meeste zijn geschreven in het Oudtamil, een taal die tegenwoordig haast niemand meer begrijpt. In een van de legenden rond de palmbladeren wordt verteld dat Bringhu, de zoon van een wijze, die het privilege genoot met de goden te verkeren, op een dag de brutaliteit beging Vishnu een oorvijg te geven. Daarop sprak Lakshmi, de gemalin van Vishnu, een vloek over hem uit waardoor hij nooit meer gelukkig zou zijn. Bringhu toonde veel berouw, maar de godin kon de vloek niet meer ongedaan maken. Ze verleende hem echter inzage in een legendarische kosmische boekrol, die hem in staat stelde het lot van alle mensen te kennen. De godin beval hem wat hij had gelezen door brahmanen op palmbladeren te laten optekenen.'

'Klinkt interessant,' zei Diana, al had deze informatie weinig met haar familiegeschiedenis te maken. 'Dit blad is misschien door een kolonist ontvreemd. Precies weet ik het helaas nog niet.' Haar vermoeden dat het palmblad het geschenk aan Grace zou kunnen zijn, hield ze voor zich.

'Dat zou kunnen,' antwoordde Michael. 'Het was de kolonist blijkbaar niet duidelijk dat het ontvreemden van een van die bladeren groot ongeluk zou aantrekken. Normaal gesproken worden palmbladeren nooit meegegeven, maar door zogenoemde Nadi-readers opgelezen en geïnterpreteerd. De mensen laten ze zich voorlezen om iets over hun lot in verleden, heden en toekomst te weten te komen. Soms geeft het ook uitsluitsel over vorige levens, want zoals je misschien weet, geloven hindoes net als boeddhisten in reïncarnatie en het nirwana.'

'Dat iemand pas kan betreden als hij zich van alle zonden heeft bevrijd en boete heeft gedaan.' De hippietijd was toen ze ging studeren weliswaar al lang voorbij geweest, maar toch hadden heel veel jaargenoten zich tot het boeddhisme aangetrokken gevoeld.

'Zo kun je dat zeggen. Als je er niet in slaagt je karma positief te beïnvloeden, doorloop je reïncarnaties tot je begrepen hebt wat je wel en niet mag doen. Simpel gezegd.'

Er liep een rilling over Diana's rug. Zou het kunnen dat Henry Tremayne die vloek over zijn familie had gebracht? Of misschien de verongelukte Richard? Omdat hij een palmblad uit een bibliotheek had ontvreemd?

'Zou dat van die vloek echt waar zijn?'

'Dat moet ieder voor zich bepalen. Er gaan verhalen dat mensen die bijvoorbeeld een heilig voorwerp van de Maori's stelen, door pech worden achtervolgd of zelfs onder vreemde omstandigheden sterven. Vanuit modern wetenschappelijk standpunt kan ik het alleen maar toejuichen als iets wat hier niet thuishoort naar zijn eigenlijke bestemming wordt teruggebracht. Natuurlijk pas nadat er uitgebreid foto's van zijn genomen of er een kopie van is gemaakt. Wat me bij de vraag brengt of je me toestemming geeft dit kostbare stuk te fotograferen.'

'Vanzelfsprekend,' antwoordde Diana een beetje onzeker, want haar gedachten waren nog steeds bij de vloek en bij wat Emmely op haar sterfbed had gezegd.

'Het is echt fascinerend.' Michael keek haar doordringend aan. 'Mij zou het interesseren waar je het vandaan hebt.'

'Ik heb het gevonden in een geheim vakje.'

'En waar bevindt dat zich?'

'In een oud landhuis in Engeland. Mijn tante is overleden en zij had me opgedragen een kluisje open te maken. Daar lag het in.'

'Het spijt me,' antwoordde Michael. 'Dat van je tante. Maar je vondst is in elk geval sensationeel.'

Diana overwoog hem ook over de andere vondsten te vertellen, maar besloot dat niet te doen. In plaats daarvan vroeg ze: 'Is het mogelijk na te gaan uit welke bibliotheek dit blad afkomstig is? Zodat ik het kan teruggeven, bedoel ik.'

'Nou, dat kan wel eens lastig worden. Ook al ga je alle bibliotheken langs, nergens zullen ze je kunnen zeggen of het blad juist uit hun bibliotheek afkomstig is. Zoals je ziet, is het niet gecatalogiseerd.'

'Maar ergens moet toch zijn opgevallen dat er een ontbreekt.'

'Bij die grote hoeveelheid bladeren zal niemand iets opvallen. Het zou alleen zo kunnen zijn dat iemand die op zoek is naar zijn lot, het niet kan vinden omdat zijn blad in een kluisje lag te sluimeren.'

'Bestaat er dan voor ieder mens zo'n blad?'

'Nee, maar er zijn er wel heel veel. Ik persoonlijk geef altijd als verklaring dat veel zielen nieuw op de wereld komen en nog geen karma hebben. De meeste mensen die hun lot op de bladeren aantreffen, hebben volgens de brahmanen al veel levens en incarnaties achter zich.'

Diana keek naar het blad. Ze barstte gewoon van nieuwsgierigheid. Wat stond erop? Wiens lot werd voorspeld? Dat van Grace of dat van haar geheimzinnige aanbidder? Misschien dat van een ander familielid? Ineens verlangde ze er weer naar met Emmely te praten. Waarom had ze nooit over haar grootmoeders tijd op Sri Lanka verteld? Of over de broers Henry en Richard? Waarom waren zij allebei, net als Henry's dochters, jaartallen en feiten gebleven in de reeks voorouders, gezichten op foto's waarvan de glans langzaam verbleekte?

Was wat Victoria een slecht geweten had bezorgd zo verschrikkelijk geweest?

'En wat moet ik nu doen?' hoorde ze zichzelf ineens vragen.

'Het best kun je iemand gaan zoeken die het blad voor je opleest,' antwoordde Michael terwijl ook hij zijn ogen niet van het palmblad af kon houden. 'Misschien was het wel van een familielid.' Als je de reader hebt gevonden, kan hij je misschien ook vertellen in welke bibliotheek het thuishoort. Maar dat kan ik je niet beloven, want zoals gezegd zijn er enorme hoeveelheden van zulke bladeren.'

'Dat betekent dat ik naar India moet.'

'Daar ziet het wel naar uit, want ik denk niet dat er buiten India Nadi-readers zijn.'

'Of Sri Lanka.' De reisgids schoot haar weer te binnen. 'Is er in Colombo ook zo'n bibliotheek?'

'Hoe kom je nou weer op Colombo?' verbaasde Michael zich.

'In het kluisje bevond zich ook een heel oude reisgids. Vandaar mijn veronderstelling dat dit palmblad uit de late negentiende eeuw afkomstig is.'

'Het is waarschijnlijk veel ouder. Wanneer je het een tijdje aan mij ter beschikking stelt, kan ik je zelfs precies zeggen wanneer het vervaardigd is.'

'Je kunt het de komende dagen onderzoeken. Ik moet toch eerst nog uitvinden waar ik eigenlijk naartoe moet.'

Michael straalde over zijn hele gezicht. 'Als je het bij me achterlaat, zal ik het fotograferen en proeven doen om het te dateren. Zoiets krijg ik niet snel weer in handen.'

'Maar ik wil het wel graag terugkrijgen!' zei Diana vlug.

'Maak je geen zorgen, dat zul je ook. Ik bel je zodra ik foto's heb gemaakt en proeven heb gedaan. Dat duurt maar een paar dagen.'

11

COLOMBO, 1887

De volgende ochtend kreeg Victoria inderdaad toestemming van haar moeder om naar de kaneeltuinen te gaan. Vanwege haar migraine, die waarschijnlijk de voornaamste reden was voor haar inschikkelijkheid, kon ze zelf niet meegaan, maar ze liet de meisjes vergezellen door Miss Giles en Mr Wilkes, zodat ze niet zouden verdwalen.

Dat hun twee begeleiders hen als hondjes zouden volgen, leek Victoria niet in het minst te deren.

'Misschien neemt de koetsier wel de weg langs het gekkenhuis,' fluisterde ze samenzweerderig tegen Grace nadat ze hadden plaatsgenomen in de koets.

'En wat hoop je daar te zien? Een deprimerend gebouw, omgeven door een hoog hek?'

'Dat is het misschien voor jou, maar wie weet welke jongedames daar onschuldig zijn opgenomen omdat hun misdadige echtgenoten op hun erfenis uit zijn.'

Grace kon een grijns niet onderdrukken. 'Je hebt zeker weer zo'n stuiversromannetje gelezen?'

'Ik?' Vergeefs zette Victoria een onschuldig gezicht op. 'Daar houd ik me verre van! Je weet hoe vader over dat soort lectuur denkt.'

'Dat heeft je er tot nu toe toch niet van weerhouden ze te lezen. Verstop je ze in een geheim vakje in je koffer?'

Er verscheen een schelms lachje rond Victoria's lippen. 'Daar weet je dus van?'

Grace knikte.
'En je hebt papa niets verteld?'
'Je bent mijn zusje, vergeet dat niet! Zussen verraden elkaar niet.'
Victoria vlijde zich nu behaaglijk tegen haar arm. 'Dank je wel, zusjelief! Als je wilt, mag je er een paar lenen.'
'Ik geloof niet dat de avonturen van Lord Ruthven me interesseren, maar bedankt voor het aanbod.'
Toen Miss Giles en Mr Wilkes ook waren ingestapt, zette de koets zich in beweging.
De koetsier, een inlander in dienst van het hotel, wist behendig de groepen mensen, riksja's en ossenwagens te omzeilen. Slechts één keer, toen er een troep olifanten in de weg stond, waren ze genoodzaakt te stoppen.
'Wat een prachtige kolossen!' riep Victoria uit, vol verbazing over de dikhuiden, die vrolijk gekleurde dekken droegen; sommige hadden een pagodeachtige constructie op hun rug.
'Olifanten op weg naar de tempel,' verklaarde de koetsier. 'Zijn heilig, wij wachten moeten.'
Omdat de olifantenprocessie een tijd duurde, begon Miss Giles in de gloeiende zon al voor haar teint te vrezen.
'We zullen allemaal vreselijk verbranden als we nog langer stil blijven staan. Miss Grace, trekt u toch uw hoed wat meer over uw gezicht. Dat geldt ook voor u, Miss Victoria.'
De twee jonge vrouwen gaven gehoor aan haar vermaning, maar Victoria trok een grimas naar haar gouvernante toen Miss Giles angstig opzij keek, waar een kleine jongen haar een houtsneefiguurtje toestak.

De Cinnamon Gardens waren eerder een wijk dan een echte tuin. Tussen de aanplant van de plantage en aan de rand ervan rezen talrijke huizen op. In het midden stond een groot landhuis, omgeven door tuinen met wit zand, waarin de bomen waaruit de kaneel werd gewonnen gedijden.
'Als we geluk hebben krijgen we een rondleiding,' verkondigde Victoria enthousiast. 'Dat staat in elk geval hier in de reisgids.'

Miss Giles keek een beetje lijdzaam naar de paden die tussen de bomen door slingerden, alsof ze nu al wist dat haar laarsjes vreselijk pijn zouden gaan doen.

'Ik weet zeker dat je de gids mee kunt nemen in de koets,' beweerde Mr Wilkes, die meteen op zoek ging naar iemand die er bekend was.

Grace merkte dat Victoria op iets zat te broeden. De hele ochtend had ze met haar neus in de reisgids gezeten. Net als in oude sprookjes was wat ze kon krijgen voor haar blijkbaar niet genoeg.

'Daar heb je nu je kaneeltuinen,' zei Grace en ze wees naar de bomen, die er helemaal niet uitzagen alsof er kaneel aan zat. 'Waarom trek je dan toch zo'n lang gezicht?'

'Ik trek geen lang gezicht,' beweerde Victoria. 'Ik zit alleen maar na te denken.'

'Waarover?'

'Over van alles en nog wat.'

'Voor een jongedame is het niet goed haar gedachten doelloos rond te laten dwalen,' zag Miss Giles zich genoodzaakt op te merken.

Grace had toch een vermoeden waarom haar zusje ontstemd was. De koets was niet langs het krankzinnigengesticht gekomen, zoals ze had gehoopt. Zelf was ze daar blij om, want de verhalen die in Londen al over zulke oorden de ronde deden waren nogal afgrijselijk.

Na een tijdje slaagde Mr Wilkes erin iemand op te sporen die bereid was hen door de plantage te leiden. De kleine, wat gedrongen jongeman, wiens huid aan hazelnoten deed denken, zei al bij het instappen dat ze een stuk zouden moeten lopen, omdat de paden tussen de bomen verderop te smal waren voor koetsen.

Maar eerst vertelde hij in haast onverstaanbaar Engels over de geschiedenis van de plantage, die al ten tijde van de Nederlanders had bestaan en door de Engelsen tot volle bloei was gebracht. Toen ze halt hielden omdat ze bij de gevreesde wegvernauwing waren gekomen, stapte Miss Giles met tegenzin uit, terwijl de weg naar de kaneelbomen niet bijzonder lang was en echt veel interessanter beloofde te worden dan de tocht langs het wat saai ogende hoofdgebouw.

Wat zou ik nu graag in Londen willen zijn, dacht Grace verveeld. Niet alleen treurde ze om het debuut dat ze nooit zou maken, maar ook om de lentebals die de grondbezitters in de omgeving om de beurt gaven. Ze zou het genot van de pasteien en zoetigheden vreselijk missen, net als het dansen van quadrilles. In plaats van zich op haar debuut voor te bereiden werd ze nu in de gloeiende hitte rondgereden om te zien hoe kaneel geproduceerd werd. Daar was ze – dat moest ze toegeven – dol op, maar de herkomst ervan liet haar toch echt onverschillig. In gedachten verzonken nam ze waar hoe de schors door de arbeiders van de kaneelbomen werd gepeld en doorgegeven om opgerold en daarna in bundels langs de rand van het pad neergelegd te worden. De bundels verkeerden in diverse stadia van droging. Terwijl sommige eerder leken op verschrompeld hout, zagen andere er al uit als de pijpkaneel die hun kokkin altijd in een afgesloten glazen pot bewaarde.

'We moesten maar wat kaneelsigaren voor papa meenemen,' opperde Victoria.

'Denk je nu echt dat hij die zal willen roken?'

'Hij rookt ook die vreselijke sigaren die zijn vrienden hem vanaf Sumatra sturen,' diende Victoria haar bijna betweterig van repliek. 'Waarom dan geen kaneelsigaren? Die ruiken vast veel beter.'

'Goed dan, wat mij betreft koop je er een paar voor hem,' zei Grace. 'Ik zal wat pijpkaneel kopen voor het geval dat er op oom Richards plantage geen is. Wie weet wanneer we weer in een winkel komen als we eenmaal daar zijn.'

Bij een stalletje kochten ze een voorraadje pijpkaneel en een paar kaneelsigaren, maar in plaats van met Grace naar de koets terug te gaan liep Victoria een stukje verder en bleef uiteindelijk staan.

'Victoria!' riep Grace haar na, maar er zat niets anders op dan haar te volgen.

'Kijk eens daar verderop!' Victoria wees op de huizen aan de andere kant van de struiken die de grens van de plantage markeerden. Daarvandaan klonk geroezemoes. Een smal paadje slingerde zich door de wirwar van frangipanestruiken. 'Nou, heb je zin in een avontuur?'

'Vind je dat we daarheen moeten gaan?' Grace keek achterom naar Mr Wilkes en Miss Giles, die nog altijd bij het stalletje met pijpkaneel met de verkoper stonden te praten.

'Waarom niet? Ik heb me vergist toen ik dacht dat de kaneeltuinen een opwindend oord waren. Zoals je ziet is het hier doodsaai. Maar daarbeneden' – ze wees op de daken – 'bruist het van leven. Al in de koets had ik enorme zin me in de menigte te storten. Misschien vinden we de tempel waar de olifanten naartoe zijn gegaan.'

'Maar Miss Giles en Mr Wilkes hebben opdracht gekregen ons niet alleen te laten.'

'Die zullen niet eens merken dat we weg zijn.'

Zonder naar hun oppassen om te kijken liep ze op het paadje af.

'Maar...' Grace stokte. Ze hoefde slechts te roepen om de butler en de gouvernante erbij te halen. Die zouden Victoria weer terugbrengen naar de koets en haar zusje zou mokken, maar dat zou wel weer overgaan.

Grace kon het echter niet over haar hart verkrijgen haar te verraden. Omdat Victoria al in het struikgewas verdwenen was, trok ze haar rok op en liep haar zo snel als ze kon achterna.

'Je gaat dus toch mee,' constateerde Victoria triomfantelijk terwijl ze twijgen en ranken die de weg versperden opzijduwde.

'Alleen maar om ervoor te zorgen dat je geen stommiteiten uithaalt.'

Victoria glimlachte stilletjes. Het moest wel heel raar lopen wilde ze haar zus niet zover krijgen de ketenen van de volwassenheid af te leggen. Vroeger had Grace aan alle pleziertjes meegedaan en zich niet bekommerd om japonnen en bals. Ze hadden zich onder de rozenhagen in de tuin of de pergola's verstopt en verhaaltjes verzonnen. Maar toen was hun moeder begonnen Grace voor te bereiden op de volwassenheid. Van de ene dag op de andere waren er alleen nog maar bals, theekransjes en sessies om japonnen te passen. Victoria gruwde van dat alles, dat ongetwijfeld ook haar te wachten stond als ze zestien was. En dus wilde ze volop van haar jeugd genieten, en Grace er weer aan herinneren hoe het vroeger was geweest.

Dat ze haar door het struikgewas volgde en daarmee ook misnoegen riskeerde, stemde haar uitermate hoopvol.

'Maar we blijven hooguit een paar minuten, dan maken we dat we wegkomen,' siste Grace in haar oor.

Een ogenblik later had ze er al spijt van te hebben toegegeven. Achter hen had de mensenmassa zich gesloten en dreef hen als golven in een rivier door de straat naar voren. Rechtsomkeert maken naar het paadje door de struiken was nagenoeg onmogelijk.

Toen ze eindelijk in een zijstraatje aan de menigte konden ontkomen, lag de kaneelplantage ver achter hen. Nu werd het Grace duidelijk dat ze hier niet toevallig waren beland. Haar doortrapte kleine zusje had het allemaal tot in de kleinste details voorbereid!

'Kom nou!' riep Victoria terwijl ze haar bij de hand pakte en meetrok. 'Het moet hier ergens zijn!'

'Bedoel je de tempel?'

'Nee, iets veel spannenders.'

'Heb je het in de reisgids gezien?'

'Nee, in een brochure die in de vensterbank in de eetzaal lag.'

'En wat stond daarin?'

Grace herinnerde zich het beduimelde blaadje en bedacht nu spijtig dat ze had geweigerd er een blik op te werpen. Daardoor had ze Victoria het plan niet eens uit het hoofd kunnen praten.

'Dat verklap ik je straks wel. Laat je nu maar niet als een koppige ezel voorttrekken.'

Tussen de inlanders in hun sari's en sarongs voelde Grace zich helemaal niet op haar gemak. Het zweet liep onder haar korset over haar rug en haar huid voelde aan alsof die niet alleen door de zon brandde. De stekende blikken van de inlanders, de verbazing over de aanwezigheid van de twee Engelse vrouwen prikten als naalden in haar vel, en het liefst had ze samen met Victoria rechtsomkeert gemaakt.

Maar toen stond haar zusje al stil voor een wat vervallen ogend gebouw. Het pleisterwerk brokkelde in grote plakken af, een vensterluik hing scheef in de hengsels. In plaats van gordijnen hingen er veelkleurige doeken voor de ramen en naast de ingang ontdekte Grace een bont beschilderd, veelarmig mannenbeeld. Onder de luifel van gevlochten palmbladeren zat een jongeman in een fleurig gewaad met op zijn voorhoofd twee rode strepen zoals ze al bij mannen in de haven had gezien. Hij bekeek beide jonge vrouwen met een indringende, bijna duivelse blik. 'U Engelsen,' zei hij ten slotte, 'u weten willen lot?'

'Maar natuurlijk!' riep Victoria geestdriftig uit. 'Grace, dit is een palmbladbibliotheek! Hier moeten honderden van die bladeren zijn waarop het lot van de mensen geschreven staat. Dat stond in de brochure!'

Daarom had Victoria niets gezegd! Ze wist dat ze dan nee zou zeggen! Grace trok haar aan haar hand mee.

'Dat is maar voor de grap, Victoria! Laten we gaan!'

'Als het maar voor de grap is, hoeven we nergens bang voor te zijn.' Victoria zette haar smekende kleinemeisjesgezicht op, waarvan ze wist dat haar zus het niet kon weerstaan. 'Alsjeblieft, Grace, laat hem ons de toekomst voorspellen!'

'Maar hij zal ons vast proberen af te zetten!' wierp Grace tegen. Ze besefte echter wel dat dat geen effect zou sorteren bij haar op avontuur beluste zusje.

'Daar hebben die andere mensen ook gelegenheid toe gehad, toch? Zelfs die opdringerige juwelenhandelaars bij de haven hebben dat niet gedaan!'

Grace zuchtte. Als ze niet toegaf, zou Victoria haar de hele tijd voorhouden dat ze een angsthaas was.

'Nou, vooruit dan maar, wat kost het?' vroeg Grace, waarop de jongeman met de donkerbruine ogen haar zo indringend aankeek dat het leek of hij in de diepste regionen van haar ziel wilde kijken. Waarschijnlijk hoort dat bij het bedrog, zei ze bij zichzelf, maar na een tijdje ontweek ze zijn doordringende blik.

'Vijf roepies!' Om zijn woorden te onderstrepen spreidde hij de vingers van zijn rechterhand en hield haar die voor.

Victoria stootte Grace met haar elleboog in haar zij. 'Doe het nou maar, wees niet zo'n angsthaas. Twee jaar geleden zou jij degene zijn geweest die mij naar zoiets had meegesleept.'

Was dat zo? Grace was er inmiddels niet meer zeker van of ze ook zo wild geweest was als haar zusje. Door de lessen in etiquette en de aangekondigde plichten als volwassene waren haar vroegere streken in de vergetelheid geraakt.

Grace overhandigde de man het geld, dat hij vlug in zijn gewaad liet verdwijnen. Toen stond hij op en leidde hen binnen in een kleine ruimte, waarin de blauwe verf eveneens van de muren brokkelde. De ruimte, die blijkbaar een soort wachtkamer moest voorstellen, was volkomen leeg. Van achter een kleurig stoffen gordijn kwam lawaai.

Grace voelde dat haar nekharen overeind gingen staan. Stel dat daar een bende aanranders op de loer lag?

'Jij komen.' De man wees naar Grace. Die sloeg geschrokken haar hand tegen haar borst.

'Niet wij allebei?'

De man schudde zijn hoofd. 'Altijd één blad per persoon. Jij komen eerst, dan andere Miss.'

Grace keek paniekerig naar Victoria. Die scheen een beetje teleurgesteld dat zij niet als eerste achter het gordijn mocht; de angsten van haar zus leek ze ondanks de griezelromans vol geweld niet te delen.

'Jij komen!' zei de man nu nadrukkelijk terwijl hij het gordijn opzijschoof. Uit de korte gang erachter kwam hun een schel daglicht tegemoet.

Met een wee gevoel in haar maag volgde Grace hem naar de achterkamer. Met één oor luisterde ze daarbij ook naar het voorste gedeelte, in de angstige verwachting dat Victoria zou gaan gillen omdat een vrouwenhandelaar haar vastpakte. In Londen had dat in een wijk als deze kunnen gebeuren.

Onvoorstelbaar dat ik hieraan meedoe, dacht ze opnieuw. Als moeder het wist, zou ze Miss Giles ons een hele week lang lessen in goed gedrag laten geven. Daar hoorde bij dat je in een vreemd land niet van de straat af ging en je zeker niet in zo'n armelijke buurt begaf, waar het wemelde van de dieven en afzetters. Onderweg hiernaartoe had elke blik, elk onbegrijpelijk woord haar vijandig toegeschenen. Het was beter geweest om in de minder duistere wijken van Colombo te blijven.

Haar stille zelfverwijt verstomde toen ze een witharige, bruinverbrande oude man in een witte pij zag. Ondanks zijn zeer hoge leeftijd zat hij in een merkwaardige houding op een mat van palmblad, met naast zich een vaatje waaruit een kruidige rook opsteeg.

Terwijl haar begeleider iets in zijn moedertaal tegen de oude man zei, schaamde Grace zich nu voor haar wantrouwen. De oude man zou heel goed haar grootvader kunnen zijn en had blijkbaar geen enkele behoefte om een jonge vrouw te belagen. Naast hem op de vloer lagen langwerpige voorwerpen die Grace aan Chinese waaiers deden denken, alleen waren ze veel groter en bedekt met vreemde tekens.

'Ik jou vragen stellen, jij antwoorden,' kondigde de jongeman aan terwijl hij een veer en een stuk papier pakte. Geschrokken keek Grace op en merkte dat de oude man haar observeerde. Pas nu bedacht ze dat ze hem bij het binnenkomen niet had gegroet. Wat onbeleefd van haar! Maar wat moest ze tegen die man zeggen? Ze knikte hem kort toe, toen vuurde de helper van de oude man – de jongeman met de rode strepen op het voorhoofd was niet meer dan dat – al de eerste vragen op haar af.

Hoe ze heette, wie haar ouders waren, waar ze vandaan kwam, wanneer ze geboren was enzovoort.

Slechts met grote tegenzin gaf Grace antwoord, want nog altijd vermoedde ze bedrog achter het gebeuren. De gedachte valse informatie te geven verwierp ze toch weer vlug, want als dit hier echt een toekomstorakel was, zou het misschien bedenkelijke gevolgen voor de voorspelling hebben. Niet dat ze erin geloofde, maar ze kende zichzelf goed genoeg om te weten dat een slecht omen voor haar toekomst haar dagenlang uit haar slaap zou houden omdat ze er niet zeker van kon zijn of er niet toch iets van waar was.

Nadat hij alle antwoorden had opgeschreven verdween de helper in een andere ruimte en sloot de deur daarvan zorgvuldig, alsof hij vreesde dat er iets uit gestolen zou kunnen worden. Grace keek onzeker om. De oude man, die de hele tijd geen woord had gezegd, bekeek haar nog steeds indringend. Om zijn blik te ontwijken draaide Grace zich naar het gordijn, waarachter Victoria in de wachtkamer zat. Daar was alles rustig. Waarschijnlijk zat ze zich te vervelen of vroeg ze zich af waar haar zus bleef...

Geritsel maakte dat ze haar blik weer richtte op de deur tegenover haar, waarin de helper verscheen met een smal bruin blad dat op een liniaal leek.

'Ik vinden blad voor Miss,' verkondigde hij glimlachend. 'Ik het Brahma te lezen geven.'

Blijkbaar was dat de naam van de oude man, die nu het blad met een welwillende buiging kreeg aangereikt. Brahma wendde zijn blik eindelijk van haar af en liet zijn vinger over het droge palmblad glijden. Na een tijdje borrelden er vreemde woorden op uit zijn mond, die de jonge helper meteen vertaalde.

Slechts met moeite kon Grace de door het zware accent vervormde woorden volgen.

'Vader rijke man... grote reis... beslissing... storm die alles verandert... Huwelijk...'

Na een tijdje gaf Grace het op de woorden te volgen. Ze liet de informatie, die ze eigenlijk helemaal niet wilde hebben, als water van zich afglijden tot de jonge man zei: 'Jij gaan in drieënzestigste jaar volgende leven in. Jij nog drie levens tot bereiken nirwana.'

Voorspelde hij haar dood? Het vreemde woord aan het einde kende ze niet, maar het klonk nogal naar de andere zijde.

Ineens benam haar korset haar de adem nog sterker, de hitte in de ruimte werd onverdraaglijk en ze begon over al haar leden te beven. Slechts met grote moeite wist ze zich te beheersen om niet op te springen en naar buiten te stormen.

Toen de oude man zweeg en de helper eindelijk klaar was met vertalen, pakte de laatste een vel papier, waarop hij razendsnel de tekens van het merkwaardige blad kopieerde.

Toen hij het haar aangaf, had ze zo'n droge keel dat het leek of ze zand had ingeslikt.

'Dat nemen, Miss, als herinnering en als nog vragen.'

Grace wist zeker dat ze daar niet terug zou komen. Het gebrabbel van de helper was ze al weer bijna vergeten. En het was vast alleen maar onzin wat hij voorspeld had.

Desondanks bedankte ze beleefd en liep vervolgens met grote passen het vertrek uit. Buiten vloog Victoria recht op haar af.

'En? Wat heeft hij je voorspeld?'

'Dat we een hoop misnoegen over ons heen zullen krijgen, en dat allemaal vanwege onzinnig gestamel en tekens die niemand kan lezen.'

Met glanzende ogen trok Victoria het blad uit haar handen. 'Wat betekent dat? Wat heeft hij tegen je gezegd?'

'Niets belangrijks. We kunnen nu maar beter gaan.'

'Maar ik ben nog niet aan de beurt geweest!' protesteerde Victoria en ze hield haar zus met een kordate greep aan haar rok tegen. 'Bovendien waren die vijf roepies voor ons allebei.'

Toen verscheen de helper weer en riep de tweede Miss binnen.

Victoria rende bijna achter de jongeman aan. Grace keek haar zuchtend na, liet zich op de houten bank neerzakken en wierp een blik op het vel papier. Gaven die tekens echt weer wat haar was verteld? Had ze de man goed verstaan? Moest ze het blad misschien nog eens door iemand anders laten lezen? Op de plantage waren beslist mensen die dat konden.

Maar waarom maak ik me daar eigenlijk druk om? Die voorspelling is vast van toepassing op iedere Engelse die naar Ceylon komt. Die oude man en zijn helper, die misschien wel zijn kleinzoon was, boden hun diensten heus alleen maar aan om in hun levensonderhoud te voorzien. Wie weet hadden ze die palmbladeren zelf beschreven en maakten ze er nu een hoop tamtam bij om er een mystiek tintje aan te geven. Misschien bevond zich achter de deur die hij zo vlug dichtgedaan had helemaal geen bibliotheek van die bladeren, maar slechts één enkel blad, dat telkens aan de mensen werd getoond terwijl de oude man er een verhaaltje bij verzon. Wie kon immers controleren wat er echt op het blad stond?

Ik ga het uitzoeken, bedacht Grace plotseling vastbesloten, en een einde maken aan het bedrog.

Na wat bijna een eeuwigheid leek kwam Victoria terug. Ze had geen blaadje bij zich en trok een lang gezicht. 'Ze hebben er geen voor mij,' zei ze teleurgesteld.

'Wat?' Grace trok verwonderd haar wenkbrauwen op. Toen werd ze kwaad. Natuurlijk waren het allemaal valse trucjes. Dat wist ze toch! Als er meer van die belachelijke bladeren bestonden, was het niet nodig geweest Victoria teleur te stellen. Ze waren natuurlijk bang dat het uit zou komen als ze twee keer dezelfde voorspelling deden. 'Ik ga met die man praten!'

'Nee, laat maar...' Maar Victoria's handen grepen in het niets, Grace stormde het volgende ogenblik het gordijn door.

'Kunt u me uitleggen waarom u mijn zusje niet zo'n belachelijk palmblad wilt geven?' Grace richtte zich in haar volle lengte op en zette haar handen in haar zij.

De oude man hief zijn hoofd op en keek haar rustig aan. Hij glimlachte zelfs, alsof hij zich tegenover haar een grapje had gepermitteerd. 'Sommige mensen krijgen geen palmblad omdat hun ziel nieuw is op de wereld. Ze hebben nog geen karma, nog geen vorig leven.'

Hij sprak Engels! En ook nog eens behoorlijk goed! Waarom deed hij dan alsof hij niets verstond? Hoorde dat bij het bedrog?

Grace was even met stomheid geslagen, maar herstelde zich weer. Omdat de verklaring haar uiterst ongeloofwaardig leek, eiste ze: 'Ik wil die zogenaamde palmbladbibliotheek van u wel eens zien!'

'Dat mag u niet,' antwoordde de oude man kalm.

Strijdlustig kruiste Grace haar armen over haar borst. 'En waarom niet? Omdat u maar één enkel verdroogd blad hebt, nietwaar? Ik zal er bij de gouverneur in hoogsteigen persoon een klacht over indienen dat dergelijk bedrog in zijn machtsgebied mogelijk is!'

Hoewel de oude man haar nu weer op een merkwaardige en indringende manier opnam, bleef Grace hem uitdagend aankijken.

Ten slotte wendde de oude man zich tot zijn helper. 'Laat ze haar zien.'

'Maar ze zijn heilig!' wierp hij tegen.

'Ze wil ons aangeven bij de autoriteiten. Laat ze haar zien.'

De jongeman keek haar duister aan, liep naar de deur en maakte hem open.

'Komen, Miss.'

Wantrouwend kwam Grace dichterbij. Wilde die jongen haar misschien een klap geven? Haar hart ging als een razende tekeer, maar haar trots verbood haar terug te krabbelen. Toen ze door de deur spiedde, stokte haar adem. In een ruimte, ongeveer zo groot als de werkkamer van haar vader, lagen op ietwat kromme rekken gerangschikte waaierachtige boeken van beschreven palmbladeren, zo veel dat ze ze in eerste instantie niet kon tellen. Elk van die boeken bevatte tientallen gedroogde palmbladeren, die in de loop van de tijd verbleekt waren.

Geschokt trok Grace zich terug. Haar uitbarsting vond ze ineens ontzettend pijnlijk.

'Ik merkte dat u twijfelde,' zei de oude man achter haar. 'Maar het lot houdt zich daar niet mee bezig. Ik heb u voorgelezen wat er zal gebeuren. Als u mijn raad nodig hebt, of de voorspelling nog een keer wilt horen, kunt u altijd terugkomen.'

'Mijn excuses, ik...' Grace zweeg beschaamd.

'U bent Engelse. U kent onze wegen niet. Nog niet.'

Tot haar grote verbazing klonk zijn stem niet verbitterd of beledigd. 'Luister altijd naar je hart en volg het,' voegde hij eraan toe. 'Doe je dat niet, dan zul je ongeluk brengen over jezelf en degenen die je liefhebt.'

Verward keek Grace hem aan, toen nam ze afscheid en liep naar buiten.

'Hebben ze echt geen blad voor mij?' vroeg Victoria toen ze naar haar toe liep.

Grace schudde haar hoofd. 'Kom, Victoria, we moeten terug!' Nadat ze even naar de man die na haar de wachtruimte had betreden, had omgekeken, pakte ze haar zusje bij de hand en sleurde haar naar buiten.

's Avonds, terug in het hotel en na een stevige donderpreek van hun moeder en een les in goed gedrag van Miss Giles, nestelde Grace zich weer in de vensterbank.

Maanlicht wierp een zilveren schijnsel over de haven en de zee, het gouden licht van de lampen weerspiegelde haar gedaante in de ruiten. In de duisternis lichtten de scheepslampen op, en in de verte zond de vuurtoren zijn stralen door de nacht.

Om een of andere reden bleef het bezoek aan de palmbladbibliotheek door haar hoofd spelen. Was dat misschien omdat ze zich zo onmogelijk had gedragen? Hoe langer geleden het was, hoe meer details er in haar opkwamen waarvan ze zich in haar vooringenomenheid niet bewust was geweest, als een betovering die langzaam begon te werken.

De manier waarop de oude man zijn vingertoppen over de ingebrande lettertekens had laten glijden en daarbij met een zeurend zingzangen de woorden intoneerde die door zijn leerling werden vertaald. Het blad, dat al vele honderden jaren oud moest zijn. Het aroma van wierook, patchoeli en andere geuren, die ze niet kon benoemen. En dan de blik van die man!

Hoewel ze tegen zichzelf zei dat de horoscoop onzin was, pakte ze het briefje en een schrijfblok en een potlood. Toen probeerde ze zich het koeterwaals van de assistent te herinneren.

'Wat doe je?' vroeg Victoria terwijl ze opkeek van haar geliefde stadsplattegrond.

'Ik schrijf iets op.'

'Wat dan?'

'Gedachten. Niets bijzonders.'

'Gedachten over je palmblad?'

Het was haar scherpe blik niet ontgaan dat Grace het briefje uit de bibliotheek naast zich had liggen.

'Gedachten over dat ik me waarschijnlijk nooit meer zal laten verleiden jou naar welke duistere uithoek van de stad ook te vergezellen,' antwoordde Grace venijnig om haar verlegenheid te verbergen. Na de stampij die ze op de terugweg had gemaakt, kon ze onmogelijk toegeven dat ze van plan was te reconstrueren wat er precies tijdens de sessie was gezegd.

'Zo erg was het allemaal toch niet!' was Victoria's reactie terwijl ze een bladzijde van de reisgids omsloeg. 'En we zijn nog helemaal niet bij de edelstenenhandelaren geweest. Daar wil ik morgen heen!'

'Alleen als we een koets nemen die niet door de krottenwijk van de stad gaat. Bovendien zullen moeder en Miss Giles zeker mee willen, je hebt gehoord wat ze bij het avondeten heeft gezegd.'

'"Ja, ja, kinderen, begeef je nooit tussen de inlanders, ze zouden je wel eens kunnen opeten."'

Victoria's intonatie maakte Grace aan het lachen.

'Ha, kijk eens, nu is al je ernst verdwenen!' voegde Victoria eraan toe, want ze had gemerkt dat haar zus zich moest inhouden om niet luid in lachen uit te barsten.

'Laat dat maar niet aan Miss Giles of mama horen, anders krijgen we nog huisarrest!'

'Maak je geen zorgen, ik zal me morgen als een engel gedragen.'

Terwijl Victoria zich weer in haar reisgids verdiepte, probeerde Grace de woorden van de helper te achterhalen.

Wat had de man gezegd? Dat ze nog voor haar twintigste haar grote liefde zou vinden? Dat ze zou trouwen en een kind krijgen? Om dat te voorspellen had ze geen helderziende nodig. Haar moeder zou er zeker voor zorgen dat ze trouwde en kinderen kreeg. Waarschijnlijk verging het iedere vrouw zo. En het was onwaarschijnlijk dat ze hier ooit wegkwam. In het beste geval zou ze in Colombo wonen, vlak aan zee.

Eén passage had haar meteen verontrustend geleken. In hetzelfde jaar dat haar kind werd geboren, zou er een grote storm uitbreken, die een einde zou maken aan het leven zoals ze het kende. Betekende dat dat ze tijdens een onweer zou omkomen? Of stond haar een storm te wachten die alles zou veranderen?

Dat laatste was waarschijnlijker, want uit het gebrabbel, dat steeds onduidelijker was geworden, had ze nog begrepen dat haar een goed einde beschoren was en dat ze na bijna drieënzestig jaar haar volgende leven in zou gaan. O ja, ze zou de rest van haar leven aan zee doorbrengen.

Al die gegevens schreef Grace op en nadat ze ze gelezen had, schudde ze haar hoofd.

Het zag ernaar uit dat haar familie Ceylon niet snel zou verlaten; trouwen en kinderen krijgen waren niets bijzonders en als ze in totaal tweeënzestig jaar zou leven was dat wel niet veel, maar dat was nog ver weg. Afgezien van de leeftijd waarop ze zou sterven – wat ze toch tamelijk macaber vond – had iedere waarzegger op de jaarmarkt het allemaal kunnen voorspellen.

Toen schoot haar echter nog iets te binnen, de zin die de oude man haar als raad had meegegeven. *Luister altijd naar je hart en volg het. Als je dat niet doet, zul je ongeluk brengen over jezelf en degenen die je liefhebt.*

Zo, of op zijn minst ongeveer zo had hij het uitgedrukt. Naar mijn hart luisteren, dacht Grace terwijl ze haar hoofd tegen de ruit legde. Wat wil mijn hart dan eigenlijk? En waarom zouden mijn wensen het lot van onze familie beïnvloeden? De Tremaynes waren gewend naar hun verstand te luisteren, te doen wat hun plicht was.

Die gedachte hield haar zelfs nog bezig toen ze naar bed ging en slapeloos naar het plafond lag te staren.

12

BERLIJN, 2008

Terwijl de U-Bahn naar de binnenstad denderde, probeerde Diana de informatie over het geheim die ze tot dusver had verzameld op een rijtje te zetten. Ze had een deel van een orakel gevonden, in feite een oeroude horoscoop. Om de korte voorspellingen in de krant moest ze meestal lachen, want die waren altijd zo geformuleerd dat ze op iedereen van toepassing waren. Ook geloofde ze niet dat er een instantie was die de hele toekomst van een mens kende, hoewel er werd gezegd dat met het tijdstip van de geboorte ook het doodsuur van de persoon in kwestie was vastgelegd. Maar dit palmblad had een eigenaardige uitwerking. Zou Tremayne House verlicht ademhalen nu het blad tussen de muren vandaan was gehaald? Hadden de stenen geweten wat ze verborgen hielden? Het zou zinloos zijn geweest de pragmatische Mr Green daarnaar te vragen...

Drie kwartier later stond ze voor haar huis. Zodra ze binnen was kwam haar weer de ijzige sfeer tegemoet die er al bij het ontbijt had geheerst en waarin zij een niet-onaanzienlijk aandeel had gehad.

Verdorie, waarom is hij al zo vroeg thuis, dacht Diana geïrriteerd. Hij werkt toch altijd zo graag lang door?

'Je bent terug.'

Diana keek naar boven, waar Philipp zich over de trapleuning boog.

'Wil je nu ineens elke dag in huis rondhangen en wachten tot ik thuiskom? Dat heb je vroeger nooit gedaan.'

'Ik heb vrij, ben je dat soms vergeten? Eigenlijk zou dit onze gezamenlijke vakantie zijn.'

'Vakantie,' snoof Diana spottend. 'Wanneer heb je dat besloten? In die twee weken dat ik in Engeland zat? We hebben al zo lang niet meer samen vakantie gehouden.'

'Maar misschien moeten we daar eens mee beginnen.'

Diana schudde haar hoofd. Wat bezielde hem?

'Sorry, ik heb het druk,' mompelde ze somber.

'Laten we toch eindelijk eens praten,' zei hij toen. 'Geloof me, het was maar eenmalig.'

Diana schudde haar hoofd ten teken dat ze niet wilde praten. Haar hoofd liep om van alles wat ze die dag had meegemaakt, bovendien zou Eva haar belangrijke stukken doormailen. Toen ze langs hem de trap op wilde, pakte hij haar arm vast om haar tegen te houden. Diana keek hem duister aan. 'Wat moet dat betekenen?'

'Ik wil alleen maar de kwestie ophelderen.'

Nu pas merkte ze dat hij een kegel had. Blijkbaar had hij zich moed ingedronken. Het werd Diana duidelijk dat ze met woede niet verder zou komen. Ze werd bijna een beetje bang voor haar man.

'Philipp, laat me los,' zei ze zo beheerst mogelijk. Hun blikken ontmoetten elkaar, toen constateerde Diana dat zijn ogen, waarin ze vroeger niet genoeg had kunnen zwelgen, ineens koud werden als twee donkere putten. Toen wist ze dat elke verklaring waar hij mee zou komen een leugen zou zijn. Een leugen die haar in slaap moest sussen en hem de ruimte zou geven het opnieuw te doen zodra zich een gelegenheid voordeed.

'Philipp, alsjeblieft!' Haar stem klonk niet smekend maar beslist, alsof ze hem een pak ransel dreigde te geven als hij niet aan haar verzoek voldeed. Ogenblikkelijk verdween de klem om haar arm weer.

'Verdomme!' vloekte hij het volgende moment en hij sloeg woedend met zijn vuist op de leuning. Diana deinsde geschrokken achteruit. Af en toe had ze hem al eens woedend meegemaakt, maar niet zo.

'Dan praat je niet met mij!' snauwde hij haar toe. 'Verschuil je maar achter je dierbare werk. Of verstop je maar helemaal in die vervallen Engelse kast van je!'

Hij rende de trap af en stormde het huis uit. Even later hoorde ze hem de motor van zijn auto starten. Diana zocht steun bij de muur. Hij heeft gelijk, dacht ze. Ik had in Engeland moeten blijven. En hij bij zijn liefje. Waarom was hij hier in 's hemelsnaam? Waarschijnlijk alleen maar om zijn geweten te sussen. Hij is echt niet meer de man die ik jaren geleden heb leren kennen. Of ben ik niet meer dezelfde vrouw?

Toen het geronk van de motor was weggestorven ging ze naar boven en haalde het juwelenkistje tevoorschijn. 'Welke geheimen bewaar jij nog meer?' vroeg ze terwijl ze met haar vinger voorzichtig over het bewerkte oppervlak streek en zich probeerde te herinneren wat Michael had gezegd. De woede van Philipp belemmerde dat een beetje, maar op den duur lukte het haar alles op een rijtje te zetten.

Een paar minuten later zat ze weer achter haar computer en probeerde zo veel mogelijk informatie op internet te verzamelen. Getuigenverhalen over Nadi-reading, berichten over de trefzekerheid van de voorspellingen. Als het klopte wat de mensen beweerden – Diana's sceptische geest sloeg regelmatig alarm bij hun beweringen – was het palmbladorakel ongekend nauwkeurig. Was het mogelijk dat wat er op dit blad stond ook was gebeurd?

Nadat ze een tijdje had nagedacht, haalde Diana de oude fotografische plaat tevoorschijn die ook in het kluisje had gelegen en die onder haar handen bijna uit elkaar viel. Voor het eerst nam ze de tijd er beter naar te kijken, nadat ze er eerder in Tremayne House slechts een vluchtige blik op had geworpen. Ik moet er een afdruk van laten maken, bedacht ze terwijl haar ogen over de verbleekte lichte en de donkerder geworden donkere vlekken gleden, die een berglandschap onder een onbewolkte hemel voorstelden.

Bij nadere beschouwing constateerde ze dat niet alleen de imposante berg was vastgelegd. In de verte, bijna vervaagd door een verweerde plek, merkte ze een witte gedaante op. Nadat ze tevergeefs had geprobeerd te bepalen wie het was, haalde ze uit de la een loep, die anders alleen maar werd gebruikt bij het verwijderen van splinters uit vingers. Veel duidelijker werd de opname daardoor niet, maar in elk geval kon ze zien dat het om een vrouw ging. Een vrouw in een typisch victoriaanse jurk. Het schilderij op de overloop van Tremayne House schoot haar weer te binnen. Was het mogelijk dat Grace of Victoria op de foto stond?

Een verdere blik door de loep vertelde haar dat het bij deze persoon om een volwassene moest gaan. Omdat Victoria rond die tijd ongeveer dertien of veertien moest zijn geweest, kwam alleen Grace in aanmerking. Grace, haar betovergrootmoeder.

Diana leunde achterover in haar stoel. Een merkwaardig gevoel overviel haar. Ze had haar weliswaar al op het schilderij gezien, maar dat was beslist beïnvloed door de stijl van de schilder en de tijdgeest. Een foto gaf de mensen objectief weer. Alleen jammer dat ze het gezicht niet kon zien, dat ze niet kon vaststellen wat Grace op dat moment had gevoeld.

Wat de achtergrond betreft had ze wat meer zekerheid. Een vergelijkbaar landschap had ze al eens in een reportage over India gezien. Grace stond onmiskenbaar voor een helling die met theestruiken was beplant. Ze moest naar Ceylon zijn gereisd, samen met haar familie. Naar aanleiding van de dood van haar oom? Of was er nog een andere reden?

Ineens wist Diana waarheen haar weg haar zou leiden. Vlug stopte ze de spullen in het juwelenkistje, dat ze onder haar arm klemde, om daarna de trap af te stormen.

Nadat ze haar auto in de parkeergarage had neergezet haalde Diana de verkleurde fotografische plaat met de vrouw die ze voor haar betovergrootmoeder hield tussen de bladzijden van de oude reisgids tevoorschijn. Het moest toch mogelijk zijn hem zijn geheimen te ontfutselen. Geheimen die in de schaduw en onder verweerde plekken verborgen waren gebleven. Met samengeknepen ogen bekeek ze de opname. Maar de gedaante kwam niet dichterbij, en kreeg ook geen duidelijker gelaatstrekken. Ook schoof de zon niet voort boven de heuvel, alsof hij door onzichtbare ketenen werd vastgehouden.

Wat overbleef was een al lang vergeten ogenblik dat door de camera was vastgelegd en nooit meer zou veranderen.

Zuchtend stak ze de foto weer tussen de broze bladzijden van de reisgids en liet die in haar tas verdwijnen. Het boekje leek de ideale begeleider voor haar plan te zijn, dat tijdens de rit steeds concretere vormen had aangenomen.

De spontaniteit van haar besluit verbaasde haar zelf, eigenlijk had ze wel wat tijd nodig om een reis te plannen. Maar het gaf een goed gevoel de zaak meteen aan te pakken. Nadat ze de parkeergarage had verlaten, ging ze op weg naar het reisbureau, waarvan de etalage vrijwel was dichtgeplakt met een lachend vliegtuig en een stralend gele zon.

Zodra de zaak die Eva tijdens haar afwezigheid had binnengehaald ten einde was gebracht, zou Diana naar Colombo vliegen en van daaruit op zoek gaan naar de sporen van haar voorouders. En natuurlijk de bibliotheek vinden waaruit het palmblad was ontvreemd.

Een jonge, keurig geklede vrouw die haar een beetje aan een stewardess deed denken, verwelkomde haar en loodste haar naar een netjes opgeruimd bureau met computer waarop alleen een foto van een klein meisje een persoonlijke noot vormde.

Diana zag ervan af te vragen of het haar dochter was. Ze noemde haar reisdoel en keek toe terwijl de vrouw bedrijvig catalogi voor haar uitspreidde en haar de verschillende aanbiedingen van vakantieoorden uitlegde.

'Ik ben eigenlijk niet op zoek naar een vakantieoord,' liet Diana haar weten. 'Ik heb alleen een hotel nodig en een vliegreis.'

'U wilt dus het land naturel leren kennen.'

'Zo zou je het kunnen noemen.'

'Dan kan ik u het...'

'Bestaat tegenwoordig het Grand Oriental Hotel nog?' viel Diana haar in de rede. Dat hotel had ze in de reisgids gevonden, het was een van de aangestreepte gedeelten. Had Richard Tremayne daar verbleven?

'Maar natuurlijk is dat er. Het is een van de hotels die ik had willen aanbevelen.'

'Vertelt u mij er eens wat meer over!' verzocht Diana glimlachend en ze leunde achterover terwijl de jonge vrouw haar liet weten dat het om een van de oudste hotels van de stad ging, dat het gebouwd was rond 1837, en door de huidige exploitanten als legendarisch werd gekenschetst. Het bevond zich tegenwoordig vlak bij het World Trade Center van Colombo en bood een uniek uitzicht op de haven.

Er gleed een glimlach over Diana's gezicht toen de vrouw een foto van het gebouw liet zien. Het classicistische bouwwerk, dat omgeven werd door wolkenkrabbers, had ook zo in New York of Londen kunnen staan. De ossenkar ervoor leek net als de palmen uit een andere wereld afkomstig. Maar het was het gebouw dat uit een andere wereld kwam.

'De kamers zijn allemaal heel mooi ingericht, voor een deel nog net als in de negentiende eeuw. Het bevindt zich overigens in het voormalige fort van de stad en biedt serieuze kopers van edelstenen ook zeer interessante excursies naar de stad.'

'Dan heb ik gevonden wat ik zocht,' antwoordde Diana terwijl ze de folder van het hotel pakte.

Eerst keek de vrouw haar wat verbaasd aan, waarschijnlijk was ze langduriger overleg gewend. Maar toen haalde ze nog meer brochures tevoorschijn.

'Momenteel zijn er wat veiligheidsrisico's verbonden aan uw reisdoel. Hebt u zich daar al over geïnformeerd?'

Diana schudde haar hoofd. Ze had vooral geprobeerd iets over Richard Tremayne te weten te komen. Dat hij op Ceylon was omgekomen was duidelijk, maar op welke manier? En hoe was het palmblad in Tremayne House terechtgekomen?

De adviseuse schoof haar een kleine brochure toe. 'Hierin vindt u daarover alle belangrijke informatie. Als reisbureau zijn wij verplicht u erover te informeren dat het nog altijd onrustig is tussen Tamils en Singalezen. Er zijn zelfs waarschuwingen gegeven voor terreuraanslagen, en daarom raden we reizen in het noorden absoluut af.'

'Maar ik wil eerder naar het zuidwesten.'

'Dat is in orde. Toch moet u alles goed doorlezen en de adviezen ter harte nemen. En denkt u aan de nodige inentingen. Tetanus, hepatis A enzovoort. En er staan nog meer adviezen in de brochure.'

Een half uur later verliet Diana het reisbureau met de nodige documenten. Een frisse bries liet een plastic tas opwaaien, die een tijdje in de lucht zweefde en daarna langs een boom vloog. Diana voelde zich ineens net zo licht. De dagen tot de reis zouden snel voorbijgaan, ze zou zich intussen op haar werk storten en proberen niet meer aan Philipp te denken. Als ze het handig aanpakte, zou ze thuiskomen wanneer hij er niet was en weggaan voor hij wakker werd.

Met die gedachten in haar hoofd stapte ze weer in haar auto en reed naar kantoor. Onderweg ging haar mobiel over. In de veronderstelling dat het Philipp was, nam ze niet de moeite naar de eerste de beste parkeerplaats te rijden. Ze volgde de ringweg tot ze de afslag moest nemen. Pas toen ze een parkeerplaats in de buurt van haar kantoor in Charlottenburg had gevonden, keek ze wie er had gebeld.

De beller had een bericht ingesproken. Hoewel ze het nummer nog niet had opgeslagen, herkende ze het en luisterde meteen de voicemail af. 'Ik ben het, Michael,' zei de stem. 'Ik ben wat eerder klaar met je palmblad. Laat alsjeblieft van je horen, je hebt mijn nummer.'

Zonder omwegen drukte ze op het groene knopje en belde het laatste nummer terug. Michael klonk gejaagd toen hij opnam.'Wat is er met je? Ben je een marathon aan het lopen?' vroeg Diana schertsend.

'Nee ik zoek alleen maar iets,' antwoordde hij. 'Mooi dat je zo snel terugbelt, Diana!'

'Komt het misschien niet gelegen?'

'Nee, nee maak je geen zorgen, ik ben blij dat je belt. Je hebt mijn bericht dus gekregen?'

'Ja, ik dacht, als je zo gehaast klinkt, heb je vast sensationeel nieuws.'

'Niet echt, ik heb het eerst eens van alle kanten gefotografeerd en daarna tests gedaan om de ouderdom te kunnen achterhalen. De uitslag komt op zijn vroegst over een paar weken.'

Dat vond Diana een beetje teleurstellend, maar in de tussentijd hoefde ze gelukkig niet werkeloos af te wachten. 'Maar voor die tijd kan ik het wel weer terugkrijgen, toch? Ik heb net een reis naar Sri Lanka geboekt, volgende week ga ik van start.'

'Nou, nou, neem je vakantie of ga je op zoek naar de bibliotheek?'

'Dat in de eerste plaats, en ten tweede wil ik iets over mijn familie te weten komen. Ik denk dat Ceylon in de familiegeschiedenis een belangrijke rol heeft gespeeld.'

'En waar wil je dan precies naartoe?' vroeg Michael terwijl Diana op de achtergrond papier hoorde ritselen. Zijn bureau had hij bij hun ontmoeting alleen maar opgeruimd omdat hij niet al te chaotisch op haar wilde overkomen.

'Naar Colombo. Ik heb toch die oude reisgids gevonden, waarvan ik aanneem dat hij van een van mijn voorouders is geweest.'

'Aha!' Die uitroep was geen reactie op wat ze had gezegd, maar gold het feit dat Michael gevonden had wat hij zocht. 'Ik heb het!'

'Wat heb je?' vroeg Diana verwonderd.

'Het visitekaartje dat ik zocht.' Ik zal het je meegeven wanneer je komt. Wat mij betreft nu meteen, want je zult vast voorbereidingen voor je reis moeten treffen.'

'Daar heb ik geen week voor nodig, maar tussendoor moet ik me op kantoor laten zien. Je hebt dus een visitekaartje voor me? Van wie?'

'Als je naar Colombo gaat, moet je beslist mijn vriend Jonathan Singh opzoeken. Hij zal er niet alleen voor zorgen dat je op Sri Lanka niet door fietsen overhoop wordt gereden, maar je kunt hem ook als gids en informatiebron misbruiken.'

Diana aarzelde. 'Ik weet het niet, zou hij dat leuk vinden?'

'We zijn oude vrienden en hij staat nog bij me in het krijt. Als ik het hem vraag, zal hij zich zeker vrijmaken.'

'Is hij dan ook wetenschapper? Waar komt hij vandaan? Jonathan klinkt niet echt als een typisch Indiase voornaam.'

'Hij is half Engels, half Tamil. Hij heeft ooit voor het nationale museum van Sri Lanka gewerkt. Sinds enige tijd werkt hij voor zichzelf en schrijft hij boeken. In zijn vaderland is zijn werk tamelijk bekend en ik probeer hem zover te krijgen dat hij me helpt bij een publicatie voor ons museum. Hij is zeer goed op de hoogte van de geschiedenis van Sri Lanka en de gebruiken daar. Als iemand je kan helpen, is hij het wel.'

'Maar ik wil niet dat je omwille van mij het krediet opgebruikt dat je bij hem hebt.'

Door de telefoon merkte Diana dat Michael lachte.

'Maak je geen zorgen. Hij zou eerder boos op me zijn als ik een vriendin naar zijn land stuur zonder hem dat te laten weten. De mensen op Sri Lanka zijn erg hulpvaardig, moet je weten, en Jonathan is echt een aardige vent.'

'Goed dan, laat het hem weten en geef mij zijn adres. O ja, en wanneer zal ik het blad komen halen?'

TREMAYNE HOUSE, 2008

Toen Mr Green na gedane arbeid uit de tuin het huis in kwam en achter zijn computer ging zitten, trof hij een e-mail aan van Diana Wagenbach.

Geachte Mr Green,

Hopelijk is alles bij u in orde. Ik wilde u alleen mededelen dat ik over een week naar Sri Lanka ga. De afgelopen dagen heb ik ettelijke ontdekkingen gedaan waardoor ik niet anders kan dan naar het land reizen dat mijn voorvader met zijn familie moet hebben opgezocht. Ik zal daar een wetenschapper ontmoeten die me door een vriend is aanbevolen. U hoeft zich dus geen zorgen te maken. Ingeval u me wilt bereiken, kunt u dat altijd via internet doen, mijn laptop gaat mee en ik zal mijn mail regelmatig bekijken.

Ik denk dat ik u als ik terug ben het een en ander te vertellen heb.

Met hartelijke groeten,
Diana Wagenbach

Er gleed een glimlach over het gezicht van de butler. Hij stond op en liep naar een kastje, waar hij uit de bovenste la een in bruin papier gewikkeld pakje haalde. Dat had daar al een hele poos gelegen, maar nu was de tijd gekomen.

De volgende aanwijzing, dacht Mr Green toen hij zijn mantel omsloeg en het pakje in een van de zakken stopte. Eigenlijk had hij het met de post kunnen sturen, want hij had nog tijd genoeg. Maar zoiets belangrijks als dit wilde hij niet aan de post overlaten. Hij sprong in de Bentley en reed naar Londen.

13

COLOMBO/VANNATTUPPŪCCI 1887

Na nog eens drie dagen oponthoud kreeg Henry Tremayne bericht dat de werklui klaar waren en dat ze in het huis konden trekken.

'Eindelijk!' kreunde Claudia opgelucht terwijl ze de brief tegen haar met kant afgezette decolleté drukte. 'Ik dacht al dat we eeuwig in dit hotel moesten blijven.'

'Zo slecht is het hier toch helemaal niet, lieve,' antwoordde Henry. Maar ook bij hem stond de opluchting dat ze eindelijk hun intrek op de plantage konden nemen op zijn gezicht te lezen. 'We worden geheel verzorgd en hebben een prachtig uitzicht op de zee.'

'Op stoomschepen die de haven in zwarte rook hullen,' verbeterde Claudia hem. 'En op drommen handelaren die zich als bromvliegen op alles storten wat Europese kleding draagt.'

Henry lachte. 'Wanneer we eenmaal op Vannattuppūcci zijn, zul je alleen nog maar op thee uitkijken. En op palmen.'

'Met een berg ervoor, die me aan de Hooglanden herinnert.'

Henry liep naar haar toe, pakte haar handen en kuste haar. 'Ik weet hoezeer je je vaderland mist. Maar ik zal er alles aan doen om ervoor te zorgen dat je je snel thuis zult voelen.'

'Kun je de plantage niet aan een beheerder overlaten? Die Mr Cahill lijkt naar wat je over hem hebt verteld, heel capabel te zijn.'

'Een plaats als deze behoeft het toezicht van zijn heer, dat heeft Mr Cahill me net duidelijk gemaakt. Sinds Richard weg is, is de plantage in chaos vervallen. De theepluksters en arbeiders hebben iemand nodig die leidinggeeft.'

Claudia liet zuchtend haar hoofd hangen, waarop Henry haar in zijn armen trok.

'Bovendien is Vannattuppūcci onze grote kans. Je weet toch hoe de zaken er in Engeland voor stonden. Als het allemaal zo loopt als ik het me voorstel, kunnen we ons landgoed renoveren en ook nog je kasteel in Schotland behouden. Misschien vinden we ooit een geschikte voorman die de leiding van de plantage kan overnemen. Maar nu Richard overleden is, moet iemand orde op zaken stellen.'

Grace en Victoria waren verdiept in een ruwe edelsteen, die de jongste zus bij Sylvie's in Chatham Street had gekocht. Hoewel hun moeder hun na hun avontuur in de palmbladbibliotheek gezamenlijke uitstapjes had verboden, had ze haar dochters toegestaan haar te vergezellen bij het inkopen doen – natuurlijk onder de voorwaarde dat ze zich niet meer dan drie passen van haar zouden verwijderen.

In tegenstelling tot de handelaren die de buitenlandse bezoekers in de haven belaagden, stonden de winkels als betrouwbaar bekend. Grace had niets gekocht, in haar ogen waren de stenen pure geldverspilling en misschien ook grove zwendel, maar de kleurige schittering, die haar aan een bloeiende wei deed denken, en de geur van wierook hadden haar even haar onvrede doen vergeten.

'Ik weet zeker dat het een saffier is,' beweerde Victoria terwijl ze de ongeslepen, diepblauwe steen in haar hand omdraaide. 'Hij moet alleen geslepen worden, dan heb ik een juweel dat met die in de juwelenkistjes van Engelse lady's kan wedijveren.'

'Een juweel voor tien roepie? Denk je niet dat dat erg goedkoop is?'

Grace pakte de steen uit Victoria's hand en bekeek hem zelf eens goed. Hij had de juiste kleur voor een saffier, maar ze kon zich niet voorstellen dat zulke grote waardevolle stenen voor zo'n lage prijs werden verkocht. Ook aan deze kant van de wereld deden ze dat vast niet. De handelaren leken haar erg gewiekst, waarschijnlijk was tien roepie nog te veel voor het prul dat ze haar zusje hadden weten aan te smeren.

'Alsof jij verstand van edelstenen hebt!' reageerde Victoria verontwaardigd; ze wilde in geen geval het plezier om haar vondst laten bederven door het nuchtere karakter van haar zus. 'Bovendien heb ik je toch voorgelezen dat dit het land van de edelstenen is. Ze groeien hier gewoon aan de bomen!'

'Maar dat betekent niet dat het allemaal kostbare exemplaren zijn. Zoals je vast bij Mr Norris hebt geleerd, bestaan er ook halfedelstenen.'

Het was geen geheim dat Victoria's huisleraar, die over enkele dagen zou arriveren, een zwak voor mineralogie had.

'Je moet hem dat brok steen laten zien.' Grace legde de ruwe 'saffier' weer in de hand van haar zusje.

'"Brok steen"?' wond Victoria zich op. 'Dit hier is misschien waardevoller dan wat vader op de plantage zal aantreffen! Deze steen, beminde zus, kan mij misschien wel tot een van de meest begeerde partijen van heel Engeland maken!'

'Denk je niet dat zulke grote stenen allang de kroon van onze koningin zouden sieren als ze echt waren?'

'Wie zegt dat ze zich elke steen van uitzonderlijk formaat laat bezorgen? De edelstenendelvers hier zullen er heus wel een paar achteroverdrukken om ze aan bezoekers uit de hele wereld te verkopen.'

'En dat voor tien roepie?'

Toen hun kamerdeur opensprong hield de ruzie even op.

'Miss Giles!' riep Grace verbaasd, want Victoria's gouvernante was helemaal buiten adem en hield haar hand op haar door haar korset onmogelijk strak ingesnoerde buik gedrukt. 'Wat is er gebeurd?'

'Het is zover!' hijgde ze, alsof ze alle trappen van het Grand Oriental Hotel in looppas had genomen. In werkelijkheid kwam het door de hitte, waaraan de jonge gouvernante niet zo makkelijk kon wennen. 'Uw moeder heeft me zojuist verteld dat we gaan vertrekken. U moet uw handbagage inpakken, ik zal voor uw kleding zorgen.'

Bedrijvig rende ze naar de chaise longue, waarover de peignoirs van de zussen gedrapeerd waren. Daarbij begon ze, als altijd wanneer ze haast had, onwillekeurig een liedje te neuriën, waarmee ze zichzelf waarschijnlijk wilde aansporen.

'Als ze zich zo blijft insnoeren valt ze nog een keer om,' fluisterde Victoria, van de gelegenheid gebruikmakend, respectloos tegen Grace. Haar oudere zus sloeg haar hand voor de mond om haar brede grijns te verbergen. Ze had precies hetzelfde gedacht toen ze Miss Giles zag. In Engeland was een korset dan wel geen probleem, maar hier heerste een heel ander klimaat, dat je de adem al benam als je niet was ingesnoerd.

'We weten toch allemaal waarom ze dat doet,' fluisterde ze terug. 'Ze wil in de smaak vallen bij Mr Norris.'

'Maar als het zo doorgaat zal ze door ademgebrek zijn gestorven voor hij een voet op dit eiland heeft gezet.'

Toen de twee meisjes het uitproestten, draaide Miss Giles zich met een misprijzende blik om. Had ze hun gefluister gehoord?

'Ik hoef u toch niet te zeggen dat mevrouw uw moeder heel boos zal worden als u te laat klaar bent.'

'Nee, Miss Giles,' zeiden de zussen in koor, en nadat de jongste de oudste even met haar elleboog had aangestoten, gingen ze aan het werk.

Een uur later waren alle koffers op de wagen geladen. De zwaardere meubelstukken moesten inmiddels op Vannattuppūcci zijn aangekomen. De huisleraar en enkele bedienden die Mrs Tremayne niet wilde missen, zouden over een paar dagen volgen.

'Ik kijk er bepaald niet naar uit weer met de lessen te beginnen,' fluisterde Victoria toen Grace en zij hadden plaatsgenomen in de open koets, waarin ze zich door het opzetten van hun parasols tegen de zon moesten beschermen. 'Misschien is Mr. Norris onderweg door een zeemonster verzwolgen.'

'Wees blij dat vader de mening huldigt dat vorming ook een jonge vrouw niet schaadt. Anders zou je vast niet zo veel weten over scandaleuze middeleeuwse schilders of je geliefde avonturenromannetjes kunnen lezen, die Miss Giles het liefst in beslag zou nemen.' Grace wierp een blik op de gouvernante, die nog een beetje op de achtergrond bleef, alsof ze op instructies van haar werkgeefster wachtte.

'Bovendien zou onze gouvernante diepbedroefd zijn als Mr Norris hier niet zou aankomen. Zie eens hoe ze halsreikend naar de haven kijkt.'

'Van hieraf kan ze hem nauwelijks zien,' zei Victoria opgewekt terug. 'Maar zelfs als hij niet komt, zijn er hier mannen genoeg. Heb je de havenarbeiders gezien, met hun goudbruine huid? Ik zeg je dat sommigen van hen ook in de Londense dameswereld furore zouden weten te maken.'

'Dat zou jou eigenlijk nog helemaal niet moeten interesseren!' antwoordde Grace met gespeelde verontwaardiging.

'Waarom niet?' In vroegere tijden zou ik nu al op huwbare leeftijd zijn. Nog steeds huwelijken sommige families hun dochters zo jong uit.'

Die woorden brachten Grace weer bij haar weemoedige gedachten aan het balseizoen in Londen. Waarschijnlijk eindig ik hier als oude vrijster, dacht ze. De interessante jongemannen in Engeland zullen weg zijn voor ik er weer voet aan wal zet.

Victoria leek haar verdriet te merken, want ze legde een hand op haar arm. 'Maak je geen zorgen, ik zal zeker niet voor jou trouwen. Nu moet je je eerst maar eens verheugen op ons avontuur. Ik kijk al uit naar de dieren in het oerwoud, misschien krijg ik Mr Norris zover dat hij zich gaat interesseren voor levende wezens in plaats van koude stenen.'

Ze had die woorden nog maar net uitgesproken toen Miss Giles bij hen kwam zitten. Die leek een beetje afwezig, bezorgd zelfs.

'Grace, wist je eigenlijk dat postschepen meestal 's nachts aanleggen?' Terwijl Victoria haar reisgidsje weer tevoorschijn toverde, knipoogde ze samenzweerderig naar Grace.

'Nee, hoezo?'

'Dat staat in de reisgids. Ik weet zeker dat Mr Norris met zo'n schip zal aankomen.'

Vanuit haar ooghoek keekVictoria naar Miss Giles, maar die reageerde niet. Toen Grace haar gadesloeg, ontdekte ze echter een weemoedige uitdrukking op het anders zo beheerste gezicht van de gouvernante.

Terwijl de koets in beweging kwam, vroeg ze zich af of zij ook zo verlangend naar de haven zou kijken als haar geliefde aan de andere kant van de zee was en ze niet wist of hij heelhuids zou aankomen.

Ze bereikten de plantage de volgende middag nadat ze in een kleine dorpsherberg, die door Mr Cahill was uitgezocht, hadden overnacht. De Adam's Peak, die tegen de heldere blauwe hemel afstak, vormde een magnifiek decor. Het leek alsof er een groene plaid, met hier en daar donkere of lichte lappen, overheen was gegooid. Ervoor doemden de theevelden op, diepgroen, omgeven door een enkele palm en onbekende struiken.

Tussen het geratel van de wagens en het gekletter van de paardenhoeven door hoorden ze vreemde geluiden. Grace keek omhoog naar de palmen die boven hun hoofd voorbijtrokken en meende bonte veren te zien doorschemeren.

'Dat zijn papegaaien,' zei Victoria, die haar hoofd ook in haar nek had gelegd. 'Misschien moet ik er een vangen voor mama's salon.'

'Hoe wil je dat voor elkaar krijgen?' vroeg Grace terwijl ze nog steeds omhoogkeek in de hoop dat een van de vogels dichterbij kwam. Ze had al eens een papegaai gezien, in de salon van Mrs Roswell in Londen. Maar dat was een stokoud, wat schurftig beest geweest, dat de gewoonte had met zijn kop langs de tralies van de kooi te schuren en dat voortdurend vreemde geluiden had gemaakt, die volgens Mrs Roswell betekenden dat hij kon praten.

De vogels boven haar communiceerden in hun natuurlijke taal, die heel anders klonk dan wat Polly – zo heette de papegaai – had laten horen.

'O, kijk eens!' riep Victoria plotseling uit en ze trok Grace aan haar mouw. In de struik waar ze naar wees zat een aapje, dat de stoet wagens oplettend gadesloeg. Daarbij hield hij zich met één poot vast aan een dikke tak en sabbelde als een baby op de duim van de andere.

'Zou mama het goedvinden er een in huis te houden?'

'Ik dacht dat je eerst een papegaai zou vangen.'

'Dat zal ik ook, wacht maar af. Ze houden vast van suikerklontjes en als ze op mijn vensterbank komen, vang ik er een met mijn vlindernet.'

'Dat heb je niet eens.'

'Maar ik weet hoe je er een maakt!' beweerde Victoria. 'Vorig jaar heb ik gezien hoe Bobby Fischer, de zoon van de tuinman, er een heeft gemaakt, van een metalen ring, een stuk gaas en een stok. Ik weet zeker dat ik dat ook voor elkaar krijg. En zo niet, dan zal ik het een bediende vragen. Er is vast wel een soort tuinman, kijk maar eens naar het terrein!'

Grace moest toegeven dat de tuin heel mooi was. Naast de in deze contreien onvermijdelijke frangipanestruiken groeiden er rododendrons waarop elk landgoed in Europa jaloers zou zijn geweest. Het gras was keurig gemaaid, zoals het een Engelse tuin betaamde, en hoewel ze geen speciaal zintuig voor botanica had, was Grace er toch op gebrand te weten te komen hoe de vlammend rode bloemen heetten die in de keurig aangelegde perken bloeiden.

Het in koloniale stijl opgetrokken landhuis stak tegen al dat groen af als een parel. Het deed Grace een beetje aan Tremayne House denken, hoewel de muren daarvan donkerder waren en bedekt met klimop. Er was ook een rond plein met een fontein, en ze zag even verderop talrijke grotere en kleinere stallen en schuren.

Naast de bloemenpracht vielen Grace de mensen op die bedrijvig over het terrein liepen. Vrouwen met volle theekorven op hun hoofd verdwenen in schuren, waar hun last van hen werd afgenomen. Hoewel hun gewaden eenvoudig waren, straalden ze in de mooiste kleuren die Grace ooit had gezien.

Overal hing de geur van thee en zoete bloesems in de lucht. Dat had Londen in dit jaargetijde niet te bieden, behalve in bedompte salons waarvan de eigenaressen een zwak voor het exotische hadden.

Toen de wagens halt hielden, troffen de familieleden elkaar weer. Grace trok Victoria, die verdiept was in een struik met oranjerode bloesems, mee naar haar ouders, die net een oratie van Mr Cahill moesten aanhoren.

'Voor de komst van uw broer heeft iemand geprobeerd hier koffie te telen.' De advocaat stiet een zelfingenomen lachje uit. 'Met catastrofale gevolgen. De planten kregen te lijden van de zogenaamde koffieroestzwam, zodat de vorige eigenaar niets anders restte dan te verkopen. Uw broer heeft besloten hier thee te verbouwen, omdat de grond en het klimaat daar ideaal voor zijn.'

'Mijn broer lijkt de tekenen van de tijd goed gezien te hebben.' Bewonderend keek Henry Tremayne om zich heen. Als het inderdaad zo'n chaos was geweest als Mr Cahill had beschreven, hadden de arbeiders en de bedienden goed werk geleverd.

'O ja, Sir. Uw broer werd hier alom gewaardeerd, en neemt u maar van mij aan dat hij smartelijk wordt gemist. Maar ik weet zeker dat u de leemte die hij heeft achtergelaten uitstekend zult opvullen.'

Toen ze er zeker van was dat Cahill haar niet kon zien, schudde Grace haar hoofd. Zulk pathetisch geklets had ze nog nooit gehoord! De man sprak natuurlijk voor zijn leven, of beter gezegd, zijn inkomen, want nu haar vader de heer van Vannattuppūcci was, stond het hem vrij een andere adviseur te zoeken. Maar Grace kende haar vader goed genoeg om te weten dat hij Cahill voorlopig in dienst zou houden, als hij tenminste niet al te veel misstappen beging.

Toen ze even opzij keek naar de prachtige bloeiende struiken die ook al de aandacht van haar zusje hadden getrokken, zag Grace een knappe, lange man die zich haast schuchter op de achtergrond hield en leek te wachten tot hij werd opgemerkt. Hoewel hij Engelse kleding droeg ging er iets eigenaardigs van hem uit. Zijn bruinzwarte haar was wat langer dan gebruikelijk in deze tijd, en op zijn magere, vierkante gezicht lag een gouden glans. Dikke, licht gebogen wenkbrauwen prijkten boven een paar donkere ogen, een snor en kortgeknipte zwarte baard omkransten een paar volle lippen.

'Ach, daar bent u mijn beste!' riep Cahill plotseling uit en hij wenkte de onbekende. 'Mag ik u voorstellen: dit is Mr R. Vikrama, de voorman van de plantage.'

'R?' zei Victoria verbaasd, wat haar een vermanende blik van haar moeder opleverde.

Mr Vikrama glimlachte vaag, maar reageerde er verder niet op. In plaats daarvan maakte hij een buiging voor Henry en zei: 'Aangenaam kennis met u te maken, Sir. Ook al is het onder ongelukkige omstandigheden. Mijn oprechte medeleven.'

'Dank u,' antwoordde Henry afstandelijk, toen legde hij zijn hand op de schouder van zijn vrouw. 'Mag ik mijn vrouw Claudia aan u voorstellen? En dat zijn mijn dochters Grace en Victoria.' Terwijl Mrs Tremayne licht boog, maakten de twee zussen een reverence.

'Aangenaam kennis te maken,' zei Vikrama terwijl hij Grace en Victoria even toeknikte en zich toen tot de vrouw des huizes wendde. 'Als ik iets voor u kan doen, laat het me dan weten.'

'Bent u inlands?' vroeg Henry terwijl hij de jongeman nauwkeurig opnam. 'Uw Engels is werkelijk uitstekend.'

Iets aan hem paste absoluut niet in deze omgeving, vond Grace, alsof hij niet van hier was. Was het de tint van zijn huid, die bijna Europees, ja haast Italiaans leek? Of waren het zijn vlekkeloze manieren?

Vikrama boog gevleid het hoofd. 'Dank u wel, Sir. Mijn moeder komt hiervandaan, vandaar mijn donkere huid.'

'En uw vader?'

'Die is onbekend, Sir. Maar mijn moeder zei altijd dat het een blanke man is geweest.'

'Vermoedelijk een van de Engelse employés van uw broer,' voegde Cahill eraan toe. 'Het is wel vaker voorgekomen dat onze jongens de schoonheid van de Tamilvrouwen ontdekten.'

Grace vond het lachje dat hij uitstiet hoogst ongepast. Ook al was wat zich tussen man en vrouw afspeelde niet iets waarover openlijk werd gesproken, Grace wist inmiddels wat echtgenotes in de huwelijksnacht te wachten stond en waar de kinderen vandaan kwamen. En ze wist ook dat het heel verachtelijk was als een man zijn zwangere geliefde liet zitten.

'U kent uw vader dus niet?' vroeg Claudia geschokt.

'Nee, Madam, hij is voor mijn geboorte gestorven.'

'U moet weten dat de inlanders niet altijd zo vreedzaam zijn geweest als tegenwoordig,' voelde Cahill zich verplicht eraan toe te voegen. 'Meer dan twintig jaar geleden kon het nog gebeuren dat je midden op straat werd aangevallen en beroofd. Van zo'n ongeluk moet Mr Vikrama's vader het slachtoffer zijn geworden.'

De jongeman vertrok geen spier bij dit verhaal. Blijkbaar had hij nog niet veel over zijn naamloze vader nagedacht.

'En hoe staat het met uw moeder, u spreekt over haar in de verleden tijd,' vervolgde Claudia, die zich blijkbaar in het hoofd had gezet alles over de nieuwe medewerker van haar echtgenoot te weten te komen.

Nu verscheen er een verdrietige uitdrukking op Vikrama's gezicht. 'Ze is twee jaar geleden aan kanker gestorven.'

Cahill legde minzaam zijn hand op Vikrama's schouder. 'Zijn moeder was een van de theepluksters van uw broer, Sir. Mr Tremayne zag dat de jongen talent had en stuurde hem naar school. U zult hier veel Tamils in leidinggevende of administratieve functies aantreffen. Ze hebben een eigen taal en schrift. Vooruitziende plantagebezitters laten hun Tamils onderwijs volgen en krijgen daardoor loyale medewerkers die in staat zijn de plantage zelfstandig in de gaten te houden. Ik zou niet weten wat wij zonder hen hadden gemoeten na het tragische ongeluk.'

Grace merkte dat Vikrama een beetje verlegen het hoofd boog. Schaamde hij zich voor zijn afkomst? Of hield hij er gewoon niet van geprezen te worden?

Toen ze zich erop betrapte dat ze hem bijna onbeschaamd stond aan te staren, wendde ze blozend haar blik af.

'Dat klinkt alsof we met u een goede vangst hebben gedaan, Mr Vikrama,' bulderde haar vader. 'U moet me absoluut op de hoogte brengen van de ontwikkelingen op de plantage.'

'Ik zal mijn best doen u niet teleur te stellen.'

'Goed, dan zien we elkaar morgenvroeg meteen voor een bespreking en een rondleiding. De dames zijn vermoeid en ik moet helaas bekennen dat de reis ook mij niet onberoerd heeft gelaten. Wat denkt u van negen uur?'

'Ik zal stipt op tijd zijn, Sir.'

'Goed! Ik vrees dat u van mij eerst nog een theeboer moet maken, ik heb er van mijn levensdagen geen rekening mee gehouden ooit de baas van zo'n plantage te worden. Maar God heeft het zo gewild en dus hoop ik op uw daadkrachtige steun.'

'Die zal ik u op alle terreinen bieden, als het in mijn macht ligt.'

'En daarop kunt u zich verlaten, Sir,' voegde Cahill er weer eens ongevraagd aan toe.

Vergiste ze zich, of zag Grace plotseling iets van verbittering in Vikrama's ogen opkomen? Voor haar vermoeden kon worden bevestigd, was de uitdrukking al weer verdwenen. Opdat niemand zou merken dat ze hem opnieuw aanstaarde, draaide ze zich glimlachend om naar Victoria, die haar blik alweer op de boomkronen boven zich had gericht. Daar hingen geen apen in; in plaats daarvan was het rauwe gekrijs van papegaaien te horen. Grace kon gewoon de vastbeslotenheid om zo'n vogel te vangen in Victoria's ogen zien fonkelen.

Toen ze weer naar haar ouders keek, namen deze juist afscheid van Mr Vikrama. Cahill mompelde nog iets tegen de jongeman, die daarna wegliep. Maar al te graag had Grace zijn gezicht nog eens gezien, maar hij keek niet om.

'Kom, meisjes, sta niet zo te dromen!' riep hun moeder.

Grace pakte Victoria bij de hand en trok haar de trap op.

'Heb je die prachtexemplaren gezien?' riep Victoria enthousiast. 'Ik zweer dat ik er een heb gezien die helemaal blauw is. Die wil ik beslist hebben!'

'Dan moet je proberen hem met voer te lokken,' antwoordde Grace een beetje afwezig, want op de een of andere manier kreeg ze de jongeman maar niet uit haar gedachten.

In Londen zou hij, verondersteld dat hij van adel was, de sensatie van het seizoen zijn geweest. Een man als hij had ze nog nooit gezien! En die ogen! Was het normaal dat mensen barnsteenkleurige ogen hadden? In Engeland had ze zulke ogen nog nooit gezien. Een rilling liep over haar huid, en ze kreeg een vreemd gevoel in haar buik. Maar het volgende moment kwam ze weer bij haar positieven.

Je kunt je beter om andere dingen bekommeren, berispte ze zichzelf terwijl ze de voordeur door liepen. Die knul is je vaders ondergeschikte, en hij heeft niet één keer naar je gekeken.

Het landhuis leek ook vanbinnen in veel opzichten op de Engelse landhuizen, maar al bij het betreden van de hal werd duidelijk dat Richard Tremayne een voorliefde voor de inlandse cultuur had. Terwijl in Tremayne House de goudomlijste beeltenis van de overgrootvader met strenge blik vanaf de trap op de bezoeker neerkeek, hing op een vergelijkbare plaats een kleurrijk schilderij zoals ze dat nog nooit had gezien. Ook voor Victoria en hun ouders was het een verrassing.

De twee afgebeelde figuren leken met elkaar te dansen. Terwijl de ene de toeschouwer met lachend gezicht aankeek, droeg de andere een met een kroon getooide olifantenkop op zijn schouders. Beiden droegen bonte pofbroeken met een heel diep kruis, met goud en edelstenen versierde gordels en fleurige vesten. Op het eerste gezicht leken het Grace circusartiesten. Wat haar echter fascineerde, waren de bloemenkransen die voor de ramen waren gehangen en de schalen met bloemen die onder het schilderij stonden. Blijkbaar waren die daar vandaag geplaatst.

'Is dat soms een afgodsbeeld?' vroeg Claudia gechoqueerd.

'Dat zijn de goden Shiva en Ganesha, die door de hindoes worden vereerd,' antwoordde Cahill op de toon van een gids. 'Veel mensen uit de streek hangen dat geloof aan, verder zijn er nog boeddhisten en moslims, maar die laatsten vormen een kleine minderheid. Een overblijfsel van de Arabieren, die vele eeuwen terug naar het eiland kwamen om handel met de inlanders te drijven.'

'Waarom heeft mijn broer dit schilderij opgehangen?'

Ook Henry leek er niet bijzonder mee ingenomen te zijn.

'Misschien verwachtte hij dat het zijn plantage geluk zou brengen. Shiva is de belangrijkste god van de hindoes – waar hij danst, brengt hij welvaart. Ganesha, wiens hoofd werd afgerukt...'

'Mr Cahill!' vermaande Claudia de advocaat verontwaardigd en wees op haar dochters. 'U gaat toch geen griezelverhalen vertellen in het bijzijn van zulke jonge dames!'

'Verre van dat, Mrs Tremayne!' was Mr Cahills verweer terwijl hij rood aanliep. 'Het hoort echter bij de mythe van deze streek. Nou ja, hoe dan ook, Ganesha's hoofd werd door een godin door een olifantenkop vervangen. Sindsdien gelden in dit land olifanten als geluksbrengers.'

'Olifanten!' riep Victoria geestdriftig en ze klapte in haar handen. Toen aller ogen zich op haar richtten, boog ze verlegen haar hoofd. 'Excuses, maar ik moest weer aan die olifanten in Colombo denken. Ik zou zo graag zo'n dier in zijn natuurlijke toestand zien, zonder allerlei opsmuk en een glinsterend dek.'

'Als ik het zeggen mag, jongedame, u zult hier de olifanten zeker in een meer natuurlijke staat zien,' antwoordde Cahill met een blik op Claudia, die elk woord van hem op een goudschaaltje leek te wegen. 'Een stuk verder de berg op wordt net een nieuw theeveld aangelegd. Voor het weghalen van de daar staande palmen worden olifanten gebruikt. Vandaag is het helaas zondag, maar morgen of overmorgen zult u de kolossen kunnen observeren.'

Victoria's wangen gloeiden van opwinding toen ze Grace' hand vastpakte. 'We gaan erheen om dat te zien, toch?'

'Als mama het goedvindt.'

Claudia zuchtte en zei toen theatraal: 'Is er dan ooit een verbod van mij geweest dat jullie vader niet heeft opgeheven?'

'Maar ik laat jullie alleen gaan als jullie beloven voorzichtig te zijn,' voegde Henry daaraan toe. 'Olifanten zijn geen schoothondjes, ze kunnen iemand onder hun poten verpletteren.'

'We bekijken ze uit de verte en lopen hard weg als ze naar ons toe komen!' beloofde Victoria terwijl ze opgewonden de hand van haar zus streelde, alsof ze haar er op die manier van wilde weerhouden bezwaar te maken.

'Ja, dat zullen we doen,' antwoordde Grace om haar zusje te plezieren.

'Goed dan, jullie mogen de komende dagen een wandeling over de berg maken. Misschien biedt onze jonge vriend van daarnet zich aan als gids?' Met opgetrokken wenkbrauwen keek hij naar Cahill, die weer onderdanig het hoofd boog.

'Maar natuurlijk! Ik zal het hem meteen vragen als ik naar het administratiekantoor ga.'

'Dat is heel aardig van u, maar u hoeft zich niet te haasten,' antwoordde Henry terwijl hij hem op de schouder klopte. 'Die olifanten lopen niet weg. Zoals u mij duidelijk hebt gemaakt, zal het rooien van de bomen nog wel even duren.'

'Uiteraard.'

'Mooi, dan kunnen mijn dochters nog een beetje aan het andere klimaat wennen.' Nu keerde Henry zich weer naar het schilderij. 'Ik denk dat we het daar maar moeten laten hangen, wat vind jij, lieveling?' Hij glimlachte ontwapenend naar zijn vrouw. 'Een beetje geluk zou geen kwaad kunnen.'

Terwijl Claudia een sceptisch gezicht trok, kwam Cahill weer tussenbeide.

'Zoals u aan de bloemenversieringen kunt zien, is deze plaats voor arbeiders op dit landgoed ongeveer een heiligdom. Ze brengen hun goden regelmatig geschenken. U zult er bijzonder wijs aan doen als u het schilderij op zijn plaats laat.'

Nadat hij even had nagedacht knikte Henry instemmend. 'Goed, we laten het hangen. Want als je werknemers wat kleine vrijheden toestaat presteren ze beter, nietwaar, Mr Cahill?'

Tweede boek

Het eiland van de vlinders

1

BERLIJN, 2008

Een week later zat Diana weer in het vliegtuig naar Londen. Vanaf Heathrow zou ze met Sri Lanka Airlines naar Colombo vliegen. Hoewel het niet haar eerste lange vlucht was, zat er een knoop in haar maag. Zou dat komen door vliegangst of door verwachtingen?

Het waren eerder de verwachtingen, bedacht Diana terwijl ze dromerig glimlachte en haar hand over Emmely's zijden sjaal liet glijden, die ze als talisman had meegenomen. De afgelopen dagen had zich nog het een en ander voorgedaan. Onder meer had Mr Green haar vlak voor haar vertrek een kleine schat toegestuurd. Blijkbaar had hij die in een oude kist op zolder gevonden toen hij daar de jaarlijkse schoonmaak had gehouden.

Diana vond het jammer dat ze er niet aan toegekomen was op de zolder rond te kijken. Ook al had Emmely steeds nadrukkelijk gezegd dat ze veel van de oude rommel die daar stond had weggegeven, leken er zich toch nog een paar aandenkens te bevinden. Op iets dergelijks had ze echter niet gerekend. In het bedankje aan Mr Green had ze hem opgedragen zijn ogen open te blijven houden. Ze betwijfelde echter of hij nog iets bruikbaars zou kunnen vinden.

Nadat de stewardess drankjes had rondgebracht en haar buurman, een Japanse zakenman, was ingedut, stond ze zo voorzichtig mogelijk op en reikte naar haar handbagage. De oude reisgids zat in de voorste tas. Er gleed een glimlach over Diana's gezicht toen ze het karton onder haar vingers voelde. Toen ze weer ging zitten, streek ze met haar vinger liefdevol over de grove opdruk, daarna haalde ze een dubbelgevouwen blaadje tevoorschijn.

Daarop stond een afdruk van de foto van het oude pakje thee dat Mr Green haar had toegestuurd. Onder de naam van de handelsmaatschappij waarmee het was verscheept, bevond zich ook een aanwijzing over de teler. Toen ze voor het eerst de naam Tremayne Tea Company, Vannattuppūcci had zien staan, had ze bijna geen adem meer kunnen krijgen. Dat de Tremaynes een theeplantage hadden bezeten, was een van Emmely's goed bewaarde geheimen geweest. De fotografische plaat was al een van de eerste aanwijzingen daarvoor. Maar waarom had ze dat voor haar moeder en haar verzwegen? Schaamde de familie zich ervoor?

Dat kon ze nauwelijks geloven, want de rijkdom van veel Britse families was afkomstig van plantages. Bij haar naspeuringen had Diana ontdekt dat er eerst geprobeerd was van Ceylon een koffie-eiland te maken, maar dat dat jammerlijk was mislukt. De braakliggende plantages werden na het midden van de negentiende eeuw getransformeerd tot theeplantages, die de basis vormden voor de succesvolle theeproductie van het land. Algauw werd ceylon een bekende theesoort, die naar bestemmingen over de hele wereld werd verscheept.

Haar voorouders hadden ertoe bijgedragen dat je ook tegenwoordig nog van de thee kon genieten.

Dat was beslist niet iets waarvoor je je moest schamen. Maar waarom was het nooit ter sprake gekomen?

Het feit dat een pakje thee op zolder bewaard was gebleven, wees erop dat Emmely van de plantage moest hebben geweten. Was ze het misschien vergeten? Of zou ze erover verteld hebben als ze er maar naar gevraagd hadden? Af en toe betrapte Diana zich erop dat ze gebeurtenissen in haar leven die eigenlijk belangrijk waren, naar ver verwijderde regionen van haar geheugen doorschoof.

Maar eigenlijk maakte het niet uit of Emmely die informatie bewust of onbewust had achtergehouden. Diana had het idee dat ze met het pakje thee de hele buitenrand van een puzzel had gelegd en nu alleen nog maar de binnenkant hoefde in te vullen.

Nu wist ze waarom theebladeren het graf van Beatrice Feldmann sierden. En wat Richard op Ceylon te zoeken had gehad. Nu wist ze zeker welke planten tegen de berg groeiden waarvoor de jonge Grace gefotografeerd was.

Tegelijkertijd was de vraag waarom Beatrice buiten het familiegraf was gehouden nog altijd onbeantwoord, net zoals de vraag wat Beatrice zelf met Sri Lanka verbond. De oorzaak van de dodelijke val van Richard Tremayne kende Diana ook nog niet, en het allergrootste raadsel was het palmblad, de herkomst en de betekenis ervan, en onder welke omstandigheden het in het bezit van de Tremaynes was geraakt. Slechts van één ding was ze zeker: de familie was naar Ceylon gegaan. En daar zou ze misschien de antwoorden vinden.

Na een kort oponthoud in Londen en nog meer uren vliegen, die ze merendeels slapend doorbracht, landde het toestel de volgende ochtend zachtjes op Katunayake Airport. De gezagvoerder nam in perfect Engels afscheid van de passagiers terwijl het vliegtuig langzaam tot stilstand kwam.

Diana masseerde haar benen, die door het lange zitten stijf waren geworden, toen maakte ze haar gordel los en reikte naar haar handbagage. Omdat alle passagiers nu naar de uitgang dromden nam ze even de tijd om door het raampje te kijken. Behalve palmen aan de uiterste rand van het vliegveld zag ze nog een ander toestel, dat kort voor hen moest zijn geland.

Door de deuren van het luchthavengebouw drong een zwoele lucht die doordrenkt was van de stank van uitlaatgassen. Geen exotische geuren, zoals in reisgidsen werd aangeprezen. Maar dat zou wel anders worden als ze eenmaal in de stad was.

Tijdens de rit met de shuttle duikelde Diana het visitekaartje op dat ze van Michael had gekregen. Het zakelijke opschrift JONATHAN SINGH, CHATHAM STREET 23, COLOMBO, SRI LANKA met daarbij een telefoonnummer duidde op een rechtlijnige en misschien wat saaie wetenschapper die gewend was ongekunstelde ideeën in klare taal uit te drukken. Zou hij wel de juiste figuur voor haar zoektocht zijn?

In elk geval was ze blij dat ze iemand had bij wie ze langs kon gaan. Misschien had die Mr Singh wel echt een paar interessante aanwijzingen voor haar.

In een van de minibusjes die dienstdeden als een soort stadstaxibedrijf vervolgde ze haar rit en kon ze van vlakbij het beruchte verkeer van Colombo observeren. Begeleid door luide Indiase muziek en een toeterconcert dat bestemd was voor de bliksemsnelle berijder van een tuktuk die met ware doodsverachting een paar grotere voertuigen sneed, bereikte ze ten slotte het eerbiedwaardige Grand Oriental Hotel, waarvan de façade glansde in de zon.

Hoewel de wolkenkrabbers op de achtergrond enigszins afbreuk deden aan het voor de toenmalige verhoudingen werkelijk grote gebouw, kon Diana zich goed voorstellen dat het vroeger voor reizigers imposant was geweest.

Binnen het zogenaamde fort bevond zich nog een aantal van de oude gebouwen, zelfs straatnamen waren bewaard gebleven, zoals ze had geconstateerd bij vergelijking met de oude reisgids uit 1887.

Het Grand Oriental behoorde tot die nalatenschap uit verre tijden. Het levendige gekrioel op de straat ervoor had ook uit een documentaire afkomstig kunnen zijn. Tussen mannen in donkere broeken met lichte overhemden, wat zo ongeveer de standaardkleding voor de heren was, ontdekte ze zakenlieden van verschillende nationaliteit, vrouwen, zowel in traditionele sari's als ook in moderne kleren, kinderen en toeristen.

Met een goed gevoel liep ze groetend langs de portier in roodgouden livrei door de glazen deur van het hotel naar de receptie.

Het interieur van het hotel was zorgvuldig gerestaureerd en verrijkt met een paar moderne elementen. Naast de reeds lang bestaande de boekwinkel beschikte het hotel over verschillende andere winkels, onder meer een bloemist, uit wiens etalage haar prachtige frangipanebloesems tegemoet straalden.

In een brochure had Diana gelezen dat het in de jaren tachtig van de twintigste eeuw de naam Taprobane Hotel had gehad. Inmiddels wilde men echter weer aanknopen bij de vroegere glans, waarvan gasten als de dichter Somerset Maugham hadden mogen genieten.

'Welkom in het Grand Oriental Hotel, wat kan ik voor u doen?'

was de begroeting van de receptioniste, die gekleed was in een keurig mantelpakje en haar haar in een strakke knot in de nek droeg.

Diana stelde zich voor en legde haar reservering op de balie. Nadat ze een paar formulieren had ingevuld en de kamersleutel overhandigd had gekregen verscheen de piccolo, die Diana naar haar kamer bracht.

Hoe zouden de Tremaynes zich hebben gevoeld toen ze de trap op liepen? vroeg ze zich af terwijl ze de jongeman volgde. De echtgenote en haar dochters in hun chique japonnen met strakke korsetten, de man met een stijve vadermoordenaar, met in hun kielzog een schare bedienden.

In haar moderne kleding liep Diana al te zweten. Hoe zou dat voor haar voorouders zijn geweest?

In de hotelkamer werd ze, hoewel deze gerenoveerd en goed onderhouden was, definitief de negentiende eeuw in getrokken. De bruine vloertegels, die een fraai mozaïek vormden, hadden er net zo goed ook toen al kunnen liggen, het hemelbed dat de ruimte domineerde was ogenschijnlijk een exacte kopie van het bed dat de gasten ook in vroeger tijden een goede nachtrust had geboden. De stoelen waren eveneens nieuw, maar pasten qua stijl goed in de ambiance van de kamer, waarvan de ramen een prachtig uitzicht op de haven boden.

Een ventilator aan het plafond zoals je die in films ziet, zocht Diana echter tevergeefs, die was vervangen door een moderne airco.

Nadat ze de piccolo een fooi had gegeven deed ze de deur achter zich dicht en liet de ruimte een tijdje op zich inwerken. Toen opende ze het raam en nam het uitzicht op de haven en de zee in zich op. De warme bries die door haar haar en over haar gezicht streek, verlichtte de spanning enigszins. Ze was op de goede weg.

Zodra ze had uitgepakt legde ze de koker waarin ze het palmblad bewaarde op het bureau. De ambtenaren van de veiligheidsdienst hadden haar bij de controle wat vreemd aangekeken, maar haar wel geloofd toen ze beweerde dat ze het wilde teruggeven aan een bekende in Colombo.

Misschien kan ik het beter aan de kluis van het hotel toevertrouwen, dacht ze. Om uit te vinden in welke bibliotheek het thuishoorde, zouden de foto's die Michael haar had gestuurd volstaan.

Hoewel ze hondsmoe was, besloot ze een korte verkenningstocht door de stad te maken.

Nadat ze zich had gedoucht en omgekleed, liet ze Eva en Mr Green weten dat ze veilig in Colombo was aangekomen. Gewapend met de oude reisgids, en een nieuwe om de weg naar Mr Singh te vinden, verliet ze een half uur later haar kamer, met de koker onder haar arm.

Op weg naar de lobby kwam ze door een gang waar het een drukte van belang was. In de Lotus Ballroom, zoals het blank geverniste bord voor de deur verried, werden blijkbaar voorbereidingen getroffen voor een groot festijn. De feestelijke witte, met gouden strikken versierde overtrekken van de stoelen wekten de indruk dat er een bruiloft zou worden gevierd.

Ineens voelde ze een soort kramp in haar maag. Haar bruiloft was heel bescheiden geweest. Eigenlijk had ze een groot feest willen houden, maar ze was gezwicht voor Philipp, die met zijn enorme familie had gedreigd. Nu speet het haar dat ze hun bruiloft niet grootser hadden gevierd. Aan het einde van hun huwelijk zou dat niets hebben veranderd, maar dan had ze er tenminste een mooie herinnering aan overgehouden.

Omdat er nog meer bedienden kwamen aanzetten, met tafelkleden, trok ze zich terug. In plaats van te treuren om iets wat er nooit is geweest, zou je je bezig moeten houden met het heden en met je plannen, bedacht ze. In de lobby haalde ze de oude reisgids uit haar tas. Tussen de bladzijden waar plaatsen waren aangestreept, had ze papiertjes gestoken. Bijzonder interessant leken haar het fort, Chatham Street en de Cinnamon Gardens, een wijk die nu heel prozaïsch Colombo 7 heette. Zouden daar nog altijd kaneeltuinen zijn?

Nadat ze het palmblad in de kluis had ondergebracht, verliet ze het hotel. Michael kennende vermoedde ze dat Mr Singh haar al verwachtte. Michael had hem vast helemaal gek gemaakt. En hoe eerder ze iets te weten kwam, hoe beter.

Hoewel ze veel informatie over Sri Lanka had gevonden en een aantal fotoboeken had bekeken, was Diana toch niet voorbereid op de contrasten die haar bij haar tocht door de stad overspoelden. Aan de ene kant wolkenkrabbers en lichtreclame, auto's en mobiele telefoons, aan de andere kant sari's, ossenkarren, gebouwen uit de koloniale tijd, houten keten.

Op straat moest ze oppassen niet te worden aangereden door een van de rode minibussen die hun passagiers in halsbrekend tempo door de stad vervoerden. In York Street probeerde een man zijn rijkversierde olifant door de opgestuwde mensenmassa te loodsen. Daarachter toeterden tuktuks en rinkelden fietsbellen in protest.

Ook in Chatham Street wemelde het van de voetgangers en fietsers. Veel oude gebouwen hadden moeten wijken voor moderne bouwwerken. De meeste winkels waren overgenomen door Chinese zijdehandelaars. Toch werden hier nog altijd de schatten van het land verhandeld en er moesten met name ruwe edelstenen te koop zijn voor naar verhouding gunstige prijzen.

Diana dacht aan de grote blauwe steen uit het geheime vakje, die ze in het hotel in haar reistas had achtergelaten. Misschien had ze hem mee moeten nemen om hem op echtheid te laten onderzoeken. Maar in de eerste plaats om te achterhalen wat voor steen het was.

Diana bleef staan en bladerde snel door de reisgids op zoek naar het gebouw waar vroeger de edelstenenhandelaar had gezeten. Na een tijdje vond ze het, maar helaas zat er geen edelstenenhandel meer. De vensterluiken waren dichtgespijkerd, op de gevel hing een afbladderende affiche.

In plaats daarvan ontdekte ze twee huizen verder de etalage van een kleine edelstenenhandel waarop met grote rode letters SALE geschreven stond. Waarschijnlijk is het net zoals bij onze tapijthandelaren, die ook permanent uitverkoop houden, dacht Diana meteen spottend.

Omdat haar speurtocht naar de edelstenenhandelaar niet met succes was bekroond, liep ze de straat door tot ze uiteindelijk nummer 23 vond. Het in koloniale stijl opgetrokken gebouw zag er wat verwaarloosd uit, maar had nog niets aan charme ingeboet. Het moderne bellenbord detoneerde daar totaal. Onder de in de typische spiraalachtige schrifttekens van het land geschreven namen ontdekte ze een bordje met een dubbel opschrift. Dat was hij! Misschien wist hij tot wie ze zich met betrekking tot het palmblad kon wenden.

Terwijl haar hart van opwinding wild begon te kloppen drukte ze op de bel, daarna stapte ze achteruit en keek naar boven in de hoop dat er ergens beweging te zien was.

Een hele tijd gebeurde er niets. Toen ze nog eens wilde aanbellen, ging er knarsend een raam open en verscheen er een donkere bos haar boven haar hoofd. Omdat ze tegen de zon in keek, moest ze haar ogen met haar hand beschermen, maar toch kon ze het gezicht niet goed onderscheiden.

'Miss, zoekt u mij?' werd er naar beneden geroepen.

'Als u Jonathan Singh bent, ja!' antwoordde Diana.

Nadat hij even had nagedacht, riep de man: 'Ik ben zo bij u!'

De haardos verdween, het raam ging weer dicht. Achter haar klonk een door merg en been gaand getoeter dat haar ineen deed krimpen. De oude reisgids viel uit haar hand, gelukkig net niet in het vuil dat zich in de kleine holte naast de regenpijp had verzameld.

Toen ze zich bukte om hem op te rapen, ging de deur open. Diana schoot overeind en keek in een paar barnsteenkleurige ogen in een lichtgebruind gezicht. De donkerharige lange man, die nonchalant gekleed was in een lichte broek met een wit overhemd, leek eerder een kunstenaar dan een saaie historicus te zijn. Zo had ze zich Michaels vriend nu echt niet voorgesteld.

'U bent dus Mr Singh.'

Op het gezicht van de man verscheen een glimlach. 'Ja, dat ben ik. En u moet Michaels vriendin zijn. Diana Wagenbach, klopt dat?'

'Ja, dat klopt.' Nerveus stak ze hem haar hand toe en ze merkte daarbij niet dat er iets uit haar reisgids viel. Verschrikt deinsde ze terug toen Singh bukte om het op te rapen.

'U hebt iets laten vallen!' Met een innemende glimlach reikte hij haar een grijs stukje papier aan. Diana bekeek het eerst sceptisch, daarna werd ze beurtelings warm en koud toen ze het herkende. De foto van haar betovergrootmoeder! Althans de afdruk die ze voor de reis van de plaat had laten maken. Nu herinnerde ze zich weer dat ze hem in het vliegtuig tussen de bladzijden van de reisgids had gestoken. Eigenlijk had ze hem direct weer in haar portemonnee willen stoppen, maar ze was in slaap gevallen en had bij het wakker worden de reisgids gewoon in haar tas gedaan.

'O, bedankt, het zou heel naar zijn geweest als ik die kwijt was geraakt.'

Michaels vriend wierp een korte blik op het groene boekje in haar hand, waarbij zijn glimlach nog breder werd.

'Denkt u niet dat u een recentere gids zou moeten gebruiken?'

'O, maar die heb ik ook!' antwoordde Diana. 'Deze dient alleen om het verleden met het heden te vergelijken.'

'Dan bent u zeker geschiedkundige?'

'Nee, ik ben advocaat.' Had Michael hem dat niet verteld?

'Sorry, maar Michael deed erg geheimzinnig, alsof hij bang was dat ik al bij voorbaat de belangstelling zou verliezen. Het is duidelijk al heel lang geleden dat hij hier was, als hij niet meer weet dat wij mensen die iets zoeken graag helpen.'

Toen achter hen luid protesterende stemmen klonken, trok Singh haar wat dichter naar de muur van het huis, zodat ze voorbijgangers niet meer in de weg stonden.

'Hopelijk heeft hij over mij wat meer verteld.'

'Alleen dat u ooit wetenschapper bent geweest en nu boeken schrijft.'

'Dat klopt. Mijn naam verraadt dat ik de zoon van een Indiër en een Engelse ben. Uw Engels is overigens heel goed.'

Diana bloosde. Nee, zo had ze zich Jonathan Singh echt niet voorgesteld. Niet zo charmant, niet zo verwarrend aantrekkelijk vanaf het eerste moment...

'Mijn tante... ik bedoel oudtante, woonde in Engeland. Ik heb Engelse voorouders.'

'Dan zijn we praktisch landgenoten!' antwoordde Singh hartelijk. 'Wat denkt u ervan als we eerst eens ergens thee gaan drinken. Dan kunt u me meer over uzelf vertellen. Ik weet in de buurt een goed theehuis.'

'Houd ik u dan niet van uw werk?' vroeg Diana weifelend.

'Nee, eerlijk gezegd zat ik al op u te wachten. De overstap van wetenschapper naar auteur heeft mijn sociale contacten nogal beperkt, daarom ben ik blij eindelijk weer eens met iemand van vlees en bloed van doen te hebben in plaats van een papieren personage.'

Terwijl ze zich in Baillie Street een weg door de mensenmenigte baanden vroeg Singh: 'U bent toch op zoek naar palmbladeren? Dat is het enige wat Michael heeft gemeld.'

'Ja, dat klopt,' antwoordde Diana.

'Dan kunnen we het best naar het nationale museum gaan, die hebben een prachtige verzameling *ola*.'

'Ola?'

'Dat is de plaatselijke benaming voor de palmbladboeken.'

Diana kon zich niet voorstellen dat de voorspellingen in een museum werden opgeslagen. Michael had haar immers verteld dat er daarvoor speciale bibliotheken waren, die door readers werden beheerd, Tamils die het oude dialect van hun taal beheersten. Of had hij het bij het verkeerde eind? Had het historisch onderzoek intussen ook het lot van de mensen ingelijfd?

'Wat staat er in die ola?' vroeg Diana, om er zeker van te zijn dat ze het over dezelfde palmbladeren hadden.

'Nou, alle wetenswaardigheden die het vermelden waard waren,' antwoordde Singh. 'De Tamils zijn van oudsher een geletterd volk. De meeste van die notities zijn in de koloniale tijd vernietigd, maar een groot deel is nog altijd in de musea te bezichtigen.'

'Dan vrees ik dat die palmbladboeken niet zijn wat ik zoek.'

Eerst keek Singh haar vragend aan, toen verscheen er een blik van herkenning in zijn ogen.

'Ah, excuses, u wilt zich de toekomst laten voorspellen. Dat soort ola's zoekt u.'

'Eerlijk gezegd wil ik me niets laten voorspellen.' Had Michael hem dan echt niets verteld, vroeg ze zich ineens af. 'Ik heb in de nalatenschap van mijn tante een palmblad gevonden, waarvan ik aanneem dat het destijds gestolen is. Ik zou het de desbetreffende bibliotheek graag teruggeven.'

Nu was Singh even sprakeloos.

'Een palmblad in Engeland?'

'Ik hoop dat het niet strafbaar is dat ik het heb meegebracht.'

'Nee, natuurlijk niet,' antwoordde Singh hoofdschuddend. 'Ik dacht alleen dat de readers ze bewaarden en nooit een blad uit handen gaven.'

'Dat dacht Michael ook,' merkte Diana op. 'Maar het lag in een geheim vakje achter een boekenkast. Ik vermoed dat het in de negentiende eeuw naar Engeland is gekomen, in de bagage van mijn voorouders, die de reis hierheen hebben ondernomen. En die, zoals ik kortgeleden heb ontdekt, hier een theeplantage bezaten.'

Singh keek haar met glinsterende ogen aan. 'Dat klinkt vreselijk interessant. Ik begrijp niet waarom Michael me dat allemaal niet van tevoren heeft verteld.'

'Hij wilde de verrassing vast niet bederven,' antwoordde Diana onzeker en ze gaf zichzelf een standje. Ze was een volwassen vrouw en geen bedeesde bakvis!

Ineens bleef Singh staan. 'Kijk eens!' Hij wees naar een huis met een bouwstijl die nog ouder leek dan die van de huizen in Chatham Street.

Diana fronste haar voorhoofd toen ze de inscriptie boven de deur ontdekte.

'Dat is Nederlands, nietwaar?'

'Volkomen juist. Vertaald betekent het zoveel als: "Verstoord door willekeur, hersteld door gerechtigheid".'

'En wat betekent dat?'

'In de Hollandse koloniale tijd heerste hier een gouverneur die Pieter Vuist heette. Van hem wordt gezegd dat hij een van de verschrikkelijkste en wreedste landvoogden is geweest. Bij wijze van gril, of uit ijverzucht wordt ook wel beweerd, heeft hij dit huis met de grond gelijk laten maken. Zijn opvolger, die wat gematigder was, heeft het weer laten opbouwen en de inscriptie laten aanbrengen.'

Terwijl hij vertelde, kroop er een aangename rilling over Diana's nek. Het was alsof de koude hand van het verleden haar had aangeraakt en haar nu lokte het te volgen. Aan de zijde van Jonathan Singh kon ze dat blijkbaar ongestraft doen.

Het kleine theehuis in New York Street zag eruit alsof het tussen twee winkels was geperst. Waarschijnlijker was echter dat de andere gebouwen hun bescheiden oude buurman mettertijd hadden overvleugeld en geplet.

Het roestrood geverfde lokaal was smal en volgezet met allerlei kunstvoorwerpen. Uit een radio jengelde Indiase muziek, ergens anders vandaan was het televisiejournaal te horen. De gebruikelijke afbeeldingen van Shiva, Ganesha en andere goden ontbraken, in plaats daarvan ontdekte Diana een prachtige Arabische kalligrafie, die blijkbaar meer dan honderd jaar oud was.

'De eigenaar is moslim,' legde Singh uit toen ze op een van de kussens plaatsnamen. 'Hij vertelt iedereen die het maar horen wil dat zijn voorouders uit Jemen zijn gekomen om de leer van Mohammed te verbreiden. Dat is hun deels ook gelukt, maar nog altijd overheersen het hindoeïsme en het boeddhisme hier op het vlindereiland.'

'Het vlindereiland?'

'Ja, zo wordt Sri Lanka genoemd. Omdat het de vorm van een vlindervleugel heeft.' Hij onderstreepte zijn woorden met een passend gebaar.

'Weer wat geleerd,' constateerde Diana verbluft, maar ze vertelde hem niet dat ze daarbij moest denken aan de vlinder die in haar droom de engel tot leven had gewekt.

'Sri Lanka zit vol verrassingen,' zei Singh en hij bestelde vervolgens in vlekkeloos Tamil bij de langskomende waard twee glazen thee.

'Hij heeft de lekkerste van de hele regio,' verklaarde Singh toen de waard haastig wegliep. 'Ik ben zo vrij geweest er ook wat gebak bij te bestellen. Voor de lunch is het nog wat vroeg, vindt u niet?'

Het duizelde Diana. Begon ze last van jetlag te krijgen? Of had ze alleen wat tijd nodig om alles op een rijtje te zetten?

'Misschien moet ik voor de verandering u eens iets over mezelf vertellen voor ik u weer de oren van het hoofd ga vragen.'

Diana knikte instemmend. 'Ja, dat zou prettig zijn, dan kan ik me daar alvast een beetje tegen wapenen.'

Nadat de waard de dampende theeglazen en een schaal met pasteiachtige stukjes gebak voor hen had neergezet, begon Singh zijn relaas.

'Ik ben opgegroeid in Engeland. Mijn vader was een Indiase Tamil, waardoor ik zijn beide moedertalen beheers. Hij kwam als hoogleraar Indiase geschiedenis naar Engeland en op een of andere manier ben ik met die interesse besmet geraakt. Alleen heb ik mijn werkterrein naar hier verlegd. Je kunt ongetwijfeld zeggen dat ik dankzij hem geïnteresseerd ben in een gestolen en naar Engeland overgebracht negentiende-eeuws palmblad.'

Hij zweeg even en kauwde op zijn onderlip, alsof hij niet wist hoe hij iets moest vragen. 'U hebt het niet toevallig bij u?' vroeg hij ten slotte.

Diana schudde haar hoofd. 'Nee, helaas niet, maar...' Ze zweeg abrupt. Kon ze hem wel bij haar in het hotel uitnodigen? Welke indruk zou hij dan van haar krijgen?

Het volgende ogenblik vermande ze zich. Hij wil je helpen met het palmblad, niet met je trouwen! Wees blij dat Michael je met hem in contact heeft gebracht.

'Het ligt in mijn hotel. Daar heb ik er ook foto's van, het is gewoon te kostbaar om er de hele tijd mee rond te lopen.'

'Dat begrijp ik.' Singh liet even de thee in zijn glas ronddraaien, toen zei hij: 'Ik zou het dolgraag eens bekijken. Helaas moet ik morgen naar mijn uitgever. Hij wil een nieuw project met me bespreken.'

Diana trok nieuwsgierig haar wenkbrauwen op. 'Echt? Waar gaat het om, als ik vragen mag?'

'Het gaat om het conflict tussen Tamils en Singalezen, de oorzaak ervan, de gevolgen, de geschiedenis. De spanning tussen beide volkeren loopt nu al decennialang op, waarbij de acties van de Tamil Tijgers steeds genadelozer worden. Ik zou in mijn publicatie wat licht op de zaak willen werpen.'

Diana moest weer denken aan wat de medewerkster van het reisbureau had gezegd toen ze haar de informatiebrochure overhandigde. 'Dat lijkt me een heel lastig, nee, gevaarlijk onderwerp.'

'Dat is het ook. Maar iemand moet het doen. Zwijgen brengt ons niet verder, alleen als we consensus kunnen bereiken zal er ooit overal op het eiland vrede zijn.'

Diana zweeg, onder de indruk.

'Maar dat betekent niet dat ik geen tijd voor u heb. We kunnen 's avonds afspreken, dan is de stad op zijn mooist. Wat denkt u daarvan?'

'Graag, wat mij betreft,' antwoordde Diana met een eigenaardig kriebelend gevoel in haar buik.

'In welk hotel verblijft u?'

'In het Grand Oriental.'

Singh stak bewonderend zijn onderlip naar voren. 'U lijkt uw onderzoek echt serieus te nemen. Het Oriental was in de koloniale tijd naast het Mount Lavinia Hotel een van de eerste adressen van de Engelsen op Sri Lanka. Het is de juiste plaats om aan een reis naar het verleden te beginnen.'

'Ik heb het in de oude reisgids gevonden, het was aangestreept. Ik weet het niet precies, maar de gedachte dat mijn voorouders daar hebben gelogeerd, spreekt me op een of andere manier aan.'

'Ik zal er morgen om acht uur zijn,' beloofde Singh. 'Maar daarna zal ik zo vrij zijn u naar de stad te ontvoeren. Waar je ook verblijft, de hotelkeuken gaat er altijd van uit dat je als buitenlander net zo wilt eten als thuis. Je komt toch juist ook naar een ver land om je te laven aan de culinaire specialiteiten.'

Daarop liet hij nog een stukje gebak in zijn mond verdwijnen.

2

Ter voorbereiding op de ontmoeting met Jonathan Singh ondernam Diana de volgende ochtend een rondrit door de stad, die haar naar het museum en een paar mooie tempels voerde, die ze met haar camera vastlegde. Haar vermoeden bleek juist: bij de palmbladeren in het museum ging het niet om profetieën maar om verhalen en historische beschrijvingen, zo verklaarde haar gids, Mr P. Suma. Hoewel hij werkelijk goed Engels sprak, duizelde het Diana algauw van de talloze Tamilbetekenissen en -namen die hij opsomde waar het om de geschiedenis van zijn land ging.

Om haar gedachten van de rit in een van de halsbrekende toeren uithalende rode minibusjes af te leiden dacht Diana aan de komende avond en merkte dat ze zich er een beetje opgewonden op verheugde. Niet alleen omdat ze op informatie over het palmblad hoopte, maar ergens ook omdat ze ernaar uitzag Jonathan Singh weer te zien.

Toen ze de afgelopen avond hun gesprek nog eens had gerecapituleerd, was haar opgevallen dat hij een heel sympathieke, humoristische man was. En weer zag ze zijn ogen voor zich, die ze prachtig had gevonden. Dwaas genoeg probeerde ze zich voor te stellen hoe die ogen in verschillende situaties zouden kijken.

Terug in het hotel, nadat ze een douche had genomen en even had gerust, stond ze radeloos voor de spiegel en was ze er vast van overtuigd dat ze te weinig kleren had meegenomen. Ze wilde een goede indruk op Mr Singh maken, ook al was hij waarschijnlijk alleen maar in haar foto's geïnteresseerd.

Haar keuze viel uiteindelijk op een knielange, wijde witte rok met een geborduurd bloemenmotief langs de rand en op een zwarte blouse met korte mouwen.

Zoals ze van Mr P. Suma had vernomen, werden T-shirts hier wel getolereerd, maar werden ze vooral als geschikte kleding voor kinderen beschouwd. Omdat ze buiten het hotel zouden gaan eten, wilde ze in geen geval de aandacht trekken met onfatsoenlijke kleding.

Nadat ze een bescheiden geurtje had opgedaan en de foto's samen met een notitieboekje in haar tas had gestopt, begaf ze zich naar de lobby, waar net een reisgezelschap was aangekomen. Zoekend rekte ze zich uit, maar ze zag Singh niet. Haar blik zweefde naar de klok boven de balie van de receptie. Vijf voor acht. Waarschijnlijk komt hij stipt op tijd. Of een beetje te laat, wat met zijn werk niet verwonderlijk zou zijn.

Toen ze de blikken van enkele mannelijke leden van het reisgezelschap op zich gevestigd voelde liep ze naar de zitgroep, die net als de overige entourage hier in laatvictoriaanse koloniale stijl was gehouden. Ze slaagde er niet in het geroezemoes te negeren, en het lukte haar evenmin haar nervositeit te bedwingen.

Wat kon ze vanavond verwachten?

'Mrs Wagenbach?'

Diana keek verrast op. Jonathan Singh stond ineens naast haar alsof hij uit de grond was verrezen.

'O, hallo!' antwoordde ze een beetje verlegen terwijl ze opstond om hem een hand te geven. 'Fijn u te zien, Mr Singh.'

'Het genoegen is geheel aan mijn kant. Ik hoop dat u niet al te lang hebt hoeven wachten.'

'Maar een paar minuten.' Diana lachte bedeesd. 'Duitse stiptheid, weet u wel.' Ze had het nog niet gezegd of ze kon zich wel om de oren slaan. Het was al erg genoeg dat dat cliché nog altijd opgeld deed. Maar Singh lachte slechts fijntjes.

'Wat denkt u ervan om naar Pettah te gaan? Zoals u zult constateren is het in de nachtelijke uren erg rustig in de stad, maar in Pettah komt de grote bazaar pas 's avonds tot leven. Daar vinden we zeker een restaurant waar u met de echte Sri Lankaanse keuken kennis kunt maken.'

'Dat klinkt heel goed,' antwoordde Diana, waarop ze het hotel verlieten en lopend de stad in gingen.

Het verkeer was inderdaad wat rustiger. Omdat ook het aantal voetgangers minder werd, was het mogelijk een blik op de straten te werpen, waarop fruit lag te rotten en hondjes naar eten zochten. Er waren zulke diepe kuilen dat je je verbaasde dat er geen ernstige ongelukken gebeurden. Toch zag het er hier allemaal vriendelijker uit dan in een uitgestorven Duitse straat, waar huizen met lege ogen op het smetteloze en goed onderhouden asfalt neerkeken.

'Hoe is het gesprek met uw uitgever verlopen?' vroeg Diana toen ze het hotel achter zich hadden gelaten.

'Beter dan ik had verwacht,' antwoordde Singh. 'Hij is erg geïnteresseerd en hoopt op grote belangstelling – ook in het buitenland. Daar is het, vind ik, nog het belangrijkst. Per slot van rekening is naast de thee het toerisme een belangrijke bron van inkomsten voor ons land. Na de aanslag op de luchthaven voelden heel veel mensen zich onveilig.'

'Dat kan ik me voorstellen.'

'Er worden geen reiswaarschuwingen meer afgegeven, maar toeristen wordt geadviseerd voorzichtig te zijn. Dat was bij u vast ook het geval, toch?'

'Ja, maar ik heb de brochure alleen vluchtig bekeken. Ik vertrouw graag op mijn eigen ogen en schat het gevaar liever zelf in.'

'Dat doen er niet veel. Ik zou er ook graag voor zorgen dat toeristen de situatie begrijpen en de risico's beseffen.'

'Ze zullen u er dankbaar voor zijn. Het hele land zal er baat bij hebben.'

Singh haalde bescheiden zijn schouders op. 'We zullen zien.' Na een tijdje kwamen ze bij de boulevard van Colombo, die Singh Galle Face Green noemde. De tentjes van de limonadeverkopers schenen als paddenstoelen na een regenbui uit de grond te zijn geschoten.

De aanblik van de zee en de hemel, die door een gouden baan van elkaar gescheiden leken, was overweldigend.

'Dat is toch geen bazaar,' merkte Diana lachend op.

'Nee, maar het is wel een van de mooiste vergezichten hier. Als u hier op een ochtend komt nadat het heeft geregend, duiken de mensen ineens als spookverschijningen uit de nevel op.'

Ze liepen verder tot ze een straat insloegen waarin petroleumlampen hingen te schommelen in de lichte avondbries. Een straatbarbecue verspreidde een hemels aroma, vermengd met de geur van gloeiende houtskool.

Singh spreidde zijn armen uit. 'Dat is Pettah!'

Na een tijdje kwamen ze bij een grote hal, waar het rond dit uur erg druk was. 'Hier is de bazaar!' riep Diana uit.

'Precies, althans een deel ervan,' verklaarde Singh. 'In deze hal bevindt zich de stoffenmarkt. Als u van plan bent een sari voor uzelf te laten maken, moet u daar beslist rondkijken, het loont de moeite.'

Dat geloofde Diana graag, want de kramen puilden gewoon uit van de stralende kleuren. Misschien zou ze hier iets kopen wanneer ze het raadsel van haar familie had opgelost.

Singh leidde haar nu langs bedwelmend geurende kruidenkramen en sieradenhandelaren, tot ze bij een kleine eetgelegenheid kwamen waar ze tevergeefs zocht naar toeristen.'Dit is een absolute aanrader,' verklaarde hij toen ze voor de kleine toonbank stonden te wachten tot hun een plaats werd toegewezen. 'Althans op dit moment. De tearooms en restaurants wisselen voortdurend van eigenaar, en het is heel goed mogelijk dat deze eetgelegenheid hier over een, twee jaar niet meer is.'

'Dat kan ik me gezien het aantal bezoekers niet voorstellen.'

'Restaurants hebben te kampen met heel eigen wetmatigheden. Een zaak die het ene moment absoluut klasse is, kan maanden later al weer op de fles gaan. We moeten daarom blij zijn met wat ze ons hier voorschotelen.'

De tijd tot de kelner verscheen gebruikte Diana om rond te kijken. Enkele vrouwen die er zaten droegen sari's, de mannen waren over het algemeen gekleed in een donkere broek met een effen overhemd. Aan de muren hingen heiligenbeelden en maskers, op een grote ingelijste foto was een fleurig uitgedoste danseres te zien. Onder een klein altaar dat aan de god Shiva was gewijd, lagen frangipanebloesems opgehoopt. Wierookstaafjes verspreidden dunne slierten in de lucht.

Daaroverheen zweefde een mengeling van geroezemoes van gespreksflarden en beschaafde muziek. Diana zoog de indrukken gewoonweg in zich op, zodat ze later iets zou hebben wat ze naar het bij deze pracht vergeleken kleurloze Duitsland mee kon nemen.

Kort nadat er een tafel vrij was gekomen, verscheen er een jongeman. Terwijl op de achtergrond een meisje vlug afruimde, praatte hij even met Singh. Korte tijd later zaten ze aan de tafel, waarop geen kruimeltje meer te zien was en die gedekt was met placemats van palmbladeren.

'Nou, hoe zit het met uw palmblad?' vroeg Singh nadat de kwieke kelner de menukaart had gebracht, een grof stuk papier dat aan olifantenhuid deed denken, bedekt met vreemde schrifttekens en getallen.

'Ik vrees dat u me hierbij moet helpen. Ik begrijp geen jota van wat hier staat.'

Singh lachte zachtjes. 'Maakt u zich geen zorgen, verlaat u zich maar op mij. Hebt u de foto's bij u?'

Diana knikte en rommelde even in haar handtas. Terwijl ze probeerde de juiste volgorde te bepalen, spreidde ze de afdrukken op de tafel uit. Michaels opnamen waren zo haarscherp dat zelfs het kleinste vezeltje viel te onderscheiden. Het schrift op het palmblad leek duidelijk op een patroon dat met een soldeerbout in hout gebrand was.

Voor Singh de foto's kon bekijken, verscheen de kwieke kelner weer. Als hij zich al verbaasde over de afbeeldingen op de tafel liet hij dat niet merken. Singh zei iets in het Tamil, waarop de jongeman vlug verdween.

'Wat hebt u voor ons besteld?' vroeg Diana nieuwsgierig.

'Dat zult u wel zien,' zei Singh met een raadselachtig glimlachje.

'En u wilt me geen hint geven?'

'Het is iets wat u lekker zult vinden, vertrouw daar maar op. De Tamilkeuken is erg lekker – zeker als u tegen enigszins scherp eten kunt.'

'Als er een grote emmer water klaarstaat om te blussen, altijd.'

'Water helpt tegen scherp eten maar even. Maar ook daar heb ik aan gedacht.'

Lachend pakte Singh nu een van de foto's en bekeek hem aandachtig. Terwijl ze hem daarbij observeerde, kauwde Diana gespannen op haar onderlip. Zou hij het kunnen lezen? Zijn frons leek haar geen gunstig teken.

'Dat is Oudtamil,' constateerde hij ten slotte. 'Zoiets had ik wel gedacht.'

'Maar u kunt het niet lezen?'

'Het Tamilschrift is in de loop der eeuwen erg veranderd. Ola's als deze zijn zeker meer dan duizend jaar oud.' Singh legde de foto's weer opzij. 'Ik ben bang dat u op zoek moet gaan naar een Nadireader, iemand die deze taal nog spreekt.'

'En die kan ik alleen in bibliotheken vinden.'

'Of in een van de dorpjes aan de rand van Colombo. U wilt dit blad teruggeven aan de desbetreffende bibliotheek?'

Diana knikte. 'Ja, dat ben ik nog steeds van plan.'

'Ik zou u aanraden het eerst door een onafhankelijke bron te laten lezen. Misschien blijkt er dan een aanwijzing op te staan uit welke bibliotheek het stamt.'

'Valt dat dan uit de tekst op te maken?'

Singh haalde zijn schouders op. 'Wie weet. Het is de moeite van het proberen waard, vindt u niet?'

Diana knikte, waarop Singh haar een tijdje aankeek.

'Welk verhaal steekt er achter uw reis, wat is de reden?' vroeg hij uiteindelijk.

Diana haalde de foto met de berg en de in het wit geklede vrouw tevoorschijn, de foto die Singh had gered. Uit zijn glimlach bleek dat hij hem herkende.

'Ik neem aan dat dit mijn betovergrootmoeder is. Dat kan ik helaas niet met zekerheid zeggen, omdat mijn grootmoeder in de oorlog moest vluchten en alle bewijsstukken, ook de foto's, verloren zijn gegaan. Op een oud pakje thee stond onder de naam van de teler de naam Vannattuppūcci. Ik weet niet precies of dat de naam van de plantage was of van de plaats waar die zich bevond.'

'Vlinder,' zei Singh glimlachend.

'Wat bedoelt u?'

"Vlinder. "Vannattuppūcci" is Tamil voor "vlinder". Uw voorouders moeten een poëtische aanleg hebben gehad.'

Daar kon Diana niets over zeggen, maar ineens schoot de droom haar weer te binnen. De vlinder die de engel tot leven had gewekt. Was dat een voorgevoel geweest? Nee, dat was onmogelijk...

'Ik wed dat het om de naam van de plantage ging. De Engelsen hadden de gewoonte hun *estate* een naam te geven.'

'Het is haast niet voor te stellen dat een van mijn voorouders zo fijngevoelig was om de plantage die naam te geven. Voor de Engelsen uit die tijd was het juist typerend dat ze hun gevoelens niet lieten blijken maar ze eerder verborgen hielden.'

'Uw voorouders hadden er vast een reden voor.'

Singh bekeek de foto nog eens, toen zuchtte hij. 'U hebt nog een hoop werk te verrichten.'

'Ik was erg op tante Emmely gesteld, ze was een soort grootmoeder voor mij. Het vervullen van haar wens is voor mij een erekwestie, vooral...'

Nee, dat gaat te ver, dacht Diana. Ik kan hem niet het verhaal van mijn verprutste huwelijk opdissen. Hij is een hulpvaardige onbekende, meer niet.

Toen ze zweeg, keek Singh haar vragend aan. Diana zocht vertwijfeld naar passende woorden waarmee ze haar zin kon vervolgen.

'In elk geval wil ik beslist weten wat er achter de sluier aan gene zijde van mijn grootmoeder schuilgaat. Als u begrijpt wat ik bedoel.'

Singh knikte. 'Ja, ik denk het wel.' Er verscheen een peinzende uitdrukking op zijn gezicht, toen schudde hij zachtjes zijn hoofd. 'Het is wel vreemd. Hun leven lang doen onze voorouders hun best de smetten in hun levensgeschiedenis geheim te houden. En dan vragen ze ons, hun nakomelingen, ze te ontdekken omdat ze die last graag kwijt willen en zelf niet de kracht hebben het te openbaren.'

Diana stond versteld van de wijsheid van zijn woorden. Tegelijkertijd vroeg ze zich af of het geheim van haar familie een zodanig grote smet was dat Emmely zich ervoor had geschaamd.

'We zouden dat als onze plicht jegens onze nakomelingen moeten beschouwen, nietwaar?'

Singh keek haar met een vreemde uitdrukking aan. Alsof hij zich ineens van een smet op zijn eigen verleden bewust was geworden. 'Het verleden zelf te openbaren voordat onze kinderen daar moeite voor moeten gaan doen.'

'Ik beschouw dat niet als moeite,' antwoordde Diana een beetje bedrukt. 'Integendeel. Als kind heb ik me altijd voorgesteld hoe mijn voorouders moesten hebben geleefd. Door de Tweede Wereldoorlog is er veel verloren gegaan. Mijn grootmoeder, die me veel had kunnen vertellen, stierf bij de geboorte van mijn moeder. En tante Emmely was altijd al heel zwijgzaam. Misschien wilde zij er niet meer aan denken...'

'Dat heeft ze dan toch gedaan,' zei Singh, die nu weer wat meer ontspannen leek. 'Anders had ze u dit niet gevraagd. Misschien dacht ze dat u het beter zou begrijpen als u zelf het verleden moest onderzoeken in plaats van alleen maar een verhaal verteld te krijgen.'

Er volgde een stilte na zijn woorden. Na even te hebben nagedacht kon Diana alleen maar bevestigen dat hij gelijk had. Voor ze het gesprek konden voortzetten, verscheen de kelner met een paar dampende schalen waaruit een heerlijk aroma opsteeg. Diana ontdekte koekjes, verschillende chutneys en iets wat eruitzag als de rode curry die je ook in Thaise restaurants kreeg.

De kelner zei snel iets in het Tamil, toen trok hij zich weer terug. Verbaasd bekeek Diana de maaltijd en snoof de verschillende geuren op.

'Dat ziet er echt heerlijk uit! Wat is het?'

‘Een selectie uit de Tamilkeuken.’ Singh wees de gerechten een voor een aan. ‘*Idli* en *vadai*, bij ons de aanduiding voor gestoomde respectievelijk gefrituurde koekjes van linzen en rijst, chutney, *rasam*, dat is een dunne pepersaus, en rode curry. Daarna is er nog verkoelende yoghurt.’

‘Als er dan nog iets bij kan,’ antwoordde Diana lachend, waarbij ze moest oppassen dat het water haar niet te zeer in de mond liep.

‘Bij ons is het traditie met de handen van een bananenblad te eten,’ verklaarde Singh terwijl hij Diana liet zien hoe ze het stijve groene blad moest vasthouden. ‘U kunt ook met bestek eten, maar zo is het hier gebruikelijk.’ Toen zijn hand de hare raakte, keken ze elkaar even in de ogen. Het barnsteen leek nu donkerder, bijna bruin, en Diana had ineens het gevoel zich in hem te verliezen. Maar net zo snel als die gewaarwording haar had overvallen riep ze zich weer tot de orde, en toen ze de eerste hap nam, week de verwarring voor een genot dat ze nog nooit op haar tong had geproefd.

Toen ze kort na middernacht in het hotel terugkwam, voelde Diana zich een beetje vreemd. Dat lag niet aan het uitstekende eten, en ook niet aan Singh, die de hele tijd een bijzonder vriendelijke en attente gids was geweest. Dat ze zich aan hem had blootgegeven, hem over het geheim had verteld, gaf haar het gevoel een aantal dingen duidelijker te zien, hoewel ze nog altijd niet meer wist dan daarvoor.

Singh had haar beloofd de komende dagen eens te informeren naar Nadi-readers. Diana kon nauwelijks wachten tot ze weer iets van hem zou horen.

Nadat ze hun mailadressen hadden uitgewisseld, had hij haar teruggebracht naar het hotel. Zwijgend, ieder in gedachten verzonken, hadden ze door de stad gelopen. Daarbij was Diana’s blik telkens weer verstolen naar Singh gegleden. En er waren absurde vragen bij haar opgekomen als: zou hij naar een sportschool gaan? Welke schoenmaat zou hij hebben? Hoe zou zijn huis eruitzien? Bijna had ze zich weer in haar schooltijd gewaand, waarin alle meisjes gedroomd hadden van die grote jongen die al op een brommer mocht rijden en een kei in sport was.

En ook nu het warme water van de douche over haar lichaam stroomde, kon ze hem niet uit haar hoofd zetten. Wanneer had ze voor het laatst zo lang aan een man gedacht? Daarbij viel het haar op dat ze sinds haar aankomst in Colombo Philipp regelrecht uit haar geheugen had verwijderd. En ze gaf zichzelf een standje dat ze het nu toeliet dat hij zich weer in haar hoofd nestelde.

Toen ze onder het dunne dekbed kroop, met haar blik op de lichten van de haven gericht, voelde ze een diepgaand verlangen. Hoe lang hadden Philipp en zij al niet meer met elkaar geslapen? De laatste maanden was seks eerder een verplicht nummer geworden, dat tussen zakelijke afspraken en dagelijkse beslommeringen in werd gemoffeld. Tot het moment dat ze Philipps ontrouw ontdekte, had het voor haar niet veel uitgemaakt, daarna was ze door de ontdekking en doordat Emmely ziek werd dermate afgeleid dat ze zich niet echt meer om haar eigen lichaam had bekommerd.

Maar hier, ver van huis, omgeven door exotische geuren en een lucht waarin ze elk moment meende te kunnen opgaan, om door de wind over de palmbosjes meegevoerd te worden, kwam haar lichamelijke bewustzijn weer terug. Ze voelde het bloed door haar ledematen stromen, voelde haar hart, dat met regelmaat tegen haar borst klopte, een opgewonden gekriebel in haar maagstreek als ze aan de man dacht die eigenlijk niet meer was dan een toevallige kennis. Deze avond, die eigenlijk heel vrijblijvend was afgelopen, had voor haar meer betekend dan het samenleven met Philipp de afgelopen maanden. En heimelijk verheugde ze zich erop Jonathan Singh weer te ontmoeten, ook al zei ze tegen zichzelf dat hij alleen maar hulpvaardig en vriendelijk was en dat ze hem waarschijnlijk nooit meer zou zien zodra ze haar queeste op dit eiland had vervuld.

Toen ze met die gedachten insliep, begon de ochtendschemering in de Galle Face. Toch werd ze al om tien uur wakker, toen helder morgenlicht op haar gezicht viel. De lucht was nog warmer geworden, het diepe gebrom van de hoorn van een tanker weergalmde door de haven en in de zonnestralen voor de ramen dansten glanzende stofdeeltjes. Glimlachend kwam Diana overeind en ze voelde meteen een steek van verwachting in haar buik. Zou hij al gemaild hebben?

Slechts met moeite kon ze zich ervan weerhouden meteen naar haar laptop te rennen en naar haar mail te kijken. Hij heeft me vast nog niet geschreven. Hij is tenslotte weer aan het werk.

Na een verfrissende douche en een gedegen ontbijt besloot Diana een stukje over de boulevard te gaan wandelen.

'Mrs Wagenbach?'

Toen Diana bleef staan en zich omdraaide, lachte de receptioniste haar vriendelijk toe. 'Excuseert u mij, er is zojuist een brief voor u afgegeven. Ik heb nog naar uw kamer gebeld, maar u was er helaas niet.'

Een brief voor mij? vroeg Diana zich verwonderd af. Zou Mr Green me geschreven hebben? Nee, zo snel kwam buitenlandse post beslist niet hier.

Ze liep naar de balie en de receptioniste overhandigde haar een grote envelop met het logo van het hotel erop die met een koord was dichtgemaakt. Daarin zat een kleinere, crèmekleurige envelop, waarop de beschikbare ruimte helemaal was volgeschreven. De rood-blauwe strepen van de luchtpost ontbraken echter.

Nadat ze had bedankt nam ze de brief mee naar boven, waar ze hem met bonzend hart op het bureau legde. In een zakelijk, maar toch elegant handschrift stond haar naam op het papier geschreven – verder niets.

Nadat ze met haar vingertoppen over het papier had gestreken, pakte ze de briefopener die op het bureau lag.

Min of meer gemakkelijk gaf het papier zich gewonnen, om Diana een blik te gunnen op een bundel A4'tjes. Zo te ruiken waren het kopieën, ze herkende de geur. Ervoor zat een eenvoudige kaart, beschreven in een handschrift dat zowel Engelse als Tamilinvloeden vertoonde.

Geachte Miss Wagenbach,

Hartelijk dank voor de plezierige avond. Die heeft me dermate geïnspireerd dat ik direct na thuiskomst op zoek ben gegaan naar een Nadi-reader. Nadat ik een kennis uit bed had gebeld en ik me had afgevraagd of ik misschien gek was, heb ik de tip gekregen dat er in het dorpje Ambalangoda een man woont die het Oudtamil beheerst. Zijn naam kon hij me niet geven, maar ik ben ervan overtuigd dat er in deze regio niet veel mensen zijn zoals hij.
Ik stel voor dat wij elkaar morgenochtend voor het hotel treffen – aangenomen dat u er niet op eigen houtje op uit wilt gaan. Stuurt u me in dat geval even een mailtje.
Bijgevoegd is een landkaart waarop ik het dorp al heb aangegeven. Als u dat wilt, kunnen we aansluitend naar Nuwara Eliya gaan, daar heb ik uw theeplantage weten te traceren. De gegevens vindt u in deze brief.
Ik hoop ten zeerste dat u mij verder aan dit avontuur wilt laten meedoen, Miss Holmes.

Uw toegewijde
Jonathan 'Watson' Singh

Pas nadat ze de kaart driemaal had gelezen, werd haar duidelijk dat Singh echt zo gek was geweest alleen voor haar te gaan nachtbraken. Ook al was ze uiterlijk rustig, haar hart bonkte alsof ze net een sprint had getrokken, en haar handen waren plotseling ijskoud. Dat veranderde niet toen ze de kopieën doorbladerde en de daartussen verstopte landkaart bekeek. Haar plan over de boulevard te gaan wandelen was ineens achterhaald, ze wist nu dat ze de hele dag bezig zou zijn de papieren te lezen en alle informatie op te nemen die erin stond.

Maar eerst moest ze Singh een antwoord sturen. Ze zette haar laptop aan en typte even later een mailtje.

Beste Mr Singh,

Ik had absoluut geen idee dat u een zwak voor Conan Doyle hebt. Maar wat dat betreft kan ik u geruststellen. Na dit uitermate indrukwekkende voorproefje van uw detectivewerk, waarvoor ik u zeer dankbaar ben, kan ik me geen betere begeleider voor de reis naar Ambalangoda voorstellen dan u. Ik hoop dat het u lukt u van uw verplichtingen te bevrijden om mij te begeleiden, want ik vrees dat ik zonder uw kennis van het Tamil niets kan beginnen.

Met hartelijke groeten,

Diana 'Holmes' Wagenbach

3

VANNATTUPPŪCCI, 1887

De kamer die Grace en Victoria voorlopig moesten delen tot er meer vertrekken waren opgeknapt, was zo volkomen oosters ingericht dat hij zich ook in een Arabisch of Turks huis had kunnen bevinden. De spitsbogen van de ramen waren met opengewerkte ornamenten gedecoreerd die aan een serail deden denken. Met borduurwerk overdekte vlammend oranje zijden gordijnen bolden op door de warme bries die door een halfopen venster naar binnen drong. Ergens klingelde een windgong. Verder was het vertrek eenvoudig ingericht en leek het ernaar te snakken tot leven gewekt te worden.

Op de okerkleurige vloertegels stonden een bureau, een met houtsnijwerk gedecoreerde kast en een ladekast, evenals twee bedden, waarvoor een smal kleed lag. In het midden van de ruimte stonden de koffers met de bezittingen van de twee zussen opgestapeld.

'Misschien had onze oom hier wel een harem!' riep Victoria uit nadat Miss Giles was weggegaan. Het idee dat haar scandaleuze oom zich kon hebben overgegeven aan veelwijverij deed haar ogen, waarop net een lichtstraal viel, schitteren als edelstenen.

'Ik denk niet dat oom Richard van geloof is veranderd,' wierp Grace tegen. 'Je moet moslim zijn om er een harem op na te mogen houden.'

'Hij kan zich toch bekeerd hebben,' opperde Victoria sensatiebelust. 'Ik heb vader horen zeggen dat hij zich net als een hindoe heeft laten verbranden. We zullen geen graf van hem vinden.'

'Ik denk niet dat hij van geloof is veranderd,' hield Grace vol. 'Misschien had zijn laatste wens praktische redenen, een lijk moet bij deze hitte vreselijk snel tot ontbinding overgaan.'

Op Victoria maakte dit geen indruk. 'Wie weet er eigenlijk iets van hem, onze mysterieuze oom! Zelfs jij hebt hem niet in levenden lijve meegemaakt, omdat hij zich na zijn vertrek uit Tremayne House nooit meer in Engeland heeft vertoond.'

Daarin had ze wel gelijk. Oom Richard was nauwelijks meer dan een portret dat in een van de verlaten gangen van Tremayne House hing. Een man met donker haar en aantrekkelijke grijze ogen, die de wereld in keek alsof hij door de hoge kraag van zijn overhemd gewurgd werd. Niemand had hem echt leren kennen; als je afging op wat hun vader over hem had verteld, zelfs hij en grootvader niet. Zijn vijfentwintig jaar geleden genomen besluit om op Ceylon zijn geluk te gaan beproeven had iedereen geschokt en hen ertoe gebracht zo weinig mogelijk over hem te praten, om niet ook andere Tremaynes ertoe aan te zetten tegen de wil van de vader de wijde wereld in te trekken.

Impulsief sprong Victoria op, stak haar armen omhoog en wervelde rond. 'Zou het niet opwindend zijn om in een harem te leven?'

'Eerder saai,' antwoordde Grace terwijl ze de neiging kreeg mee te gaan dansen. Victoria kon in zulke dingen behoorlijk aanstekelijk zijn. Maar kon ze dat wel doen? Ze was toch al achttien en gold als een volwassene. 'Je ligt de hele dag op zijden kussens, luistert naar allerlei verhalen zonder de mogelijkheid zelf iets te beleven en hebt als enig gezelschap zwaarlijvige eunuchen in krappe lendendoeken die je de hele dag met hoge stem naar je wensen vragen. Nog afgezien van de intriges van de andere vrouwen.' Verschrikt constateerde ze dat haar beeld van het leven in een harem heel goed aan een van Victoria's stuiversromannetjes ontleend kon zijn.

'Maar dan was mijn echtgenoot een rijke sultan die me met geschenken zou overladen, want ik zou zijn lievelingsvrouw zijn!' Victoria bleef maar rondcirkelen. In plaats van duizelig te worden leek ze steeds meer plezier te krijgen in haar gedans.

'Waarom wil je dat eigenlijk weten?' vroeg Grace terwijl ze plotseling opsprong.

'Ik kijk elke ochtend in de spiegel, die zegt me dat ik mooi genoeg ben om de lievelingsvrouw van een sjeik te zijn.'

'Vind je niet dat je een beetje ijdel bent?'

'Ja zeker, maar dat zijn anderen toch ook? Kom, doe mee, Grace, het is net alsof je vliegt.'

Grace aarzelde maar even. Ze mocht dan volwassen zijn, in het gezelschap van haar zusje vielen alle remmingen weg en leek ze zelf nog altijd veertien. Nu begon ook zij om haar as te draaien. Steeds sneller en sneller, terwijl haar gelach zich vermengde met dat van haar zusje. Het geduizel in haar hoofd was heerlijk en gaf haar na een tijdje echt het gevoel dat ze vloog.

'Dames!'

Bij het horen van de berispende stem van Miss Giles hielden ze abrupt op. Ze speelden het nog klaar elkaar in de armen te vallen voor ze allebei op de grond tuimelden.

Hun gouvernante schudde misprijzend het hoofd. 'U hebt toch echt wel wat beters te doen dan u zo kinderachtig te gedragen! Uw moeder vraagt of u klaar bent voor de thee.'

Hijgend en nog altijd giechelend kwamen de zussen overeind.

'Maar natuurlijk, Miss Giles,' antwoordde Grace, die zich voor het eerst in lange tijd weer zorgeloos had gevoeld. 'Wilt u zo goed zijn in onze koffer twee japonnen uit te zoeken? U weet toch dat moeder het niet op prijs stelt als we in reiskleding aan de thee verschijnen.'

Hoofdschuddend liep de gouvernante naar de kastkoffer en begon erin te rommelen.

De hele nacht werd Grace uit haar slaap gehouden door eigenaardige geluiden die door de ramen binnendrongen. Vanwege de hitte hadden ze de vensters niet dichtgedaan, zodat de nachtlucht tenminste nog wat verkoeling bracht. Dus hoorde ze het gezang van de nachtvogels, evenals het gekrijs van de apen in de verte en het ruisen van de bomen en het gras. Toen ze genoeg kreeg van het woelen ging ze op haar rug liggen en staarde met wijd open ogen naar de gordijnen, die er in het maanlicht vreemd bleek uitzagen. Nog steeds bolden ze zachtjes op in de wind, als de vergeten sluiers van een feeënkoningin. Af en toe schitterde er iets in het borduursel – zoals Grace al had ontdekt, zat er ook gouddraad doorheen. Toen ze dat tegen Victoria had gezegd, merkte haar zusje op: 'Waarschijnlijk heeft alleen de koningin ook zulke gordijnen.'

Ineens voelde Grace een drang om uit bed te stappen en uit het raam te kijken. Misschien liepen er 's nachts wel allerlei vreemdsoortige dieren rond in de tuin. Of waren er slangen. Op weg hierheen hadden ze er geen gezien, maar wel eerder in de stad, in de korf van een jonge slangenbezweerder. Grace huiverde toen ze weer voor zich zag hoe de jongen de cobra, die woedend naar hem siste, had gekalmeerd en had laten dansen. Was het misschien goed om hier altijd een fluit bij je te hebben, voor het geval dat je door een cobra werd bedreigd?

Toen ze bij het raam kwam, trok ze een van de kisten op de vloer naar zich toe en ging erop zitten. Dankzij de lage vensterbanken had ze ook zittend zicht op een groot deel van de tuin.

Hoewel niemand haar kon zien, trok Grace zedig haar nachtjapon over haar licht gebogen benen en verloor zich in de aanblik van de maan, die als een reusachtige bol boven de bomen hing.

In Engeland zag de maan er nooit zo uit. Meestal werd die door een nevelrand omgeven, die van nieuwe regen getuigde. Maar hier glansde ze zo diepgeel als een Hollandse kaas en de hemel leek ook 's nachts zijn violette ondertoon niet te verliezen.

Plotseling flitste er boven de bomen langs iets donkers voorbij. Eerst dacht Grace dat het een vogel was, maar daarvoor waren de bewegingen veel te druk.

Toen schoot het haar te binnen: dat moest een vleermuis zijn! Ook op Tremayne House vlogen er in de avondschemering vleermuizen rond, maar die waren niet half zo groot. Ineens voelde ze de aangename rillingen over haar rug lopen die ze anders alleen bij het lezen van griezelverhalen kreeg. Waren die grote vleermuizen misschien bloedzuigende vampiers? Of zelfs vliegende honden, die in India in hele kolonies aan de bomen hingen?

Grace nam zich voor het er morgen met Victoria over te hebben. Die zou zeker enthousiast zijn en, zeer tot schrik van hun moeder, beslist een vliegende hond willen vangen.

Toen ze haar blik weer naar beneden richtte, zag ze tussen de donkere hagen iets wits oplichten.

Eerst dacht ze dat het zinsbegoocheling was, maar toen merkte ze dat het bewoog. Victoria zou nu vast hebben beweerd dat ze een geest zag, maar Grace' verstand constateerde dat het om een menselijke gedaante ging, die in een witte pofbroek gekleed was.

Toen het schijnsel van de maan op de gestalte viel, sperde Grace haar ogen open. Het was een man, een man met ontbloot bovenlijf! Onwillekeurig hield ze haar adem in. Nog nooit had ze een man zo gezien. Hoewel het bloed haar naar de wangen steeg en de vermanende stem van Miss Giles in haar hoofd weergalmde, kon ze haar blik gewoon niet afwenden.

De man, die zich onbespied waande, droeg een langwerpige, met stof omwikkelde bundel onder zijn arm. Blijkbaar was hij op de terugweg van waar hij dan ook was geweest.

Toen Grace langzaam weer uitademde, viel er een straaltje licht op zijn gezicht. De donkere snor en baard staken duidelijk af tegen zijn huid, die te licht voor een Tamil en te donker voor een Engelsman was. Het was onmiskenbaar de jonge Mr Vikrama!

Na het korte moment van herkenning slokte de schaduw zijn gestalte weer op, maar Grace bleef daarna nog als door de bliksem getroffen en met koortsachtig gloeiende wangen naar de plek kijken waar ze hem had gezien.

Waar was hij geweest? En waarom droeg hij die kleding, die aan plaatjes uit de Oriënt deed denken? Waarom had hij geen schoenen en geen overhemd aan? En wat had hij bij zich?

Toen ze het gevoel kreeg dat hij omhoog wilde kijken, verschool ze zich vlug achter een gordijn. Daarbij ging haar hart als een razende in haar borst tekeer en leek ze ineens luid hoorbaar adem te halen. Tevergeefs luisterde ze of ze voetstappen kon horen. Zelfs als haar lichaam niet zo heftig had gereageerd, had ze waarschijnlijk niets kunnen horen, want het gras dempte het geluid van de blote voeten.

Toen ze weer achter het gordijn vandaan durfde te komen, was Vikrama verdwenen.

Opeens werd Grace door onrust overvallen. De drang om door het huis te lopen en te kijken of hij in deze toestand ook over het erf liep werd zo sterk dat ze direct opsprong en op haar tenen de kamer uit sloop.

In het hele huis was het stil, op een licht geruis na, dat van de wind kwam die door de vele open ramen en onder deuren door naar binnen blies. Grace rende de gang door, langs de kamer van Miss Giles, die zachtjes lag te snurken, en kwam ten slotte bij de trap. Gespannen liet ze haar blik over het erf gaan. Was daar iets wits te zien?

Nee, ze zag alleen de maanverlichte fontein. Daarachter verrees donker de paardenstal, en nog verder weg het kantoor. Was Vikrama al weg? Had hij misschien een andere route genomen?

Even bleef Grace roerloos voor de vensters van de hal staan. Haar hart bonsde nog steeds van opwinding. Haar vader had een werknemer die 's nachts vreemde dingen deed. Moest ze hem daarop attent maken?

Nee, beter van niet, besloot ze. Niet voordat ik weet wat het allemaal betekent.

Toen ze zich omdraaide, viel haar blik op de twee dansende goden. Pas nu zag ze dat ze allebei een kort zwaard of een mes in hun rechterhand hielden, terwijl in de linker- bloesems lagen. Hun broeken leken op de pofbroek van Vikrama, en ineens schoot haar weer te binnen wat Mr Cahill had gezegd. Was Vikrama een aanhanger van dat zogeheten hindoeïsme en had zijn nachtelijke activiteit daarmee te maken? Of had hij soms iets gedaan wat verboden was? Waarom was hij anders zo vlug verdwenen?

Ze voelde een onweerstaanbare drang om het uit te zoeken. Misschien moest ik er maar eens mee beginnen Vikrama overdag een beetje te observeren, bedacht ze. Met dit voornemen sloop ze weer naar haar kamer en kroop, na een korte blik door het raam, waarbij ze echter geen nachtelijke wandelaar meer zag, weer in bed.

Nadat het op een gegeven moment toch gelukt was de slaap te vatten, werd Grace al bij het ochtendgloren gewekt door het gekrijs van de papegaaien. Omdat ze niet wilde blijven liggen, sloop ze naar de waskom en deed haar nachtjapon uit. Het water was in de loop van de nacht aangenaam lauw geworden. Toen ze haar handen erin doopte, vloog er een vlinder over de rand van de kom en streek erop neer alsof er op de hele wereld geen betere plaats te vinden was. Grace verroerde zich niet, uit angst dat ze hem per ongeluk nat zou maken. Mr Norris beweerde altijd dat daardoor de vleugels beschadigd raakten, reden waarom vlinders ze altijd dichtklapten wanneer het begon te regenen.

Het diertje leek echter helemaal niet bang te zijn voor het water. Nu en dan sloeg het met zijn blauw-met-zwarte vleugels. Een fraai exemplaar waarvan iedere entomoloog zou hebben genoten – ook Victoria. Maar Grace kon het niet over haar hart verkrijgen haar te wekken en de vlinder daarmee een wisse dood te bezorgen. Terwijl het water over haar onderarmen stroomde, observeerde ze de vlinder tot het beestje besloot weer weg te fladderen. Gefascineerd keek Grace het na, in de ban van een vreemde betovering die ze in dit oord niet had verwacht.

Nadat ze haar ochtendtoilet had afgehandeld, ging ze weer bij het raam zitten en keek naar de nevel die de theeplantage als een donslaag bedekte. Het ochtendlicht verleende er een zachte blauwtint aan die in Engeland volkomen onvoorstelbaar zou zijn. Geen bal in Londen, niet de prachtigste robe kon haar het gevoel bezorgen dat haar bij die aanblik vervulde. Ze voelde zich vredig, kalm, bijna geborgen zelfs, gevoelens die ze in haar ouderlijk huis maar zelden had ervaren en waarvan ze had gedacht dat ze niet belangrijk waren.

Pas toen de nevel langzamerhand voor het zonlicht week en Victoria zich begon te verroeren, ging Grace weg bij het raam, vastbesloten voortaan niet meer te treuren om de verloren luister, maar hier te zoeken naar nieuwe glans, en het heerlijke gevoel van de ochtenduren te beleven.

'Vandaag sluipen we na het ontbijt door de tuin naar de ramen van papa's werkkamer!' stelde Grace een nog behoorlijk slaperig kijkende Victoria voor terwijl ze haar zusjes haar borstelde.

'Wat hebben we daar dan aan?' vroeg Victoria mismoedig. 'Ik zou liever papegaaien gaan vangen.'

'Maar daar heb je een net voor nodig.'

'Er is hier vast wel iemand die er een voor me kan maken,' zei Victoria volhardend terwijl ze in haar ogen wreef.

'Zelfs als je een net hebt, weet je nog niet waar je de mooiste exemplaren kunt vinden.'

'Het is voor mij al genoeg als ik zo'n prachtige blauwe te pakken kan krijgen.'

Grace keek haar in de spiegel onderzoekend aan, trok toen een wenkbrauw op zoals vader wel eens deed als hij ergens aan twijfelde. 'Echt? Maar hoe wil je erachter komen of er niet nog andere papegaaien zijn? Misschien paarse?'

'Ik hou niet van paars,' dreinde Victoria. 'Anders had ik in plaats daarvan ook wel die amethist in Chatham Street kunnen kopen.' Ze wees naar de vermeende saffier, die ze voor het gouden lijstje met de foto van haar gestorven hond Oscar had gelegd.

'Maar je houdt van rood en oranje,' wierp Grace tegen toen ze bijna klaar was met de vlecht. 'En misschien ontdek je er wel een met alle kleuren van de regenboog.'

'Denk je dat die bestaan?' Victoria's ogen schitterden van opwinding.

'Zeker wel!' En die zou in de volière beslist heel mooi passen bij je blauwe papegaai.'

'Volière? Maar worden papegaaien dan niet in kooien gehouden?'

'Ja, maar in een volière kun je veel meer papegaaien houden. En dan glippen ze niet tussen de tralies door.' Opeens schoot Grace nog iets anders te binnen. Ze was het bijna vergeten. 'Bovendien zijn er hier vast vliegende honden. Mr Norris heeft daar toch al over verteld?'

Victoria's ogen lichtten op.

'Vliegende honden! Natuurlijk heeft hij daarover verteld. Allang! Ze wonen in bomen en laten zich op hun nietsvermoedende slachtoffers vallen.'

'Denk je niet dat ze overdag slapen?'

'Natuurlijk wel, maar 's nachts storten ze zich op hun slachtoffers.' De theatrale gebaren waarmee Victoria haar woorden kracht bij zette, maakten Grace bijna aan het lachen.

'Goed, we gaan straks wandelen. En dan kun je aan papa's raam luisteren.'

'Dank je, zusjelief, daar zul je geen spijt van krijgen!'

Tevreden glimlachend vlocht Grace verder aan de vlecht in haar zusjes nek. Ze had eigenlijk wel zonder Victoria's gezelschap gekund, maar ze had haar nodig als alibi. Als iemand hen opmerkte, kon ze net doen alsof ze met Victoria de tuin in was gegaan en toevallig daar terecht was gekomen waar haar vader met de jongeman rondliep.

Ze voelde een vreemd gekriebel in haar buik toen ze weer dacht aan wat ze had gezien. Sinds ze wakker was geworden had ze zich de scène telkens weer voor de geest gehaald en zich daarbij steeds meer details herinnerd. De welving van zijn spieren, zijn stevige kuiten, zijn wild wapperende zwarte haar...

'Waarom word je ineens rood?' rukte Victoria haar uit haar gedachten. 'Denk je soms aan onbehoorlijke dingen?'

Soms vond Grace het bijna griezelig hoe goed haar zusje haar kende en haar mimiek wist te interpreteren.

'Nee, natuurlijk niet,' zei ze afwerend en ze sloeg haar ogen neer, zodat Victoria niet kon vragen of er een man in het spel was. 'En nu stilzitten, ik wil je vlecht vaststeken.'

Het ontbijt werd naar familietraditie genuttigd in de eetzaal, waar de meisjes de avond tevoren al waren geweest. Alleen bij ziekte of na een lang avondprogramma brachten de dienstmeisjes het ontbijt op hun kamer. Henry Tremayne hechtte er bijzonder aan de ochtend in familiekring door te brengen, omdat hij meestal pas laat klaar was met zijn werk en allerlei verplichtingen en in het beste geval bij de avondmaaltijd aanwezig kon zijn.

In tegenstelling tot de vorige dag, toen de ruimte er nog tamelijk onpersoonlijk uit had gezien, was de tafel nu gedecoreerd met bloemstukken in wit en oranje. Het servies stond glanzend opgewreven klaar.

'Blijkbaar is mama begonnen met inrichten,' merkte Victoria vrolijk op.

'En heeft ze Mr Wilkes geïnstrueerd de dienstmeisjes aan het werk te zetten,' voegde Grace eraan toe. Alsof hij zijn naam al van verre had horen noemen, verscheen de butler plotseling achter hen.

'Goedemorgen, Miss Grace, Miss Victoria. U bent behoorlijk vroeg. Ik hoop dat u een goede nacht hebt gehad.'

'Het was een beetje onrustig,' antwoordde Grace terwijl ze zich naar haar plaats begaf. Mr Wilkes ging achter haar staan en trok de hoge leunstoel naar achteren zodat ze kon gaan zitten. 'Maar dat is geen wonder bij deze temperaturen, nietwaar?'

'U hebt volkomen gelijk,' bevestigde Wilkes, en toen draaide hij zich om naar Victoria, om ook haar bij het plaatsnemen behulpzaam te zijn.

'En hoe was úw nacht, Mr Wilkes,' vroeg haar zusje schijnbaar argeloos. Grace wist echter maar al te goed dat ze het leuk vond de onberispelijke butler van zijn stuk te brengen. Gewoonlijk toonde de familie geen belangstelling voor het persoonlijke wel en wee van de bedienden.

'Uitstekend, Miss Victoria,' antwoordde hij na een korte stilte, toen richtte hij zich weer tot Grace. 'Kan ik u alvast iets laten brengen?'

'Chocolademelk zou geen slecht idee zijn, wat denk jij, Victoria? Dan glijden de pap en het geroosterde brood veel beter naar binnen.'

Victoria klapte in haar handen. 'O ja, chocolademelk zou heerlijk zijn, Mr Wilkes.'

Zichtbaar blij dat hij zich geen persoonlijke vragen meer hoefde te laten welgevallen, verliet de butler de eetzaal.

Even later zette Henry Tremayne zich met een bedrijvige uitdrukking op zijn gezicht aan de ontbijttafel. Claudia wekte een vermoeide indruk. Terwijl Victoria haar chocolademelk oplepelde en Grace in gedachten voor zich uit staarde, klaagde zij zuchtend over de warmte in haar slaapkamer en de dikke lucht die je leek te kunnen snijden. Waarschijnlijk zou ze in de loop van de dag migraine krijgen als het zo doorging.

Het ontbijt, dat door de inlandse kokkin was bereid, bestond uit veel exotisch fruit, koekachtig gebak en yoghurt.

Tevergeefs zochten Grace en Victoria naar pap op tafel. Dat overkwam ook Henry, die een krant doorbladerde die Wilkes hem de vorige avond had bezorgd.

'Vreemde gewoonten heeft Richard hier ingesteld. We zullen de kokkin laten weten dat ze van nu af aan meer rekening moet houden met onze ontbijttraditie.'

'Maar ik vind die mango's helemaal zo slecht nog niet,' merkte Victoria smakkend op, wat haar op een misprijzende blik van haar moeder kwam te staan.

'Het kan dan wel een passende maaltijd zijn voor de mensen hier, maar wij zullen onze maag nog bederven met dat rare spul. Wie weet wat voor vruchten dat zijn.'

Grace keek naar Victoria, die haar ogen ten hemel sloeg en zei: 'Maar, mama, probeer het toch eens, ze zijn heerlijk zoet! Bovendien zullen de bedienden er niet op uit zijn hun werkgevers om het leven te brengen, toch?'

Claudia snoof, alsof ze het tegendeel wilde beweren, maar toen liet ze zich ertoe verleiden wat van de vreemde koek te eten.

Na het ontbijt zonderden Grace en Victoria zich af voor Miss Giles hen kon snappen – die droomde waarschijnlijk alweer van Mr Norris. Omdat hun vader nog niet in zijn werkkamer was en het nog even zou duren voor hij zou worden rondgeleid, verdwenen de zussen in een nog onbekende zijgang van het huis.

'Denk je dat ze ons hier niet vindt?' fluisterde Victoria terwijl ze telkens weer over haar schouder keek, alsof ze vluchtende spionnen waren.

'Vast niet. Dit deel van het huis hebben we nog niet bekeken, en je weet hoe bangelijk ze is.'

'Ja, maar ik dacht dat ze alleen maar zo doet om ervoor te zorgen dat Mr Norris haar zijn sterke arm biedt.'

'Geloof me, hier zal ze ons niet vinden.'

En Mr Vikrama zal pas over een half uur naar papa toe komen, dacht ze bij zichzelf.

Terwijl ze vooropliep moest Grace bekennen dat ze het wel een beetje griezelig vond. De kamers waarin ze hun intrek hadden genomen waren allemaal pas opgeknapt en zagen er fris uit, maar er waren nog heel wat andere die er nog net zo uitzagen als op de dag dat hun onbekende oom Richard zijn dodelijke val had gemaakt.

'Misschien komen we hier de geest van onze oom wel tegen,' verwoordde Victoria fluisterend precies wat zij voelde.

'Onzin, geesten bestaan niet!' wierp Grace tegen, maar het ruisen van de wind klonk hier toch een beetje anders.

Nadat ze twee deuren gepasseerd waren zonder ze open te maken, kreeg hun nieuwsgierigheid de overhand.

Voorzichtig duwden ze een hoge openslaande deur open die met donker houtsnijwerk gedecoreerd was. Voor hun verbaasde ogen doemde een soort herenkamer op. De stoelen en de bank onder de ramen waren bedekt met lakens, evenals de twee grote vitrines en het bureau. Ook stonden er nog een biljarttafel, een piano en een grote wereldbol, het enige voorwerp dat niet afgedekt was, alsof zijn diensten zo nu en dan nog nodig zouden zijn.

'Vind je het niet vreemd dat hier nooit een vrouw des huizes is geweest?' vroeg Victoria terwijl ze haar hand over de piano liet glijden, waar het overtrek al een beetje van af was gegleden. 'Of weet jij of oom Richard ooit getrouwd is?'

'Gisteren wilde je hem nog een harem toedichten,' antwoordde Grace spottend.

'Dat was maar een grapje. Ook al was hij het zwarte schaap van de familie, zo diep zal hij wel niet gezonken zijn, toch?'

Grace schudde haar hoofd terwijl ze de kostbare oude globe bekeek. Die was behoorlijk verouderd, want Ceylon stond er nog als

Nederlandse kolonie op aangeduid. 'Waarschijnlijk heeft hij nooit een vrouw gevonden die hem beviel. Je kent papa's verhalen toch. Zijn broer was altijd al heel eigenzinnig.'

'Of hij had een geliefde die niet bij zijn stand paste.'

Grace richtte zich met een ruk op. 'Daar zou je eigenlijk nog helemaal niets over moeten weten.'

'Waarom niet? Veel mannen worden verliefd op een vrouw beneden hun stand.'

'Maar niet oom Richard. Die dacht alleen maar aan werken en had niet eens tijd voor zijn familie.'

'Hij schijnt anders niet afkerig geweest te zijn van plezier maken,' meende Victoria vroegwijs en ze wees op het enorme tafelachtige meubelstuk dat onder het overtrek op een grote sarcofaag leek. 'Waarom zou hij zich anders een biljarttafel hebben veroorloofd?'

Voor Grace haar tegen kon houden was Victoria al bezig de overtrek eraf te halen. Zo'n tafel was er in Tremayne House niet te vinden, omdat de oude Mr Tremayne van mening was dat zulke pleziertjes alleen in pubs en bordelen thuishoorden. Dat er op zijn herensociëteit ook biljart werd gespeeld, zag hij daarbij bewust over het hoofd. Met een kreet van verwondering liet Victoria haar hand over de groene bekleding glijden. Talloze sporen wezen op veelvuldig gebruik. Maar de zware ivoren ballen en de keus waren nergens te bekennen.

'Misschien moeten we een potje spelen en ons heel goddeloos gaan voelen,' stelde Victoria voor.

'En waarmee wil je dan spelen?' Grace wees naar de lege tafel.

'De ballen liggen vast in een van de kasten. Ik zal eens kijken.'

'Victoria!' riep Grace haar vermanend na, maar Victoria begon meteen de ene kastdeur na de andere te openen. Omdat haar zusje toch niet tegen te houden was zonder de gezamenlijke wandeling op het spel te zetten, liet Grace haar maar begaan en liep ze naar een kleine ladekast naast het raam. Daar zouden wel geen biljartballen in zitten. Eigenlijk leek het kastje daar niet op zijn plaats. Alsof het uit een ander vertrek was gehaald en hier was neergezet. Ook het feit dat het niet was afgedekt leek daarop te wijzen.

Vanuit haar ooghoeken nam Grace een beweging waar en ze keerde zich naar de ramen. De rug van Mr Vikrama glipte langs. Het onderzoeken van het ladekastje moest wachten.

'Nu moeten we gaan,' zei ze terwijl de hitte door haar aderen opsteeg en een vreemde opwinding zich van haar meester maakte.

'Maar waarom dan?' Victoria rekte de woorden lang uit als een kind dat geen zin heeft uit de speelkamer weg te gaan.

'Omdat papa's bezoek er is. Die jongeman van gisteren, de beheerder.'

'Dus vanwege hem wil je door het raam gluren?'

Grace hapte betrapt naar adem, maar gelukkig vielen haar ook de andere argumenten in die ze 's nachts steeds weer had nagelopen.

'Vanwege hem en wat hij te vertellen heeft. Heb je dan niet gehoord dat hij papa heeft aangeboden hem wat te leren over het verbouwen van thee? Ik vind dat we dat ook moeten horen, want we zullen hier nog wel een tijdje blijven.'

Victoria grijnsde breed en zonder iets te zeggen naar haar toen ze de kamer verlieten en vervolgens besloten toch door de voordeur te gaan.

'Wat is er?' vroeg Grace, die de glimlach van haar zusje als spelden in haar huid voelde prikken.

'Niets,' antwoordde Victoria onschuldig.

'Dan ben je zeker ineens achterlijk geworden. Zat er soms iets in de kast wat je heeft laten schrikken?'

Victoria giechelde zachtjes en sloeg toen haar hand voor haar mond. 'Nee, maak je maar geen zorgen zusjelief, ik ben nog heel goed bij mijn verstand. Ik herinner me alleen je zuurpruimgezicht tijdens de overtocht en in het hotel. En nu stralen je ogen als je het over het verbouwen van thee hebt. Ik wist wel dat je iets zou ontdekken wat je leuk vindt aan je nieuwe vaderland.'

Grace wist zich met moeite te beheersen. 'Ik heb nooit beweerd dat dit land me niet bevalt!' Ze rechtte haar rug en stak haar kin omhoog. 'Ik vind het alleen naar dat ik niet op het bal voor de koningin kan debuteren.'

'Maak je geen zorgen!' Victoria's ogen begonnen schalks te schitteren. 'Ik weet zeker dat papa ook zo wel een rijke man voor je zal vinden. Of je trouwt gewoon met die Mr Vikrama, wiens voornaam voor iedereen een raadsel is.'

'Jij weer!' Grace had haar het liefst een stevig dreigement toegeslingerd, maar toen hoorden ze het geklikklak van een paar hakken dat ze maar al te goed kenden.

'Miss Giles!' fluisterde Grace, en het vooruitzicht de hele dag hun koffers te moeten uitpakken en hun garderobe te controleren maakte haar meteen weer tot Victoria's bondgenoot. 'Kom, laten we naar de tuin verdwijnen voor ze ons ziet.'

4

TREMAYNE HOUSE, 2008

Waarde Mr Green,

Op dit moment sta ik op het punt naar Nuwara Eliya te vertrekken en ik wil u alleen meedelen dat ik denk dat ik op het juiste spoor zit. Mr Jonathan Singh, een heel aardige wetenschapper en schrijver, heeft zich bereid verklaard mij naar een dorpje te begeleiden waar een Nadi-reader schijnt te wonen, die misschien in staat is het gevonden palmblad te ontcijferen. U begrijpt dat ik sta te popelen van ongeduld! Bovendien hebben we ontdekt dat de plantage die van mijn voorouders is geweest, nog altijd bestaat. Natuurlijk zijn er andere eigenaren, een staatsonderneming waarvan de medewerkers aan de telefoon heel vriendelijk waren en me hebben toegezegd dat ik hun oude archieven mag bekijken. Misschien vind ik daar verdere aanwijzingen over Grace en de anderen. Ik heb weliswaar nog altijd geen idee wat het grote geheim inhoudt, maar het verblijf hier en het onderzoekswerk doen mijn hart goed. Ik zou willen dat tante Emmely dit allemaal kon zien.
Ik hoop dat het goed met u gaat en verblijf met hartelijke groeten,

Uw Diana Wagenbach

Diep inademend leunde de butler achterover in de bureaustoel. Het geheim was nog niet ontdekt, maar Miss Diana was goed op weg. Het ontcijferen van het palmblad en het verblijf op de plantage zouden de waarheid vast aan het licht brengen.

Nadat hij het bericht nog eens vlug had doorgelezen, liep hij naar de keuken, zette de ketel op het fornuis en begaf zich naar de werkkamer van de vroegere heer des huizes in het souterrain.

Daar lag naast de onderlegger een bruine envelop. De laatste aanwijzing. Die moest hij goed doseren, omdat er mogelijk eerder verwarring door zou kunnen ontstaan dan duidelijkheid. Voorzichtig haalde hij de foto tevoorschijn en bekeek hem, zoals hij zo vaak had gedaan sinds Miss Diana was vertrokken. Hem zei de afbeelding verder niets, maar ook hij moest toegeven dat er iets heel eigenaardigs mee was.

Gelukkig bestonden er tegenwoordig moderne methodes om informatie over te brengen. Green bracht de foto zo voorzichtig als een dienblad naar de printer, die tegelijk als scanner diende, en legde de foto op de glasplaat.

De laatste aanwijzing, schoot het door hem heen, toen de lichtstraal de foto afzocht, om die even later op het beeldscherm van de computer te laten verschijnen. Zou Miss Diana het raadsel van het verleden kunnen oplossen? En wat zou dat voor haar betekenen?

Nog nooit had de oplossing van een groot geheim iemand onberoerd gelaten...

COLOMBO, 2008

De wat al te voorzichtige oude man stuurde zijn minibusje doelgericht maar tamelijk langzaam over de rode strandweg, die Diana een beetje deed denken aan de straten in Australië. Links en rechts van hen woekerden palmen en bamboestengels, die hier en daar zo dicht op elkaar stonden dat ze de weg flink overschaduwden. Wat ongeduldig keek ze naar Singh, die zich niet leek te storen aan het langzame tempo en het getoeter bij elke tegenligger. Doodgemoedereerd zat hij zijn krant te lezen, die hij bij hun ontmoeting al bij zich had gehad. Ook toen ze bijna op een tuktuk botsten, die pijlsnel uit een zijstraat kwam aanzetten, werd hij niet van de nieuwsberichten afgeleid.

'Misschien hadden we een andere chauffeur moeten inhuren,' fluisterde Diana tegen hem toen ze van de schrik bekomen was.

Singh liet zijn krant zakken en vouwde hem dicht. Om zijn lippen speelde een glimlachje, zijn ogen schitterden. 'Iedere autochtoon zou u aanraden een oudere chauffeur te nemen. De jongere rijden wat... pittiger.'

'Om niet te zeggen dat ze halsbrekende toeren uithalen? Zoals die vent daarnet! Die had net zo goed in Colombo kunnen rondrijden.'

'Hier buiten rijden ze meestal nog gevaarlijker, omdat ze denken de ruimte te hebben. De autochtonen noemen het veelbetekenend *Colombo-driving*. U kunt zich wel indenken waarom.'

'O ja, al sinds ik hier ben.' Diana greep het nylon handvat boven haar hoofd vast, dat diende om te voorkomen dat passagiers bij scherpe bochten tegen de deur aan werden geslingerd.

'Ik kan u vertellen dat we blij mogen zijn met Mr Gilshan.'

'Maar het zal donker zijn tegen de tijd dat we in het dorp aankomen.'

'En wat dan nog?'

'Wat dan nog?' zei Diana verbaasd. 'U moet toch zeker weer terug naar Colombo?'

'Ja, maar niet vandaag en niet morgen. U wilt toch aansluitend de theeplantage bezoeken, nietwaar?'

'Ja, maar...'

'Ik heb mezelf een weekje vakantie gegund,' onderbrak Singh haar. 'Als zelfstandig ondernemer kan ik dat doen.'

Diana kon geen woord uitbrengen. Verrast zette ze grote ogen op.

'Schikt dat u? Ik dacht dat u ook in Nuwara Eliya wel wat hulp zou kunnen gebruiken.'

'Maar uw boek! Uw uitgever... Bovendien ben ik voor u een wildvreemde!'

Singh schudde lachend zijn hoofd. 'Nee, dat bent u niet meer. U hebt me toch uw familiegeschiedenis verteld, weet u nog? En ik heb Michael beloofd u te helpen.'

'Dat weet ik.'

'Als historicus vind ik het heel opwindend met u op onderzoek uit te gaan. Vooropgesteld dat u me daar bij wilt hebben.'

Diana sloeg verlegen haar blik neer. 'Maar ik weet niet hoe ik dat allemaal moet goedmaken. U offert zomaar uw vrije tijd voor me op, die u eigenlijk met vrouw en kinderen zou moeten doorbrengen.'

'Ik ben niet getrouwd,' antwoordde hij ernstig. 'Niet meer.'

'Wat is er dan gebeurd?' flapte Diana eruit voor ze besefte dat het haar niet aanging. 'Excuses, ik wilde niet onbeleefd zijn.'

'Geen probleem,' antwoordde Singh, maar de donkere schaduw op zijn gezicht verdween niet. 'We leefden langs elkaar heen, zoals ze het zo mooi zeggen. Natuurlijk lijkt dat bij een huwelijk van vijf jaar wat vreemd, maar het was gewoon zo. Zij wilde carrière maken bij een computerbedrijf, ik wilde van de gelegenheid gebruikmaken om eindelijk mijn passie te volgen en het land van mijn voorvaderen beter te leren kennen. Dat bleek niet te verenigen, dus zijn we uit elkaar gegaan.'

'En hebt u kinderen?'

'Een dochter. Ze woont bij haar moeder in Delhi.'

'Ziet u haar nu en dan?'

'Ja, op feestdagen vlieg ik naar Delhi en zoek ik haar op. En ook in de vakanties. Maar maakt u zich wat dat betreft geen zorgen, ik houd nog genoeg tijd over voor Rani.' Nu lichtte zijn gezicht weer wat op. 'En hoe vaak krijgt iemand de gelegenheid met een Duits-Engelse op ontdekkingsreis te gaan? U bent een van de interessantste mensen die ik de afgelopen maanden heb ontmoet. En dat wil wat zeggen, want in mijn tijd bij het museum heb ik af en toe zelfs met presidenten te maken gehad.'

Diana glimlachte bij zichzelf. Dat Singh ook met haar mee wilde gaan naar de theeplantage, had ze stiekem gehoopt, maar ze had er beslist niet op gerekend.

Op zeker moment was de rit naar Ambalangoda, die van verdere bijna-aanrijdingen verstoken bleef, ten einde en zette de chauffeur hen af aan de rand van een conglomeratie van vissershutten en palmen.

Blij weer vaste grond onder haar voeten te hebben keek Diana om zich heen. Ergens dreunde muziek, waarbij zich luide stemmen voegden.

'Waarschijnlijk is er hier een feest aan de gang,' verklaarde Singh nadat hij even had geluisterd. 'Ik ben ervan overtuigd dat een groot deel van het dorp daar is.'

'Dan komt het zeker niet erg goed uit dat we hier nu zijn?'

'Integendeel, het feest bespaart ons lang zoeken, want iedereen is daar aanwezig. Misschien ook onze Nadi-reader. En mocht hij toch besloten hebben thuis te blijven, dan kunnen we in elk geval navraag doen.'

Na een wandeling langs schijnbaar lege huizen kwamen ze bij de bron van de muziek en het gelach.

Een menigte met vrouwen in knalbonte sarongs en sari's en mannen in traditionele gewaden had zich voor een versierd huis verzameld. Een glanzende limousine, die niet helemaal in het plaatje paste, stond niet ver van het huis te wachten.

'We hebben geluk!' riep Singh. 'Het is een bruiloft. Het bruidspaar zal vast zo aan de *poruwa*-ceremonie beginnen.'

Hij liep bij Diana weg en stapte onbevangen op de gasten af. Die leken zich er bepaald niet aan te storen dat hij zo plotseling kwam opduiken. Ze praatten onbekommerd met hem, terwijl ze af en toe omkeken naar Diana, die zich verlegen een beetje afzijdig hield.

Breed glimlachend kwam Singh weer bij haar terug. 'Ze hebben ons uitgenodigd voor de plechtigheid en het feest na afloop. Ik denk dat we maar een tijdje moeten blijven.'

'En de Nadi-reader?'

'Wat dat betreft hebben we pech. A. Vijita is een paar dagen geleden in het ziekenhuis opgenomen. Op zijn vijfentachtigste is dat geen wonder.'

Bij het woord 'ziekenhuis' zag Diana weer het beeld van Emmely aan de beademingsapparatuur voor zich. 'Ik hoop dat het niet al te ernstig is.'

'Dasmaya, met wie ik heb gesproken, dacht dat hij wel weer op de been zou komen. Maar het kan even duren.'

Dat stuurde alle plannen in de war. Afgezien daarvan was het op die leeftijd mogelijk dat hij niet meer terugkwam.

Singh las de teleurstelling van haar gezicht, want hij zei: 'Hier geloven ze stellig dat de goden alles in orde zullen maken. Laten we daarop vertrouwen. De oude man is zo ongeveer een heilige. Als hij geen goede verbinding met de goden heeft, wie dan wel?'

'En als hij toch overlijdt?'

'Dan vinden we iemand anders die ons kan helpen. Maar ik denk dat we positief moeten denken, daarmee helpen we Vijita het meest.'

Diana's aanvankelijke schroom jegens het bruiloftsgezelschap verdween toen het feest in volle gang was. Alsof ze deel van de familie uitmaakte, bevond ze zich in de buurt van het gelukkige paar, dat op een rieten bank troonde die helemaal met bloesems was bedekt. Toen er een paar boeddhistische monniken binnenkwamen, ging er een zacht gefluister door de menigte. De mannen, in oranje pijen die fel afstaken bij hun donkere huid, wuifden zich met palmbladeren koelte toe en gingen toen voor het bruidspaar staan om het te zegenen. Als dank daarvoor waste het bruidspaar hun voeten en nodigde ze uit met hen mee te eten.

Tijdens de maaltijd kon Diana haar ogen niet van hen afhouden. Ze had boeddhistische monniken in films gezien, maar nog nooit met hen in levenden lijve in een en dezelfde ruimte gezeten.

Toen de mannen klaar waren, begonnen ze met hun rituele gezangen. De gasten luisterden daar eerbiedig naar, sommigen in lotushouding, wat Diana nooit voor elkaar had kunnen krijgen.

Ten slotte stonden de monniken op, en een van hen zei iets wat de anderen ertoe aanzette beurtelings voor hem te knielen, om een wit bandje om hun pols geknoopt te krijgen.

Diana aarzelde. Had ze eigenlijk wel het recht om zich te laten zegenen? Per slot van rekening was ze geen boeddhist...

'Doe maar mee!' moedigde Singh haar fluisterend aan. 'Daarmee toont u respect en het kan geen kwaad de zegen van die mannen te krijgen.'

Diana knielde ook neer en keek de monnik aan, wiens gezicht honderden rimpels vertoonde. Glimlachend streek hij met samengevouwen handen over haar voorhoofd, waarna hij een wit bandje om haar pols bond.

'Dat brengt geluk,' fluisterde Singh toen ook hij zijn bandje om had gekregen. 'Ik denk dat u dat bij uw zoektocht wel kunt gebruiken.'

Diana knikte, richtte toen peinzend haar blik op het bandje en dacht aan de onbekende Nadi-reader, van wiens genezing zo veel afhing.

5

VANNATTUPPŪCCI, 1887

Henry Tremayne kreeg een eigenaardig gevoel toen hij de werkkamer van zijn broer betrad. Een deel van Richards ziel leek daar nog altijd aanwezig, want het vertrek wekte de indruk dat hij het slechts even voor een rondgang over de plantage had verlaten. Er verscheen een bitter lachje rond Henry's lippen. Al die jaren had hij zijn broer veracht omdat deze zijn verplichtingen ten aanzien van zijn familie aan zijn laars had gelapt. Maar nu hij in de ordelijkheid van de inrichting, de boeken en de schrijfbenodigdheden op het mahoniehouten bureau duidelijk zijn gewoonten herkende, voelde hij een bijna tedere genegenheid voor Richard.

De oorzaak van zijn wrok ten aanzien van hem kende hij maar al te goed.

Eigenlijk had Henry ervan gedroomd wetenschapper te worden, chemicus of fysicus, maar omdat er niemand was die voor het ouderlijke landgoed kon zorgen en zijn vader kort na zijn eindexamen in Eton overleed, was Tremayne House een blok aan zijn been geworden. Hij stelde zich vol bitterheid voor hoe zijn broer in den vreemde van zijn vrijheid genoot en avonturen beleefde, die hemzelf voor altijd waren ontzegd omdat hij de last die eigenlijk Richard was toebedeeld met zich meesleepte.

Een klopje haalde Henry uit zijn gemijmer. Een blik op de klok vertelde hem dat het tijd was voor zijn afspraak.

'Binnen!' riep hij terwijl hij achter het bureau ging zitten.

Bij het binnenkomen rechtte Mr Vikrama zichtbaar zijn rug,

waarna hij groetend zijn hoofd boog. 'Goedemorgen, Sir, ik hoop dat u een goede nachtrust hebt gehad.'

'Daarop kan ik slechts antwoorden wat ik vanochtend ook al tegen mijn butler heb gezegd: ik heb geslapen als een os en had me in de moederschoot niet beter kunnen voelen.' Toen hij de jongeman een hand gaf, speelde er rond diens lippen een miniem lachje. Henry merkte dat zijn blik naar het raam afdwaalde, maar toen hij zich omdraaide, kon hij daar niets ontdekken.

'Het doet me plezier dat te horen, Sir,' zei Vikrama terwijl zijn blik weer ernstig werd. 'Sommige Europeanen hebben in het begin problemen met het klimaat in dit land.'

'We hebben in Colombo al wat tijd gehad om eraan te wennen. De eerste nacht in dit land was ik zo moe dat ik zelfs naast de scheepsturbine had kunnen slapen. Maar gaat u toch zitten!'

Henry wees op de stoel voor het bureau. Met een souplesse die hijzelf in de loop der jaren had verloren, nam zijn bezoeker plaats.

'U bent dus een soort voorman op de plantage.'

'Zo zou u het kunnen noemen. Uw broer heeft mij in zijn goedheid als zodanig aangesteld.'

Henry nam hem een tijdje op. Het was haast niet te geloven dat die beschaafde en blijkbaar verstandige man de zoon van een arbeider en een Tamilvrouw was!

'Sinds wanneer was u in dienst bij mijn broer?'

'Vanaf mijn veertiende,' antwoordde Vikrama. 'Maar ik woon al op de plantage sinds mijn kindertijd. Mijn moeder heeft hier als theeplukster gewerkt. Sir Richard heeft mij samen met andere kinderen naar school gestuurd zodat we leerden lezen en schrijven. Hij was van mening dat hij meer aan geschoolde medewerkers zou hebben dan aan ongeschoolde – vooral bij zo'n gevoelige onderneming als thee. Ik geloof dat Mr Taylor, van wie hij de eerste theestruiken kocht, hem op dat idee heeft gebracht.'

Henry herinnerde zich nog goed dat Richard de naam van James Taylor in een van zijn eerste brieven had genoemd, toen hij nog probeerde begrip te kweken voor zijn besluit en zijn best deed in elk geval de genegenheid van zijn broer te behouden.

Henry had gedaan alsof het hem niet interesseerde, maar de brief, die hij minstens één keer had gelezen, was hem zo goed bijgebleven dat hij nog altijd wist dat James Taylor met een kist zaailingen van Calcutta naar Ceylon was gereisd om te gaan concurreren met de toen nog gebruikelijke koffieteelt. Het lot was hem goedgezind geweest, koffieboeren werden theeboeren en intussen breidden de plantages zich steeds verder uit.

Henry zette de herinnering van zich af en schraapte zijn keel, waarna hij vroeg: 'En waar heeft mijn broer die geschoolde jonge mensen aangesteld?'

'Vooral in administratieve functies. Het heette toen dat een scholier een aansteller was.' Er gleed even een lachje over Vikrama's gezicht bij een verre herinnering. 'Mijn moeder heeft me steeds voorgehouden dat ik de beste moest zijn. Alleen dan zou ik iets bereiken. Natuurlijk hebben alle anderen haar voor gek verklaard, maar Sir Richard heeft mijn capaciteiten onderkend en me gestimuleerd. Slechts door hem ben ik de man geworden die hier nu voor u zit, en daarom betreur ik zijn vreselijke lot bijzonder.'

'Dat doen we allemaal.' Henry vouwde zijn handen op het bureaublad alsof hij wilde bidden. De onbekende kant van zijn broer bracht hem net zozeer in verwarring als deze jongeman voor hem, wiens capaciteiten blijkbaar boven de normale schoolopleiding uitstegen. 'Maar ik kan u verzekeren dat de geest van mijn broer hier zal voortleven. Bestaat de school waarover u het hebt gehad nog steeds?'

Vikrama knikte. 'Ja, Sir, een van mijn vroegere klasgenoten heeft de leiding en brengt de Tamiljongens alles bij wat ze moeten weten.'

'En de Singalezen?'

In Vikrama's ogen verscheen een uitdrukking van lichte minachting. 'Die blijven liever onder elkaar. Geen enkele familie is bereid haar kinderen naar school te sturen.'

'Nu, er moeten op de wereld ook mensen zijn die minder geschoold werk doen, nietwaar?' Henry stond op. 'Ik zie uit naar uw rondleiding en hoop dat u uw kennis over de thee niet achterhoudt.'

'Ik doe mijn best.'

Ook Vikrama stond op en de mannen liepen de werkkamer uit.

Hijgend drukte Grace zich tegen de buitenmuur. Haar hart klopte wild, alsof ze op heterdaad was betrapt. 'Heb je je verstand verloren?' siste ze tegen haar zusje. 'Ik wed dat Vikrama ons heeft gezien.'

'Dan had hij het toch zeker tegen papa gezegd en dan was die naar het raam gekomen!' was Victoria's weerwoord. 'Je zou wat minder bang moeten zijn, jij hebt immers zelf voorgesteld hen te bespieden.'

Daar wilde Grace iets op zeggen, maar door het geknars van kiezelstenen bleven de woorden in haar keel steken. 'Ze komen eraan!'

Vlug stonden de twee op en glipten naar een witbloeiende rododendron, van waarachter ze hun vader en de voorman observeerden. Zonder opzij te kijken liepen de mannen op het nevengebouw af, waarin de administratie van de plantage was ondergebracht. Dat zou nog niet bijzonder spannend worden, dus besloot Grace daar nog een tijdje te blijven wachten om tot rust te komen.

'Misschien moeten we vooruitlopen naar de theeschuren,' stelde Victoria ongeduldig voor. 'Waarschijnlijk gaan ze daar straks heen.'

'Denk je niet dat de mensen het dan vreemd zullen vinden als we daar zomaar komen opduiken?'

'Ze vinden het ook raar als we achter papa aan sluipen. Laten we dus maar gaan voordat de tuinman ons in de gaten krijgt.'

De man met de donkere huid was inderdaad niet ver van hen vandaan bezig een heg te snoeien. Het gelijkmatige knippen van de schaar was als de papegaaien in de bomen even stil waren duidelijk hoorbaar.

'Nou, goed dan, kom mee.'

Grace kwam overeind, veegde een blaadje van haar mouw en streek haar rok glad. Met haar zusje aan de hand stapte ze over de weg alsof ze alleen maar een wandeling maakten. Enkele mannen kwamen hun met gebogen hoofd tegemoet, een vrouw met een lege theekorf op haar hoofd lachte vriendelijk.

Bij de theeschuren kwam een overweldigende geur op hen af. Het aroma dat de pakjes thee in de keuken verspreidden was slechts een zwakke afspiegeling van de echte theegeur. Op roosters en latwerk waren theebladeren in diverse stadia van verflensing uitgespreid. Terwijl sommige bladeren nog vers waren en een groene geur afgaven, lagen op andere roosters lichtbruine, donkerbruine en zelfs roestbruine theebladeren. Aan tafels naast de schuur zaten vrouwen rolletjes te maken van theebladeren die in een gevorderd stadium van verflensing verkeerden.

Meer konden Grace en Victoria in eerste instantie niet zien.

'Ze komen!' siste Victoria, wier waakzame ogen het administratiegebouw in de gaten hadden gehouden. De twee meisjes verdwenen samen achter de theeschuur, waar wat korven stonden opgestapeld.

Als de geconcentreerd werkende vrouwen hun aanwezigheid al hadden opgemerkt, lieten ze dat niet blijken. Ook in het bijzijn van hun nieuwe meester en zijn voorman onderbraken ze hun werk niet.

'Dit zijn de theeschuren, waarin de thee nog met de hand wordt verwerkt, zoals ook in China gebruikelijk is,' legde Vikrama uit terwijl Henry Tremayne zijn blik over de met bananen- en palmbladeren bedekte gebouwen liet gaan. 'Wanneer de thee de juiste staat van verflensing heeft bereikt, gaat hij naar de droogoven. Onze theemeester, Mr A. Soresh, is een genie in het herkennen van de juiste verflensingsgraad. Tot op heden was elke jaargang die van onze plantage kwam van uitstekende kwaliteit.'

Henry reageerde daar niet op, hij keek alleen maar rond alsof hij door een storm naar een ver sprookjesland was meegevoerd.

'Hij lijkt onder de indruk,' fluisterde Grace in de richting van de hoek van het gebouw. 'Vader is maar zelden sprakeloos.'

'Die Mr Vikrama is ook indrukwekkend,' antwoordde Victoria knipogend. 'Alleen jammer dat ik nog te jong voor hem ben.'

'Zou je dan met een inlander willen trouwen? Mama zou een rolberoerte krijgen!'

'Je vergeet dat Mr Vikrama half Engels is. Ik heb gelezen dat halfbloeden hier in hoog aanzien staan. Ze vormen zelfs een eigen kaste.'

'Kaste?' vroeg Grace verwonderd, maar voor Victoria antwoord kon geven kwamen hun vader en Mr Vikrama weer in beweging.

Toen ze hun de rug hadden toegekeerd, slopen Grace en Victoria om de theeschuren heen en kwamen bij een volgend gebouw, waar ze uit het raam warme lucht voelden stromen toen ze eronderdoor kropen.

'Uw broer was de afgelopen tijd begonnen met machinale theeverwerking,' vervolgde Vikrama zijn uitleg. 'De kwaliteit is natuurlijk wat minder dan bij handmatige verwerking, maar daardoor kunnen we grotere hoeveelheden voor een gunstiger prijs produceren, wat vooral aanslaat bij klanten met een kleinere beurs.'

De mannen liepen verder naar het volgende gebouw, waarin onmiskenbaar een machine aan het werk was. Grace en Victoria durfden echter niet door de ramen te gluren, want hun vader en Vikrama verdwenen een tijdje in het gebouw. De uitleg over het productieproces werd door de dikke lemen muren zo sterk gedempt dat ze slechts flarden konden opvangen, waar ze geen samenhangend geheel van konden maken.

Toen ze alle gebouwen hadden bekeken, liepen ze over een pad van houten planken de rimboe in.

Nadat ze de twee mannen op grote afstand door het groen waren gevolgd, dook voor hen een soort dorp op, houten hutten met daken van palmbladeren, waartussen kinderen met een hondje speelden.

'Hier wonen dus onze arbeiders.' Victoria stak nieuwsgierig haar hoofd uit, waarop Grace haar een stuk naar beneden trok.

'Straks worden we nog ontdekt.'

'Maak je maar geen zorgen, Vikrama staat net met een oude man te praten. Is het je al opgevallen dat de mannen hier rokken dragen?'

'Dat zijn sarongs,' zei Grace belerend.

'Hoe weet je dat?' vroeg Victoria, verbaasd dat haar grote zus, die zich de afgelopen tijd alleen voor bals en thee-uurtjes had geïnteresseerd, nu toch wat meer bleek te weten.

'Ik heb een paar mensen in het hotel erover horen praten. De kleding van de vrouwen noemen ze trouwens "sari's".'

Victoria's ogen twinkelden bij de gedachte haar zus te choqueren. 'Misschien moeten wij ook sari's gaan dragen. Zoals je aan de blote buiken kunt zien, dragen ze geen korset.'

'Vic...' Grace sloeg haar hand voor haar mond en zag hoe er een tevreden lachje op het gezicht van haar zusje verscheen. Ze had gewonnen. 'Dat meen je toch niet serieus? Die kleding is heel onfatsoenlijk. Mama zou...'

'Een migraineaanval krijgen, precies,' maakte Victoria haar zin af. 'Maar vind je niet dat korsetten bij deze hitte nog strakker zitten?'

Daar gaf Grace geen antwoord op. Zelf had ze zich wat meer uit het hoge gras naar voren gewaagd. Juist op dat moment begon Vikrama te lachen. Hij gooide zijn hoofd in de nek en lachte zo aanstekelijk dat zelfs hun strenge, geremde vader in lachen uitbarstte. En ook Grace moest lachen. Maar al te graag had ze willen weten wat voor grap de aanleiding voor die hilariteit was.

Maar toen vervloog het moment weer en nadat de mannen afscheid hadden genomen, keerden ze terug langs dezelfde weg als ze gekomen waren.

'Wegwezen!' fluisterde Grace en ze liepen gebukt weer het struikgewas in. Dat hun vader hen daarbij kon hebben gezien, bedachten ze pas toen ze zich achter een struik probeerden te verschuilen.

Grace zag sterretjes terwijl ze haar best deed haar gehijg te onderdrukken. Aan rennen was ze gewoon niet meer gewend.

Toen ze haar ogen weer opendeed, spiedde Victoria net door de takken. 'Ze gaan de plantage op!'

Grace overwoog of ze de hele onderneming niet moest afblazen. Behalve bij de schuren hadden ze niets kunnen afluisteren en ze betwijfelde inmiddels of ze iets over de voorman zou ontdekken. Maar omdat Victoria in vuur en vlam stond en zijzelf haar gezicht niet wilde verliezen, stond ze op.

'Nou, vooruit, erachteraan!'

De volgende tocht duurde nog langer en leidde over kunstig aangelegde, met planken verstevigde trappen. Terwijl hun vader en Vikrama op een flinke afstand de treden op klommen, voerden ze een levendig gesprek en Grace ergerde zich een beetje dat de zachte wind niet genoeg kracht had om de woorden naar hen toe te voeren. Alleen de bomen om hen heen ruisten, zelfs het gekrijs van de papegaaien werd minder.

Hoe ver naar boven ligt de plantage eigenlijk? vroeg Grace zich af met een blik op de Adam's Peak, die met zijn op een besuikerd brood lijkende top naar de hemel leek te reiken. De kreet van een vogel boven hen deed hen ineenkrimpen. Het beest dat boven hun hoofd rondcirkelde deed denken aan een grijpvogel, maar Grace betwijfelde of het er een was.

Verschrikt bleef ze staan toen ze zag dat een paar theeplueksters hun tegemoetkwamen. Maar Victoria trok haar mee. 'Doe gewoon alsof het heel normaal is dat we hier zijn,' raadde ze haar grote zus aan. Toch dacht Grace dat de vrouwen hen verbaasd aan zouden staren wanneer ze de twee mannen voorbij waren gelopen en hen zouden ontdekken. Daardoor had ze nauwelijks oog voor de kleurenpracht van de kleding van de vrouwen. Hun sari's waren weliswaar van eenvoudige stof gemaakt, maar ze glansden felroze, vurig oranje en zonnig geel. Daarbij leken Grace en Victoria in hun beige jurken op kippen naast een papegaai.

Toen ze hun voorbijliepen, viel het op zachte toon gevoerde gesprek van de vrouwen stil. Met hun aandacht op hun voetstappen gericht liepen ze langs met hun korven op hun hoofd. Pas toen ze een stuk verder waren, klonk het exotische zingzangen weer op, dat Grace herinnerde aan de sessie met de eigenaardige oude man.

Een vreemde rilling liep over haar rug.

Luister altijd naar je hart en volg het. Doe je dat niet, dan zul je ongeluk brengen over jezelf en degenen die je liefhebt.

De woorden, waaraan ze een paar dagen geleden nog geen belang had gehecht, verlamden haar nu ineens.

'Wat is er met jou aan de hand?'

Toen Victoria aan haar mouw trok, verdwenen de woorden en daarmee haar verstarring weer.

'Niets,' antwoordde Grace verward. 'Het is niets. Laten we verder gaan.'

Victoria keek haar weifelend aan, maar Grace stapte nu weer door en er zat voor Victoria niets anders op dan haar te volgen.

De theepluksters leken tussen het groen van de theestruiken op de eerste rozenknoppen in het voorjaar. Henry Tremayne werd overweldigd door de groene pracht die nu zijn eigendom was.

'Dit is het grootste theeveld,' verklaarde Vikrama met een weids gebaar. 'Hier telen we de thee die in de theeschuren met de hand gerold wordt. De twee andere velden en het nieuwe, dat momenteel wordt gerooid, zijn bestemd voor de thee die machinaal wordt verwerkt. Die velden zijn dichter begroeid, maar de kwaliteit van de bladeren is door de hoge ligging wat minder.'

Henry observeerde de jongeman, wiens ogen telkens oplichtten wanneer hij over thee sprak, alsof hij hem over zijn eigen bezit rondleidde.

'U lijkt heel veel voor de plantage te voelen.'

'Die is zo lang ik me kan herinneren mijn thuis geweest. Iets mooiers ter wereld kan ik me niet voorstellen. Bovendien verschaft de plantage mijn volk werk en brood, van zo'n plek kun je geen afkeer hebben.'

Daarop zweeg Henry, onder de indruk. Die vent is echt goed. Bijna gevaarlijk goed, ware het niet dat zijn ogen schitterden van oprechte toewijding.

'Vertelt u mij eens iets over de thee die hier verbouwd wordt,' zei hij voor het zwijgen tussen hen onaangenaam kon worden.

Er gleed een glimlachje over Vikrama's gezicht; toen stak hij van wal. 'Oorspronkelijk waren het hier assamzaailingen, maar dankzij de hulp van Mr Taylor bij het veredelen zijn we nu bezig een nieuwe soort te ontwikkelen, die inmiddels zelfs een eigen naam heeft gekregen: ceylon.'

'Net als dit eiland.'

'Heel juist. En ik verzeker u dat we op een dag de andere soorten zullen overtroeven.'

Met ingehouden adem luisterden Grace en Victoria naar Vikrama's uiteenzetting over de thee. Maar al te graag had Grace haar zusje laten blijken hoe indrukwekkend ze zijn kennis vond, maar ze hadden zich wat te ver naar voren gewaagd, zodat ze niet met elkaar konden praten zonder dat hun vader het zou merken.

Toen beide mannen aanstalten maakten om te vertrekken, bleven de meisjes tussen de theestruiken zitten en ze kwamen pas overeind toen ze uit het zicht verdwenen.

'En nu?' vroeg Victoria, die wat stukjes verdroogd theeblad van haar jurk plukte.

'We blijven nog even hier,' besloot Grace, want ze wilde niet terug achter de plakkerige muren. 'Misschien kunnen we naar de olifanten gaan kijken die het bos rooien. Wat denk je daarvan?'

Victoria knikte met glanzende ogen. Meteen echter werd ze door twijfel bekropen. 'Maar mam zal ons missen. De ochtend is al bijna voorbij, en Miss Giles heeft haar vast al laten weten dat we nergens te vinden zijn.'

'We leggen later wel uit waar we geweest zijn. Ze kan het zich vast wel indenken, per slot van rekening hebben we het gisteren al over de olifanten gehad. Misschien zien we onderweg nog een paar mooie vlinders.'

Dat gaf de doorslag. Hoewel ze alleen maar wisten dat het pas gerooide veld hoger op de helling lag, stapten ze gedecideerd over de weg die door het theeveld leidde. Af en toe werden ze opgemerkt door een plukster, die echter meteen weer doorging met haar werk als Grace haar aankeek.

Na een tijdje kwamen ze bij een stuk bos waar luid geroep klonk. Het terrein was er behoorlijk steil en nogal onbegaanbaar, maar er was wel een brede stenige weg, die met reusachtige pootafdrukken van olifanten bezaaid was. Afgezaagde boomstammen lagen hoog opgestapeld langs de kant. Hier moest het zijn.

'Let goed op waar je loopt,' waarschuwde Grace haar zusje terwijl ze haar blik op de grond gericht hield om geen gevaarlijke oneffenheid over het hoofd te zien. 'Het kan zijn dat je de hele berg af rolt en dan ben je beneden niet meer dan een onherkenbaar hoopje botten.'

'Dat zou leuk zijn!' antwoordde Victoria vergenoegd. 'Ik heb altijd al willen weten hoe dobbelstenen zich voelen.'

'Dobbelstenen?' vroeg Grace verbaasd en ze struikelde prompt bijna over een boomwortel die door de regen bloot was gespoeld.

'Nou, die worden in de beker ook door elkaar gegooid!' Victoria grijnsde breed. 'Je moet beter opletten, zelfs ik ben nog niet gestruikeld.'

Toen ze stemmen hoorden, bleven Grace en Victoria staan. Even later doken er een paar mannen op die een olifant meevoerden. Die was niet zo prachtig uitgedost als de tempelolifanten in Colombo. De ketting om zijn rechtervoorpoot, die door een arbeider werd vastgehouden, sneed in zijn vlees. Grace moest slikken toen ze bovendien sporen van mishandeling op de huid van het dier zag. Was dat de reden dat Vikrama haar vader niet mee naar boven had genomen? Omdat hij hem de schok vanwege de omgang met de olifanten wilde besparen? Ook Victoria was zichtbaar geschrokken bij de aanblik van het dier, met zijn grijze boomschorshuid vol bloederige striemen.

'We kunnen maar beter gaan,' zei Grace terwijl ze haar zusje bij de hand pakte. Victoria liet zich zonder protest wegvoeren.

Tijdens de afdaling spraken ze allebei geen woord. Bij het theeveld besloten ze een andere weg te nemen dan die waarover ze gekomen waren. Misschien krijgen we hier iets te zien wat ons vrolijker stemt, dacht Grace bedrukt en ze nam zich voor haar vader over de olifant aan te spreken.

Nog steeds zwijgend draafden ze de weg langs. Grace merkte hoezeer haar zusje was aangegrepen door wat ze zojuist hadden gezien.

'Vanmorgen was ik al heel vroeg wakker,' begon Grace uiteindelijk. 'En toen heb ik een heel grote blauwe vlinder gezien. Die had je prachtig gevonden.'

'En waarom heb je me toen niet gewekt?' vroeg Victoria niet echt geïnteresseerd, want het beeld van de olifant stond nog op haar netvlies. Meteen voelde Grace zich dom. Victoria was geen klein kind meer dat je kon afleiden met een mooi verhaaltje wanneer het iets naars had meegemaakt.

'Je lag zo lekker te slapen. En het was nog erg vroeg. Maar ik weet zeker dat hij terugkomt. Dan...'

Plotseling schoot er een ruiter uit het struikgewas. Victoria gilde het uit van schrik. Grace aarzelde geen moment en greep haar bij haar pols. Ze slaagde erin haar zusje opzij te trekken voor ze onder de hoeven van het dier kwam. De geschrokken roodvos begon te steigeren, en de ruiter probeerde vertwijfeld in het zadel te blijven. Het duurde even voor hij zijn paard weer onder controle had. 'Verdorie, kinderen, wat hebben jullie hier te zoeken?'

De man, die hen met van schrik en woede vlammende ogen aankeek, had donker haar en droeg een baard. Uit zijn kleding en zijn manier van spreken viel op te maken dat hij deel uitmaakte van de Engelse upperclass.

Grace kwam overeind en streek haar jurk glad. 'Neemt u het ons niet kwalijk, Sir, we zijn hier pas aangekomen en rekenden niet op zulk druk verkeer.'

De man nam haar van top tot teen op. De woede in zijn blik nam wat af. 'U moet bij de nieuwkomers horen. Tremayne, neem ik aan.'

Toen Grace knikte, steeg de man af en liep naar haar toe. Daarbij bleef hij haar aankijken. 'Mijn naam is Dean Stockton, aangenaam kennis met u te maken, Miss...'

'Grace. Grace Tremayne. En dit is mijn zusje Victoria.'

De man pakte haar hand en drukte er een kus op, toen wendde hij zich lachend tot Victoria. 'Vergeeft u me alstublieft dat ik u bijna omver heb gereden. Maar hierboven komt zelden iemand en ik vrees dat ik de roekeloze rijstijl van de inlanders heb overgenomen. U moest eens zien wat ze allemaal met paard-en-wagen uithalen.'

Grace gaf geen antwoord. Iets aan de man kwam haar ineens onaangenaam voor. Zijn geur? Zijn glimlach? Het eigenaardige glinsteren in zijn ogen?

'Moet ik u misschien naar huis begeleiden?' Zijn glimlach werd breder toen hij vond waar hij blijkbaar in haar gelaatstrekken naar had gezocht. 'Zoals u hebt gemerkt kan het hier nogal gevaarlijk zijn. Het zou me spijten als de bekoorlijke dochters van mijn nieuwe buurman iets overkwam.'

‘Dat is heel vriendelijk van u,’ antwoordde Grace vormelijk. ‘Maar we willen u niet langer afhouden van de bezigheden die u tot zulke haast hebben aangezet. We hebben de weg hierheen gevonden, en we zullen ook de weg terug wel vinden. Goedendag, Mr Stockton.’

Grace pakte haar zusje bij de hand en trok haar mee. Daarbij voelde ze de ogen van de man in haar rug prikken, tot het moment dat hij was opgestegen en wegreed. Haar vrees dat hij langs hen zou rijden werd niet bewaarheid; hij verdween een zijweg in.

‘Waarom was je zo boos op hem?’ vroeg Victoria toen ze een tijdje zwijgend naast elkaar hadden gelopen.

‘Hij heeft je bijna omvergereden!’ antwoordde Grace terwijl ze liep alsof ze zevenmijlslaarzen droeg. ‘En dan geeft hij ons ook nog de schuld!’

‘Maar hij heeft zich verontschuldigd. En hij wist dat we hier zijn! Toen hij merkte wie we waren, was hij toch heel vriendelijk.’

‘Té vriendelijk, als je het mij vraagt,’ antwoordde Grace geërgerd. Ze wist ook niet waar die ergernis vandaan kwam, eigenlijk werd ze nooit zo snel boos op onbekenden. ‘En als je het mij vraagt, is het helemaal niet zo bijzonder dat hij op de hoogte was van onze komst. Waarschijnlijk weten ze het hier intussen allemaal. Heb je onderweg al die villa’s gezien? De mensen daar zitten gewoon te wachten tot er iets bijzonders gebeurt. Let maar op, ooit worden we net zo en storten we ons op iedereen die nieuw is op deze berg.’

6

NUWARA ELIYA, 2008

De volgende morgen werden Diana en Jonathan door een familielid van het bruidspaar naar een klein station gebracht, vanwaar de trein naar Nuwara Eliya vertrok. De trein, die uit de dichte nevel opdoemde, was op die tijd al behoorlijk vol, maar de mensen gedroegen zich bij alle ruimtegebrek beschaafd en er werd niet gemopperd als Diana of Jonathan per ongeluk iemand aanstootte.

Na een paar haltes kwamen er zelfs wat zitplaatsen vrij, zodat ze niet meer hoefden te staan.

'Ze noemen Nuwara Eliya ook wel Klein Engeland,' zei Singh toen de trein door de groene heuvels reed. U kunt zich misschien indenken waarom.'

Diana was gefascineerd door de aanblik. Her en der werd het groen door een witte stip onderbroken. Een stip die zich daar zeker niet langer dan tweehonderd jaar bevond.

'Die villa daarboven is Engels,' antwoordde ze glimlachend. 'Tremayne House ziet er net zo uit, alleen is het landschap daar niet zo mooi.'

'Er zijn hier veel van zulke villa's, beslist meer dan er theeplantages zijn. Dit land was een tijd erg geliefd bij de Engelsen, het vormde een frappante tegenstelling tot hun koude vaderland. De moesson deed hen mogelijk aan hun land denken, waardoor ze zich meteen thuis voelden. Bovendien wordt het hier in tegenstelling tot de kust nooit broeierig heet.'

'U lijkt het hier goed te kennen,' merkte Diana geamuseerd op, want met zijn kennis zou hij heel goed een gids kunnen zijn.

'Ik woon hier al een tijdje, en niets doet de inlanders zo veel plezier als wanneer ze vreemdelingen vol trots hun land kunnen laten zien.'

'U kunt toch moeilijk als een vreemdeling worden gezien, met uw afkomst.'

'Maar desalniettemin heb ik de Engelse en de Indiase nationaliteit en niet die van Sri Lanka. Dus ben ik net zo goed een vreemdeling als u. Met een verblijfsvergunning natuurlijk.' Na een korte blik uit het raam merkte hij op: 'U hebt overigens geen al te gelukkige tijd uitgekozen, de moesson zal binnenkort wel beginnen.'

'Ik wilde eigenlijk ook niet heel lang blijven. Alleen maar lang genoeg om wat over mijn familie te weten te komen.'

Er gleed een besmuikt lachje over Singhs gezicht, maar hij zei niets.

Inmiddels reed de trein een stationnetje aan de voet van de berg binnen. 'Hier moeten we eruit,' zei Singh, waarna hij haar tas uit het overvolle bagagenet viste, dat de hele tijd dreigend boven hen had gehangen.

Het bleek lastig zich een weg te banen tussen de andere reizigers door, maar de machinist had gelukkig geen haast. Geduldig wachtte hij tot iedereen die naar buiten wilde de trein had verlaten, en de conducteur het fluitsignaal gaf. Terwijl de trein met zijn zware en voor een deel luid kletsende last weer begon te rijden, liepen zij het station uit en een zandweggetje op met een wegwijzer die aangaf dat het naar het Hills Club Hotel leidde.

'Dat is een van de oudste gebouwen hier. Al in de koloniale tijd deed het dienst als onderkomen voor reizigers. Ik denk dat het een goede uitvalsbasis is voor uw speurtocht.'

'Er is hier vast geen Nadi-reader, of denkt u van wel?'

'Nee, zeker niet. U treft hier vooral veel Engelse sporen aan. Maar ik verzeker u dat Vijita weer uit het ziekenhuis komt. Onze medische voorzieningen zijn tegenwoordig heel goed, in elk geval in Colombo. U hoeft u geen zorgen te maken, hij zal het blad ontcijferen zodra hij ertoe in staat is.'

Misschien had ik toch beter naar de bibliotheek in Colombo kunnen gaan, dacht ze, maar toen schoot haar Singhs bezwaar weer te binnen. Natuurlijk zouden de readers daar het niet prettig vinden als zij hun verzocht een meegebracht blad te ontcijferen.

Na een kwartiertje lopen op een hellend terrein doemde het hotel op tussen de bomen. In het zonlicht leek de voorgevel een glanzende parel op groen fluweel.

'Draait u zich eens om!' riep Singh opeens. Toen Diana dat deed, werd ze beloond met een adembenemend uitzicht. De groene heuvels lagen tegen elkaar aan gevlijd als minnaars die elkaar nooit meer wilden loslaten.

'Daaronder moet ergens het station zijn.' Op de plek waar hij naar wees, kon Diana alleen de rails zien, die zich als een ader tussen de heuvels door slingerden.

'Het heeft wel iets weg van de Schotse Hooglanden,' merkte Diana glimlachend op toen ze zich weer naar Singh omdraaide. Op dat moment kreeg ze in de gaten dat hij haar de hele tijd had staan observeren. Alsof hij dat niet prettig vond, sloeg hij zijn ogen neer.

'Ja, alleen zijn de temperaturen hier ook in de winter wat beter dan daar.'

'Daar hebt u gelijk in!'

Toen Diana naar het hotel liep, was het alsof ze terugkeerde naar Tremayne House. Het gebouw was net zo vervallen, misschien nog meer in originele staat, want een allround genie als Mr Green dat zich om huis en tuin bekommerde leek hier te ontbreken. De ooit beslist zeer prachtige tuin die onder het terras was aangelegd, zag er verwaarloosd uit. Het terras zelf wekte de indruk dat er elk moment een heer in rokkostuum en vadermoordenaar de hoek om kon komen om in de schaduw van een goede Indonesische sigaar en een glas gin te genieten.

De vakantiegangers die er rondliepen waren voornamelijk van Aziatische afkomst. Diana zag een paar Japanners en een stel dat waarschijnlijk uit Thailand kwam. Twee Amerikanen verrieden zich door hun accent, dat bij hun luidruchtige conversatie onmiskenbaar was.

Bij de receptie, die er honderdvijftig jaar geleden ook al zo moest hebben uitgezien, werden ze opgewacht door een keurig geklede jongeman, wiens witte overhemd bijna stralend afstak tegen zijn bruine huid.

'Wat kan ik voor u doen?' vroeg hij in het Engels, met een sterk accent.

Singh vroeg in de landstaal om twee kamers, waarop de jongeman naar een ouderwets sleutelbord liep waaraan enkele wat verweerde messing sleutels hingen. Geen spoor van moderne kamerpasjes of van de rare zware sleutelhangers die het in Duitsland vrijwel onmogelijk maakten de kamersleutel in je handtas te stoppen.

'Hij zegt dat ze alleen nog maar kamers op verschillende etages hebben,' fluisterde Singh haar toe. 'Hebt u liever boven of beneden?'

'Dat maakt me eigenlijk niet uit,' antwoordde Diana.

Singh glimlachte. 'Goed, dan krijgt u de kamer boven. Zodat u uitzicht hebt op het fraaie landschap.'

Toen de conciërge met de sleutels terugkwam, verzocht hij Singh zich in het gastenboek in te schrijven. Nadat dat was afgehandeld, verscheen er na het luiden van een bel een jongeman om Diana naar haar kamer te brengen.

'Dan treffen we elkaar over een uur weer hier, oké?' zei Singh terwijl hij zijn tas over zijn schouder hing.

Diana knikte en volgde de loopjongen de licht gedraaide trap op.

De kamer was lang niet zo modern ingericht als die in het Grand Oriental Hotel in Colombo, maar de bekoorlijkheid ervan betoverde Diana meteen. Hier hing wel de plafondventilator die in oude films altijd traag rondwentelde en getuige was van de lotgevallen die zich eronder afspeelden.

Wat het uitzicht betreft had Singh niet overdreven. De theeplantages en de daartussen verstrooid liggende villa's zagen er in het zonlicht uit als een plaatje in een reisbrochure. Ze vroeg zich onwillekeurig af of hij hier met zijn vrouw had gelogeerd, maar toen bedacht ze dat hij moest zijn gescheiden voordat hij voor zichzelf was begonnen.

Nadat ze haar tas had uitgepakt, kleedde ze zich uit en nam een douche. Terwijl het aangenaam lauwwarme water over haar heen spoelde, liet ze haar gedachten afdwalen. Ik moest het kantoor maar weer eens iets van me laten horen, fluisterde haar slechte geweten haar in, maar op dat moment was ze zo benieuwd naar wat ze op de theeplantage zou ontdekken dat ze helemaal niet aan haar werk wilde denken.

Zoals afgesproken kwam ze een uur later weer in de lobby. Ook Singh had een douche genomen en hij rook prettig naar sandelhout en limoen.

'Ik heb de vrijheid genomen om alvast een plaats op het terras te reserveren. Het zou me niet verbazen als de ijsthee daar al klaarstaat.'

De lucht buiten was in het afgelopen uur veranderd. De geur deed Diana denken aan regenval na vele zomerse dagen, wanneer de natuur naar een verfrissende bui snakt, die dan veel te snel in de warme aarde wegsijpelt.

'Ik vrees dat we haast moeten maken met de wandeling naar de plantage. Als ik me niet vergis, breekt de moesson algauw aan, en dan zitten we zeker een maand gevangen in de regen.'

Als Diana eerlijk was, had ze daar helemaal geen bezwaar tegen. Maar iets in haar herinnerde haar aan haar verplichtingen aan het kantoor, waardoor die gedachte meteen weer verdween.

'Ik heb iets voor u,' begon Singh nadat hij was gaan zitten. Uit zijn broekzak haalde hij een grove grijze envelop.

Diana trok verrast haar wenkbrauwen op. 'Wat is dat?'

'Informatie die ik over de theeplantage heb ingewonnen. Ik had die u ook eerder kunnen geven, maar het leek me passender het ter plaatse te doen.'

Diana's hart klopte in haar keel en haar handen begonnen te trillen. 'Reuze bedankt.'

'Ik moet toegeven dat het verfrissend is dat ik me momenteel niet met het onderwerp terreur bezig hoef te houden. Bij dat hoofdstuk ben ik nu en dat is allesbehalve zonnig.'

'De aanslag op de luchthaven was drie jaar geleden, nietwaar?'

Singh knikte. 'Ja, en sindsdien is niet alleen onze vliegmaatschappij in handen van de Verenigde Arabische Emiraten, maar moeten we ook veel veiligheidsmaatregelen treffen. Het zuiden en het westen van het land zijn weliswaar doorlopend van de Tijgers verschoond, maar toch blijft voorzichtigheid geboden.'

'U bedoelt de Tamil Tijgers.'

Singh knikte. 'Hier worden ze meestal de Tijgers genoemd. Een organisatie die zich ooit voor de rechten van de Tamils inzette, veranderde in een terreurorganisatie die niet terugschrikt voor aanslagen, moord en ontvoeringen.'

Vandaar die terreurwaarschuwingen, dacht Diana. De brochure met veiligheidsadviezen had ze bij het voorbereiden van haar reis en haar naspeuringen niet gelezen.

'Weet eigenlijk iemand nog wat de oorzaken van het conflict zijn?'

'Spanningen waren er al lang voor de koloniale tijd. Ten tijde van de Engelsen werden de uit Zuid-India geïmmigreerde Tamils als geletterd volk bevoorrecht. Ze kregen leidinggevende en administratieve functies, ze werden voormannen op plantages en ambtenaren in de steden. De Singalezen daarentegen werden altijd al als arbeiders uitgebuit. In de boven hen geplaatste Tamils zagen ze al snel de helpers van hun onderdrukkers. Toen er een einde kwam aan de koloniale tijd en de Engelsen wegtrokken, richtte de woede van de Singalezen, die getalsmatig in de meerderheid waren, zich op de Tamils. In 1983 kwam het tot een vreselijke pogrom tegen de Tamils, in de daaropvolgende jaren wilde men zelfs hun eigen taal verbieden. Dat was het begin van de Tamil Tijgers.'

Diana kon zich slechts vaag de nieuwsberichten over conflicten in Zuid-India en Sri Lanka herinneren.

'Inmiddels leven Tamils en Singalezen in dit deel van Sri Lanka weer vredig samen. Maar in het noorden gaan stemmen op voor een eigen Tamilstaat. Op die eis zal de regering niet zo gauw ingaan. Het is zelfs waarschijnlijk dat zij dat nooit zal doen.'

In de korte stilte die daarop intrad, dacht Diana erover na hoe diep de gekrenktheid bij beide bevolkingsgroepen zat. Zouden ze werkelijk ooit vrede kunnen sluiten?

‘Met uw kennis zou u ook een goede journalist zijn,’ merkte ze op.

‘Waarschijnlijk wel. Maar gelooft u mij: zodra ik het huidige project heb afgerond, zal ik me weer op het verleden richten. Per slot van rekening ben ik historicus. Hebt u ooit van het koninkrijk Kandy gehoord?’

‘Dat ligt hier toch vlakbij?’

Singh knikte. ‘Ja, dat wordt mijn volgende project. Ik zal in de voetsporen van de oude koningen treden en onderzoek doen naar de beroemde Tandtempel. Daar moet zich een kies van Boeddha in eigen persoon bevinden.’ Dromerig glimlachte hij in zichzelf, alsof hij niet kon wachten eraan te beginnen, toen voegde hij eraan toe: ‘Af en toe heeft een mens behoefte aan iets eenvoudigs.’

‘Ik heb niet het idee dat onderzoek doen naar een al lang vergaan koninkrijk zo eenvoudig is.’

‘Je hoeft alleen maar op de juiste plaatsen te zoeken om iets te vinden. En ik denk dat de Vannattuppūcci Tea Company een zeer rijke bron is.’

Alsof hij het stapeltje papier al honderd keer had doorgekeken haalde hij een prospectus tevoorschijn waarin behalve reclame ook nog een klein stukje over de geschiedenis van de plantage stond.

Singh tikte op een bepaalde passage en glimlachte breed.

‘Dat bestaat toch niet!’ riep Diana verbaasd.

‘Blijkbaar wel. Ik wil er het hele honorarium van mijn boek om verwedden dat u vindt wat u zoekt.’

’s Avonds troffen Diana en Jonathan voorbereidingen voor de klim naar de theeplantage. Openbaar vervoer was er niet, hoogstens waren er een paar olifanten, die van oudsher voor het werk op het veld werden ingezet. Maar Singh had in het hotel een man gevonden die hen tot aan een bepaalde plek zou brengen.

Diana was opgewonden en blij bij de gedachte dat ze eindelijk de plaats zou zien waar haar betovergrootmoeder ooit had gewoond.

Wat zou ze er vinden? Zouden er officiële stukken zijn die de tijd hadden doorstaan? Of zou ze met lege handen terugkomen?

Een klop op de deur haalde haar uit haar gedachten.

'Binnen,' zei ze, in de veronderstelling dat het een dienstmeisje was dat de minibar kwam aanvullen.

'Aha, u bent al bijna klaar.'

Glimlachend leunde Singh tegen de deurpost. Diana kwam overeind en streek een paar haarstrengen uit haar gezicht.

'Ja, met het allernoodzakelijkste. Het is de vraag of we iets zullen vinden op de plantage.'

'Zo niet, dan hebt u in elk geval de plaats gezien waar uw voorouders hebben gewoond. Je eigen wortels vinden is heel belangrijk.'

Diana lachte besmuikt. 'Ik denk dat ik uw optimisme met een flinke korrel zout moet nemen.'

Singh spreidde zijn armen. 'Ik heb genoeg voor ons tweeën, schat ik.'

Hoe graag had ze zich nu in die armen willen laten vallen, ook al wist ze dat het geen omarming was maar slechts een gebaar dat zijn woorden kracht bij moest zetten. Maar dat verbood ze zichzelf meteen weer. Je bent een getrouwde vrouw. Je huwelijk ligt weliswaar in duigen, maar dan hoef je hem nog niet om de hals te vallen.

Singh leek in elk geval niet verwacht te hebben dat ze op een of andere manier op zijn gebaar reageerde.

'Eigenlijk ben ik niet hier om erop toe te zien dat u inpakt,' verklaarde hij geheimzinnig. 'Ik heb iets ontdekt wat u moet zien. Het kan u bij uw naspeuringen misschien een stuk verder helpen.'

'En wat is dat?'

'Dat zult u wel zien. Komt u maar mee naar beneden, naar de club.'

Diana trok verwonderd haar wenkbrauwen op. 'Mag dat dan zomaar?' De vraag was schertsend bedoeld, iedereen wist dat de meeste voormalige herensociëteiten tegenwoordig ook vrouwen toelieten of ze tolereerden.

'Natuurlijk, bovendien hebt u toch een man bij u! Een avondjurk zou echter wel gepast zijn als u zich beneden vertoont.'

'Een avondjurk?' vroeg Diana verwonderd. 'Bedoelt u dat serieus, of maakt u een grapje?'

'Ik geloof wel dat de club een zekere elegantie van de leden verwacht. Daarnet heeft men mij zowaar een das te leen aangeboden toen ik de club binnen wilde gaan. Voor ik het aanbod kon afslaan, zag ik wat ik u wil laten zien, en ik heb me laten overhalen de das om te doen.'

Diana keek naar zijn open overhemd. 'En waar is die das nu?'

'Die moest ik helaas weer teruggeven. Waarschijnlijk zal de deurwachter me zo meteen weer dezelfde aanbieden. Of een vergelijkbaar lachwekkend model.'

'Goed, ik kom zo naar u toe!'

Terwijl Diana de deur dichtdeed en snel naar de klerenkast liep, waar nu de wandeluitrusting ontbrak, vroeg ze zich af wat Singh daar toch ontdekt kon hebben. Of was het slechts een truc om haar een leuke avond in een van de bekendste herenclubs van de streek te bezorgen?

Nadat ze dezelfde outfit had uitgekozen die ze had gedragen toen ze naar Pettah waren gegaan, stapte ze de deur uit.

Singh stond tegen de tegenover gelegen muur geleund. Zijn blik gleed over haar heen. Hij deed haar aan Philipp denken bij de eerste keren dat ze met elkaar hadden afgesproken. Toen had ze nog gedacht dat ze een geluksvogel was. Een gevoel dat inmiddels volkomen was vervlogen.

'Ik weet dat het geen avondjurk is,' zei ze een beetje verlegen, hoewel ze wist dat zijn blik geen teken was van ontevredenheid over haar outfit. 'Maar hierom zullen ze me toch niet weigeren?'

'Als u ook nog een stropdas omdoet, vast niet.'

Diana moest hard lachen, ze was dol op die Engelse humor. Inderdaad werden ze bij de club opgewacht door een soort deurwachter, ook al leek deze niet op zo'n gespierde uitsmijter die in Duitse clubs en disco's voor de veiligheid moest zorgen. Vriendelijk maar beslist wees hij Singh op zijn ontbrekende das en hij liet niet blijken dat hij hem enkele ogenblikken daarvoor nog had gezien.

De dassen in het kastje waren wel de vreselijkste die Diana ooit onder ogen had gekregen. Waarschijnlijk stamden ze uit de jaren zeventig of tachtig, de patronen waren plomp en de kleuren fel. In elk geval waren ze, voor zover Diana het van een afstandje kon beoordelen, schoon en netjes, zodat je ze zonder bedenken kon omdoen, zonder vrees voor het zweet van een voorganger. Het moest door Singhs gevoel voor humor komen dat hij de vreselijkste uitkoos: geel met turquoise strepen met een roze ruitpatroon in het gele gedeelte van de stof.

'Als er in de club een bom afgaat, zal dat niet lawaaieriger zijn dan uw das,' fluisterde Diana tegen hem toen de deurwachter hen doorliet. Het kostte haar moeite niet weer in lachen uit te barsten.

'Ik wist wel dat u mijn decente smaak zou weten te waarderen.'

Met een brede glimlach leidde hij haar langs de aanwezige bezoekers van de club, die voor een deel verbaasd naar hen keken. Daarbij was het de vraag wat hen meer stoorde: dat Diana geen avondjurk droeg of dat Jonathans das zo totaal niet bij de rest van zijn kleding paste.

Maar niemand gaf blijk van zijn misnoegen, en hadden ze dat wel gedaan, dan had Diana daar toch niet op gereageerd, want haar ogen hechtten zich aan de muur met oude foto's. Ze toonden de leden van de Hills Club in de bloeiperiode van het hotel. Haar vermoeden werd even later door Singh bevestigd.

'Kijkt u eens naar de namen onder deze prent,' zei hij terwijl hij op een oude, met glas beschermde fotografische plaat wees, die in dezelfde staat verkeerde als de foto van Grace, met dit verschil dat de foto van dichtbij was genomen en de gezichten van de mensen te onderscheiden waren.

De meesten van de in elegante kostuums geklede mannen keken wat gekweld in de lens, in de eerste plaats omdat het destijds niet gebruikelijk was naar de camera te lachen, en ten tweede omdat het maken van een foto erg lang duurde.

Met bonzend hart las Diana snel de namen. Emerson Walbury, Trent Jennings, Dean Stockton, Henry Tremayne...

Ze telde ze na tot ze bij de vierde man van links was gekomen. Henry Tremayne was lang en blond.

'Dat bestaat niet!' bracht ze met moeite uit.

'Blijkbaar wel!' antwoordde Singh. 'Uw voorvader lijkt een clublid te zijn geweest. U weet hopelijk dat alleen de meest vooraanstaande leden van de maatschappij hier werden aangenomen.'

'Ik kan het me indenken. In Engeland was het net zo. En dat is het voor een deel nog.'

'Hoe voelt u zich nu?' vroeg hij toen.

Diana moest toegeven dat de rillingen over haar rug liepen. 'Alsof ik door een raam naar het verleden kijk,' antwoordde ze. 'Zou het mogelijk zijn daar een kopie van te krijgen? Het is tenslotte de enig bewaarde afbeelding van mijn betbetovergrootvader. Op de een of andere manier is het hem niet gelukt de vooroudergalerij in Tremayne House te halen.'

'Dat denk ik wel. Ik zal het naderhand aan de deurwachter vragen. Voor die das is hij me wel een dienst schuldig.'

'U hebt die das toch zelf uitgezocht,' zei Diana gnuivend.

'Hebt u het assortiment gezien? De ene was nog vreselijker dan de andere!' Singh grijnsde breed. 'Wacht u maar even, ik ga het hem meteen vragen. Met een passende gift zal hij uw wens wel willen vervullen.'

Voor Diana kon zeggen dat hij als hij de deurwachter toch wilde omkopen, haar geld moest nemen, was hij al weg.

Nog geen tien minuten later had Diana een kopie van de foto in handen. Voor twintig dollar had de deurwachter zich bereid verklaard de plaat persoonlijk van de muur te halen en zijn post te verlaten om een kopie te maken. En nog een buitengewoon goede kopie ook.

'Dat is veel te duur!' Diana keek Singh verwijtend aan.

'Vindt u? Ik denk dat het een redelijke prijs is voor het feit dat we een nieuw spoor hebben ontdekt. Of in elk geval weten hoe uw voorvader eruitzag.'

Mijmerend keek ze naar de foto. Dat was dus het genootschap van de thee- en handelsbaronnen. Het was duidelijk te zien dat de clubruimte maar een klein beetje veranderd was, vooral door renovaties. Maar in grote lijnen was die zoals destijds.

Wat hebt u Grace toch aangedaan? vroeg ze Henry Tremayne in gedachten terwijl ze met haar vinger over zijn gezicht streek. Wat is de aanleiding geweest dat u met uw dochter hebt gebroken en haar hebt onterfd...

De rest van de avond bracht ze met Singh in de club door met ijsthee en een lichte maaltijd, die voornamelijk uit fruit uit de streek bestond. Het gespreksonderwerp, de plantage en wat daar vermoedelijk was voorgevallen, bleek onuitputtelijk en pas toen ze er discreet op werden gewezen dat de club ging sluiten, dachten ze erover hun bed op te zoeken.

Hoewel het eigenlijk niet nodig was, begeleidde Singh haar naar haar kamer. 'Je kunt nooit weten wat voor immorele schurken een lady op dit tijdstip opwachten.'

Lachend had ze hem eraan herinnerd dat ze niet meer in de tijd van Henry Tremayne leefden, hoewel ze moest toegeven dat je in dit hotel de indruk kreeg dat de tijd had stilgestaan.

Toen Diana in bed kroop, hoorde ze regen tegen de ruit kletteren. Door het monotone geluid dommelde ze in en zonk ze weg in een diepe slaap.

7

VANNATTUPPŪCCI, 1887

De hoop van Grace die onbeschaamde Mr Stockton niet weer te zien, werd al de volgende ochtend tenietgedaan. Onder het ontbijt, geheel onverwachts, terwijl ze zich te goed deden aan de pap met honing en bruine suiker en de heerlijke koekjes, waaraan zelfs haar moeder gewend was geraakt, deelde hun vader het gezin mee: 'Gisteren heb ik een plezierige ontmoeting gehad met een van onze buren. Zijn naam is Dean Stockton, hij is de eigenaar van de plantage ten westen van de onze. Hij is speciaal hierheen gekomen om mij te spreken. Is dat niet aardig?'

'O, echt heel aardig. Hebben jullie een aangenaam gesprek gehad?'

'Heel aangenaam zelfs. Ik geloof dat de plaatselijke mentaliteit hem heeft aangestoken, want hij heeft meteen aangeboden een paar van zijn arbeiders te sturen om te helpen met het rooien van het bos.'

Was dat voor of na hun ontmoeting geweest? Grace liep vuurrood aan en keek toen naar Victoria. Die trok verrast haar wenkbrauwen op.

'Hij heeft me ook verteld dat hij reeds het genoegen heeft gehad kennis te maken met mijn dochters,' voegde hun vader eraan toe. 'Daar heb ik niets over gehoord.'

Grace schraapte haar keel. 'Ik dacht dat het niet belangrijk was. Hij heeft Victoria bijna omvergereden.'

'En zich niet verontschuldigd?' vroeg hun moeder.

Alsof dat het belangrijkste was, dacht Grace grimmig. En hoe zit het met Victoria? Moet u niet eerder vragen of haar iets is overkomen?

'Natuurlijk heeft hij zich verontschuldigd, en we hebben zijn excuses ook aanvaard,' antwoordde Grace en ze richtte haar aandacht weer op haar bord.

'Over dat voorval heeft hij het helemaal niet gehad. Is alles in orde met jou, Victoria?'

'Natuurlijk, papa. Grace heeft me net op tijd opzijgetrokken. Ze was laaiend op hem, omdat hij me wel dood had kunnen rijden. Daarom wilde ze niet ingaan op zijn aanbod ons naar huis te begeleiden.'

Toen Grace haar zusje opgelucht aankeek, gaf Victoria haar snel een knipoog.

'O, het lijkt me dat we een heldin in onze familie hebben.'

'Het was geen heldendaad, papa!' zei Grace afwerend. 'Ik heb alleen maar op mijn zusje gelet, zoals het hoort.'

'Wat hadden jullie daarboven eigenlijk te zoeken?' vroeg Claudia, die haar dochters om beurten onderzoekend aankeek.

'We wilden gaan kijken hoe de olifanten het bos rooien,' was Victoria haar zus voor. 'Dat mocht toch van u, papa?'

'Overigens verkeert een van de olifanten in een nogal slechte conditie,' flapte Grace eruit. Op een of ander manier was ze de vorige avond vergeten dat ter sprake te brengen. 'Ik denk dat de arbeiders de dieren mishandelen. Daar moet u beslist iets aan doen.'

Haar vader keek haar daarop wat bevreemd aan. Het viel Grace zelf op dat ze brutaal overkwam, wat ze eigenlijk helemaal niet wilde. Als ze de olifant wilde helpen, moest ze vriendelijker zijn en niet het risico lopen dat haar vader zich doof hield voor haar smeekbede.

Maar alleen al de gedachte dat Stockton haar weer zo zou kunnen aanstaren, beviel haar allerminst.

'Ik zal me om de olifanten bekommeren,' zei Henry koeltjes terwijl hij zijn dochter grondig opnam. 'Heeft je boosheid nog een andere oorzaak?'

Ja, Stockton, dacht Grace woedend. Maar ze zei slechts: 'Ik slaap niet zo best. Dat moet door de lucht hier komen.'

'Daar zul je aan moeten wennen. Net als aan alle andere dingen.'

'Nu, het zou alleen maar beleefd zijn geweest als jullie Mr Stocktons hulp hadden aanvaard,' leidde Claudia het gesprek weer in de eerdere richting, want ze vreesde een uitbarsting aan de ontbijttafel.

Hulp? dacht Grace spottend. Hij heeft mijn hand gekust, op volkomen ongepaste wijze. En zijn ogen leken nog altijd aan haar huid te kleven. Bovendien was hij minstens twintig jaar ouder dan zij!

'Ik achtte het beter die af te slaan. Ik draag daarbuiten nog altijd de verantwoordelijkheid voor Victoria.'

Het ontging Grace niet dat haar vader en moeder elkaar aankeken. Maar in plaats van haar te berispen vanwege haar toon, zette Henry zijn theekopje neer en zei alleen maar: 'Het klinkt allemaal alsof je niet erg warmloopt voor Mr Stockton. Maar dat verandert hopelijk binnenkort. Ik heb hem uitgenodigd vanmiddag thee bij ons te komen drinken. Komt dat jou uit, lieve?'

Bij het vooruitzicht eindelijk weer bezoek te ontvangen begonnen Claudia's ogen te stralen.

'Maar natuurlijk komt dat goed uit! We moeten bij gelegenheid ook zijn gezin uitnodigen. Hij is toch getrouwd?'

'Ja, dat is hij, en hij heeft een zoon. Die is iets ouder dan Grace en regelt het beheer van zijn plantage.'

'Dan zal ik hen vandaag meteen uitnodigen. Tenzij je daar iets op tegen hebt.'

'Het kan geen kwaad je buren te leren kennen, nietwaar?' Met die woorden richtte Henry zijn aandacht weer op zijn ontbijt.

Aanvankelijk zat Grace als aan de grond genageld, maar even later bedacht ze dat een lady haar gevoelens in toom behoorde te houden en ze diende te verbergen.

Als ik nu bezwaar maak, wordt het alleen maar erger. Het theeuurtje is vast de straf voor mijn gedrag.

Haar ouders leken genoegen te nemen met haar zwijgzaamheid.

Alleen Victoria had in de gaten dat ze nog steeds boos was en vroeg haar na het ontbijt, toen ze even een rondje door de tuin maakten: 'Is het dan zo erg dat hij hierheen komt? Hij heeft je toch heus niets gedaan, hij wilde alleen maar aardig zijn. De eerste indruk is soms misleidend. Bovendien hoef jij het thee-uurtje niet te houden, maar mama. Hij zal zich jou vast helemaal niet meer herinneren, en op een gegeven moment is het thee-uurtje ook weer voorbij.'

'Je hebt gelijk.' Grace boog verlegen haar hoofd. 'Ik weet ook niet wat er met me aan de hand is. Soms heb ik... ik bedoel, soms meen ik het te kunnen merken als iemand onoprecht is. Hij was wat al te vriendelijk voor bij een eerste ontmoeting, vind je ook niet? En dan die handkus. Even eerder wekte hij nog de indruk dat hij ons er met zijn rijzweep van langs wilde geven.'

'Daar heb je gelijk in. Maar papa zou niet anders reageren als iemand onder zijn paard loopt. Je weet wat voor vreselijke ongelukken er kunnen gebeuren. Denk maar aan oom Richard.'

'Die is van de Adam's Peak gevallen, niet van zijn paard.'

'Vallen is vallen!' hield Victoria koppig vol. Toen werd haar blik ergens door afgeleid.

'O, kijk eens, Mr Vikrama! Zal ik hem vragen of hij een papegaai voor me wil vangen?'

'Je kunt je beter richten op het vangen van vlinders.'

'Maar een papegaai zou prima passen in mama's salon!'

'Dan moet je een rode vangen, Miss Giles heeft gisteren immers verteld dat ze rode zijde uit India hebben besteld.'

Alsof Vikrama had gemerkt dat ze naar hem keken, draaide hij zich om, stak even zijn hand op ter begroeting en glimlachte.

'Nou, wat zegt je intuïtie over hem?'

Grace wendde vlug haar blik af. 'Hoe bedoel je dat?

'Wat denk je van Mr Vikrama?'

'Ik heb nog geen woord met hem gewisseld, dus kan ik dat niet zeggen.'

'Maar we hebben hem toch bij vader geobserveerd. Hij leek me heel aardig.'

'Ik geloof niet dat jouw oordeelsvermogen al voldoende ontwikkeld is.' Grace wist precies dat een kleine woordenwisseling haar van het onderwerp af zou brengen.

'Mijn oordeelsvermogen?' hapte Victoria meteen toe. 'Dat moet jij nodig zeggen! Jij hebt net zo weinig ervaring als ik!'

'Maar ik ben vijf jaar langer op de wereld dan jij.'

'Vier!' verbeterde de jongste. 'En Mr Norris zegt altijd dat mensenkennis en intuïtie niets met leeftijd te maken hebben. Ook heel jonge mensen kunnen van de hoed en de rand weten.'

'Dat heeft hij zéker niet gezegd.'

'Nee, maar het was wel wat hij bedoelde. En ik voel me al bijzonder rijp.' Victoria stak haar kin in de lucht, maar Grace had ineens geen zin meer nog verder te bekvechten. Haar blik was bij Vikrama blijven hangen. Twee vrouwen waren met hem aan het praten, waarbij ze druk gebaarden. Waar zou dat over gaan?

Het was onmogelijk dat van verre op te maken, en dichterbij komen wilde ze niet. Maar ze vroeg zich plotseling af of Vikrama een vrouw, of in elk geval een verloofde had. Hij had er de juiste leeftijd voor en hij zag er ook goed genoeg uit om een echtgenote te hebben. Waarschijnlijk waren de theepluksters helemaal weg van hem, want door zijn functie op de plantage was hij een goede partij.

'Grace, sta je te dromen?' vroeg Victoria terwijl ze haar even in de arm kneep.

Grace keek haar verschrikt aan. Pas even later voelde ze de pijn.

'Wat heeft dat te betekenen?'

Victoria lachte ondeugend. 'Ik heb je gevraagd of je denkt dat hij hier ooit nog aankomt.'

'Wie bedoel je?'

'Nou, Mr Norris. Zo niet, dan moeten we de arme Miss Giles toch nog aan een inlander koppelen. Misschien wel aan Mr Vikrama.'

Grace probeerde de steek van jaloezie die door haar heen ging te verbergen. 'Ik denk niet dat ze hem zou willen hebben. Hij is immers geen Engelsman.'

Weer dwaalde haar blik naar Vikrama, die nu lachend afscheid nam van de vrouwen en naar het administratiegebouw liep. 'Nee hij is echt geen man voor haar.'

's Middags zat Grace met haar moeder en Victoria in de salon, waar ze wachtten op de komst van hun vader en Mr Stockton. In hun vaderland had Grace het altijd prettig gevonden als er iemand op Tremayne House op visite kwam. Soms waren daar schrijvers of schilders bij geweest, meestal op aanbeveling van bekenden. Nu werd ze door niets anders beziggehouden dan het feit dat de kraag van haar middagjapon schuurde en dat de tijd zo langzaam ging dat het leek of iemand een vloek over de wachtenden had uitgesproken.

Wat zou Stockton te zeggen hebben? Grace werd niet bepaald opgewonden bij die gedachte. Hij zou vast een saai verhaal over thee houden en vervolgens nieuwsgierige vragen stellen. Bijvoorbeeld of ze haar debuut al had gemaakt. En dan zou zij hem met zijn Ascot-das willen wurgen.

Toen ze hoefgetrappel hoorden, slaakten de vrouwelijke Tremaynes alle drie tegelijk een zucht van verlichting. Het bezoek was aangekomen, het thee-uurtje kon beginnen. Heimelijk keek Grace op de klok. Een uur. Misschien twee. Dan zou hij weer gaan en had zij tijd om haar vriendin Eliza Thornton te schrijven, die op dit moment waarschijnlijk op dansles haar uiterste best deed en niet kon wachten tot ze zich op het balseizoen kon storten.

Terwijl de stem van de butler door de foyer klonk, keek Grace naar haar zusje. Van tevoren hadden ze afgesproken dat ze Stockton allebei goed in de gaten zouden houden en dat ze later hun indrukken zouden vergelijken.

Stockton kwam alleen. Waar was hun vader? Verbaasd keken de zusjes elkaar aan.

'Ah, Mr Stockton!' riep Claudia en ze stond op om haar gast te verwelkomen. 'Het doet me genoegen kennis met u te maken. Mijn man heeft al veel over u verteld.'

'Hopelijk niets dan goeds,' antwoordde hij galant, zonder Grace en Victoria ook maar enige aandacht te schenken. 'Het zou een schande zijn als ik uw salon niet waardig zou blijken te zijn.'

'Daar hoeft u zeker niet voor te vrezen, als mijn eerste indruk juist is,' antwoordde Claudia koket, waarna ze hem haar dochters voorstelde.

'Dit zijn Grace en Victoria.'

'We hadden al het genoegen,' zei Stockton met een lichte buiging. 'Ik hoop dat u inmiddels van de schrik bekomen bent.'

'Zeker, Mr Stockton!' antwoordde Victoria en ze keek naar haar zus. Grace deed haar best te glimlachen. Misschien schat ik hem echt verkeerd in, dacht ze. Ik moet moeder geen aanleiding tot ergernis geven.

'We weten dat het geen boze opzet van u was,' antwoordde ze en ze reikte hem haar hand. Stockton glimlachte toen hij die drukte.

'Dat doet me plezier. Ik zou ontroostbaar zijn als ik op enigerlei wijze uw boosheid had gewekt.'

'Dat hebt u beslist niet,' kwam Claudia tussenbeide. 'Mijn dochter is alleen wat impulsief en wil natuurlijk haar kleine zusje beschermen.'

'Allemaal goede eigenschappen voor een aanstaande echtgenote,' erkende Stockton nog altijd glimlachend, en hij maakte een vluchtige, spottende buiging.

Gelukkig waren daarmee de hoffelijkheden ten einde, en Claudia leidde haar gast naar de theetafel.

'Mijn excuses als het gebak een beetje anders is dan u het gewend bent. Mijn zwager heeft verzuimd de kokkin bij te brengen hoe ze behoorlijke scones moet maken.'

'Ik denk niet dat dat uw zwager valt aan te wrijven,' was Stocktons weerwoord. 'Mijn kokkin is soms ook wat eigengereid, maar ze is heel ijverig, en daar komt het naar mijn mening op aan.'

Toen ze gingen zitten voelde Grace een vreemde spanning. Stockton had tot nog toe absoluut niets verwijtbaars gedaan dat haar woede had kunnen wekken. Maar er hing iets in de lucht, als onweer dat langzaam steeds dreigender wordt, totdat het zich eindelijk ontlaadt. Was het de opmerking over de echtgenote geweest?

Eigenlijk had ze niets tegen trouwen, en de waarzegger had haar ook een huwelijk voorspeld...

'Wat uw zwager is overkomen vind ik bijzonder spijtig,' begon Stockton nu. 'Het was voor ons allemaal een schok, en ik kan u persoonlijk verzekeren dat ik geen waarde hecht aan de kwaadaardige geruchten die hier en daar de kop opsteken.'

Kwaadaardige geruchten? Grace keek eerst naar Victoria en toen naar haar moeder. Maar die was altijd al een meester in zelfbeheersing geweest. Als die opmerking haar iets deed, dan liet ze het niet merken. En haar goede manieren verboden haar ook naar de geruchten te vragen.

Op haar schellen verscheen een van de Tamildienstmeisjes die Claudia voor het opdienen van de spijzen had aangewezen. Ze beschikte weliswaar niet over de bedrevenheid van Engelse dienstmeisjes, maar onder de strenge blik van haar mevrouw deed Rani haar uiterste best.

Toen Grace heimelijk naar Mr Stockton gluurde, merkte ze hoe zijn blik de in een donkerblauwe sari geklede vrouw volgde.

'Staat u uw dienstmeisjes toe traditionele kleding te dragen? Dat is heel vooruitstrevend.'

Er verscheen een lichte rode blos op Claudia's bleke wangen.

'Helaas hebben we moeten constateren dat er in het hele huis geen dienstmeisjesuniform voorhanden is. Blijkbaar liet mijn zwager het personeel in deze kleding hun werk doen. Maar ze zullen met de eerstvolgende boot die Colombo aandoet binnenkomen.'

'Het was niet bedoeld als kritiek,' antwoordde Stockton terwijl hij in zijn thee roerde en daarna het aroma diep inademde. 'Ik vind de kleding van die vrouwen bijzonder fraai. Daarin zien ze er bijna net zo kleurrijk uit als de papegaaien in de bomen. Bij al het groen dat ons omgeeft zijn wat kleuraccenten toch heel welkom, vindt u ook niet?'

Terwijl hij zijn thee dronk, keek Grace naar haar moeder. Zou ze hem nog steeds aardig vinden? Een opmerking over de kleding van de bedienden gold in Engeland altijd als kritiek op de gastvrouw.

'Uw thee is werkelijk voortreffelijk,' merkte Stockton op nadat hij had geproefd. 'Ja, ik moet vol afgunst zeggen dat deze jaargang zelfs mijn eigen oogst overtroeft. *First flush*, nietwaar?'

Claudia keek radeloos. 'Vergeeft u mij als ik u hierop het antwoord schuldig moet blijven, ik ben nog niet vertrouwd met het telen van thee.'

'O, mijn excuses als ik u in verlegenheid heb gebracht. Ik ben al sinds mijn jeugd bekend met de theeteelt en gebruik altijd weer jargon zonder eraan te denken dat anderen me misschien niet kunnen volgen.'

'Wat is first flush dan, Mr Stockton?' vroeg Victoria nieuwsgierig.

'Dat is een van de vier tijden waarop geoogst wordt.' Stocktons blik bleef op Grace rusten, alsof hij die vraag van haar had verwacht. Nerveus sloeg ze haar ogen neer, maar ze merkte nog wel dat de man glimlachte. 'Dat is vooral van toepassing op darjeeling, maar ook bij assam is het gebruikelijk onderscheid te maken tussen de verschillende oogsten. De hier aangeplante thee is voornamelijk assam, hoewel we die tegenwoordig ceylon noemen.'

Dat herinnerde Grace aan Vikrama's uiteenzettingen tegenover haar vader en de gedachte daaraan deed haar glimlachen, wat Stockton niet ontging.

'Uw dochter is werkelijk heel bekoorlijk, Mrs Tremayne. Heeft ze haar debuut al gemaakt?'

Dat die vraag zo snel zou komen, had Grace niet verwacht. Gelukkig had hij het niet aan haar, maar aan haar moeder gevraagd.

Claudia leek in verlegenheid te zijn gebracht. 'Nee, helaas kregen we daar de tijd niet meer voor. De dood van mijn zwager heeft ons vreselijk overvallen. Maar we zijn van plan het volgend jaar in te halen, als de situatie hier enigszins onder controle is.'

'Wel, als dat het geval is, kan ik u nu al zeggen dat de jongedame maar eens naar een goede coupeuse moet uitkijken. De samenleving in Nuwara Eliya is weliswaar klein, maar heel pretentieus. Met een mooie japon kan uw dochter beslist alle jongemannen hier het hoofd op hol brengen.'

'Dat is allervriendelijkst van u, Mr Stockton,' antwoordde Claudia gevleid. 'Misschien kan uw echtgenote me met betrekking tot een naaister adviseren.'

'Dat zal haar een genoegen zijn.'

Eindelijk merkte Grace dat hij zijn blik van haar afwendde.

Maar dat betekende niet dat Stockton haar niet meer tot gespreksonderwerp wilde maken. 'Wat denkt u ervan uw dochters met mijn kinderen kennis te laten maken?' begon hij nadat hij een stuk gebak had geproefd. 'George is twintig en Clara veertien. Ik denk dat ze goed bij elkaar passen.'

Zoals hij het zei, leek hij te hopen dat Grace en zijn zoon elkaar leuk zouden vinden. Ineens wist Grace wat zijn gestaar betekende. Hij was op zoek naar een fokmerrie.

Het liefst was ze opgesprongen, maar ze bleef zich ook nu beheersen. Haar stille smeekbede dat het thee-uurtje nu vlug voorbij zou zijn, werd echter steeds sterker.

'Dat zou ons veel genoegen doen, Mr Stockton!' hoorde ze haar moeder antwoorden. 'Ik ben toch al van plan een klein introductiebal te organiseren. Maar eerst moet ik met de andere dames kennismaken.'

'Ik denk dat u ermee kunt volstaan ze een uitnodiging te sturen. Ik kan u verzekeren dat mijn echtgenote hun nieuwsgierigheid naar u al heeft gewekt. Nieuws verspreidt zich in Nuwara Eliya razendsnel, de dames zijn erop gespitst u te leren kennen.'

Zo te zien aan de manier waarop hij haar daarna weer bekeek, was híj erop gespitst haar aan zijn zoon te koppelen, daar was Grace van overtuigd. Maar voor hij verder kon spreken, klonken er voetstappen op weg naar de salon. Een ogenblik later kwam haar vader binnen.

'Dean, het is me een genoegen u hier te zien!' Henry begroette zijn gast hartelijk en Grace kon maar met moeite een zucht van verlichting onderdrukken, want ze was ervan overtuigd dat Stocktons aandacht nu naar haar vader en de thee zou worden verlegd.

Maar daarin vergiste ze zich. 'Mijn excuses dat ik verlaat ben,' verontschuldigde haar vader zich terwijl hij plaatsnam. 'Ik moest op het nieuwe veld orde op zaken stellen. Mijn dochter heeft me geattendeerd op een misstand.'

'Zo, een misstand?'

Alsof hij wist van wie de aanwijzing gekomen was, keek Stockton weer naar haar.

'Een van de olifanten was gewond en ze vreesde dat de arbeiders hem hadden mishandeld. Maar het dier heeft de verwonding in een gevecht met een andere olifantenstier opgelopen. Mijn arbeiders hebben daarom besloten hem op een andere plaats in te zetten, zodat er geen conflicten meer kunnen ontstaan.'

Henry keek nu zijn dochter aan, die begon te blozen. Ik had niet zo onaardig tegen papa moeten doen, dacht ze. De volgende keer kan ik mijn woede beter direct op Stockton afreageren.

Het thee-uurtje werd tot bijna in de avond voortgezet. Slechts onder het voorwendsel van lichte duizeligheid lukte het Grace aan Stocktons gezelschap te ontkomen. Weliswaar werd er niet meer over trouwen en debuteren gesproken, maar toch voelde ze zich opgelucht toen ze Stocktons blik niet meer op zich gericht wist.

Voor de buitendeur, met de bedoeling een wandeling te gaan maken om uit te waaien en Stockton uit haar hoofd te zetten, liep ze rechtstreeks in de armen van Mr Vikrama, die blijkbaar op weg was naar het huis.

'Neemt u me niet kwalijk, Miss,' zei hij toen hij zich hersteld had. 'Ik wilde niet...'

'Ik ben degene die zich moet verontschuldigen, Mr Vikrama,' zei Grace vlug. 'Ik had beter moeten uitkijken. Ik heb u bijna omvergelopen.'

Even keken ze elkaar zwijgend aan, toen voegde ze eraan toe: 'Bent u op weg naar mijn vader? Hij zit net met Mr Stockton in de salon.'

'O,' zei hij en hij deed een stapje terug. 'Dan kan ik beter later nog eens terugkomen.'

'Maar waarom dan?' vroeg Grace verwonderd. 'Als het iets belangrijks is, zal mijn vader het niet erg vinden dat u hem stoort.'

'Het is niet zo belangrijk,' antwoordde Vikrama en hij keek haar toen aan alsof hij al te veel had gezegd. 'Ik zal het later met hem bespreken, er is geen haast bij.'

Toen hij zich omdraaide, hield Grace hem tegen. 'Mr Vikrama!'

'Ja?' zei hij vragend en zijn blik deed haar bloed sneller stromen, waardoor ze vergat wat ze had willen zeggen. Of had ze iets willen vragen? Verlegen zocht ze naar woorden en vond uiteindelijk iets wat hem niet zou doen denken dat ze haar verstand had verloren.

'Mijn zusje is helemaal weg van papegaaien. Zou u haar kunnen laten zien hoe je er een vangt?'

Eerst was er op zijn gezicht ongeloof te zien, toen verrassing. Daarna antwoordde hij: 'Natuurlijk kan ik dat. Ik moet alleen wel zeggen dat die beesten in kooien en volières allesbehalve gelukkig zijn. Ze houden ervan in zwermen rond te vliegen en het is echt veel waardevoller de mooiste bij toeval in de palmen te zien.'

Opeens voelde Grace een brok in haar keel. Het beeld van de geesteszieke vogel van Mrs Roswell kwam weer bij haar op. Waarschijnlijk was hij echt gek – gek van verlangen.

'Maar als uw zusje eens een papegaai van dichtbij wil zien, kan ik dat wel regelen.'

Zijn warme glimlach verdreef haar twijfel of ze hem misschien had beledigd.

'Dat zou buitengewoon aardig zijn,' antwoordde ze. 'Als ik eerlijk ben, zou ik van de papegaaien ook graag meer zien dan de onderkant. Ik beloof u dat we hem ook weer vrijlaten nadat we hem goed hebben kunnen bekijken.'

Vikrama knikte haar glimlachend toe en wilde zich al weer omdraaien, toen Grace nog iets anders te binnen schoot: 'Kunt u me misschien uitleggen wat de oogsttijden van de thee zijn? Mr Stockton had het over zoiets als first flush.'

Dezelfde glimlach die ze al tijdens de uitweidingen van Vikrama tegen haar vader had waargenomen, verhelderde nu zijn gezicht. Kon een man op zulke verschillende manieren glimlachen? Het verwarde Grace en wat hij zei drong daardoor bijna niet tot haar door.

'Hebt u even tijd?' vroeg hij. 'Dat moeten we niet hier op de trap bespreken.'

'Maar natuurlijk!'

Grace volgde hem de trap af de tuin in, naar de rododendron waarachter Victoria en zij hadden zitten afluisteren.

'U wilt dus kennis verwerven over de thee?' vroeg hij toen.

Grace knikte overrompeld. Eigenlijk had ze verwacht dat hij gewoon antwoord zou geven. 'Ik zal toch van nu af aan hier wonen, nietwaar? Dan moet ik iets over thee weten. Als moeder niet nog een broertje krijgt, zal ik op een dag de vrouwe van Vannattuppūcci zijn.'

Nog een andere gedachteflits schoot door haar hoofd. 'Wat betekent "Vannattuppūcci" eigenlijk?' vroeg ze voor Vikrama kon ingaan op wat ze had gezegd. 'Dat is toch een woord uit uw moedertaal?'

Vikrama knikte. 'Het betekent "vlinder". Het is uw oom opgevallen dat we op de plantage heel veel mooie exemplaren hebben. Daarom heeft hij dit landgoed zo genoemd.'

'Een paar dagen geleden heb ik een vlinder gezien, een prachtige blauwe. Helaas was hij weer net zo snel verdwenen als hij was opgedoken.'

'Sommige mensen geloven dat vlinders de zielen van overledenen zijn. De hindoes geloven dat een mens in een volgend leven ook in een dier kan incarneren. Misschien was het uw oom, die wilde nagaan wie er op zijn plantage is komen wonen.'

Die gedachte beviel Grace, hoewel ze geen gevoelsmatige band met haar oom had. In plaats daarvan blonk in Vikrama's ogen echte bedroefdheid. Blijkbaar was hij erg op zijn baas gesteld geweest. Maar aan die gevoelens gaf hij zich slechts even over.

'Nou, ik denk dat hij heel blij is met de belangstelling van zijn nicht voor zijn levenswerk. U wilde toch iets weten over de oogstperiodes?'

Toen Grace knikte, legde Vikrama uit dat er vier oogstperiodes werden onderscheiden. Bij de first flush werden de jonge bladeren na de winter geoogst, de *second flush* was de zomeroogst, de periode waarin ze zich nu bevonden. De *rain flush* vond plaats tijdens de moesson en het jaar werd afgesloten met de *autumn flush*, de laatste pluk voor de winterrust.

'Als u wilt, zal ik u de verschillen bij elke oogst uitleggen. U moet weten dat elke flush een andere thee oplevert. De first flush is licht en bitter, de second flush wat milder, maar donkerder. Je hoeft alleen maar op te letten bij het drinken van de thee.'

Grace wilde daar iets op zeggen, maar de woorden bleven in haar keel steken. Haar vader was met zijn gast naar buiten gekomen en liep nu over het erf. Stockton keek rond alsof hij naar iets op zoek was. Ten slotte draaide hij zich om naar haar. Grace verstijfde en keek beschaamd omlaag.

'Wat is er?' vroeg Vikrama.

'Ik denk dat mijn vader u nu wel gehoor zal schenken,' zei ze teleurgesteld. 'Hij neemt net afscheid van zijn gast.'

Vikrama fronste verbaasd zijn wenkbrauwen. Grace wilde echter niet langer in zijn aanwezigheid verblijven.

'Ik moet nu gaan. Dank u zeer voor uw uitleg, Mr Vikrama.'

Daarna nam ze haar rokken op en liep haastig over de zandweg naar het huis.

Er speelde een glimlach om Dean Stocktons lippen toen hij de plantage achter zich liet. Die kleine Grace was veelbelovend, dat had hij al gemerkt toen ze haar zusje voor zijn paard weg had getrokken. Ze was temperamentvol en moedig, vurig en zo te zien gezond – allemaal eigenschappen die hij bij een schoondochter belangrijk achtte.

Zijn vrouw was dat allemaal niet geweest. De tengere Alice was bij de geboorte van haar tweede kind bijna gestorven en de kinderen die ze ter wereld had gebracht waren zwak. George, zijn zoon, hield zich de hele dag bezig met het opzetten van vogels in plaats van belangstelling te tonen voor de theeteelt. Zijn dochter Clara was ziekelijk en lag de meeste tijd van het jaar in haar kamer te rusten.

Vroeger had hem dat niet zo gestoord, maar nu hij op leeftijd kwam, moest hij bedenken hoe het met zijn plantage verder moest als hij oud en grijs werd.

Grace mocht dan uit het verre Engeland komen, hij voelde dat de theeteelt haar wel zou liggen. Bovendien leek ze nu al een goede relatie met de ondergeschikten te hebben, want waarom zou ze anders met haar vaders voorman hebben staan praten?

De andere verklaring daarvoor bezorgde hem op slag een droge mond.

Maakte die vent werk van de kleine? De gedachte haar naakt met een man in hartstochtelijke omhelzing te zien, wond Dean Stockton zo hevig op dat hij zijn paard halt moest laten houden. Omdat er nu niemand op hem lette, kon hij zich ongestoord aan zijn fantasieën overgeven, en die lieten hem het van wellust blozende gezicht van de jonge vrouw zien, haar rossige lokken over haar naakte schouders en borsten die zich onder hartstochtelijke stoten op en neer bewogen. Ineens veranderde hij in de onbekende die tussen haar dijen lag en...

Naar adem snakkend trok hij zijn boord los. Hij moest weer tot zichzelf komen. Hem stond immers de avondmaaltijd met zijn gezin te wachten, dan mochten zijn ogen niet glanzen van verlangen. Ook al was het bed van zijn echtgenote al lang verkoeld, ze beschikte toch over een zesde zintuig dat alle vrouwen eigen was die vreesden hun man te verliezen. Ze zou het merken als hij aan een ander dacht.

Hij gaf zijn paard de sporen en probeerde aan andere dingen te denken. Maar zelfs toen hij door de poorten van zijn plantage reed, wilden de zachte lippen en groene ogen van Grace Tremayne niet uit zijn hoofd verdwijnen.

Ik zal ervoor zorgen dat George met haar trouwt, zei hij bij zichzelf. Koste wat het kost.

De volgende ochtend, toen Grace en Victoria met Miss Giles een korte wandeling wilden gaan maken, kwam Vikrama naar hen toe, met een rieten kooi in zijn hand, waarin een vuurrode papegaai met groene en blauwe staartveren luidkeels zat te krijsen.

'Goedemorgen, dames!' zei hij met een kleine buiging. 'Mij is ter ore gekomen dat Miss Victoria graag een papegaai van dichtbij wil zien. Toevallig is er vanmorgen een op mijn pad gekomen die zich daartoe bereid heeft verklaard. Maar onder de voorwaarde dat hij daarna weer zijn vrijheid terugkrijgt.'

Terwijl Miss Giles keek alsof ze een vlooiencircus op de vogel verwachtte aan te treffen, lichtten Victoria's ogen op.

'O, bedankt, Mr Vikrama! Ik beloof u dat ik snel zal tekenen.'

'Maar, Miss Victoria!' riep Miss Giles verontwaardigd. 'U wilt toch niet die luizige vogel...'

'Deze vogel is volkomen gezond en uw beschermeling zal er niets van krijgen, Madam,' kwam Vikrama tussenbeide en hij wierp Grace een samenzweerderige blik toe. 'Bovendien wil ik toch al afraden hem aan te raken. Als je dat op de verkeerde manier doet, kan de beet van een papegaai heel pijnlijk zijn.'

'Bent u dan wel eens door zo'n vogel gebeten?' vroeg Victoria opgewonden terwijl ze de kooi overnam.

'Ja, als kind regelmatig. Als je er een vangt, moet je erop letten hem voorzichtig van achteren beet te pakken, zodat hij met zijn snavel niet bij je vingers kan komen. Als je hem geen pijn doet, is de kans dat je niet gewond raakt groter, maar je weet niet altijd wanneer je het dier pijn doet.'

'Dus ik weet toch niet...'

'Miss Giles,' nam Grace nu het woord. 'Ik heb Mr Vikrama verzocht uit te kijken naar een papegaai. Het is heel aardig van hem, en we zijn hem buitengewoon dankbaar. Hoe kan mijn zusje anders iets over biologie leren als het niet aanschouwelijk wordt gemaakt? Mr Norris is helaas nog niet hier om haar te onderrichten.'

Bij het horen van de naam van de huisleraar begon Miss Giles te blozen. Tevreden stelde Grace vast dat het haar gelukt was de gouvernante van haar stuk te brengen. Toen ze zich glimlachend naar Vikrama wendde, lichtte er iets op in zijn ogen wat haar hart sneller deed kloppen.

'Kom, Victoria, laten we de papegaai snel gaan tekenen,' zei ze en ze legde haar hand op de schouder van haar zusje. Voordat ze zich omdraaide, schonk ze Vikrama nog een glimlach en ze zag dat die hem niet onberoerd liet.

8

HILLS CLUB HOTEL, MEI 2008

De regen betekende voor Diana een dikke streep door de rekening. Ook de twee volgende dagen kwam het met bakken uit de hemel. Het was onmogelijk nu de berg op te rijden naar de plantage. Niet omdat er niemand was die hen wilde brengen, maar omdat de riskante rijstijl van de plaatselijke chauffeur dan nog gevaarlijker zou zijn geweest.

‘Kan het gebeuren dat de moesson wat eerder begint?’ vroeg ze Singh bij het ontbijt. ‘U had het in de trein over “binnenkort”.’

‘Mogelijk is dat zeker. Maar ik denk niet dat dit al moessonregen is. Misschien krijgen we de komende dagen de gelegenheid naar de plantage te wandelen.’

Diana knikte een beetje teleurgesteld. Ze had zo gehoopt gauw helderheid te krijgen, maar alles wat ze had waren fragmenten, en het palmblad was nog steeds niet ontraadseld. Wilde vermoedens die opkwamen terwijl ze door het raam naar het groene landschap en de laaghangende wolken keek, verdrong ze weer. Nee, ze wilde geen vooroordelen hebben tegenover haar voorouders. Ze zou de feiten voor zich laten spreken en pas als ze niets meer kon vinden haar fantasie toestaan de leemten op te vullen.

Vlak voordat ze Singh zou opzoeken om te gaan dineren, zette ze nog even haar laptop aan om een paar mailtjes te bekijken. De internetverbinding van het hotel werkte nogal traag, het duurde eeuwig voor alles was geladen.

Wees blij dat hier tenminste nog zoiets bestaat, berispte ze zichzelf.

Toen ze de lijst voor zich had, slaakte ze een zucht.

Dat Eva haar op de hoogte hield, behoorde nog tot de prettige berichten. Maar ook Philipp had haar drie keer geschreven, elke keer zonder onderwerp, alsof hij hoopte dat ze dan zijn e-mails eerder zou lezen.

Diana onderdrukte de impuls zijn berichten te wissen. Ik zal ze later bekijken, misschien kondigt hij aan dat hij wil scheiden.

De e-mail van Mr Green beloofde veel meer goeds. Hij vertelde kort over de gang van zaken in Tremayne House en liet weten dat hij een klusjesman moest laten komen omdat een deel van de dakgoot van het hoofdgebouw naar beneden was gekomen. Verder vroeg hij haar de bijlage te openen en die goed te bekijken. Het ging om een foto die alleen maar werd aangeduid als IMG7635489. Had Mr Green de dakgoot soms gefotografeerd?

Diana kreunde toen ze zag hoe groot het bestand was. Hoe moest ze vijf megabyte binnenhalen met dit slechte netwerk? Misschien moet ik het bericht bewaren tot we weer in Colombo zijn, dacht ze. Waarom zou ze moeite doen voor de afbeelding van een dakgoot?

Maar haar nieuwsgierigheid was te groot. Ik kan het bestand downloaden terwijl ik met Jonathan eet. Na het diner zal de foto dan wel binnen zijn. Ze klikte op de desbetreffende link en stond toen op om naar beneden te gaan.

Onder het avondeten spraken ze over het koloniale bewind op Sri Lanka en over de Tamils.

'Als we nog wat tijd overhouden, moeten we maar eens een hooglandtempel bezoeken,' opperde Singh. 'De hindoes bouwen altijd prachtige tempels, hoewel ze weinig hechten aan het leven. Hun goden zijn voor hen heel belangrijk.'

Een dergelijke tempel had Diana in een boek over het gebied gezien. Het idee er vlak voor te staan, de bonte beschildering te kunnen aanraken en de geur van de bloemenoffers te ruiken sprak haar aan.

'Dat zou heel leuk zijn. Weet u een tempel in de buurt?'

'Vlak bij Vannattuppūcci staat er een. En er zijn er nog twee in de wijdere omgeving. Wanneer het ophoudt met regenen, zijn ze goed bereikbaar. Maar...' hij pakte zijn thee, die intussen koud was geworden, '... uw familiegeschiedenis heeft voorrang.'

'Misschien is mijn familiegeschiedenis sterker met het hindoeïsme verbonden dan ik denk.' Diana zuchtte. 'Ach, had ik maar wat meer duidelijkheid. Alles wat ik op dit moment heb, zijn vermoedens en algemene feiten die nog geen verband lijken te houden met het geheim.'

'Ik geloof dat dat in de aard van geheimen ligt,' mompelde Singh nadenkend bij zichzelf terwijl dezelfde schaduw die ook al was verschenen toen zijn ex-vrouw ter sprake kwam, zijn ogen omfloerste. Had hij ook een geheim?

Terwijl Diana hem observeerde, kreeg ze ineens behoefte meer over hem te weten te komen. Het verhaal van zijn mislukte huwelijk en zijn dochter was misschien genoeg voor een onbekende, maar inmiddels had ze zo veel bijzondere karaktertrekken bij hem ontdekt dat ze wilde weten hoe hij daaraan was gekomen. Bovendien overviel haar elke keer als ze de gelegenheid had hem langer in de ogen te kijken het verlangen omhelsd en gekust te worden – en in bed weer eens te beleven wat Philipp haar al lang niet meer had gegeven.

De rest van de avond zaten ze te werken aan een soort geheugensteuntje, dat ze op een servet krabbelden. Ze verzamelden alles wat ze wisten, vulden dat aan met algemene informatie, en ineens had Diana er op zijn minst een idee van hoe het leven van haar voorouders eruit kon hebben gezien. Het geheim zelf zouden ze mogelijk op de plaats waar de gebeurtenissen zich hadden afgespeeld kunnen doorgronden.

Op de terugweg naar haar kamer haalde Diana de prospectus van de plantage uit haar tas en vouwde hem zo dat ze het telefoonnummer meteen voor zich had. Omdat het de volgende dag maandag was, zou het personeel er zijn en kon ze misschien een afspraak maken – vooropgesteld dat de regen ophield.

Bij haar binnenkomst in de hotelkamer was ze de gedownloade foto bijna vergeten. Pas toen de screensaver een nieuwe afbeelding toonde, dacht ze er weer aan.

De computer gaf aan dat het bestand helemaal gedownload was. Toen ze het aanklikte, zag Diana eerst niets anders dan een grijswitte vlakte die leek op die op de foto van Grace voor de plantage. Toen verscherpten de pixels zich tot een landschap dat niets met Sri Lanka van doen had. De foto moest in Europa zijn genomen, ongeveer in de jaren zestig, zoals bleek uit de rand eromheen en uit het ontbreken van vochtplekken. Tot Diana's grote verbazing betrof het een afbeelding van een kerkhof. Een kerkhof waarvan het middelpunt werd gevormd door een kruis dat boven alle andere uitstak.

Al de volgende ochtend leek Singh gelijk te krijgen met betrekking tot zijn vermoeden dat de neerslag nog niet de moesson was. De bewolking werd wat minder dicht, en uiteindelijk braken er een paar zonnestralen door. De aanblik van de glinsterende druppels op het gebladerte deed Diana denken aan het sprookje van een prinses die een diadeem met dauwdruppels wilde hebben omdat het water glinsterde als edelstenen. Emmely had haar dit sprookje wel eens verteld en wanneer Mr Green het gras had gesproeid, had ze het idee gehad dat ze door een tuin vol edelsteenrozen wandelde.

Ach, Emmely, dacht ze met een blik op het bureau. Waarom heb je me niet meer duidelijke sporen nagelaten...

Toen er geklopt werd, wilde ze net haar aanwijzingen in een plastic zakje doen om ze tegen een nieuwe regenbui te beschermen. Ze had het voorgevoel dat het goed zou zijn om ze mee te nemen. Misschien sloten ze aan bij wat ze op de plantage zou vinden.

'Binnen!' riep ze, waarop Singh in de deuropening verscheen. Zijn kleding was zeer geschikt om te wandelen, over zijn schouder hing zijn kleine reistas. 'Wat denkt u, zullen we het erop wagen?'

'Natuurlijk!' antwoordde Diana. 'Als we nog langer wachten wordt het niets meer. Over vijf dagen vlieg ik terug, de tijd begint te dringen. Bovendien heb ik vanmorgen naar de plantage gebeld. De secretaresse dacht dat het de komende dagen goed uitkwam, want dan is de bedrijfsleider aanwezig en kan hij me alles laten zien.'

Het was Singh gelukt een jeep te regelen, die hun een wandeltocht door de rimboe bespaarde.

'Was het soms ook een grapje van u toen u zei dat we moesten lopen?' vroeg ze hem sceptisch nadat ze waren ingestapt.

'Normaal gesproken is het een prachtige route,' antwoordde Jonathan. 'Een wandeling door de rimboe kan heel mooi zijn. Maar bij deze weersgesteldheid is het beter als we ons laten brengen. Bovendien willen we niet in aanvaring komen met lippenberen, nietwaar? Die knapen kunnen voor mensen knap gevaarlijk worden wanneer ze worden opgeschrikt.'

Voor Diana antwoord kon geven startte de chauffeur de jeep en begon de hobbelige tocht. Door het luide geronk van de motor was het vrijwel onmogelijk een gesprek te voeren, en haar maag draaide om bij de gedachte dat ze konden omslaan of zich klemrijden. Hoe lang zou het niet duren voor je hier werd gered?

Ze wierp een blik op Singh, die rustig en nadenkend leek, maar inmiddels geloofde ze dat hij alleen maar een pokerface opzette om haar niet nog meer te verontrusten.

Uiteindelijk, nadat ze alle mogelijkheden had doorgenomen om op deze weg door de jungle het leven te laten, gaf ze zich over aan het gehobbel en liet ze haar gedachten weer naar de vreemde foto gaan die Mr Green haar had gestuurd. Een kerkhof in een godverlaten oord. Waarom stuurde hij haar zo'n foto?

Ze had nog niet nagevraagd wat hij ermee beoogde en waar hij hem had gevonden, maar dat zou ze doen zodra ze van de plantage terugkwam.

9

VANNATTUPPŪCCI, 1887

Geïnspireerd door het observeren van de papegaai ging Victoria nu telkens met een tekenblok naar buiten om haar indrukken vast te leggen. Alsof de dieren in de gaten hadden dat ze er niet langer op uit was hen te vangen, lieten ze zich vaker zien, zodat Victoria al een mooie verzameling getekende papegaaien, vlinders en andere insecten had. Maar een vliegende hond had ze nog niet kunnen ontdekken.

'Kun je Mr Vikrama niet vragen of hij een vliegende hond kan regelen?' vroeg Victoria nadat ze er weer eens tevergeefs naar had gezocht.

Grace kromp in elkaar en merkte dat alleen al bij het noemen van zijn naam het bloed naar haar hoofd steeg. Ze wist niet waarom, maar telkens als ze de voorman zag werd ze ongekend nerveus, iets wat ze niet kon verklaren. Hij behandelde haar altijd vriendelijk en voorkomend, zonder daarbij zo kruiperig over te komen als Dean Stockton. Toch had ze wanneer ze hem tegenkwam steeds het gevoel dat ze absoluut niet passend gekleed was, dat haar kapsel verkeerd was en dat ze er kinderlijk uitzag. Wat was er toch met haar aan de hand?

Toen Mr Norris arriveerde, was het gedaan met de ochtendwandelingen. Victoria moest vanaf dat moment geregeld onderwijs volgen, terwijl Grace ertoe veroordeeld was zich samen met Miss Giles met hun japonnen bezig te houden, waarvan sommige de reis slecht hadden doorstaan.

Toen het verstelwerk haar te veel werd, sloop ze naar Victoria in de leskamer, waar Mr Norris juist een verhandeling afstak over inheemse biologie – een vak dat eigenlijk niet bepaald zijn fort was. Waarschijnlijk had hun vader hem opdracht gegeven zijn tweede dochter vertrouwd te maken met de flora en fauna van de omgeving.

Grace benijdde Victoria er een beetje om dat zij nog les kreeg en zich niet uitsluitend aan de huiselijke verplichtingen hoefde te wijden. Vooral op een middag toen de huisleraar van de Tremaynes over de inheemse bloemen vertelde.

'De struik die u hier voor het huis ziet, wordt frangipane genoemd, de Latijnse naam is *plumeria*. Ze komt voor in diverse varianten en kleuren, waarbij geel en rood meestal overheersen. In India en omstreken komt deze struik overal voor.'

'Zijn er ook blauwe frangipanes?' vroeg Victoria toen ze klaar was met haar aantekeningen.

'Eerlijk gezegd moet ik het antwoord daarop schuldig blijven, maar ik weet wel dat God deze plant een rijkdom aan kleuren heeft toebedeeld.' Mr Norris zette zijn nikkelen bril af en ging nonchalant op de rand van de tafel zitten. 'Misschien ontdekt u of uw zuster bij een van uw wandelingen een paar blauwe exemplaren.'

Victoria draaide zich om, terwijl Grace betrapt opstond. Op het gezicht van het jongste meisje stond het ongeloof te lezen dat haar oudere zus vrijwillig een lesuur kwam volgen, terwijl ze ook iets anders zou kunnen doen.

'Ik wilde alleen maar toehoren,' verklaarde Grace verlegen.

Ofschoon haar opleiding al drie jaar geleden was afgerond, voelde ze zich weer een schoolmeisje dat diep ontzag had voor haar leraar. 'Het spijt me als ik u heb onderbroken.'

De huisleraar glimlachte breed. 'Het is vreemd gesteld met mijn leerlingen,' zei hij alsof hij tegen zichzelf sprak. 'Als ik ze lesgeef, willen ze het liefst aan het onderricht ontsnappen. En als ze dan de studiezaal voor altijd hebben verlaten, worden ze er weer naartoe getrokken.'

'Alleen hebt u toen nooit over exotische dieren en planten verteld,' was het weerwoord van Grace.

'Dat is zeker juist. En ik moet toegeven dat hoewel ik meer een man van de gesteenten ben, de natuur van deze landstreek me fascineert.'

Nu zette hij zijn bril weer op. 'Als u het graag wilt en uw plichten u er niet van weerhouden, kunt u wat mij betreft met alle plezier naar mijn lessen komen luisteren. Natuurlijk zonder de zware verplichting om aantekeningen te maken.'

Victoria trok een pruillip. 'Voor mij geldt de vrijstelling voor de aantekeningen zeker niet, Mr Norris?'

'Natuurlijk niet,' antwoordde Mr Norris streng. 'Miss Grace heeft haar schooltijd al achter zich en zal hier zeker niet altijd kunnen verschijnen. Ze zal vast op een dag gaan trouwen en een eigen huishouding stichten. Opdat u dat ook zal lukken als u ouder bent, Miss Victoria, moeten wij nu met de lessen verdergaan. Volgende week zal ik u een opstel laten schrijven.'

Zuchtend boog Victoria zich weer over haar schrift.

Terwijl Mr Norris de les vervolgde met de gebruiksmogelijkheden van de kokospalm, keek Grace uit het raam en verstarde. Net op dat ogenblik kwam Mr Vikrama voorbij, die waarschijnlijk bij de droogschuren controle had gehouden. Weer moest Grace denken aan wat hij over de oogsttijden van de thee had verteld. Zou Mr Norris dat ook weten?

In tegenstelling tot de afgelopen nacht, waarin ze hem opnieuw had geobserveerd, droeg Vikrama weer normale Engelse kleding; de bruine broekspijpen staken in hoge laarzen, het vest over het overhemd met korte mouwen had een patroon in beigetinten. De cassette onder zijn arm zag er gewichtig uit.

Ze vroeg zich af waar hij toch steeds naartoe ging en was het liefst opgesprongen om het hem te vragen. Die impuls bedwong ze echter en ze keek naar de palmen in de verte terwijl op de achtergrond de stem van de leraar bromde.

De moessonperiode bracht druilerige dagen, stromende regen en wat verkoeling die eigenlijk geen naam mocht hebben, want de temperaturen daalden slechts een paar graden en overtroffen nog altijd de warmte van de Engelse zomer. Voor Grace en Victoria braken lange dagen in huis aan, wat vooral voor de jongste zus erg ingrijpend was. Weliswaar beschouwde ze de lesuren nu niet meer als tijdverspilling, maar ze miste de troost van de middagwandeling vreselijk.

In hun vrije tijd trokken de zussen zich vaak terug in de serre, waar ze hun schildersezels neerzetten. In enkele ogenblikken werd de frisse lucht van de regen verdreven door de geur van olieverf, terpentijn en grondlaag.

'Weet je nog, destijds aan het meer?' vroeg Victoria terwijl haar penseel met blauw een papegaaienvleugel tevoorschijn toverde.

'Je bedoelt, toen wij zelf geschilderd werden?' was de wedervraag van Grace, die net aan de eerste zachtroze tinten van de bloesem van een frangipanetak begon.

'Ja,' zei Victoria dromerig. 'Was dat geen heerlijke tijd? We hebben die arme schilder het bloed onder de nagels vandaan gehaald toen hij probeerde ons op het linnen te vereeuwigen.'

'Dat je dat nog weet,' reageerde Grace verbaasd. Zelfs voor haar was die middag aan het meer nog maar een vage herinnering. Zij was toen negen geweest en had er vreselijk genoeg van gekregen voor de schilder te moeten stilzitten. De vermaningen van hun moeder ten spijt waren ze op den duur toch gaan rondlopen, toen hun benen al helemaal stijf waren van het lange zitten op de oever, waar het wemelde van de muggen.

'Ik was toen toch al vijf!' protesteerde Victoria. 'Ik herinner me zelfs nog dingen die ik deed toen ik vier was!'

'En wat dan, bijvoorbeeld?' vroeg Grace terwijl ze zich achter haar ezel verschuilde om haar glimlach te verbergen. Ook al was ze achttien, ze had er nog altijd plezier in Victoria te plagen.

'Dat papa me optilde naar de top van de kerstboom zodat ik daar de engel op kon zetten! En dat we in de winter door het bos hebben gelopen en bijna bevroren waren omdat je de weg niet gemarkeerd had!'

Bij het horen van de verwijtende toon van haar zusje proestte Grace het uit. 'We zijn toch gered? Hoe lang wil je me dat nog nadragen, zusjelief?'

'Net zo lang tot je ophoudt eraan te twijfelen dat ik me mijn vroege jeugd kan herinneren!' Ineens sperde ze haar ogen open en legde ze haar penseel op haar palet met allemaal tinten blauw.

'Wat is er?' vroeg Grace en ze wapende zich innerlijk voor een van Victoria's grapjes.

'Mr Vikrama lijkt nogal geïnteresseerd in moderne kunst.'

Toen Grace rond begon te lopen, deed Vikrama betrapt een stap naar achteren. Blijkbaar had hij hen al een tijdje staan observeren. Victoria zwaaide vrolijk naar hem, hij wuifde halfslachtig terug, toen knikte hij ten groet naar Grace en trok zich terug. Grace stond ineens als aan de grond genageld. Waarom kon ze zich niet gewoon omdraaien en zich weer op haar schilderij richten? Waarom moest ze steeds naar de plek staren waar in het gras zijn voetafdrukken langzaam verdwenen?

Die nacht verscheen Vikrama niet. Wat het ook was dat hij in zijn schild voerde, het leek bij deze stortregen, die als magische vingers op het huis en het gebladerte roffelde, onmogelijk te zijn. Grace betreurde dat enigszins, omdat ze gewend was geraakt aan zijn nachtelijk verschijnen, en haar nieuwsgierigheid nam elke keer dat ze hem tussen de struiken zag verdwijnen en weer opduiken toe.

Toen de regen na een week wat minder werd en het erf droog genoeg was geworden om niet meer tot haar knieën in de modder te zakken, liep ze naar de schuur waarin de theebladeren werden gedroogd. Hoewel de droogrekken leeg waren, trof ze Vikrama daar aan; hij was bezig te controleren of het gebouw nog wel stevig was. Na de regentijd zou het niet lang meer duren tot de oogst. Voor die tijd moesten er reparaties worden uitgevoerd en moest alles in orde worden gebracht.

'Miss Grace!' riep hij verrast uit toen hij haar opmerkte. 'U had een dienstmeisje kunnen sturen als u me nodig hebt.'

'Ik ben hier gekomen omdat ik iets wilde vragen. Bovendien komen binnen de muren op me af. In Engeland had ik nooit kunnen dromen dat ik het op een dag zo prettig zou vinden om buiten te zijn.'

Vikrama glimlachte, maar ging door met zijn werk. 'Uw vaderland moet erg nat en koud zijn. Nattigheid hebben we hier ook te bieden, maar de temperatuur is veel aangenamer. U moet de komende dagen beslist wat vroeger opstaan, dan ziet u de berg en de theevelden dampen. Dat is een prachtig gezicht in de ochtendschemering.'

'Dat heb ik al kunnen zien,' antwoordde Grace en ze zweeg. Zou ze het wagen? Wanneer zou zich weer een gelegenheid voordoen het hem te vragen?

'Ik heb u toevallig laatst 's nachts gezien,' gooide Grace er met bonzend hart uit. 'In elk geval geloof ik dat u het was.'

Vikrama verstijfde. Elke spier van zijn lichaam leek gespannen, en zijn gezicht verstrakte.

'Waar gaat u op die tijd en in dat eigenaardige tenue naartoe?'

'Ik weet niet waar u het over hebt, Miss.'

Ineens had Grace het gevoel dat ze beter niets had kunnen zeggen. Het ging haar eigenlijk ook niet aan wat Vikrama 's nachts uitvoerde. Hij behoorde tot het personeel en beleed het hindoeïsme. Waarom ben ik niet eerder op het idee gekomen dat hij misschien een heilige handeling verricht? Misschien moet ik me maar eens in het geloof van dit land verdiepen.

Ze kuchte en wendde zich af. Ze wilde het niet nog erger maken dan het al was. 'Ik moest maar weer eens gaan.'

'Miss Grace, ik...'

Maar op dat moment liep ze al met grote stappen naar het huis.

Ondanks de verklaring die ze voor zichzelf had bedacht en die ook plausibel klonk, lag Grace in bed onrustig te woelen. Zodra ze haar ogen dichtdeed, zag ze de gezichtsuitdrukking van de jongeman voor zich. Hij had boos, maar ook een beetje angstig gekeken. Alsof hij vreesde betrapt te worden. Als dochter van de landheer had ze natuurlijk van hem kunnen eisen zijn geheim prijs te geven, desnoods had ze kunnen dreigen hem te verraden. Maar daar had ze zich niet toe kunnen brengen, en achteraf was ze er blij om. Dan had ze Vikrama nooit meer onder ogen kunnen komen. Het had hem zijn baan kunnen kosten.

Omdat ze had gezien hoe de minderbedeelden hier moesten leven, wilde ze hem in geen geval tot armoede veroordelen.

De prangende vraag wat die heilige handeling zou kunnen zijn, liet haar die nacht niet met rust. Zo zachtjes mogelijk, om Victoria niet wakker te maken, stond Grace op en ging naast het gordijn bij het raam staan.

Misschien moet ik achter hem aan sluipen.

Terwijl ze honderd mogelijkheden bedacht om de voorman ongezien te volgen, staarde ze gebiologeerd naar het grasperk voor de struik waarachter het nachtelijke geheim zich moest bevinden. Maar Vikrama kwam niet opdagen. Alleen de schaduw van een papegaai trok over het maanverlichte veld.

Na een tijdje gaf Grace het op. Ze glipte terug in bed en schoof het laken, dat ineens dik als een donzen dekbed leek, opzij. Haar hart voelde vreemd zwaar aan. Nu ik hem erop heb aangesproken, heeft hij vast een andere manier gevonden om naar zijn geheime bestemming te gaan...

10

VANNATTUPPŪCCI TEA COMPANY, 2008

Tegen alle verwachtingen in overleefden ze de rit naar de plantage, hoewel de jeep onderweg behoorlijk moeite had gehad met de doorweekte bodem. Af en toe was Diana wel bijna bang geweest dat ze van een steile helling zouden storten, maar de chauffeur kreeg het voertuig elke keer weer onder controle, nu eens zwijgend, dan weer scheldend op de wagen alsof die er iets aan kon doen.

'Maar goed dat het nog niet echt de moesson was, want dan hadden we een helikopter moeten inhuren,' merkte Singh knipogend op.

Omdat ze de chauffeur nog nodig hadden voor de terugweg, stak Jonathan hem wat geld en een pakje sigaretten toe en zei dat hij moest wachten.

Nadat ze zich via de intercom bij de poort hadden gemeld, probeerde Diana een blik van het hoofdgebouw op te vangen, dat verscholen lag achter palmen en weelderige rododendrons. Waarschijnlijk had de eigenaar willen voorkomen dat er nieuwsgierige blikken op het woonhuis konden worden geworpen.

Het bij dc poort passende hek had er honderd jaar geleden duidelijk al gestaan, want met de speervormige punten was de stijl onmiskenbaar victoriaans.

Ook het plantsoen was bijzonder Engels. Diana probeerde zich voor te stellen hoe Grace en Victoria in witte japonnen en met fragiele parasols tegen de zon gewapend over de goed onderhouden wegen hadden gelopen.

Na een tijdje verscheen er een man in een kaki broek en beige tropenhemd. Diana schatte hem midden vijftig. Zijn hele voorkomen straalde autoriteit uit, hij was blijkbaar gewend bevelen te geven. Met een nonchalant gebaar bediende hij de deuropener die het hoge ijzeren hek in beweging bracht.

'U moet de dame uit Duitsland zijn.' De man, die verrassend genoeg sterk Europese gelaatstrekken had, gaf haar een hand. 'Ik ben Jason Manderley, de bedrijfsleider van de Vannattuppūcci Tea Company.'

Diana stelde zichzelf en Singh voor. 'Fijn dat u tijd voor ons hebt weten vrij te maken.'

Er verscheen een brede glimlach op Manderleys gezicht. 'Het genoegen is geheel aan mijn kant. Van mijn medewerkster heb ik begrepen dat u een nazaat van de vroegere bezitters bent.'

De enige nazaat nog, dacht Diana, maar ze knikte. 'Grace Tremayne was mijn betovergrootmoeder, ze was de dochter van Henry Tremayne.'

De naam leek de man inderdaad iets te zeggen. 'Als dat zo is, dan heeft ons archief u vast iets te bieden. Komt u maar mee, dan zal ik het u laten zien.'

Manderley leidde hen langs goed onderhouden wegen, voorbij ouderwets ogende gebouwen, die leegstonden maar niet de indruk wekten dat ze niet gebruikt werden.

'Dat zijn de voormalige verflensings- en droogschuren. Tot 1950 stonden hier nog roosters met drogende bladeren.' Hij wees naar het pas geschilderde gebouw in het midden. 'Daar zaten de vrouwen de thee met de hand te rollen. Vannattuppūcci stond vroeger bekend als een van de beste handgerolde thee producerende plantages. Helaas moesten de eigenaren later overgaan tot machinale productie omdat handgemaakte thee niet meer rendabel was. Inmiddels gaan wij toch weer op kleine schaal beginnen met handmatige productie, omdat fijnproevers doorgaans bereid zijn meer voor hun genot te betalen.'

Terwijl Manderley vertelde, meende Diana in het gefluister van de palmen en de rubberbomen de stemmen van de vrouwen te horen die hier destijds hadden gewoond en gewerkt. De eigenaardige rust die ook op Tremayne House over haar was gekomen nam nu ook weer bezit van haar en temperde haar opwinding. Het was alsof ze thuiskwam. Zat de erfenis van Grace nog zo diep in haar genen?

'Ik weet niet in hoeverre u bekend bent met de geschiedenis van de thee op Sri Lanka,' vervolgde de bedrijfsleider toen ze over het knarsende grindpad naar het huis liepen.

'Niet erg goed, vrees ik,' antwoordde Diana. 'Mijn speurtocht is tot nog toe gericht geweest op voorwerpen en personen. Ik wilde zo veel mogelijk over mijn betovergrootmoeder te weten komen, en over dingen die ik in het huis van mijn tante heb gevonden.'

'En, wat hebt u gevonden?'

Diana bleef even staan en haalde toen de foto uit haar portefeuille.

'Mijn hemel!' ontschoot Manderley. 'Dat is onze theeplantage! Ik weet zelfs op welke plaats hij moet zijn genomen. Komt u mee, dan breng ik u erheen!'

Ze verlieten het grindpad en sloegen een ander pad in, dat rechtstreeks naar de theevelden leidde.

Toen ze na een tijdje halt hielden, zag Diana een relatief jong bos voor zich. Toen ze de aanblik kritisch vergeleek met de foto, zag ze weliswaar de berg, maar niet het theeveld, noch het onontgonnen terrein waarvoor Grace had geposeerd.

'We zijn een paar jaar geleden begonnen dit deel van de plantage weer te bebossen. Om ondoorgrondelijke redenen leverde deze plek niet zulke grote oogsten op als de andere velden. De theepluksters dachten dat er een vloek op het theeveld rustte.'

Diana voelde een rilling over haar rug lopen. 'Een vloek?'

'Ja, zulke verhalen doen nog altijd de ronde. Ik denk dat het pure folklore is. Als u een van de vrouwen hier uw foto zou laten zien, zou ze uw betovergrootmoeder vast voor een geest houden. Misschien zelfs wel de geest die dit veld voor een deel van zijn vruchtbaarheid heeft beroofd. Maar volgens mij is hier een grens overschreden. Hoe hoger je de thee aanplant, hoe kleiner de opbrengst. Zoals bij alles in de wereld komt het aan op de juiste balans, en hier slaat de weegschaal door en wordt waarschijnlijk het punt bereikt waarop de thee eerder schade ondervindt van het klimaat. Zoals u zelf merkt, is de lucht hier veel koeler dan onder aan de voet van de berg.'

Diana was er zeker van dat de rilling niet door de koude lucht was veroorzaakt. Misschien hadden de theepluksters wel gelijk.

'Als u wilt, kunt u deze plek verder bekijken,' bood Manderley aan. 'Of de akten hier mee naartoe nemen. Het archief is een nogal troosteloze plaats met alleen maar levenloze zaken. Ik kan hier een tafel en misschien ook een kleine tent neerzetten als u wilt.'

'Dat is heel aardig van u, dank u wel!'

'Nou, laten we dan maar eens gaan kijken welke schatten het archief bewaart.'

Toen hij zich omdraaide, bleef Diana wat achter en fluisterde tegen Singh: 'Misschien rust er wél een vloek op.'

'Dan moeten we deze plek echt beter bekijken, misschien is er een aanwijzing.'

'Wat zegt u?'

Manderley draaide zich om.

'O, niets, ik heb Mr Singh alleen ergens opmerkzaam op gemaakt.'

De bedrijfsleider knikte en liep toen weer door.

Terwijl ze hem volgden, ontdekte Diana een bijzondere boom naast het huis, die haar op een of andere manier bekend voorkwam.

'Een appelboom? vroeg ze Manderley, want dat leek haar volkomen misplaatst.

'De Engelsen hadden de gewoonte hun nieuwe omgeving in veel opzichten aan te passen aan de oude. Ze zetten vossen uit voor de jacht en plantten fruitbomen. Deze knoestige boom gaat volgens de verhalen terug tot Richard Tremayne. Hij moet hebben ingezien dat het inheemse fruit wel zo lekker is, want het is bij deze ene boom gebleven.'

Wat symbolisch voor de eigenzinnigheid van de Engelsen in deze contreien, dacht Diana, en ze nam zich voor Singh daarop te wijzen in verband met zijn boek – als hij er niet zelf al op gekomen was.

Even later kwamen ze bij het vroegere landhuis, dat inmiddels als kantoorgebouw dienstdeed. Twee witgeschilderde bouwlagen, onderbroken door smalle ramen, strekten zich uit naar de hemel. Diana ontdekte naast typisch oud-Engelse elementen ook Europees classicisme en inheemse invloeden, die in bescheiden mate, maar onmiskenbaar aanwezig waren.

'Is het niet heerlijk?' merkte de bedrijfsleider dromerig op. 'In de jaren zeventig speelde de vorige eigenaar met de gedachte een hotel van het gebouw te maken. Vakantie tussen de theevelden, inclusief passend culinair genot. Het idee is nooit verwezenlijkt, want 's mans geld raakte ellendig genoeg op. Gelukkig kun je zeggen dat hordes toeristen in de eerste plaats schade aan de gebouwen zouden toebrengen en bovendien de gang van zaken op de plantage zouden verstoren. Maar we bieden individuele gasten graag logies als ze hier iets te doen hebben.'

'We hebben een heel goed hotel hier vlakbij,' antwoordde Singh.

'O, daar moet u zo snel mogelijk weg. Ik zal voor de kamers hier geen roepie in rekening brengen.'

Bij het vooruitzicht te mogen logeren in het huis dat vroeger ooit van haar voorouders was geweest, moest Diana innerlijk juichen. Wat zou Emmely daar wel niet op hebben gezegd...

'Ik denk dat we Mr Manderleys uitnodiging maar moeten aannemen,' zei Diana terwijl ze zich tot Singh wendde. 'Vooropgesteld dat we niemand tot last zijn.'

'Absoluut niet, tenzij u van plan bent een groot feest aan te richten. De logeerkamers hebben een eigen ingang. En wat de maaltijden betreft kunt u de keuken gebruiken en de daar aanwezige voorraad.'

'En dat allemaal zonder dat we ervoor hoeven te betalen?' vroeg Jonathan verbaasd

'Waarom niet?' De hartelijke glimlach van de bedrijfsleider was ontwapenend. 'Beschouwt u zich als mijn gast – nadat u uw bagage uit het hotel hebt gehaald.'

Bij het betreden van de foyer, die net een museum leek, kwamen er twee jonge vrouwen aangelopen, die blijkbaar op de administratie werkten. Op hun strakke zwart-met-kaki rok droegen ze een topje dat, hoewel modern, er toch traditioneel uitzag. Nadat ze Manderley met een knikje hadden gegroet, verdwenen ze naar een ander gebouw.

'Waarschijnlijk gaan ze controleren of alles op de verzendafdeling goed verloopt,' verklaarde de man terwijl ze door de prachtige foyer liepen, die duidelijk de weerspiegeling was van het succes van de plantage.

Diana ontdekte een lichte plek op de muur, waaronder boeketten lagen. 'Mr Manderley, wat is de betekenis van die bloemen daar?'

Er verscheen een trieste glimlach op het gezicht van de bedrijfsleider. 'Daar schijnt vroeger een prachtig schilderij te hebben gehangen, van een dansende Shiva en Ganesha of zoiets. Het doek is... vernield.'

'De arbeiders gebruikten de afbeelding als een soort altaar, nietwaar?' mengde Singh zich in het gesprek terwijl hij naar de bloemen wees.

'Ja, en zoals u ziet, doen ze dat nog steeds. De plek waar het schilderij hing is, om wat voor reden dan ook, heilig.'

'Waarom is het dan niet vervangen?' vroeg Diana zich verwonderd af.

De bedrijfsleider aarzelde, alsof hij iets wist wat hij niet wilde vertellen.

'Dat moet u de eigenaar vragen, ik zorg alleen voor het zakelijke deel. In elk geval is het al lang verdwenen, ik geloof dat het zelfs al in de tijd van de Tremaynes, verloren is gegaan. Misschien vindt u er iets over in de stukken.'

Hij beduidde Diana en Jonathan hem naar de kelder te volgen en onttrok zich op die manier aan verdere vragen over het schilderij. Diana nam zich echter voor te achterhalen waarom het schilderij was vernield.

'Zoals gebruikelijk in Engelse landhuizen werkte het personeel ook hier *downstairs*, terwijl het leven van de familie zich *upstairs* afspeelde.'

Die zin deed Diana denken aan een televisieserie die ze als kind had gezien en die haar ertoe had gebracht haar tante en Mr Green voortdurend allerlei vragen over dienstbodes te stellen.

'Omdat we nu geen dienstbodes meer nodig hebben, is het archief hier ondergebracht.' Zwierig opende hij een deur, waarachter zich lange rijen rekken en kasten uitstrekten. Op het eerste gezicht zag Diana alleen maar orderboeken; de echte schatten moesten wel in de kasten verborgen zijn.

'Dat ziet er indrukwekkend uit!'

'Ga gerust naar binnen, het is eerder een privébibliotheek dan een plaats waar met verval bedreigde documenten angstvallig worden gekoesterd. Het klimaat is hier ideaal om oude documenten te bewaren. Niet te droog en niet te vochtig. Europese archieven zouden ons om deze omstandigheden benijden.'

Diana had het gevoel dat ze door de poort naar een geheimzinnig sprookjesland ging toen ze naar het ouderwetse bureau liep, dat leek op dat in Tremayne House. Naast de kale leren onderlegger stond een Tiffany-lamp met een wat gehavende kap; de kerven in de rand waren niet gerestaureerd. Wat hadden die te betekenen?

'U kunt hier onderzoeken zo veel u wilt, maar af en toe zult u moeten wijken voor personeel dat bepaalde documenten komt bekijken.'

'Dat is wel te regelen,' antwoordde Diana, die nu voor het eerst het gevoel had helemaal op de juiste plaats te zijn. 'Ik wil u in geen geval in de weg zitten.'

'Dat doet u ook niet. Ik vind het prettig dat zich eindelijk iemand met de geschiedenis bezighoudt. In grote lijnen mag ik uw bevindingen toch vast wel gebruiken als reclame voor de plantage?'

'Als ik tenminste geen al te vreselijke dingen ontdek,' antwoordde Diana aarzelend.

'Maakt u zich geen zorgen, ik wil geen privédetails. Maar het is mogelijk dat u iets algemeens over de plantage ontdekt. Dat zou uitstekend passen in onze nog wat magere informatiebrochure.'

Diana knikte. 'Oké, in dat geval stel ik u de informatie ter beschikking.'

Terwijl Singh zich bereid verklaarde haar bagage uit het Hills Club Hotel op te halen en de formaliteiten af te handelen, installeerde Diana zich in het archief. Haar laptop bevond zich nog in het hotel; in plaats daarvan had ze een notitieblok bij zich, waarin ze alles wat van belang was kon noteren. En natuurlijk de reisgids over Colombo, die weliswaar niet direct iets met de plantage te maken had, maar die als bewaarplaats voor de foto en de kopie uit de Hills Club diende.

Twee uur later kwam Singh terug.

'Ik hoop dat ik niets heb vergeten,' zei hij toen hij Diana de tas aangaf, die verried dat hij de spullen niet zomaar erin had gestopt maar ze netjes had ingepakt.

Intussen spreidde de avond een purperen zijden gloed over de plantage uit. De zon maakte zwarte schimmen van de palmen en bomen, die net silhouetten uit een trucagefilm leken, en het gekrijs in de bomen waarmee de vogels ofwel hun nachtrust aankondigden ofwel hun ontwaken, werd nu veel luider.

'Zo te voelen aan het gewicht van de tas zit alles wat ik nodig heb erin,' antwoordde Diana kreunend. 'Mijn laptop lijkt u in elk geval te hebben meegenomen, dat is het belangrijkste. Desnoods kan ik wel zonder ondergoed en kleren.'

Singhs rechterwenkbrauw schoot omhoog. 'Ach, werkelijk?'

Nu pas merkte Diana hoe dubbelzinnig dat klonk. 'Natuurlijk niet op die manier! Maar ik kan meestal met weinig bagage toe. Kleding kun je wassen.'

Verward constateerde ze dat zijn gegnuif haar deed blozen.

'Ik denk dat ik alles wel heb meegenomen. U had uw tas nog maar half uitgepakt. U hebt vast stiekem gehoopt dat we hier konden overnachten.'

Hij gaf haar een knipoog, hing zijn eigen tas over zijn schouder en ging met haar mee het huis in.

'Mr Manderley is net nog naar me toe gekomen en heeft me de sleutels van onze kamers gegeven,' zei Diana terwijl ze door de foyer liepen. De sleutels rinkelden zachtjes in haar tas. 'Hij dacht dat het de vertrekken van de beide zussen Tremayne waren. Van de oorspronkelijke inrichting is helaas niets meer over, maar mijn kamer heeft een raam en een schouw die zich daar mogelijk destijds al bevonden.'

'Misschien vindt u nog een of ander geheim dagboek in de schouw,' antwoordde Jonathan lachend.

'Om eerlijk te zijn, hoop ik daarop. Maar ik geloof niet in zulke toevalligheden. Het is alsof je op de hoofdprijs in de lotto hoopt en die dan toch niet wint.'

'Je moet nooit "nooit" zeggen.' Singh liet zijn blik door de gang gaan. 'Wie weet wat er tussen deze muren is achtergebleven. Misschien ontmoet u wel een geest aan wie u vragen kunt stellen. De mensen op Sri Lanka geloven sterk in geesten die over de levenden waken.'

'Ik denk dat de meeste Tamils hindoe zijn.'

'Dat zijn ze ook, maar toch geloven ze in geesten. Sommige zielen verzetten zich tegen het goddelijke systeem en incarneren niet opnieuw, maar blijven als schimmen rondwaren.' Dat hij ineens zweeg, schreef Diana toe aan de eigenaardige sfeer in het huis.

Bij de eerste deur gaf ze hem de sleutel.

'Omdat ik hier was toen de kamers werden toegewezen, heb ik natuurlijk de beste genomen,' zei ze schertsend. 'De mijne heeft een mooier uitzicht op de tuin.'

Singh draaide de sleutel om en lachte toen hij de deur opendeed. 'Ik heb over mijn uitzicht niets te klagen en ik betwijfel ernstig dat u zo egoïstisch bent geweest de beste kamer te nemen.'

Diana grijnsde breed. 'Ik geloof eigenlijk dat het vroeger maar één kamer was. Kijk eens naar die muur!'

Zelfs een leek kon zien dat die te dicht bij een van de ramen was opgetrokken.

'U hebt gelijk. Waarschijnlijk was het vertrek eerst te groot. Een balzaal misschien.'

Diana schudde haar hoofd. 'Nee, de ruimte die als balzaal moet hebben dienstgedaan is nu een soort kantoortuin. Als dit de kamer van de twee zussen Tremayne was, moeten ze ontzettend veel ruimte hebben gehad.'

'Nou, als dat zo is, zal ik in mijn schouw eens naar documenten gaan zoeken.'

Diana wees naar de kleine tegelkachel aan de rechtermuur. 'Ik denk dat u daar niets zult vinden. Daarin is hoogstens wat oud papier verbrand.'

'Laten we dan maar hopen dat er geen belangrijke bewijsstukken over uw voorouders bij zaten.'

Diana wilde al antwoorden dat dat heel zeker niet het geval was, maar toen schoot haar Emmely's geheimzinnige gedrag te binnen. Het zou niet verwonderlijk zijn als de Tremaynes geprobeerd hadden dingen die niet voor de openbaarheid bestemd waren te laten verdwijnen.

'In elk geval ben ik heel tevreden met deze kamer,' verbrak Singh de stilte. 'Als ik iets belangrijks ontdek, laat ik het u weten.'

Nadat ze de tassen in hun kamers hadden neergezet, gingen ze naar het archief. Trots liet Diana haar pas veroverde buit zien.

'Ik heb alleen nog maar de eerste kast kunnen doorwerken, die oude dossiers zijn een behoorlijke warboel.'

'Dat verbaast me niets,' antwoordde Singh, wiens onderzoekersogen oplichtten toen hij met zijn vinger over de leren banden van de orderboeken streek. 'Het is hier tenslotte geen museum maar een priveárchief. De aandacht is vooral gericht op de theeproductie en niet op onderzoek naar oude documenten. Het verleden is in het productietijdperk naar de tweede plaats verdrongen.'

'Maar het heeft nog steeds invloed, vrees ik,' antwoordde Diana terwijl ze haar ogen niet van zijn gezicht kon afhouden. Voor het eerst viel haar de lichte trilling bij zijn slapen op, en de fijne haartjes boven aan zijn wenkbrauwen.

'Laten we de zaak dan maar eens grondig onderzoeken,' zei hij, en toen keken ze elkaar recht in de ogen. 'Maar niet met een lege maag. Ik sterf van de honger!'

Omdat Mr Manderley zo vriendelijk was geweest hun de keuken ter beschikking te stellen, bood Jonathan aan rijst op z'n Tamils klaar te maken. 'Met kokosmelk,' verklaarde hij toen hij voor het fornuis stond. 'Dat is hier het verjaardagsmaal.'

Terwijl hij bezig was keek Diana dromerig naar hem. Wat zou Michael zeggen als hij ons hier zo kon zien? Als ik terug ben, moet ik hem een gedetailleerd verslag sturen. Dat heeft hij meer dan verdiend nu hij me zo heeft geholpen.

Een half uur later zaten ze aan tafel. Bij de rijst had Jonathan nog wat stukken verse mango gedaan, die hij had gekocht van de bestuurder van de jeep – de man had een hele kist voor zijn familie meegenomen, waar hij na de rit naartoe wilde gaan.

'Of we het nu willen of niet, we zitten hier voorlopig vast,' zei Singh terwijl hij een stuk mango pakte. 'De chauffeur komt pas over vier dagen weer hier langs.'

'Vier dagen!' riep Diana geschrokken. 'Maar mijn vlucht...'

'Is het niet mogelijk die te verzetten?'

Diana wilde al een ontkennend antwoord geven, maar ineens leek het alsof een stemmetje haar influisterde: 'Waarom niet?'

'Natuurlijk kan dat...'

Singh straalde. 'Prima! Ik betwijfel trouwens of we snel iets vinden. Die kasten moeten grondig worden doorzocht, we willen toch niets over het hoofd zien, nietwaar?'

11

VANNATTUPPŪCCI, 1887

Zoals hij had beloofd, nam Mr Stockton Henry mee naar de beroemde Hills Club, waar hij aan veel plantagebezitters en andere invloedrijke personen werd voorgesteld. Ze aarzelden niet lang om hem in hun midden op te nemen en hem tot vast clublid te maken. Henry Tremayne was immers afkomstig uit een goede familie en iedereen was met hem begaan vanwege het ongeluk van zijn broer.

Als dank voor de bemiddeling voor dit lidmaatschap, dat hem bijzonder belangrijk leek, en de contacten, die in de toekomst zeker zouden lonen, nodigde Henry Stockton en enkele andere mannen uit de club met hun gezinnen uit voor het introductiefeest dat Claudia nu al een tijdje bezig was te organiseren.

In de dagen voor de ontvangst wist Mr Wilkes de dienstmeisjes tot geweldige prestaties aan te zetten en verzocht hij met succes een huisknecht te mogen aanstellen, een jonge Tamil die pas de school, die Henry genereus liet voortbestaan, had verlaten. Ook de kokkin kreeg de gelegenheid te profiteren van Mr Wilkes' rijke ervaring. Hij leerde haar scones te maken en hoe ze de recepten voor gebak bij de thee aan de plaatselijke ingrediënten kon aanpassen. Toen bovendien de leverancier met de gewenste groenten en de vis stipt op tijd kwam, leek hij in de zevende hemel. Evenals Claudia, die nu de Stocktons, hoewel ze Mr Stockton niet bijzonder sympathiek vond, kon laten zien dat het niet op de kleding van de dienstmeisjes aankwam – de uniformen waren nog altijd niet gearriveerd – maar op wat een goede gastheer en gastvrouw hun gasten te bieden hadden.

Bij de ontvangst hoorde natuurlijk ook dat de twee dochters nieuwe japonnen droegen – of in elk geval japonnen die er nieuw uitzagen. Omdat de laatste mode bij gebrek aan financiële middelen niet kon worden aangeschaft, moest Miss Giles met behulp van een tijdschrift dat Mr Wilkes in Colombo had gehaald de jurken vermaken.

Twee jonge Tamilvrouwen, die op de plantage naast hun werk als plukster ook de kleding van de andere arbeidsters verstelden, hielpen haar daarbij. Grace was ervan overtuigd dat hun gegiechel tijdens het naaiwerk te maken had met de in hun ogen vreemde kleding en ondergoed. Victoria had gelijk: de inheemse vrouwen droegen onder hun comfortabele wikkelgewaad geen keurslijf of korset, het harde werken hield ze slank en hun donkere huid leek beter opgewassen tegen veroudering dan de huid van blanke vrouwen.

Op de momenten dat Miss Giles haar korset strakker aantrok en haar het ademhalen nog moeilijker maakte, benijdde ze hen erom.

Om niet de hele tijd bij het verstellen te hoeven zijn ging Grace de kamer uit onder het voorwendsel dat ze iets te drinken wilde halen. Toen Miss Giles een van de dienstmeisjes wilde schellen, verwierp Grace dat met als reden dat ze toch al zo veel te doen hadden, en liep ze vlug weg.

Ze begaf zich inderdaad naar beneden op weg naar de keuken. In Tremayne House had hun moeder niet graag gezien dat de meisjes zich in de keuken vertoonden, want daardoor zouden de dienstmeisjes, die er niet aan gewend waren dat de familie zich in hun gezelschap ophield, maar van slag raken.

Al van verre kwam het lawaai haar tegemoet. De kokkin gaf haar helpsters op scherpe toon bevelen in het Tamil, dat Grace dan wel niet verstond, maar ze kon merken dat de vrouw allesbehalve tevreden over de meisjes was. Voorzichtig gluurde Grace om de hoek. Voor het eerst zag ze de kokkin, een Tamilvrouw van misschien begin veertig. De meisjes waren allemaal ongeveer van dezelfde leeftijd; bij de commando's van de kokkin krompen ze van schrik ineen. Mr Wilkes hield zich waardig op de achtergrond en beperkte zich tot het poetsen van het zilver.

Nadat ze even naar de bedrijvigheid had staan kijken zonder dat het personeel het had gemerkt, kreeg ze een meisje onder de tafel in het oog. Het kleintje hoorde daar duidelijk niet. Ze moest in een onbewaakt ogenblik naar binnen zijn geslopen, en nu zat ze gevangen onder de donkere tafel.

Dat leek haar niet te kunnen schelen, want ze had fruit van de tafel gepikt.

Toen het kind haar blik opving, verstarde het en werd het bleek. De vrucht verdween in haar handje. Waarschijnlijk zou Mr Wilkes haar flink de oren hebben gewassen als hij de diefstal had opgemerkt, maar Grace lachte naar het kleintje. Miss Giles zou natuurlijk hebben gezegd dat het niet bevorderlijk was voor de opvoeding van een kind als je diefstal door de vingers zag, maar ze vond het meisje met haar grote donkere ogen en zachte wangen waarop vruchtensap kleefde zo aandoenlijk dat ze het niet over haar hart kon krijgen haar te verraden.

Na een tijdje ontspande het kleintje weer, vervolgens keek ze angstig naar de achterdeur, die op een kier stond en waardoor ze moest zijn binnengekomen.

Opeens wist Grace wat ze kon doen. Ze verliet haar plekje bij de deurpost en stapte de keuken in.

'Goedemorgen, Mr Wilkes!' Meteen trok ze ieders aandacht. De dienstmeisjes zetten grote ogen op, de kokkin sneed zich bijna in haar vinger en Mr Wilkes legde snel het bestek neer.

'Goedemorgen, Miss Grace!' De butler rechtte zijn rug en beduidde de dienstmeisjes en de kokkin dat ze zich in een rij moesten opstellen. 'Excuses dat ik u niet eerder heb opgemerkt.'

Precies op het moment dat alle andere aanwezigen haar de rug toekeerden, maakte de kleine dievegge dat ze wegkwam. Grace verborg haar glimlach en zei: 'Ik kom eigenlijk alleen maar kijken hoe het met het werk in de keuken staat.'

'Mevrouw uw moeder heeft u gestuurd, begrijp ik.'

Grace liet hem in de waan. Het feit dat zij uit zichzelf geïnteresseerd was in de gang van zaken hierbeneden, zou hem alleen maar in verwarring brengen.

'De voorbereidingen zijn in volle gang en ik kan u verzekeren dat alles naar tevredenheid van Madam Tremayne zal verlopen. We zijn ons natuurlijk bewust van de grote verantwoordelijkheid die we dragen en ieder van ons' – zijn blik ging naar de keukenhulpen die net nog een standje hadden gekregen – 'zal zijn uiterste best doen de verwachtingen van de familie Tremayne waar te maken.'

'Mijn moeder zal vast blij zijn dat te horen, Mr Wilkes. Gaat u rustig door met uw werk en... zou u zo vriendelijk willen zijn wat ijsthee voor me in te schenken?'

Een uur later konden de vermaakte japonnen gepast worden. Hoewel de blauw-wit gestreepte japon er echt heel mooi uitzag, voelde Grace zich een beetje treurig worden toen ze voor de spiegel stond. Ze was het debutantenbal bijna vergeten, en nu werd ze er door het werk van de naaisters weer aan herinnerd. Terwijl ze over de lichtblauwe stof streek, die getooid was met strikken en linten en kant uit Colombo, dacht ze aan het gesprek tussen Miss Giles en Mr Norris dat ze een paar dagen eerder had afgeluisterd.

'Het is een schande dat de jonge Miss niet wordt voorgesteld,' had de gouvernante zuchtend gezegd, waarop Mr Norris had geantwoord: 'Op weg hierheen heb ik zo veel landhuizen en plantages gezien dat er vast wel ergens een echtgenoot voor Miss Grace te vinden is.'

Het vreselijke voorgevoel dat die echtgenoot uit de familie Stockton afkomstig zou zijn bezorgde Grace maagkramp.

'Wel, wat vindt u ervan, Miss Grace?' Miss Giles kwam met een verwachtingsvolle blik naast haar staan, als een schilder die op de positieve kritiek van zijn mecenas hoopt.

'Hij is heel mooi geworden,' antwoordde Grace beleefdheidshalve, want ze wist dat je van een ezel geen renpaard kon maken. Maar bij de Stocktons zou ze zich – als die zich net zo kleedden als de heer des huizes – in geen geval te schande maken.

'Misschien zouden we net zo'n gewaad als de vrouwen hier moeten dragen,' zei Victoria vanuit de andere hoek van de kamer. 'Die kriebelen vast minder dan de kant van mijn decolleté.'

'Geen sprake van!' Claudia stond ineens in de deuropening om de japonnen van haar dochters te beoordelen. Zelf zou ze ook een opgeknapte japon dragen, maar die van haar was al de vorige dag gereedgekomen. 'Jullie zijn Engelse lady's en geen theepluksters!'

Grace zag de blik die een van de meisjes, dat heel goed Engels verstond, haar toewierp. Als haar moeder het echter al had gemerkt, dan negeerde ze het welwillend.

Als een inspecteur bij een controle liep ze om haar dochters heen, beoordeelde elke zoom, de plaats van elke parel en de roklengte. Toen ze daarmee klaar was, knikte ze naar de gouvernante.

'Goed werk, Miss Giles. Ik weet zeker dat mijn betoverende dochters het stralende middelpunt van het feest zullen zijn.'

Vlak voor de ontvangst kreeg Vannattuppūcci de glans die ook het oude Tremayne House bij bijzondere gelegenheden had betoverd en tot een oord had gemaakt waar geen verval en geen scheuren in de muren bestonden. De balzaal, waarschijnlijk lang ongebruikt, werd door een leger van bedienden in orde gemaakt. Omdat er niet genoeg huispersoneel was, had Claudia onverwijld een aantal theearbeidsters uit het dorp in dienst genomen. Hoewel haar bedenkingen tegen het land nog lang niet verdwenen waren, was ze ervan overtuigd dat ze een grote triomf zou behalen.

Op de avond van het bal zat Grace nerveus voor het raam. Omdat ze wist dat ook Dean Stockton met zijn gezin zou komen, was ze het liefst de tuin in gevlucht en verdwenen.

'Wat denk je, zal een van de heren me ten dans vragen?' Victoria stak haar rechterarm omhoog alsof ze een pirouette maakte.

Grace draaide zich om. Haar zusje leek er tenminste plezier in te hebben. Maar zij had dan ook nog niet de huwbare leeftijd.

'Eigenlijk kun je dit bal als je debuut zien,' opperde Victoria, met de bedoeling haar zus wat op te monteren. 'Je wordt immers aan de gemeenschap van Nuwara Eliya gepresenteerd.'

'En waarschijnlijk zal Mr Stockton me meteen aan zijn zoon koppelen.'

'Misschien heeft hij een knappe zoon. Ook al vind je de vader onuitstaanbaar, je kunt niet ontkennen dat hij er goed uitziet.'

'Alsof jij daar verstand van hebt,' mompelde Grace, en terwijl ze weer naar buiten keek, vroeg ze zich af wat Mr Vikrama die avond zou doen. Hij was beslist niet uitgenodigd, hij behoorde immers tot het personeel. Met de Cahills lag dat anders. Mr Cahill had haar vader gevraagd of deze er bezwaar tegen had als zijn vrouw en dochters mee zouden komen. Uit beleefdheid en omdat hij zich tegenover de advocaat verplicht voelde, had Henry toegestemd. Maar Grace verkeerde liever in het gezelschap van die twee muurbloempjes, die ze op een van haar wandelingen was tegengekomen, dan in dat van Stockton en zijn zoon.

Voor Victoria een discussie kon beginnen over het feit dat ze heus wel ogen in haar hoofd had en wist of een man er al dan niet goed uitzag, verscheen Miss Giles. Als gouvernante had ze niet de middelen om met de chique dames mee te doen, maar met wat haar ter beschikking stond had ze er het beste van weten te maken.

Weliswaar behoorden zij en Mr Norris ook tot het personeel, maar omdat zij waakten over de opvoeding van de dochters, hadden ze toestemming gekregen op het bal aanwezig te zijn.

'U ziet er charmant uit, Miss Giles!' zei Victoria terwijl ze om haar gouvernante heen danste. 'Mr Norris zal u waarschijnlijk niet van de dansvloer willen laten gaan!'

Eigenlijk had Miss Giles een voordracht over etiquette op een bal willen houden, maar door Victoria's compliment raakte ze zo van slag dat ze begon te blozen. Voor ze zichzelf weer onder controle had, waren er kostbare minuten verstreken, en uiteindelijk zag ze in dat ze te laat zouden komen als ze er nog aan zou beginnen.

Toen Grace van de vensterbank opstond, voelde ze een steek in haar maag. Deze avond gaat weer voorbij, hield ze zichzelf voor. Ik zal me gedragen zoals het een dame betaamt en proberen mijn familie niet te schande te maken.

Bij de trap werden ze door hun ouders opgewacht. Claudia

droeg een japon van blauwe tafzijde, verfraaid met witte kant. Henry zag er zeer feestelijk uit in zijn grijze rokkostuum met zwart vest en donkerrode sjaaldas, die met een parelspeld bijeen werd gehouden.

Beiden namen ze hun dochters keurend op, toen stapte Claudia naar voren en schikte nog even de strikken op Grace' blauw-wit gestreepte japon.

'Ik geloof dat we indruk op de mensen zullen maken. Wat ook geen wonder mag heten bij Engelsen die al lang niet meer de Britse kust hebben gezien.'

'Liefje, veroordeel de mensen hier toch niet al bij voorbaat. De mannen die ik in de club heb leren kennen, waren allemaal heel vriendelijk en beschaafd. Ik geloof niet dat hun gezinnen verwilderd zijn.'

Henry boog zich naar Claudia toe en gaf haar een kus. Op dat moment klonk al het geratel van rijtuigen voor het huis.

'Ik denk dat ze nu arriveren. We zullen ons van onze beste kant laten zien!' Henry Tremayne plukte een onzichtbaar pluisje van de revers van zijn rok en stelde zich op terwijl Wilkes naar de deur liep om de gasten binnen te laten.

De volgende minuten stroomde een groot deel van de gemeenschap van Nuwara Eliya door de poort van Vannattuppūcci. Koetsen hielden halt op het ronde plein, chic geklede mensen kwamen het bordes op.

'Ah, daar zijn de Stocktons!'

De uitroep van haar vader trof Grace als een zweepslag, en ze had zichzelf niet meer in bedwang.

'Kijk niet zo somber,' zei haar moeder vermanend. 'Je maakt die jongen nog bang!'

Dat wilde ze juist! Hoewel George Stockton meer leek op zijn moeder, die bleek en rossig was, zag ze geen enkele reden om hem echt te willen leren kennen. Als echtgenoot kon ze zich hem al helemaal niet voorstellen.

Stockton liep in een rokkostuum van blauwgroen brokaat als een pronkende haan voor zijn gezin uit. Zijn blik trof eerst haar ouders, daarna haar. Hij trok een tevreden gezicht toen Henry hem verwelkomde.

'Het doet me groot genoegen u hier te mogen begroeten, Mr Stockton!'

'Het genoegen is geheel aan mijn kant,' antwoordde Stockton, waarna hij zijn gezin voorstelde. De roodharige George, op wiens gezicht flauw rood baarddons schemerde, had een zusje, dat het donkere haar van haar vader had geërfd maar nogal zwak leek met haar doorschijnende huid en tengere ledematen.

Grace glimlachte vriendelijk naar hen en merkte tegelijkertijd dat de jongen haar nadrukkelijk opnam, alsof zijn vader hem al over haar had verteld.

Haar vermoeden klopte dus! Stockton wilde haar aan zijn zoon koppelen. En vanwege het aanzien dat hij bij haar vader genoot, zou deze dat onzinnge plan nog toejuichen ook!

'Uw dames zien er heel charmant uit, Mr Tremayne!' merkte Stockton op nadat hij Claudia hoffelijk een handkus had gegeven.

'Voor u geldt hetzelfde,' antwoordde Henry beleefd. 'En bovendien hebt u een heel flinke stamhouder. Gefeliciteerd, aan die jongeman beleeft u vast veel plezier.'

'Zeker.' Stockton legde zijn hand op de schouder van zijn zoon. 'En hij brandt van verlangen met uw dochter kennis te maken. Per slot van rekening zullen ze allebei ooit de plantages beheren, nietwaar?'

De betekenis van wat hij zei ontging Grace niet. Als vrouw zou ze de plantage niet in haar eentje kunnen beheren, maar alleen aan de zijde van een man. Of eigenlijk helemaal niet, want de man zou de zaak overnemen.

Een paar weken geleden nog zou ze daar niet eens veel voor hebben gevoeld. Ze zou, zoals van haar werd verwacht, zich hebben geschikt en zich helemaal aan haar plicht als echtgenote hebben gewijd.

Maar nu kwam er weerstand in haar op, een feit dat haar niet alleen verbaasde maar ook deed schrikken. Aan de zijde van een andere man dan George Stockton zou ze bereid zijn de maatschappelijke conventies in acht te nemen, maar niet bij die jongen, aan wie je al van verre kon zien dat hij zwakker zou zijn dan zijzelf.

Gelukkig arriveerden er nog andere gasten, en dus moesten Henry en Claudia voorlopig afscheid nemen van de Stocktons. Nu ze van de blikken van Mr Stockton en George was bevrijd, kon Grace de begroetingen en complimenten van de andere mensen heel wat vrolijker in ontvangst nemen. Van enkelen merkte ze zelfs dat ze het oprecht meenden en sommigen vond ze ook sympathiek, want zij keurden haar niet als een koe op de veemarkt.

Toen alle gasten er waren, hield haar vader een korte toespraak waarin hij liet weten dat hij zich er zeer op verheugde de chic van Nuwara Eliya te kunnen begroeten en de gelegenheid te krijgen in dit mooie land te wortelen. De herinnering aan zijn broer kwam maar even ter sprake; als geoefend spreker wist hij wanneer een onderwerp de mensen in verlegenheid bracht en de stemming dreigde te bederven. Dus richtte hij zich vlug weer op het feest en gaf de muzikanten, die hij met de hulp van Wilkes uit Colombo had gehaald, het teken dat ze konden beginnen.

Toen het haar begon te duizelen van al het praten, de beleefdheden en de gemaakte glimlach, ging Grace voor een korte wandeling het huis uit. Ze moest toegeven dat de gasten niet echt verschilden van de Londense gemeenschap. Hoewel ze hier al jaren verbleven, leek hun gedrag er niet door veranderd.

De tuin ontving haar met een weldadige rust en duisternis, die dieper werd naarmate ze zich verder van het licht verwijderde. Vroeger zou ze in geen geval in haar mooie baljurk naar buiten zijn gegaan, maar de afgelopen weken was ze veranderd. Ze wist zelf niet waardoor het kwam. Haar afkeer van dit oord was in het tegendeel verkeerd, haar interesse voor de theeteelt was gewekt en zo langzamerhand verging het haar net als Victoria, die het verblijf hier één groot avontuur vond.

'Miss Grace,' klonk een zachte stem.

Toen ze zich omdraaide, stond Vikrama voor haar. Hij was niet in werkkleding, maar had ook niet zijn mysterieuze tenue aan en

Grace kon hem alleen maar aanstaren. In zijn zwarte overhemd, dat bij de boord een beetje openstond, met de mouwen een stukje opgerold, en zijn wijde zwarte broek, waaronder hij geen schoenen droeg, leek hij net een oosterse ridder uit een van die verhalen die ze lang geleden had gelezen. Ook die mannen kleedden zich het liefst in het zwart. In tegenstelling tot hen droeg hij echter geen sluier over zijn gezicht, dat in het maanlicht een beetje bleek afstak bij zijn zwarte haar, donkere wenkbrauwen en baard, die hij weer netjes had bijgeknipt. En hij zag er nog beter uit dan ze zich van de afgelopen dagen kon herinneren.

'Mr Vikrama, ik...'

Glimlachend stak hij zijn hand op. 'Ik ben u nog een verklaring schuldig. Mijn reactie was zeer ongepast, die wekt de indruk dat ik me met illegale activiteiten bezighoud. Maar dat is niet echt het geval.'

Grace lachte bijna opgelucht naar hem. Blijkbaar is hij niet meer boos op mij. 'Dat heb ik ook nooit gedacht,' antwoordde ze. 'Ik ben alleen heel nieuwsgierig, een eigenschap waarom mijn moeder me vroeger altijd heeft berispt. De afgelopen jaren had ik die afgezworen, maar hier is alles zo nieuw en anders dat ik vrees dat ze opnieuw tot leven is gewekt.'

'Nieuwsgierigheid is niet altijd slecht,' zei Vikrama. 'Soms helpt het de geest open te stellen voor andere culturen.'

'Komt dat van een beroemde dichter?' Grace trok verbaasd haar wenkbrauwen op.

'Nee, van mijzelf. Het is mijn ervaring. En die van mijn volk. Ook wij zijn erg nieuwsgierig, vooral naar nieuwe mensen. Daarom zult u hier altijd mensen vinden die bereid zijn u te helpen. Want terwijl ze dat doen, leren ze u kennen.'

Er viel een stilte tussen hen. In de verte klonk een eigenaardige kreet, waarschijnlijk van een vogel.

'Toch had ik niet het recht ernaar te vragen,' merkte Grace berouwvol op. 'U bent dan wel in dienst van mijn vader, maar u hebt ook uw eigen leven.'

Daarop keek Vikrama haar op een vreemde manier aan. Er

scheen hem iets op de lippen te liggen, maar haast onmerkbaar hoofdschuddend zette hij het van zich af. Toen zei hij: '*Kalarippayat*.'

Grace keek hem verbaasd aan. 'Wat zegt u? Was dat een inlandse groet?'

Vikrama lachte. 'Dat is wat ik doe. Kalarippayat.'

'En wat is dat?'

'Een vechtkunst. Ik oefen elke avond met een paar vrienden. De dokter van het plukkersdorp is de *gurukal*, de leermeester. Ik ben zijn leerling.'

'En wat doe je bij die vechtkunst?' vroeg Grace ademloos. Wat ze ook achter de vriendelijke en correcte voorman had gezocht, het was alles behalve vechten.

'We strijden met zwaard en schild, of ook wel alleen met handen en voeten. Eigenlijk is het meer een soort dansen dan er blind op inhakken. Als we oefenen, strijden we mét onze tegenstander, niet tegen hem.'

Grace probeerde zich voor te stellen hoe dat eruitzag. Droegen alle mannen daarbij dezelfde kleding als Vikrama? Hoe klonk het geluid van de zwaarden? Hoe werden die gebruikt? Toch zeker niet zoals in de toneelstukken over Richard III!

'Er is een interessant verhaal over deze vechtkunst,' vervolgde Vikrama terwijl hij met zijn handen op zijn rug naast haar liep. Zijn bewegingen waren daarbij zo soepel als die van een roofdier. Of beeldde Grace zich dat alleen maar in, nu ze het wist van die vechtkunst?

'Vertel eens!'

'Vroeger waren de Indiase vorsten zo wijs om onnodig bloedvergieten bij een veldslag te willen voorkomen. Dus schoven beide partijen vaak een kalarippayatstrijder uit hun lijfwacht naar voren om een duel op leven en dood uit te vechten. De vorst van de strijder die stierf, moest zich gewonnen geven.'

'Dat klinkt heel wijs,' gaf Grace, onder de indruk, toe. Tot dusver had ze alleen gehoord van Indiase sikhstrijders, die bekendstonden om hun moed en wreedheid.

‘Dat is het ook. Helaas is die traditie in de loop der tijd wat in de vergetelheid geraakt, omdat de Indiase vorsten op een gegeven moment minder vaak oorlog tegen elkaar voerden en de legers het moesten opnemen tegen indringers die het gebruik niet kenden. Maar de kalarippayatstrijders vormden nog altijd de elitegarde van een maharadja.’

Geïmponeerd door het hele verhaal deed Grace er het zwijgen toe.

‘We vechten in de zuidelijke stijl van de kalarippayat, hoewel we deze kunst niet meer volgens de traditie op klaarlichte dag kunnen beoefenen.’

In haar enthousiasme merkte Grace niet dat Vikrama stilviel, alsof hij al te veel had gezegd.

‘En hoe gaat het er dan aan toe bij zo’n gevecht?’ Haar ogen begonnen te glinsteren. ‘Zou ik daarbij misschien eens mogen toekijken?’

Vikrama fronste zijn voorhoofd. ‘Dat zal niet zo gemakkelijk gaan, vrees ik. Bij onze vechtoefeningen zijn uitsluitend mannen aanwezig. Vrouwen houden zich op de achtergrond; het is hun niet verboden toe te kijken, maar dan nog heeft men dat niet graag, omdat ze afleiding betekenen of de strijders tot lichtzinnigheid kunnen verleiden omdat die indruk op hen willen maken.’

‘Net als bij ons,’ meesmuilde Grace. ‘Jonge Engelse mannen die indruk willen maken op meisjes doen vaak domme dingen.’

‘Misschien is er een manier te vinden om in het geheim te komen kijken,’ zei Vikrama nu wat toeschietelijker. ‘Dan moet u echter eerst het terrein goed leren kennen. Ik zou u er wel mee naartoe kunnen nemen, maar niet zo snel weer terug kunnen brengen.’

Grace’ wangen gloeiden alsof ze te lang in het haardvuur had gekeken. Het was allemaal zo opwindend! Zoiets was in het goede oude Engeland ondenkbaar. Maar toen merkte ze dat Vikrama ineens ernstig keek.

‘Wat is er?’ vroeg ze bezorgd, waarop de jongeman voor haar bleef staan en zacht zijn handen op haar armen legde.

‘Het is heel belangrijk dat u hierover niets tegen uw vader zegt.

Houd wat ik u heb verteld alstublieft voor uzelf.'

Dat verraste Grace. 'Maar...'

'Ik weet nog niet goed wat voor iemand uw vader is. Tijdens de verovering van India hebben kalarippayatstrijders het de Engelsen behoorlijk lastig gemaakt. Op sommige plantages zijn strijders zwaar gestraft toen ontdekt werd dat ze oefenden. Onze manier van vechten is verboden.'

Naar lucht happend wist Grace uit te brengen: 'Maar u wilt toch niet...'

'Nee, we willen er de Engelsen niet mee aanvallen. Getalsmatig zijn we lang niet sterk genoeg, en het gaat mannen zoals ik alleen om het in stand houden van de traditie. Daarom sluip ik 's nachts het erf af en ontmoet ik de anderen in de veilige omgeving van het woud. En dat is de reden dat ik u niet wilde zeggen wat ik doe.'

De vergelijking met de ridder was dus helemaal niet zo verkeerd geweest. Grace had even tijd nodig om te verwerken wat ze had gehoord. De vriendelijke jongeman beoefende heimelijk een verboden vechtkunst, waarvoor hij gestraft zou kunnen worden. En hij nam haar, de dochter van zijn baas, in vertrouwen.

'Waarom hebt u mij dat allemaal eigenlijk verteld?' bracht ze ademloos uit. 'Ik zou toch naar mijn vader kunnen gaan en hem alles overbrieven!'

'Dat zou u kunnen doen.' Vikrama glimlachte weer. 'Maar ik weet dat u dat niet zult doen. Dat weet ik sinds het moment waarop u het kleine meisje dat fruit van uw kokkin heeft gestolen niet verried. U weet het misschien niet, maar onder de heren hier geldt diefstal, ook als het kruimeldiefstal betreft, als een zwaar vergrijp, dat met zweepslagen wordt bestraft.'

'Maar toch niet bij kinderen?'

Vikrama knikte bedroefd. 'Jawel, ook bij kinderen. Er wordt geen rekening gehouden met geslacht of leeftijd van de dief.'

Geschokt schudde Grace haar hoofd. 'En hoe komt het dat u weet hebt van het meisje?'

'De kleine heeft het me zojuist verteld. Ze is het dochtertje van een stel vrienden van mij, waar ik net ben geweest. Daardoor kwam u me tegen, ik was juist op weg naar huis.'

Vikrama glimlachte weer en liet haar armen los. Hoewel hij haar niet stevig had vastgepakt, voelde Grace zijn handen nog steeds, en er ging een vreemd opwindend gevoel door haar heen.

'Ik garandeer dat hij van mij niets te horen krijgt,' zei ze, en voor Vikrama kon antwoorden voegde ze er vlug aan toe: 'Maar u moet me beloven voorzichtig te zijn. De straf bij ontdekking is vast nog erger dan die voor dieven.'

'Maakt u zich geen zorgen, Miss Grace. Zolang niemand merkt wat ik doe, zal ook niemand me ervoor straffen. Maar nu kan ik u beter weer naar het huis brengen. Ik kan me voorstellen dat ze u op het bal missen.'

Terwijl ze zwijgend terugliepen, vroeg Grace zich af of haar afwezigheid al was opgemerkt. Waarschijnlijk waren haar vader en moeder zo druk bezig met de Stocktons dat dat niet het geval was. En Victoria zou intussen vast vriendschap hebben gesloten met andere meisjes en in het ergste geval bezig zijn de dienstmeisjes te plagen of wijn te bemachtigen.

'Ah, Mr Vikrama, u hebt mijn dochter gevonden!'

Grace kromp in elkaar toen ze haar vader op zich af zag komen. Hoewel ze niets verkeerds had gedaan, vroeg ze zich nu bezorgd af of hij zich misschien ongerust had gemaakt.

'Ik voelde me niet lekker,' verklaarde ze vlug. 'Ik moest even een frisse neus halen.'

'En daarbij heeft Mr Vikrama op je gepast?'

'Ik was net op weg naar huis, Sir,' zei hij rustig en plichtsgetrouw. 'Ik ben zo vrij geweest een paar vrienden in het plukkersdorp op te zoeken. Omdat uw dochter wat verloren rondliep, heb ik haar gezelschap gehouden.'

'Dat is heel vriendelijk van u. Kom, Grace, ik wil je graag aan een paar mensen voorstellen.'

Toen Grace zich naar Vikrama omdraaide, maakte hij een lichte buiging en nadat hij haar een nadrukkelijke blik had toegeworpen, trok hij zich terug.

Nu zag ze dat Stockton achter haar vader was opgedoken en het gesprek had gevolgd. De glimlach op zijn gezicht leek half grimmig, half spottend, en Grace kon zich de reden daarvoor wel indenken. Die keer dat hij Victoria bijna omver had gereden, had zij hem afgewezen toen hij aanbood hen naar huis te brengen en nu liet ze zich door een Tamil vergezellen. Grace deed alsof ze het niet merkte, maar Stocktons blik boorde zich als een pijl tussen haar schouderbladen.

In de balzaal voelde Grace zich volkomen misplaatst. Ze glimlachte, zoals van haar werd verwacht, maakte een paar opmerkingen, maar telkens wanneer er geen beroep op haar werd gedaan dwaalde haar blik af naar de ramen, waar de duisternis als een groot dier tegenaan leunde.

Is hij nu weer bij de gevechtsoefeningen? vroeg ze zich af. Hoe graag zou ze niet daarbuiten zijn en naar hem kijken! Maar afgezien van het feit dat ze hem en zijn geheim daarmee in gevaar zou hebben gebracht, zou haar vader haar niet nog eens hebben laten verdwijnen. Telkens haalde hij of haar moeder Grace erbij om met mensen te praten. Op het laatst kon Grace geen namen meer bij gezichten onthouden, omdat het er gewoon te veel waren.

Na een eeuwigheid was het feest ten einde. De Stocktons namen afscheid, maar niet dan nadat Dean haar vader nog eens had gecomplimenteerd met zijn 'mooie vrouwen' en had beloofd gauw terug te komen.

Ook de andere gasten vertrokken; enkele dames waren licht aangeschoten en menige man liep als een matroos op een oude theeklipper.

'Die dochter van Stockton is vreselijk saai,' deelde Victoria haar mee toen ze naar hun kamer liepen. 'Heb je gezien hoe bleek ze is? Dat komt door alle kwalen waar ze aan lijdt. De dokter is bij hen vaste gast.'

Grace, die bepaald niet goed had geluisterd, antwoordde slechts met 'hmm'.

'Je vraagt je nu zeker af hoe ik dat weet. Een van haar eigenaardigheden is dat ze ermee pronkt welke ziekte haar nu weer aan het bed heeft gekluisterd. Momenteel heeft ze last van aanvallen van duizeligheid en een hartritmestoornis, denkt ze, en eigenlijk had ze helemaal niet mee willen gaan, maar haar moeder had erop gestaan.'

Victoria's woorden gingen volkomen langs Grace heen, ook toen ze in hun kamer waren en zich begonnen uit te kleden.

'Mary Cahill is heel wat interessanter. Heb je Mr Cahills dochter gezien?' Grace schudde werktuiglijk haar hoofd toen tot haar doordrong wat Victoria zei.

'Die zal er geen problemen mee hebben om de juiste man aan de haak te slaan, zeg ik je. Maar goed dat wij geen jongens zijn, anders had ze het beslist met een van ons aangelegd.'

Toen ze merkte dat haar zus niet naar haar luisterde, zweeg Victoria en draaide ze zich naar haar om. 'Is er iets? Je bent zo stil.'

'Nee, er is niets. Ik ben alleen hondsmoe, vader en moeder hebben me echt aan alle gasten persoonlijk voorgesteld. Ik zou je niet eens meer kunnen vertellen welke zoon of dochter bij welke familie hoort.'

'Nou, als het om de zonen gaat heb je je kansen om niet bij de Stocktons in te hoeven trouwen door dit bal aanzienlijk vergroot, geloof ik.' Victoria lachte even, maar toen ze merkte dat haar grapje niet tot Grace was doorgedrongen, ging ze naast haar grote zus op het bed zitten.

'Waar was je eigenlijk toen vader je buiten ging zoeken?'

'Ik ben gaan wandelen,' antwoordde Grace en terwijl ze de knoopjes van haar japon losmaakte, wenste ze alleen nog maar dat ze eindelijk in bed lag of in haar eentje bij het raam zat, om te kunnen nadenken.

'Ben je gaan wandelen? Alleen, in het donker?' Victoria zette grote ogen op, alsof ze iets vreselijks had gezien. 'Een onverlaat had je te pakken kunnen nemen.'

'Maar toch niet hier. De enigen die voor onverlaat zouden kunnen doorgaan, bevonden zich in de balzaal. In de theeschuren was alles rustig en ik betwijfel of hier zoiets als theegeesten bestaan.'

'Dat kun je niet weten!' Victoria stak vermanend haar wijsvinger op. 'Elk oord kent zo zijn geesten, dit hier vast ook. Misschien waart oom Richard 's nachts rond over de theevelden om zijn bezit in ogenschouw te nemen.'

De onheilspellende toon die haar zusje zo meesterlijk wist te treffen, alsof ze over een van haar griezelromans vertelde, bezorgde Grace onwillekeurig de rillingen. 'Onzin,' zei ze na een poosje en ze stond op om haar japon uit te trekken. 'Oom Richard spookt hier niet rond. Anders had hij zich allang laten zien. Geesten willen publiek, vergeet dat niet.'

Grace gaf Victoria een kus op haar voorhoofd, waarna ze zich van de rest van haar rokken ontdeed tot ze, nog slechts gekleed in een bovenlijfje en onderbroek, onder de deken kroop. Haar zusje gaf het toen maar zuchtend op en ging ook naar bed.

Die nacht ging Grace niet bij het raam zitten. Met wijd open ogen staarde ze naar het witgekalkte plafond en liep de vragen na die door haar hoofd speelden.

De belangrijkste had ze Vikrama het liefst al gesteld toen ze met hem door het park had gelopen. Had hij een vrouw? Of een verloofde?

Verward constateerde ze dat ze zoiets als jaloezie voelde, hoewel ze toch helemaal niet wist hoe het antwoord luidde.

Opdat die twee vrouwen uit haar fantasie haar niet nog meer in de war zouden brengen, probeerde ze zich voor te stellen hoe die merkwaardige vechtkunst eruit zou zien. Streden ze net zoals ridders? Of vochten ze eerder als worstelaars op de achterplaatsen van Londen? Natuurlijk had ze zoiets nog nooit gezien, maar Victoria's sensatieromannetjes hadden haar fantasie voldoende geprikkeld. Een vreemde opwinding maakte zich van haar meester terwijl ze haar ogen sloot en wegzakte in een onrustige slaap vol dromen over merkwaardige mannen in nog merkwaardiger witte gewaden.

De volgende weken zocht Grace voortdurend naar mogelijkheden om meer over het leven van de theepluksters te weten te komen, de omgeving te verkennen en daarbij toevallig Vikrama tegen te komen, over wie ze het gevoel had dat bij al zijn plichtsbesef beetje bij beetje ook zijn karakter en gevoelens tevoorschijn kwamen.

Nog altijd verdween hij bijna elke nacht in het struikgewas en dook hij pas uren later weer op. Soms keek hij naar boven, en als hij haar bij het raam ontdekte lachte hij naar haar. Soms was hij echter zo diep in gedachten verzonken dat hij niet omhoogkeek en Grace zich er het hoofd over brak waar hij aan dacht.

Toen de doorwaakte uren hun tol begonnen te eisen, sliep Grace 's ochtends wat langer door.

'Je verschijnt nooit meer bij de lessen,' verwonderde Victoria zich op een ochtend toen Grace met moeite uit bed kwam. 'Mr Norris begint je al te missen. En vader verbaast zich erover dat je sinds twee weken het ontbijt liever op onze kamer gebracht krijgt.'

'Ik bestudeer het leven op de plantage,' antwoordde Grace ontwijkend en ze hoopte dat haar zusje de ware reden van haar wandelingen in haar eentje niet doorhad.

'En wat doe je 's nachts nadat we naar bed zijn gegaan?'

Betrapt deed Grace er het zwijgen toe.

'Ik heb laatst gezien dat je bij het raam naar de maan zat te turen. Je bent toch geen slaapwandelaarster?'

'Och... ik heb door het maanlicht moeite met slapen,' antwoordde Grace, in de hoop dat Victoria dat zou geloven. Gelukkig kon haar zusje vanuit haar bed onmogelijk zien wat zich voor het raam afspeelde.

'Ik heb ook gezien dat je zat te glimlachen, alsof je aan iets leuks dacht,' voegde Victoria eraan toe, bijna blij dat ze een geheim van haar grote zus had ontdekt. 'Je wordt toch niet net als een van die dichters die odes aan de maan schrijven? Of zoals die Duitse schilder die alleen maar maanlandschappen maakt?'

'Je bedoelt Caspar David Friedrich? Ik denk niet dat ik er ooit net zo'n meester in zal worden.' Bij de onschuldige gedachten van haar zusje voelde Grace zich weer wat zekerder van zichzelf. 'Geloof me, sinds we hier zijn aangekomen word ik telkens op dezelfde tijd wakker en kan ik pas ver na middernacht weer slapen.'

'Dat klinkt niet normaal,' constateerde Victoria. 'Dat moet je aan een dokter vertellen.'

'We hebben toch nog helemaal geen dokter, domkopje,' repliceerde Grace en ze streelde haar zusje over het haar. 'Bovendien voel ik me volkomen gezond. Het komt vast doordat de tijd hier in vergelijking met Engeland is verschoven. In een van vaders kranten heb ik gelezen dat de zon hier veel vroeger opkomt dan in ons oude vaderland. Waarschijnlijk heb ik er moeite mee daaraan te wennen. Het wordt hier toch ook eerder donker dan bij ons thuis.'

Hoe langer ze praatte, hoe meer die verklaring haar beviel. Zelfs Mr Norris zou daar niets tegen in kunnen brengen.

Inderdaad sprak haar vader haar bij het avondeten over de situatie aan. Toen ze zelfverzekerd de verklaring aandroeg, keek Henry verwijtend naar haar moeder. 'Onze dochter moet gewend raken aan de omstandigheden hier. Kan Miss Giles daar niet iets aan doen?'

'Wat zou zij dan tegen slapeloosheid moeten beginnen?' vroeg Claudia verbluft. 'Misschien slaapliedjes voor haar zingen?'

Toen wendde ze zich glimlachend tot Grace. 'Liefje, ik denk dat we je voorlopig wel bij het ontbijt kunnen missen. Maar je moet echt proberen weer het juiste leefritme te vinden.'

'Dat zal ik proberen,' beloofde Grace ernstig, maar in gedachten was ze al weer bij haar raam en bij Vikrama die in zijn merkwaardige tenue het struikgewas in liep.

Tot de onderwerpen die Mr Stockton met haar vader op het feest had besproken, behoorde ook het in dienst nemen van Engelse arbeiders voor de plantage. Die zouden in de logistiek worden ingezet en toezicht moeten houden op het werk van de theepluksters. Henry stelde een tweede voorman aan, een grofgebouwde, blonde man met de naam Jeff Petersen, die ooit op een Nieuw-Zeelandse schapenfarm had gewerkt. Het opvallendste aan hem was afgezien van zijn grote neus een gevlochten leren zweep, die hij altijd bij zich droeg. Hoewel hij zacht praatte, hadden zijn woorden een bedrieglijke kracht. Dit was geen man die nalatigheid duldde. Wanneer hij eenmaal het vertrouwen van zijn baas had gewonnen, zou hij met harde hand optreden.

Vikrama was daar allesbehalve blij mee. Schapen waren geen

thee, en de arbeidsters hadden geen slavendrijver nodig. Ze hadden altijd hun best gedaan omdat ze het leven op de plantage waardeerden. Omdat ze ook na zijn dood nog respect hadden voor Richard Tremayne. En omdat hun kaste, hun door de goden voorbestemde plaats in het leven, buiten de plantage een ellendig leven beschoren was.

'Excuseert u mij, Sir, maar bent u niet tevreden over mijn werk?' zo wendde Vikrama zich tot Henry toen ze bij elkaar kwamen voor hun dagelijkse bespreking. De nieuwe voorman was daar nog niet bij, maar dat zou zeker spoedig veranderen.

'Integendeel, mijn beste, ik ben heel tevreden over u. Zo tevreden dat ik heb besloten u tot beheerder te benoemen.'

Vikrama staarde hem verrast aan. 'Maar Mr Cahill...'

'Mr Cahill is mijn advocaat, en ik vind dat die functie hem volledig in beslag neemt. Uw capaciteiten zijn mijns inziens in de functie van voorman volkomen verspild. Ik zal Mr Petersen onder uw commando plaatsen; mocht hij iets doen wat in strijd is met uw aanpak, dan bent u bevoegd hem orders te geven.'

Toch was Vikrama niet helemaal tevreden. Hij kende de arbeidsters en wist ze te motiveren zonder de zweep te gebruiken. Eén blik op Petersen had hem duidelijk gemaakt dat daar verandering in zou komen zodra de man op de velden zou gaan rondlopen.

'U ziet eruit alsof mijn beslissing u niet bevalt.'

'U bent de baas, Sir. U zult altijd doen wat het beste is voor de plantage.'

Henry keek hem onderzoekend, aan toen knikte hij. 'Neem nog een kopje thee, Mr Vikrama. U hebt gelijk, onze plantage produceert echt eersteklas kwaliteit.'

Zwijgend gaf Vikrama gevolg aan Henry's voorstel, toen zei hij: 'Is het u al eens opgevallen dat de vrouwen zingen op het theeveld?'

Henry fronste zijn voorhoofd. Hoe kwam Vikrama daar nu ineens op?

'Toen wij de plantage bekeken, was het stil.'

'Dat klopt, de vrouwen hebben ons zien aankomen. Maar als u het theeveld ongezien nadert, kunt u hun gezangen horen.'

‘Dat is allemaal goed en wel, maar wat heeft dat met ons gesprek te maken?’

‘Niets, Sir, ik wilde u er alleen maar op attent maken. Die gezangen zijn heel mooi, ze tonen aan hoe tevreden de euplucksters zijn. Zolang die gezangen boven de theestruiken te horen zijn, zal Vannattuppũcci zulke goede thee blijven produceren en zult u naam maken over de hele wereld.’

Henry vond wat Vikrama zei eigenaardig, maar liet het niet merken. Wat kon daarvan de bedoeling zijn? Een verstandig mens als hij zou dat toch niet zomaar zeggen...

Opeens voelde hij een steek van wantrouwen. Was de jongeman van plan zijn mensen tegen hem op te zetten als hij niet deed wat hij wilde?

Hij keek zijn gesprekspartner recht in het gezicht, dat onbewogen scheen, maar toch liet de indruk hem niet los dat het daarachter broeide. Ik zal hem in het oog moeten houden, en goed ook, zei hij bij zichzelf.

Toen Henry’s nieuwe werknemers aan hun dienst begonnen, veranderde er het een en ander op de plantage. De productiviteit steeg – en op de theevelden werd het stil. De vrouwen werkten sneller dan vroeger, maar zongen niet meer. Zingen, zo vond Mr Petersen, hield hen alleen maar van hun werk af.

De verandering viel Henry Tremayne niet op. Hij had Vikrama’s woorden verdrongen en zijn beheerder was er ook niet meer op ingegaan.

Maar ook Vikrama veranderde. Hij werd stiller, meer in zichzelf gekeerd. Hij wist dat Petersen en zijn mensen zich door een halfbloed niets zouden laten vertellen. En dat Mr Tremayne aan hun kant zou staan, mocht het in een krachtmeting ontaarden.

Hij schreef het toe aan het feit dat hij Tremaynes dochter op de avond van het bal naar huis had begeleid. Stockton had hem vast duidelijk gemaakt dat dat niet gepast was. Stockton, met wie Master Richard op het laatst verhit strijd had gevoerd en die Vikrama heimelijk verantwoordelijk hield voor diens dood. Maar kon hij zoiets tegen Mr Tremayne zeggen?

Uiteindelijk leek het hem beter te zwijgen – de Engelsen vormden als het erop aankwam één front, dat wist hij – en ook Tremaynes dochters zo veel mogelijk uit de weg te gaan, hoewel het hem zwaar zou vallen Grace te ontlopen. Grace, die met haar roomblanke huid zo anders was dan andere vrouwen. Nog nooit had hij in zo korte tijd zo veel sympathie voor een vrouw opgevat.

Maar in het belang van zijn mensen dwong hij zichzelf haar te ontwijken. Hij wilde niet dat Tremayne een verkeerde indruk kreeg...

Haar vader mocht Vikrama's verandering dan misschien over het hoofd zien, voor Grace lag dat heel anders. Als ze elkaar tegenkwamen, kletste hij niet meer ongedwongen met haar. Vikrama bleef terughoudend, gedroeg zich soms zelfs behoorlijk stijf, zodat Grace zich na een tijdje volkomen onzeker terugtrok en zichzelf een standje gaf voor haar dromen, waarin hij steeds vaker de hoofdrol speelde. Maar toen haar teleurstelling wat was gezakt, vroeg ze zich af wat daarvoor de reden zou kunnen zijn. Waren er problemen op de plantage? Problemen met haar vader? De komst van de mannen die Stockton had aanbevolen, was haar niet ontgaan. En ook niet dat Vikrama nu steeds vaker aan het kantoor gebonden was in plaats van zoals anders zijn rondes te maken. Kwam dat ook door Stockton? Ook al had ze daar geen bewijs voor, het versterkte haar weerzin tegen haar buurman.

Op een mooie warme ochtend, toen Victoria net in het leslokaal op een dictaat van Mr Norris zat te zwoegen, besloot Grace dat het tijd werd haar vriendinnen in Londen te schrijven. Dat was ze al kort na aankomst in Colombo van plan geweest, maar het was er nog niet van gekomen; er was te veel te zien geweest, te veel gebeurd.

Een schrille kreet maakte dat haar pen uitschoot. Als een snijwond kwam er een lelijke haal door het geschrevene. Maar dat was bijzaak. In de veronderstelling dat er iets was gebeurd liep ze vlug naar het raam, en toen ze niets ontdekte, verliet ze haar kamer.

Verrassend genoeg leek niemand behalve zij het lawaai te hebben opgemerkt. Toen ze in de hal door de hoge ramen keek, ontdekte ze een mensenmenigte die zich bij de theeschuren had verzameld. De kreten weerklonken nog altijd op het erf. Wat was daar aan de hand?

Eerst overwoog ze haar vader op de hoogte te stellen, maar die had de plantage 's ochtends vroeg al verlaten. Haar moeder lag weer eens met migraine op bed.

Omdat niemand anders iets zou ondernemen, nam Grace haar rokken op en liep naar buiten.

Het scherpe, sissende geluid dat tussen de kreten door klonk, deed haar bloed stollen. Ze had het ooit eerder gehoord, in Plymouth, waar ze aan boord van het schip naar Ceylon waren gegaan.

De vrouwen weken verbaasd terug toen Grace zich een weg tussen hen door baande.

Petersen was bezig met een lange zweep een vrouw te slaan die aan een palm was vastgebonden.

Grace verstarde toen ze het bloed op haar kleren zag.

'Hou daarmee op!' riep ze, maar de man liet de zweep opnieuw op de rug van de vrouw neerkomen.

Grace kromp in elkaar, rende toen door. Geschrokken deinsden enkele mannen terug, een van hen riep iets tegen Petersen wat ze niet verstond.

Ineens werd haar duidelijk dat de voorman maar op één manier kon worden tegengehouden. Toen ze vlak voor de vrouw ging staan, hield hij in.

Petersen stiet een woedend gebrom uit, maar toen leek hem weer te binnen te schieten wie ze was.

'Gaat u daar weg, Miss Grace!'

Onbeschaamde kerel, dacht Grace kwaad. Hoe komt hij erbij mij te bevelen!

'U kunt nog een keer uithalen, maar dan word ik geraakt!' snauwde ze tegen de man, die nog steeds zijn arm geheven hield. 'En ik zeg u dat u mijn vader geen goede verklaring zult kunnen geven waarom zijn dochter een bloedige striem op haar gezicht heeft!'

Opeens leek de tijd stil te staan. Het plotseling opgekomen gemompel van de theepluksters verstomde.

Petersen beet op zijn onderlip, alsof hij overwoog toch nog te gaan slaan. Toen liet hij eindelijk zijn arm zakken.

'Ik heb het recht die vrouw te straffen!' gromde hij. 'Ze heeft gestolen.'

'Wat heeft ze gestolen, Mr Petersen? Thee?'

'Ze heeft zich aan de appelboom vergrepen.'

Grace hapte naar adem en schudde verbijsterd haar hoofd.

'U geeft haar een afranseling omdat ze een paar appels heeft geplukt? Van die boom daar?' Ze wees naar de boom, waarvan het uiterlijk alleen al verried dat hij niet in deze contreien thuishoorde. Wat had oom Richard ertoe gebracht die hier te planten en aan dit klimaat bloot te stellen?

'Hebt u die appels wel eens geproefd?'

'Dat zou ik niet durven, Ma'am!' antwoordde Petersen terwijl hij zich trots op de borst sloeg.

'Dan moest u dat maar eens doen!' voer ze tegen hem uit. 'Die appels zijn voor de keuken volkomen waardeloos, en om die reden hangen ze daar nog! Als iemand op de plantage ze wil eten, mag hij of zij dat doen!'

'Maar uw vader zou toch zeker niet...'

'Die appelboom interesseert mijn vader niet! En zelfs al was dat wel het geval, dan zou hij er niet mee instemmen een vrouw te laten afranselen. Zulke straffen, Mr Petersen, horen in de middeleeuwen thuis en niet in een beschaafde maatschappij. Maak die vrouw nu los en zie erop toe dat ze medische verzorging krijgt!'

De voorman knarsetandde. Maar omdat Grace zich daardoor niet liet afschrikken, rolde hij de zweep weer op. Toch kon hij het niet laten te zeggen: 'Ik zal uw vader verslag uitbrengen van dit voorval!'

'Doet u dat vooral, maar laat daarbij uw eigen gedrag niet buiten beschouwing! Want ik zal hem daar zeker van op de hoogte stellen, Mr Petersen!'

Even kruisten hun blikken elkaar, en aan de ogen van de voorman kon Grace duidelijk aflezen dat hij van plan was het haar op een of andere manier betaald te zetten. Maar ik ben de dochter des huizes, zei Grace tegen zichzelf. En op een dag zal ik de baas zijn over de plantage, met of zonder echtgenoot.

Toen haar vader terugkwam, duurde het inderdaad niet lang voor hij van het voorval hoorde en Grace bij zich ontbood. Toen ze binnenkwam zag ze dat Vikrama, die naast haar vader stond, krijtwit was.

'Ga zitten, Grace!' zei Henry, die behoorlijk kwaad leek te zijn. Terwijl ze op de stoel voor het bureau ging zitten, stond haar vader op en deed een paar stappen door het vertrek. Grace keek naar Vikrama, maar de schrik op zijn gezicht was zo groot dat ze hem niet lang durfde aan te kijken. Waarschijnlijk zou haar vader haar pijnlijk straffen voor haar optreden.

'Mr Petersen heeft me net verteld wat er is gebeurd.'

'Hij heeft een vrouw afgeranseld, vader!' stoof Grace op. 'Als hij iets anders heeft verteld, is dat gelogen!'

'Grace!' Zijn bulderende stem legde haar het zwijgen op.

'Het spijt me.' Grace boog haar hoofd, maar kon haar woede nauwelijks verhullen. Zou zij nu bestraft worden omdat de voorman zich als een middeleeuwse beul had gedragen?

'Ik hoef je in ieder geval niet te zeggen dat je gedrag voor een jongedame absoluut niet voor discussie vatbaar is! Je had gewond kunnen raken!'

'Hebt u Mr Petersen dan toestemming gegeven de euksters af te ranselen? Vanwege appels aan een boom die we niet eens aanraken?'

'Het gaat om het principe. Diefstal is diefstal!'

'Het is hooguit kruimeldiefstal! En zelfs in Engeland wordt diefstal niet meer met zweepslagen bestraft.'

'Nee, maar daar wordt de dief ontslagen en zonder referenties weggestuurd.'

'U moet die vrouw eigenlijk excuses aanbieden voor de verwondingen die haar zijn toegebracht!' zei Grace met vlammende ogen.

Wat was er gebeurd met de vader die ze had gekend? Had Stockton hem door een boze marionet vervangen? 'Sinds wanneer gedragen wij ons als barbaren?'

Henry kneep zijn lippen op elkaar. Zijn wangen werden rood. De voorbode van een woedeaanval. Plotseling voelde Grace haar maag verkrampen. Niet van angst, maar door het besef dat haar vader niet aan haar kant stond. Waarschijnlijk had hij al tijdens het gesprek met Petersen diens partij gekozen.

'Je mag je nooit meer met de zaken van mijn werknemers bemoeien!' zei hij zacht doch nadrukkelijk, maar de dreiging in zijn woorden, zijn kwaadheid op haar was onmiskenbaar. 'Voor je gebrek aan respect geef ik je de rest van de dag huisarrest, en ik wil je in geen geval buiten zien, hoor je me?'

Grace keek haar vader verbijsterd aan. De laatste keer dat hij haar huisarrest had gegeven was acht jaar geleden. Toen was ze bij een tuinfeest in een witte kanten jurk in een boom geklommen om van het uitzicht op het park te genieten. De jurk was geruïneerd en ze had zich daarna de hele dag in haar kamer zitten vervelen, want de kleine Victoria moest bij haar moeder blijven.

Dat meent u toch niet? had ze hem het liefst gevraagd, maar de woorden bleven in haar keel steken. Ze keek naar Vikrama, wiens blik ze niet goed kon duiden, en stond op.

Haar vader keek haar met fonkelende ogen aan. 'Morgen verwacht ik een passende verontschuldiging. Je kunt gaan.'

Dat deed Grace' hart ineenkrimpen. Tranen welden bij haar op, tranen van woede en teleurstelling, maar ze onderdrukte ze terwijl ze zich langzaam omdraaide en de kamer verliet. Ze wist zich nog te beheersen toen ze door de hal liep. Haar moeder praatte met Miss Giles over het schilderij met de Indiase goden, waarvoor nog altijd door onzichtbare handen bloemen werden neergelegd. Zelfs nu ze hier een maand waren, had niemand de gelovigen gezien, ze leken telkens een gunstig moment af te wachten.

Grace slaagde erin geluidloos langs hen heen te glippen en de gang in te schieten. Daar, in de beschutting van het schemerige licht, liet ze haar tranen de vrije loop. Ze huilde geluidloos om het haar aangedane onrecht en om haar vaders gebrek aan belangstelling voor het welzijn van zijn arbeiders. En ze huilde omdat Vikrama getuige was geweest van de terechtwijzing. Dat woog nog het zwaarst.

Aan het einde van de gang hield ze halt. Ze hoorde duidelijk dat Victoria zachtjes zat te zingen. Waarschijnlijk was ze aan het schilderen.

Ongetwijfeld zou ze Grace vragen waarom ze met betraand gezicht binnenkwam. Hoewel ze wist dat Victoria op haar hand zou zijn, wilde Grace haar niets vertellen, haar niet laten merken hoe erg haar vader haar had gekwetst.

Plotseling herinnerde Grace zich de herenkamer. Voor zover ze wist, had haar vader die nog niet in gebruik genomen. Ze maakte rechtsomkeert en liep met dichtgesnoerde keel naar de deur die haar zusje en zij een paar weken eerder hadden opengedaan.

Vanuit de hal klonken nog steeds de stemmen van haar moeder en Miss Giles. Alsof ze bang was dat zij haar zouden horen, draaide Grace de deurknop heel voorzichtig om.

Maar ze was nog niet de drempel over gestapt, of een vreemde betovering maakte zich van haar meester. Alsof oom Richard persoonlijk op haar wachtte om haar te troosten. De tranen droogden op, haar hoofd werd helder. Het haar aangedane onrecht werd bijzaak en maakte plaats voor een andere gedachte.

Wie was Richard Tremayne?

Ineens speet het Grace dat ze zo weinig over hem wist. Zou hij haar ook hebben gestraft omdat zij een vrouw op zijn landgoed te hulp was geschoten? Hoe was hij met zijn mensen omgegaan? Het weinige dat Vikrama over hem had gezegd, had van groot respect getuigd.

De hoop dat Richard misschien het een en ander had opgetekend, verwierp Grace meteen weer. Het lag niet in de aard van de mannelijke Tremaynes om er dagboeken op na te houden. Als Richard ook maar een beetje op zijn broer had geleken, moest hij een doortastende man zijn geweest die in het hier en nu leefde en niet bleef hangen in welke herinneringen of gedachtegang dan ook.

Dat zij, als telg van de Tremaynes, dat wel deed, moest ze van moederskant hebben geërfd. Haar moeder haalde zich ook te veel in haar hoofd, wat volgens de dokter de oorzaak van haar migraine was, maar het was een eigenschap die ze niet kon afleren.

Toen ze de deur achter zich dichtdeed, was de woede die haar huilbui had veroorzaakt vrijwel verdwenen. Bedachtzaam liep ze door de kamer, streek over de lakens, voelde de contouren van de meubels eronder. Ze opende de klep van de piano en drukte een van de witte toetsen in. De toon die daarop te horen viel, klonk behoorlijk ontstemd; blijkbaar was er al lang voor de dood van haar oom niet meer op het instrument gespeeld. Maar waarom had hij het dan aangeschaft? Omdat hij piano wilde leren spelen?

Ook dat leek haar onwaarschijnlijk. Hij had er eerder indruk mee willen maken op zijn vrienden en kameraden van de club.

In een plotselinge ingeving liep ze naar het empireladekastje, waarboven een landschapsschilderij hing waarop een meer en een landhuis stonden afgebeeld. Grace' aanvankelijke veronderstelling dat het Tremayne House betrof, bleek onjuist. Het schilderij had geen nostalgische waarde, haar oom moest het hebben aangeschaft om de kamer op te luisteren.

Met kloppend hart maakte ze de bovenste la open, vol verwachting. Zou ze hier iets vinden waarmee ze zich een beeld van oom Richard kon vormen?

Op het droge schuren van het hout volgde de aanblik van met pluisjes bedekt rood fluweel. De versleten plekken in de stof wezen erop dat daar iets had gelegen, iets wat al lang geleden was weggehaald. Grace liet haar vinger over de stof glijden en toen ze er niets onder vond, schoof ze de la weer dicht en wijdde ze zich aan de la eronder. Daarin lagen een paar blaadjes, vergeelde rekeningen in Tamilschrift, een lege tabaksdoos waaraan een scharnier ontbrak en een stuk van een messing ketting. Rommel die was blijven liggen nadat belangrijke zaken uit de la waren gehaald.

In de onderste la, die heel moeilijk openging, leek aanvankelijk ook niets te zitten, maar bij het uittrekken vermengde zich een dof gerammel met het schurende geluid. Daardoor aangespoord trok

Grace de la nog verder uit, waarna ze beloond werd doordat ze iets zag glanzen.

Of het voorwerp opzettelijk zo ver achter in de la lag of door het opentrekken daarheen was geschoten wist Grace niet, maar dat was ook niet van belang. Voorzichtig haalde ze het tevoorschijn. Het medaillon was heel oud, het zilver aangeslagen en vlekkerig, de ketting bijna zwart. Met trillende handen probeerde Grace het open te klappen, maar dat lukte niet meteen. Verzette de inhoud zich ertegen aan haar blik te worden prijsgegeven?

Toen voor de deur stemmen te horen waren, verstarde ze. Wilden Miss Giles en haar moeder naar binnen? Ze weerstond de impuls de kamer uit te lopen en te doen alsof ze net van het onderhoud met haar vader terugkwam. In plaats daarvan drukte ze zich tegen de muur naast het schilderij en hield het medaillon in haar hand geklemd alsof het een magisch artefact was dat haar onzichtbaar kon maken. De stemmen gingen voorbij, verdwenen. Ergens hoorde ze een deur opengaan. Onze kamer, dacht Grace verschrikt. Victoria zal meteen tegen moeder zeggen dat ik niet daar ben. Dat vader me heeft ontboden.

Zouden ze hier gaan kijken? Maar waar was ze bang voor? Was dit vertrek niet ook binnenshuis?

Terwijl ze heel zachtjes ademhaalde en het medaillon in haar hand langzaam warm voelde worden, ging de deur opnieuw open. Er klonken voetstappen, geen stemmen ditmaal. Beide personen – haar moeder en Miss Giles – passeerden de deur van de herenkamer en liepen weer naar de hal.

Grace slaakte een zucht van verlichting en keek toen naar het medaillon in haar hand. Zonder een briefopener of een naald zou ze het niet openkrijgen. Ze hing de naar verweerd metaal ruikende ketting om haar hals en verstopte het medaillon onder haar japon. Toen schoof ze de la weer dicht en na nog een korte blik op het schilderij te hebben geworpen verliet ze de kamer.

Zoals ze al vermoedde, zat Victoria achter haar schildersezel. Ze was bezig een bloemstuk van frangipanebloesems te schilderen dat in een zilverkleurige schaal voor haar stond.

'Ah, ben jij het! Ik dacht al dat Miss Giles terugkwam. Hoe was het onderhoud met vader?'

'Niet bepaald goed,' antwoordde Grace.

'Ik heb al gehoord wat je hebt gedaan, op de hele plantage hebben ze het over niets anders. Een van de arbeiders heeft het aan Mr Norris verteld toen hij dacht dat ik in mijn werk opging. Dat was vreselijk moedig van je.'

'Vind je?' Zuchtend zakte Grace neer op het bed. 'Het heeft me in elk geval voor vandaag huisarrest opgeleverd. En het ergste was dat hij me voor de ogen van Mr Vikrama terecht heeft gewezen, alsof ik een klein kind ben!'

Victoria trok haar wenkbrauwen op. 'Huisarrest? Maar je bent toch al achttien! Hoe kan hij je dan huisarrest geven?'

Grace haalde stug haar schouders op. 'Blijkbaar gebeurt dat als je je niet als volwassene gedraagt. Ik weet ook niet wat er met me aan de hand is, een paar weken geleden deed ik gewoon nog wat anderen van me wilden.'

'Je bent hier niet meer in Engeland. Bij ons komt in beschaafde kringen zoiets barbaars als afranselen niet voor. Je kunt er zeker van zijn dat vader iets tegen die voorman zal ondernemen. Hij is de baas van Vannattuppūcci en niet jij!'

'Maar wie had die vrouw dan anders moeten helpen? Er was verder niemand die hem kon tegenhouden.' Ze moest aan Vikrama denken, maar haar vader hield hem vrijwel voortdurend in zijn nabijheid.

In plaats van aan het avondmaal te beginnen, dat haar door een dienstmeisje was gebracht, ging Grace bij het open raam zitten. Dat kon haar vader tenminste niet verbieden. De groene struiken verdwenen achter tranensluiers toen ze zich aan het zelfmedelijden overgaf dat haar had overspoeld nadat Victoria beneden was gaan eten.

Waarom had hij haar geen gelijk gegeven? Waarom moest hij haar onder Vikrama's ogen berispen?

Dat, en het feit dat Petersen zich nu vast kostelijk over haar vermaakte, voelde als een gloeiend mes in haar borst.

Haar vader had haar verraden. Ze had het niet voor mogelijk gehouden dat hij dat ooit zou doen!

'Dat was heel dom van u!'

Grace kromp ineen. Toen ze uit het raam keek, stond Vikrama daar in zijn zwarte kleding. Zijn gezicht was bleek, zijn ogen fonkelden. Wat had hij hier bij het huis te zoeken? Als iemand hem zag...

Maar Grace had niet de kracht hem weg te sturen.

'Het was het enige wat ik kon doen,' antwoordde ze terwijl ze met een nerveuze beweging de tranen van haar gezicht veegde. 'Ik wilde niet toekijken terwijl die vrouw werd afgeranseld. Ze had alleen maar een paar appels geplukt.'

'Appels die van uw vader zijn,' repliceerde Vikrama.

Sloot hij zich nu ook al bij haar vader aan? Opeens overviel haar een enorm verlangen naar Londen terug te gaan. Wat had ze zich door het mooie landschap laten bedriegen! Blijkbaar kwam in de mensen als ze maar ver genoeg van hun vaderland verwijderd waren, het dierlijke naar boven.

'Die appels zijn ook van mij! Ik had ze net zo goed kunnen plukken en aan haar geven,' wierp ze koppig tegen.

'Dat zou iets anders zijn geweest. Het blijft toch diefstal, en ik zal de vrouwen opdragen dat in het vervolg te laten. We hebben nu een nieuwe baas, die niet op de hoogte is van de gebruiken van zijn voorganger.'

Grace schrok van de verachting die in zijn woorden doorklonk.

'Betekent dat dat de mensen van mijn oom appels mochten plukken?'

Er verscheen een weemoedige glimlach op Vikrama's gezicht. 'Ja, dat mocht van hem.'

'En waarom hebt u dat niet tegen mijn vader gezegd? Hij kan toch niet weten...' Grace haperde toen ze de trieste blik in zijn ogen zag.

'Er is het een en ander veranderd sinds hij die mensen in dienst heeft genomen,' zei hij zacht. 'Hij heeft mij tot zijn schoothondje gemaakt, iemand die nauwelijks meer te maken heeft met de mensen buiten. Ik moet met hem meegaan naar afspraken en zijn voorman orders geven. Maar ik weet dat op den duur de anderen het voor het zeggen krijgen. Op een dag zal ik overbodig zijn en zal hij me verzoeken weg te gaan. Het is gewoon niet passend dat een halfbloed Tamil op de plantage een belangrijke positie bekleedt.'

Die verdomde Stockton, dacht Grace kwaad. Alleen hij kan vader op zulke onzinnige gedachten brengen.

'Ik geloof niet dat mijn vader dat zal doen. Hij waardeert uw capaciteiten en houdt u alleen bij zich in de buurt omdat hij zich nog erg onzeker voelt op het gebied van de theeteelt.'

'Misschien vergis ik me inderdaad,' antwoordde Vikrama terwijl hij naar zijn van emotie trillende vingers keek, die hij vergeefs in bedwang probeerde te houden. 'Maar ik vind het behoorlijk verontrustend dat ik nauwelijks nog iets met de pluksters en arbeiders te maken heb. Mij vertrouwen ze, en onder mijn gezag hebben ze altijd graag voor hun baas gewerkt. Nu patrouilleren Petersens mannen over de plantage, waarbij ze zonder dat daar reden toe is wapens dragen, en ranselt Petersen een vrouw af onder het mom dat ze appels heeft gestolen.' Hij huiverde. Blijkbaar had hij Petersen en de zijnen maar al te graag de les gelezen. Toen keek hij Grace aan. Zijn blik joeg het bloed door haar aderen.

'Dank u dat u voor mijn mensen in de bres bent gesprongen. Dat u Naala hebt beschermd.'

'Heet ze Naala?'

Vikrama knikte

'Ik zal het onthouden.'

'De littekens die de zweep heeft achtergelaten, zullen levenslang zichtbaar blijven. Ze zal nooit vergeten wie haar dat heeft aangedaan en waarom. Maar ze zal ook niet vergeten dat het de dochter van de Master was die haar erger heeft bespaard. Niemand van mijn volk zal dat vergeten.'

Ineens waren hun gezichten zo dicht bij elkaar dat hij haar elk moment had kunnen kussen. Maar toen keek hij omlaag en trok zich terug.

'Mr Vikrama,' riep ze, voor hij zich kon omdraaien.

'Ja, Miss Grace?'

'Zou het misschien mogelijk zijn...' Ze haperde even, omdat ze vreesde te veel van hem te verlangen.

'Wat is er dan?' Vikrama glimlachte nu weer.

Daardoor opgemonterd zei Grace: 'Is het misschien mogelijk dat u me wat Tamil bijbrengt?'

'Maar de meeste mensen hier spreken Engels.'

'Dat weet ik, maar ik... bij dat voorval had ik die vrouw... Naala zo graag in haar eigen taal getroost. En ik had ook graag verstaan wat de vrouwen die eromheen stonden zeiden. Ik denk dat het alleen maar... een kwestie van beleefdheid is uw taal te begrijpen, vindt u ook niet?'

Haar hart klopte in haar keel en de knoop in haar maag werd strakker. Ineens voelde ze zich nogal dom. Vikrama had gelijk, iedereen sprak hier Engels. En na het gebeurde van die ochtend zouden de mensen zeker niet willen dat hun bazen hun taal verstonden. Want alleen zo konden ze klagen zonder dat de voorman hen strafte.

'Tamil is geen gemakkelijke taal,' merkte Vikrama op nadat hij haar een tijdje onderzoekend had aangekeken. 'Maar ik zal mijn best doen het u te leren.'

Daarop draaide hij zich om en verdween tussen de struiken.

Grace keek hem glimlachend na en herinnerde zich toen het medaillon. Ze haalde het onder haar japon vandaan, bekeek het en wilde net een haarspeld pakken toen Victoria kwam binnenstormen.

Vlug liet ze het medaillon weer onder haar kraag verdwijnen.

'Eet je niet?' vroeg haar zusje verbaasd toen ze het volle dienblad zag.

'Jawel, ik wilde er net aan beginnen.'

'Dat is maar beter ook, want het gevogelte is voortreffelijk! Bovendien heb je er niets aan als je blijft zitten pruilen. Papa is intussen weer tot zichzelf gekomen en heeft gemeld dat hij Mr Petersen terecht heeft gewezen vanwege de afranseling. Waarschijnlijk heeft hij het je alleen maar kwalijk genomen dat je tussenbeide bent gekomen.'

Nee, hij heeft het me kwalijk genomen dat ik niet meer het brave meisje van vroeger ben dacht Grace, maar ze knikte.

'Morgen zal ik meteen naar vader gaan en mijn excuses aanbieden,' kondigde ze aan, en ze wist ook al wat ze met haar herwonnen vrijheid zou gaan doen.

Nadat ze zich de volgende ochtend bij haar vader had verontschuldigd en deze haar huisarrest had opgeheven, ging Grace naar de onderkomens van de theepluksters. Naala behoorde tot degenen die met hun kinderen aan de rand van de theeplantage woonden. Een man had ze blijkbaar niet, maar wel twee kinderen. Terwijl haar zoon al groot genoeg was om mee te helpen bij het werk, was het dochtertje pas drie of vier. Met grote ogen keek ze naar Grace toen die naar de hut kwam, toen draaide ze zich om en liep naar binnen.

Als versteend bekeek Grace het onderkomen, dat je geen huis, hut of schuurtje kon noemen. De muren bestonden uit planken met gaten, het met palmbladeren bedekte dak zag er bepaald niet waterdicht uit. Grace schaamde zich bijna voor de luxe waarin zij leefde.

Even later dook het kleintje weer op en wenkte Grace binnen te komen. Daar was het donker, de lucht was vervuld van de geur van geronnen bloed en bittere kruiden.

Naast de slaapplaats waarop Naala languit op haar buik lag, stond een oude vrouw met een huid zo bruin als een walnotendop. Het leven had een doorgroefde landkaart op haar gezicht achtergelaten. Met haar donkere ogen bekeek ze Grace van top tot teen, toen vlamde er besef in op. 'U moet zijn jonge Miss.'

Grace had even nodig om de door een sterk accent vervormde woorden te verstaan, toen knikte ze. 'Dat ben ik.'

'U helpen Naala.'

'Ja, en ik wilde weten hoe het met haar gaat.'

'Het gaat slecht,' zei de vrouw en ze trok de doek op Naala's rug een stuk omlaag. De wonden waren met een dikke zalf bedekt, die de ernst van de verwondingen niet verhulde, maar juist zichtbaarder maakte. Diepe rijtwonden bedekten de huid.

Ontzet sloeg Grace haar hand voor haar mond.

'Daar moet een dokter naar kijken.'

De oude vrouw schudde haar hoofd. 'Geen dokter. Ik ben hier en zorgen voor haar. Mijn medicijn heelt wonden, duurt alleen.'

Door de beslistheid waarmee ze sprak zag Grace ervan af vast te houden aan de komst van een dokter. Toch betwijfelde ze of het traditionele middel toereikend zou zijn. Stel dat de vrouw koudvuur kreeg? In een tijdschriftartikel had ze eens gelezen hoe vreselijk de dood was die dat tot gevolg had.

'Is het goed als ik terugkom om te kijken hoe het met haar gaat?'

'Bazin kan gaan waar ze wil,' antwoordde de oude vrouw slechts, toen trok ze de doek weer omhoog.

Grace voelde zich ineens volkomen nutteloos. Ze had de vrouw zo graag geholpen. Maar hoe?

De stilte die nu ontstond werd zo onaangenaam dat Grace er de voorkeur aan gaf afscheid te nemen met de belofte dat ze de komende dagen weer langs zou komen.

Op de terugweg liep ze door de theevelden, die eruitzagen als een zachte groene deken. Onder de verbaasde blikken van de pluksters, die echter meteen weer aan het werk gingen, stapte ze over het smalle pad en keek steeds naar de wolken die tegen het diepblauw van de hemel dramatische vormen aannamen. Zouden ze regen brengen?

'Miss Grace!' hoorde ze iemand roepen.

Toen ze haar ogen afschermde, herkende ze Vikrama. Deze keer droeg hij een vest over zijn overhemd, waarvan hij de mouwen grofweg had omgeslagen. Op zijn donkere broek en zijn hoge laarzen zaten sporen van stof. Blijkbaar had hij net een rondrit gemaakt.

'Ja, Mr Vikrama?' vroeg Grace glimlachend.

'Hebt u nog steeds interesse om onze taal te leren?'

'Maar natuurlijk!' antwoordde ze. 'Zojuist heb ik nog gewenst dat ik die kon spreken. Ik heb Naala opgezocht. De vrouw die bij haar was, is een genezeres, nietwaar?'

Vikrama knikte. 'Ze is gisteren meteen uit het dorp hierheen gekomen om de wonden te verzorgen. Zij zorgt er wel voor dat Naala vlug weer aan het werk kan.'

Het lichte verwijt ontging Grace niet. Wanneer zal hij eindelijk ophouden mij alleen als de dochter van de baas te zien?

'Mij gaat het er allereerst om dat ze het overleeft en geen koudvuur krijgt. Ik heb verhalen over de gebruiken op oude zeilschepen gelezen: mannen die zweepslagen hadden gekregen stierven niet zelden aan hun verwondingen. Ik wil niet dat Naala sterft.'

'U bent heel anders dan de Engelse vrouwen die ik ken, Miss Grace.'

'Dat vat ik op als een compliment!' antwoordde ze lachend. 'Ik heb lang gedacht dat ik ook zo was, maar op de een of andere manier heeft dit oord een magische uitwerking.'

'Ja, mensen veranderen erdoor, als ze het toelaten.' Dromerig glimlachte hij voor zich uit, daarna verstrengelde hij zijn handen op zijn rug. 'Wat denkt u ervan om elkaar morgen te treffen voor de eerste les? Ik heb een vrije middag.'

'En die wilt u werkelijk doorbrengen met mij les te geven?'

'Ik heb toch niets anders te doen. Bovendien dient het een goede zaak. Misschien krijgt uw vader ooit ook belangstelling voor het Tamil, dan kunt u het hem bijbrengen.'

Grace schoot bijna in de lach. Haar vader die zich door haar iets liet bijbrengen? Terwijl hij haar als een kind straf gaf als ze zelf een beslissing nam?

'Dat zal ik doen, als hij er ooit belangstelling voor krijgt,' zei ze echter, want ze wilde niet als een bokkig kind op Vikrama overkomen. 'Bedankt, ik zal er zijn!'

Weer thuis bekroop Grace de twijfel. Moest ze het hem wel vertellen? Maar toen herinnerde ze zich de blik van de voorman. Een blik die vergelding voor haar ingrijpen had aangekondigd. Als hij haar met Vikrama samen zag, zou hij haar vader misschien allerlei leugens opdissen die hen allebei in de problemen zouden brengen. Daarom besloot ze open kaart te spelen.

Toen ze nerveus, ja, zelfs bijna angstig bij het avondeten vertelde wat ze van plan was, oogstte ze verwondering.

'Maar wat wil je dan met die ongeciviliseerde taal, terwijl ze hier allemaal Engels spreken?' vroeg haar moeder, die beslist op de hoogte was van de terechtwijzing van haar dochter, maar die kwestie blijkbaar als afgehandeld beschouwde.

'Ik wil horen wat de mensen echt denken,' verklaarde Grace en ze keek naar haar vader, die niet de indruk wekte dat hij bereid was haar verzoek in te willigen.

Pas even later bedacht ze dat haar woorden verkeerd begrepen konden worden. Maar het was al te laat.

'Denk je dat ze tegen ons zouden kunnen samenzweren?' Haar vader keek ernstig.

'Nee, het is alleen maar...' Grace haperde. In geen geval mocht ze de indruk laten ontstaan dat de mensen hier iets tegen de baas in hun schild voerden. Anders zou Petersen al snel de volgende vrouw afranselen. 'Ik wil met ze kunnen praten. Ik kan ze door hun accent lastig verstaan, en het zou alleen maar getuigen van wellevendheid als ik hun taal sprak.'

'Wellevendheid tegenover die mensen!' Henry snoof spottend, toen greep hij zijn glas en nam vlug twee slokken. 'Die mensen kennen niets anders dan bevelen en plichten, ze zouden verbaasd staan als hun baas vriendelijk tegen hen deed.'

Grace perste haar lippen op elkaar. Betekende dat nee?

'Maar ik geef toe dat het een voordeel kan zijn om de taal te kennen. Dan merk je het tenminste tijdig als ze van plan zijn in opstand te komen. Je zou me een grote dienst bewijzen als je je oor bij hen te luisteren legt. Ik wil graag weten wat ze denken.'

Grace had plotseling het gevoel dat er een steen in haar maag zat. Het gebraad leek ineens smakeloos. Haar vader wilde dat ze spioneerde. Nu had ze er spijt van dat ze het had gevraagd. Bij het vele werk had hij toch al geen tijd zich om de beweegredenen van zijn dochter te bekommeren.

'Dan zou ik die taal ook wel willen leren,' zei Victoria vlug.

'Jij moet je bezighouden met je eigen lessen en de opgaven van Mr Norris,' antwoordde haar vader onmiddellijk. 'Hij heeft me een paar uur geleden je laatste dictaat laten zien. Het kan toch niet dat een jonge vrouw zo'n verschrikkelijk handschrift heeft!'

Victoria trok een pruilmondje, terwijl Grace met moeite een zucht van verlichting kon onderdrukken. Ze hield vreselijk veel van haar zusje, maar om een of andere, voor haarzelf nog duistere reden wilde ze haar er niet bij hebben als ze met Vikrama oefende.

'Goed dan, Grace, laat Mr Vikrama je maar lesgeven. Maar alleen onder voorwaarde dat je hem niet van zijn normale verplichtingen afhoudt.'

'Hij heeft zich bereid verklaard me buiten werktijd te onderrichten.'

'En je moet Miss Giles meenemen naar de lessen. Als chaperonne.'

'Chaperonne?' barstte Grace uit. 'Wat denkt u dan dat er zal gebeuren!'

'Hopelijk niets, daarom zal zij je gezelschap houden. Als je daar niet mee akkoord gaat, zul je helaas van de lessen moeten afzien.'

Grace snoof, maar ze wist dat ze niet te ver moest gaan. Dat haar vader haar toestond de vreemde taal te leren was een gunst die ze maar beter niet op het spel kon zetten.

'Goed, vader, ik zal Miss Giles meenemen,' zei ze braaf. 'Hopelijk gaat het arme mens zich niet dodelijk zitten vervelen.'

'Ze heeft vast wel een of ander handwerkje om de tijd mee door te brengen,' voegde Claudia eraan toe, duidelijk blij dat ze geen bezigheid voor de gouvernante hoefde te zoeken. 'Ik vind het ook beter als je niet met die man alleen bent. Hij mag dan een goede kracht zijn, maar we weten helemaal niets over zijn privéleven.' Ze keek even naar haar man, alsof ze hoopte dat hij haar duidelijkheid kon verschaffen. 'Dat je het hebt gevraagd, was erg moedig van je, het had toch ook verkeerd begrepen kunnen worden.'

Grace perste haar lippen op elkaar. Wat ter wereld dachten ze dan van hem? Dat hij haar als een woesteling zou belagen?

'Nu u het zegt, moeder,' antwoordde ze toen maar, en hoewel ze geen trek meer had schoof ze nog wat vlees in haar mond en kauwde er langzaam op, zodat niemand meer van haar verwachtte dat ze iets zei.

‘Hoe kom je er eigenlijk bij Tamil te willen leren spreken?’ vroeg Victoria verbaasd toen ze zich in hun kamer hadden teruggetrokken. ‘Ik dacht dat je dit land niet kon uitstaan. In elk geval was dat drie weken geleden nog het geval.’

Grace glimlachte dromerig terwijl ze haar borduurwerk bekeek. Een paar dagen geleden was ze begonnen kleine frangipanebloesems op een zijden zakdoek te borduren. ‘Dat komt door die vrouw van gisteren. Die afgeranseld is.’

Victoria keek haar niet-begrijpend aan. ‘Ja, en?’

‘De andere vrouwen hebben opgewonden iets tegen elkaar gefluisterd, en dat had ik graag verstaan.’

‘Ga je dan voor papa spioneren?’

‘Natuurlijk niet!’ antwoordde Grace verontwaardigd. ‘Ik geloof niet dat die mensen iets slechts over ons zouden zeggen.’

‘Dat is misschien veranderd sinds de voorman die vrouw heeft afgeranseld.’

‘Laten we hopen dat dat niet zo is. In elk geval ben ik niet van plan ze uit te horen en hen daardoor nog wantrouwiger te maken. Ik wil alleen maar met ze kunnen praten.’

Daarop concentreerde Grace zich weer op haar borduurwerk. Ze had net de rand van een volgend bloemblaadje af toen Victoria onverwachts zei: ‘Je bent op Mr Vikrama gesteld, nietwaar?’

Grace’ borduurnaald miste haar vingertop op een haar na. ‘Wat is dat voor onzin?’

‘Ontken het maar niet! Ik ben je zusje. Ik zie je ogen telkens oplichten als hij ter sprake komt. En als je over hem praat. Geen wonder dat vader Miss Giles met je mee stuurt.’

Geschrokken vroeg Grace zich af of haar sympathie voor hem dan echt zo duidelijk was. Haar wangen kleurden dieprood.

‘Hij is echt heel aardig,’ gaf ze toe. ‘En hij ziet er goed uit, vind je niet?’

‘Hij ziet eruit als een Londense dandy die te lang in de zon heeft gezeten.’ Victoria’s ogen schitterden vergenoegd.

‘Over dandy’s zou jij eigenlijk nog niets moeten weten,’ zei Grace met gespeelde verontwaardiging.

‘Ben je de gasten van ons afscheidsfeest soms vergeten?’ vroeg Victoria terwijl ze tegenover haar grote zus op de vensterbank ging zitten. ‘Het leek of Mr Hutchinson op zoek was naar een bruid. Terwijl hij een rijke, en als je de andere vrouwen mag geloven, goedmoedige echtgenote heeft.’

De herinnering aan de man, die je echt als een dandy kon aanmerken, verdreef Grace’ onzekerheid en maakte haar aan het lachen.

‘O ja, dat colbertje met dat belachelijke patroon!’ erkende ze. ‘Wat een vogelverschrikker!’

‘En allesbehalve passend voor zijn leeftijd!’ deed Victoria daar nog een schepje bovenop. ‘De jonge vrouwen hebben zich vrolijk over hem gemaakt.’

De twee meisjes barstten in lachen uit. ‘Weet je,’ zei Victoria toen ze weer was bijgekomen. ‘Ik ben, geloof ik, niet helemaal eerlijk geweest. Ik mis Londen en de feesten daar toch wel een beetje.’

Met een bijna onbeholpen gebaar pakte ze de hand van haar zus. ‘Jij zou op het debutantenbal de mooiste zijn geweest, dat kan ik je wel vertellen.’

‘Meen je dat?’ Terwijl ze het zei, merkte Grace dat ze het helemaal niet erg meer vond dat ze niet voor de koningin zou dansen. Iets had de lege plek die de gemiste kans had achtergelaten opgevuld. Iets wat ze niet kon benoemen – in elk geval nog niet – maar wat veel vervullender was dan de glans van een balzaal.

‘Ik vraag me af of ik ooit zal debuteren.’ Victoria liet haar benen bungelen en sloeg met haar hakken tegen de lambrisering onder de vensterbank. ‘Denk je dat we ooit nog naar Engeland zullen varen?’

‘Als je papa maar lang genoeg aan zijn kop zeurt...’ Grace was ervan overtuigd dat dat niets zou uithalen, maar ze wilde Victoria niet alle hoop ontnemen.

‘Maar ik heb me laten vertellen dat er in Nuwara Eliya ook elk jaar een debutantenbal is,’ zei Victoria. ‘Dat houden ze in een van de hotels. De mannen van de Hills Club financieren het en zorgen er daardoor voor dat hun zich vervelende echtgenotes ook eens iets te doen hebben.’

Grace knipoogde samenzweerderig naar Victoria, die breed grijnsde. 'Maar een dubbelgangster voor de koningin hebben ze toevalig niet, of wel soms?'

'Nee, maar ik geloof dat ze een foto van het originele portret ophangen,' zei Victoria. 'Op die manier dansen we ook voor de koningin.'

De twee meisjes barstten weer in lachen uit.

12

VANNATTUPPŪCCI TEA COMPANY, 2008

Toen Diana tegen zes uur wakker werd, hing de ochtendnevel boven de plantage en hulde alles in een vreemd blauw licht. Alsof dat ook invloed had op hun gekrijs, lieten de papegaaien zich aanvankelijk slechts aarzelend en sporadisch horen. Verder was alles op de plantage stil. Alleen het ruisen van de theebladeren waar de wind zacht overheen streek, drong vanuit de verte als elfengefluister tot haar door.

Diana stond op en liep blootsvoets naar het raam. Door de aanraking met de koude vloertegels verdween haar vermoeidheid, het uitzicht deed de rest. Het licht was heel anders dan in Europa, en de ochtendnevel had hier niets deprimerends. Het leek eerder net de sluier van een verwachtingsvolle bruid die weldra haar gezicht aan haar geliefde zou onthullen.

Diana ging op de vensterbank zitten en keek naar het silhouet van haar eigen figuur in de ruit. Was in deze ruimte werkelijk iets van Grace achtergebleven? En waar zou ze beginnen te zoeken?

Toen het ochtendlicht aan kracht won en de nevel langzaam door de zon werd verdreven, ontdekte ze in de raamsponning een kleine inkeping. Als je niet oplette, keek je er gemakkelijk overheen, maar nadat Diana het eenmaal had ontdekt, viel het duidelijk op.

Een vlinder, dacht Diana terwijl haar hart begon te bonzen alsof ze zojuist Grace Tremaynes dagboek had gevonden. Ze liet zich van van de vensterbank zakken en boog zich over de sponning. Daarbij ontdekte ze dat het om behoorlijk ingewikkeld en kunstig houtsnijwerk ging. Was het van de hand van Grace? Of van Victoria?

Emmely's grootmoeder had erom bekendgestaan dat ze prachtige etsen en tekeningen maakte. Helaas had de tand des tijds bijna al haar werk aangevreten, alleen in de salon van Tremayne House hingen nog twee houtskooltekeningen, die in Diana's herinnering verbleekt waren. Wat zou ze er niet voor hebben gegeven die nu met de vlinder te kunnen vergelijken!

Het idee om Mr Green om een foto of een scan te vragen verwierp ze echter meteen weer. In plaats daarvan pakte ze haar camera, waarmee ze tot nog toe alleen maar wat impressies van haar sightseeingtour had vastgelegd.

Beide opnamen hadden geenszins de uitwerking die de originele vlinder op de toeschouwer had, maar voor een vergelijking was het voldoende.

Toen ze opkeek van haar camera, merkte ze dat voor de vlinder de spleet tussen de vensterbank en de sponning iets breder was. Breed genoeg om er iets in te verstoppen.

Gehoor gevend aan een plotselinge ingeving opende ze het raam en boog zich over de spleet. Eerst kon ze niets ontwaren. 'Ik heb licht nodig!' zei ze hardop, en ze liep naar het bed en pakte haar mobieltje. Bij het zwakke schijnsel van de display ontdekte ze inderdaad iets. Er zat iets in de spleet. Een briefje? Of alleen maar een stukje behang? Met haar vingers kon ze er onmogelijk bij, maar misschien wel met een pincet.

Vlug legde ze de camera weg en pakte ze haar toilettas van het nachtkastje. Voor de zekerheid had ze daar altijd een pincet in zitten. Daarmee probeerde ze even later het grauwe stukje papier te pakken te krijgen, wat niet bepaald een eenvoudige onderneming was. Blijkbaar was dat ook de reden dat nog niemand het papiertje had weggehaald. Toen ze er vat op kreeg en het voorzichtig tevoorschijn trok, merkte ze dat het niet gewoon om een briefje of een stukje behang ging.

Het was een envelop! Een envelop die tussen de lambrisering en de muur had gezeten! 'Dat bestaat toch niet!' mompelde ze verbaasd terwijl haar hart wild begon te kloppen.

Ten afscheid, 1907 stond erop. Hij was gesloten met een klein zegel, een afdruk van een vlinder. Van wie was hij afkomstig? Het moest wel Victoria zijn. Het handschrift leek op dat van de brief uit de grafkelder, maar was rijper, en maakte een wat nerveuze indruk, alsof de schrijfster erg aangegrepen was. Bovendien was Victoria duidelijk naar Engeland teruggekeerd.

Even woog Diana de grove bruine envelop op haar hand. Blijkbaar zat er meer in dan een enkel blaadje. Wat zou erop staan? Had iemand soms een bericht voor een dierbare achtergelaten? Zat hierin de reden voor Victoria's slechte geweten verborgen?

Hoewel ze brandde van nieuwsgierigheid, besloot Diana de brief pas later open te maken. Tussen de dood van Richard Tremayne en dit bericht zat eenentwintig jaar. Er kon in de tussentijd veel zijn gebeurd. Hoewel de mogelijkheid bestond dat hierin een deel van de geschiedenis was opgeschreven, besloot ze eerst naar andere sporen te zoeken.

Nadat ze nog een tijdje in gedachten verzonken naar de ontluikende ochtend had gekeken, stond ze op en stopte de brief in haar tas om niet in de verleiding te komen hem toch al open te maken. Toen pakte ze de koker met het palmblad, die Jonathan zorgzaam tussen haar kleren had gelegd. Met een zacht geritsel gleed het palmblad in haar hand.

'Bevat jij de voorspelling van het lot van een van de meisjes?' mompelde Diana terwijl ze haar vinger voorzichtig over de schrifttekens liet glijden. 'Of hoor jij hier helemaal niet thuis?' Er volgde een stilte op haar woorden, een stilte die geen antwoorden bevatte.

Toen er geluiden op het erf hoorbaar werden die de komst van de eerste medewerkers van de Tea Company aankondigden, deed Diana het blad weer terug in de koker en ontzegde het zich opnieuw een blik op de zojuist gevonden brief te werpen. Alles op zijn tijd, zei ze tegen zichzelf en ze verdween in de kleine badkamer die ze met Singh deelde.

Hij leek nog niet wakker te zijn, want de douchecabine was droog en het duurde even voor het lauwe water echt warm werd.

Toen ze klaar was en net de gang door wilde glippen, ging de deur naast de hare open. Singh in T-shirt en pyjamabroek te zien was voor haar een geheel nieuwe ervaring. 'Goedemorgen!' riep ze met een brede glimlach, want ze zag dat hij nog behoorlijk moe was. Het antwoord was dan ook eerder gemompel dan een vrolijke uitroep, maar waarschijnlijk zou dat na het douchen wel anders zijn.

'Ik hoop dat u een goede nacht hebt gehad,' zo begroette Mr Manderley haar toen ze de keuken binnenliep. Eigenlijk had ze revanche op Jonathan willen nemen voor het avondeten, maar nu zag ze dat alles al klaar was.

'Ik ben zo vrij geweest voor een ontbijt te zorgen,' zei Manderley glimlachend. 'Ik moest eerst naar het archief, om boeken over het afgelopen jaar te halen voor een marktanalyse, en toen zag ik dat u al het een en ander hebt verzameld.'

'Ja, die oude kasten leveren zeker wel wat op. En nu heb ik ook hulp.'

'Uw verloofde is wetenschapper, nietwaar?'

Diana verstarde. 'Verloofde?'

Manderley keek haar verward aan. 'Bent u dan niet... O, mijn excuses, de Engelse taal is soms verraderlijk! Ik dacht werkelijk dat u beiden...'

'Nee, Jonathan, ik bedoel, Mr Singh, is mij door een vriend aanbevolen en was zo vriendelijk aan te bieden me bij mijn naspeuringen te helpen.'

'Aha, dan...' Om zijn verlegenheid te verbergen pakte Manderley de theeketel en zette die op het kleine fornuis.

'Ik heb iets ontdekt,' zei Diana om de onaangename stilte te verdrijven. 'In de sponning van het oude raam in mijn kamer is een vlinder gekerfd.'

'Dat weet ik,' antwoordde de bedrijfsleider, en toen hij zich omdraaide was zijn gêne verdwenen. 'We nemen aan dat een van de dochters van de Tremaynes die vlinder daar heeft aangebracht. Of een geheime aanbidder.'

'Hadden de meisjes dan speciale bewonderaars? Ik weet alleen dat Grace met een kapitein is getrouwd.'

Manderley keek haar bevreemd aan. 'Een kapitein?'

'Ja, een Duitse kapitein. Dat is een van de weinige dingen die ik heel zeker weet over mijn betovergrootmoeder. Misschien was dat wel het schandaal dat haar ertoe heeft gebracht met de rest van de familie te breken.'

'Nu, ik vrees dat ik daar geen licht op kan werpen, maar ik weet zeker dat u ook bij Stockton moet zoeken. Het afgelopen jaar zijn er documenten van de naburige plantage opgedoken, die helaas faillissement heeft moeten aanvragen. Voor zover ik weet wordt de familie Tremayne daar ook in vermeld.'

Diana zette grote ogen op. Stockton was toch de man die op de foto van de club naast Henry Tremayne stond!

'Bedankt voor de tip!' antwoordde ze. 'Ik zal zo mogelijk de documenten daar bekijken.'

Manderley knikte haar welwillend toe. Even later verstarde hij en keek naar de deur. 'Goedemorgen, Mr Singh. Miss Wagenbach en ik hadden het zojuist nog over uw bevindingen.'

'Mr Manderley was zo aardig me te wijzen op documenten van de plantage hiernaast. De familie Stockton zou ook informatie over mijn familie hebben, is dat niet geweldig?'

'Stockton? Is dat niet die man van de Hills Club-foto?'

'Juist, dat is hem!'

'Ik zie dat u zich uitstekend redt!' kwam Manderley tussenbeide terwijl hij gejaagd op zijn horloge keek. 'Excuseert u mij alstublieft, ik moet zo mijn ronde doen over de plantage. Vergeet de thee niet!'

Voor Diana hem kon bedanken voor het ontbijt, was de bedrijfsleider al verdwenen. Het water in de ketel kookte inmiddels. Manderley had heel attent een theeblikje en twee kopjes klaargezet; blijkbaar was hij niet van plan geweest samen met hen te ontbijten.

Terwijl de thee een bedwelmend kruidig aroma verspreidde, zorgde Diana voor de toast. 'En, hoe was uw nacht in de gedeelde kamer?' vroeg ze toen ze aan tafel zaten en schrapend met hun mes boter en sinaasappelmarmelade op het geroosterde brood smeerden. Zonder precies te weten waarom verzweeg ze de vondst bij de vensterbank. Het was alsof ze die triomf wilde bewaren voor het geval dat ze op hun zoektocht een punt bereikten waarop ze niet verder konden.

'Niet bijzonder goed, maar dat hebt u wel gezien toen ik naar de douche liep.'

Diana keek hem onderzoekend aan. Inderdaad maakte hij ook nu nog een wat vermoeide indruk. 'U ziet eruit alsof u een geest hebt gezien. In het hotel had u toch geen moeite om in slaap te komen.'

'Nee, en normaal gesproken heb ik dat ook niet. Er spookt alleen het een en ander door mijn hoofd. Gewoonlijk kan ik zoiets wel van me afzetten, maar op de een of andere manier heeft dit oord iets wat je aan het denken zet – in zowel positieve als negatieve zin.'

Wat bedoelde hij daarmee?

'Misschien had ik u toch niet van uw werk moeten afhouden,' zei Diana schuldbewust. 'Ik sleep u hier maar door de rimboe en thuis is uw uitgever in alle staten.'

'Dat is het niet,' barstte Singh uit. 'Het gaat om mijn ex-vrouw.'

'O, is dat het.' Verlegen nam Diana een hap van haar toast, die ze wegspoelde met de beste ceylonthee die ze ooit had geproefd. Manderley had hen blijkbaar op een pakje met de hand gesorteerde thee getrakteerd.

'Ze heeft me gisteren een mail gestuurd waarin ze me meedeelt dat ze iemand heeft leren kennen,' vervolgde Singh onverwachts. 'Een computerspecialist uit Melbourne. Ze denkt erover naar Australië te emigreren en Rana mee te nemen. Dat betekent uiteraard dat de afstand tot mijn dochter aanzienlijk groter wordt. Nog afgezien van het feit dat ze van school wordt gehaald.'

'Dat spijt me.'

'Dat hoeft niet. Ik vermoedde al een tijdje zoiets. Of, beter gezegd, Rana heeft het er in haar brieven over gehad. Natuurlijk kan ze nog niet goed genoeg schrijven om alles tot in de details uit te leggen, maar ik merk dat ze daar moeite mee heeft.'

'En als u de voogdij probeert te krijgen? U bent nog altijd Indiaas staatsburger.'

'Dat zou betekenen dat ik naar Delhi moet verhuizen. Dan zou ik Sri Lanka moeten opgeven, en daarmee al mijn plannen.'

Diana moest denken aan het koninkrijk Kandy, waarover hij had verteld.

'Dat klinkt verschrikkelijk egoïstisch, nietwaar?' Hij lachte spottend en nam een slok thee.

'En als u uw dochter meeneemt naar Sri Lanka?'

'Dan geldt het argument van de school niet meer, want hier zou ze ook naar een andere school moeten. Bovendien heeft ze een sterke band met haar moeder.' Zuchtend zette hij zijn kopje weer neer. 'Ik vrees dat mijn boek een doorslaggevend succes moet worden, anders kan ik me het bezoek aan Australië niet permitteren.'

'En is het niet mogelijk dat uw ex-vrouw de vliegreis van uw dochter hierheen betaalt?'

Jonathan schudde zijn hoofd. 'Rana is acht, ik denk dat geen moeder ter wereld haar dochter op die leeftijd alleen op een vliegtuig zal zetten, tenzij daar een zwaarwegende reden voor is. Ik zal me er goedschiks of kwaadschiks mee moeten verzoenen dat ik mijn dochter een hele tijd niet zal zien.'

Diana merkte hoezeer het hem aan het hart ging, en zonder na te denken pakte ze zijn hand. 'U vindt wel een oplossing, daar ben ik van overtuigd. En desnoods werk ik de uitgevers in mijn vaderland persoonlijk zo op de zenuwen dat ze de rechten van uw boek kopen.'

Singh glimlachte in gedachten verzonken, maar toen zette hij het onderwerp licht hoofdschuddend van zich af.

'We zouden over de documenten moeten praten en over wat u van plan bent. Als ik het wel heb, wilt u een bezoek aan de naburige plantage brengen.'

Diana knikte. 'Ja, vooropgesteld dat we er kunnen komen. Onze chauffeur komt immers pas over drie dagen terug.' Daarbij schoot haar te binnen dat ze haar vlucht nog moest omboeken.

'Mr Manderley zal ons vast wel een auto ter beschikking willen stellen. Hij heeft dan wel niets met de zaak te maken, maar hij lijkt erg enthousiast te zijn over ons project.'

Het werd Diana warm om het hart toen ze hem 'ons project' hoorde zeggen, maar ze verborg haar glimlach achter haar theekopje.

Een half uur later waren ze op weg naar het archief. De plantage was intussen helemaal tot leven gekomen. Op het erf riepen arbeiders naar elkaar, vrouwen trokken hun sari recht en zetten hun theekorf op hun schouder. Ergens in huis rinkelde een telefoon, achter een deur tikte iemand op een toetsenbord.

Beneden, in de voormalige dienstbodenvleugel, was het echter helemaal stil. Alleen het zachte gezoem van de neonbuizen vulde de gang. In het archief dansten stofdeeltjes in de zonnestralen die op het bureau vielen. Er was een tweede bureau bij gekomen, dat stond te wachten op nieuwe stapels orderboeken en folianten.

Singh wreef zich in de handen en maakte toen de kastdeuren open. Bijna devoot keek hij naar het allegaartje, toen glimlachte hij, 'Weet u, op de een of andere manier miste ik zo'n chaos van dossiers. Vroeger, in het museum, deden we voortdurend zulke ontdekkingen en dan moesten we alles doorvlooien en catalogiseren. Soms vond ik dat wel een belasting, maar nu merk ik hoezeer ik dat eigenlijk heb gemist.'

'Welnu, dan hebt u gelegenheid genoeg om u uit te leven,' antwoordde Diana terwijl ze naar haar bureau liep. 'Ik heb hier al een paar boeken uit de desbetreffende tijd gevonden. Zodra ik weet waar ze over gaan, pak ik de volgende.'

IJverig knikkend dook Singh in de oude kast.

'Als ik het wel heb, heeft Henry Tremayne de plantage in 1887 overgenomen,' zei Singh terwijl hij opkeek van zijn stapel boeken. Ruim twee uur was hij bezig geweest gegevens op te delven. 'Alle andere boeken zijn door ene Richard Tremayne bijgehouden.'

'Waarschijnlijk is Henry hier een paar maanden na het overlijdensbericht aangekomen,' antwoordde Diana, en ze dacht weer aan het telegram. 'Hij had een telegram gekregen dat zijn broer op de Adam's Peak een dodelijke val had gemaakt.'

'Was hij bergbeklimmer?'

Diana haalde haar schouders op. 'Geen idee. Misschien hield hij van wandelen. Daarboven is vast toch ook een tempel?'

'Ja, er is een pelgrimspad,' bevestigde Singh. 'Het is ook nu nog behoorlijk steil, wie niet oplet kan gemakkelijk in de diepte storten. Ruim honderd jaar geleden was het beklimmen nog gevaarlijker.'

'Als we er tijd voor hebben, zou ik het pad graag zien,' zei Diana terwijl ze in gedachten verzonken over de bladzijden van het orderboek streek.

'Zijn er aanwijzingen over de plek waar Richard Tremayne naar beneden is gestort?'

Diana schudde haar hoofd. 'Ik ben bang van niet. Misschien staat er iets over in oude politierapporten, maar die bevinden zich beslist niet hier. Als ze er tenminste nog zijn.'

'Nou, de Engelsen waren nogal precies wat dat betreft. Er liggen vast nog honderden oude dossiers ergens in een kast of kelder. Maar om die door te kijken hebt u nog meer tijd nodig, en ik weet niet of uw cliënten u zo lang kunnen missen.'

Hij had gelijk, ooit zou er een einde moeten komen aan dit avontuur omdat haar oude leven thuis op haar wachtte. Daar wilde ze nu echter niet aan denken. Het was haar de vorige dag gelukt niet naar haar e-mail te kijken, en misschien was het toe te schrijven aan het werk hier dat ze dat ook de komende dagen niet deed.

Laat in de middag leunde Diana kreunend achterover en wreef in haar ogen. Hoeveel boeken had ze nu al niet doorgenomen? Droge rijen getallen, weliswaar in schoonschrift neergeschreven, maar nietszeggend. Tussendoor was telkens weer de verleidelijke gedachte opgekomen om de gevonden brief te gaan lezen. Maar Diana was standvastig gebleven en had zich de raad van haar oude professor herinnerd, die toekomstige juristen gemaand had bewijzen op het juiste moment in te zetten. Singh stond op. 'We moesten maar eens een korte pauze inlassen, vindt u niet? Wat denkt u van een wandeling over de plantage?'

'Een goed idee,' antwoordde Diana en ze schoof de documenten op het bureau naar achteren.

Een aangename warmte omgaf hen op de trap voor het landhuis. Na uren kunstlicht moesten Diana's ogen eerst weer wennen aan het zonlicht, maar daarna zoog ze de felle kleuren gretig in zich op en probeerde ze zich voor te stellen hoe het voor Grace Tremayne moest zijn geweest als ze het huis uit ging voor een wandeling, waarschijnlijk onder een parasol om te voorkomen dat haar huid bruin werd.

'Misschien moeten we eerst eens de tuin in gaan,' opperde Singh. 'Ik heb vanuit mijn raam een paar prachtige oude rododendrons gezien.'

Daarbij vergat hij dat Diana hetzelfde uitzicht had, maar ze wees hem daar niet op.

Over het knarsende grind liepen ze om het huis heen tot ze bij de tuin kwamen, waar in het midden een soort zendantenne voor mobiele telefonie stond. Vermoedelijk garandeerde die de mensen in de buurt bereik voor hun mobieltjes, een luxe die inmiddels ook hier onmisbaar leek te zijn.

Maar Singh had gelijk, de rododendrons waren oud en bijzonder mooi. De kleuren van de bloemen varieerden van sneeuwwit tot donkerpaars.

In mijn buurtje in Berlijn zouden hobbytuinders een moord doen voor zulke prachtexemplaren, dacht Diana. Maar meer dan door de rododendrons werd ze aangetrokken door de frangipanestruiken, die bepaald niet jonger leken dan de rododendrons. Waarschijnlijk hadden die daar al gestaan voor de plantage werd gevestigd.

Bij de aanblik van de bloemenpracht moest Diana weer aan de witte bloesem met het rode hartje in de oude reisgids denken. Waarschijnlijk kwam die hiervandaan. Die gedachte fascineerde haar zodanig dat ze wel naar de struik moest lopen om de fraaie bloemen aan te raken. Zouden Grace en Victoria dat ook hebben gedaan? En kwam die heerlijke geur daarvandaan? Tot dusver was die Diana niet opgevallen, maar nu ze vlak bij de struik stond, wist ze dat dit het zoete aroma was dat ze die ochtend had geroken.

'Onze nationale bloem,' verklaarde Singh terwijl hij achter haar kwam staan. 'Wat de orchidee is voor Thailand, is de frangipane voor India en Sri Lanka. De struiken groeien hier vrijwel overal.'

'In mijn vaderland zou een dergelijke pracht hooguit in de hortus of in een goede kas gedijen.'

Diana bekeek de struik een hele tijd en zag tafereeltjes voor zich met de meisjes van het schilderij in Tremayne House – alleen waren het geen kleine meisjes meer maar jonge vrouwen. Een eigenaardig verlangen kwam bij haar op; plotseling wenste ze vurig dat ze haar vrouwelijke voorouders door een venster naar het verleden kon observeren. Maar tot dusverre had ze hoogstens een paar onderdelen van zo'n raam en was de ruit beplakt met donkere folie, waarin slechts op een paar plaatsen scheurtjes zaten. De oude brief die ze die ochtend had gevonden, was zoiets als een raamgreep, die echter pas als laatste werd gemonteerd en waarmee je het venster misschien kon openen. Pas een tijdje later kon ze zich van de aanblik van de frangipane losmaken. Toen ze zich omdraaide, zag ze de achtergevel van het landhuis in volle glorie en merkte ze de typisch Engelse vormgeving van de tuin op. Iets dergelijks was ook op Tremayne House te vinden, maar dan wat meer verzorgd.

Toen ze waren aangekomen bij de vleugel waar zich hun kamers bevonden, bleef Singh staan. 'Kijk daar eens!' Hij wees naar een klein gat tussen het hek en een kale strook in het gras die er duidelijk uitzag als een platgetreden paadje.

Waar zou dat heen leiden?

'Zullen we eens gaan kijken wat daar is?'

Diana keek om naar het huis. Zou Manderley er bezwaar tegen hebben als ze erdoorheen glipten? Omdat ze niemand bij het raam zag, knikte ze en volgde hem door de opening naast het hek.

Het paadje verdween in dicht struikgewas en hoog gras.

'Hoe groot is de kans dat je hier op een slang stuit?' vroeg Diana sceptisch. Natuurlijk konden slangen ook in gecultiveerde tuinen komen, maar zo tussen de struiken voelde ze zich toch wat onzekerder.

'Niet heel groot,' antwoordde Singh. 'Ik ben dan wel geen bioloog, maar ik denk dat slangen banger zijn voor ons dan wij voor hen. Je moet eerder oppassen voor roofdieren, maar ook die zijn schuw. Verder hebt u vast wel gemerkt dat er heel veel apen zijn. En papegaaien.'

Nadat ze zich een tijdje door de rimboe hadden geworsteld en af en toe het gevoel hadden gehad dat ze niet verder konden, rees voor hen tussen de struiken ineens een dak van palmbladeren op.

'Een hut? Hier?'

'Laten we eens gaan kijken!' zei Singh vol dadendrang en hij schoof de takken opzij. Hoewel het paadje steeds onduidelijker werd doordat de natuur de smalle strook had heroverd, kwamen ze ten slotte bij het gebouwtje aan. De uit houten planken en latten opgetrokken hut deed Diana een beetje denken aan de paalwoningen die ze aan de kust had gezien, alleen hoefde de hoogte hier niet ter bescherming tegen de vloed te dienen.

Het dak was door vele onweersbuien nagenoeg verwoest, en de hut zelf leek scheefgezakt. Triest keek hij uit op de groene wirwar van heveabloemen en palmen, alsof hij voortdurend dacht aan vroegere, betere tijden.

'Wat voor huis kan dat zijn geweest?' vroeg Diana terwijl ze haar blik over de planken veranda liet gaan. Hoewel het woekerende gras overal door de spleten groeide, was de oorspronkelijke bouw nog goed zichtbaar.

'Dat weet ik niet zo goed. Het kan het huis van een goeroe, een geestelijk leider, zijn geweest. Of een ontmoetingsplaats voor bewoners van het naburige dorp.'

'Maar waarom is die dan hier boven?' vroeg Diana verbaasd.

'Dat moet u aan de mensen in het dorp vragen. Ik ga de boel eens vanbinnen bekijken.'

Jonathan klom de trap op en keek binnen even rond. Breed lachend kwam hij terug met een lange stok in zijn hand.

'Ik denk dat ik weet wat dit ooit is geweest.'

Diana trok haar wenkbrauwen op. 'En dat maakt u op uit die stok?'

'Dat is niet zomaar een stok, het is een oefenstok. Ik wil het niet al te hard zeggen, maar dit gebouw is volgens mij een voormalige vechtsportschool.'

Diana kwam dichterbij, klom ook de trap naar de veranda op en bekeek de ruimte. Onder een dikke laag stof lagen allerlei voorwerpen en rotan meubels kriskras op de vloer.

'Een vechtsportschool? Bestaat hier zoiets als karate?'

'Iets veel beters!' Jonathan liet de stok door de lucht zwiepen en riep: 'Kalarippayat!'

'Hoe zegt u?'

'Dat is de naam van een vechtkunst. Kalarippayat.' Singh vertelde haar kort iets over de geschiedenis, waarop Diana, onder de indruk, moest erkennen: 'Een bijzonder wijze manier om de krachten te meten. Als ik me voorstel dat daardoor de verschrikkelijke verliezen in de wereldoorlogen vermeden hadden kunnen worden...'

'Het brengt echter ook enig risico met zich mee,' wierp Singh tegen. 'Stel je voor dat de verkeerde partij de beste strijder heeft en dan een volk op grond van de zege mag onderwerpen.'

'U hebt gelijk, dat zou oneerlijk zijn.'

Diana zag dat Singh het gebouw bijna eerbiedig bekeek. Alsof hij er een bijzondere band mee had. 'En beheerst u die vechtkunst een beetje?'

Singh schudde zijn hoofd. 'Ik ben wetenschapper, geen sporter. Deze vechtkunst vergt heel veel van de beoefenaar. Meestal beginnen de strijders al heel jong met de training, net als bij judo of karate. De strijders springen letterlijk tegen elkaar op en volvoeren of met het zwaard of ongewapend gecompliceerde series slagen, waarvan je het patroon alleen herkent als je goed oplet en je je er een beetje in hebt verdiept. Het is fascinerend om naar te kijken.'

Diana stak verbaasd haar onderlip naar voren terwijl ze zich voorstelde hoe de jonge leerlingen op de brede veranda hadden gezeten en hadden geprobeerd de strijders op het houten podium de kunst af te kijken. 'Een vechtsportschool naast de plantage van mijn voorouders! Dat had ik niet verwacht.'

'Waarschijnlijk was hij ten tijde van Henry Tremayne al gesloten en in vergetelheid geraakt. Het is echter mogelijk dat de mannen uit het dorp ook toen nog elkaar hier ontmoetten om te oefenen. Zo ja, dan kun je je alleen maar verbazen over hun moed, want als ze door de eigenaren van de plantages waren betrapt, zou het er voor hen heel slecht hebben uitgezien.'

Omdat ze er niet op hadden gerekend een dergelijke vondst te doen, had Diana haar camera niet bij zich om hem vast te leggen.

'Ik zal hier later nog eens naartoe gaan om er foto's van te maken,' zei Singh. 'Een getuigenis als deze zou een mooie aanvulling zijn voor mijn boek.'

'Echt?' vroeg Diana glimlachend. 'Het is toch maar een vechtsportschool.'

'Maar het is een getuigenis van de Tamiltraditie ten tijde van het kolonialisme. Omdat ik denk dat de oorzaken van het huidige conflict uit de koloniale tijd stammen, hoort het erbij.'

Weer baanden ze zich een weg door de rimboe, waarbij Diana ditmaal meende boven haar hoofd een aap te zien. Heel even maar ving ze een glimp op van een bruin vel, dat achteraf net zo goed het verenpak van een vogel had kunnen zijn, maar ze wilde graag geloven dat het een aap was.

Ze hadden het hek nog niet achter zich gelaten of de bedrijfsleider kwam hun tegemoet.

'Hé, waar komt u beiden vandaan?' vroeg Manderley, aan wiens kaki broek nog een paar theebladeren hingen, verwonderd.

'We hebben een ontdekking gedaan,' antwoordde Diana. 'Wist u dat er achter de plantage een voormalige vechtsportschool staat?'

'Een vechtsportschool?'

Singh wees op het gat in het hek. 'Is dat u niet opgevallen?'

Manderley schudde zijn hoofd. 'Tot nu toe niet. Maar ik heb meestal andere dingen aan mijn hoofd dan gras.'

'Nou, misschien moet u het gebouw eens gaan bekijken. Het is weliswaar wat aangetast door de tand des tijds, maar het is historisch,' opperde Singh. 'Als u het laat opknappen, zou u het als gastenverblijf kunnen gebruiken of als lokale attractie op de markt brengen. Geheime vechtsportscholen uit de koloniale tijd zijn er niet veel meer, de Engelsen waren nogal streng en niet alle strijders die desondanks oefenden, hadden een dergelijke oefenplaats tot hun beschikking.'

Manderley zette grote ogen op. Diana kende die blik, het was de blik die ze soms bij cliënten zag wanneer ze hun duidelijk maakte welk potentieel een goede verdedigingsstrategie bezat.

'Ik zal erover denken. In elk geval hartelijk dank voor de tip.' Hij zwaaide en ging er vlug vandoor.

'Wij moesten ook maar weer eens aan het werk gaan, nietwaar?' zei Singh tegen Diana.

'Dat moeten we zeker.' Nog eenmaal draaide ze zich om naar het gat in het hek, toen keek ze naar het oosterse raam voor zich. Het raam waarachter zich haar kamer bevond.

Opeens viel haar iets in. Was het mogelijk dat Grace of Victoria de strijders langs had zien sluipen? Hadden ze het misschien zelfs gewaagd naar de vechtsportschool te gaan?

Diana schudde haar hoofd. Waarschijnlijk niet, het waren immers welopgevoede jongedames. Maar de gedachte dat Grace de mannen kon hebben geobserveerd bij het vechten, beviel haar wel.

13

VANNATTUPPŪCCI, 1887

Miss Giles leek allesbehalve enthousiast toen Grace haar kwam halen voor de les. Voor chaperonne spelen paste niet zo goed in haar dagindeling, en bovendien ontnam het haar de mogelijkheid Mr Norris tegen het lijf te lopen. Maar aan de orders van haar werkgever diende ze zich nu eenmaal te houden.

In Grace' schoudertas zaten behalve een stapeltje papier uit vaders werkkamer ook een nog verzegelde inktpot en een penhouder, een doosje reservepennen en een potlood.

Even voelde Grace zich weer terug in haar kindertijd, toen ze met haar schoolspullen in het leslokaal van Tremayne House moest verschijnen, waar ze door Mr Norris werd onderwezen. Haar hart klopte nerveus toen ze Vikrama voor de deur zag staan. Ze had eigenlijk gehoopt dat hij Tamilkleding zou dragen, maar hij had de kleren aan waarin hij die ochtend op de plantage had rondgelopen. Toch rook hij heel schoon naar zeep. Hij droeg een nieuw wit overhemd met lichtrode strepen en had zijn baard weer bijgeknipt, zodat hij er als een jonge dandy uitzag.

Als plaats voor de les kozen ze een onontgonnen terrein in de buurt van het nieuwe theeveld, vanwaar je een mooi uitzicht had op de Adam's Peak. Grace voelde een aangename rilling bij de gedachte die ooit te beklimmen en dan, net als zeelieden vanaf de mast, het hele eiland te overzien.

Miss Giles daarentegen was niet bepaald gesteld op de geneugten der natuur. Telkens weer maakte ze opmerkingen over de bodemgesteldheid van het terrein en als ze niet liep te klagen, was ze wel bezig insecten van zich af te slaan.

'En waar wilt u hier dan gaan zitten?' klonk het na een poosje van achter Grace en Vikrama.

'Daarginds, Miss Giles!' riep hij en hij wees op een paar grote stenen die lang geleden van de helling moesten zijn gerold en daar waren blijven liggen.

'Gaan we op stenen zitten?'

'Voorlopig wel, Miss Giles,' antwoordde Vikrama, die ondanks alles rustig en vriendelijk bleef, wat Grace buitengewoon in hem bewonderde. De gouvernante begon haar zo langzamerhand op de zenuwen te werken.

'Ik zal Mr Tremayne vragen hier een tafel en stoelen naartoe te laten brengen. Het besluit van Miss Grace om Tamil te gaan leren kwam nogal plotseling en ik weet niet of ze er echt plezier in zal hebben.'

Toen hij haar onderzoekend aankeek, knikte Grace naar hem. O, ze zou er zeker plezier in hebben! Alleen al omdat hij haar leraar was!

Toen ze alle drie een plaatsje hadden gevonden en Miss Giles zich in de schaduw had teruggetrokken, begon Vikrama met eenvoudige zinnen en woorden. Wat haar onuitspreekbaar leek, sprak hij met benijdenswaardig gemak uit. Geduldig hoorde hij haar mislukte pogingen aan en vriendelijk glimlachend negeerde hij de verveelde bezwaren van Miss Giles.

Aan het einde van de les was Grace doodmoe, maar voelde ze zich ongekend voldaan. Eindelijk had ze het idee dat ze iets zinvols deed.

De hoop van haar ouders dat het om een eenmalige bevlieging ging, sloeg ze bij de avondmaaltijd de bodem in toen ze enthousiast vertelde over de woorden en hun betekenis. 'Het is verbazingwekkend hoe rijk die taal is! En dan die tekens! Alsof het geheimschrift betreft!'

Eigenlijk was het niet haar bedoeling bij haar vader wantrouwen jegens zijn arbeidsters te wekken, maar met de opmerking over het geheimschrift hoopte ze ook in het vervolg toestemming voor de lessen te krijgen. Als hij iets zou willen weten, kon ze hem meedelen wat ze wist: dat de mensen absoluut niet tegen hem in opstand zouden komen.

'Ik zou ook veel liever Tamil leren,' jengelde Victoria toen Grace 's avonds de schrifttekens overschreef in een schriftje dat ze bij Mr Norris had gehaald.

'Het is ingewikkelder dan je denkt,' antwoordde Grace zonder van haar werk op te kijken. 'Leer jij nu eerst maar eens Frans, daarna kun je altijd nog de taal van de inlanders leren.'

'Maar aan Frans heb ik hier toch niets!'

'Natuurlijk wel, zeker als je door de dames hier wordt uitgenodigd. Je hebt toch gehoord hoe verrukt ze allemaal waren!'

'Maar ik heb er geen zin in hun saaie dochters te vermaken. Bovendien zijn die vast niet enthousiast te krijgen voor wandelen in de natuur.'

Toen Victoria zweeg, voelde Grace dat er meer achter haar woorden stak. Ze legde haar penhouder neer op het bureau en liep naar haar jongere zus. Die ontweek haar blik.

'Wat is er, Victoria?'

'Mag je Mr Vikrama?' Victoria's blik boorde zich vlammend in de hare.

Grace hapte betrapt naar adem. 'Natuurlijk mag ik hem, hij is heel aardig.'

Victoria keek haar onderzoekend aan. 'Je vertelt het me toch wel als je verliefd wordt?'

Nu was Grace met stomheid geslagen. Kon ze haar ooit zoiets vertellen? Ze wist wat haar vader en moeder ervan zouden denken. Nooit zouden ze een relatie met een inlander tolereren! Maar wat dacht ze nu toch? Ze mocht Vikrama, meer niet. En hoewel ze het niet wilde toegeven, zat de voorspelling van het palmblad haar dwars. Ze zou haar familie beslist geen ongeluk brengen!

Grace trok Victoria in haar armen. 'Natuurlijk vertel ik het je! Maar er valt niets te vertellen. Vikrama is heel aardig en een geduldige leraar, meer niet.'

De zussen omhelsden elkaar nog even, toen haalde Grace haar schriftje zodat Victoria zich ervan kon vergewissen dat er niets anders in stond dan de schrifttekens, die bij lange na nog niet voldeden om er een geheim dagboek op na te kunnen houden.

Beetje bij beetje leerde Grace de eerste zinnetjes en ontdekte ze hoe fijn ze het vond de vreemde woorden te gebruiken als ze Naala bezocht om naar haar toestand te informeren. Inmiddels waren haar wonden genezen, maar Vikrama had gelijk, de littekens zouden nooit meer verdwijnen. Net zomin als het besef wie haar dat had aangedaan. De dorpsbewoners bekeken Grace eerst wat wantrouwend, maar de genezeres zorgde ervoor dat ze wisten wie ze was.

Toen de winterperiode was aangebroken, verdwenen de bonte sari's van de theevelden en werden de planten met rust gelaten zodat ze konden groeien. De euksters werden nu voornamelijk bij het verpakken van de thee ingezet. Dat betekende niet dat ze niet meer door Mr Petersen werden opgejaagd. Hij hield ze met arendsogen in de gaten. Geen van hen had tijd voor 'slordigheid', zoals Petersen het noemde. Zodra een vrouw erop werd betrapt dat ze langzamer inpakte dan de anderen, kwam hij naast haar staan en streek demonstratief met de opgerolde zweep over haar rug. Hem was dan misschien wel verboden de vrouwen af te ranselen, ze konden er niet zeker van zijn dat hij zich aan dat verbod hield. Als ze er de kans voor kregen, beklaagden ze zich bij Vikrama, die echter ook niet veel kon uitrichten. Zolang Petersen niet weer een van de vrouwen sloeg, liet Tremayne hem zijn gang gaan.

Grace ging de mannen zo veel mogelijk uit de weg. Als ze Petersen toch tegenkwam, probeerde ze haar ergernis over zijn gegrijns niet te laten blijken.

Als het aan haar had gelegen, had het eeuwig zo kunnen doorgaan, maar op een dag richtte haar vader zich bij de avondmaaltijd tot haar. 'Ik vrees dat je het een tijdje zonder je lessen zult moeten stellen. Ik heb Mr Vikrama nu de hele dag nodig. De boeken moeten in orde worden gemaakt en er moeten nieuwe handelscontracten worden opgesteld.'

Grace keek hem geschokt aan, maar begreep meteen dat ze er niet tegen mocht protesteren. Zaken waren belangrijker dan lessen, de plantage verzekerde hen van hun levensonderhoud.

Omdat ze 's middags verder niets te doen had, maakte Grace weer wandelingen of installeerde ze zich met haar schildersezel in de tuin om de bloemenpracht van de frangipanes en rododendrons vast te leggen. Eenmaal kwam er een fotograaf om de leden van de familie vast te leggen met de plantage op de achtergrond. Helaas begon het te regenen, waardoor alleen Grace een foto kreeg.

Op een nacht, toen Grace weer wachtte tot Vikrama zou komen opdagen, begon Viktoria in haar slaap te kreunen. Eerst dacht Grace dat het geluid werd veroorzaakt door een wild dier, een aap, waar Victoria zo dol op was. Maar toen het telkens terugkwam en haar zusje maar lag te draaien en tandenknarsen, ging Grace weg bij het raam en liep vlug naar haar toe.

'Vicky, schatje, wat is er?'

Victoria gaf geen antwoord. Toen Grace haar hand op haar voorhoofd legde, deinsde ze geschrokken terug. Haar zusje was gloeiend heet!

Handenwringend liep ze weg bij het bed. Toen draaide ze zich snel om en rende de kamer uit. Iemand moest een dokter halen. Er zat er een in Nuwara Eliya.

Hoewel het niet gepast was zomaar de ouderslaapkamer binnen te stormen, rukte ze de deur open en schudde even later haar vader ruw aan zijn schouder.

'Papa, hoor je me?'

Henry Tremayne knorde onwillig, toen vroeg hij: 'Wat doe jij hier, Grace?'

'Victoria is ziek. Ze hoest en heeft koorts. Er moet een dokter komen.'

Nog voor haar echtgenoot kwam Claudia overeind. Ze had alles gehoord. 'Henry, stuur Wilkes naar dokter Desmond, die je van de club kent.'

Zonder iets te zeggen stond Tremayne op en sloeg zijn ochtendjas om.

Toen hij de kamer uit gestormd was, ging Grace weer terug naar Victoria. Aan haar moeder had ze geen aandacht geschonken, maar vlak na haar komst moest zij ook zijn opgestaan en haar ochtendjas hebben aangetrokken. Nog voor Grace de gang in liep, hoorde ze Claudia's bekende bevelende stem, waarmee ze een dienstmeisje dat op het tumult was afgekomen, gebood voor warm water te zorgen. Waar haar vader gebleven was, wist Grace niet, waarschijnlijk was hij Mr Wilkes gaan wekken.

Victoria lag onrustig in haar bed te woelen. Toen Grace naast haar ging staan, wierp ze haar hoofd heen en weer. 'Victoria, schatje,' zei ze tegen haar, maar haar stem noch haar aanraking kon haar zusje uit haar nachtmerrie wekken. Wat was er toch met haar aan de hand?

'Ga daar weg, Grace!' riep haar moeder in de deuropening.

Grace, die net naast het bed van haar zusje wilde neerhurken, keek haar vragend aan. 'Maar, moeder, ze...'

'Koorts kan in deze contreien besmettelijk zijn. Laten we op de dokter wachten.'

'Maar wie weet wanneer die komt!'

'Tot die tijd kunnen we toch niets doen. Ga bij het bed weg, Grace, ik wil geen twee zieke dochters.'

Terneergeslagen en met een hart dat overliep van bezorgdheid kroop Grace weer in haar eigen bed. Haar moeder leek zo bang te zijn voor de merkwaardige koorts die Victoria had bevangen dat ze de kamer niet eens in kwam. Dat maakte Grace een beetje kwaad. Als zij het niet mocht doen, was het haar moeders taak te proberen Victoria weer wakker te maken. Of haar op zijn minst te kalmeren. Maar niets van dat alles. Als een aarzelende doodsengel bleef Claudia op de drempel naar het bed staan staren.

Het duurde een eeuwigheid voor de dokter kwam. Henry bleek zelf naar hem toe te zijn gereden.

Dokter Desmond, een goedmoedig ogende man met een rode baard, wiens slordig aangetrokken kleren van de nachtelijke overval getuigden, groette Grace en Claudia nauwelijks en richtte zijn aandacht op Victoria.

Alsof de aanwezigheid van de dokter bescherming bood, vatte Claudia moed om de kamer ook binnen te gaan. Achter haar, in de hal, riep Henry enkele bevelen.

Even later verschenen er twee dienstmeisjes met kommen warm en koud water. Claudia beduidde hun die op de twee stoelen neer te zetten, waarna de meisjes weer wegglipten.

Dokter Desmonds onderzoek duurde niet lang. Nadat hij met een stethoscoop naar Victoria's longen had geluisterd, haar pols had opgenomen en aan haar voorhoofd had gevoeld, stak hij een thermometer onder haar tong en keek op zijn horloge.

'Zoals ik al dacht,' zei hij toen, en hij stopte de stethoscoop weer in zijn tas en liep naar de kommen om zijn handen te wassen. 'Ik vrees dat de kleine malaria heeft opgelopen. Is ze door muskieten gestoken?'

Claudia keek naar Grace, die meer tijd met Victoria doorbracht dan zij.

'Niet dat ik weet,' antwoordde ze ongerust. 'Maar we zijn veel buiten geweest, en Victoria gaat niet jammeren over een muggenbeet.'

'Muskieten, jongedame, zijn geen gewone muggen, maar serieus te nemen overbrengers van ziekten. Als u ook bent gestoken, zegt u me dat dan liever nu meteen.'

Hulpzoekend keek Grace naar haar moeder. Die was ineens grauw geworden en leek minstens tien jaar ouder.

'Nee, niet dat ik weet,' antwoordde ze toen.

'Soms trekken de bulten snel weg, maar de gevolgen van de steek zijn rampzalig.'

'Wat gaat u doen, dokter?' vroeg Claudia met rauwe stem terwijl ze haar armen om haar schouders geklemd hield.

'Ik zal u een recept voor kinine geven, dat kunt u in Colombo krijgen. Dat moet u in de aangegeven dosis toedienen. Bovendien moet u ervoor zorgen dat de koorts niet dodelijk hoog wordt. Uw dochter lijkt me sterk, maar ze is nog een kind en het kan gemakkelijk gebeuren...'

Toen Grace snikkend haar hand voor haar mond sloeg, zweeg de arts.

‘Natuurlijk moeten we niet uitgaan van het ergste. Zorg ervoor dat het meisje voldoende afgekoeld wordt, zo nodig over het hele lichaam. En zelf moet u ook kinine in uw drinkwater doen, uit voorzorg.’

Daarop liep hij naar Grace’ bureau en maakte een korte notitie. ‘Hier. Geef dat aan een van uw bedienden en laat hem er direct op uitgaan. Het is aan u de koorts onder controle te houden tot hij met de kinine terugkomt.’

Grace nam het recept aan en liep de kamer uit. In de gang kwam ze haar vader tegen. ‘Dokter Desmond zegt dat dit direct in de stad moet worden gehaald.’

‘Wat heeft ze?’ Een blik op het recept vertelde het hem sneller dan Grace dat had kunnen doen. ‘Malaria, in ons huis!’

‘Wij moeten het middel ook innemen,’ voegde Grace eraan toe.

Henry knikte, toen draaide hij zich snel om en liep in looppas terug naar de hal. Slechts enkele ogenblikken later stoof een ruiter weg van het erf.

Nadat de dokter afscheid had genomen en had verzekerd dat malaria alleen door muskieten en niet door lichamelijk contact kon worden overgedragen, schelde Claudia opnieuw om de dienstmeisjes. ‘Het lijkt me beter als we hun niet zeggen wat er aan de hand is,’ fluisterde ze tegen haar oudste. ‘We willen immers niet dat het personeel in paniek wegvlucht.’

Grace knikte. Malaria was tot op dat moment slechts een woord geweest dat af en toe werd vermeld in reisverslagen uit Afrika en Azië. Ze had geen flauw idee hoe besmettelijk de ziekte was, hoe die verliep en hoe groot de kans op overleven was. Het was verstandig om geen paniek te veroorzaken. Maar aan de andere kant: zouden de dienstmeisjes het niet zelf al weten? Ze woonden immers in een land waar de ziekte voorkwam...

De hele nacht probeerden ze de koorts te laten zakken, maar hoe snel ze de doeken ook koelden, ze waren zo weer warm. Victoria begon te kreunen van de koorts. Rustige periodes werden afgewisseld met koude rillingen.

Toen de ochtendschemering aanbrak, had Grace het gevoel een

marionet te zijn die haar bewegingen alleen nog uitvoerde omdat een onzichtbare poppenspeler aan de touwtjes trok. Het koelwater glansde troebel in de waskom, de lap leek een verschrompeld dier.

Haar moeder had een paar minuten willen gaan zitten om een beetje uit te rusten, maar sliep nu al drie uur. Grace wilde haar niet wekken. Als het helemaal dag was geworden wilde ze zelf een beetje gaan rusten, maar tot zolang wilde ze het zien uit te houden.

De tranen sprongen haar in de ogen als ze naar Victoria keek. Het beginnende daglicht liet nog duidelijker zien hoe slopend de ziekte was. Donkere kringen rond haar ogen deden haar zusjes gezicht op een doodshoofd lijken, maar de dieprode wangen verrieden dat er nog leven in het lichaam zat. Leven dat in groot gevaar verkeerde.

Uiteindelijk werd haar moeder weer wakker en rekte zich pijnlijk kreunend uit. 'De leeftijd dat ik overal kon slapen, heb ik nu wel gehad.'

Maar meteen leek haar weer te binnen te schieten wat de reden voor haar oncomfortabele slaapplaats was. Ze stond op, wankelde even en liep naar het bed. 'Hoe is het met haar?' vroeg ze toen, alsof haar oudste een dokter was.

'Nog hetzelfde, zou ik zeggen,' antwoordde Grace. 'Zoals u ziet, gloeit ze nog altijd, en het water wil niet meer koud worden.'

'Ik zal nieuw water laten brengen.' Met een onverwacht teder gebaar streelde ze eerst Grace over haar haar, waarna ze voorzichtig met haar vingertoppen over Victoria's voorhoofd streek voor ze zich omdraaide.

Claudia was nog maar net weg of Vikrama dook voor haar raam op. Grace, die bij Victoria's ziekbed waakte en steeds de koude kompressen op haar voorhoofd verwisselde, liep direct haastig naar hem toe. Ze schaamde zich een beetje voor haar doorzwete nachtjapon en haar warrige kapsel, maar je kon er moeilijk anders uitzien als je een zieke verpleegde.

'Ik heb gehoord dat uw zusje ziek is.'

Grace knikte en wierp toen een bezorgde blik op Victoria, wier gezicht nog altijd gloeiend rood was. 'Gisteravond is er een dokter uit Nuwara Eliya langs geweest. Onze bediende is helaas nog steeds niet terug met de kinine. Moeder laat net vers water komen, maar de koorts blijft stijgen. In elk geval heeft ze geen koude rillingen meer, maar dat kan elk moment veranderen.'

'Malaria, nietwaar?' vroeg Vikrama ernstig.

'Hoe...'

'Kinine. Dat is het middel dat de Engelsen ertegen gebruiken. En als hier iemand koorts krijgt, is het vaak malaria. Eigenlijk had ik het tegen uw vader moeten zeggen, maar ik ben ervan uitgegaan dat u net als alle Engelsen hier kinine in het water deed.'

'Maakt u zich geen verwijten, u kon niet weten dat wij daar geen idee van hadden.'

Vikrama keek haar ineens bezorgd aan. 'U moet het misschien ook nemen. Zodat u niet ook...' Hij pakte haar hand. 'Weest u alstublieft voorzichtig.'

Grace schudde bedrukt haar hoofd. 'Ik voel me nog heel gezond,' antwoordde ze en ze constateerde dat zijn bezorgdheid haar verheugde. 'Maar dank u wel, ik zal het ook gaan gebruiken. Maakt u zich geen zorgen, ik word niet ziek.'

'Dat zullen we dan maar hopen. Ik rij meteen naar het dorp, ik zal de genezeres vragen of ik op een of andere manier kan helpen.'

'Heeft zij misschien kinine?'

'Nee, iets anders. Ik zal me haasten.'

Daarop verdween hij. Grace keek hem even na, toen keerde ze terug naar Victoria's bed, waar een wolk van zure dampen boven hing. Kreunend gooide haar zusje haar hoofd heen en weer, haar lippen bewogen alsof ze iets wilde zeggen. Maar er kwam geen geluid uit.

Terwijl haar hart weer verkrampte en er een snik uit haar borst opwelde, haalde Grace weer de doeken van Victoria's voorhoofd en doopte ze in het water, dat inmiddels lauw was. Alstublieft, lieve God, smeekte ze in stilte, neem me niet mijn zusje af. Als u denkt dat ik gezondigd heb, straf míj dan, niet haar.

Die ochtend liep de koorts zo hoog op dat Victoria in haar delirium begon te ijlen en verward over papegaaien en apen brabbelde. Op den duur wisten Grace en haar moeder geen andere oplossing te bedenken dan een badkuip te laten halen en Victoria in koud water te leggen.

Het meisje begon te klappertanden toen het koude water haar huid omsloot, maar na een tijdje hield dat op en werd het donkerrood van haar wangen een beetje lichter. Toen ze Victoria er weer uit tilden, voelde haar huid kouder aan, maar dat was na enkele minuten weer voorbij.

'Die verdomde bediende!' mompelde Claudia boos nadat ze de dienstmeisjes opdracht had gegeven nieuw water te halen. 'Waarschijnlijk heeft hij zich met het geld en het recept uit de voeten gemaakt.'

'Hij zal heus nog wel komen,' probeerde Grace haar moeder te kalmeren. 'U weet toch hoe het met de omgeving hier gesteld is. Na de laatste regenbuien zijn veel wegen in modderpoelen veranderd.'

Claudia luisterde niet. 'Dat vervloekte land ook,' mompelde ze. 'Waarom heeft hij de plantage niet gewoon verkocht?'

'Het komt niet door de plantage, moeder.' Grace streelde haar moeder over haar arm. 'Het komt door een muskiet. Bovendien had Mr Cahill moeten zeggen dat we kinine in het water moesten doen, zoals iedereen dat hier doet.'

Pas het volgende moment bedacht Grace dat haar moeder zich kon afvragen hoe zij dat wist. Maar Claudia ging zo op in haar bezorgdheid en boosheid dat ze het niet merkte.

Nadat de dienstmeisjes het verse water hadden gebracht, begon de hele procedure opnieuw. Tussendoor leek het even alsof Victoria zou ontwaken, toen merkten ze echter dat ze wel haar ogen open had, maar zonder iets te zien.

Tegen het middaguur werd Claudia de spanning te veel. 'Ik wil dat er iemand naar Colombo rijdt en die verdomde bediende gaat zoeken!'

Voor Grace haar tegen kon houden was ze de kamer al uit. Het volgende moment werd er op het raam getikt.

Met bonzend hart draaide Grace zich om. Vikrama!

Vlug legde ze de lauwe lappen op het voorhoofd van haar zusje, en rende naar het raam.

Vikrama had intussen een stoffen buideltje onder zijn kleren vandaan gehaald. Toen ze het raam opende, gaf hij het haar aan met de woorden: 'Dit komt van Kisah, ze zegt dat je het in het water moet doen.'

'Is het *chinarinde*?'

'Ja, maar met nog andere kruiden tegen de koorts. Ze zegt dat haar toestand eerst wat kan verslechteren, maar daarna moet er snel verbetering intreden.'

'Zou het middel gevaarlijk voor haar kunnen zijn?'

Vikrama schudde zijn hoofd. 'Bij ons in het dorp gebruiken de mensen het om malaria te voorkomen.'

Even kruisten hun blikken elkaar, toen glipte Vikrama weer snel weg.

'Hartelijk dank!' riep ze hem na, waarop hij zich omdraaide en naar haar zwaaide.

Toen hij weg was, maakte ze het buideltje open. Het kruidenmengsel deed een beetje aan mest denken, maar de geur was veel aangenamer. Hoe moest ze het in het water doen zonder dat haar moeder het merkte? En wat zou ze zeggen als ze erachter kwam dat zij Victoria medicijnen van de inlanders gaf? Ze zou gechoqueerd zijn en het medicijn weggooien.

Even werd ze door twijfel bekropen. Deugde dit medicijn wel? Volg je hart, fluisterde een stem in haar. Toen herinnerde ze zich hoe de genezeres Naala weer op de been had gebracht. Het had even geduurd, maar inmiddels was de theeplukster weer aan het werk.

Omdat haar moeder vast nog steeds bezig was haar vader aan het hoofd te zeuren om iemand achter de bode aan te sturen, liep Grace naar het dressoir, schonk twee glazen water in en mengde er resoluut wat van de kruiden door. Nadat ze het ene glas haastig had leeggedronken, ging ze met het andere naar Victoria.

Zou ze het opdrinken? Als het giftig was, zou zij zelf toch als eerste de uitwerking moeten merken. Maar het water had geen effect op haar darmen, en daar putte ze hoop uit. In het ergste geval werkte het niet, maar dan zou Victoria er ook niet dood aan gaan.

'Victoria, liefje,' praatte ze op haar zusje in terwijl ze haar van koorts gloeiende lichaam wat overeind hielp. 'Ik heb hier een medicijn, dat moet je opdrinken.'

Victoria antwoordde met afwezig gekreun, waarop Grace voorzichtig aan haar schudde. 'Kom, liefje, doe je ogen open. Je hoeft alleen maar wat te drinken, dat is alles.'

Weer gekreun. Paniekerig keek Grace naar de deur en luisterde. Er waren nog geen voetstappen te horen, maar lang zou haar moeder niet wegblijven. Bovendien konden elk moment de dienstmeisjes met het water komen.

'Victoria, alsjeblieft.'

Nu gingen de verkleefde ogen van het meisje een beetje open. Grace betwijfelde of Victoria besefte wat er om haar heen gebeurde, maar aangemoedigd door dit kleine gebaar hield ze de rand van het glas tegen haar zusjes lippen.

Even was ze bang dat Victoria zich zou verslikken, maar het lukte Grace het bruinige water bij haar naar binnen te gieten. Door de bittere smaak werd ze een beetje wakker, en terwijl Grace haar kalmerend toesprak, dronk Victoria uiteindelijk een half glas voor ze weer diep in slaap viel.

Nadat ze haar weer terug had gelegd, liep Grace naar het raam en goot de rest weg. Het buideltje verstopte ze onder haar nachtjapon. Daarbij bad ze zachtjes dat het zou helpen en het leven van haar zusje zou redden.

De waarschuwing van de genezeres werd bewaarheid: nadat ze van het water had gedronken, werd Victoria's toestand aanvankelijk nog slechter. De koude rillingen maakten plaats voor een delirium, waarin het meisje er voor dood bij lag. Grace voelde haar maag verkrampen. Niet omdat het water bij haar ook slecht viel, maar omdat ze bang was een ernstige fout te hebben begaan. Stel dat Victoria eraan doodging?

Ze keek naar haar moeder, die handenwringend door de kamer

ijsbeerde. Grace hoopte vurig dat de kruiden zouden gaan werken. Tussendoor kwam haar vader even naar Victoria's toestand informeren, maar hij waagde zich niet in de buurt van het ziekbed.

Laat in de middag, zonder dat iemand hem achterna was gereden, verscheen de bode. Grace, die net naar de eetkamer was gegaan om wat fruit te halen, zag hem als eerste en constateerde tevens dat zijn paard aan het einde van zijn krachten was toen hij het halt liet houden. Zonder dralen zette ze de schaal neer en ze merkte niet dat ze dat vlak bij het heilige schilderij deed, want sinds enige tijd lagen daar minder bloemen.

De bode, een jonge theearbeider, sleepte zich uitgeput de trap op. Het paard achter hem wankelde net als hij en ging toen liggen.

Grace deed de voordeur open en liep hem tegemoet.

De bezwete bode zei dat hij van de apotheek kwam en reikte haar een in bruin papier verpakt doosje aan.

'*Nanri*,' bedankte Grace hem in het Tamil, waarna ze de man naar de keuken stuurde. Zelf rende ze met het pakje terug naar de kamer.

Toen ze de kamer binnenstormde, sprong Claudia op.

'Hij heeft het meegebracht!' riep Grace opgewonden voor Claudia iets kon vragen. 'Hij is net aangekomen en heeft het paard helemaal afgejakkerd. Maar het is er!'

Claudia slaakte een zucht van verlichting en omdat haar handen te veel trilden liet ze het klaarmaken van het medicijn aan haar oudste dochter over. Toen ze bij Victoria neerhurkte om het water met kinine bij haar naar binnen te gieten, merkte Grace dat het zweet op haar voorhoofd enigszins was opgedroogd.

Voorzichtig hielp ze haar zusje overeind en sprak toen weer zachtjes op haar in. Opnieuw opende Victoria haar ogen, maar ditmaal keek ze haar echt aan, weliswaar nog wat glazig, en het duurde even voor ze haar mond opende, maar nu ging het doorslikken beter.

Misschien vergiste ze zich, misschien was het zinsbegoocheling, maar op de een of andere manier had ze het gevoel dat Victoria's toestand wat was gestabiliseerd.

Nadat ze het kininewater had toegediend, legde Grace haar zusje terug op het doorweekte kussen en schikte haar lokken.

De volgende uren verloor Grace haar niet uit het oog. Haar maag protesteerde en hoewel ze honger had, kon ze niets naar binnen krijgen. Samen met haar moeder vernieuwde ze de omslagen telkens opnieuw, maar hoewel de lappen nog steeds heel snel warm werden, bleef Victoria wat rustiger en ging het delirium over in slaap.

'De kinine lijkt gelukkig goed te werken,' merkte Claudia aan het eind van de dag op. De uitputting had donkere kringen onder haar ogen veroorzaakt en haar achtendertig levensjaren, die ze anders met make-up maskeerde, waren haar duidelijk aan te zien.

'Haar temperatuur zal nog wel een tijdje hoog blijven, maar ik heb de indruk dat het in elk geval niet meer erger zal worden.'

Daar had ze gelijk in, maar toen Grace na een wake van bijna twee dagen eindelijk in bed kroop, wist ze zeker dat de kruiden uit het Tamildorp het echte medicijn waren geweest.

De volgende dagen hield de hoge temperatuur aan en af en toe kreeg Victoria nog koude rillingen, maar ten slotte gaf de malaria zich gewonnen. Toen de temperatuur daalde, herstelde Victoria zichtbaar. Vermagerd en verzwakt zat ze ondersteund door kussens in bed, at lichte vruchtensoepen, die de kokkin uitstekend wist klaar te maken, en vroeg na een tijdje al weer om papier en een roodkrijtstift.

Hoewel de afgelopen dagen ook hun tol van Grace hadden geëist, voelde ze zich vrijer en lichter dan ooit tevoren. Nu de engel des doods niet meer aan het bed van haar zusje stond, was er weer ruimte voor andere gedachten in haar hoofd. De eerste gold Vikrama, die ze absoluut wilde bedanken voor zijn snelle hulp.

Telkens weer had hij door het raam staan turen, en zo mogelijk naar Victoria's toestand geïnformeerd. Nu zelfs dokter Desmond na een nieuwe controle er zeker van was dat Victoria buiten levensgevaar was, ging ze op een lichtbewolkte middag op zoek naar de beheerder.

Ze vond hem in de theeschuur, waar hij de kwaliteit van de gedroogde thee controleerde.

'Mr Vikrama, kan ik u misschien even spreken?'

De beheerder draaide zich om en knikte, toen zei hij iets in het Tamil tegen de vrouwen en verliet de schuur.

'Wat is er? Er is toch hopelijk niets met uw zusje gebeurd? De dienstmeisjes hebben verteld dat ze zich goed heeft geweerd.'

Grace lachte voor het eerst in dagen onbekommerd. 'Er is niets ernstigs, maakt u zich geen zorgen. Het gaat veel beter met Victoria. Volgens dokter Desmond is ze buiten levensgevaar. Ze zal de komende tijd nog wat zwak zijn, maar dat gaat wel weer over.'

Vikrama haalde opgelucht adem. 'Het doet me plezier dat te horen. Kisah vroeg me laatst ook al hoe het met haar ging.'

'U kunt haar laten weten dat haar medicijn goed is aangeslagen en dat we haar allemaal heel dankbaar zijn.'

'U hebt uw moeder er niets van verteld, neem ik aan,' zei Vikrama nadat hij haar onderzoekend had aangekeken.

'Nee, ze...' Grace sloeg beschaamd haar ogen neer. 'Ze zou zeker hebben gedacht dat ze giftig waren. Ik heb ze aan Victoria gegeven toen moeder weg was.'

'U had dus vertrouwen in mij.'

Grace keek hem aan. 'Ja, ik vertrouw u.'

Even verscheen er een glimlach rond Vikrama's mond, vluchtig als een windvlaag.

'Misschien is uw zusje wel genezen omdat u een offer hebt gebracht aan Shiva en Ganesha,' zei hij toen.

'Wat heb ik?'

Na even te hebben nagedacht schoot Grace te binnen dat ze de schaal met fruit onder het schilderij had laten staan.

'Een van de dienstmeisjes heeft overal rondverteld dat u aan de goden hebt geofferd. Daarom gelooft iedereen dat Shiva en Ganesha uw zusje hebben genezen.'

Vikrama glimlachte breed naar Grace, toen stak hij onverwachts zijn hand uit en streek een lok van haar wang. De aanraking van zijn vingers trof Grace als een bliksemflits. In verwarring gebracht door de tederheid van het gebaar deinsde ze achteruit.

'Vergeeft u mij, ik wilde niet...' Vikrama werd rood en liet zijn hand weer zakken.

'Nee, het is... wel goed.' Met een nerveus gebaar streek Grace zelf nog wat haarstrengen uit haar gezicht. Haar hart klopte in haar keel en haar wangen gloeiden. Alles in haar verlangde ernaar weer door hem te worden aangeraakt, maar die kans had ze door het achteruitdeinzen natuurlijk verspeeld.

'In elk geval wil ik u hartelijk bedanken. Namens ons allemaal.'

'Het was me een genoegen u te kunnen helpen.' Vikrama boog licht, toen boorde zijn blik zich in haar ogen. Zo donker, zo geheimzinnig had hij haar nog nooit aangekeken. En nooit eerder had ze het vreemde verlangen in haar schoot gevoeld dat haar nu overviel en ook nog bleef toen ze zich omdraaide en weer naar het huis liep.

'We zijn bij de Stocktons uitgenodigd,' verkondigde Claudia bij de avondmaaltijd. 'Nu Victoria weer beter is en wat op krachten is gekomen, kunnen we het er wel op wagen.'

'Zo denk ik er ook over,' viel Henry haar bij terwijl hij met een servet zijn mond bette. 'Wat vind jij, Victoria?'

De ogen van het meisje, waaronder nog steeds de schaduwen van haar ziekte zichtbaar waren, lichtten op.

'O, dat zou geweldig zijn! Dan kan ik de dochter eindelijk over mijn ziekte vertellen en haar overtroeven, want malaria heeft ze nog niet gehad!'

'Het is beter als je tegenover de Stocktons zwijgt over je ziekte,' wierp haar moeder tegen. 'Opdat ze niet denken dat je nog steeds besmettelijk bent. Omdat hun dochter toch al een zwakke gezondheid heeft, willen wij niet dat haar moeder zich zorgen maakt.'

'Maar dokter Desmond heeft gezegd dat malaria niet van mens op mens wordt overgedragen.'

'Daar zou ik als ik jou was niet zo zeker van zijn, jongedame,' antwoordde haar vader. 'De wetenschap is altijd in beweging, wie weet wat volgende week de nieuwste inzichten zijn. Misschien blijkt malaria toch besmettelijk te zijn en dan brengen we onze aardige buren in de problemen.'

Henry lachte even geamuseerd. Claudia aaide hem over zijn arm, en Victoria stak mokkend haar onderlip naar voren.

Grace hield zich de hele tijd stil. Alleen al de gedachte een hele middag in het gezelschap van die saaie George te moeten doorbrengen bezorgde haar een onbehaaglijk gevoel. En dan nog de blikken van de vader! Haar ouders moesten blind zijn als ze daar niets van hadden gemerkt.

Heimelijk wenste ze nu dat ze ook malaria had opgelopen. Een paar bedienden hadden het wel gekregen, maar dankzij de Tamilgenezeres had geen van hen er ernstig onder geleden en was er ook niemand aan overleden.

'Liefje, wat is er met jou aan de hand?' wendde Henry zich tot Grace. 'Je bent zo stil. Verheug je je er niet op een uitstapje te maken?'

'Ja, natuurlijk wel.'

'Maar je ziet eruit alsof iemand je gedwongen heeft een hele kist citroenen op te eten.'

'Ik voel me niet zo goed. Ik heb weer last van onpasselijkheid.' Het was de beste uitvlucht die ze kon bedenken, en ze wist dat haar vader haar dan met rust zou laten.

'Laten we maar hopen dat je je over een paar dagen wat beter voelt. Het zou jammer zijn als je niet mee kon.'

Voor Grace zou dat niet jammer zijn geweest, maar ze wist dat er niets anders op zat. Glimlachend knikte ze en daarna zei ze: 'Wanneer zullen we dan precies gaan?'

'Aanstaande zondag, meteen na de gebedsdienst. Als jullie willen, kunnen we ook naar de kerk in Nuwara Eliya gaan.'

Geen slecht idee, dacht Grace, en ze hoopte dat haar blik haar spot niet verried. Dan kan ik meteen bidden dat George Stockton niet in mij geïnteresseerd is.

De week vloog om. Samen met Grace en Victoria nam Miss Giles de japonnen onder handen die ze bij het bezoek zouden dragen.

'Zo langzamerhand lijk ik wel een kamenierster,' morde ze op momenten dat ze zich onbespied waande. Als die klacht Claudia Tremayne ter ore was gekomen, had ze de gouvernante beslist berispt, maar Grace noch Victoria had er behoefte aan haar te verraden. Terwijl Victoria de achterstand moest inhalen van de lessen die ze door haar ziekte had gemist, zocht Grace afleiding in wandelingen of droomde ze ervan weer les van Vikrama te kunnen krijgen terwijl ze lusteloos galon en kant aannaaide. Nog altijd kon hij er geen tijd voor vrijmaken en ze vreesde dat ze al die moeizaam geleerde schrifttekens en woordjes weer zou vergeten.

Die zondag gingen ze, na het bezoek aan de pas gebouwde kerk in Nuwara Eliya en een korte lunch, 's middags op pad. De weg door de rimboe was door zwaarbeladen wagens kapotgereden en hobbelig. Nu en dan stond er een buffel op de weg, die hen al kauwend op grashalmen aanstaarde alsof hij zich niet kon voorstellen wat mensen en paarden hier te zoeken hadden. Boven hen zaten papegaaien en aapjes in de boomkruinen, af en toe dook een van de potsierlijke bruine dieren naast de wagen op, als een verkenner die zijn troep moest laten weten wie de rust in het bos verstoorde.

Al die indrukken gingen ongemerkt aan Grace voorbij terwijl ze zichzelf probeerde wijs te maken dat het vast zo erg niet zou worden. In Engeland hadden ze toch ook onaangename visites doorstaan bij mensen van wie haar vader geld had geleend. En Stockton zou haar zeker niet bijten, in elk geval niet zolang ze bij haar familie bleef.

Na een tocht van ongeveer een uur doemde de plantage van de Stocktons voor hen op. Het drie verdiepingen tellende landhuis stak glanzend wit af tegen het groen van de aanplant. De plantage was aanzienlijk groter dan op Vannattuppūcci en er stonden ook meer stallen en schuren op het terrein. Het landhuis werd omgeven door een hoog oprijzend, kunstig gedecoreerd hek, dat Henry de uitroep ontlokte: 'Dat is het fraaiste smeedwerk dat ik ooit heb gezien!'

'Ons hek is net zo mooi,' kon Grace niet nalaten op te merken. Het huis mocht dan wel prachtig zijn, maar naar haar smaak was het duidelijk te protserig voor iemand die niet eens een adellijke titel had. De Tremaynes, die evenmin tot de adelstand behoorden, bleven tenminste bescheiden met huizen van twee verdiepingen.

Toen de koets het ronde plein voor de uitnodigende toegangstrap op rolde, vond Claudia dat het tijd was voor een vermaning. 'Zorg ervoor dat jullie je behoorlijk gedragen en geen rare opmerkingen maken. Victoria, jij mag de dochter des huizes niet lastigvallen met verhalen over malaria, en jij, Grace, moet een vriendelijk gezicht zetten en beleefd zijn tegen de Stocktons.'

Wanneer ben ik dan niet beleefd geweest, schoot het door Grace heen, maar ze hield de gedachte voor zich, want ze wilde geen onenigheid met haar moeder krijgen.

Op het moment dat ze allebei plichtmatig knikten, bracht de koetsier het rijtuig tot stilstand. De Stocktons, met inbegrip van de ziekelijke dochter en de bleke zoon, die er ondanks zijn slanke gestalte uitzag alsof hij door de zilverkleurige Ascot-das werd gewurgd, wachtten hen op in de hal, waar ze door een arrogante butler naartoe werden gebracht.

'Beste mensen!' fleemde Alice Stockton met haar armen gespreid terwijl haar man Henry krachtig de hand schudde waarbij hij zijn blik toevalligerwijze over Grace liet glijden, wat haar trof als een onaangename aanraking op haar wang.

Na de begroeting, waarbij Grace zich een handkus van Dean Stockton moest laten welgevallen, werden ze naar de salon gebracht, een prachtige ronde zaal die verborgen lag achter een schuifdeur met glas in lood. Claudia was niet de enige die stond te kijken van de fraaie rotan meubels en de kostbare tapijten en de schilderijen met fascinerende landschappen.

De thee werd uit Chinees porselein gedronken, het gebak was onovertroffen. Grace merkte dat haar moeder de scones bijna afgunstig bekeek voor ze erin hapte.

Zelf had ze het gevoel een steen te hebben ingeslikt, wat duidelijk niet aan de scones lag maar aan het kruisvuur van blikken die George en Dean Stockton haar toewierpen. Eenmaal betrapte ze George erop dat hij zijn bleke lippen aflikte, wat haar de rillingen over de rug deed lopen. Vlug richtte ze haar aandacht op haar theekopje, om het volgende moment door Dean Stockton de vraag gesteld te krijgen: 'U mist vast het balseizoen in Londen, nietwaar? Het is tenslotte de tijd van bruisende dansfeesten.'

'Om eerlijk te zijn mis ik Londen wel,' antwoordde Grace koeltjes.

'Maar de aanblik van de natuur en het leven op Vannattuppūcci bieden voldoende compensatie.'

Dit antwoord kwam er volkomen naïef uit en eigenlijk had niemand er aanstoot aan kunnen nemen. Dat deed ook geen van de aanwezigen, maar het ontlokte Dean Stockton de opmerking: 'Waarom laat u zich straks niet door George rondleiden op de plantage? Als toekomstige eigenaar van deze vlek op aarde zou hem dat beslist een genoegen zijn.'

'Zeker wel,' antwoordde zijn zoon terwijl hij donkerrood aanliep. 'Als u dat wilt?'

Er zat voor Grace niets anders op dan in te stemmen, temeer omdat haar vader en moeder haar met hun blikken tot beleefdheid maanden. Toen ze, zoals dat van haar werd verwacht, toestemde, knikten ze haar glimlachend toe. Ten overvloede toonde Victoria haar grote zus in een onbewaakt moment een brede grijns.

Het gekeuvel aan tafel volgde Grace maar terloops; haar blik werd getroffen door een felroze frangipaneboom die midden in de Engelse tuin in bloei stond. De frangipanes op Vannattuppūcci waren ook heel mooi, maar deze had iets bijzonders. Misschien moet ik George straks zover zien te krijgen daar in de buurt te blijven. Of beter nog, verstoppertje te gaan spelen. Als zij zonder een kik te geven achter de boom in het gras zat, kon hij zoeken tot hij scheel zag. Wat haar betreft had het thee-uurtje nog heel lang mogen duren, maar uiteindelijk brak het gevreesde moment aan waarop het gezelschap uit elkaar viel. Terwijl Dean Henry meetroonde naar zijn werkkamer, waar hij hem iets wilde laten zien, vertrok Victoria met Clara naar de kamer van het meisje. De echtgenotes besloten van de rust in de overschaduwde salon te gaan genieten, en George bood Grace zijn arm.

Op dat moment benijdde Grace haar kleine zusje ten zeerste, want ze had liever Clara's saaie verhalen over haar ziektes aangehoord dan noodgedwongen te converseren met een volkomen oninteressante knul.

George bracht haar naar de tuin – haar voorstel naar de theeplantage of het plukkersdorp te gaan wees hij categorisch af omdat je de middag niet moest verdoen met kijken naar een stel primitieven – en op haar verzoek begaven ze zich eerst naar de prachtige frangipane. Wat er als een boom uitzag, was in werkelijkheid een veelheid van met elkaar verstrengelde stammen. Had de natuur daar de hand in gehad of was het het werk van een vaardige tuinman? Het resultaat was in elk geval uiterst indrukwekkend en wonderbaarlijk fraai.

'Verderop staat een bodhiboom; de inlanders beweren dat Boeddha onder zo'n boom verlichting bereikte,' zei George, die de aanblik van de frangipane niet bijzonder meer vond omdat hij eraan gewend was. 'Daarom houden ze er een bepaald absurde cultus omheen in stand. Alleen door het streng te verbieden laten ze zich ervan weerhouden er telkens weer bloemen onder te leggen.'

Grace moest denken aan het schilderij met de goden in hun eigen hal. Sinds de dienstmeisjes haar daar het fruit hadden zien neerzetten en Victoria inderdaad genezen was, lagen er telkens weer meer bloemen onder. Ze hoopte vurig dat haar vader het zich niet door Stockton zou laten aanpraten om dat de arbeiders en pluksters te verbieden.

Toen ze onder de boom met de wijd uitstaande takken stonden, ontdekte Grace een paar papegaaien.

'O, kijkt u eens!' riep ze uit. 'Zijn die vogels niet prachtig?'

George keek er maar eventjes naar, toen zei hij: 'Onlangs heb ik een groene papegaai geschoten, en het is me zowaar gelukt hem op te zetten zonder dat hij aan natuurlijkheid heeft ingeboet.'

Grace zette verschrikt grote ogen op, wat de jonge Stockton abusievelijk voor bewondering aanzag, want hij voegde eraan toe: 'U moet weten dat het opzetten van dieren mijn grote passie is. Ik prepareer ook insecten en vlinders. Als u wilt, laat ik u mijn verzameling zien.'

Grace moest denken aan de trofeeën in haar vaders herenkamer in Tremayne House. Dieren die hij niet zelf had geschoten, maar die hij uit nostalgische overwegingen bewaarde. Ook toen ze al wat groter was, hadden de zwarte glazen ogen van de beesten haar telkens weer de rillingen bezorgd.

'Nee, dank u,' zei ze vlug. 'Ik bekijk dieren liever in de natuur.'

Als ze gehoopt had George daarmee van zijn favoriete onderwerp af te brengen, vergiste ze zich. Met een vuur dat je van de bleke jongen absoluut niet verwachtte, begon hij over het prepareerproces te praten, wat het onaangename gevoel in Grace' buik nog versterkte. Toen hij ook nog eens bekende dat hij bezig was voor zijn moeder als kerstcadeau een sieraad van een geprepareerde papegaaienvleugel te maken, werd het Grace toch echt te veel.

'Excuseert u mij alstublieft, ik voel me niet goed!' zei ze, wat heftiger dan eigenlijk gepast was.

'Ik zal u terugbrengen,' bood George aan, maar Grace schudde haar hoofd.

'Nee, dat is niet nodig, ik wil niet uw observaties van... uw volgende objecten verstoren.'

Daarop keerde ze om en deed aanvankelijk haar best zo waardig mogelijk weg te gaan, maar toen ze het idee had dat er voldoende afstand tussen haar en de jonge Stockton was, zette ze het op een lopen alsof de geesten van de preparaten van George haar achternazaten. Terug in het huis probeerde ze wat te kalmeren. Waren haar bezwaren tegen George Stockton voorheen misschien wat dwaas geweest, nu had ze een goede reden voor haar afschuw.

Net toen ze de hoek om kwam en naar de prachtige glazen deur liep, hoorde ze de stemmen van haar moeder en Mrs Stockton. De toon van de conversatie tussen beiden bracht Grace ertoe stil te blijven staan om te luisteren.

'Mijn lieve, onze zoon is nu al volkomen weg van uw dochter,' verklaarde Alice opgetogen. 'Sinds het bal kan hij haar niet meer uit zijn hoofd zetten.'

'En dat terwijl hij haar maar even heeft gezien,' voegde Claudia er zuchtend aan toe. 'Ik weet ook niet wat haar die avond bezielde, zo ken ik haar helemaal niet.'

'Dat komt door het klimaat hier, jonge mensen raken daarvan makkelijk in de war. Hoewel ik al twintig jaar hier ben, ben ik er nog steeds niet echt aan gewend. Maar u kunt er zeker van zijn dat onze George en uw Grace een voortreffelijk paar zullen vormen, mocht u een verbintenis in overweging nemen.'

Grace hield haar adem in. Kon het zijn dat ze alleen maar om die reden waren uitgenodigd?

'Beste Mrs Stockton, dat hebben we al in overweging genomen. Het hangt er nu helemaal van af of die jonge mensen met elkaar vertrouwd raken.'

Grace moest haar hand voor haar mond houden om het niet uit te gillen van ontzetting. Wilde haar moeder haar in alle ernst met die bleke knul samen zien? Zij, die met zo'n imposante man als vader was getrouwd?

Ineens werd ze zo duizelig dat ze steun moest zoeken bij de deurpost. Maar tijd voor een aanval van zwakte kreeg ze niet, want achter haar klonk de stem van Stockton, die haar vader weer eens goede raad met betrekking tot de plantage gaf.

Het was voor Grace niet moeilijk het ene kwaad tegen het andere af te wegen. Ze rechtte haar rug en keerde toen terug naar de salon.

'Ah, daar ben je, Grace!!' zei haar moeder zoetsappig. 'We hadden het net over je.'

Eigenlijk was nu een eenvoudig antwoord gepast geweest, maar Grace kon de woorden niet over haar lippen krijgen. Het enige wat ze kon zeggen na alles wat ze had gehoord bleef verborgen achter die lippen, waarmee ze tevergeefs probeerde te glimlachen.

Even later kwamen Stockton en Henry de salon binnen. De heer des huizes trok verwonderd zijn wenkbrauwen op toen hij Grace naast haar moeder ontdekte – in haar eentje.

'Waar hebt u mijn zoon gelaten?' vroeg hij schertsend met een doordringende blik. 'U speelt toch geen verstoppertje en laat de arme kerel buiten zoeken?'

'Nee, natuurlijk niet,' antwoordde Grace zo beleefd mogelijk en ze sloeg haar ogen neer, zodat hij niet de afschuw kon zien die ze nog steeds voelde over de beelden die George bij haar had opgeroepen. 'Hij is vast in de tuin.'

'O, dan is hij waarschijnlijk weer op zoek naar bepaalde dieren,' antwoordde Stockton enigszins ontstemd, ja zelfs bijna minachtend.

Waarschijnlijk was hij zelf niet bijzonder gecharmeerd van de passie van zijn zoon. 'De verzamelwoede van George kent geen grenzen, maar ik weet zeker dat een mooie vrouw hem ooit op andere gedachten kan brengen.' Weer viel zijn blik op haar.

'Hebt u er iets op tegen als ik de jongedame ons uitkijkplatform laat zien?' vroeg hij toen. 'Als de tuin haar niet kan bekoren, dan doet het prachtige uitzicht op de bergen – en uw bezit – dat misschien wel.'

'Uiteraard niet!' antwoordde Henry terwijl hij Grace vermanend aankeek.

Bij de gedachte in haar eentje ergens met Mr Stockton naartoe te moeten gaan voelde ze zich zeer onbehaaglijk, maar ze wist een glimlachje te forceren.

'Als u mee wilt, bent u van harte welkom.'

Henry sloeg het aanbod af. 'Nee, ik denk dat ik maar eens naar de conversatie van de dames ga luisteren.'

Zelfs vader wil niet lange tijd met hem doorbrengen, dacht Grace pruilend terwijl ze met bonzend hart en ijskoude handen opstond en de haar geboden arm pakte.

Stockton keek glimlachend naar haar, toen nam hij haar mee de salon uit. Terwijl ze zwijgend de bordestrap af liepen vroeg Grace zich af waar dat platform zich bevond en hoe ver weg het was. Ze hoopte dat Clara en Victoria of George zouden opduiken en te kennen zouden geven dat ze ook mee wilden, maar ze bleven weg, alsof Stockton hen ergens had opgesloten.

'Komt u mee, het is niet ver,' zei Stockton op zo'n overdreven vriendelijke toon dat het Grace' wantrouwen wekte. Toen stelde ze zichzelf echter gerust dat haar ouders vlakbij waren en dat hij tot dan toe weliswaar vreemd had gekeken, maar geen aanstalten had gemaakt om haar aan te raken.

Over een houten trap, waarvan de treden laag genoeg waren om hem met licht opgehaalde rokken te kunnen beklimmen, liepen ze langs de in terrassen aangelegde theevelden de helling op. De aanblik en het ruisen van de theevelden deden Grace even vergeten dat Stockton nog steeds bij haar was.

Maar toen kwam hij dichterbij, zo dichtbij dat ze bijna de warmte van zijn lichaam kon voelen, de geur van zijn scheerlotion kon ruiken.

'We zijn er zo,' verklaarde hij onnodig, want Grace had het platform al bereikt. Het was gebouwd op een kunstmatige vooruitstekende rotspunt met een metalen hek ervoor dat de toeschouwer voor een val behoedde. De kleine telescoop glansde in de zon.

Grace moest erkennen dat het uitzicht daarboven werkelijk prachtig was. In de verte zag je de Adam's Peak, de berg waar haar oom de dood had gevonden.

'Met de verrekijker kunt u de bergtoppen zien,' zei Stockton achter haar, waarbij ze het gevoel had dat zijn adem over haar schouder streek. 'Maar dan moet u niet duizelig zijn.'

'Ik geloof niet dat ik dat ben,' antwoordde Grace, heen en weer geslingerd tussen nieuwsgierigheid en beklemming.

'U bent dus moedig. Dat bevalt me wel.'

Hij legde zijn hand zachtjes op haar rug en duwde haar naar voren.

Toen Grace zich vooroverboog naar de verrekijker, raakte haar heup zijn lichaam. Verschrikt keek ze opzij.

'U kunt de scherpte van de lens hier instellen.'

Voor Grace achteruit kon deinzen reikte hij langs haar heen. Zijn hand streek als bij toeval over haar haar, zijn arm schoof langs haar rug. Terwijl hij haar praktisch omarmde, draaide hij aan de stelschroef, waarna hij zijn hand weer weghaalde, maar niet zonder even haar taille te beroeren.

Grace huiverde. Hoe haalde hij het in zijn hoofd haar aan te raken?

Het volgende moment voelde ze zich een beetje belachelijk. Waarschijnlijk was mijn reactie overdreven, zei ze bij zichzelf en ze probeerde zich volledig op het uitzicht te concentreren. Dat lukte eventjes, ze bekeek vol verwondering de hoge rotsen van de Adam's Peak met al hun spleten, en toen ze de verrekijker een beetje liet zakken kon ze inderdaad een blik werpen op hun eigen theevelden en het landhuis van Vannattuppūcci. Het leek wel een parel op groen fluweel.

Maar toen hoorde ze Stockton opgewonden hijgen. Eerst dacht ze dat hij onwel was geworden, maar toen ze opkeek zag ze een paar ogen die duister en met een vreemde glinstering naar haar staarden. Hoewel ze nog niet veel ervaring met mannen had, wist ze instinctief dat dit de schittering van wellust, van begeerte was. Het waren die gevoelens die zijn lichaam deden sidderen en hem ertoe brachten langs zijn lippen te likken.

'Grace,' fluisterde hij bijna onhoorbaar, terwijl er een eigenaardige glimlach om zijn mond speelde.

Dat en de duistere blik maakten dat ze achteruitdeinsde, maar door de telescoop en het metalen hek had ze daarvoor weinig ruimte. Stockton deed nog een stap naar haar toe en hief zijn hand om haar bij haar haar te pakken.

'Laten we alstublieft weggaan,' fluisterde Grace angstig en met droge mond. 'Ik word duizelig. Alstublieft!'

Stocktons hand bleef halverwege steken. Na een moment van bezinning trok de begerige uitdrukking zich in de zwarte diepten van zijn ogen terug.

'Zoals u wenst, Miss,' zei hij stijfjes, waarna hij haar zijn arm bood. Grace nam die deze keer niet aan, maar klom zelfstandig de trap af.

De hele terugweg moest Grace zich beheersen om er niet gewoon vandoor te gaan. Weliswaar zocht Stockton niet meer haar nabijheid en bleef hij op eerbiedige afstand, maar wat er zich in zijn hoofd zou kunnen afspelen beangstigde haar ten zeerste, bijna nog meer dan wat Mrs Stockton en haar moeder hadden besproken.

Terug in de salon constateerde ze dat inmiddels ook George, Clara en Victoria weer aanwezig waren.

'En, hoe was het uitzicht?' vroeg haar vader opgewekt, zonder op te merken dat er iets niet in orde was met zijn dochter.

'Prachtig,' antwoordde Grace kortaf en ze merkte op dat Mrs Stockton haar man bijna vragend aankeek. De begeerte op Deans gezicht was verdwenen, maar het leek of er een spoor, een teken was achtergebleven dat Alice duidelijk kon zien. Voor de rest van de middag kon Grace zich er niet meer toe zetten Mrs Stockton aan te kijken, hoewel het niet aan haar had gelegen dat haar man op toevallige aanrakingen uit was geweest.

Gelukkig kwam er al een uur later een einde aan de verschrikking en gingen ze terug naar Vannattuppūcci. De hele duur van de reis raasden er zo veel emoties door haar heen dat Grace niets kon zeggen. Het onbehaaglijke gevoel over de wandeling met Stockton werd overvleugeld door boosheid over de voorgenomen verloving tussen haar en George.

Maar niemand merkte iets, want Victoria kletste er monter op los over de ziektes die Clara Stockton zich nu weer inbeeldde. 'Het viel me zwaar, maar ik heb niets over mijn malaria verteld,' voegde ze eraan toe toen ze de duistere blik van haar vader zag.

Toen de koets eindelijk tot stilstand kwam, bespeurde Grace bij zichzelf een onbedwingbare woede. Zoals Mrs Stockton had gesproken, was de verloving met haar zoon al een voldongen feit! Hoe was het mogelijk dat haar moeder haar aan de eerste de beste man wilde koppelen. Alleen maar omdat hun plantages naast elkaar lagen en de Stocktons duidelijk rijker waren dan zij?

Wat zou ze zeggen als ze hoorde dat Dean Stockton ook een oogje op haar had... Waarschijnlijk zou ze denken dat ik het me heb ingebeeld, dacht Grace ontgoocheld.

In haar kamer trok ze kwaad haar hoed van haar hoofd en slingerde hem in de hoek naast het raam. Toen greep ze naar haar opgestoken haar en rukte het los. Victoria, die op korte afstand was gevolgd, trok vlug de deur dicht.

'Wat is er met jou, zit er soms een beestje onder je hoed?'

Grace gaf geen antwoord, maar scheurde haar japon open. Toen draaide ze zich om, met ogen die schitterden als bij een waanzinnige, zodat Victoria verschrikt terugdeinsde. 'Moeten we je soms naar het gekkenhuis brengen?'

'Daar kun je Mrs Stockton beter naartoe brengen!' tierde Grace. 'Ze vindt dat George en ik een voortreffelijk paar vormen! En moeder is haar nog bijgevallen ook! Alsof er in de buurt geen andere jongemannen bestaan.'

Ze kon zich er niet toe zetten Victoria te vertellen hoe Stockton zich op het platform ongeveer aan haar had opgedrongen.

'Met wie je al evenmin zou willen trouwen, toch?' repliceerde Victoria vroegwijs terwijl ze met bedachtzame bewegingen haar hoed afdeed.

'Natuurlijk zal ik met een van hen willen trouwen. Maar dan met iemand die er niet zo uitziet als George Stockton! Hoe komt moeder erbij ook maar te overwegen mij met die bleke knul te laten trouwen? Stel je voor, zijn liefste bezigheid is dode dieren opzetten! Tijdens onze wandeling heeft hij me haarfijn verteld hoe hij de ingewanden met een haak verwijdert. Ik zeg je, die knul is niet normaal!'

Victoria's ogen schitterden van een duistere vergenoegdheid. Nieuwsgierig als ze was, zou zij de geprepareerde dieren wel met eigen ogen hebben willen zien. 'Misschien moet je dat moeder vertellen.'

'Die zal waarschijnlijk niet eens naar me luisteren, ze klonk zo verrukt over het voorstel van Mrs Stockton. Bovendien zijn we hier pas twee maanden!'

'Als we in Londen waren gebleven had je waarschijnlijk ook al een aanbidder gehad.'

'Maar niet iemand die dieren slacht en opvult met houtwol.'

'Je weet dat moeder vindt dat een meisje zo vroeg mogelijk moet trouwen,' vervolgde Victoria, bepaald niet onder de indruk. 'Zelf was ze ook net achttien toen ze papa leerde kennen.'

Bijna had Grace uitgeroepen dat het wel om hun vader ging, die er geen bloederige liefhebberijen op na hield en blij was dat hij vanwege het ontbreken van een adellijke titel geen vossenjachten hoefde te organiseren, maar toen bedacht ze weer dat haar gevoelens voor haar ouweheer sinds de afstraffing voor haar interventie veranderd waren. Ja, ze hield van hem, maar die liefde leek sinds ze hier waren in een donkere sluier gehuld. Bovendien wist ze niet of zij degene was die veranderd was, of hij.

'Ik weet wel dat ik op een dag moet trouwen, ja, als iemand me een half jaar geleden had gezegd dat ik met een rijke grootgrondbezitter zou trouwen, dan was ik buiten mezelf van vreugde geweest. Maar nu...' Ze zweeg plotseling. Zou ze in Engeland echt zonder slag of stoot hebben geaccepteerd dat haar ouders in feite een man voor haar uitzochten?

In Engeland zou ik een heel balseizoen de tijd hebben gehad om een keuze te maken uit de beschikbare mannen. Misschien was ik zelfs op een van hen verliefd geworden – zonder een vader die zich gedraagt als een hongerige wolf die me als zijn prooi beschouwt.

Liefde! Dat was nu juist de reden. Als meisje had ze er altijd van gedroomd. Toen ze volwassen werd hadden ze haar geprobeerd in te prenten dat haar plicht jegens de familie belangrijker was, maar de kiem van het verlangen liet zich niet zo gemakkelijk door plichten en strengheid verstikken.

'Ik hou niet van George Stockton, ik zal waarschijnlijk nooit van hem gaan houden. Zeggen ze niet altijd dat je meteen weet of je iemand mag of niet?'

'Ze zeggen ook dat veel vrouwen gewend raken aan hun man en dat daaruit vroeg of laat liefde voortkomt.'

'Ja, dat zeggen ze, maar jij, die wegsmelt bij romantische verhalen en ook de boeken van Jane Austen kent, bent juist iemand die niet gewend wil raken, toch? Zou jij dan niet jouw Mr Darcy willen krijgen?'

Terwijl ze sprak, wist Grace dat ze de hare al had gevonden.

'Ik zie toch meer in kolonel Brandon,' zei Victoria dwepend.

'Wie dan ook, kolonel Brandon voor mijn part,' antwoordde Grace. 'Het punt is dat George Stockton geen van beiden is. Hij mag dan de erfgenaam van een prachtige plantage zijn, maar daar zijn er hier in de buurt vast veel meer van. Wat ter wereld hebben onze ouders voor ogen met een huwelijk tussen mij en die knul? Er zijn veel indrukwekkendere zonen van plantagebezitters in deze streek.'

'Maar als je met George trouwt, kun je in de buurt blijven wonen. Je weet dat vader verwacht dat je de plantage overneemt.'

'Eigenlijk zou ik Tremayne House over moeten nemen,' bracht Grace daartegen in. 'Als ik eerlijk ben, zou ik nu liever daar zijn!'

Dat klopte niet helemaal, want er was beslist iets wat haar hier zou kunnen houden. Maar om aan een huwelijk met George Stockton te ontkomen zou ze op dit moment ook naar het andere einde van de wereld zijn gereisd.

'Wat wil je met die oude kast?' vroeg Victoria verbaasd. 'Je zult toch moeten toegeven dat het klimaat hier veel beter is en het huis minder troosteloos.'

'Dat wel, maar verplaats je eens in mijn situatie!'

Toen de tranen kwamen, ging Victoria naast haar zitten en streelde haar zachtjes over haar schouder.

'Misschien veranderen ze nog van gedachten. Bovendien wil ik niet dat je hier weggaat. Het zou toch kunnen dat de jonge Stockton ook niet wil. Of dat hij van zijn paard valt wanneer hij met zijn vader meegaat naar de plantage. Niemand weet wat het lot nog allemaal in petto heeft.'

Op het bezoek bij de Stocktons volgde stilzwijgen. Grace mokte; behalve bij de maaltijden liet ze zich nergens zien. Claudia leek zich van geen kwaad bewust, haar vader zat met zijn hoofd zozeer bij andere zaken dat de bedrukte stemming van zijn dochter hem niet opviel.

Terwijl ze lusteloos in haar eten zat te roeren en het gevoel had al bergen plakkerige pap te hebben gegeten, bleef haar weerzin tegen een verloving met George Stockton door haar hoofd spoken.

Zeker, een vrouw moest haar plicht vervullen en trouwen. Maar waarom met hem? Tegelijkertijd vroeg ze zich af wat er geworden was van de volgzame dochter die louter van haar debuut en een huwelijk had gedroomd.

En terwijl ze zichzelf dwong wat van het opgediende eiergerecht te eten, schoot haar te binnen dat niemand de plaats in haar hart kon innemen, omdat die al bezet was. Bezet door een man van wie ze niet eens wist of hij wel vrij was.

14

VANNATTUPPŪCCI TEA COMPANY, 2008

De volgende ochtend stond er weer een ontbijt op Diana en Jonathan te wachten, maar in plaats van Mr Manderley troffen ze een kaartje aan waarop hij zich verontschuldigde omdat hij bezigheden in Colombo had en pas de volgende dag terug zou zijn.

'We zullen hem nog missen,' merkte Diana glimlachend op toen ze onderweg naar het archief het kaartje in haar broekzak stak. 'Stel dat we een vraag hebben?'

'Het hele gebouw zit vol met aardige mensen die alleen maar wachten tot wij ze van hun eigenlijke werk komen afhouden.' Singh gniffelde, waarna hij haar een cd-hoesje toeschoof. 'Ik heb het een en ander over kalarippayat uitgezocht. Onder meer een video, aan de hand waarvan u een indruk van het vechten kunt krijgen. Misschien kunt u het voor uw verzameling gebruiken.'

'Waar hebt u die cd vandaan?' vroeg Diana verbaasd.

'Tja, u weet wel, de dames van de administratie. Je glimlacht charmant naar ze, vertelt eenvoudig wat je wenst en dan gaan alle deuren voor je open. Bekijkt u hem, het is de moeite waard.'

Diana trok het hoesje naar zich toe en bekeek het opschrift, dat duidelijk van Singhs hand was.

'Hoe zit het eigenlijk met uw project?' vroeg ze toen. 'Ik heb nog steeds een slecht geweten omdat ik u van uw werk afhoud.'

'Ik geloof niet echt dat je het kunt zien als van het werk afhouden wat we hier doen. Ik heb u gisteren immers al gezegd dat ik het een en ander van wat we hier vinden voor mijn boek kan gebruiken.

Om precies te zijn moet ik u en Michael dankbaar zijn, want u wijst me op een heel andere invalshoek. Af en toe hebben wij historici de neiging de zaak veel te saai aan te pakken. Hier,' hij spreidde zijn armen uit, 'kun je de verschillende aspecten van het conflict direct meebeleven. Wat wil een mens nog meer?'

De volgende uren vervlogen, maar het enig nieuwe dat Diana aan het licht wist te brengen was een oud recept voor kinine, dat door ene dokter Desmond was uitgeschreven. De andere losse blaadjes, waarvan ze had gehoopt dat er een paar persoonlijke brieven bij zaten, ontpopten zich als reçu's en zakelijke correspondentie. Op een paar ervan ontdekte ze het handschrift van haar voorvader Henry Tremayne. Ook zonder kennis van grafologie kon Diana zich de eigenaar van de plantage als een wilskrachtige man voorstellen. Wat was er toch gebeurd?

Weer moest ze aan Emmely's rouwdienst denken. De gebeurtenis, het schandaal, zoals Victoria het zelf in haar brief had genoemd, moest zo ernstig zijn geweest dat er zelfs nu nog een zwakke echo van weerklonk. Niemand wist nog wat het was geweest, maar iedereen wist dat er iets was.

'O mijn god!' riep Singh plotseling.

Diana draaide zich verschrikt om. 'Wat is er?'

'Ik geloof dat ik iets heb gevonden waar u om zit te springen.'

Hij reikte haar een verfomfaaid schriftje aan, dat bobbelig was van het vocht. Er stond geen opschrift op en op de eerste bladzijden stonden alleen maar Tamillettertekens.

'Wat staat daar?' vroeg ze verbaasd terwijl ze op het licht vervaagde handschrift wees. 'U weet toch dat ik het Tamil niet beheers.'

'De schrifttekens hebben geen betekenis, het zijn schrijfoefeningen. Maar achterin bevindt zich, denk ik, een schat.'

Toen Diana verder bladerde, zag ze wat Singh bedoelde.

'Dat bestaat niet!' bracht ze ademloos uit. Haar hart begon sneller te kloppen, alsof ze klaarstond voor een sprintwedstrijd en het startschot elk moment kon klinken.

Achter de lettertekens bevonden zich aantekeningen die zo klein geschreven waren dat er een loep voor nodig was om ze te kunnen lezen. Alsof de schrijver had geprobeerd echt alle beschikbare ruimte in het schriftje te benutten stonden de regels dicht op elkaar. Iemand die het vluchtig bekeek zou het voor zinloos gekriebel houden, maar Diana, die de regels vlak bij haar ogen hield, alsof ze ineens bijziend was geworden, zag de dunne halen tussen de lijntjes.

'Degene die dit heeft geschreven moet een bijzonder fijne pen hebben gebruikt,' zei ze terwijl ze het schriftje weer neerlegde. 'Ik zal Mr Manderley om een loep moeten vragen, vermoed ik.'

'Iemand die zo klein schrijft, heeft iets te verbergen,' beweerde Singh alsof hij een expert op het gebied van geheimen was. 'Misschien worden hier de geheimen van Grace of Victoria onthuld.'

'Als dit schriftje echt van een van beide zussen was, moet het niet belangrijk genoeg hebben geleken om het mee te nemen naar Engeland. Misschien verwachten we er te veel van en is het niets.'

'Maar dat weet u pas als u het gelezen hebt, nietwaar?'

Diana knikte en streek in gedachten verzonken over de bladzijden, die aanvoelden als fijn schuurpapier.

'Weet u wat, ik zal de dames van de administratie om een loep vragen. Die met de rode sari heeft me de cd gegeven, als ik een beetje met haar flirt krijg ik die loep ook nog wel.'

Waarom voelde ze bij die opmerking een steek van jaloezie?

Diana kende het antwoord, maar verdrong het, want op dat moment wilde ze zich alleen maar met het schriftje bezighouden.

'Ik ben zo weer terug!'

Singh stond op en verliet het archief. Diana keek hem nadenkend na, toen hield ze het schriftje weer vlak voor haar gezicht. Daarbij rook ze een lichte kaneelgeur, net als bij de voorwerpen in het juwelenkistje. Haar ogen begonnen te tranen toen ze het minuscule handschrift probeerde te lezen, maar het traanvocht leek haar pupillen in loepen te hebben veranderd, en ze kon de eerste zinnen lezen.

Ik weet niet waar ik moet beginnen. Mijn gedachten zijn zo verward en ik weet niet met wie ik ze zou kunnen delen.

Omdat ik hier geen vriendin heb, zal ik mijn gedachten aan dit schrift toevertrouwen en het verbranden zodra het vol is. Misschien lukt het me alles goed op een rijtje te zetten...

Voor ze verder kon lezen kwam Singh terug met een loep en een mandje met fruit. 'De dames van de administratie hebben me dit in de handen gestopt nadat ik hun uitnodiging voor de lunch had afgeslagen.'

Diana trok haar wenkbrauwen op. 'Is het al twaalf uur geweest?' Een blik op haar horloge leerde haar dat dat het geval was.

'Mr Manderley zal wel bang zijn dat we van ons stokje vallen. Maar als onderzoeker weet ik hoe het verleden je in de ban kan houden. Leest u dus maar rustig door en laat het me weten als u een baanbrekende ontdekking doet. Intussen zal ik verder op zoek gaan naar dergelijke parels.'

Diana glimlachte dankbaar naar hem en nam de loep aan. Maar voor ze haar aandacht weer op het schriftje richtte, pakte ze een banaan. Terwijl ze die pelde en langzaam opat, vroeg ze zich af wie degene was die hier bijna vertwijfeld haar hart uitstortte.

Toen ze de banaan ophad, haalde ze de envelop tevoorschijn die onder Deidres grafkist had gelegen. De inkt daarop had dezelfde kleur als die in het schriftje. Dat was niet verwonderlijk, want beide teksten waren hier geschreven. Maar was het schriftje nu van Victoria of van Grace?

Bij een rechtstreekse vergelijking merkte ze dat het handschrift wel overeenkwam, alsof het door dezelfde leraar was aangeleerd. En toch hadden beide handschriften hun eigen karakteristieke kenmerken. Het handschrift in de brief van Victoria wekte een kinderlijkere, speelsere indruk, terwijl het andere vlakker en hoekiger leek – in de haast had de schrijver of schrijfster het onbelangrijk gevonden netjes te schrijven.

Was het echt van Grace? Had ze hier haar zielenroerselen van zich af geschreven?

Met bonzend hart pakte Diana de loep en begon te lezen. Na nog geen hele bladzijde werd haar duidelijk dat het om de pennenvrucht van Grace ging. De formulering was victoriaans degelijk, en toch viel duidelijk de innerlijke onrust te onderkennen die haar tot deze stap had bewogen.

Toen ze op een bepaalde plaats was aangekomen, hapte Diana naar adem en keek op. 'Weet u wat?' vroeg ze, terwijl ze het schriftje dichtklapte.

'Wat dan?' Singh keek verbaasd op van zijn stapel papieren.

'We gaan naar de plantage van Stockton.'

'Nu?'

'Waarom niet?'

'Ik vraag me af wat de reden daarvoor is. Staat die in dat schriftje?'

'Nou en of!' antwoordde Diana. 'Mijn betovergrootmoeder schrijft daarin dat de hele ellende, zoals ze het noemt, begon met een bezoek bij de Stocktons. Nu ik een concrete aanwijzing heb, wil ik die ook zo snel mogelijk controleren.'

Singh stak onderdanig zijn handen op. 'Oké, u bent de baas! Dan moesten we maar eens uitzoeken hoe ver het is van hier naar daar!'

Daarop kwam hij overeind en liep naar de plattegrond die naast de deur hing. Die was al wat ouder, zoals bleek uit de geligheid van het papier, maar de wegen waren zeker nog hetzelfde.

'Als u bereid bent tot een stevige wandeltocht, zijn we er over drie uur,' concludeerde hij na het bestuderen van de wegen die verder naar het noorden leidden.

'In dit geval ben ik tot alles bereid. Ik moet de plantage van Stockton zien, en de documenten die daar liggen opgeslagen.'

Singh knikte glimlachend en ging zijn tas halen.

Hoewel je duidelijk kon zien dat de plantage een puinhoop was, wekte het landhuis een waardige indruk in vergelijking met al het verval eromheen. Weliswaar bladderde de verf van de gebouwen en waren een paar ramen met planken dichtgespijkerd, maar toen ze voor de uitnodigende poort stonden kon Diana zich goed voorstellen hoe het leven er hier honderdtwintig jaar geleden had uitgezien.

'Pardon!' riep Singh opeens.

Diana, die gefascineerd naar het landhuis had staan kijken,

merkte nu pas de man in werkkleding op die gehaast over het erf kwam aanlopen.

'Wat u wilt?' vroeg de man in vrij slecht Engels, waarop Singh op Tamil overging. Wat hij zei, kon Diana niet verstaan, maar ze was ervan overtuigd dat hij uitlegde waarom ze daar waren en vroeg of ze mochten rondkijken.

De man zei iets, en verdween toen weer.

'Wat gebeurt er?' vroeg Diana verbaasd.

'Hij gaat de sleutel halen. Hij zei dat de beheerder er niet is, maar als we beloven niets van zijn plaats te halen, mogen we het huis bekijken.'

Jonathan keek even glimlachend naar haar en zei: 'Dit huis is heel indrukwekkend. Het verbaast me dat deze plantage het niet heeft gered, want de omstandigheden zijn hier hetzelfde als op Vannattuppūcci.'

'Dat kwam waarschijnlijk door de eigenaar,' antwoordde Diana terwijl ze aan een takje klimop trok, een plant die hier totaal niet op zijn plaats leek. Het was bijna alsof de Stocktons nooit van plan waren geweest zich aan het land aan te passen. 'Wat Grace Tremayne over hen schrijft is allesbehalve vleiend.'

'Was hij dan zo'n schoft?'

'Eerder een rokkenjager. Ik wil weten wat er van hem is geworden. Misschien krijgen we daardoor een beter beeld van Grace.'

Voor Singh meer kon vragen, verscheen de arbeider met rinkelende sleutels. Het klaaglijke geluid van de scharnieren bij het openmaken van de poort bezorgde Diana kippenvel.

'Kom op!' zei Singh ongeduldig, waarna ze de wat onverschillig overkomende man volgden.

Midden op het grasveld ontdekte ze een bord met het opschrift TE KOOP in drie talen.

'Wat zou je met zo'n gebouw kunnen doen?' fluisterde ze tegen Singh.

'Er een kuurhotel van maken, misschien. Of een museum. De tijden dat de Engelse adel zoiets als weekendverblijf gebruikte, zijn nu wel voorbij.'

'Maar de theestruiken zijn er nog steeds,' wierp Diana tegen. 'Het is toch mogelijk dat hier ooit weer thee wordt geproduceerd.'

'Ja, dat zou kunnen. Ik denk dat Mr Manderley een goede kandidaat zou zijn, de velden liggen immers in de directe omgeving. Maar ook hij kan beslist niet twee landhuizen tegelijk onderhouden. Stockton Manor zal waarschijnlijk op een dag alleen nog wandelingen over de theeplantage te bieden hebben.'

Wat jammer, dacht Diana, ondanks alles wat ze in het dagboek had gelezen.

Toen ze vlak voor het huis stonden, ontdekte Diana een scheur in de muren, alsof er een aardbeving had plaatsgevonden. Onder twee ramen van een van de bovenverdiepingen bladderden grote lappen verf af. De oude huisdeur was door een moderne vervangen, die het effect had van een schrille wanklank in de harmonie van een orkest. In Duitsland zou monumentenzorg allang alarm hebben geslagen, dacht Diana met een steek in haar hart.

Toen ze de lelijke deur achter zich hadden gelaten, werden ze echter meteen omgeven door de schaduw van een ver verleden. Ondanks de lichte plekken die het ontbrekende meubilair op de muren had achtergelaten, kon Diana zich goed voorstellen hoe prachtig het huis ooit moest zijn geweest. Bijna eerbiedig keek ze naar de marmeren trap die naar de eerste verdieping leidde. Vanuit een zware goudkleurige lijst keek een deftige donkerharige man in een chic rokkostuum op hen neer. Gefascineerd door het portret beklom Diana de trap.

Er stond geen onderschrift bij het schilderij, maar gezien het landschap, het theeveld achter hem en het in de verte zichtbare landhuis vermoedde ze dat het Dean Stockton was. Bovendien herinnerde ze zich vaag nog de foto uit de Hills Club, waar ze echter haar aandacht meer op Henry Tremayne had gericht.

Op het eerste gezicht wekte hij niet de indruk van een man die het nodig had bloedjonge meisjes na te lopen. Zijn vierkante trekken straalden ernst en nauwgezetheid uit, de keurig verzorgde baard en de netjes gekamde, rond die tijd al grijs gemêleerde krullen getuigden van ijdelheid. Of de schilder zijn lichaam wat geflatteerd had of dat het buikje dat veel mannen van zijn leeftijd kregen er gewoon niet was, zou niet meer te achterhalen zijn.

In elk geval was Dean Stockton een knappe verschijning, en alleen de zwarte ondoorgrondelijke diepten van zijn ogen waren een aanwijzing voor de onderdrukte lusten van een rasechte victoriaan.

Toen ze zich omdraaide merkte ze dat Singh de hele tijd naar haar had staan kijken.

'Dat is de man op de foto van de club, nietwaar?' Hij was het niet vergeten.

'Dat neem ik aan. Wie anders dan de eigenaar van deze plantage zou hier een levensgroot portret van zichzelf laten ophangen?'

'Misschien vinden we iets wat op de verhouding tussen de Stocktons en de Tremaynes wijst. We hebben een uur de tijd gekregen, dus we moesten nu maar eens de vertrekken gaan doorzoeken.'

Diana knikte, en terwijl ze de trap af liep had ze het gevoel dat de levenloze ogen van Stockton in haar rug boorden.

Veel vertrekken waren volledig ontruimd, de losse kabels aan de muren wezen erop dat daar ooit bureaus moesten hebben gestaan, maar het meubilair was allang weggehaald.

Nadat ze beneden niets hadden ontdekt – zelfs de ruimte die volgens Diana de salon moest zijn geweest, was leeg – liepen ze Stocktons portret voorbij naar de eerste verdieping.

Daar zaten een paar deuren op slot; een kijkje door het sleutelgat maakte duidelijk dat het om vertrekken ging die al in de tijd dat de plantage nog floreerde niet meer in gebruik waren.

'Kijk eens aan, er is in dit huis een soort privémuseum.'

Achter de deur die Singh open had geduwd bevond zich een van de weinige nog gemeubileerde kamers. De werkkamer van Dean Stockton, vermoedde Diana bij het binnengaan. De hoge boekenkasten waren van de waardevolste exemplaren ontdaan, er lagen alleen onbetekenende, kromgetrokken boeken in, volkomen wanordelijk. De waardevolle meubels waren of op tijd veiliggesteld, of te zwaar geweest voor dieven. In de brede vensterbanken lagen papieren opgestapeld: ongeordende documenten uit verschillende periodes, vergeelde kranten, verbleekte kartonnen schriften.

Toen ze verder zocht ontdekte Diana een stapel brochures met een foto van het landhuis in betere tijden. Vergeeld en door de zon verbleekt lagen ze kriskras verspreid op een oude, aan de randen beschadigde ladekast.

Diana pakte een van de brochures op en keek erin. Er ging een rilling door haar heen toen ze de tekst las en constateerde dat de eigenaar de moeite had genomen de geschiedenis van de plantage in twee talen weer te geven, in het Engels en het Singalees.

Behalve algemene feiten vond ze ook een familiefoto van de Stocktons, waardoor de identiteit van de man op het portret bij de trap werd bevestigd.

'Dean Stockton bracht de plantage tot grote bloei en droeg de zaak op zeventigjarige leeftijd wegens ziekte over aan zijn zoon. Twee jaar later stierf hij en volgde hij zijn vrouw, die al twintig jaar eerder onverwachts was overleden.'

Diana wierp een blik op de korte levensschets. Alice Stockton was op haar drieënveertigste gestorven, in 1888. Er stond niet vermeld of Stockton was hertrouwd.

'Ik vraag me af of Stockton iets met de dood van zijn vrouw te maken heeft gehad,' mompelde ze zachtjes bij zichzelf.

'Hoe komt u daarop, Holmes?' antwoordde Singh.

'In de aantekeningen van Grace heb ik tot nog toe slechts één datum gevonden, en wel 4 oktober 1887. Het zou kunnen zijn dat Stockton Grace zelf het hof wilde maken. Te oordelen naar het voorval op het uitkijkplatform had hij al langer een oogje op haar.'

'Maar om voor haar zijn vrouw om het leven te brengen...'

'Dat gebeurt wel vaker,' hield Diana vol. 'Grace had duidelijk een afkeer van zijn zoon, net als hij, als de indruk van Grace juist was. Waarom zou hij niet naar een mooie jonge vrouw verlangen?'

'Hij had kunnen scheiden.'

'Wat een schandaal had betekend.'

De opmerking over het schandaal in Victoria's brief schoot haar weer te binnen. Had Stockton daar iets mee te maken? Had hij Grace beloofd met haar te trouwen? Had hij iets gedaan wat rechtvaardigde dat Grace naar Engeland werd teruggestuurd?

Ze rilde bij de gedachte dat Stockton er misschien niet voor had teruggedeinsd Grace te verkrachten...

Opeens voelde ze een onweerstaanbare drang om verder in de aantekeningen te gaan lezen en duidelijkheid te krijgen. Maar het schriftje lag in het archief van Vannattuppūcci.

'Misschien heeft Henry Grace niet weggestuurd omdat ze onenigheid hadden gekregen, maar omdat hij haar tegen Stockton wilde beschermen,' verwoordde Singh haar gedachtegang.

'Maar waarom zou hij haar dan hebben moeten onterven?'

Diana zweeg en keek door het raam. Bevond zich daar ergens het platform waar Stockton Grace had lastiggevallen?

Een blik op de klok leerde haar dat ze nog een kwartier hadden tot de arbeider hun zou vragen weg te gaan.

'Laten we het uitkijkplatform gaan zoeken,' zei ze, gehoor gevend aan een plotselinge ingeving.

'U wilt dus niet de rest van het huis bekijken?'

'Ik denk niet dat we daar nog meer vinden.' Ze stopte de brochure in haar broekzak. Het familieportret zou haar voorlopig genoeg stof tot nadenken geven. 'Ik wil de plek zien waar hij met Grace alleen was.'

Helaas was het de tuin aan te zien dat hij verwaarloosd werd. Alleen de kunstig verstrengelde frangipaneboom was nog zoals Grace hem moest hebben gezien.

Omdat de routebeschrijving in het schriftje erg vaag was geweest en Grace zich er vooral op had geconcentreerd haar gevoelens ten opzichte van Stockton te beschrijven, deed Singh navraag bij de arbeider, die achter een hek stond en betrapt zijn sigaret weggooide.

De wilde gebaren van de man waren voor iemand die de taal niet verstond wat verward, maar Singh had hem begrepen. 'Komt u mee, hierlangs.'

Het deel van de tuin dat ze nu betraden was bijna net zo verwilderd als het struikgewas rondom de vechtsportschool bij Vannattuppūcci. Sinds lang had de natuur hier de vrije loop. De traptreden die Grace met Stockton had beklommen waren bijna helemaal overwoekerd. Er was slechts een smal looppaadje overgebleven. Maar nog altijd vielen de theevelden te ontwaren op plekken waar je door het dichte struikgewas heen kon kijken.

Halverwege stuitten ze op een versperring. Op het bord dat aan verroeste kettingen bungelde stonden schrifttekens in het Tamil en Singalees.

'Geen doorgang,' vertaalde Singh. 'Blijkbaar is er instortingsgevaar.'

Diana wilde dat negeren, maar Singh greep haar bij haar arm toen ze doorliep.

'U kunt beter hier blijven. Uw familiegeheim zal nooit worden opgelost als u naar beneden valt. Waarschijnlijk is daarboven niets te zien.'

Even voelde Diana iets van verzet, maar toen herinnerde ze zich weer dat Grace het over een kunstmatig aangelegde rotspunt had gehad.

Dus schikte ze zich en bleef staan.

'Ik had het zo graag willen zien,' murmelde ze als een teleurgesteld kind.

'Wie weet waart daarboven nog altijd Stocktons geest rond,' zei Singh met een troostende glimlach. 'Als hij u ziet, zou hij op domme gedachten kunnen komen, en ik heb net mijn ghostbustersuitrusting niet bij me.'

Nu kon Diana weer lachen, en ineens werd de tijd die ze met de tocht ernaartoe hadden verspild bijzaak.

Toen ze bij het huis terugkwamen, stak Singh de al ongeduldig wachtende arbeider een paar bankbiljetten toe en maakte zijn excuses dat ze de afgesproken tijdsduur behoorlijk hadden overschreden. Daarna zei hij hem gedag en liep weer naar Diana.

'We mogen van hem altijd terugkomen als we dat willen,' verklaarde hij toen ze het met klimop begroeide hek van het landhuis achter zich hadden gelaten.

'Geen wonder als u hem geld toestopt.'

'Ik weet wel hoe je vrienden maakt.'

Diana keek hem een tijdje aan en zei toen: 'Heb ik u eigenlijk wel eens bedankt voor alles wat u voor me hebt gedaan?'

'Ik denk niet dat dat nu al nodig is,' antwoordde Singh. 'We hebben nog altijd het laatste puzzelstukje niet gevonden.'

Diana glimlachte dromerig. Als Philipp maar half zo vriendelijk was als hij, zou ze het nog een keer met hem proberen. Maar hoe meer tijd ze met Singh doorbracht, hoe duidelijker het voor haar werd dat er bij haar terugkomst in Duitsland geen weg terug meer was.

Een stemmetje in haar hoofd vroeg: en wat dan? Zul je ooit weer op een man gesteld kunnen raken?

Dat ben ik al, antwoordde Diana in stilte. Dat ben ik allang.

Eenmaal terug op Vannattuppūcci voelde ze zich geradbraakt, maar tegelijkertijd vol enthousiasme. Het geheim leek voor het grijpen te liggen, en toch wist het haar nog steeds te ontglippen Nadat ze snel een avondmaaltijd hadden gegeten, begaven ze zich weer naar de kelder.

'U waarschuwt me toch wel als u iets bijzonders ontdekt, nietwaar?' vroeg Singh, die het zich in zijn stoel gemakkelijk maakte en voor enkele ogenblikken zijn ogen sloot.

'Natuurlijk,' zei Diana alleen maar, pakte toen de loep en ging verder met lezen.

15

VANNATTUPPŪCCI, 1887

Twee dagen na het bezoek aan de Stocktons besloot Grace 's nachts naar Vikrama toe te gaan. Na de gebeurtenissen op de naburige plantage hield ze het niet meer uit. In deze situatie had ze de raad van een vriend nodig, niet die van een zusje dat nog niet oud genoeg was voor dit soort dingen, en ook niet de raad van een verre vriendin, wier antwoord waarschijnlijk pas zou aankomen als de verloving al een uitgemaakte zaak was.

Nadat ze zich ervan had vergewist dat Victoria vast sliep, sloeg ze haar blauwfluwelen peignoir om en maakte zo geruisloos mogelijk het raam open.

Haar aangeleerde schaamte – het was ongepast dat een jongedame in nachtkleding rondliep – deed haar een moment aarzelen, maar toen trok ze haar nachtjapon en peignoir op en klom uit het raam.

Nog nooit was ze 's nachts alleen op de plantage ergens heen gegaan. Terwijl ze zich op Tremayne House niet zonder gezelschap 's nachts in het park zou hebben gewaagd uit angst dat de oude huisgeesten daar dan rondwaarden, was ze tot haar verbazing in deze omgeving, die in het donker ook niet echt vriendelijk overkwam, volkomen vrij van angst. Maar wie zou ze hier ook tegen moeten komen?

Aan de rand van het park aangekomen bedacht ze dat ze helemaal niet wist waar ze Vikrama moest zoeken. Ze vermoedde dat hij bij de anderen in het dorp woonde, maar daar was ze niet zeker van. Misschien had hij ook wel een kamer in het administratiegebouw. Vreemd dat ze daar nog niet eerder over had nagedacht.

Uiteindelijk besloot ze naar het dorp te lopen en desnoods naar hem te vragen als haar intuïtie haar niet naar hem leidde. Een tijdje volgde ze het pad door de rimboe, waarbij ze zich op haar herinnering moest verlaten, want ze zag nagenoeg niets.

Ergens hoorde ze stemmen. Blijkbaar waren er in het dorp nog mensen wakker. Of waren dat Vikrama's vrienden, die naar de vechtsportschool gingen?

Toen voor haar een in het wit geklede gedaante opdook, liep ze er resoluut op af en zei: 'Vikrama *teedureen*!' Dat betekende zoveel als: 'Waar kan ik Vikrama vinden?'

De gedaante draaide zich om. 'Miss Grace, wat komt u hier doen?'

Geschrokken constateerde ze dat het Vikrama was, die blijkbaar op weg was naar zijn oefenplaats.

'Ik... ben naar u op zoek,' zei ze bedeesd terwijl ze verlegen haar armen in de mouwen van haar peignoir stak. 'Ik wilde... ik wilde alleen maar met u praten.'

Vikrama hield zijn hoofd een beetje scheef en ontspande toen. Zijn in een witte doek gehulde pakje legde hij op de grond.

'Is het vanwege de lessen? Uw vader neemt mij momenteel zo in beslag dat ik nauwelijks tijd heb om adem te halen.'

Grace schudde haar hoofd. 'Nee, het is niet vanwege de lessen. Ik...'

Ze zweeg plotseling. Moest ze het hem wel vertellen? Waarschijnlijk was hij ook van mening dat het goed voor een vrouw was om te trouwen. Ook in zijn dorp waren weer een paar jonge meisje bezig met de voorbereidingen voor hun gearrangeerde huwelijk, dat had Grace bij een van haar bezoeken gehoord.

'Wat is het dan wel?' vroeg Vikrama. Terwijl hij haar aankeek had ze het gevoel dat hij haar wilde omarmen, een gebaar dat haar beslist welkom was geweest.

'Alles wijst erop dat mijn moeder me wil uithuwelijken. Aan George Stockton.'

Vikrama's gezichtsuitdrukking was eerst niet te peilen, maar het ontging Grace niet dat zijn lichaam verstrakte.

'O, maar dan...' Meer zei hij niet, de gedachte die hij wilde uitspreken leek door de nachtwind te worden weggevoerd.

'Het is alleen dat ik niet met hem wil trouwen. Ik hou niet van hem.'

Tussen Vikrama's ogen verscheen een lichte frons, die zijn gezicht een paar jaar ouder deed lijken.

'Het huwelijk heeft niet altijd met liefde te maken,' zei hij, waarbij zijn stem bijna droevig klonk. Hij week wat achteruit, alsof er een wig tussen hen werd gedreven, waarna hij haar ernstig aankeek. 'Ook in mijn dorp worden meisjes aan mannen weggegeven die door hun familie worden uitgekozen. Hier kunnen meisjes alleen binnen hun eigen kaste trouwen.'

'Hebt u... hebt u een vrouw?'

Vikrama schudde zijn hoofd. 'Nee, want als halfbloed behoor ik eigenlijk tot geen enkele kaste. Ik ben in elk huis welkom, maar niemand wil me zijn dochter geven. Hindoes kunnen alleen binnen hun kaste trouwen. Ik zou in het beste geval een *burghervrouw* kunnen krijgen, een kleurlinge die tot geen enkele kaste behoort.'

Grace keek hem aan. Elk lijntje van zijn gezicht leek haar zo vertrouwd dat ze het met haar ogen dicht zou kunnen uittekenen. Een onvermoede warmte overspoelde haar bij die aanblik, en ze was opgelucht door zijn woorden. Hij was vrij, vrij om van haar te houden. Zoals ze van hem hield.

Even klonk de voorspelling in haar hoofd dat ze ongeluk over haar familie zou brengen, maar die sloeg ze in de wind. Waarom zou ze zich door het geklets van een oude man laten leiden? Bovendien zou het waarschijnlijk eerder ongeluk brengen als ze zich schikte en met een man trouwde voor wie ze niet het geringste gevoel kon opbrengen.

Ineens was hij bij haar, heel dichtbij, zijn gezicht maar een haartje van het hare, en voelde ze zijn handen op haar rug. Heel even keek hij haar aan, wachtend op zoek naar eventuele weerstand, en toen hij die niet ontdekte kuste hij haar. Zijn lippen waren eerst droog, maar toen ze zich openden, voelde Grace de vochtige binnenkant. Ze kon niet anders dan hem binnenlaten, toelaten dat zijn tong zich om de hare wond en diep haar mond in gleed. Haar hele lichaam leek ineens in brand te staan, haar bloed ruiste stormachtig in haar oren. Toen hij zich terugtrok leek kou haar gezicht te beroeren. Meteen verlangde ze weer naar zijn nabijheid.

'Ik...' begon ze, maar ze zweeg plotseling toen hij haar hand vastpakte.

'We moeten ergens heen gaan waar we kunnen praten,' zei hij zachtjes.

Grace knikte en liet zich meevoeren, de duisternis in. Onderweg schoten haar duizenden dingen door het hoofd, zo duidelijk dat het leek of ze ze hardop uitsprak.

Toen ze in het houten huisje kwamen, voelde Grace haar hart kloppen in haar keel. Wat zou er nu gaan gebeuren? Zouden ze de hele nacht alleen maar praten? Of ook nog iets anders doen?

Wat het ook was, ze wilde het met heel haar hart. Ze verlangde naar zijn huid en wilde zijn lippen weer op de hare voelen, ze wilde zijn warmte ervaren, net als daarnet.

'Ik...' begon ze opnieuw, maar de woorden verdroogden in haar mond toen ze hem aankeek. Weer vonden hun lippen elkaar, ditmaal zachter, en hun handen dwaalden over elkaars lichaam alsof ze iets breekbaars onderzochten.

Toen ze zich weer van elkaar losmaakten trok hij de deur achter zich dicht. Het feit dat ze nu echt alleen waren, wond haar op en deed haar bijna vergeten dat er in het kleine onderkomen het een en ander te zien was. Omdat hij niet meteen naar haar toe kwam maar om haar heen liep en de witte bundel op de tafel legde, was ze wel gedwongen rond te kijken. In het maanlicht waren aanvankelijk alleen contouren zichtbaar, maar die veranderden in voorwerpen toen Vikrama de lampen aanstak die in de vensterbanken stonden.

De inrichting van het huisje was heel eenvoudig. Tegen de muur stond een oud, schoon opgemaakt bed, de ladekast naast de deur was waarschijnlijk een afdankertje uit het landhuis. Een klein, oosters aandoend kastje stond tegenover de deur en in plaats van stoelen lagen er zitkussens op de vloer. Rode verf bladderde van de wanden. De vloerplanken kraakten zachtjes onder zijn schreden toen hij door de ruimte liep.

Grace vroeg zich af of ze in zo'n huisje zou kunnen leven. Ja, dat kon ze. Met de juiste man aan haar zijde zou ze overal kunnen leven. Dat wist ze nu. Ze had geen landhuis in Engeland nodig, geen debuut voor de koningin. Alleen de juiste man.

'Het is bij lange na niet zo chic als uw huis,' merkte Vikrama een beetje beschaamd op. Zijn stem klonk vreemd in de beschroomde stilte. 'Maar het is mijn thuis, ik heb het zelf gebouwd.'

'Het is het mooiste huis dat ik me kan voorstellen,' antwoordde Grace, terwijl ze niet goed wist waar ze kijken moest. Vikrama's gezicht zag er in het warme licht mooier uit dan het gelaat van een prins in een van haar oude sprookjesboeken.

'Ga toch zitten,' zei Vikrama nu terwijl hij naar een van de kussens wees. Het vooruitzicht naast hem te zitten deed Grace blozen en bracht haar ertoe te blijven staan.

'Nee, ik geloof dat het zo ook wel gaat. Ik...' Haar hart sloeg over. Ineens was ze zich bewust van het gevaar waarin ze verkeerde – in elk geval hadden haar moeder en Miss Giles het als gevaar betiteld. 'Ik moet gaan,' fluisterde ze. Ze wist er niet meer van dan wat ze de dienstmeisjes op Tremayne House had horen fluisteren, maar het was genoeg om haar angst aan te jagen.

'De deur is open,' antwoordde Vikrama, alsof hij weet had van haar twijfel. 'Ik zal je niets aandoen, dat weet je.'

Maar alles in haar schreeuwde erom dat hij haar iets zou aandoen. Iets wat ze nooit zou vergeten, iets wat haar uit de cirkel zou halen waarin haar ouders haar onverbiddelijk zouden opsluiten.

Ze wilde niet George Stocktons bruid worden, ze wilde de bruid zijn van deze man, deze vreemde, die haar meteen al op de eerste dag was opgevallen.

En dus deed ze de deur niet open, ze verzette zelfs geen stap maar bleef staan waar ze stond, wankelde en keek de man verlangend aan.

Vikrama liep naar haar toe, bleef slechts een handbreed van haar staan. Ze kon weer de geur van zijn huid ruiken, zijn warmte voelen.

Toen hij haar in zijn armen trok, verzette ze zich niet. Haar lichaam leek gewoonweg met het zijne te versmelten terwijl ze zijn kus hartstochtelijk beantwoordde en nu, moediger geworden, zijn borst en schouders begon te liefkozen.

Maar ineens verstarde hij en deinsde achteruit. Toen Grace zich naar hem toe wilde buigen, weerde hij haar zachtjes af.

'Dit mogen we niet doen!'

'Waarom niet?'

'Ik wil je niet in het ongeluk storten. Je weet vast wel dat je zwanger kunt worden. Dat wil ik je niet aandoen.'

Geschokt staarde Grace hem aan. Dergelijke woorden had een Engelse man niet zo gemakkelijk uitgesproken. Maar hij had gelijk. Ook al smachtte haar lichaam naar het zijne, ook al was ze geneigd alle redelijkheid opzij te zetten, haar verstand zei haar dat Vikrama het bij het rechte eind had. Als ze zwanger werd, zou dat rampspoed betekenen. Maar in haar hart lieten de gevolgen haar onverschillig. Waar moest ze nu naar luisteren?

Ten slotte gingen ze uiteen zonder nog een kus, zonder nog een omhelzing, maar met de belofte elkaar weer te ontmoeten. Toen Grace het huisje verliet constateerde ze dat ze de duidelijkheid had gekregen die ze had willen hebben. Ze wist nu dat Vikrama net zo van haar hield als zij van hem. Dat was genoeg om het schrikbeeld van een huwelijk met George Stockton voor even uit te bannen.

Op de terugweg naar huis waande ze zich opeens bespied. Ze kon niet zeggen waar dat gevoel vandaan kwam, maar het geluid van haar stappen klonk haar vreemd in de oren, het leek een eigenaardige dubbelklank, alsof iemand zich aan haar loopritme probeerde aan te passen.

Plotseling hoorde ze achter zich iets kraken. Grace sprong met een gilletje op, maar merkte toen dat het geluid van boven kwam en dat ze vermoedelijk alleen maar een paar apen had opgeschrikt. Toen ze doorliep was het geluid verdwenen, en daarmee het gevoel dat er zich ogen in haar rug boorden. Waarschijnlijk was het maar inbeelding, zei ze bij zichzelf toen het landhuis eindelijk voor haar oprees.

Sindsdien sloop Grace zo vaak ze kon het huis uit om Vikrama te ontmoeten. Ze kusten, liepen hand in hand door het bos, ademden de van stof gezuiverde lucht in en bewonderden de schoonheid van de nacht, de geheimen die zich openbaren aan hen die in staat zijn de wereld anders te zien.

Wanneer ze op een rotsblok gingen zitten, legde Vikrama zijn jasje over haar schouders. Zijn kussen en zijn warmte wekten een verlangen naar meer, maar hoewel de begeerte zijn lichaam deed branden en in zijn ogen schitterde, gaf hij zich er niet aan over. Haar kussen waren hartstochtelijk, maar haar lichaam raakte hij niet aan.

Als Grace dan de rest van de nacht naar het plafond van haar kamer lag te staren, verging ze bijna van een ongekend verlangen waarvan ze niet wist hoe ze het kon vervullen.

In die tijd was Grace goedgehumeurd als nooit tevoren. Die verandering viel met name haar zusje op.

'Slaap je nu beter? Je loopt gewoon te stralen!'

'Ja, ik slaap echt uitstekend,' huichelde Grace, want ze wilde Victoria niet over haar geliefde vertellen, ook al wist ze dat haar zusje een geheim kon bewaren.

Grace' goede humeur hield aan tot Stockton ineens op de thee kwam. Te laat bedacht ze dat ze had kunnen voorwenden dat ze onwel was. Nu zou ze zijn vleierijen moeten aanhoren en hing de onuitgesproken dreiging van een huwelijk met zijn zoon weer in de lucht.

Ditmaal hoefde ze zich niet met een doorzichtige smoes te excuseren, want haar moeder stuurde Victoria en haar naar buiten omdat ze nog iets met Mr Stockton wilde bespreken.

Waarschijnlijk gaat het over mijn verloving met George, dacht Grace bitter en ze moest al haar wilskracht verzamelen om niets te laten merken.

'Zullen we verstoppertje gaan spelen in de tuin?' vroeg Victoria toen, en hoewel Grace' hoofd absoluut niet naar spelletjes stond, stemde ze toe.

'Ik ben hem, en jij gaat je verstoppen!' riep haar zusje, en ze liep naar een frangipane.

De volgende keer kan ik me beter voor Stockton verstoppen, bedacht Grace toen ze op zoek ging naar een schuilplekje. Terwijl Victoria's tellende stem achter haar klonk, viel haar oog op een berceau die ze eerder slechts terloops had opgemerkt. Daar zou Victoria haar niet gauw vinden. Tegen die tijd zou ze wel weer van de schrik over de komst van Stockton bekomen zijn. Toen ze de tunnel, die gevormd werd door knoestige bodhibomen, in dook, had ze bijna het gevoel weer op Tremayne House te zijn, waar loofgangen van fruitbomen waren. Terwijl ze naar de stem van haar zusje luisterde, liep ze steeds verder de gang in. Zonlicht scheen door de takken en tekende lichte vlekken in het zand onder haar voeten. Toen ze het midden van de gang had bereikt, leken alle geluiden ineens te zijn verdwenen. Ze bleef staan, hield haar hoofd achterover en sloot haar ogen. Misschien moest ze hier vaker komen...

'Geniet u van de rust, Miss Grace?'

Onverwachts dook Stockton naast haar op. De duivel mocht weten waar die vandaan kwam!

Grace hapte verschrikt naar adem en deinsde achteruit. Meteen had ze er spijt van dat ze hierheen was gegaan. Stockton moest haar op het tuinpad hebben zien lopen en haar zijn gevolgd.

'Mr Stockton, had u niet iets met mijn moeder te bespreken?'

Stockton glimlachte terwijl hij met zijn handen op zijn rug naar haar toe kwam. 'Het was slechts een kort gesprek, maar ik wilde niet weggaan zonder afscheid van u te hebben genomen.'

Zo te zien aan zijn glanzende ogen dacht hij helemaal niet aan afscheid nemen. Grace had een dergelijke gezichtsuitdrukking al bij Vikrama gezien, in de nacht dat ze in zijn huisje was geweest.

Alsof hij haar gedachten had gelezen schoot Stockton plotseling op haar af en drukte haar hard tegen de muur van boomstammen. Het begerige gefonkel in zijn ogen joeg haar vreselijke angst aan.

'Eindelijk ben ik alleen met mijn prinsesje.'

‘Laat me los!’ Grace pakte hem bij zijn polsen, maar slaagde er niet in hem af te weren. Zijn adem streek over haar gezicht toen hij hijgend uitbracht: ‘Ik wilde je al hebben op de dag dat je me met je zusje voor de hoeven liep. Sindsdien is er geen minuut verstreken zonder dat ik aan je moest denken. ’s Nachts als ik naast mijn vrouw lag, droomde ik ervan je te bezitten, je tot mijn geliefde te maken. Op het platform was ik er zo na aan toe dat ik je daarboven had bemind als je niet was teruggeschrokken.’

‘Mr Stockton,’ riep Grace verontwaardigd. ‘Dat kunt u niet menen!’

‘En of ik het meen! Ik begeer je, lieve Grace, al maanden! Ik weet dat je vader me vermoordt wanneer ik aan mijn verlangen toegeef. Dus komt het geweldig uit dat je met mijn zoon gaat trouwen. Mijn slappeling van een zoon, die alleen maar oog heeft voor dode beesten. Wie weet of hij wel nakomelingen kan verwekken. Maar daar zal ik wel voor zorgen.’

‘Laat me los, Mr Stockton!’ Grace kronkelde vertwijfeld, maar het lukte haar niet aan zijn greep te ontsnappen. ‘U kraamt onzin uit!’

Ineens hield hij op. In zijn ogen lag een uitdrukking die je alleen maar waanzin kon noemen. ‘Onzin? Nou, mij zijn enkele geruchten ter ore gekomen, geruchten die je vader zeker zullen interesseren. Ik moet nog zien of je dat ook onzin vindt.’

‘Ik weet niet waar u het over hebt!’ Grace keek hem met van woede fonkelende ogen, maar tegelijkertijd ook een beetje bevreesd aan. Wist hij het echt? Wie zou haar bespioneerd en verraden hebben?

Ineens schoot haar te binnen dat ze na een rendez-vous Petersen was tegengekomen. Het had toeval geleken, maar nu ze erover nadacht...

‘Ik heb het over die kleurling, Vikrama. Een knappe vent, dat moet ik hem nageven. En blijkbaar weet hij hoe iemand jou moet aanpakken om zijn doel te bereiken!’

Grace voelde de grond onder haar voeten wegzakken. Daardoor ontbrak het haar ook aan de kracht om zich te verweren tegen de hand die haar rok naar haar heupen optrok en zich tussen haar benen drong.

'Dat zijn maar domme geruchten!' probeerde ze zich te verdedigen terwijl ze zich tegelijkertijd vertwijfeld afvroeg wanneer iemand hun heimelijke ontmoetingen kon hebben opgemerkt. Die persoon moest een uiterst smerige fantasie hebben als hij dacht dat ze zich willoos aan Vikrama zou overgeven.

'Misschien moet je mij dezelfde dienst bewijzen als die wilde,' hijgde Stockton opgewonden, zonder acht op haar woorden te slaan. 'Het zal toch niet opvallen als hij je al ontmaagd heeft.'

Toen hij in haar onderbroek greep, hapte Grace naar lucht. Angst en walging knepen haar keel dicht, zodat ze niet eens kon schreeuwen. Zijn adem streek over haar gezicht, even later drukten zijn lippen zich op haar mond en verstikten haar schreeuw met zijn tong. Tegelijkertijd vond zijn vinger zijn weg in haar geslacht. Grace' oren bonsden en suisden en ze dacht dat ze zou flauwvallen van afschuw.

Verbaasd hield hij op en hij haalde zijn mond van haar lippen. 'Hij heeft nog niet...'

Grace snikte van weerzin en woede, maar toen vond ze weer de kracht om zich tegen hem te verzetten.

Stockton kwam zijn verbazing heel snel te boven, want ineens glimlachte hij. 'Welnu, als dat het geval is...'

'Grace?'

De stem van haar zusje klonk haar als muziek in de oren. Stockton verstarde en zijn gezicht werd nog roder. Grace begon te jammeren. Zou hij haar nu eindelijk met rust laten? Of zou hij zo brutaal en schaamteloos zijn om zich voor Victoria's ogen aan haar te vergrijpen?

Toen haar zusje haar weer riep, trok hij zich terug. Maar in plaats van haar los te laten, klauwde hij met zijn vingers in haar bovenarm.

'Geen woord hierover tegen je vader, begrepen?' snauwde hij haar fluisterend toe. 'Als jij iets over deze ontmoeting zegt, zal ik hem vertellen dat je afspraakjes hebt met die kleurling.'

'U bent een smeerlap, Stockton!' zei Grace vol walging.

'Dat kan wel zijn, maar dan een die krijgt wat hij wil. In ruil voor mijn zwijgen wil ik dat je in de nacht voor het huwelijk naar me toe komt. Mijn zoon zal het niet opvallen dat je geen maagd meer bent. En eerlijk gezegd wil ik de toekomst van mijn plantage niet van George laten afhangen. Ik zal zelf bij jou een erfgenaam verwekken. En ik beloof je dat je nooit groter genot zult ervaren.'

Toen de greep van zijn handen losser werd, duwde Grace hem van zich af. In plaats van haar nog een keer vast te grijpen streek hij trillend het haar uit zijn gezicht en fixeerde hij haar zoals een wolf dat doet bij zijn prooi.

'Denk aan mijn woorden, prinses. Zolang ik niet door je vader word aangesproken, blijft de zaak geheim. En als je voor je huwelijksnacht naar me toe komt zal alles wat ik weet vergeten zijn. Daarop geef ik je het woord van een gentleman!'

Het liefst had Grace hem in zijn gezicht gespuwd, maar Victoria kwam net om de hoek. Verbaasd keek ze van Grace naar Stockton en weer terug.

'Daar ben je! Waarom gaf je geen reactie?'

Grace verging bijna van schaamte toen ze zich met moeite beheersend antwoordde: 'Mr Stockton en ik hebben even staan praten, daardoor moet ik je niet hebben gehoord.'

'Ik wilde Mr Vikrama al gaan halen om te helpen met zoeken.'

Bij het horen van die naam flitste er iets op in Stocktons ogen. Hij perste zijn lippen op elkaar, maar zijn woorden klonken Grace nog in de oren. En ze wist dat hij zijn dreigement waar zou maken.

'Ik kom eraan, liefje,' zei ze en ze liep zonder nog naar Stockton om te kijken samen met Victoria weg.

Het kostte haar al haar zelfbeheersing om niet te laten merken wat Stockton met haar had uitgehaald. Een paar keer stond ze op het punt in tranen uit te barsten, maar in de wetenschap dat Victoria dan zou vragen wat er aan de hand was, vermande ze zich weer vlug.

Toen Victoria op weg naar hun kamer door Miss Giles werd geroepen, kwam Grace er alleen terug en zakte terneergeslagen neer op het bed. Wat moest ze nu doen? Hoe kon ze Stocktons plan aan het licht brengen zonder daarbij zelf haar gezicht te verliezen? Ze kon haar ouders toch niet vertellen dat... Bovendien zouden ze het vast als laster afdoen, of zelfs als een poging van haar kant om hem te verleiden.

Nee, zover mocht het niet komen!

Om een of andere reden, ze had geen idee waarom, viel haar oog op de ladekast. Plotseling stond ze op en liep er vlug naartoe.

Nadat ze een la had opengetrokken, keek ze op het afschrift van het palmblad, dat ze daar had verstopt. Stocktons woorden galmden door haar hoofd. Ze was zich goed bewust van het gevaar van haar plan, maar ze had geen andere keuze. Stockton moest zijn interesse in haar verliezen, als vrouw en als schoondochter. *Luister naar je hart*, echode de stem van de oude man in haar hoofd. Op dit ogenblik zei haar hart maar één ding en dat was volkomen in strijd met haar verstand...

Die nacht sloop ze niet het huis uit. Met opgetrokken knieën zat ze voor het raam en probeerde over de walging heen te komen die zich van haar meester had gemaakt. Nog steeds leek ze Stocktons handen op haar intiemste plaatsen te voelen. Zou Vikrama haar ooit nog kunnen aanraken zonder dat ze het begerige gezicht van die kerel voor zich zag?

Een licht gekrab maakte dat ze haar hoofd ophief. Vikrama stond voor het raam, in zijn ceremoniële witte kleding.

Grace keek om naar Victoria, die gelukkig diep in slaap was. Toen opende ze het raam. Vikrama straalde.

'Ik kom je halen,' fluisterde hij. 'Je wilde me toch altijd al eens zien vechten?'

Dat had ze inderdaad gewild. Alleen was het nu niet het moment waarop ze zich over dit gebaar van vertrouwen, ja liefde zelfs, kon verheugen.

'Wat is er met je?' vroeg Vikrama bezorgd toen haar antwoord uitbleef. 'Wil je niet mee? Ben je ongesteld geworden?'

De vrijheid waarmee hij over bepaalde onderwerpen sprak, bracht nu toch een glimlach op haar gezicht.

'Nee, alles is in orde. Ik voelde me alleen niet helemaal lekker, maar dat is over nu jij bij me bent.' Ze boog voorover en gaf hem een kus. 'Ik kom zo bij je.'

Vlug schoot ze haar middagjapon aan, die nog altijd over de stoel hing, en nadat ze zich ervan had vergewist dat Victoria nog steeds vast sliep, glipte ze met Vikrama's hulp naar buiten. Daarbij gleed ze tegen zijn bovenlijf aan en een elektrificerend moment raakten haar schouders zijn blote borst. Ze keek hem aan, aanvankelijk geschrokken, daarna verbaasd. Ze kende de huid van zijn handen en armen, ze kende zijn lippen, maar dat zijn borst zich zo onvermoed als fluweel tegen haar huid vlijde, had ze niet verwacht. Een bliksemstraal die in haar borst was opgekomen, trof haar schoot en veroorzaakte daar een vreemd kloppend gevoel.

Vikrama leek te vermoeden welke gevoelens haar op dat moment overvielen, want hij trok haar direct tegen zich aan en kuste haar hartstochtelijker dan ooit tevoren. Maar toen hervond hij snel zijn zelfbeheersing.

'We moeten gaan,' zei hij hijgend. 'Ze verwachten ons. En je wilt toch niet dat je zusje ons ziet?'

Grace schudde haar hoofd en liet zich toen door hem naar het gat in het hek meetrekken.

Onderweg praatten ze er fluisterend over dat ze elkaar niet meer uit het hoofd konden zetten en dat het nog eens fatale gevolgen kon hebben als hij op de plantage een misstap deed en van de helling duikelde. 'Maar dan heb ik je nog altijd in mijn hoofd als ik neerstort,' voegde hij er lachend aan toe.

'Daarover moet je geen grappen maken,' zei Grace verontwaardigd, waarna ze haar hand uitstak en door zijn zachte haar streek. 'Als het gebeurt, denk dan niet aan mij, maar zorg dat je niet valt.'

Vikrama lachte even en gaf haar een kus.

Dat ze door Stockton was aangerand was op dat moment vergeten, maar Grace had zich er toch al niet toe kunnen zetten het Vikrama te vertellen. Want ze wist dat hij dan naar Stockton toe zou gaan en het hem op de een of andere manier betaald zou zetten, en ze wilde niet dat Vikrama iets overkwam. Haar plan was duidelijk en zou ertoe leiden dat ze eindelijk met de man van wie ze hield samen kon zijn.

Aangekomen bij de hut, die slechts spaarzaam door fakkels werd verlicht, stokte haar adem. Een stuk of twintig jongemannen van diverse leeftijden zaten op een veranda naar een plankenvloer te kijken waarop enkele voorwerpen waren neergelegd.

'Wat is dat?' fluisterde ze tegen Vikrama.

'Onze vechtsportschool.'

'Hebben jullie een vechtsportschool achter ons huis?'

Vikrama gaf haar een kus. 'Ja dat hebben we. En ik vertrouw erop dat dit geheim bij jou veilig is.'

'Dat wel, maar hoe krijgen jullie het voor elkaar dat vader er niets van merkt? Stond mijn oom jullie toe hier te vechten?'

Vikrama knikte. 'Ja. Op voorwaarde dat we nooit een van zijn mensen met deze vechtkunst zouden aanvallen. Voor wie er niet in getraind is, is het heel gevaarlijk. Omdat iedereen uw oom mocht, hebben we gezworen onze vechtkunst alleen toe te passen als ons leven in gevaar is, anders niet.'

'En dat geldt ook voor mijn familie.'

Vikrama knikte bijna plechtig. 'Ik moet toegeven dat mijn handen jeukten om Petersen op onze manier te straffen voor het afranselen van Naala, maar ik weet me te beheersen. Ik weet overigens zeker dat je vader ons niet net zo zal tolereren als je oom. Daarom treffen we elkaar hier alleen 's nachts en laten we de plek verwilderen, alsof hij al lang voorgoed is opgegeven. Wie hier overdag komt, zal niets anders aantreffen dan een verzakte verlaten hut.'

Intussen trok hij haar mee, tot ze voor de veranda aan de voorkant van de hut stonden. De jongemannen leken net zo verbaasd te zijn over haar komst als Grace over het feit dat dit gebouw zich zo dicht bij de plantage bevond. Vikrama legde hun en de oude man die de leermeester moest zijn, kort uit waarom ze er was.

Grace vond het jammer dat ze niet alles kon verstaan en nam zich voor Vikrama te vragen haar bij hun ontmoetingen weer wat van de taal te leren.

'De leermeester gaat akkoord,' zei Vikrama uiteindelijk tegen haar. 'Ik heb hem uitgelegd dat je te vertrouwen bent en niets zal verraden.'

'En heb je hem ook verteld...'

Vikrama schudde zijn hoofd. 'Ik heb hem verteld dat je gewoon een vriendin bent, en de vrouw die Naala heeft gered.'

'En dat was voldoende?'

'Voor onze leermeester wel. Je kunt het best hier op een van de stenen gaan zitten om toe te kijken.'

Nadat ze had gedaan wat hij had gezegd, zag ze hoe hij naar zijn leermeester terugliep. Als ze zich niet vergiste, was Vikrama zo'n beetje zijn rechterhand. Omdat de oude man zelf niet meer kon vechten, leerde Vikrama de jongemannen de gecompliceerde bewegingen. Eerst streden de jongste jongens met elkaar, wat al adembenemend was. Maar toen Vikrama het opnam tegen een van de oudste leerlingen, kwam Grace niet meer bij van verbazing. Nooit zou ze hebben kunnen denken dat mensen zich zo snel en soepel konden bewegen. Als katten sprongen ze op elkaar af en sloegen met korte oefenzwaarden naar elkaar. Nu en dan schenen hun ledematen te versmelten, zodat ze op de dansende Shiva op het schilderij in de hal leken.

Aan het einde van het gevecht bogen Vikrama en zijn tegenstander eerst eerbiedig naar elkaar, en daarna naar de leermeester.

Zo ging het nog een paar keer, waarbij de strijders elkaar afwisselden. Als Vikrama zich niet in het strijdperk bevond, zag ze hoe hij naast de meester zat, met een ernstige, bijna plechtige uitdrukking op zijn gezicht. Bij geen van de leerlingen kwamen aanmoedigende geluiden over de lippen, alleen het gekletter van de wapens galmde door de stilte, en Grace vroeg zich af waarom ze het niet eerder had gehoord.

Toen de oefeningen afgelopen waren en de leerlingen in het donker verdwenen, begeleidde Vikrama haar terug naar huis. Om hen heen ritselde het in het struikgewas en hoog boven de helling, die verlicht werd door het zachte schijnsel van de maan, klonk de roep van een vogel. 'Zou je met me willen trouwen?' vroeg ze opeens, en ze stond meteen verbaasd van haar durf, maar waarschijnlijk gaf de vrees voor Stockton haar moed.

Vikrama verstarde onmiddellijk. 'Met jou trouwen? Maar je vader zou daar beslist bezwaar tegen hebben.'

'Dat kan wel zijn, maar is het niet mogelijk zonder zijn zegen te trouwen? Misschien voor jouw goden, nu ze me al bij Victoria's ziekte welgezind zijn geweest?'

Omdat Vikrama zo verward keek, kromp Grace' hart ineen. Wilde hij haar niet?

'Het zou onheil brengen,' zei hij na een tijdje. 'Ik zou onheil over je familie brengen. Ik ben maar een kleurling, ik behoor niet tot jouw wereld, noch tot die van de Tamils.'

'Maar je houdt toch van me?' Grace zocht in zijn ogen naar de waarheid en vond die in de vochtige glans die het maanlicht weerspiegelde.

'Ik hou van jou,' antwoordde hij. 'Meer dan van mijn leven. Meer nog dan van alles waar ik voorheen ooit van heb gehouden!'

Daarop trok hij haar in zijn armen.

Hartstochtelijk kussend lieten ze zich neer op de aarde, in het zachte gras. Vikrama's hand gleed langs haar lichaam omlaag naar haar dijen, en het verraste Grace niet dat die aanraking bepaald niet onaangenaam was. Ze liet toe dat zijn hand onder haar rok gleed en de gevoelige binnenkant van haar dijen streelde. Verder ging hij niet. Alsof een ijskoude waterval op hem neerstortte, deinsde hij hoofdschuddend terug.

'Nee,' fluisterde hij, hoewel hij wist dat het daarvoor te laat was.

'Kom alsjeblieft bij me,' smeekte ze terwijl ze haar handen naar hem uitstrekte. 'Ik heb geen idee wat er hierna zal komen, maar nu verlang ik naar je.'

'Het zal pijn doen,' waarschuwde hij hijgend, zich nog altijd tegen zijn begeerte verzettend.

'Dat weet ik,' antwoordde Grace terwijl ze het gevoel had van verlangen te barsten, als een glazen schaal waarin hete vloeistof wordt gegoten.

Vikrama leek nog even af te wegen of hij echt tegen zijn begeerte moest vechten. Toen schoof hij zijn broek omlaag en ging hij op haar liggen.

Terwijl hij voorzichtig bij haar binnendrong, sloot Grace haar ogen. Ze dacht dat ze de pijn aan zou kunnen, maar toch was die verschrikkelijk. Toen zijn heupen tegen haar dijen drukten, hield hij zich in. De brandende hartstocht in zijn ogen werd enigszins getemperd door bezorgdheid.

'Ik hoop dat ik niet...'

Grace kuste hem. Hoewel haar schoot nog altijd brandde, kon ze zich op dit moment niets mooiers voorstellen.

Zo bleven ze nog een poosje liggen, huid aan huid, toen trok de pijn weg, om plaats te maken voor een aangenaam gevoel van wellust dat ze nog nooit had ervaren. Toen hij begon te bewegen, deed ze haar ogen niet dicht. Ze wilde zien wat er in hem omging, wilde zijn lust waarnemen terwijl zij door haar eigen lust werd overspoeld.

Toen hij merkte dat ze haar hoogtepunt had bereikt trok hij zich hijgend terug. Enkele ogenblikken later spoot er iets kleverigs op haar knie. Kreunend zakte Vikrama op haar neer. Terwijl ze nog steeds van de wereld was, werd haar duidelijk dat haar plan niet had gewerkt, want ze wist wel zo veel van wat zich tussen man en vrouw afspeelde dat de man in de vrouw leeg moest stromen. Dat had Vikrama – uit consideratie met haar – blijkbaar niet gedaan.

Een tijdlang lagen ze zwijgend naast elkaar en luisterden naar elkaars ademhaling.

'Zeg eens, wat is eigenlijk je voornaam?' vroeg Grace terwijl ze haar hoofd tegen zijn borst vlijde. Haar hele lichaam zinderde nog van wellust. Dat haar plan niet helemaal had gewerkt was bijzaak.

'Ik heet Vikrama. Ik heb geen andere naam. Bij ons zijn achternamen niet gebruikelijk.'

'En waarvoor staat die R dan?'

'Voor de naam van mijn moeder. Eigenlijk zou daar de eerste letter van de naam van mijn vader moeten staan, maar mijn moeder hield zijn naam geheim. Omdat ze Rani heette, heeft ze mij haar R laten erven, zoals dat hier gebruikelijk is.'

'Dus de enige verwijzing naar je familie is de eerste letter van de naam van je ouders?'

'Ja, dat is hier traditie.'

'Is dat niet tamelijk verwarrend?'

'Een beetje wel, maar de meeste mensen letten erop dat hun kinderen niet dezelfde voornaam krijgen als andere bij wie eenzelfde combinatie mogelijk is.'

Weer zwegen ze, en Grace wist dat ze gauw terug moest.

'Zullen we dit nog eens doen?' Teder glimlachend streelde hij over haar haar en haar wangen.

'Ja,' antwoordde ze vurig. 'Ik kan me niet voorstellen dat ik ooit een andere man zou willen.'

Ze kusten elkaar hartstochtelijk, daarna zei hij: 'Ik zal Kisah vragen of ze je wat van haar kruiden kan geven.'

'Waarvoor dan?' vroeg Grace verwonderd, waarop Vikrama over haar buik aaide.

'Omdat ik graag de hele tijd in je zou blijven, zonder een kind te verwekken.'

Grace bloosde en vond zichzelf meteen vreselijk naïef. Natuurlijk kon ze zwanger worden als ze met een man sliep! Dat Vikrama zich had teruggetrokken, dat hij nu dat voorstel over de kruiden deed, bewees alleen maar dat hij haar niet in de problemen wilde brengen. Hij kon niet vermoeden dat zij juist wilde dat zijn zaad niet werd verspild...

'En denk jij dat die kruiden helpen?'

'Geen van onze vrouwen wordt ongewild zwanger. Zolang ze niet getrouwd zijn gebruiken ze de kruiden en gebeurt er niets. Na het huwelijk laten ze ze achterwege en krijgen ze een kind.'

Terwijl hij sprak bleef hij haar strelen en wekte daarmee opnieuw haar lust op. 'Ik zal me blijven terugtrekken tot de kruiden werken.'

'En hoe lang duurt dat?'

'Een paar dagen. Dan is het niet riskant meer.'

16

VANNATTUPPŪCCI TEA COMPANY, 2008

Intussen was het middernacht geworden. Terwijl Jonathan boven de orderboeken zat te zweten, leunde Diana achterover en wreef in haar ogen. Haar hoofd liep om en lichamelijk voelde ze zich vreemd opgewonden. Het was gewoon een geweldige vondst, maar ook een die haar absoluut niet losliet.

Geen liefdesroman zou net zo'n effect kunnen hebben als Grace' beschrijvingen van haar ontluikende hartstocht en het onheil dat Dean Stockton dreigde aan te richten.

Eigenlijk had ze gechoqueerd moeten zijn door het verslag van haar betovergrootmoeder, maar er lagen zo veel jaren en zo veel duisterheid tussen hen beiden dat ze alleen een jonge vrouw zag die smoorverliefd was geworden en die liefde ook wilde beleven, iets wat toentertijd ondenkbaar was.

'Misschien kunt u beter eens naar bed gaan,' merkte Singh op, die zelf behoorlijk uitgeput leek. Nu pas viel het Diana op dat het al laat was. 'Dat schriftje is er morgen ook nog.'

'Ik betwijfel of ik na alles wat ik hier heb gelezen nog zal kunnen slapen.'

'Is het zo erg?'

'Nee, eigenlijk niet erg, maar verrassend. En in elk geval schandalig voor die tijd. Ondertussen wordt me het een en ander duidelijk. En tegelijkertijd stapelen de vragen zich op.'

'Wat denkt u van een korte nachtwandeling?' stelde Singh voor en hij wees naar het raampje waardoor de maanverlichte contouren van een naburig gebouw te zien waren. 'De milde avondlucht helpt u misschien uw gedachten te ordenen.'

Daar had Diana ook dringend behoefte aan, want het klopte inmiddels bij haar slapen, een onmiskenbaar teken dat ze te lang had doorgewerkt.

Toen ze het huis verlieten sprong de bewegingsmelder aan en verspreidde zijn licht over het bordes. Aan de violette hemel, waartegen de palmen als uitgeknipte silhouetten afstaken, hing een zilverkleurige maansikkel voor een gordijn van talloze sterren. Een zacht geruis zweefde in de lucht.

'Komt u mee,' zei Diana terwijl ze Singh bij de hand nam. Ze leidde hem naar de berceuse waar Stockton Grace had opgewacht. Hoe zou het zijn gelopen als hij haar niet had bedreigd?

'Mijn betovergrootmoeder had een verhouding met de beheerder,' bekende Diana toen ze de donkere gang in doken.

'Met Cahill?' vroeg Jonathan verwonderd. 'Ik ben zijn naam in de dossiers tegengekomen.'

'Nee, met ene R. Vikrama. Een inlander.'

Singh zette grote ogen op. 'Dat is inderdaad verrassend.'

'En zo langzamerhand begint het me te dagen wat de reden voor de onenigheid, de reden voor het schandaal is. Henry wilde haar niet van Stockton redden. Vikrama en zij moeten er op een of andere manier vandoor zijn gegaan.'

'Misschien heeft iemand het schriftje gevonden. Het lag niet voor niets in dat kasboek. Misschien heeft iemand het perverse genoegen gehad het te lezen.'

'Maar hoe zou de persoon in kwestie eraan zijn gekomen? Grace had het vast goed verstopt. En ze had ook aangekondigd dat ze het zou verbranden. Als ze daartoe de mogelijkheid had gehad, had ze dat ook gedaan, daar ben ik van overtuigd. De Tremaynes zijn altijd goed geweest in verbergen...'

Opeens waren hun gezichten dicht bij elkaar, dichterbij dan ze ooit waren geweest. De geur van Singhs huid en zijn aftershave omhulde haar, en plotseling vroeg ze zich af hoe het destijds was geweest, toen Grace en Vikrama tegenover elkaar hadden gestaan en voor het eerst hadden gezoend. Daarna leek het of ze in de tijd werd teruggezogen, in een ander leven. Het volgende moment lagen er warme lippen op de hare, en het voelde aan alsof daar geen betere plaats voor bestond.

Toen ze haar ogen weer opendeed, stond Singh voor haar en keek haar verwonderd aan.

'Wat is er? Ben ik zo slecht in zoenen?'

Diana schudde lachend haar hoofd. 'Het was alsof ik terugging in de tijd. Alsof ik Grace was.'

Singh grijnsde breed. 'Dan hoop ik dat je me om mijzelf hebt gekust, en niet omdat je dacht dat Mr Vikrama voor je stond.'

'Ik heb jou om jezelf gekust,' antwoordde ze terwijl ze haar handen teder op zijn wangen legde. 'Maar je moet weten dat ik een nogal gecompliceerd mens ben. En nog een echtgenoot heb van wie ik eerst eens moet scheiden.'

'Denk je dan al aan hertrouwen?' vroeg Singh schertsend, waarop Diana begon te blozen.

'Je hebt gelijk, we weten niet eens of we wel bij elkaar passen. Maar wat mij betreft kan ik zeggen dat ik toch wel een beetje verliefd op je ben geworden.'

'Maar een beetje?' vroeg hij weer schertsend, waarna hij haar hand vastpakte.

In zijn ogen zag ze het verlangen dat ook in haar brandde. Even begon haar geweten te spreken, dat ze nog altijd een getrouwde vrouw was en dat ze het niet moest doen om het Philipp betaald te zetten. Daarom doe ik het niet, maar omdat ik op dit moment niets anders wil.

Met Jonathan vrijen was volkomen anders dan alles wat ze van Philipp gewend was. Philipp was niet ruw of onfatsoenlijk geweest. Toen hun huwelijk nog gelukkig was, had ze zich nauwelijks een betere minnaar kunnen indenken, maar Jonathan leerde haar dat er nog betere bestonden. Zijn kussen, zijn bewegingen waren zo zacht en sensueel dat ze in zijn armen Philipp helemaal vergat en meende te zweven. De ironische gedachte dat dat ook geen wonder was omdat hij uit het land van de *Kamasutra* kwam, werd weggevaagd door een golf van intense gewaarwordingen, die ten slotte tot een ongekend hoogtepunt kwamen.

Daarna lagen ze in elkaars armen en keken naar het plafond, waarop felle lichtplekken dansten.

'Ik geloof dat dit moment volmaakt is,' fluisterde Diana terwijl ze zich tegen zijn borst nestelde.

'Echt?' vroeg Jonathan glimlachend terwijl hij over haar haar streelde. 'En dan heb ik je nog niet alles laten zien.'

'Misschien moeten we ook wat bewaren voor de komende dagen. Zodat je niet volkomen uitgeput in Colombo terugkomt.'

'Ik denk dat ik nog wel energie genoeg heb.' Daarop trok hij haar in zijn armen en kuste haar.

Nadat ze nog een tijdje in elkaars armen hadden gelegen, stond Diana plotseling op en schoot haar badjas aan.

'Wat is er?' vroeg Jonathan verbaasd.

'Ik ga even iets halen.'

'Een hartversterking uit de keuken?'

'Het schriftje,' antwoordde ze eerlijk.

'Nee toch!' mopperde hij. 'Verveel ik je nu al, dat je het weer moet lezen?'

'Nee, maar ik wil weten hoe het verdergaat. Nu staat mijn hoofd toch al niet meer naar slapen. Zeg niet dat je niet wilt weten hoe het met Grace en Vikrama afloopt.'

Ze boog zich over hem heen, gaf hem een kus en verliet de kamer.

Toen ze met het schriftje terugkwam, ging ze naast Jonathan zitten, leunde tegen zijn borst als in een comfortabele stoel en begon bij het licht van de lamp voor te lezen.

'Sindsdien was niets meer zoals vroeger. Ik sloop 's nachts het huis uit, ontmoette Vikrama en we beminden elkaar. Overdag speelde ik de eerbare dochter die het gedweep van haar moeder met George Stockton geduldig verdroeg, de goede raad van Miss Giles negeerde en met haar kleine zusje over het landgoed zwierf.

Verdere ontmoetingen met Dean Stockton bleven gelukkig uit. Ik geef toe dat het me genoegen doet me voor te stellen dat hij bang was. Bang dat ik vader over het voorval zou kunnen hebben verteld. Maar het is een dubbelzinnig genoegen, want het herinnert me er ook aan dat Stockton van zijn kant heeft gedreigd me te verraden.

'S Avonds als ik voor het raam zit en op Vikrama wacht, ga ik bij mezelf te rade. Vikrama heeft me na onze eerste nacht een zakje met kruiden gebracht., maar ik heb het niet aangeraakt. Ik vind het vreselijk hem op deze manier te bedriegen, maar mijn hart zegt me dat ik doe wat juist is. Was dat niet precies wat de palmbladvoorspelling me opdroeg?

Sinds drie weken slapen we met elkaar, en het is heel goed mogelijk dat ik al zwanger ben. Die gedachte is enerzijds verontrustend, want ik kan me indenken wat de reactie van mijn ouders zal zijn. Maar anderzijds geeft het me een vrij gevoel, want die vreselijke George zal me dan heel zeker niet meer willen...'

Hier hielden de aantekeningen op, zoals Diana tot haar teleurstelling moest constateren.

'Wat denk je, is ze echt zwanger van hem geworden?' vroeg Jonathan terwijl hij zachtjes haar schouders streelde.

'Het zou kunnen,' antwoordde Diana. 'Ze heeft de kruiden immers niet gebruikt.' Ze keek naar haar arm en pakte haar zwarte lokken op, die los over haar schouders vielen. 'Kun jij je voorstellen dat Grace en Victoria lichte types waren?'

'Ze waren Engelsen, zo wit als de melk in de thee. Geen wonder dat mijn huid zo licht is.'

'"Melk in de thee" is een mooie omschrijving. Als Vikrama werkelijk de vader van het kind was dat zij later in Duitsland ter wereld heeft gebracht, stroomt zijn bloed nog altijd door mijn aderen.'

'Het bloed van een kalarippayatstrijder.' Jonathan kuste haar hals. 'Als ik zo naar jouw teint kijk, durf ik te wedden dat zijn bloed in je familie zit.'

Diana strekte haar hand naar hem uit en streelde zijn heup. 'Ik vraag me af hoe hij eruitzag.'

'Vikrama? Misschien een beetje zoals ik.'

'En hoe het was toen alles uitkwam. Toen Grace haar ouders moest laten weten dat ze zwanger was. Of ze heeft verteld wie de vader was.'

'Waarschijnlijk niet. Ze hield van hem, ze zou niet het risico hebben willen lopen dat hij in de problemen kwam. Haar vader zou hem het leven behoorlijk zuur hebben gemaakt als hij het had geweten.'

'Maar waarom is Vikrama dan nooit bij haar komen opdagen?' peinsde Diana verder, en haar gedachten gingen naar de brief in haar tas. Het laatste bewijsstuk? 'In een brief die ik in de grafkelder van de Tremaynes heb gevonden, schreef haar zusje Victoria dat hij naar haar toe zou komen. Ik ga er maar van uit dat ze Vikrama bedoelde.'

'Nou, misschien is hij teruggekrabbeld. Of de vader heeft hem door de opzichter een flink pak slaag laten geven.'

'Een pak slaag voor een kalarippayatstrijder?' Diana trok sceptisch een wenkbrauw op en draaide zich om. 'We zijn er nog steeds niet, vrees ik. Een deel van het geheim hebben we wel ontsluierd, maar volgens mij nog lang niet alles. We weten nog altijd niet wat er daarna is gebeurd en hoe die intieme notities in het kasboek terecht zijn gekomen.'

'Nou, we hebben nog wat tijd. Zolang mijn uitgever niet begint te zeuren...'

'Je bent echt een lot uit de loterij, weet je dat?' Diana vlijde zich tegen zijn borst. 'Ik weet niet hoe ik Michael moet bedanken.'

'Je bedenkt wel iets.' Jonathan sloeg zijn armen om haar heen en kuste haar op haar hoofd.

'In de brief vroeg Victoria of Grace haar inmiddels had vergeven...' zei Diana nadat ze een tijdje uit het raam had gestaard, helemaal opgaand in zijn omarming. Er kwam een vermoeden in haar op, maar het was nog te vroeg om dat uit te spreken. 'Ik heb het je nog niet verteld, maar ik heb daar een brief gevonden. Daar naast de vensterbank.'

Ze maakte zich los uit zijn omarming en stapte uit bed om haar tas te pakken.

'Je hebt wát?' Jonathan trok verrast zijn wenkbrauwen op.

'Ik denk dat die brief wel eens van Victoria zou kunnen zijn.'

Diana stak hem de envelop toe, die zwaar aanvoelde.

'En je hebt hem nog niet gelezen?'

Diana schudde haar hoofd. 'Nee, op de een of andere manier heb ik het gevoel dat dit het laatste stukje van de puzzel is. Ik wilde hem pas openmaken wanneer we op een punt zouden belanden waarop we niet verder komen.'

'Nou, het schriftje gaat niet verder. Misschien moet je hem nu openmaken.'

Jonathan gaf haar de brief terug, waarop Diana met haar vinger peinzend over de tekst 'Ten afscheid' streek.

'Misschien moet ik hem echt pas openmaken als we hier weggaan.'

Jonathan trok haar in zijn armen en kuste haar. 'Doe wat je wilt. Maar ik weet bijna zeker dat met deze brief alle stukjes op hun plaats zullen vallen.'

Diana glimlachte dromerig en terwijl ze het hoopvol in haar borst voelde kriebelen, legde ze de brief op het nachtkastje en nestelde ze zich tegen Jonathan aan.

Hoewel ze die nacht geen oog hadden dichtgedaan, zaten ze in alle vroegte weer in het archief. De thee hadden ze mee naar beneden genomen, want ze wisten dat er nu uiterst precies detectivewerk vereist was als ze erachter wilden komen wat er met Vikrama en uiteindelijk ook met Grace was gebeurd.

'Dit is merkwaardig,' zei Jonathan terwijl hij opstond en Diana het boek bracht dat hij net had doorgekeken. 'Het is geen gewoon orderboek, maar een lijst met salarissen. Er staat inderdaad een R. Vikrama op, en naar de toenmalige maatstaven verdiende hij als beheerder heel goed. Maar sinds december 1887 is hij van de loonlijst verdwenen.'

'Waarschijnlijk omdat Henry Tremayne had ontdekt wie zijn dochter zwanger had gemaakt.'

‘Denk je dat ze hem heeft verraden? Ze had net zo goed Stockton kunnen beschuldigen.’

Dat leek Diana ongeloofwaardig. Ze had graag geweten hoe het verder was gegaan. Waarom had Grace niet meer geschreven? Wat er daarna gebeurd was moest toch belangrijk zijn geweest! Het ergerde Diana dat het belangrijkste puzzelstukje leek te ontbreken.

Toen bedacht ze ineens iets. ‘Het schriftje moet zijn gevonden. Misschien werd het ontdekt voordat ze zwanger raakte. Haar beschrijvingen zijn meer dan duidelijk en vormen een goede reden om Vikrama eruit te gooien.’

‘Dat klinkt plausibel,’ erkende Jonathan. ‘Maar er is iets vreemds aan de hele zaak. Waarom schrijft ze niets over een zwangerschap? Waarschijnlijk is haar vader pas achter haar geheim gekomen toen bleek dat ze zwanger was. En als Vikrama er om die reden door haar vader uit is gegooid, wat had hem er dan nog van kunnen weerhouden naar haar toe te gaan, zoals in de brief waar jij het over hebt gehad staat aangekondigd? Waarom is hij nooit gekomen?’

‘Misschien omdat hij daar nooit de mogelijkheid toe heeft gehad.’

Diana liet van schrik bijna de loep vallen.

Zonder dat ze het hadden gemerkt was Manderley binnengekomen; hij moest het hele gesprek hebben gehoord.

‘Mr Manderley, waar...’

De bedrijfsleider, ditmaal in beige pak met rode stropdas, stak zijn handen in zijn zakken.

‘Niet voor niets geloven sommige mensen hier dat er een vloek op deze plaats rust. Een vloek die mijn voorvader net als de uwe over dit oord heeft gebracht.’

‘Wat bedoelt u daarmee?’ vroeg Jonathan verwonderd.

‘Ik wist dat het ooit aan het licht zou komen. Een geheim kan bewaard worden of zich ergens achter de sluier van de geschiedenis verschuilen. Maar vroeg of laat duikt er iemand op die het ontdekt en onthult.’

Diana begon te trillen. Wat de bedrijfsleider zei vond ze uitermate verontrustend.

'Dit moeten we maar eens bij een goede kop thee bespreken. Komt u mee?'

Terwijl de waterkoker begon te ruisen, gingen Diana en Jonathan aan de tafel in de keuken zitten. Nog altijd was niet helemaal duidelijk waar Manderley op uit was, maar omdat dankzij hem de oplossing weer een stuk dichterbij leek te komen, wilde Diana geduld oefenen.

'Ik moet u mijn excuses aanbieden, omdat ik de verleiding niet heb kunnen weerstaan om een blik in dat schriftje te werpen dat u hebt zitten lezen.'

'Het zat tussen de oude kasboeken,' verklaarde Diana. 'Het is een wonder dat het niet eerder is gevonden.'

'Er is nooit door de juiste persoon naar gezocht,' zei Manderley terwijl hij de thee opschonk en roodbruine slierten zich als bloed met het water vermengden.

'Ceylonthee zetten is een kunst, maar je wordt rijkelijk beloond door de uitstekende smaak. Deze is afkomstig van de *autumn flush*.'

Toen de hete thee in hun glazen dampte, stak Manderley van wal.

'Toen ik de resultaten van uw onderzoek bekeek, viel me een naam op: Cahill. Hij was de advocaat van Mr Tremayne.'

Nu pas drong het besef tot Diana door dat hij in het schriftje had gelezen, en dat maakte haar op slag woedend; vreemd genoeg gaf het haar net zo'n onaangenaam gevoel als wanneer hij haar de liefde had zien bedrijven.

'Hij was een van mijn voorouders,' verklaarde Manderley. 'Onze familie is al decennialang met het lot van deze plantage verbonden. Hoewel de nakomelingen meermalen hebben geprobeerd hier weg te komen en ergens anders een leven op te bouwen, zijn ze toch altijd weer hiernaartoe getrokken. Alsof het een vloek is die op mijn familie rust.'

'Dan hebben we blijkbaar iets gemeen.'

'Ja, dat denk ik wel. Althans wat Mr Cahill betreft.'

Manderley stond op, liep de deur uit en kwam even later terug met een klein boekje.

'Dat moet u bij uw onderzoek betrekken.'

'Wat is het?'

'Het verhaal van mijn familielid. Hij heeft het geschreven voor hij in het krankzinnigengesticht in Colombo werd opgenomen.'

'In het krankzinnigengesticht?'

'Ongelooflijk, nietwaar? Zijn dienstbetrekking heeft hem tot waanzin gedreven.'

'Hebt u het al gelezen?'

'Nee,' antwoordde Manderley. 'Dit boekje was jarenlang hét gespreksonderwerp binnen onze familie. Het werd "de schande" genoemd. Toen het werd ontdekt, was het al te laat om nog iemand te straffen. Mijn grootouders hebben het achter slot en grendel bewaard, in een kluis in ons huis, en vertelden alle kinderen dat het schadelijk zou zijn om het te lezen. Op een gegeven moment hebben we de belangstelling ervoor verloren, maar nu ik de naam in de dossiers ben tegengekomen, moest ik er weer aan denken.'

Diana bekeek het beduimelde, in leer gebonden boekje. Er stonden een paar duidelijke vingerafdrukken op. Aan de randen zaten inktvlekken.

'Het is afkomstig van de Cahill die voor uw betbetovergrootvader heeft gewerkt. Ik ben ervan overtuigd dat u er een paar choquerende, maar ook zeker enkele verhelderende passages in zult aantreffen. Als er iets is wat ik moet weten, stelt u me dan alstublieft op de hoogte.'

Hun blikken kruisten elkaar even, waarna Manderley nog een keer thee inschonk.

De hele middag zat Diana alleen maar naar het boekje van Cahill te staren. Jonathan maakte zich nuttig door op zoek te gaan naar verdere sporen van de advocaat in de dossiers. De naam Cahill bleek inderdaad op de loonlijst te staan, en zijn handtekening stond op het schutblad van een handelsovereenkomst.

'Die handtekening kan belangrijk zijn om het handschrift te vergelijken,' zei hij terwijl hij haar het blad aanreikte. Eén blik was voor Diana voldoende om te weten dat hij het was.

Die avond trokken ze zich heel vroeg terug. Diana had het boekje opzijgelegd en zich op andere gegevens gericht, omdat ze wist dat ze bij het lezen van Cahills relaas rust nodig had – en Jonathans nabijheid.

Als je er alleen maar naar keek, ging er van het dunne zwarte boekje al iets kwaadaardigs uit. Diana wilde niet weten door wat voor soort ingedroogde vlekken het omslag hier en daar was kromgetrokken.

Toen ze er haar hand op legde, klaar om het open te slaan, leek de kamer ineens onbehaaglijk – en dat terwijl Jonathan vlak bij haar was en kalmerend haar rug streelde.

Met een knoop in haar maag streek ze over het boekje. Bevatte het misschien de laatste stukjes van de puzzel? De reden waarom Vikrama nooit naar Grace toe was gekomen? Waarom haar vader haar had onterfd? 'Moet ik het echt lezen?'

'Ben je soms bang voor het relaas van een krankzinnige?'

'Wie weet wat hij allemaal heeft geschreven.'

'Daar kom je alleen achter als je het leest.' Jonathan sloeg zijn ene arm om haar middel, de andere om haar schouders, en toen legde hij zijn wang tegen haar hals. 'Ik ben bij je, ingeval het je te erg wordt. De gedachten van een gek kunnen soms net een maalstroom zijn waarin je wordt meegesleurd.'

'Dat is nou precies waar ik bang voor ben,' antwoordde Diana. 'Geloof je echt dat Manderley het niet heeft gelezen?'

'Waarom zou hij daarover liegen? Sommige mensen zijn er nu eenmaal niet op gebrand de duistere geheimen van het verleden te onthullen. Vooral als het zo'n geheim is als ik vermoed.'

Zuchtend bekeek Diana het boekje, toen vermande ze zich en sloeg het open.

17

HET OPMERKELIJKE VERHAAL VAN JOHN CAHILL, VANNATTUPPŪCCI 1887

Door de komst van de nieuwe eigenaars van Vannattuppūcci was Lucy Cahill in alle staten. Alsof koningin Victoria in eigen persoon zou verschijnen, zei haar oudste dochter spottend tegen haar jongere zusjes, in de hoop dat haar moeder het niet merkte. Dat deed Lucy wel, maar ze zag het door de vingers. De komst van een nieuwe vrouw des huizes zou heel nieuwe mogelijkheden bieden.

'Ik heb gehoord dat de Tremaynes twee zeer charmante dochters hebben. Zorg jij ervoor dat ik te eniger tijd met hen kan kennismaken?' vroeg ze haar man. Misschien lukte het haar Megan de vriendenkring van beide meisjes binnen te loodsen. Dat zou het perspectief op een vermogende echtgenoot aanzienlijk vergroten.

'Vast wel te eniger tijd,' bromde Cahill bij zichzelf terwijl zijn blik op de krant gericht bleef en het koffiekopje in zijn hand boven de tafel zweefde.

Het was niet zozeer een artikel dat zijn aandacht gevangenhield. Zoals zo vaak de afgelopen weken zat hij in gedachten verzonken achter zijn krant. Wat moest hij tegen Henry Tremayne zeggen? De dood van zijn broer moest hem vreselijk hebben aangegrepen. Was er misschien kans dat hij de plantage zou verkopen? Of dat hij het beheer ervan in goed vertrouwen aan hem overliet?

'Te eniger tijd?' snerpte Lucy's stem door zijn gedachten. 'Maak je je dan niet druk om de toekomst van onze kinderen?'

'Ik wist niet dat de toekomst van onze kinderen van de Tremaynes afhing.'

'En of dat zo is!' hield zijn vrouw vol. 'Als je het op de juiste manier aanpakt, kunnen Megan en Sophia later in de betere kringen verkeren.'

Omdat een woordenwisseling dreigend als onweer tijdens de moesson in de lucht hing en even heftig tot ontlading kon komen, achtte Cahill het beter de krant weg te leggen en zijn koffiekopje, waarvan de inhoud allang koud was geworden, neer te zetten.

'Lieve,' begon hij, want hij wist dat het niet zou helpen als hij tegen zijn vrouw in zou gaan. Bovendien had hij geen zin om in een geagiteerde toestand naar Colombo te rijden om de nieuwe heer en vrouw des huizes te begroeten. 'Als zich een gelegenheid voordoet, zal ik er natuurlijk voor zorgen dat jullie aan de Tremaynes worden voorgesteld. Maar zou het niet beter zijn als ik eerst eens kijk hoe die mensen zijn? Als ze fatsoenlijk en prettig in de omgang zijn, en daarmee bedoel ik ook de dochters, kunnen we onze kinderen altijd nog kennis met hen laten maken.'

Lucy kneep haar lippen op elkaar en knikte. Het antwoord had haar niet tevredengesteld, maar ze wist dat het zinloos was de zaak te forceren. Daar was Cahill de man niet naar.

Op weg naar Colombo vroeg Cahill zich voortdurend af welke geheimen van zijn vroegere baas hij moest prijsgeven. De volledige waarheid zou wel niet echt belangrijk zijn, want hij was de enige die haar kende. Nee, soms was het werkelijk beter geen slapende honden wakker te maken. Tremayne moest zich erop concentreren de plantage te behouden. De smetten op het blazoen van zijn broer waren met hem begraven, en het was beslist niet nodig die aan het licht te brengen.

De man die hem bij het kantoor van de havenmeester tegemoetkwam, was het exacte tegendeel van zijn broer. Blond, wat gezet, met blauwe ogen en een lichte baardschaduw. Evenwel op-en-top een gentleman.

'Welkom, Mr Tremayne, het doet me genoegen dat u en uw gezin gezond en wel in Colombo zijn aangekomen.' De twee mannen schudden elkaar de hand en liepen het gebouw in. De hele tijd voelde Cahill zich slecht op zijn gemak. Dat hij over de dode Richard Tremayne moest praten, greep hem op een of andere manier aan. De afgelopen weken was het hem gelukt het gezicht van de dode min of meer te vergeten. Maar natuurlijk verwachtte Henry Tremayne een verklaring met betrekking tot het voorval. Terwijl hij sprak, zag Cahill weer voor zich hoe het gehavende lichaam van de plantage-eigenaar naar Vannattuppūcci was gebracht en hoe de arbeiders een erehaag hadden gevormd voor hun geliefde meester.

Cahill, die fijnbesnaarder was dan je zou denken, was bij het zien van al dat bloed misselijk geworden. Desondanks had hij gezien hoe wat er van Sir Richard – zoals deze ondanks het ontbreken van een adellijke titel werd genoemd – over was, weer enigszins werd opgelapt.

Hoewel hij christen was, had Tremayne de wens te kennen gegeven volgens hindoeïstische traditie verbrand te worden en zijn as in zee te laten verstrooien. Naderhand had Cahill dat heel praktisch gevonden, want het bespaarde hem het overbrengen naar Engeland, wat zeker vele weken zou hebben geduurd. In plaats daarvan had hij Henry Tremayne een telegram gestuurd en hem later ook nog een brief geschreven waarin hij had uitgelegd dat hij vanwege de wilsbeschikking geen grafsteen zou aantreffen.

De vraag hoe het met het politieonderzoek stond kon hij niet beantwoorden, maar hij wist dat niemand zich meer om een dode zou bekommeren wiens as in zee was verdwenen. Aan het eind van het gesprek nodigde Tremayne hem voor het eten uit, een gebaar dat hij zeer waardeerde, want zijn maag knorde luid en de keuken van zijn echtgenote was ver weg.

Het verliep allemaal geweldig. De ambachtslieden voltooiden de belangrijkste renovatiewerkzaamheden en al spoedig kon Cahill zijn nieuwe baas laten berichten dat niets hem meer belette zijn intrek in Vannattuppūcci te nemen.

Nu zag hij voor het eerst ook Mrs Tremayne en haar dochters. Heel mooie dochters, vond hij, vooral de oudste was zeer bekoorlijk.

Ooit zou ze de plantage gaan beheren, en hoewel hij een paar dagen geleden nog afwijzend had gereageerd op het verzoek van zijn vrouw, klonk haar stem nu weer door zijn hoofd.

Misschien was het toch mogelijk zijn dochters met de meisjes in contact te brengen...

Dat Vikrama opdook bracht hem even in verwarring. Wat had die vent hier te zoeken? Maar er zat nu niets anders op dan goede sier te maken. De kleurling, zoals hij hem heimelijk noemde, was immers door zijn onwetendheid volkomen ongevaarlijk. Hij verwaardigde zich dus hem ten overstaan van zijn baas de hemel in te prijzen, want hij wist dat hij zichzelf daarmee in een gunstig daglicht stelde.

De vent verdween weer en nadat hij Henry Tremayne het huis had laten zien, zat Cahills dienst er voor die dag op.

Op weg naar huis kwam hij een ruiter tegen. Dean Stockton was, dat kon je gerust beweren, de rijkste plantagebezitter in de wijde omtrek. Een tijdlang had het ernaar uitgezien dat Richard Tremayne hem naar de kroon zou kunnen steken, maar toen had het ongeluk plaatsgevonden en Stockton had zijn plaats op de troon kunnen behouden.

'Goedendag, Mr Cahill wat brengt u hier?' Stockton hield zijn paard in. Blijkbaar was hij onderweg naar Nuwara Eliya om zijn vrienden in de Hills Club te ontmoeten. Vergeefs had Cahill geprobeerd daar binnen te komen, zoals zijn vrouw altijd had gewenst. De plantage-eigenaren en zakenlieden wilden niet een advocaat opnemen die geen eigen praktijk had maar in dienst was van een van hen.

Hoewel die smet aan hem kleefde, behandelde Dean Stockton hem altijd net zo correct als zijn eigen verschijning was.

'Ik heb zojuist de nieuwe baas van Vannattuppūcci, Mr Henry Tremayne, hierheen begeleid.'

'Richards broer?' Stockton trok een wenkbrauw op. Even leek hij zich af te vragen of de nieuwe eigenaar net zo stijfkoppig was als diens broer. Bij leven had Richard Tremayne hem flinke concurrentie bezorgd. En ook enige ergernis, als het om het land ging.

'Ja, precies. Hij heeft net met zijn vrouw en beide dochters zijn intrek in het huis genomen. Ik kan u zeggen dat het allemaal heel mooie vrouwen zijn.'

Stockton, van wie bekend was dat hij een zwak had voor mooie vrouwen, glimlachte en leunde voorover in het zadel. 'Dan moest ik maar spoedig mijn opwachting bij hen maken.'

'Dat is een goed idee, Sir. Momenteel is het nog wat chaotisch op Vannattuppūcci, maar ik ben ervan overtuigd dat het de komende dagen heel goed uitkomt, temeer daar Mr Vikrama heeft aangeboden zijn meester rond te leiden.'

Bij het noemen van de naam van de halfbloed Tamil vertrok Stocktons gezicht. Tijdens de afwezigheid van een meester op Vannattuppūcci had die R. Vikrama zich naar zijn mening gedragen alsof hij de eigenaar van de plantage was. Dat vertelde hij ook aan iedereen die het horen wilde, waarbij hij de reden voor zijn vijandigheid verzweeg. Het ergerde hem dat hij het huis en de plantage niet kon kopen, wat hij eigenlijk van plan was geweest.

Cahill wist daar wel van, en hij kon zich indenken dat Stockton weliswaar niet zou proberen Tremayne zijn bezit afhandig te maken, maar niets zou nalaten om de velden te verwerven.

'Hij heeft dus dochters, zegt u,' peinsde Stockton hardop terwijl hij de opmerking over Vikrama negeerde. 'Geen zoon?'

'Tot nu toe niet,' zei Cahill, 'in elk geval weet ik daar niets van. Maar Mrs Tremayne is nog jong en het zou heel goed kunnen dat er alsnog een erfgenaam wordt geboren.'

Stockton trok een gezicht alsof hij God wilde verzoeken dit niet te laten gebeuren. Toen ging hij weer rechtop zitten en haalde de teugels aan.

'Hartelijk dank voor de informatie, Mr Cahill, tot ziens.'

'Goedendag, Mr Stockton,' riep Cahill hem na, terwijl Stockton zijn paard tot galop aanzette.

Van Stocktons bezoek hoorde Cahill de eerstvolgende keer dat hij naar Tremaynes kantoor kwam. Intussen had Vikrama zijn baas het nodige verteld over zijn werkterrein en Cahill koesterde gerechtvaardigde hoop dat de nieuwe eigenaar zich uitstekend zou weten aan te passen. De gesprekken met hem gaven daar in elk geval aanleiding toe en de plantage liep nu weer op rolletjes.

Toen hij op een middag haastig door de hal liep, zag hij dat de jonge Miss Grace met Mr Vikrama in gesprek was. Daar was eigenlijk niets verwerpelijks aan, maar Cahill bleef toch als verstard voor het raam staan. Een donkere schaduw ontwaakte in zijn borst, iets wat hij opzij had gezet en waar hij lange tijd niet meer aan had gedacht. Zoals het meisje naar de voorman lachte en zoals hij zijn blikken over haar gezicht en lichaam liet gaan! Daar stonden twee warmbloedige jonge mensen vol verlangens waaraan ze nog nauwelijks gevolg hadden kunnen geven.

Het stelt niets voor, probeerde hij zichzelf gerust te stellen. Het is begrijpelijk dat een charmant meisje als Miss Grace de mensen op de plantage wil leren kennen. Hoewel ze uiterlijk in geen enkel opzicht op haar oom Richard leek, scheen ze eenzelfde karakter te hebben als hij. Vriendelijk, open en hartelijk.

En het was alleen maar goed zo, want als toekomstige meesteres van Vannattuppūcci had ze de sympathie van de arbeiders hier nodig, want die waren eerder bereid zich af te beulen voor een baas van wie ze hielden dan voor een baas die ze alleen maar respecteerden.

De weken na het bal brachten niet alleen talloze veranderingen met zich mee, maar veroorzaakten ook onenigheid.

Terwijl Tremayne taken die Cahill altijd had afgehandeld aan Vikrama overdroeg en hem troostte met de mededeling dat hij hem hetzelfde zou blijven betalen en bovendien zijn hulp als juridisch adviseur zeer waardevol vond, zeurde zijn vrouw hem aan het hoofd dat het bal allesbehalve een succes was geweest. 'Ze hebben niet eens oog gehad voor onze dochters, vooral de oudste niet,' beklaagde ze zich. 'De jongste heeft heel aardig met Sophie gepraat, maar dat was dan ook alles.'

'Ze behoren tot een andere klasse dan wij, lieveling,' had Cahill geprobeerd haar te kalmeren. 'Bovendien valt er voor hen op de plantage zo veel te zien dat ze niet voor alle gasten belangstelling kunnen tonen. Ik verzeker je dat onze meisjes nog wel een kans zullen krijgen.'

Mrs Cahill snoof alleen maar en leek in haar herinnering iets te zoeken wat ze als bezwaar tegen de dochters Tremayne kon inbrengen.

'Wat brengt de oudste er eigenlijk toe met die kleurling rond te zwerven?'

'Dat is iets wat ons niet aangaat, lieveling,' zei Cahill weer sussend, maar zelf voelde hij zich zeer onrustig worden. Het was niet de eerste keer dat hij Vikrama met het meisje samen had gezien. Ze gingen merkwaardig vertrouwelijk met elkaar om. De volgende dagen vroeg hij zich af waar Vikrama met haar en de bleke gouvernante naartoe ging.

'Ze wil de taal van de inlanders leren, zodat ze weet wat ze over ons zeggen.' Tremaynes opmerking klonk serieus, alsof hij kwade zin vermoedde. Dacht hij dat de mensen hier hem zouden bedriegen? Of bekroop hem een vermoeden dat de verhouding tussen Vikrama en zijn dochter niet alleen maar die van leraar en leerling was?

Misschien moet ik het hem zeggen, dacht Cahill even, maar hij verwierp de gedachte weer. Het is vast niet van belang. Miss Grace heeft er behoefte aan met mensen van haar leeftijd om te gaan. En de taal leren kennen was belangrijk voor de toekomstige meesteres van Vannattuppūcci, Richard Tremayne had ook Tamil gesproken.

De volgende weken werd Cahill nagenoeg tot nietsdoen gedwongen. Tremayne liet hem dom schrijfwerk verrichten en documenten opstellen waarmee hij hem de streek door stuurde.

'Je lijkt zijn postbode wel,' smaalde Lucy met snerpende stem. 'Die Tamilvent ondermijnt nog eens je positie.'

'Dat zal niet gebeuren, lieve, maak je geen zorgen,' probeerde Cahill haar gerust te stellen, maar de kiem van wantrouwen was gezaaid. Had Vikrama hem echt de loef afgestoken? Had Tremayne in de gaten dat...

Nee, dat was onmogelijk. Niemand wist ervan.

Op een dag, toen hij terugkwam uit Colombo, waar hij voor Mr Tremayne enkele documenten had moeten accrediteren, werd hij opgehouden door Dean Stockton. Die leek enigszins buiten zichzelf en het zag ernaar uit dat hij op hem had staan wachten.

Waarschijnlijk had hij hem door zijn telescoop zien aankomen, bedacht Cahill beklemd. Overal deed het gerucht de ronde dat Stockton daarmee de hele streek kon overzien en bijna alles wat er gebeurde waarnam.

'Goedenavond, Mr Cahill!' Stockton stelde zich zo voor de lichte koets op dat hij niet kon passeren. Als een struikrover, schoot het Cahill door zijn hoofd.

'Goedenavond, Mr Stockton, kan ik iets voor u doen?'

'O, een heleboel, zou ik zo zeggen.'

Daar had hij zich meteen over verbaasd, en zijn verbazing was nog sterker geworden toen de aap uit de mouw kwam.

'Een van de mannen die ik Tremayne ter beschikking heb gesteld, heeft me laten weten dat Miss Grace regelmatig ontmoetingen heeft met Mr Vikrama.'

'Ze leert de taal van hem,' antwoordde Cahill, die het afwisselend warm en koud kreeg.

'Zo, de taal. Mr Petersen zegt iets anders. Hun ontmoetingen zouden vooral 's nachts plaatsvinden, waarbij ze elkaar kussen. Ik geloof niet dat je op die manier de taal leert.'

Cahill was even sprakeloos.

'Hebt u iets dergelijks ook al waargenomen?'

'Nee, Sir, ik zie haar alleen 's middags.'

'Nu, het zou toch goed zijn als iemand haar in de gaten hield. Ik heb haar immers als bruid voor mijn zoon uitgekozen, en we willen toch niet dat hij met een koekoeksjong wordt opgescheept.'

Het begon Cahill te duizelen. Dat mocht in geen geval gebeuren! Hij moest er niet aan denken dat...'Ik zal mijn ogen openhouden, Mr Stockton.' Plotseling bedacht Cahill iets. 'Hoe zit het met Mr Tremayne? Moet ik hem op de hoogte stellen?'

Stockton schudde zijn hoofd. 'Nee, voorlopig niet. We willen hem toch niet verontrusten terwijl hij het druk heeft met de plantage, nietwaar? Pas als er bewijzen zijn, moet u uw baas op de hoogte brengen, voor die tijd alleen mij.'

De plantagebezitter haalde een beurs uit de zak van zijn vest. 'Voor u. Als een kleine onkostenvergoeding.' Voor Cahill hem kon bedanken, wendde Stockton zijn paard en reed weg.

Vanaf dat moment zette Cahill alles op alles om Grace Tremayne te bespioneren. Het is voor de plantage, hield hij zichzelf voor. En voor de bestwil van de jonge Miss. Zo'n jong meisje is makkelijk te verleiden. Overdag gluurde hij nu eens door haar raam, dan weer observeerde hij haar uit de verte. Bewijzen vond hij niet, want hij had geen idee wanneer ze elkaar zagen en welke weg het meisje dan nam.

Dus berichtte hij Stockton bij een volgende ontmoeting dat alles in orde was en dat hij zich geen zorgen hoefde te maken. Wie wist nou wat Petersen kon hebben gezien? 'Bovendien is het mogelijk dat hij haar in diskrediet wil brengen. U hebt vast wel gehoord dat Miss Grace tegen hem in is gegaan toen hij een theeplukster afranselde.'

'Ja, dat verhaal is me ter ore gekomen.' Het peinzende gezicht dat hij trok wees erop dat hij die mogelijkheid nog niet in overweging had genomen.

'Ik ben ervan overtuigd dat de man op wraak uit is. Miss Grace is een welopgevoede jongedame die weet wat er van haar wordt verwacht. Ze zou zich nooit ofte nimmer met zo'n wilde inlaten.'

Dat Stockton die bewering geloofde, bleek de volgende dagen. Het leek of hij nog ander bewijs voor haar onschuld had gekregen, want hij deed geen navraag meer.

Maar Cahill werd al een paar weken later uit de droom geholpen. Op een dag, toen hij zoals gewoonlijk voor een bespreking kwam, heerste er in het huis behoorlijk wat opschudding. In de hal nam hij een van de dienstmeisjes apart en vroeg wat er aan de hand was, temeer daar ook dokter Desmond was gekomen.

'Miss Grace heeft een flauwte gehad. U kunt beter in de werkkamer van Mr Tremayne wachten.'

Miss Grace en een flauwte? Hoe was dat te rijmen? Ze was toch een stevige, gezonde jonge vrouw?

Toen Henry Tremayne twee uur later de werkkamer binnenkwam, zag hij krijtbleek. 'Ach, Cahill, aan u heb ik helemaal niet meer gedacht.'

'Mag ik vragen wat er is gebeurd, Sir?'

Zuchtend zakte Tremayne neer op zijn stoel. Zijn gezicht leek bevroren.

'Mijn dochter...'

'Ze heeft toch hopelijk geen terugval van haar malaria?' vroeg Cahill schijnheilig, want hij wilde natuurlijk niet laten merken dat hij al wist dat het niet om Victoria ging.

'Het betreft niet Victoria, maar Grace...' Tremayne zweeg plotseling, woog zijn woorden zorgvuldig af, toen zei hij: 'Misschien moeten we onze afspraak verzetten. Ik ben op het moment nog te zeer ontdaan.'

Cahill had graag nog gezegd dat hij hoopte dat er met Miss Grace niets ernstigs was gebeurd, maar daar zag hij van af. Hij zou er toch wel achter komen wat er aan de hand was.

Toen hij Lucy over de flauwte van Miss Grace vertelde zei ze prompt: 'Kan het zijn dat ze het niet zo nauw heeft genomen met de moraal?'

'Hoe bedoel je dat?' Daar was het weer, die afschuwelijke gewaarwording van het afwisselend koud en warm krijgen.

'Voor zover ik weet vallen jonge meisjes alleen flauw als ze zwanger zijn. Dat is mij ook overkomen, weet je dat niet meer? Bij Megan.'

Eigenlijk had Cahill zich tijdens Lucy's zwangerschappen niet speciaal met haar klachten beziggehouden. Op een dag was hij thuisgekomen en toen had ze hem de blijde boodschap meegedeeld.

'Ik zeg het je, als er een vent is die haar het hof heeft gemaakt, dan is ze zwanger van hem.'

Die woorden ontnamen Cahill de eetlust en hij zag dan ook af van het avondmaal.

De volgende dag zoemde het nieuws rond op de hele plantage. Miss Grace was vast zwanger. En de baas was buiten zichzelf omdat ze niet wilde zeggen van wie.

Cahill liep nerveus in zijn werkkamer heen en weer. Hij had het geweten! Het moest wel Vikrama zijn. Waarom had hij niet beter opgelet? Waarom had hij Stockton, die blijkbaar bezorgd was vanwege zijn zoon, het verhaal van die vermeende wraak opgedist? Petersen mocht dan wel een schoft zijn, maar hij had zijn ogen niet in zijn zak en was vermoedelijk zijn vroegere baas nog altijd toegedaan.

Het was een ramp! Als hij niet zo veel over Master Richard had geweten, had het hem misschien weinig kunnen schelen dat Miss Grace het met Vikrama had aangelegd. Een verbintenis tussen hen beiden was uiterst riskant en ter wille van Vannattuppūcci had hij eerder moeten ingrijpen. Maar daar was het nu te laat voor.

Hij kon er niet precies achter komen hoe Henry Tremayne had ontdekt dat Vikrama inderdaad de vader van het kind was. Er werd iets gemompeld over een schrift dat bij haar zusje Victoria was aangetroffen. Blijkbaar had ze in haar kinderlijke nieuwsgierigheid de notities van haar zus gelezen, die een soort dagboek over haar escapades had bijgehouden, en was ze daarbij door Miss Giles betrapt.

Henry Tremayne reageerde drastisch. Hij stuurde Petersen en diens makkers erop uit om Vikrama te zoeken en hem een afstraffing te geven. Hij was niet van plan geweest zijn dochter daarbij te laten toekijken, maar het meisje kwam het te weten en liep haar kamer uit nadat Tremayne zijn orders had gegeven.

Het gejammer van het meisje toen ze met die vent kwamen aanzetten, zou Cahill nooit vergeten. 'Laat hem alstublieft gaan!' smeekte ze huilend terwijl ze kronkelde in de armen van de mannen die haar vasthielden.

'Daar piekeren we niet over, Miss!' snoefde Petersen honend. 'Uw vader heeft ons bevolen hem een lesje te leren, en dat krijgt hij nu! Breng hem naar die boom daar, zodat ik hem kan villen!'

'Nee', gilde Grace, zo schril dat Cahill het liefst zijn oren dicht had gehouden. 'Verweer je!' schreeuwde ze uiteindelijk gepijnigd tegen hem. 'Verweer je toch. Laat niet toe dat ze je doodmaken! Denk aan ons kind!'

Dat appèl bracht hem ertoe zich schrap te zetten tegen de mannen die hem in hun greep hadden. Hij keek over zijn schouder en wisselde een blik met Grace, een blik die duidelijk maakte dat alles wat er nu ging gebeuren hen voorgoed uit elkaar zou drijven.

Toen brak Vikrama los. Met bewegingen die Cahill nooit eerder had gezien bevrijdde hij zich uit de greep van zijn belagers en sloeg op hen in. Voor ze het wisten bloedden er twee uit hun neus en viel een derde achterover. Petersen ontrolde bliksemsnel zijn zweep, maar hij kon maar één slag toebrengen en die kwam ook maar half aan, want Vikrama dreef hem met snelle stoten tegen zijn lichaam terug.

'Verdomme, heeft dan niemand een wapen bij zich?' brulde de voorman, maar toen rende Vikrama al weg en verdween nadat hij nog eenmaal naar zijn liefste had omgekeken in de duisternis.

De mannen die Grace al die tijd hadden vastgehouden lieten haar los, ze stormden achter hem aan en verdwenen even later ook in het donker. Het meisje zeeg ineen op de bordestrap. Bijna bezwerend keek ze de duisternis in, waarschijnlijk vurig hopend dat hij het zou redden.

Toen Mr Tremayne naar buiten kwam, waren de verslagen mannen net weer opgekrabbeld. Petersen meldde met zwellende lippen dat Vikrama was gevlucht. Hij voegde eraan toe dat deze als een bezetene om zich heen had geslagen, waarop Grace met een eigenaardig lachje het woord nam. 'Dat was niet de duivel, dat was kalarippayat, idioot.'

Cahill hield het voor de naam van een demon, Henry Tremayne schonk geen aandacht aan haar opmerking. Ruw trok hij zijn dochter overeind.

'Wat heb jij hier te zoeken? Ik had je toch huisarrest gegeven?'

Het meisje wankelde, alsof ze zou flauwvallen, wat in haar toestand niet verwonderlijk was geweest. Maar ze bleef overeind en keek haar vader aan met een uitdrukking op haar gezicht die een fijnbesnaard wezen tot tranen toe zou hebben geroerd.

‘Ze zullen hem niet krijgen, vader, ze zullen hem niet krijgen, daar zullen zijn goden voor zorgen.’

Henry keek haar even met fonkelende ogen aan, alsof hij haar in haar gezicht wilde slaan, toen sleurde hij haar weer het huis in.

Cahill, die in de afgelopen ogenblikken door niemand echt was opgemerkt, leunde tegen de trapleuning. Wat een nacht! Wat een consternatie. Alleen maar omdat hij niets had gezegd. Omdat hij niets had ondernomen toen de tekenen van het onheil al zichtbaar werden.

Ik had Master Henry het geheim van zijn broer meteen moeten vertellen. De gevolgen zouden ernstig zijn geweest, maar lang niet zo verwoestend en uitzichtloos als de huidige situatie.

Uitgeput trok hij zijn zakdoek uit zijn mouw en wreef over zijn voorhoofd. Een gesprek met Mr Tremayne kon hij wel vergeten. Gezien de gebeurtenissen zou hij morgen moeten terugkomen.

De volgende avond kwam Dean Stockton het erf op draven. Intussen was de zoektocht naar Vikrama over beide plantages uitgebreid, en nadat Stockton had gehoord wat er was gebeurd en wat daar de oorzaak van was, had ook hij zijn hulp aangeboden. Zijn mannen zochten eveneens naar de voormalige beheerder, maar tot nog toe waren hun inspanningen niet met succes bekroond. Razend hield hij halt en liep de bordestrap op. Cahill, die in de hal stond te wachten, verwaardigde hij met geen blik; waarschijnlijk zag hij hem in zijn woede gewoon over het hoofd.

‘Ze hadden hem als een hond moeten afschieten!’ tierde Stockton even later in de salon van de Tremaynes, bijna alsof híj de vader van Miss Grace was.

Nou ja, dacht Cahill, hij zou haar schoonvader zijn geworden als Vikrama haar niet zwanger had gemaakt. Weer stak de duistere wetenschap in hem de kop op. Ooit moest hij het Mr Tremayne vertellen. Maar niet nu.

Cahill wist dat het beter was rechtsomkeert te maken en naar buiten te gaan, maar toen zag hij een gedaante op de trap. Miss Grace! Hij trok zich verder in de schaduw terug en verschool zich achter een openstaande deur.

De jonge vrouw merkte hem niet op, ze was te zeer in gedachten verzonken.

'Er is misschien een oplossing,' zei Stockton toen hij weer wat gekalmeerd was.

'Welke dan?' vroeg Henry terwijl zijn vrouw nog steeds door tranen verblind zat te jammeren.

'Er zijn in het dorp vrouwen die de kunst verstaan een vrouw van haar jong te verlossen.'

Zijn woorden regenden op Tremayne neer als versplinterd glas.

'U bedoelt dat ze naar een engeltjesmaakster moet gaan?'

'Ze hoeft er niet naartoe te gaan, u kunt zo iemand hier laten komen. Hier in huis, verborgen voor de blikken van anderen, zou ze de vroegere situatie kunnen herstellen.'

'Maar dat is zondig!' snauwde Henry.

'Wat uw dochter en die bastaard hebben gedaan is ook zondig!' bulderde Stockton woedend. 'U wilt toch tegenover de anderen niet uw gezicht verliezen! Ik zou haar nog steeds als bruid voor mijn zoon accepteren als ze niet meer zwanger is.'

Cahill beet op zijn lip terwijl Grace hem voorbijliep, kaarsrecht en met geheven hoofd, als een koningin. De suggestie van Stockton had ze duidelijk gehoord. Bij de deur stond ze stil, ze aarzelde een moment, toen liep ze naar binnen. En voordat de eigenaar van de naburige plantage nog meer dreigende taal kon uitslaan, zei ze rustig en beheerst: 'Ik houd het kind, Mr Stockton. U kunt me niet dwingen een zonde tegen het leven te begaan.'

Er volgde een stilte op haar woorden. Maar al te graag had Cahill gezien hoe de aanwezigen keken. Mrs Tremayne was zelfs opgehouden met snikken. Waarschijnlijk stonden ze allemaal van schrik aan de grond genageld.

'Vader, moeder, om u voor de schande te behoeden heb ik besloten naar Engeland te gaan en daar mijn kind te krijgen.'

Weer gaf niemand antwoord.

'Het jong van een wilde?' zei Stockton na een tijdje kwaad. 'Miss Tremayne, gebruik toch uw verstand! U kunt in één klap van uw zorgen worden bevrijd.'

'Dus een moord begaan? Waarvoor dan? Omdat u bij mij, zoals u het noemde, een erfgenaam wilde verwekken? Of bent u na onze aanvaring op andere gedachten gekomen?'

'Dat is...'

'... gelogen, nietwaar? Wilt u het zo doen voorkomen, Mr Stockton?'

Er viel een korte stilte, waarna Grace vervolgde: 'U hebt mijn notities toch gelezen, vader! U was er zo op gebrand de schuldige te vinden, maar het is niet Vikrama! Die man daar is de boosdoener, u moest maar eens beter lezen!'

Het gesnuif van Stockton drong buiten de kamer door. 'U kunt dat meisje toch niet...'

'Zwijg, Mr Stockton! Dit is mijn huis, hier bepaal ik wat ik doe. En ik raad u nu echt dringend aan weg te gaan voor ik buiten mezelf raak!'

'Dat zult u nog berouwen, Tremayne!' snauwde Stockton. 'Ik zal ervoor zorgen dat heel Ceylon te weten komt wat voor iemand uw dochter is!'

Daarop stormde hij naar buiten, met grote stappen en snuivend van woede. In de hal mompelde hij iets onverstaanbaars, toen viel er een deur met een klap dicht.

Daarna werd het weer even stil.

'Vader?' fluisterde Grace zachtjes.

'Je gaat zo spoedig mogelijk naar Engeland,' besloot Tremayne met trillende stem. 'Daar zul je het kind krijgen, en we zullen een gezin zoeken dat het wil opnemen.'

'Nee, vader, ik...'

'Ik duld geen tegenspraak!' bulderde Tremayne. ' Naar je kamer, jij, en laat je voorlopig niet meer zien.'

Grace zei niets. Langzaam draaide ze zich om en verliet het vertrek. Vanuit zijn schuilplaats zag Cahill dat de tranen geluidloos over haar wangen stroomden.

De volgende dagen waren zijn diensten niet nodig. Regenbuien verkoelden de lucht, een teken van de beginnende winter in deze streken. Over een maand zou de verrijzenis van de Heiland worden gevierd.

Cahill trok zich terug in zijn werkkamer en wilde met vrouw noch kinderen praten. Wat moest er nu van de plantage worden? De Tremaynes hadden nog een dochter; zij zou Vannattuppūcci erven. Maar hoe zat het met de goede naam van de familie? Stockton zou beslist niet rusten voor Tremayne geruïneerd was, zeker als de bewering van Miss Grace op waarheid bleek te berusten.

Een week later reed er een koets voor op het ronde plein. Miss Grace nam maar weinig spullen mee. Miss Giles zou met haar meereizen, waarschijnlijk om ervoor te zorgen dat Miss Grace geen verdere domheden zou begaan.

Hoe het afscheid van haar familie was verlopen wist Cahill niet, maar behalve Miss Victoria stond er niemand bij de trap om de twee vrouwen uit te wuiven. De koets verliet de plantage en Miss Grace en Miss Giles gingen, zoals Cahill later ontdekte, scheep op een postboot met de naam Calypso om naar Engeland te reizen.

Sinds zijn oudste dochter naar Engeland was vertrokken, was Henry Tremayne zichzelf niet meer. Urenlang sloot hij zich op in zijn werkkamer, beurtelings overspoeld door teleurstelling, woede en vertwijfeling.

Toen verzamelde Cahill al zijn moed. Hij ging er niet van uit dat het nieuws dat hij hem bracht Tremayne zou opmonteren – integendeel zelfs. Maar hij had besloten hem te vertellen wat hij wist om erger te voorkomen.

'Ik heb niets nodig, Mr Wilkes,' riep Tremayne, in de veronderstelling dat het de butler was.

'Ik ben het, Cahill!' fluisterde de advocaat. 'Ik moet u beslist spreken.'

Er volgde een stilte op zijn woorden. Had Tremayne besloten hem te negeren?

'Komt u binnen!' riep hij uiteindelijk.

Bij zijn binnenkomst schrok Cahill, want zo had hij zijn baas nog nooit meegemaakt. Het kwam niet zozeer door zijn kleding. Dat hij geen colbertje droeg was wel vaker voorgekomen. Maar op zijn gezicht waren baardstoppels zichtbaar, zijn mond was een samengeperste bleke lijn en zijn ogen lagen diep in door donkere kringen omrande kassen.

'Wat wilt u, Cahill?' vroeg hij. Ook zijn stem klonk anders. Het was alsof hij de afgelopen dagen jaren ouder was geworden.

'Ik denk dat ik informatie heb die u zou kunnen interesseren.'

Henry trok zijn wenkbrauwen op. 'O ja?'

'Er is iets wat u moet weten, nu...' De boze blik van zijn werkgever bracht hem tot zwijgen. Tremayne stond op van achter zijn bureau, alsof hij zich op hem wilde storten. Maar hij rechtte alleen zijn rug en zei vervolgens: 'Komt u binnen.'

Toen de deur achter hem in het slot viel, schoot er even een gedachte door Cahill heen. Maak het niet erger dan het al is. Maar de teerling was geworpen, er was geen weg terug meer. Zijn werkgever had recht op de waarheid, zodat de sporen van het verleden voorgoed konden worden uitgewist.

'U begrijpt dat ik weinig tijd heb, Mr Cahill,' begon Tremayne terwijl hij naar de stoel voor zijn bureau wees ten teken dat de advocaat kon gaan zitten. 'Dus komt u zo snel mogelijk ter zake.'

Aan het opengeslagen, maar niet gewijzigde orderboek zag Cahill dat Tremayne zijn tijd aan iets anders dan werk besteedde.

'Er zijn zekere ontwikkelingen, zaken die ik bij uw aankomst heb verzwegen omdat ik ze niet belangrijk achtte.'

Henry's gezicht versomberde, maar hij bleef aandachtig zwijgen.

'In verband met de afgelopen gebeurtenissen denkt u vast nog wel eens aan Mr Vikrama.'

Tremaynes gesnuif verried dat hij zich de man nog heel goed herinnerde. 'Wat is er met hem? Heeft hij nog meer uitgehaald dan mijn dochter verleiden?'

'Ik vrees van wel, ook al is het niet zijn schuld, maar die van uw broer.'

'Richard? Wat heeft die ermee te maken?'

Cahill aarzelde en voelde daarbij een bijna perverse opwinding. Eindelijk zou hij zich kunnen bevrijden van de last die hij al zo lang met zich meesleepte.

'Toen uw broer naar Vannattuppūcci was gekomen, kreeg hij een jonge theeplukster in het oog. Bij god, ze was beeldschoon! Gouden huid, pikzwart haar en wonderlijke groene ogen, zoals je ze meestal alleen in Egypte aantreft. Omdat hij de baas was, nam uw broer haar mee, telkens weer. Het arme kind dacht dat hij haar tot zijn vrouw zou maken; gemengde huwelijken tussen Hollanders en inlanders waren immers eerder voorgekomen en hun nakomelingen hadden een zeker aanzien gekregen. Uw broer was echter uit ander hout gesneden. Na een tijdje verloor hij zijn belangstelling voor haar. Maar het was te laat, want ze was al zwanger. Toen ze hem dat vertelde, werd hij vreselijk boos en stuurde haar weg van de plantage. Ze moest in schande terugkeren naar haar geboortedorp. Maar na een tijdje begon zijn geweten op te spelen. Vlak voor de bevalling haalde hij haar terug. Onder de voorwaarde dat ze hem niet zou verraden, dat spreekt vanzelf. Ze baarde het kind, gaf het een naam en bracht het groot. Toen ze stierf, zag Mr Tremayne het als zijn plicht zich om de knaap te bekommeren. Zonder dat hij wist dat Richard zijn vader was, groeide Vikrama op en werd hij een van de belangrijkste mensen op de plantage.'

'Hoe weet u dit allemaal?'

'Uw broer heeft het me vlak voor zijn dood verteld.'

Cahill beet op zijn lip. Ook hier lag de zaak een beetje anders, maar wie zou zich daar druk over maken? 'Hij was van plan zijn zoon tot zijn rechtmatige erfgenaam te laten benoemen, omdat zijn vrouw kinderloos was gestorven en hij niet wilde hertrouwen. Door zijn dood is het er niet meer van gekomen, godzijdank. En ik zag geen aanleiding Vikrama in te wijden, want u bent Richards broer en hebt eerder recht op de plantage dan die vent. Waar zouden we blijven als die wilden de plantages zouden gaan beheren?'

Henry staarde hem sprakeloos aan. Even leek het of Cahills woorden van hem af zouden glijden als regen van een wagenkap. Maar in werkelijkheid sijpelden ze diep door in zijn ziel. 'Die vent is Richards zoon,' mompelde Tremayne, niet gelovend dat God zo'n grap met hem uithaalde.

'Ik had het u al eerder willen meedelen, maar u had het te druk...'

Tremaynes schreeuw van kwaadheid deed hem direct verstommen. Met een woedende zwaai veegde Henry de inktpot van tafel, die rinkelend op de grond viel, en de inhoud stroomde over het parket.

'Dat betekent dus dat mijn dochter zwanger is geraakt van haar neef?'

'Daar komt het op neer.' Alsof hij een klap verwachtte, deinsde Cahill terug.

Volkomen in de war keek Henry zijn advocaat aan. Hoewel zijn mond af en toe open en dicht ging, bracht hij een hele tijd geen geluid uit.

Cahill kreeg het afwisselend warm en koud als hij naar het gezicht van zijn werkgever keek. Tremaynes ogen leken ineens bodemloze putten die erop uit waren hem te verzwelgen.

'U had me meteen moeten vertellen dat mijn broer een bastaard had!'

Daarop had Cahill vooralsnog geen antwoord, want zijn werkgever had gelijk.

'Weet hij het?' vroeg Henry terwijl hij zijn vuisten balde van kwaadheid.

Cahill schudde zijn hoofd. 'Nee, ik denk het niet. Anders had hij zich vast niet met uw dochter ingelaten. Ze zijn toch volle neef en nicht. Zo verdorven zijn zelfs de wilden hier niet.'

Henry, die nu pas de draagwijdte van het gebeurde echt leek te beseffen, zakte terug op zijn bureaustoel.

Zijn zwakte gaf Cahill weer wat moed.

'Ik heb er echt geen rekening mee gehouden dat hij en uw dochter... Miss Grace was toch een echte lady, en de jonge Stockton maakte haar het hof. Niets wees erop dat zij en hij...'

Hoewel, achteraf wees een heleboel daarop. De blikken, Vikrama's fijne glimlachje wanneer hij haar zag, haar gezicht bij het raam...

Precies zo leek ook de vader van Miss Grace het te zien. Ineens sprong hij op, stormde om de schrijftafel heen en vatte Cahill bij de kraag.

'U had beter op die vent moeten letten. Nee, u had hem eruit moeten gooien, en wel meteen nadat u te weten was gekomen wie hij was!'

'Maar uw broer...'

'Mijn broer was waarschijnlijk een nog veel grotere smeerlap dan ik dacht! Hij had zich nooit met die vrouw mogen inlaten. Maar goed dat ze haar bastaard niet over zijn vader heeft verteld!'

Even leek er twijfel bij hem op te komen. Misschien had ze hem toch iets verteld? Maar toen verwierp hij de gedachte weer hoofdschuddend, want dat leek hem blijkbaar toch al te onwaarschijnlijk.

Nochtans zag hij slechts één oplossing voor dit probleem. 'Als hij het lef heeft zich hier ooit nog te vertonen, moet u ervoor zorgen dat die vent verdwijnt, en wel voorgoed!'

'Bedoelt u dat ik...' Cahill hapte naar adem.

'Ja zeker!' snauwde Henry hem toe, waarna hij kwaadaardig glimlachte. 'Omdat u deze informatie zo lang voor mij verborgen hebt gehouden! U gaat de sporen verwijderen, allemaal, welteverstaan. Dan zal ik misschien door de vingers zien dat u me hebt misleid, en u in dienst houden op de plantage. Anders kunt u met uw gezin uw koffers pakken.'

Toen Tremayne hem losliet, had Cahill het gevoel dat hij door de bliksem was getroffen. Minutenlang was hij niet in staat zich te verroeren. Ook kon hij onmogelijk zijn blik afhouden van de van woede kokende man, die een deel van wat hem het dierbaarst was had verloren.

Wat zou je doen als het jouw Megan was geweest? ging het door zijn hoofd. Het antwoord kwam meteen: ik zou die vent vermoorden. En daarmee was duidelijk wat hij ging doen.

Dagen- en nachtenlang had Cahill erop zitten broeden hoe hij Vikrama in een hinderlaag kon lokken. De mislukte poging om hem af te ranselen maakte de advocaat voorzichtig. Die vent is een geoefend strijder, je hebt tegenover hem geen schijn van kans. Om jou te doden heeft hij niet eens een mes nodig.

Maar voor hij de hinderlaag überhaupt kon leggen, moest Vikrama eerst weer opduiken. Zowel Tremaynes als Stocktons mannen zochten nog steeds vergeefs naar hem.

Toen lachte het lot hem voor het eerst na vele weken weer toe. Terwijl hij zoals zo vaak in die tijd slapeloos in zijn werkkamer voor het raam zat, zag hij een gedaante door de tuin sluipen. Hij herkende hem direct aan zijn bewegingen. Maar wat moest Vikrama hier? Grace was al een maand weg. Legde hij het nu met de andere dochter aan?

Vastbesloten trok hij zijn broek over zijn nachthemd aan en schoof hij de la van zijn bureau open. Het metaal van de revolver fonkelde kwaadaardig. Een schot zou beslist mijlenver te horen zijn. Maar er was geen andere mogelijkheid om de vent te overrompelen. Zelfs met een mes zou hij waarschijnlijk zijn mindere zijn. Nadat hij het wapen tussen zijn broeksband had gestoken, verliet hij het huis. Hoe rustig leek het op de plantage! Alleen het ritselen van de bamboe en het ruisen van de bomen klonk als feeëngefluister in de nacht.

Nog net kon hij Vikrama ontwaren, die duidelijk op weg was naar het landhuis. Die vent heeft wel lef, dacht Cahill bijna bewonderend. Zelf zou hij zich hier na de knokpartij niet meer hebben gewaagd.

In de beschutting van de schaduw van de bomen en hagen volgde de advocaat hem. De ramen van het huis waren allemaal donker, als dode ogen waren ze gericht op het ronde plein en het vrijwel gladde wateroppervlak van de fontein, die niet in werking was.

Bij alle moed die Vikrama aan de dag legde, waagde hij het niet door de voordeur te gaan. In de beschutting van de slagschaduwen liep hij om het gebouw heen en verdween uit Cahills gezichtsveld. Wat was die vent nu van plan?

Toen hij om de hoek gluurde, zag hij Vikrama bij een raam dat openstond. Er verscheen een slanke meisjeshand die iets van hem aanpakte. Een langwerpig, in een doek gewikkeld pakje. Vikrama wisselde een paar woorden met haar, die Cahill niet kon verstaan, daarna trok hij zich terug. De hand van de advocaat gleed naar de revolver. Nee, nog niet. Toen Vikrama zich omdraaide, dook Cahill vlug weg in de schaduw. Vikrama kwam terug. Terwijl de voetstappen dichterbij kwamen, verschool Cahill zich achter een van de weelderige rododendrons en wachtte. Ging hij nu weer naar zijn verblijfplaats? Cahill keek naar het huis achter hem. Hoe groot was de kans dat een schot alle bewoners en plantagearbeiders wekte?

Voor hij een antwoord kon bedenken, verdween Vikrama tussen de struiken. Dat was niet de route naar de verblijven. Waar ging hij dan naartoe?

Toen hij er zeker van was dat Vikrama hem niet kon zien, kwam Cahill van achter de struik tevoorschijn en volgde hem. Terwijl hij zelf de struiken in dook en de voetstappen hoorde, werd hem ineens duidelijk waar Vikrama naartoe ging. Naar de plantage. Misschien wel naar de plek waar hij Miss Grace had verleid.

Bij de gedachte aan het naakte lichaam van het meisje en aan wat die twee hadden uitgespookt, kreeg Cahill een droge mond. Hoe graag was hij die bastaard niet voor geweest! Toen riep hij zichzelf weer tot de orde. Hij had een helder hoofd nodig om zijn voornemen uit te voeren.

Dus verdrong hij alle zondige gedachten en concentreerde zich erop zo weinig mogelijk geluid te maken. Vikrama leek geen argwaan te koesteren. De theeplantage, die sinds zijn jeugd zijn thuis was, leek hem zekerheid te bieden. Bijna had Cahill bitter gelachen. Hij heeft niet in de gaten dat de dood hem op de hielen zit. Of toch wel? Merkte hij iets?

Plotseling trok er een golf van hitte door zijn lichaam en baadde hij in het zweet. Het was net als toen hij zijn werkgever de berg op was gevolgd, in de overtuiging daarmee Vannattuppūcci te redden. Als Master Richard niet van plan was geweest zich aan zijn zoon bekend te maken en de leiding van de plantage aan hem – een halve wilde, dacht Cahill nog altijd ontzet – over te dragen, was hij nog in leven geweest.

Cahill had het als zijn plicht beschouwd de plantage niet in handen van een Tamil te laten vallen. Maar wat hij ook had gezegd, het had niet geholpen. Nadat hij hem op de Adam's Peak had ingehaald, hadden ze ruzie gekregen, wat ertoe had geleid dat Master Richard in de afgrond stortte.

Cahill zag weer het gehavende lichaam voor zich, maar in de overtuiging dat alleen de dood Master Richard ervan kon weerhouden een grote stommiteit te begaan, had hij geen aanstalten gemaakt om hem te redden. Per slot van rekening, zo had hij zichzelf wijsgemaakt, had dat tot geluk van de plantage gestrekt – en de redding ervan – want wie zou er nog handel willen drijven met een plantage die in handen van een inlander was?

Nu was het hetzelfde, weer zou hij de redder zijn, want hij zou het bewijs van Richard Tremaynes ontrouw en zijn rechtmatige erfgenaam vernietigen. Grace kon hij daarmee niet meer helpen, maar Vannattuppūcci misschien wel.

Zo zachtjes mogelijk spande hij de haan van de revolver. Zal ik die kleurling vertellen dat hij zijn nicht zwanger heeft gemaakt? Dat hij de bastaard van Richard Tremayne is? Nee, dat zou hem ertoe kunnen brengen om mij net zo erg in elkaar te slaan als de mannen van Tremayne.

Hij haalde diep adem en haalde de trekker over. De knal werd als donder weerkaatst door de bergen. Wie zou het schot kunnen hebben gehoord? Een bang ogenblik zag Cahill zijn hoofd al in de strop steken, maar toen bedacht hij dat hij in opdracht van zijn werkgever handelde. Dat die hem dankbaar zou zijn voor de daad die zijn mannen met grof geschut niet hadden kunnen voltrekken.

Het schot velde Vikrama als een boom. Met een gekreun dat door de echo van de knal nauwelijks hoorbaar was, zakte hij in elkaar. Cahill staarde hem ongelovig, bijna geschokt aan. Toen bedacht hij dat hij het lijk moest laten verdwijnen. Zo goed dat niemand het zou kunnen vinden. In zijn vertwijfeling, uit angst voor straf, vond hij algauw een oplossing. Hij had een spade nodig. En hij wist ook waar hij die kon vinden. Met bonkend hart rende hij terug naar het huis. Het schot had niemand gewekt. De ramen van het landhuis waren allemaal donker.

Ineens leek het theeveld hem vijandig gezind, de schaduwen eromheen fluisterden verwijten in zijn oren en de wind zong een klaaglied voor het leven dat hier was weggenomen. De keurig uitgegraven theestruik leek op een wachter die niet van plan was zijn functie goed te verrichten.

Een mens doden was vers één, maar een lijk wegwerken was een ander verhaal. Hoewel hij het lichaam in een doek had gewikkeld, leek Vikrama's blik hem te achtervolgen.

Nu beulde Cahill zich onder de ogen van de dode af en meende zijn stem te horen fluisteren. *U hebt me mijn vader ontnomen, mijn geliefde, mijn leven. Kunt u zich voorstellen welke straf daarop staat?*

'Van straf zal geen sprake zijn,' mompelde Cahill bij zichzelf. 'Niemand komt het te weten. Iedereen zal het verhaal geloven dat je baas laat rondgaan.'

Toen de kuil diep genoeg was, kwam hij overeind en trok zijn nachthemd uit, dat aan zijn huid gekleefd zat door het zweet. Een aangename koelte streek over zijn rug.

Het is zo klaar. Morgen zal je werkgever je ervoor belonen. Hij pakte de dode bij zijn benen en sleepte hem naar de rand van het gat. Daarbij schoot de doek los die hij om hem heen had gewikkeld. De open ogen staarden hem nu doods aan. Even scheen het hem toe dat hij de gehavende Richard Tremayne weer voor zich zag, liggend op een rots. Ontsteld gaf hij de jongeman een trap, waardoor deze in de kuil belandde. Door de doffe klap van de val heen meende hij gekreun te horen. Leefde hij misschien nog?

Cahill werd door angst overvallen. Nog een schot wilde hij niet riskeren.

Als hij eenmaal door de aarde is bedekt, zal het kreunen hem wel vergaan. Vlug ging hij aan het werk en hij schepte koortsachtig de aarde terug in de kuil.

Die nacht begon het. Hij hoorde weer de stem van de dode, zijn aanklachten en zijn dreigementen zodra hij zich naast zijn vrouw ter ruste legde. Die sliep allang, en omdat hij bang was voor vragen, zag hij ervan af haar wakker te maken en te vragen of zij het ook hoorde.

Wanneer Cahill zijn ogen sloot, zag hij het gezicht van Vikrama weer duidelijk voor zich. De verraste blik toen de kogel hem trof, het wegstervende licht in zijn ogen. En ook Richard Tremayne die hem verbaasd en verwijtend aankeek voor hij in de afgrond stortte.

Ik moest het wel doen, mompelde hij. Begrijpen jullie het dan niet? Ik moest wel.

Maar de stemmen lieten hem niet met rust. Ze fluisterden hem van alles toe wat hij niet wilde horen, geheime verlangens, zwarte vlekken op zijn ziel, duistere herinneringen. De hele nacht hielden ze hem wakker, tot eindelijk de ochtend aanbrak en het tijd was om zijn werkgever mee te delen wat er was gebeurd. Die had vast het schot in de nacht gehoord, en misschien vermoedde hij al dat het probleem uit de wereld was.

Toen hij uren later in de werkkamer van zijn baas zat, klonken de stemmen wat zachter, alsof ze wilden horen wat Tremayne zou zeggen. Fluisterend maanden ze hem ook de moord op zijn broer te bekennen, een moord die was begaan vanuit de diepgaande overtuiging dat het niet goed zou zijn als Richards zoon ooit het roer zou overnemen. De plantage moest in Britse handen blijven. Dat moest gewoon, omdat er in Cahills wereldbeeld geen alternatief bestond.

'Ik neem aan dat de zaak is afgehandeld,' zei Henry, die uit het raam stond te kijken, zonder zich om te draaien. Nu leek hij veel rustiger, beheerster. Alsof er een last van hem af was gevallen. Doordat de geliefde van zijn dochter verdwenen was, kon hij zichzelf wijsmaken dat alles in orde was. Grace zou in het diepste geheim in Engeland haar kind ter wereld brengen. Misschien kon een kindermeisje de baby onder haar hoede nemen en zeggen dat het haar kind was. Er zou van alles mogelijk zijn als Grace eenmaal in Engeland was aangekomen.

'Ja, het is gebeurd.' Cahill haalde een zakdoek uit zijn jasje en wiste het zweet van zijn voorhoofd. 'Ik heb hem in het nieuwe theeveld begraven. Het ging gemakkelijker dan ik had gedacht.' Zijn onzekere lachje weerklonk vervormd in zijn hoofd.

'En niemand heeft het gezien?'

'Niemand, Sir. Ik had gedacht dat er mensen wakker zouden

worden van het schot, maar dat was niet het geval.'

Tremayne knikte tevreden. 'Goed werk, Mr Cahill. Inmiddels zal mijn dochter wel in Engeland zijn aangekomen. We zullen snel een oplossing vinden, en u kunt zich weer als beheerder beschouwen.'

'Hartelijk dank, Sir, u bent al te goed.'

Cahill had nooit kunnen denken dat hij niet lang van zijn herwonnen positie zou kunnen genieten. Al na twee weken verloor hij de strijd tegen de stemmen in zijn hoofd. Dat hij zijn slechte geweten, zijn vreselijke daden aan het papier had toevertrouwd, had niet geholpen. Voor de geesten van de doden was dat als schadeloosstelling niet genoeg.

Nadat hij naakt en huilend het erf op was gelopen en daarmee de theeplueksters en de vrouw des huizes flink schrik had aangejaagd, werd hij na grondig onderzoek door dokter Desmond opgenomen in het krankzinnigengesticht in Colombo. Gevangen in een dwangbuis, in een donker gat waar nauwelijks licht binnenkwam, was Cahill hulpeloos overgeleverd aan de verwijten en beschimpingen van zijn slachtoffers. De regelmatige morfine-injecties, die het medicijn daartegen werden geacht, versterkten de stemmen nog eens, zodat er voor hem niets anders op zat dan zich uit te leveren en zijn geest volkomen op te geven.

18

VANNATTUPPŪCCI TEA COMPANY, 2008

Slaperig keek Diana in de spiegel. Het verhaal van Cahill had bijna de hele nacht gekost. Ze was wel een paar uur onder zeil geweest, maar voelde zich niet uitgerust en was terneergeslagen door de ontdekking van de misdaad, waar niemand meer voor zou kunnen boeten.

Onder het lezen was ze vanwege de schreeuwende onrechtvaardigheid in tranen uitgebarsten, maar Jonathan was bij haar geweest, had haar opgevangen en in zijn armen gewiegd, had haar de kracht gegeven om verder te lezen.

Ze vond het terecht dat Cahill door zijn slechte geweten tot waanzin was gedreven. Maar al te graag had ze Henry hetzelfde toegewenst, maar die was, ook al had hij het niet meer gemerkt, op een andere manier gestraft. Langzaam maar zeker was zijn familiestamboom verdord; zijn naam was samen met beide dochters verdwenen en ten slotte waren er alleen nog maar nakomelingen van de tak die hij het liefst had uitgeroeid. Blijkbaar bestond er op de wereld toch zoiets als karma.

Bij het ontbijt troffen ze Manderley, die hen bijna afwachtend aankeek, maar te beschroomd was om haar meteen de vraag te stellen die hem op de lippen brandde.

'Hebt u goed geslapen?'

Diana schudde glimlachend haar hoofd. 'Nee, maar dat is niet erg. Ik ben door uw vondst wakker gehouden en weet nu wat er met mijn betovergrootmoeder is gebeurd.'

'Aha...' Nerveus wrong de bedrijfsleider zijn handen. De anders zo zelfverzekerde man leek net een schooljongen die straf verwachtte.

'Het is echt zware kost die onder het omslag verscholen zit.' Ook al vroeg hij er niet naar, Diana merkte toch dat hij graag wilde weten wat zijn familielid had uitgehaald.

'Hij heeft mijn betovergrootvader vermoord en in het theeveld begraven,' vertelde ze hem. 'Daarna begon hij stemmen te horen, wat op den duur tot opname in het gesticht in Colombo heeft geleid. De instelling die in mijn oude reisgids als bezienswaardigheid werd aangemerkt.'

'De mensen keken vroeger toch wat anders tegen die dingen aan,' antwoordde Manderley schuchter, maar ook een beetje opgelucht. 'Ik heb altijd al gedacht dat mijn voorvader een moord had gepleegd, anders had mijn familie hem niet hoeven doodzwijgen Stelt u zich voor, in mijn familiegeschiedenis is zijn naam doorgestreept. Iemand moet de bekentenis hebben gelezen, misschien wel zijn eigen vrouw, maar toen was het al te laat om hem nog te vervolgen. Als ik het me goed herinner, is Cahill twee maanden na zijn opname in het gesticht gestorven doordat hij zich in zijn eigen tong verslikte.'

'Vreselijk,' fluisterde Diana terwijl ze zich probeerde voor te stellen hoe de laatste uren van de man eruit moesten hebben gezien. Goedmoedig als Grace was, zou ze hem zo'n lot niet hebben toegewenst. Of misschien toch wel?

'Het spijt me van uw betovergrootouders,' zei Manderley gegeneerd. 'Ik wist dat er een donkere schaduw over onze familie lag. Dat is de reden waarom we ons niet van deze plek kunnen losmaken.'

'Dat is nergens voor nodig. Het is lang geleden en uw familie heeft niets met de daden van uw voorvader te maken. En als er al sprake is van een schaduw, dan is die nu verdwenen, want u hebt licht op de gebeurtenissen van destijds geworpen.'

Manderley knikte, waarna hij zijn aandacht op het kokende theewater richtte.

Met het prettige gevoel dat ze geen verdere informatie meer nodig had om het gebeurde te reconstrueren, pakte Diana die middag haar tas in, en daarna haalde ze de brief tevoorschijn. Eigenlijk verwachtte ze geen grote verrassing meer, maar toch nam ze hem mee naar Jonathans kamer, omdat daarmee het laatste steentje in het mozaïek kon worden gelegd.

'Het is zover,' verkondigde ze toen hij van zijn bagage opkeek. 'We nemen afscheid van Vannattuppūcci, dus kunnen we hem openmaken.'

Jonathan pakte haar hand vast en trok haar mee naar de rand van het bed.

Nadat ze diep adem had gehaald verbrak Diana het zegel en haalde de twee blaadjes uit de envelop.

Mijn zeer vereerde huis,

Twintig jaar is verstreken sinds onze familie naar Vannattuppūcci kwam, je vertrekken in beslag nam en probeerde ze met leven te vullen. Nu zal ik deze plek voor altijd verlaten, als gelukkige vrouw en moeder van mijn kleine Deidre, die inmiddels al weer twaalf is. Iemand moet zich om Tremayne House bekommeren voor het helemaal in verval raakt. Omdat mijn zus Grace door mijn vader onterfd is, zie ik me genoodzaakt met Noel en Deidre naar Engeland terug te gaan en de verplichtingen daar op me te nemen.
Maar voor ik ga, is er iets waarover ik mijn hart moet luchten. Iets wat eigenlijk nooit mag uitkomen en wat ik alleen jou kan toevertrouwen. Ik wil het liever niet naar Engeland meenemen en het in plaats daarvan hier achterlaten, op de plaats waar ik me een schuld op de hals heb gehaald.
Soms word ik door de beelden van toen achtervolgd alsof het gisteren is gebeurd. Af en toe meen ik de stem van Grace te horen of haar door het park te zien wandelen. Dan komen de tranen, want de herinnering aan onze gelukkige dagen is gewoonweg te pijnlijk.

Alles werd anders op de dag dat Grace flauwviel en de dokter constateerde dat ze zwanger was. Mijn ouders braken zich het hoofd over de identiteit van de vader, want Grace zweeg en keek alleen maar met een lege blik naar het plafond toen ze haar ernaar vroegen.
Maar de waarheid komt op een of andere manier toch aan het licht.
Het gerucht ging dat Miss Giles mijn vader Grace' geheime notities heeft toegespeeld nadat ze ze bij mij had aangetroffen. Maar dat klopt niet. Ter ontlasting van haar arme ziel beken ik dat ik persoonlijk het schriftje aan vader heb gegeven. Daarmee wilde ik Grace niet schaden, ik wilde papa eerder laten zien wat haar tot die stap, tot haar liefde, waarvan ik sinds kort wist, had bewogen.
Ik hoopte dat hij het zou begrijpen, dat hij mildheid zou betrachten in plaats van woedend te zijn omdat Grace de naam van de vader van haar kind verzweeg.
Maar uiteindelijk is mijn goedbedoelde daad de oorzaak van alle ellende geweest. Alles is kapotgegaan, en ik heb mijn zus waarschijnlijk voorgoed verloren.
De brief waarin ik haar heb meegedeeld dat Vikrama naar haar toe zou komen, heeft ze niet beantwoord, net zomin als alle andere brieven waarin ik haar om vergeving heb gevraagd en mijn hulp heb aangeboden. Ik ben erachter gekomen dat ze in een kleine stad in Duitsland woont, en heb ontdekt dat ze getrouwd is en een dochter heeft gekregen. Maar op mijn brieven krijg ik nog steeds geen antwoord. Heeft ze eigenlijk wel geweten dat Vikrama naar haar toe wilde komen?
Op die vraag zal ik wel nooit antwoord krijgen, want de knappe Tamil is van de ene op de andere dag spoorloos verdwenen. Ik neem aan dat hij niet meer leeft, want ineens werd het zoeken naar hem gestaakt en keerde de rust terug in Nuwara Eliya. Waarschijnlijk heeft een van Stocktons bloedhonden hem te pakken gekregen en laten verdwijnen. Ik zie geen enkele aanleiding voor een optimistischer verklaring.

Het is zover, de koets rijdt voor. Ik laat deze brief nu achter op de plaats waar Grace altijd uitkeek naar haar geliefde en die ik ter herinnering heb voorzien van het teken van onze plantage, de vlinder. Het kostbare gordijn dat onze kamer sierde is grotendeels versleten, maar er is nog een stuk van over. Als sjaal zal het me aan de tijd hier herinneren.
Vaarwel, Vannattuppūcci. Ik zal je missen!

In liefde,

Victoria Princeton, geboren Tremayne

Stilte omgaf hen toen Diana klaar was met voorlezen. Zij noch Jonathan kon een woord uitbrengen. Terwijl ze naast elkaar op het bed zaten luisterden ze naar het ruisen van de bomen, dat een ver gefluister uit het verleden leek te zijn.

'Dan heeft Victoria haar zus dus verraden,' verbrak Jonathan de stilte.

Diana knikte. 'Dat zou je kunnen zeggen. Dat was de schuld die ze wilde inlossen. De schuld waarvan Grace niet op de hoogte was.'

Jonathan sloeg zijn arm om haar heen. 'Daarmee staat alles op een rijtje. Het raadsel is opgelost.'

'Niet helemaal,' wierp Diana tegen. 'We hebben nog altijd het palmblad. Hoewel ik niet weet of ik de inhoud ervan echt wil weten. Wat moet ik bij alles wat ik over mijn familiegeschiedenis te weten ben gekomen nog met een voorspelling?'

'Je kunt nagaan of die klopte. Voor het geval dat je zelf een dergelijke horoscoop wilt laten maken.'

Diana nestelde zich in zijn arm. 'Wil ik mijn toekomst dan echt kennen? Weten wanneer ik zal falen en wanneer ik succes zal hebben? Waar moet ik me dan nog door laten verrassen?'

'Ik denk dat die horoscopen alleen maar richtlijnen voor het leven zijn,' zei Jonathan. 'De wegen van mensen kunnen veranderen. Vooral als ze beseffen waar ze een fout maken.'

'Maar denk je niet dat je je lot juist vervult door te proberen het te ontlopen?'

'Daar zit wat in.' Hij streek met zijn wang langs haar haar. 'Weet je, ergens vind ik het prettig dat we meer gemeen hebben dan we eerst dachten.'

'Onze Tamilafkomst.'

'Precies. Misschien kende een van mijn voorouders wel die van jou. De Indiase Tamils die door de Britten werden meegebracht, zijn immers afkomstig uit een en dezelfde streek. Ze zaten misschien wel op hetzelfde schip.'

'Nou, hopelijk zijn we niet ook nog zo nauw met elkaar verwant als Grace en Vikrama.' Dat besef gaf haar nog altijd een onprettig gevoel. In koningshuizen mochten er dan huwelijken hebben plaatsgevonden tussen volle neven en nichten, maar het idee binnen de familie te moeten trouwen wekte onbehagen bij Diana.

'Nee, dat zijn we absoluut niet.' Jonathan pakte haar hand en kuste die.

Een uur later verlieten Diana en Jonathan Vannattuppūcci nadat ze Manderley hadden bedankt en hem hadden beloofd een samenvatting van de gebeurtenissen te sturen voor zijn kroniek.

De chauffeur stond ruim op tijd voor de poort en bracht hen in snel tempo door de rimboe naar het kleine station waar ze meer dan een week geleden waren aangekomen.

Terwijl de overvolle trein naar Colombo denderde, keek Diana wat weemoedig naar de bergen van Nuwara Eliya. Nu ze wist dat hier een deel van haar achtergrond lag, viel het haar zwaar zomaar weg te gaan. Ik kom terug, beloofde ze zichzelf in gedachten. Ooit.

Bij hun aankomst in het dorp was er ditmaal geen feest aan de gang. De rijen hutten aan het strand waren in stilte gehuld. Alleen een paar kinderen buitelden rond in het zand en renden krijsend achter een lichtbruin hondje aan dat met zijn tong uit zijn bek aan zijn achtervolgers probeerde te ontkomen.

Zou Vijita terug zijn? vroeg Diana zich nerveus af terwijl ze de koker uit haar rugzak haalde. Toen ze hem openmaakte, prikte het palmblad in haar handen. Wat kon dit haar nog vertellen? Was het de voorspelling voor Grace of voor Vikrama? En was die uitgekomen zoals het duizend jaar geleden was opgetekend?

Jonathan deed in het dorp navraag naar Vijta en kwam toen weer naar haar toe gelopen.

'We boffen, hij is weer terug. Niet honderd procent genezen, maar zijn zoon denkt dat we hem wel kunnen spreken.'

De hut van de oude man was heel netjes, maar in westerse ogen een krot. Er stonden een eenvoudig bed, een kleine tafel, waarvan de poten een beetje scheef waren, twee stoelen die er niet veel beter uitzagen en een ladekast waarin de oude man waarschijnlijk zijn hele hebben en houden bewaarde, dat vermoedelijk uit een paar kledingstukken en wat aandenkens bestond.

Toen ze binnenkwamen zat hij op het bed, gekleed in een overhemd en een traditionele sarong, met sandalen aan zijn voeten. Met een tandeloze glimlach begroette hij zijn gasten, hij bekeek Diana aandachtig en beduidde hun toen dat ze moesten gaan zitten.

Omdat de man alleen maar Tamil en Singalees sprak, voerde Jonathan het woord en overhandigde hem het palmblad. De oude man bekeek het met gefronst voorhoofd en sprak toen vlug enkele woorden.

'Wat zegt hij?' fluisterde Diana. 'Kan hij er iets mee beginnen?'

'Ik denk het wel,' antwoordde Jonathan op gedempte toon. 'Hij denkt dat het palmblad niet uit een bibliotheek afkomstig is.'

'Komt het niet uit een bibliotheek?' Diana trok haar wenkbrauwen op. 'Maar...'

'Hij zegt dat deze horoscoop voor een huwelijk is gemaakt. Het is gebruikelijk de horoscopen van bruid en bruidegom te vergelijken voor hun trouwen. Dat moet ongelukkige verbintenissen voorkomen.'

Opnieuw zei de oude man iets in zijn typische staccato. Jonathan gaf antwoord, vervolgens leken ze met elkaar te discussiëren. Misschien had ik me door hem wat woorden moeten laten bijbrengen, bedacht Diana, net zoals Grace had gedacht.

Ten slotte verklaarde Jonathan: 'Hij weet het heel zeker: het palmblad is een huwelijkshoroscoop.'

‘Maar Grace heeft het toch over een palmblad gehad dat haar familie ongeluk had voorspeld.’

‘Dan moet dat er een zijn geweest dat alleen als afschrift bestond. Omdat palmbladeren door de Tamils altijd al als schrijfpapier werden gebruikt, werd ook de voorspelling voor R. Vikrama op een palmblad opgetekend.’

‘Is het Vikrama’s huwelijkshoroscoop?’

‘Ja. Waarschijnlijk wilde hij hem meenemen om in Engeland met Grace te trouwen. Als Mr Vijita zich niet vergist, is dit blad hoogstens honderdtwintig jaar oud.’

Het eerste wat in Diana opkwam was dat Michael beslist erg verbaasd moest zijn over de resultaten van het ouderdomsonderzoek. Pas nu dacht ze eraan dat ze sinds ze aan hun werk in het archief van Vannattuppūcci waren begonnen haar mail niet meer had gecheckt.

‘Jammer,’ zei ze een beetje gedesillusioneerd, ‘jammer dat Vikrama niet meer met haar heeft kunnen trouwen.’

‘Ja, dat is het zeker.’ Jonathan dacht even na, toen glimlachte hij. ‘Maar ergens ben ik blij dat het zo is gelopen.’

‘Waarom?’

‘Als Vikrama echt met je betovergrootmoeder was getrouwd, hoe was jullie leven dan verlopen? Dan was je beslist niet op mijn weg gekomen omdat je op zoek was naar je familiegeschiedenis. En dat zou verdomd jammer zijn geweest.’

Al een dag later, na een kort verblijf in Jonathans huis, moest Diana vertrekken. Jonathan liet zich niet de gelegenheid ontnemen om haar naar het vliegveld te vergezellen, om nog een paar uur samen met haar door te brengen. Ze hadden de nacht ervoor veel gepraat, over verleden, heden en toekomst.

Het duizelde Diana, maar ze voelde zich ook gelukkig. Het raadsel van de Tremaynes was eigenlijk opgelost. Ze had Emmely’s wens vervuld en kon nu verder, met de wetenschap van haar ongewone afkomst.

Dat ze afscheid moest nemen brak bijna haar hart.

‘Ik zal je zo missen, jou en Sri Lanka.’

‘Je vaderland, zo je wilt.’

‘Ja, mijn vaderland, althans voor een klein deel.’

‘We zien elkaar terug,’ zei Jonathan en hij kuste haar hartstochtelijk. ‘Maak jij je leven op orde, ik zal ervoor zorgen dat ik mijn boek afmaak. Dan gaan we kijken hoe het verder moet met ons.’

Nog even hielden ze elkaar vast, toen moest Diana weg. Achter de afscheiding zwaaide ze nog eenmaal naar hem, toen draaide ze zich om, zodat hij haar tranen niet kon zien.

Tijdens de vlucht keek Diana nog eens alle documenten door die ze had verzameld en waarvan ze dankzij Mr Manderley kopieën had gekregen. Mr Green zou grote ogen opzetten!

Toen het vliegtuig in Berlijn landde, had ze een besluit genomen. Ze zou een tijdje naar Engeland gaan en daar niet alleen de feiten over haar familiegeschiedenis op een rijtje zetten, maar ook proberen zich in het Engelse recht te specialiseren. Dat Eva het kantoor in Berlijn uitstekend kon leiden, had zij tijdens haar korte afwezigheid wel bewezen. Nu het geheim voor een groot deel was ontsluierd, werd het tijd om een nieuw leven te beginnen.

Gelukkig was Philipp er niet toen ze thuiskwam. In gedachten verzonken keek ze naar de gevel van het gebouw, een gevel die de ondergang van haar huwelijk goed had verborgen. Maar dat was nu afgelopen. Hoewel haar hart bloedde bij de gedachte afscheid van dit huis te moeten nemen, wilde ze er geen moment langer vertoeven dan nodig was. Ze had de afgelopen weken zo veel licht in de schaduw van haar familie gebracht dat ze zelf ook niet in de schaduw wilde blijven.

Ze belde dan ook met een studiegenoot die in familierecht gespecialiseerd was, en vroeg of ze een afspraak kon maken; gelukkig had hij al de volgende dag tijd. Toen meldde ze zich bij Eva en kondigde aan dat ze ’s middags kwam.

Toen ze de slaapkamer in liep om zich om te kleden, bleef ze meteen staan. Op de sprei lag een onderbroekje, Niets bijzonders, een gewoon lichtgroen slipje met kant. Maatje s, schatte Diana.

Omdat het niet waarschijnlijk was dat Philipp ineens damesondergoed was gaan dragen, moest deze trofee wel van een meisje afkomstig zijn.

Terwijl die aanblik haar weken eerder witheet zou hebben gemaakt, glimlachte ze nu slechts even, bevestigd in haar voornemen, en ze begon haar garderobekast leeg te ruimen en de kledingstukken die ze wilde houden in een koffer te pakken. De rest stopte ze in een grote vuilniszak, die ze op weg naar het hotel in een Rode Kruiscontainer zou deponeren.

Nadat ze de koffer en de vuilniszak in haar Mini had gezet, liep ze naar haar werkkamer. Philipp had een paar brieven op het bureau gelegd. Wat rekeningen en reclame, een ansichtkaart en een aanbieding voor een reis naar India. Op de rekeningen na verwees Diana alle post ongezien naar de prullenmand.

Blij dat ze nooit een voorliefde voor snuisterijen had ontwikkeld begon ze twee grote kisten die ze om de een of andere reden had bewaard met schriften, boeken en schrijfwaren te vullen. Ook de rekeningen pakte ze in; Philipp zou zich er niet over hoeven te beklagen dat hij ook maar iets voor haar moest betalen.

Ten slotte ging ze aan haar bureau zitten en schreef een brief aan Philipp waarin ze hem uitlegde dat het tijd werd dat ze ieder huns weegs gingen. Voor haar en voor hem. Over haar familiegeschiedenis vertelde ze hem niets, maar ze gaf wel het ontraadselen van het geheim aan als reden om een nieuwe start te maken. Nadat ze hem nog veel geluk in zijn verdere leven had gewenst, zette ze haar handtekening en deed de brief in een envelop die ze in zijn werkkamer neerlegde.

Net op het moment dat ze de eerste kist de trap af wilde slepen, ging de telefoon. Eerst wilde ze het negeren, maar toen de telefoon nadrukkelijk bleef rinkelen, nam ze op. Toen ze Mr Green hoorde, wist ze dat ze daar goed aan had gedaan.

'Ik hoop dat u goed in Duitsland bent aangekomen, Miss Diana.'

'Dank u, Mr Green, heel goed zelfs. Als we elkaar weer zien, heb ik u een heleboel te vertellen – en u hebt me wat uit te leggen.'

Ook al kon ze hem nu niet zien, ze wist dat hij nu glimlachte.

'Mijn tante had u ingewijd, nietwaar? U hebt alle aanwijzingen zo neergelegd dat ik ze wel moest vinden.'

'Hoe bent u daarachter gekomen?'

'U hebt me tijdens mijn verblijf in het Hills Club Hotel een foto gemaild die niemand van mijn familie kende, het was altijd een groot raadsel waar het graf van Grace zich bevond. Iemand moet hem Emmely hebben toegespeeld, of mijn grootmoeder heeft hem bij zich gehad. Mijn moeder wist niets van het kerkhof waar Grace is begraven, en Emmely heeft die aanwijzing vast goed bewaard. Dus moet zij u hebben ingewijd.'

Aan de andere kant van de lijn bleef het stil. Hij glimlachte vast nog steeds.

'Ik moet zeggen dat de brief onder de sarcofaag erg goed was bedacht. Toch verdacht ik u daar toen al van. Niemand laat zo'n brief in een grafkelder liggen.'

'Gefeliciteerd, Miss Diana! U doet Sherlock Holmes alle eer aan!'

Diana glimlachte toen haar te binnen schoot dat Jonathan haar zo had genoemd. Wat zou hij nu doen? Dacht hij aan haar, verlangde hij naar haar?

'Ik bel u niet alleen om naar uw welbevinden te informeren. Er is hier zojuist een heer aangekomen die u wil spreken. Ik heb hem gezegd dat u er niet was, maar hij stond erop dat ik u zou bellen, omdat hij u iets belangrijks te vertellen heeft.'

Diana kreeg een vermoeden en onwillekeurig begon ze te trillen. 'Dank u zeer, Mr Green, geeft u hem mij alstublieft.'

Toen ze Jonathans stem hoorde, kreeg ze het warm en koud tegelijk. Wat had hij in Engeland te zoeken? Hij wilde toch een boek schrijven!

'Ik moet zeggen dat het een prachtig landgoed is. Na wat renovaties zou je hier goed kunnen wonen, schat ik. Wat denk je ervan?'

Diana dacht even dat ze geen lucht meer kreeg. 'Ik was net van plan een tijdje naar Engeland te gaan. Het kantoor hier loopt, en ik heb er geen behoefte aan met Philipp in de clinch te liggen. Hij krijgt het huis hier en ik ga in Tremayne House wonen.'

'De scheiding is dus een voldongen feit?'

'Wat mij betreft in elk geval wel. De benodigde papieren breng ik vandaag nog naar mijn advocaat.' Ze vertelde hem niets over het slipje op het bed. 'Daarna ga ik met mijn vennoot praten. Ik weet nog niet precies of ik mijn aandelen ga verkopen of stille vennoot blijf. In elk geval zal ik me inschrijven voor een studie in Engeland.'

'Je wilt opnieuw beginnen.'

Diana keek dromerig naar het dunne witte bandje om haar pols, dat ze als talisman op de Tamilbruiloft had gekregen. Het had de nodige beproevingen en douchebeurten doorstaan en zat dicht op haar huid. 'Op Sri Lanka had ik het gevoel dat ik niet alleen naar mijn familiegeschiedenis op zoek was, maar ook naar mezelf. Ik denk dat ik mezelf nu heb gevonden. Bovendien kan het heel spannend zijn om opnieuw te beginnen, vind je niet?'

'Hoort het opnemen van een medebewoner op Tremayne House daar ook bij?'

Nu bonsde haar hart zo wild dat ze vreesde last van oorsuizingen te krijgen. 'Wat zeg je daar?'

'Laten we het zo zeggen: ik ben eveneens van plan een tijdje in Engeland te blijven, want mijn boek kan ik ook hier afmaken – en dan kan ik het meteen aan een Engelse uitgever aanbieden. Kan ik een tijdje onderdak bij jou krijgen?'

Het kostte Diana moeite het niet als een dolle tiener uit te gillen. Even beet ze in de rug van haar hand om weer bij zinnen te komen, toen antwoordde ze: 'Ik denk dat er nog wel een kamer vrij is. Ik zal Mr Green laten weten dat hij die in orde moet brengen.'

Drie dagen later haalde Jonathan haar af op Heathrow. Intussen had Diana de belangrijkste zaken afgehandeld en kon ze zich gaan bezighouden met haar nieuwe leven.

'Ik heb je zo gemist,' fluisterde ze in Jonathans oor nadat ze elkaar hartstochtelijk hadden gekust.

'Maar het heeft slechts een paar dagen geduurd,' antwoordde hij met schelms flonkerende ogen.

'Een eeuwigheid!' repliceerde Diana, waarna ze haar arm in de zijne stak.

Later, toen ze in de keuken zaten en Mr Green zich niet de kans liet ontgaan hen met thee en gebak te verwennen, spreidden ze op de lange, door talloze kerven beschadigde houten tafel het resultaat van hun onderzoek uit. 'Gaat u toch zitten, Mr Green,' zei Diana nadat ze een tijdje naar de rondscharrelende butler had zitten kijken. Hij wilde natuurlijk niet toegeven dat hij stond te popelen om alles te vernemen. 'Omdat u een niet onaanzienlijk aandeel in de hele geschiedenis hebt gehad, moet u ook horen wat we hebben ontdekt.'

Nadat de butler op hun uitnodiging was ingegaan, brachten Diana en Jonathan om beurten verslag uit van hun ontdekkingen, zowel de angstaanjagende als de verrassende. Mr Green luisterde er gelijkmoedig naar, alsof hij het allang had geweten, maar toen het dagboek van de gestoorde Cahill ter sprake kwam, fronste hij zijn voorhoofd.

'Ik vraag me af wat Mrs Woodhouse daar zelf over wist. Dat haar moeder tot haar twaalfde op de plantage had gewoond, daarvan was ze op de hoogte. Toen Mrs Woodhouse me inwijdde, had ze het over een geheim van haar oudtante Grace, iets wat op Ceylon was voorgevallen.' Mr Green nam een slok van zijn thee. 'Ik vraag me af of Lady Deidre haar kennis bewust grotendeels mee het graf in heeft genomen, want ik geloof niet dat Lady Victoria haar dochter niets over Grace en haar buitenechtelijke kind heeft verteld.'

'Niet iedereen vertelt alles wat hij weet, zelfs niet op zijn sterfbed,' merkte Jonathan peinzend op. 'Soms wil iemand gewoon niet dat bepaalde feiten aan het licht komen, vooral niet als ze schadelijk zouden kunnen zijn voor de familie of de persoon in kwestie.'

'Bovendien was het niet Emmely's taak om de waarheid te achterhalen, want ze was niet de laatste telg uit de familie Tremayne,' zei Diana. 'Maar ik weet zeker dat ze het had aangekund, Emmely was heel sterk.'

'Dat was ze inderdaad.'

Een innerlijke zonnestraal die op een flard van een herinnering aan Emmely viel, toverde een glimlach op Diana's gezicht. 'Ik denk echter niet dat we er daarmee zijn.'

Mr Green stond op en liep de keuken uit. Diana keek Jonathan vragend aan.

'Is het mogelijk dat hij nog een paar sporen heeft achtergehouden?'

'Dat sluit ik niet uit. Hij heeft zijn aanwijzingen heel goed gedoseerd.'

Bij zijn terugkeer had Mr Green een bruine envelop bij zich en verklaarde: 'De foto die ik u gemaild heb, was er slechts één van drie. Omdat ik geen antwoord van u kreeg, ben ik ervan uitgegaan dat u elders bezig was.'

'We hadden ook ontvoerd kunnen zijn.'

'Zoiets zou in het nieuws zijn gekomen, dus maakte ik me geen zorgen. U hebt in het verleden wel bewezen dat u heel goed op uzelf kunt passen.' Lachend maakte hij de envelop open en haalde er twee zwart-witfoto's uit.

De ene was van een grafsteen, de andere van het schilderij van Victoria en Grace als kind.

Diana keek de butler vragend aan. 'Weet u wat daarvan de betekenis is?'

Mr Green schudde zijn hoofd. 'Nee, hoe zou ik dat kunnen weten? Uw tante heeft me niets over de achtergrond verteld, ze heeft me alleen de aanwijzingen in de hand gedrukt en me opgedragen ze goed gedoseerd achter te laten. Maar als ik me een opmerking mag permitteren: omdat de grafsteen niet in Engeland staat, zou ik met het schilderij beginnen.'

'Bedoelt u dat ik het van de wand moet halen?' Diana keek vragend naar Jonathan, die een onschuldig gezicht trok.

'Waarom niet? Ik geloof dat dat stukje muur ook wel eens mag worden belicht.'

Met bonzend hart verliet ze de keuken, gevolgd door Jonathan en Mr Green. Toen ze voor het schilderij stond, dat het intieme moment tussen de twee zusjes en hun moeder zo meesterlijk had getroffen, trilden haar handen zo erg dat ze aanvankelijk dacht het niet te kunnen vastpakken. Wat zou ze hier ontdekken? Nog een paar notities? Ze aarzelde. Wat zou er aan het licht komen?

'Niet bang zijn, Diana, het is alleen maar de waarheid die op je wacht,' leek haar tante haar toe te fluisteren. Toen was het alsof vreemde handen haar hielpen haar eigen handen te gebruiken. De handen van Grace, Victoria en Emmely. Voorzichtig liet ze haar vingers onder de zware lijst glijden, toen tilde ze het schilderij op.

Als eerste kwam er een oud krantenartikel naar beneden vallen, dat in de loop der tijden zo dun was geworden dat het als een veertje naar de vloer dwarrelde. Jonathan raapte het op en las: 'Calypso in nood op zee – Duits vrachtschip schiet Engelse postboot te hulp.'

'Calypso?' vroeg Diana, want de naam deed een belletje bij haar rinkelen. Was dat niet de boot die Cahill in zijn notities had vermeld? Ze zou het meteen controleren.

Toen ze met Jonathan het schilderij omdraaide, ontdekte ze in het oeroude spieraam een wit stuk papier, nee, het was eerder wit tekenkarton, zoals dat ook tegenwoordig nog voor pastels werd gebruikt. Terwijl ze het bloed in haar hele lichaam dacht te voelen pulseren draaide ze het om en toen sloeg ze haar hand voor haar mond.

'Dat is het gezicht van de engel!'

De zeer levensechte tekening was gesigneerd met de vlinder die ze ook in de vensterbank op Vannattuppūcci had ontdekt, en waarachter Victoria's bekentenis had gezeten. Daarnaast stonden de initialen V.T. 'Dat moet Victoria hebben getekend, maar waarom...'

Opeens begon het haar te dagen. De engel had niet model gestaan voor de tekening, maar de tekening was het model voor de engel geweest.

'Is het mogelijk dat deze man... Vikrama is?'

Ze keek om naar Jonathan, die de tekening nauwkeurig bekeek.

'Dat is heel goed mogelijk, want deze man heeft duidelijk Indiase gelaatstrekken.'

'Maar hier heeft hij een baard, en als engel...'

'Ik heb nog nooit een engel met een baard gezien,' wierp Mr Green tegen. 'Hoogstwaarschijnlijk heeft Mrs Woodhouse de artistieke vrijheid genomen hem te scheren.'

'Dat betekent dan dus dat Vikrama over Beatrice waakt?'

'Een mooie gedachte, nietwaar?'

'Ja, heel mooi.'

'En een mooie schadeloosstelling voor het feit dat Deidre Beatrice de eeuwige rust bij haar familie heeft ontzegd, omdat zij blijkbaar op de hand van haar grootvader was en Grace net zozeer als uitgestotene zag als hij.'

Epiloog

POLEN, 2009

Het had een tijdje geduurd voor ze het kerkhof ontdekten waarop het graf zich moest bevinden. Aan de eerste foto van Mr Green, de laatste aanwijzing, hadden ze daarbij niet veel gehad, want in de oorlog en de zes decennia daarna was de aanblik van de streek veranderd. Het kleine dorpskerkhof was nagenoeg in vergetelheid geraakt. Toen de Duitsers waren vertrokken, had de autochtone bevolking haar woede over wat de Duitse troepen hadden aangericht de vrije loop gelaten. Het dorp bestond niet meer, maar de grafstenen waren gelukkig ongeschonden gebleven. Of uit bijgeloof of vanwege het besef dat doden geen kwaad konden doen.

Diana liet haar blik over de toegangspoort gaan, waarvan het traliehek al lang geleden was verdwenen, zoals bleek uit de roest aan de scharnieren. De uit keien opgebouwde pijlers rezen als reuzenvingers uit de bodem op.

Omdat er niemand was die zich om de heg bekommerde, woekerde die aan alle kanten en sloot, net als in het sprookje van Doornroosje, alles in.

Het kruis stond een beetje scheef en de aarde op het graf was wat verzakt. Na al die jaren had het hout van de doodskist waarschijnlijk meegegeven.

Diana bleef in het met bladeren bezaaide gangpad staan en stak haar hand naar achteren, naar Jonathan. Zijn hand vond de hare en hield hem vast, warm en krachtig.

De tweede foto van Mr Green was een afbeelding van het graf, maar die was te vaag om details te kunnen onderscheiden. Er was slechts één detail op te zien: midden op de grafsteen was een medaillon aangebracht.

Dat schemerde ondanks zijn ouderdom geheimzinnig glanzend door de klimop heen, alsof het hen uitdaagde het eindelijk te vinden.

Toen Diana de klimopranken had weggehaald, bleef ze bewegingloos staan, hield haar hoofd scheef en las:

HIER RUSTEN IN VREDE

KAPITEIN TER ZEE
FRIEDRICH SÖDERMANN
1 JULI 1860-4 MEI 1918

V. GRACE SÖDERMANN
GEBOREN TREMAYNE
25 DECEMBER 1868-19 DECEMBER 1931

'V?' vroeg Diana verbaasd.

'V,' herhaalde Jonathan verward. 'Dat bestaat toch niet?'

'Wat dan?'

'Op Sri Lanka is het gebruikelijk de initiaal van de naam van de vader voor de eigen naam te zetten. Zodra een vrouw trouwt, laat ze de initiaal van haar vader weg en neemt die van de naam van haar man aan om blijk te geven van haar verbondenheid.'

Ineens leek er een ware storm in Diana's hart te woeden. Het ging als een razende tekeer en haar mond werd droog toen ze besefte wat Jonathan had gezegd.

'Was ze met Vikrama getrouwd?'

'Als je op de grafsteen afgaat wel, ja,' antwoordde Jonathan. 'Ze moet zich althans met hem verbonden hebben gevoeld en bekend zijn geweest met het gebruik.'

Diana ging weer op haar hurken zitten. Minutenlang staarde ze in de leegte.

Grace was met Vikrama getrouwd geweest, volgens het Tamilrecht en -gebruik.

Had haar man dat geweten? En zo ja, hoe had hij ermee kunnen leven altijd op de tweede plaats te komen? Hoe had hij het kunnen verdragen dat Grace alleen maar zat te wachten tot Vikrama haar zou vinden? En hoe moest Victoria zich hebben gevoeld toen ze ontdekte dat Vikrama was verdwenen? Had ze daarom het juwelenkistje met haar aandenkens, zoals de reisgids, de blauwe steen en de fotografische plaat samen met de huwelijkshoroscoop in het geheime vakje laten verdwijnen?

Toen Diana haar hand uitstak naar het medaillon op de grafsteen, dat ook behoorlijk was aangetast door de tand des tijds, merkte ze dat het een beetje loszat.

'Heb je een mes bij je?' vroeg ze aan Jonathan, hoewel ze niet precies wist welke bedoeling ze daarmee had. Meenemen wilde ze het medaillon eigenlijk niet – tenzij Grace dat zou hebben gewild.

'Hier,' zei Jonathan terwijl hij haar een klein zakmes aangaf. Met zijn hulp lukte het gemakkelijk om het uit de steen te verwijderen. Waarom had niemand dat eerder gedaan? Had de oorlog een mantel der vergetelheid over dit oord uitgespreid?

Ze had het medaillon nog maar net in haar hand toen ze in de uitsparing waarin het had gezeten een opgerold stukje papier ontdekte. Trillend trok ze het eruit en ontrolde het. Schrifttekens! Dezelfde schrifttekens als ze al op het palmblad had gezien, dat ze inmiddels weer bij Michael had achtergelaten, aan wie ze de vergissing had uitgelegd.

Ernaast stond een korte notitie, trefwoorden, met fijne hand geschreven. Diana herkende het handschrift van Grace.

'Dat moet de kopie van het palmblad zijn,' zei ze en ze sprong op. 'Waarover ze in haar schriftje heeft geschreven!'

'Misschien is het alleen maar haar eigen huwelijkshoroscoop,' wierp Jonathan tegen, maar Diana was niet te stuiten.

'Nee, ik weet zeker dat het een afschrift van het palmblad is, want anders had ze het originele blad in haar bezit gehad.'

Diana probeerde tevergeefs haar gedachten te ordenen, die als een wervelstorm door haar hoofd raasden. Haar blik viel nu op het beslagen medaillon.

'Mogelijk zit er een foto van hen beiden in.' Misschien ben ik niet goed bij mijn verstand, dacht Diana, maar Jonathan nam haar waan met een glimlach voor lief. Toen hij het medaillon met zijn zakmes openmaakte, zagen ze het gezicht van een wondermooie Indiase vrouw, die grote gelijkenis vertoonde met de beeltenis van Vikrama.

'Dat moet zijn moeder zijn.'

'Richards geliefde,' vulde Diana aan. Het begon haar te duizelen. Met het medaillon, dat mogelijk het portret van Vikrama's moeder bevatte, en het vermoedelijke afschrift van het palmblad dat Grace in haar verslag had vermeld, had ze de laatste puzzelstukjes in handen, alles wat ze nodig had om de hele geschiedenis te reconstrueren.

Diana besloot beide vondsten mee te nemen en voor latere generaties te bewaren – als die er zouden komen. Maar ze was vol goede hoop. De scheiding tussen haar en Philipp was in gang gezet, ze was volmaakt gelukkig met Jonathan. Al het andere zou nog wel blijken, ook zonder een voorspelling.

INDISCHE OCEAAN, 1887

Op volle zee wist Grace algauw niet meer of haar misselijkheid door de zwangerschap kwam of door zeeziekte, waar velen mee te kampen hadden. De winter was geen goede tijd om te reizen, er staken vaak stormen op, maar als ze eenmaal het Suezkanaal door waren zou het klimaat weer zachter worden, en dan was het naar Engeland ook niet ver meer.

Het maakte Grace allemaal niet uit. Of ze het koud of warm had, of ze leefde of stierf. Af en toe overviel haar een diep verlangen naar de duisternis. Maar dan brak de gedachte aan haar kindje als een zonnestraal door het wolkendek en wist ze plotseling dat ze wilde leven. Leven voor haar kind, leven in de hoop haar geliefde ooit weer te zien.

Op zulke momenten haalde ze het briefje tevoorschijn dat ze in de palmbladbibliotheek van de oude man had gekregen.

Luister naar je hart, had hij gezegd. Had ze het onheil kunnen afwenden doordat ze het had gevolgd? Met haar zwangerschap was het grootste onheil geschied dat haar ouders zich konden voorstellen. Maar zij had haar grote liefde mogen beleven...

'Ik geloof dat er weer storm op komst is,' merkte Miss Giles ongerust op. De zeereis had een zenuwpees van haar gemaakt. Meestal zat ze zwijgend in haar hoekje van de hut en ze sprak alleen als het hoognodig was met haar beschermeling, niet omdat ze boos op haar was, maar vanwege een slecht geweten, daar was Grace van overtuigd.

Eigenlijk was het haar verdiende loon dat ze van Mr Norris werd gescheiden, had Grace vooral de eerste tijd chagrijnig gedacht. Per slot van rekening was zij degene geweest die Vikrama had ontmaskerd als de vader van haar kind doordat ze bij Victoria had rondgesnuffeld en het schrift met geheime notities aan haar vader had gegeven. Toen ze aan boord gingen had ze de gouvernante wat graag over de reling geduwd.

Maar de tijd op zee had haar aan het denken gezet. Ze kon zich heel goed indenken hoe het Miss Giles te moede was. De hoop dat haar baas haar terug zou halen omdat hij haar nodig had om voor Miss Victoria te zorgen, was haar enige houvast. Een sprankje hoop, want ze was eerder nodig als kinderverzorgster. Voor de baby die een schandaal zou veroorzaken. Een baby die ze misschien bij de moeder weg zouden halen om de schone schijn op te houden.

Grace probeerde daarom haar wrok te vergeten, en toen ze merkte dat Miss Giles treurde om haar vroegere leraar, troostte ze haar door te zeggen dat hij vast op een dag naar haar toe zou komen en met haar zou trouwen.

Net als zij hoopte ze ooit naar Ceylon terug te keren. Die hoop nam echter met elke zeemijl verder af, en de angst om haar liefste kwelde haar. Als Vikrama aan zijn leven gehecht was, zou hij uit de buurt van Vannattuppūcci blijven. Ze bad voortdurend dat zijn dappere hart hem niet tot een domheid zou verleiden die hem eeuwig zou berouwen. En ze hoopte dat het lot hen op een of andere manier weer bij elkaar zou brengen.

Toen de storm boven het schip losbarstte, twijfelde Grace even aan de macht van het palmblad. Misschien had dat het bij het verkeerde eind als het haar nog drieënveertig levensjaren beloofde. Hoe konden de brahmanen weten welke beproevingen een mens te verduren kreeg? Het onweer, dat veel heftiger uitpakte dan voorgaande buien, bracht het schip bijna tot zinken. Er brak paniek uit, alles liep in het honderd. Toen ze op het dek waren aangekomen, sloeg er een enorme golf over hen heen. Grace hoorde een gil, toen was Miss Giles ineens verdwenen. Voor ze kon ontdekken waar de gouvernante was, werd ze opzijgetrokken en op de een of andere manier belandde ze in een reddingsboot.

Er werd een deken over haar schouders gelegd, en overal om haar heen klonken opgewonden stemmen. IJskoude natte windvlagen beten in haar wangen, maar ze sloeg er geen acht op. Haar gedachten waren bij het briefje, en ze wist nu dat alles zou gebeuren zoals het erin stond.

'Alles in orde, Miss?' vroeg de jonge officier terwijl hij haar uit de reddingsboot hielp. Grace knikte klappertandend en liet zich naar de haar toegedachte hut brengen. Dat de jongeman bewonderend naar haar gezicht en haar keek, merkte ze niet op. Ja, ze zou op dat moment iedereen hebben uitgelachen die beweerde dat de blonde officier met de blauwe ogen ooit haar echtgenoot zou worden.

Maar tijdens de vaart veranderde dat. De jonge officier zorgde voor haar, maakte het haar gemakkelijk en bracht haar persoonlijk extra porties, want hij was van mening dat er goed voor de kleine onder haar hart moest worden gezorgd. Ook toen ze weer aan wal waren en Grace in een klein pension in Hamburg verbleef – naar Tremayne House hadden ze haar met geen tien paarden terug kunnen brengen – vertoonde hij zich regelmatig, bracht cadeautjes voor haar mee en ging met haar wandelen. Een paar mensen verbaasden zich over Grace' toestand, anderen dachten dat het haar man was met wie ze gearmd liep. Bekenden van Friedrich die opmerkten dat hij zich blijkbaar niets had willen laten ontglippen, dreigde hij gespeeld met een paar oorvijgen, maar Grace zag dat zijn ogen straalden van trots als de mensen dachten dat hij de vader van het kind was.

Misschien kwam het door die zorgzaamheid, misschien ook door het besef dat ze iemand nodig had aan wie ze zich kon vasthouden tot haar prins verscheen, dat Grace haar hart weer een beetje open kon stellen. Aanvankelijk was het sympathie, toen zelfs genegenheid, wat ze voor de man voelde die in een kerkje in Oost-Pruisen, zijn geboortestreek, met haar trouwde toen ze zeven maanden zwanger was.

Met grote voldoening stond ze voor het altaar, gaf de officier haar jawoord en maakte hem daarmee tot de gelukkigste mens ter wereld. De brief van haar zusje, die op 15 februari was geschreven, droeg ze daarbij op haar hart. Een van de dienstmeisjes van Tremayne House had hem naar haar doorgestuurd.

Ik heb je vergeven, Victoria, dacht ze toen ze, bewonderd en toegejuicht door de bruiloftsgasten, de kerk uit kwam. Maar het is goed te weten dat er iemand zal zijn voor mijn nakomeling. Die nakomeling werd geboren in het jaar dat de Duitse geschiedenis in ging als het driekeizersjaar. Grace gaf haar dochter, die zo veel op haar vader leek, de naam Helena. Eerst was ze van plan geweest, zoals het Tamilgebruik wilde, de eerste initiaal van haar vader voor haar naam te zetten, maar ze wilde niet dat de mensen vragen zouden stellen.

Het was voor haar genoeg dat Helena haar met Vikrama's ogen aankeek.

LEES MEER VAN

Corina Bomann

Het prachtige Zweedse landgoed de Leeuwenhof is het decor van de levens van drie heel verschillende vrouwen, die alle drie op hun eigen manier hun weg door het leven proberen te vinden op zoek naar een gelukkige toekomst.

Het is 1913 en Agneta heeft tegen alle heersende gewoonten in afstand genomen van haar machtige familie en wil een vrij leven gaan leiden als schilder in Stockholm – het liefst met de charmante Michael aan haar zijde. Dan ontvangt ze een telegram met het nieuws dat haar vader is overleden en zij erfgename is van het landgoed de Leeuwenhof. Daarmee worden haar een adellijke titel en een leven vol pracht en praal op een presenteerblaadje aangeboden, maar was dat niet juist het leven waaraan ze had willen ontsnappen? Kiest Agneta ervoor de familietraditie in stand te houden en de erfenis van haar vader te accepteren, of overwint haar verlangen naar vrijheid en echte liefde?

Verkrijgbaar als
e-book
& papieren boek

1

Toen ik mijn ogen opendeed, werd ik verblind. Even waande ik me in mijn oude kamer op de Leeuwenhof. Wat ik aanvankelijk voor een gepleisterd ornament hield, bleek echter een lange barst in het plafond te zijn, waaromheen watervlekken waren ontstaan. De donkerste hadden er al gezeten toen ik hier twee jaar geleden introk, de lichtere waren er nog maar pas bij gekomen. In het appartement boven mij was een emmer water omgevallen en dat had aan het kunstwerk een nieuw facet toegevoegd. De plafonds van de huizen in de studentenwijk van Stockholm waren poreus als een spons en zogen het water net zo snel op als het er weer uit druppelde.

Maar als student woonde je hier goedkoop. Mijn moeder zou het armetierig en beneden mijn stand noemen, maar ik kon hier zijn wie ik echt was. Ik kon studeren, ook al werd dat in de hogere kringen niet graag gezien. Ik hoefde geen rekening te houden met de conventies. Wat stelden een paar vlekken op het plafond nou voor?

Koelte streek over mijn gezicht. Ik keek in de richting van de luchtstroom en merkte dat het krantenpapier weer uit het gat in het raam was gevallen. Het onderste ruitje van het spijlenraam was al sinds lang gebroken. Dat had ik te danken aan een jongen die bij een of ander wild spel op straat mijn raam met een steen had geraakt. Mijn huisbaas snapte niet dat hij het raam moest laten repareren. En ik kon het me niet veroorloven, want dan had ik mijn vader om extra geld moeten vragen. Sinds de laatste grote ruzie met

Kerstmis was ik niet meer op de Leeuwenhof geweest en had ik ook geen contact meer gezocht.

Ik wist dat mijn ouders mijn manier van leven afkeurden. Toen ik twee jaar geleden naar de rechtbank ging om me meerderjarig te laten verklaren, hadden ze allebei een lang gezicht getrokken, want ze hadden gehoopt dat ik nog voor mijn vijfentwintigste zou trouwen. Dat was niet gebeurd en door mijn leven in eigen hand te nemen liet ik ze duidelijk zien dat ik een andere weg zou inslaan dan die ze voor mij hadden bedacht.

Hoe dan ook zou niet ik ooit het landgoed erven, maar mijn broer. Hendrik was een modelkind, de beste zoon die een man als Thure graaf Lejongård zich kon voorstellen. Vader werd het nooit beu me dat voor te houden. Ik was geen zoon en bovendien was ik maar het tweede kind. Ik kon het leven leiden dat ik wilde. In elk geval waren mijn vriendinnen en ik daar vast van overtuigd, en we kwamen zo vaak mogelijk voor ons standpunt op.

Tot mijn zelfgekozen leven behoorde ook de scherpe lucht in huis. De bijtende geur van terpentijn vermengde zich met de zachtere van vernis en olieverf. Zelfs als ik niet aan een schilderij werkte, leek die geur er altijd te zijn. Ik had geen idee wie er voor mij in het appartement had gewoond, maar wie na mij kwam, zou weten dat zijn voorgangster kunstschilder was.

Naast me begon Michael zich te verroeren. Zijn rossige haardos kwam vanuit de kussens tevoorschijn, even later zag ik zijn verkreukelde gezicht. Eerst opende hij zijn ene oog, toen het andere, om ze allebei weer dicht te knijpen vanwege het zonlicht dat naar binnen scheen.

'Waarom ben je al zo vroeg wakker?'

Een glimlach borrelde in me op als belletjes in een glas bronwater. Ik greep zijn kuif vast. Zijn haar was dik en ongelofelijk zacht, net de vacht van een kat. Ik vond het heerlijk om mijn vingers erin te begraven, vooral wanneer we onze begeerte de vrije loop lieten en zijn hoofd tussen mijn dijen rustte.

'Het is na negenen,' antwoordde ik. 'Eigenlijk hadden we al lang op moeten zijn.'

'Wie zegt dat?' Hij keek me aan en strekte zijn armen naar me uit.

Er waren onder de vrouwenrechtenactivisten een paar regelrechte mannenhaatsters, die niet zouden toestaan dat een man hen tegen zich aantrok. Maar ik vond het fijn. Voor mij was het belangrijker om zelf te kiezen wie ik in mijn bed toeliet. Sinds een jaar was het uitsluitend Michael, en vaak betrapte ik mezelf op de gedachte hem nooit meer te laten gaan. Wanneer hij klaar was met zijn rechtenstudie zouden we misschien wel trouwen. Het was vreemd dat ik, die haar ouderlijk huis ontvlucht was, aan trouwen dacht, maar het idee gaf me een warm gevoel. Ook al zou ik dan mijn zwaarbevochten zelfstandigheid verliezen. Maar ik was ervan overtuigd dat Michael er niets op tegen zou hebben als ik zou blijven schilderen. Hij had er ook geen problemen mee gehad om op een suffragette verliefd te raken.

'Ik ben opgegroeid in een fatsoenlijk huis waar stiptheid en orde heersen,' antwoordde ik.

Hij kuste me en verdreef daarmee de opkomende gedachten aan mijn ouders.

'Ach, is het heus?' vroeg Michael. Hij begon mijn hals te kussen en gleed langzaam naar beneden. Ik voelde het kloppen tussen mijn benen en ik liet hem begaan. Ik vond het heerlijk om kort na het wakker worden te vrijen, het was gewoon fantastisch en gaf me energie voor de komende dag.

Geklop op de deur deed me abrupt verstijven. Ook Michael hield op. Hij keek eerst naar de deur, daarna keek hij me vragend aan. 'Verwacht je iemand?'

Zijn gezicht was vuurrood. Ik merkte dat hij zijn opwinding maar moeilijk kon onderdrukken. Ook ik had nu liever iets anders gedaan dan bedenken wie er op dit tijdstip kwam aankloppen.

'Juffrouw Lejongård? Bent u thuis?' vroeg een stem, vergezeld van verder geklop, dat nog dringender klonk.

'Ik heb een telegram voor u. Het is dringend!'

Een telegram? 'Een ogenblikje, ik kom eraan!" riep ik en ik keek naar Michael.

'Moet dat echt?' morde hij en hij begon opnieuw mijn hals te kussen. Hoe graag ik ook onder de warme deken in zijn armen zou zijn gebleven, ik maakte me toch van hem los en stapte uit bed. De koude maartlucht verdreef op slag mijn vermoeidheid en jammer genoeg ook mijn opwinding. Haastig schoot ik mijn ochtendjas aan en snoerde hem dicht. Daarna liep ik naar de deur.

De man in het uniform van de Koninklijke Zweedse Post keek me een beetje verlegen aan. 'Goedemorgen, excuses dat ik u stoor, maar dit moest onmiddellijk bij u worden bezorgd.'

Ik pakte de kleine envelop aan en draaide hem om. Het telegram kwam van mijn moeder. 'Wacht even.' Terwijl de man bij de deur bleef staan, liep ik naar het dressoir, waar ik altijd wat geld bewaarde. Ik drukte de postbode tien öre in de hand en deed de deur dicht. Ergens had ik het gevoel dat de envelop minstens zo veel woog als een zak aardappelen.

'Wat is er?' vroeg Michael, die inmiddels rechtop in bed was gaan zitten. In tegenstelling tot mij leek hij het niet koud te hebben, want hij zat met zijn blote bovenlijf tegen de kussens geleund. De zon gaf zijn huid een gouden gloed, en hij had zo voor een van de vele schilders in onze buurt model kunnen zitten.

'Dat zullen we zo meteen zien.' Ik stak mijn vinger in de opening tussen de flappen van de envelop en scheurde hem open.

Wat kon mijn moeder van me willen? Sinds de kerst hadden we geen contact meer gehad. Ik haalde het telegram eruit en vouwde het open. Geschrokken hapte ik naar lucht toen ik zag wat er stond.

Vader en Hendrik ongeluk+++Kom svp direct naar huis+++Moeder +++

Ik was als verstijfd. Een ongeluk?

Mijn hart ging als een razende tekeer en even probeerde ik mezelf ervan te overtuigen dat dit gewoon een gemene truc van mijn moeder was om me naar huis te halen. Maar Stella Lejongård maakte geen grappen als het om de gezondheid en het leven van haar familie ging.

'Wat is er?' vroeg Michael terwijl hij uit bed kwam.

Ik was niet in staat te antwoorden. Ik was versteend en kon mijn blik niet van het telegram losmaken. De schrijfmachineletters erop leken te branden. Pas toen Michael zijn hand op mijn schouder legde, kwam ik weer tot mezelf.

'Mijn... mijn vader...' stamelde ik. 'Hij en mijn broer... ze hebben een ongeluk gehad.'

'Wat voor ongeluk?' vroeg Michael.

'Dat staat hier niet, misschien was er iets met de paarden...'

Razendsnel dacht ik na. Vader en Hendrik waren uitstekende ruiters. Een ongeval tijdens het paardrijden waarbij ze allebei gewond waren geraakt, leek me onwaarschijnlijk. Hoe zwaar waren ze gewond? Het was beslist ernstig, anders zou mijn moeder me niet vragen naar huis te komen. Het telegram gleed uit mijn handen. Michael bukte zich en raapte het op.

'Ik moet naar huis.' Ik zei het bijna fluisterend.

Omdat ik geen geheimen voor Michael had, maakte ik geen bezwaar toen hij het telegram begon te lezen.

'Mijn hemel!' mompelde hij geschrokken, daarna keek hij me aan en pakte mijn hand, die aanvoelde alsof hij niet bij me hoorde. 'Kan ik iets voor je doen? Zal ik meegaan?'

'Nee,' zei ik en ik probeerde mezelf weer bij elkaar te rapen.

'Ik... ik moet de trein nemen. Of een koets.'

'Met de koets zou het te lang duren,' merkte Michael op. 'Maar misschien gaat er vandaag een trein naar Kristianstad.'

Ik knikte, maar het voelde alsof mijn lichaam me niet gehoorzaamde. Ik moest me haasten, maar ik was er niet toe in staat.

Het liefst had ik me onder de deken verstopt en gedaan alsof het telegram niet was gekomen. Alsof ik hier niet was. Maar ik moest vertrekken. Verdorie, ik moest gaan!

Uiteindelijk lukte het me om van mijn plaats te komen.

'Kan ik je helpen?' vroeg Michael. Ik schudde mijn hoofd. Dit moest ik alleen doorstaan, daar bestond geen hulp voor. En hem naar mijn moeder meenemen?

God verhoede!

Toen ik de gammele kast opendeed, maakte het loodzware gevoel in mijn lichaam plaats voor ongedurige zenuwachtigheid. Met bevende handen zocht ik wat spullen bij elkaar. Het was me om het even wat mijn moeder ervan zou zeggen. Mijn beste kleren waren toch op de Leeuwenhof gebleven; ze zou met niets wat ik droeg tevreden zijn. Een zwarte blouse gleed door mijn handen. Om de een of andere reden staarde ik er langer dan nodig naar. Geen zwart, zei ik bij mezelf en ik voelde een golf van angst opkomen. Zwart was rouwkleding en het leek me een slecht voorteken als ik hem meenam. Dus slingerde ik hem in de achterste hoek van de kast. Een ongeluk, zei ik tegen mezelf. Het was een ongeluk, ze zijn gewond maar nog in leven. Moeder zou het niet voor me hebben verzwegen als een van beiden overleden was.

Toen ik me aankleedde, voelde ik me koortsig. Het textiel deed pijn aan mijn huid. De mantel die ik aandeed, verpletterde me bijna met zijn gewicht. Mijn handen trilden toen ik mijn tas pakte.

Ik draaide me om naar Michael, die zich inmiddels in een ochtendjas had gehuld

'Zo,' zei ik, zoals altijd als ik ergens klaar mee was.

Hij spreidde zijn armen.

'Kom hier,' mompelde hij. Hij trok me tegen zich aan en begroef zijn gezicht in mijn hals, en ik deed hetzelfde bij hem.

Bijna wanhopig sloeg ik mijn armen om hem heen en kuste hem hartstochtelijk.

'Ik ben bij je, hoor je?' zei hij in mijn haar. 'Wat je ook doet, wat je ook te wachten staat, ik ben bij je. In gedachten help ik je.'

'Dat is lief,' zei ik. 'Dank je.'

Eigenlijk hadden zijn woorden een andere reactie verdiend, maar daar was ik niet toe in staat, ondanks alles wat Michael voor me betekende. Het telegram had me weer tot de dochter van huize Lejongård gemaakt, die kuis diende te zijn totdat haar ouders een echtgenoot voor haar hadden gevonden.

Het brak mijn hart, maar ik had geen andere keuze. Met tegenzin maakte ik me van hem los en draaide ik me om naar mijn bagage.

‘Kom je terug?’ hoorde ik zijn stem achter me.

Ik verstarde. Hij vroeg dat altijd als ik naar huis ging. Voorheen had ik elke keer lachend met ja geantwoord, maar nu werd mijn hart zwaar. Natuurlijk zou ik terugkomen. Maar op dat ogenblik kon ik moeilijk zeggen wanneer, en dat baarde me zorgen.

‘Ik kom terug zodra het kan, beloofd,’ zei ik en ik blies nog een kusje van mijn hand naar hem toe. Toen draaide ik me eindelijk om, pakte mijn tas en verliet de woning.